Uwe Pörksen

BREKLEHEM

Roman eines Dorfes

Husum

Umschlagabbildung: Kirche des Dorfes Breklum. Gemalt von Albert Johannsen (Husum) 1956. Geschenk der Missionsgesellschaft (Katechistisches Seminar) beim Abschied aus Breklum (Auftragsarbeit).

Bibliografische Information der Deutschen Nationalbibliothek

Die Deutsche Nationalbibliothek verzeichnet diese Publikation in der Deutschen Nationalbibliografie; detaillierte bibliografische Daten sind im Internet über http://dnb.dnb.de abrufbar.

Gesamtherstellung: Husum Druck- und Verlagsgesellschaft
Postfach 1480, D-25804 Husum – www.verlagsgruppe.de
ISBN 978-3-89876-847-4

Meiner Familie

Inhalt

I. Teil

Widerstand als Selbstbehauptung?

II. Teil

Der andere Zustand

III. Teil

Fragment eines Neubeginns

I. Teil

Widerstand als Selbstbehauptung

Ihr lügt alle.
Schlossel

Das ist der Fluch des Zeitalters, dass man der falschen Macht innerhalb ihres Bannkreises nicht begegnen kann ohne ein Bündnis mit ihr.
Reinhold Schneider

Das Jenseits ist die Kraft des Diesseits.
Ernt Troeltsch

1
Land der Väter

Die Ostsee war kein Problem. Aber wenn ich einmal die Westküste berührte, weil ein Ausflug der im Norden lebenden Familie an den Strand vor Husum oder gar auf eine Hallig führte, erwachte das Heimweh. Hier kenne ich es nicht. Dort aber: kaum bin ich einen Außendeich hinaufgegangen und sehe die Flut schimmern, wird mir ganz ernst ums Herz.

Die Landschaft meint es so. Die Worte meiner Kindheit sind mit ihr verwachsen. Auf den Fennen wandern Schatten, aber auch, wo das Gras besonnt ist, hat es einen Ernst, der mich unbeschreiblich anzieht. Weder schwer noch leicht, selbstverständlich ist er. Allem ist sein Schatten eingewachsen, dem Wort Fenne oder Vorland, dem Klei, dieser schweren, manchmal schwarzblauen Erde, die in der Marsch am Schuhwerk klebt, dem Flöten des Brachvogels oder selbst dem Tirili der Lerche, die sich mit starren Flügeln an der hohen Tonleiter herablässt, an der sie vorher aufgestiegen ist. Sie werfen ihn nicht, sie haben den Schatten in sich. Er ist ihr Grund. Gibt es hier tatsächlich gar keinen Augenender, wie jemand vor Jahrhunderten einmal das Wort ‚Horizont' übersetzt hat? Keine Grenze? Es ist zuerst das endlose Flachland, der Rhythmus des kommenden und gehenden Meeres und die Ausdehnung des Himmels über beidem, das Hin-und-her-Schwanken von Land und Meer, was mir die Sprache wegzieht. Ich werde still dort. Die nuancenreiche Eintönigkeit steigt als Rausch in die Glieder. Brüchig kann es hier sein, wild, voll verborgener Leidenschaft. Himmel und Erde gehen ineinander über. Alles hat einen großen Atem. Jeder Graben und Sielzug spiegelt schwebende Himmelswolken.

Und die Leute reden so richtig. Ich bilde mir ein, die meisten von ihnen zu kennen. Ich sehe hin und denke: Woher kennst du die? Ihre Physiognomie passt zur Umgebung wie der Klang ihrer Sprache. Die ist nicht nur richtig, sie ist offen, besonders da, wo sie sich verdeckt ausdrücken, und das tun sie fast immer. Du verstehst jedes Wort. Manchmal glaube ich, dass sie sich parodieren. Sie übertreiben ihre Echtheit.

„Dieses Minimum an Landschaft hier", sagte die aus dem hügeligen krautigen Schwaben stammende Hälfte meines Lebens, als sie zum ersten Mal in unserem Landstrich aus dem Wagen stieg. „Dieses Minimum an Landschaft hier!" Eine holprige Heidefläche lag vor uns, von einem Kieferngürtel abgeschlossen, darüber weiße Wanderdünen und links daneben, glatt geregnet, rein gefegt, ein unabsehbar weiter Strand. Und da gab es nun doch einen Augenender. Dort schäumte, mit dem Ohr nicht wahrzunehmen, die Brandung: Wellen, weißt du?, die, am Fuß gebremst, sich durchsichtig überschlagen, ausschäumen und knisternd verflüstern. In denen wir nur toben können.

Die Dünen senden ihr Licht in Wellen, aber auch ihr Weiß ist schattig, der Strandhafer, die blinkenden harten, langen Halme auf den Dünen, alles schattig. Umso stärker die Gewalt ihres Lichts. Hörst du mir zu? Ein Freund hier im Süden wollte mir einmal eine Freude machen mit einem Dia-Abend. Er warf Fotografien der Nordseeküste an die Wand –. Es war alles falsch!

Wir sind einmal eine lange Strecke auf dem in Wasserlaken spiegelnden Boden der Nordsee, vom Außendeich der Insel Nordstrand nach der deichlosen Hallig Südfall gewandert, MaPö, Schlossel und ihre vier Ältesten. Yoko und Pille mit den Eltern vorneweg, Alex und ich, der Bollus genannt wurde, wir Unzertrennlichen im gesunden Abstand hinterher. Wir trugen abwechselnd den Essenskorb, in dem der Johannisbeersaft vom Vorjahr nicht fehlte. In nicht messbarer Entfernung stapfte etwas erhöht und vielleicht mit dem gleichen Ziel, eine abstrakte Gestalt, als habe Kafka sie gezeichnet. Sonst war das Watt menschenleer. Es war noch früh im Jahr, wir sind nach Hohlebbe aufgebrochen. Seitab, vor dem Vorland der Insel Nordstrand begleitete uns ein vielstimmig aufgeregt entzücktes, nicht ganz reales Gehüpfe, lockend, suchend, aufblitzende Flügel. „Hört ihr?“, ruft Schlossel zurück. „Das Wattengeläute!“ – „Ja!“, rufen wir. „Ja!!“ Der angewärmte Boden quillt schwarz durch die Zehen, man muss behutsam gehen, der manchmal steilen Muschelschalen wegen, sinkt bis zu den Knöcheln ein in den Schlick, bis der Boden gleich wieder fester wird und sich stellenweise wie ein Waschbrett riffelt. Grüne Algenfäden trocknen, eine Flasche steht bis zur Hüfte im Sand. Leer: „Keine Botschaft von einer Ertrunkenen?“, sagt Alex, „no message?“ Miesmuscheln, außen schwarz wie der Teer beim Straßenbau, gärende Haufen, an der aufgehackten hellen Innenseite dieser teerdunklen Ohren leuchtet grün-rosa Perlmutt. Als wir aufblicken, sehen wir immer noch die bizarre Gestalt, noch mehr abgehoben stelzt sie entlang einer Flucht von Reisigbesen, an denen die Schiffer sich orientieren: „Ertrunkene Schornsteinfeger“, scherzt man auf den Inseln. Die Luft ist würzig genug, um die Nervenspitzen auszufahren wie die kleinen, in sternförmigen Kalkgehäusen an Nordstrands Steindeich sitzenden Polypen, die ihre Tentakeln aussenden, wenn die Flutwelle über sie kommt. Wir sinken ein in den Rausch der Wasserlandschaft und glauben, mit den Füßen auf einem durchsichtigen Himmelsboden zu gehen, den die im Watt verteilten weißgrauen Pfützen abgründig zur Weltkugel erweitern. Gegenüber die Insel Pellworm, deren eingedeichter Grund und Boden tiefer liegt als der tägliche Meeresspiegel, daneben entfernter das kleine Süderoog und nordwärts sehend, ahnen wir die friesischen Halligen hintereinander liegen, immer dunstiger, immer unwirklicher wie der vergangene und zukünftige Zeitenraum unsrer Inselwelt: Nordstrandischmoor und weit dahinter ein einsamer Landteller mit nur einem Haus auf der Warft. Ist das nicht Habel? Hallig Gröde dahinter und durch den nicht mehr sichtbaren Damm verbunden: Langeneß? Sylt ist von hier aus nicht zu ahnen.

Die Älteren warten auf uns. Vor ihnen liegt eine Bruchkante, beginnt ein tiefer liegender Priel, dessen kräuselndes Wasser sichtbar von links nach rechts driftet. Wir müssen hindurch, jenseits sehen wir schon, von der flirrenden Luft erhöht, Hallig Südfall, das vereinzelte Haus auf seiner Warft. Der Priel ist schon knietief und zieht heftig, es ‚tidet', wir spüren die ‚Tide' an den Füßen, in der Haut den Wandel des Lands in Wasser. Ja: das Wasser kehrt zurück. Wortlos die Frage: Müssen wir schon eilen?

Land wird zu Wasser, Wasser zu Land, was ist uns selbstverständlicher als die ‚Tide', der Wechsel der Gezeiten. Ebbe und Flut, die Auflösung des Watts in Wasser und das Auftauchen des Lands aus der weichenden Flut. Die Krabben kribbeln wie nichts an den Füßen. Als wir gegenüber die Bruchkante hinaufsteigen, steht ein seltsames Gefährt vor uns, ein Fahrzeug auf Rädern, das vorne und hinten ein Boot ist und am Heck eine Schiffsschraube hat. Zwei junge Männer steigen lachend aus, begrüßen unseren Vater, das Verdeck ist offen, der Rücksitz überfüllt von kleinen bläulichen, violett schimmernden Sträußen.

„Ein Auto voller Bonnestave", ruft Schlossel, „blüht sie denn schon?"

„Es ist die vom Vorjahr", sagt der Sprachgewandte der beiden – der andere scheint ein Südländer – und überreicht unsrer Mutter einen Strauß. „Wir haben unser Amphibium erst jetzt fertigbekommen und holen heute die erste Fuhre ab."

„Ihr Auto fährt auch im Wasser?"

„Ja! Wir sind schon bei ziemlicher See nach Husum motort."

„Wie praktisch! Und die Sträuße? Was –"

„Südfall wird ja in jedem Juli ein Blütenmeer", sagt der lebhafte Mann. „Die Sträuße sind schon im vorigen Sommer gepflückt. Die harten immergrünen Stängel brauchen keine Konservierung, aber für die fein verästelten gefiederten Blütenbüschel, die ungezählten, sehen Sie?, haben wir ein farbkonservierendes Sprühmittel aufgetan."

„Es funktioniert tatsächlich!", lacht Schlossel und schwenkt ihren Strauß.

„Sie sagen es! – Unsere Frau Großtante dagegen hält, was wir vorhaben, für aberwitzigen Unfug."

„Ist die Gräfin zu Hause?", fragt MaPö.

„Oh ja! Sie wird ihre Hallig nur noch mit den Füßen voran verlassen und bis dahin allem, was auf dem Festland vor sich geht, mit vermehrter Skepsis gegenüberstehen. Bitte, melden Sie sich doch bei ihr! Sie freut sich, wenn Sie hereinschauen, Herr Doktor."

„Aber ja!", sagt MaPö. „Nordstrand ist doch mein Refugium. Immer wenn ich da bin, wandere ich einmal nach Südfall und dann besuche ich auch Gräfin Reventlow. Ehrensache!"

„Ich weiß!", sagt ihr Großneffe. „Sie spricht von Ihnen. Ich glaube sogar, Sie sind der Einzige, bei dem sie ausspricht, was sommers und winters sich in ihr ansammelt."

„Dazu sage ich weder ja noch nein."

Die beiden stiegen ein, wir winkten uns zu und MaPö bereitete uns auf den Anblick der Gräfin vor. „Sie hält vieles für möglich", sagte er.

„Ihr lustiger Neffe und sein spanischer Freund sehen sich als Unternehmer und wollen mit der Hallignelke reich werden. – Sie nimmt es lachend hin und hält sie für verrückt."

Die Flut kommt leise, während wir auf die braundunkle, unterspülte Graskante der Hallig zugehen. Alex und ich fallen wieder zurück und sehen zu, wie die sich nähernde Flut im gewellten Sand ihren Weg findet, sich heranspielt, auf dem Waschbrett kriecht, als suche sie ihren Weg, unaufhörlich, weil sie ja nicht anders kann, sicher wie der Gang des Mondes, und auf einmal gelten auf dem Watt wieder die umgekehrten Spielregeln, getrocknete Algenfäden werden grün und beginnen zu atmen, zu steigen, die kleinen Sandseilhaufen des Wattwurms werden aufgelöst, blasenblubbernd vernichtet, wir sehen, wie in einer Pfütze ein Butt gelegen hat und vor uns davonzischt. Statt der Sonne regiert nun das Meer.

Die Gräfin stand stockgerade in der Haustür. Sie trug eine graue Schirmmütze, an der Stelle der Ohrenklappen hingen knietief zwei lange Schals herab, die dem nur die Fußspitzen frei lassenden naturwollfarbenen Gewand wie eine Stola auflagen.

„Der Herr Pastor mit einem Bruchteil seines Gefolges!“, rief sie mit rauer, volltönender Stimme. „Welch ein Fest für Südfall! Kommen Sie, kommen Sie herein!“

Ein heller Raum mit niedrigen, von Bleileisten quadrierten Fenstern. Die hagere Gestalt, die wir unterwegs gesichtet hatten, saß überraschend klein am Tisch. Herr Holm vom Husumer Museum, der ihr, wie die Gräfin unverblümt erklärte, ihr „Strandgut abschwatzen will“, von dem einiges auf den viel zu schmalen weißen Fensterbänken lagerte. Wir hatten es schon entdeckt: lasierte, pflanzengrüngelbe Scherben eines fein gemusterten Tellers, ein verrosteter, kaum noch erkennbarer Steigbügel, halb zerbrochene dunkle Schalen oder Vasen, eine Öllampe.

Sie trank mit den Eltern dunklen Tee, während Herr Holm uns auf ihre Bitte die Fundstücke erklärte. Er wollte damit beginnen, uns von der Stadt ‚Rungholt‘ zu erzählen, die im Mittelalter, „mit Venedig vergleichbar“, unweit von Südfall als Hafenstadt einer großen, von Wasserstraßen durchzogenen Insel geblüht haben sollte – „geblüht hat!“, rief die Gräfin –, „und dann in einer Sturmnacht des Jahres 1362 vom Erdboden verschwand“, fuhr er fort. „Nur die Inseln Nordstrand und Pellworm sind übrig geblieben. Schleswig-Holstein ist damals auf der Nordseeseite von hier bis hinauf nach Sylt um ein Drittel breiter gewesen“, sagte er mit hochgezogenen Brauen, „von Wasserstraßen durchzogen“. „Das wussten wir schon“, sagte Yoko vergnügt lachend. „Das hatten wir schon in der Volksschule.“ Schlossel setzte sich mit besorgtem Blick zu uns.

„Ein Bauer von Nordstrand“, sagte der Museumsmann, „der mit der Gräfin von Südfall einen Pakt hat“, fügte er leise hinzu, „weiß, wo man hier bei Ebbe ergiebig pflügen kann. Eigentlich weiß man von dieser Stadt so gut wie nichts.“

„Immerhin wissen wir:

Heut bin ich über Rungholt gefahren
Die Stadt ging unter vor fünfhundert Jahren!“,
rief vom Teetisch die Herrin des Hauses.

„Selbst das würde so nicht mehr stimmen“, meinte unser Führer. „Auch das Gedicht würde demnächst –“

„Wir haben es schon anders gelernt", fiel Yoko ein. „Vor bald 600 Jahren ist es passiert:

Wo gestern noch Lärm und lustiger Tisch,
Schwamm andern Tags der stumme Fisch."

„Du kennst ja, oh, verzeihen Sie, ich bin ganz aus der Welt, Fräulein MaPö. Aber Sie kennen ja unseren Liliencron auswendig – by heart!", rief die Gräfin. „Verraten Sie mir auch Ihre Lieblingsstrophe in diesem Gedicht? Haben Sie eine?"

Yoko besann sich:

„Die Wasser ebben, die Vögel ruhen,
Der liebe Gott geht auf leisesten Schuhen.
Von Brasilien glänzt bis zu Norwegens Riffen
Das Meer wie schlafender Stahl, der geschliffen."

„Aber das ist ja auch meine Strophe", kam es leise vom Teetisch. „Der liebe Gott geht auf leisesten Schuhen, bevor es kracht. Das ist vollkommen wahr. Ich habe es einmal erlebt."

Die Hallig lag jetzt im Wasser. An der Flutlinie sausten in Halbbögen drei Austernfischer, den langen roten Schnabelstab ins Wasser tauchend, rissen Möwen einen Salzvorhang auf, wir gingen zur Steinmole und breiteten uns aus. Wir drei Söhne hüpften von Stein zu Stein auf der holprigen Steinbrücke hinaus in die Wasserumgebung der umspülten Hallig.

„Die Flut kommt noch", rief MaPö warnend, während Alex und ich schon zur Westseite hin kopfüber hineinsprangen. Wir tauchten um die Wette und spürten noch unter Wasser, dass eine starke Strömung die Hallig umkreiste und an den Steinen der Mole entlang nach draußen ins Meer zog, schwammen nicht weiter hinaus, als wir aufgetaucht waren, sondern zur Steinreihe zurück, wo der ältere Bruder wartete. Alex war ein guter Schwimmer und umfasste bald einen Stein der Mole, ich arbeitete darauf zu und kam ihr nicht näher, das Stück, das ich mich mit jedem Zug voranbrachte, trieb ich mit der Strömung ab. Ich begann zu kämpfen, die Brüder riefen, machten Anstalten, ins Wasser zu springen, jetzt stand MaPö im Bademantel auf den Steinen, machte eine heftige Armbewegung – „Keiner ins Wasser, nur nicht!!" –, ich mühte mich ab, er stand vorgebeugt, der große Vater, streckte beide Arme nach mir aus, „ja!", rief er, „ja! – jaa!", ich war keine zehn Meter entfernt, „komm! – die Arme aufwärts bewegen, noch ein Stück, ein kleines nur noch! Hier vorne zieht es weniger!!"

Meine Arme begannen zu schmerzen, zu erlahmen. Die Flut kam noch, von keinem Wind gepeitscht, eine unaufgeregte, ungeheure Wassermasse schwamm vollkommen ruhig auf die Mole zu und bewegte sich um Südfall herum, von dem breiten Meer angesaugt, das insgesamt auf das Festland zuschwamm. Es zog mich mit. Heute weiß ich, seit wir bei gleicher Gelegenheit an der Nordspitze der Insel Amrum den einzigartigen Ludwig Greve verloren haben, in welcher Gefahr ich war. Ich wurde schwach und dachte, es könne doch nicht so schlimm sein, ein Stückchen um die Insel herumzutreiben – Da hatte der auf der Mole einen Einfall. MaPö richtete sich kerzengrade auf, schüttelte seinen Kopf, indem er seinen Lieblingsausdruck parodierte und lachend rief: „Reiß dich zusammen, mein Junge!! – Nur fünfmal so lang wie ich bin …", flötete er hinterher. Mir war plötzlich zum Lachen zumute, eine Kraft schoss in die Arme, in kurzen, schnellen Zügen erreichte ich den Steindamm. Er fasste meine Hände. Als ich zitternd auf dem Damm stand, sank ich zusammen und schlug rückwärts ohnmächtig auf die Steine, blutete unterm Haar, wankte gestützt auf der Steinreihe der Graskante zu. Schlief ein.

Als ich aufwachte, kam MaPö zurück von der Gräfin. Sie hatte für den Verunglückten Asbach Uralt in eine mittelgroße Flasche gefüllt. Er sah mich ernst an.

Die anderen hatten schon auf der Ostseite der Mole gebadet, Schlossel ausgenommen, die seit Längerem wusste, dass sie ihr dreizehntes Kind erwartete. Sie nahm einen Wattebausch und reinigte mir mit dem edlen Zeug die verschorfende Wunde unterm Haar, während ich den Asbach Uralt aus einem zerbeulten Blechbecher trank. Er brannte höllisch auf der Kopfhaut, während er sich auf der Zunge erholsam auffächerte.

Kein Schatten irgendwo. Wir lagen im Gras, Sonne und vom Meergeruch gewürzten warmen Wind in Gesicht und Mund. Oben am Haus blühte Holunder. Sonst hielt sich hier kein Baum. „Ich musste oben Frieden stiften", sagte MaPö. Er schien erzählen zu wollen. Wir setzten uns auf.

„Willst du nicht lieber noch liegen bleiben?", sagte Schlossel. „Du musst dich erholen."

Ich legte mich und hörte mit halbem Ohr zu.

„Gab es Streit?" fragte Schlossel.

„Die Gräfin hat den Abgesandten des Husumer Nissenhauses zur Rede gestellt. ‚Wieso sagen Sie den jungen Menschen, Sie sind immerhin der Vertreter eines angesehenen Stadtmuseums, dass wir von Rungholt gar nichts wissen!', herrschte sie ihn an. Und er:

‚Es gibt kein einziges Dokument der Sturmflut von 1362, das Rungholt erwähnt – ist das kein Beweis?' Ich hörte verdutzt zu. Hier saßen zwei Kenner am Tisch, die einander nichts schenkten.

‚Gräfin!', sagte ich.

Sie fiel mir ins Wort.

‚Ich weiß, was Sie sagen wollen. Bitte, lassen Sie von Ihrem Gefolge heraufkommen, wen es gelüstet, eine Halligrunde unter uns zu erleben.

Die Augen Ihrer Tochter brannten ja vor Neugier. Wir wollen dafür sorgen, sagen Sie das: dass sie auf ihre Kosten kommen.' Sie sah Herrn Holm fragend an – er ballte die Faust."

MaPö sagte lachend:

„Ich glaube, daraus kann etwas werden – wer hätte Lust?"

Ich hatte mich schon aufgesetzt, um Schlossels Fürsorge zuvorzukommen.

Schlossel sah mich zweifelnd an. Sie wolle sich ausruhen auf der sonnigen Wiese, sagte sie.

„Ich bleibe bei dir", sagte Pille. „Oben wird Fräulein MaPö sehnsüchtig erwartet."

Yoko, Alex und ich begleiteten unseren Vater hinauf.

„Wo waren wir stehen geblieben?“, fragte die Gräfin, als wir am Tisch saßen.

„Es gibt kein Dokument der Sturmflut von 1362, das Rungholt erwähnt“, sagte Herr Holm.

„Nein!“ sagte sie. „Es ist seltsam. Aber nehmen Sie doch bitte nur diese wenigen Funde auf meiner Fensterbank, davon gibt es weit mehr, bedenken Sie die Silbermünze aus England, die Münzen aus Spanien, skandinavischen Ländern, von Hamburg, die ich Ihnen zeigte, aufgetaucht innerhalb eines deutlich erkennbaren Brunnenrandes ... Spricht das nicht für eine Hafenstadt? Sie können nicht sagen, dass der Name nirgends in Schriftstücken zu finden ist. Mein Gewährsmann spricht sogar von zwei Rungholts, dat Grote unn dat Lüttge.“

„Dann nennen Sie uns doch endlich diesen Kauz und bringen uns mit ihm in Verbindung.“

„Ich bin im Wort“, sagte sie kurz. „Dies Thema hatten wir abgeschlossen, Herr Holm. Ich von mir aus werde nicht dazu beitragen, dass Südfall zu einem Forschungszentrum und Touristen-Tivoli wird. Einsamkeit als vorüberhüpfendes Massenziel – eine grauenhafte Vorstellung.“ Eine Zeitlang war Stille. Wir drei sahen sie an, und dann auf die Tischplatte.

„Ich behindere Ihre Forschungen nicht“, sagte sie einlenkend. „Ich zeige Ihnen, was ich habe. Das Weitere müssen Sie selbst übernehmen. – Übrigens nehme auch ich nicht an, dass Rungholt einmal so bedeutend gewesen ist wie, meinetwegen, das unglaubliche Venedig oder vorher, zur Wikingerzeit, das Gegenüber an der Ostsee: unser Haithabu. Aber dass es hier an dieser Nordsee etwas gab, werden Sie ungläubiger Thomas nicht aus der Welt schaffen.“

„Ich will nichts aus der Welt, Gräfin, ich will es *in* die Welt schaffen; aber noch haben wir nichts Sicheres in den Händen.“

Sie lachte los. „Vasen, Münzen, Brunnenränder, Steigbügel, lasierte Teller sind für Sie – nichts? Und was halten Sie von der mündlichen Überlieferung auf Nordstrand und Pellworm? Ich rede nicht davon, dass manche Leute hier in der Christnacht vom Watt draußen versunkene Kirchenglocken läuten hören und sogar menschliche Stimmen. Ich mache meinen alltäglichen Rundgang um Südfall morgens und abends, auch am 24. Dezember, und höre nichts dergleichen. Aber der großartige Liliencron, der doch Landvogt und Strandvogt auf Pellworm war, in allen Wirtshäusern als trinkfester Gast und bei so manchen Schürzen äußerst beliebt – der hat doch wohl noch einiges aufgefangen und viel gewusst?"

„Er war ein Dichter! Er hat geflunkert." Yoko legte ihre Hand auf den Mund.

„Er war ein Dichter und hat geflunkert?!", lachte die Gräfin. „Wie reden Sie! Homer war auch ein Dichter und die Menschheit hat zunehmend gemeint, die Geschichte um Troja sei geflunkert, bis ein gewisser Herr Schliemann den Dichter ernstnahm, auf seinen Spuren grub und Troja fand."

„Ich weiß. – Aber was er fand, ist nicht absolut sicher." – Ich hob die Hand, ich wollte sagen, dass auch unser Griechischlehrer zweifelte, ob Troja Troja wäre, ließ die Hand aber schnell wieder sinken, Herr Holm war im Zuge – „Liliencrons Ballade ist doch ganz offensichtlich eine erdichtete Allegorie. Zuerst fabelt er von einem Ungeheuer, das im fernen Ozean liege, der Kopf vor England, sein Schwanz an Brasiliens Strand: Wenn das Untier ein- und ausatme, geschähen Ebbe und Flut, einmal im Jahrhundert hole dieser Riesenwal so Atem, dass sein Ausatmen im Norden Länder und Städte versinken lasse ..."

„Sie brauchen mir den ‚Trutz, blanke Hans' nicht zu erzählen", fuhr sie dazwischen, „vor allem nicht im Konjunktiv!"

„Ich will Ihnen erklären, warum ich ihn für eine Erdichtung halte. Im zweiten Teil schildert der Dichter Rungholt exakt wie das überreich gewordene, blühende alte Rom. Da behauptet er, Syrer und Mohren hätten Sänften durch die gedrängten Gassen getragen, Goldringe in den Nasen." Herr Holm war ganz leise geworden.

„Wolltest du etwas sagen?“, fragte die Gräfin mich.

„Nein, nur Unwichtiges“, sagte ich. „Auch im Husumer Gymnasium sagte uns der Griechischlehrer, dass die Sache mit Troja nicht sicher sei.“

Sie bat Herrn Holm, sie eben in die Küche zu begleiten; wir hörten es klappern.

„Deine Freundin ist ja eine ziemlich spezielle Ausgabe“, sagte Yoko, als wir nachher auf dem Rasen saßen. „Wie aus einer andern Welt. ‚Fräulein MaPö‘ hat auch noch niemand zu mir gesagt …“

„Du!“, sagte MaPö. „Weißt du, wie du zu ihr sagen müsstest?“, fragte er. „Gräfin! Gräfin Diana von Reventlow-Criminil. Sie ist eine Reventlow mit sieben Vornamen, ist auf dem berühmten Gut Emkendorf in Holstein geboren, und hat sich – da hatte ihr Neffe ganz recht – voller Skepsis vor der absonderlichen Bande auf dem Festland zurückgezogen. Hier, findet sie, gelten andere Gesetze, im Grunde wohl ihre. Sie steht im 88. Jahr.“

„‚Steht‘ ist das richtige Wort“, sagte Alex. „Unglaublich, wie sie steht!“

„Sie schwärmt von dem einstigen Emkendorf, dieser Adelsakademie, in der Klopstock und Matthias Claudius auftauchten, die dem Vernunftglauben der Aufklärung misstrauten und den Pietisten nahestanden.

‚Herr Pastor‘, sagte sie zu mir, ‚Sie kommen wie gerufen. Helfen Sie mir! Herr Holm ist einer von diesen grauenhaften Naturaposteln, die um die Natur zu retten, ihr ein Korsett überstülpen wollen. Am Beginn soll die Forschung stehen, sein ‚Logo‘, wie diese Herrschaften sagen, heißt ‚Rungholt‘. Das Logo ist ihr Lockvogel.‘

Ich habe schon vorhin allmählich verstanden“, sagte MaPö, „was hier vorliegt. Herr Holm, der mir im Lauf des Gesprächs immer mehr gefällt, hat die Absicht, ein Forschungszentrum Rungholt zu gründen, wenn möglich mit einer Zweigunterkunft auf Südfall, und er will unbedingt an den Nordstrander Bauern herankommen, der gelegentlich bei Hohlebbe für die Gräfin auf dem ‚Rungholtgelände‘ pflügt und immer irgendetwas zutage bringt. Er will das aber keinesfalls, sagte er mir, auf dem Rechtsweg durchsetzen, sondern im Einvernehmen mit ihr. Sie schaudert davor.

Er hat mich ein bisschen beiseite genommen und erzählt, er schreibe an einer kleinen Schrift über ‚Rungholt im Bewusstsein Nordfrieslands‘. Da gibt es jetzt eine zunehmend spannende Entwicklung.“

Herr Holm und Gräfin Reventlow hatten zusammen ein Tablett hereingetragen. Auf dem Tisch dampfte eine Terrine.

„Entschuldigt“, sagte die Gräfin. „Es hat ein bisschen gedauert – es sind Mitbringsel der beiden jungen Leute, die mit dem Amphibium hier waren.

‚Birnen, Bohnen und Speck‘ – das kennt ihr. Aber auch unseren Nachtisch? ‚Essigpflaumen‘.

„Habe ich noch nie gehört“, sagte Yoko. „Nicht ganz einfach“, sagte Gräfin Reventlow, „eine Kostbarkeit. – Zwetschgen abreiben, mit Gabel prickeln. Zucker, Rotwein, Essig mit Zimt und Nelken kochen und heiß über die Zwetschgen gießen – aber was rede ich da! Wir wollen essen – nicht wissen. Lassen Sie sich‘s gut schmecken.“ Auf dem Tisch standen Gläser.

Wir ließen uns Zeit, plauderten.

„Mir ist erst in letzter Zeit klar geworden“, sagte Herr Holm, „dass es von der Sturmflut an der Nordseeküste drei Erzählungen gibt, sehr verschieden, und doch gibt es etwas.“

„Das erste war eine religiöse Legende, die Geschichte von einer Sintflut“, sagte MaPö. „Aber das wisst ihr, wissen wir alle, nicht?“

„Sag es trotzdem nochmal“, bat Yoko, „ich weiß es nicht mehr genau.“

„Also gut, zuerst war der Untergang Rungholts die Geschichte einer Sintflut, die Strafe des Himmels. Betrunkene Bauern haben im Wirtshaus eine Sau mit Wein bedüselt, sie mit einer Schlafmütze ins Bett gelegt, einen Priester gerufen und den heftig gedrängt, ihr die Sterbesakramente zu reichen. Er widersetzte sich. Darauf versuchten sie, ihn zu zwingen, aus seinen heiligen Sakramentsgefäßen mit ihnen Bier zu saufen. Der Prediger floh – „rief im Himmel an“, sagte Herr Holm leise, – und eine grauenhafte Sturmflut war die Folge. Von dem ausgedehnten Wasser- und Weideland hier blieben nur ein paar Inseln und flache Halligen übrig. Die ‚Mansdränke‘ – hieß es. Der Menschenuntergang.“ –

„Liliencron“, fuhr unser Vater fort, „hat diese Geschichte einer Gotteslästerung dann verweltlicht und in eine freche Herausforderung der Natur umgedeutet. Da ziehen die schwer betrunkenen Rungholter spätnachts auf den Deich und lästern die vor ihnen liegende weiß glänzende, spiegelglatte Wasserfläche. ‚Wir trotzen dir, blanker Hans, Nordseeteich!‘, rufen sie und drohen mit der Faust –“

„‚Trutz, blanke Hans‘ – ‚blank‘ heißt ‚weiß und glänzend‘“, sagte Herr Holm, „meint aber auch damals schon –“

„Man hat nichts in der Tasche“, sagte Alex.

„Ja“, sagte Herr Holm: „Wer blank ist, ist pleite, bankrott, hat nichts mehr zu melden und kann froh sein, wenn man ihm unter die Arme greift. Sie fordern die Natur mit ungeheurer Frechheit heraus – worauf die Krake tief Atem holt ... Und dann kommt das Genie Theodor Storm“, sagte der Gast aus Husum und wurde ganz bewegt. „Wissen Sie, seit ich einen Bundestagsabgeordneten in Bonn so mir nichts, dir nichts sagen hörte, ‚die Insel Sylt werden wir wohl nicht retten können‘, – mir nichts, dir nichts, da bin ich wach geworden und habe den ‚Schimmelreiter‘ nochmal ganz neu gelesen.“

„Liegt er für Sie auf dieser alten Spur?“, frage MaPö.

„Er setzt sie auf eine neue!“, sagte Herr Holm, und nun holte er aus. „Das ist es, worauf ich hinauswill. Meine fixe Idee. Hauke Haien, der Schimmelreiter auf seinem neuartigen Außendeich, ist das Genie der Nordseeküste, das die Herausforderung der Nordsee auf neue Weise annimmt, sie ganz zu seiner Sache macht und einen genialen Ausweg erfindet: den Deich, der nicht mehr schroff wie eine Wand der Flut entgegensteht und unterhöhlt wird, sondern der auf der Seeseite langsam ansteigt und erhöht wird, sodass die anrollenden Wellen sich an ihm totlaufen."

„Ja", habe ich gesagt, „das ist die Lösung, aber weiß das nicht jeder?"

„Das war sie", sagte Herr Holm. „Aber es sieht so aus, dass sie in absehbarer Zeit nicht mehr reicht." Und dann erzählte er von einem Buch, von dem in den USA gemunkelt wird, von einer Frau geschrieben, keiner will es drucken: Sie spricht davon, wie die Vogelwelt auf dem Land stiller wird, Tierarten und Pflanzen verschwinden, ganze Wälder. Dass der Erdboden immer kahler wird, der Sonne und den Traktoren ausgesetzt, immer wärmer – mit ihm die Luft, danach die Meere – das Eis an den Polen schmilzt und der Meeresspiegel steigt."

„Hören Sie auf!", herrschte ihn die Gräfin an. „Was sollen uns hier diese neuartigen apokalyptischen Spekulationen – die Welt liegt doch nicht in unsrer Hand: Herr Pastor, sagen Sie etwas."

Er brauchte nichts zu sagen. Herr Holm tat es, aber er wurde nicht laut, sondern machte sich ganz klein, sprach so leise, dass er kaum zu verstehen war und fragte, ob die Älteren es nicht den Jüngeren erlauben müssen, über diese Anzeichen, die sich melden, nachzudenken. –

„Wir haben es kürzlich in Kiel getan", sagte Herr Holm, „fünf Leutchen, eine Frau und vier Männer, auf verschiedene Weise vom Fach. Wir nahmen uns vor, auf der Zeitleiter in 20 Jahresstufen hinaufzusteigen, 1951, 1971 (!) …

Schon heute kommt es vor, dass unsre Halligen zehnmal im Jahr landunter sind und unsre Warften wie Wohnhügel auf dem Wasser zu schwimmen scheinen. Was wird sein, wenn der Meeresspiegel um einen halben oder einen ganzen Meter steigt und wir bei mittelschwerer Flut dreißigmal landunter sind? Sind unsre Halligen und Inseln mit ihrem Vorland, ist dieser seit 1362 überlebende Gürtel dann noch ein Bollwerk vor der Westküste?

Die Insel Sylt lässt schon jetzt Jahr für Jahr hunderttonnenweise Sand auf der Westseite anfahren und auskippen, damit sie nicht weiter in Richtung Festland versetzt wird.

Der Tourismus wird schon aus diesem Grund zur steigenden Erwerbsquelle."

„Auf den habe ich gewartet", stöhnte die Gräfin. „Mach End, oh Herr, mach Ende … Aber sagen Sie mir doch bitte, um Himmels Willen, was hat das alles mit Theodor Storm und seinem Helden Hauke Haien zu tun?"

„Der Deichgraf Hauke Haien ist nur bedingt ein Held, er macht einen Fehler."

„Was meinen Sie?"

Herr Holm holte aus.

„Der Deichgraf Storms hat etwas von einem Diktator – meinetwegen wie ein Napoleon in Miniatur –, er hat nur eine Idee im Kopf: Landgewinn! Er ist von ihr so gebannt, dass er den alten Deich, der nordwärts an seinen neuen grenzt, völlig aus dem Auge verliert. Der ist von Mäusen unterwühlt, bricht.

Landgewinn! Landgewinn! Und am Ende tabula rasa. Das hatte Zukunft."

Die Gräfin schlug mit der Hand auf den Tisch.

„Herr Holm! Der Name kommt mir hier nicht über die Schwelle. Mir gefallen nicht diese modischen Vergleiche – sie scheren eine kluge tragische Erzählung über einen abscheulichen Kamm und Kerl.

Es ist wahr. Hauke Haien ist eine Herrenfigur, macht einen schlimmen Fehler und muss dafür büßen. Aber ich nehme ihm vor allem eins ganz persönlich übel. Es ist ja in Ordnung, dass er sich in die Flut stürzt, als er sieht, dass der alte von ihm vernachlässigte Deich gebrochen ist, alle Marschbewohner fliehen und Frau und Kind in den Wogen umkommen, es ist, was man von einem anständigen Menschen erwarten kann, aber musste er dabei das Pferd mitnehmen und zu Pferde einen theatralischen Untergang markieren?"

„Moment!", sagte Herr Holm. „Ich weiß, was Pferde Ihnen bedeuten, dass Ihre beiden hier draußen die Gefährten Ihres Sommers und Winters sind. Sie sollen ja sogar in einer Sturmnacht einmal zwischen den verbiesterten Tieren, bis zum Bauch im Wasser stehend, ausgeharrt haben …"

„Lassen Sie diese Provinzanekdoten –!"

„Ich lasse sie. Aber ich wollte sagen, der Schimmel Hauke Haiens ist nicht einfach ein Pferd, es ist vielmehr ein Gespenst, von einem Teufelskerl erworben, es ist der falsche Träger! ‚Hauke Haien' – was ist das schon für ein Name! – reitet ein zweifelhaftes Pferd! Storm hat aus dem Schimmelreiter eine in den Norden verlegte, äußerst gewiefte Teufelsbündnergeschichte gemacht."

„Ich bitte Sie!", sagte Gräfin Diana von Reventlow-Criminil. „Jetzt wird es mir zu bunt."

Wir verließen die Warft, wie Schlossel das so gerne nennt, ziemlich schluckköhrig, allerdings mit einer Schüssel Essigpflaumen.

„Wie seid ihr denn auseinandergekommen?", fragte Schlossel.

„Überraschend gut. Die Gräfin fragte mich zuletzt, was ich denn zu diesen drei Sichtweisen des Herrn Holm sagen würde. Ich habe gesagt, für mich haben sie etwas gemeinsam: ‚Alle drei sind religiöse Geschichten. Sie sagen, der Mensch soll sich nicht für die Mitte der Welt halten, die sich alles untertan machen kann, sonst beginnt das große Gegenüber, Nein zu sagen.'

‚Lieber Herr Pastor, ich könnte Sie umarmen! Sie sind ein – Nein!'

‚Mit dieser Allgemeinheit kann auch ich mich anfreunden', sagte Holm. ‚Und ich verspreche: Fürs Erste unternehme ich nichts als diese meine kleine Schrift.'

‚Ja!', lachte die Gräfin. ‚Springen Sie nur rasch auf auf den fahrenden Wagen!'"

„Sie hat mich tatsächlich umarmt." MaPö schüttelte sich lachend. „Ich hielt den Halligsommer vieler Jahre in den Armen. – Es ist übrigens wahr: diese Vergleiche mit der NS-Zeit, unser Bild von ihr wird immer eintöniger, als habe es nur eins gegeben. Nicht mal für die strammen Nazis stimmt das. Hauke Haien war doch nicht auf einer braunen Spur! Und selbst auf der gab es feine Kerle!

Wisst ihr was? Hier auf Südfall hat wochenlang, vielleicht sogar Monate während des Krieges ein englischer Pilot überwintert. Er war abgeschossen worden, mit dem Fallschirm auf dem Watt gelandet, hatte vor der Flut Südfall erreicht, und sie hat ihn aufgenommen. Er hat hier versteckt gewohnt, sich glänzend mit ihr unterhalten; hier galten eben nicht die Spielregeln des lächerlichen Festlands.

Und als er es nicht mehr aushielt in der Einsamkeit, sich auf Nordstrand als Gefangener meldete und dort ruchbar wurde, dass er Monate auf Visite bei der Gräfin gewesen war, war die erste Reaktion: Anzeige. Man wollte ihr an den Kragen, und wer verhinderte es? Der, ich weiß nicht mehr seinen damaligen Titel, der Landvogt Nordstrands, ein überzeugter Mann der Partei, hat das Verfahren verhindert.

Das gab es doch auch in Breklum. Wir hatten einen Freund bei der Gestapo! Ich finde, ich sollte doch einmal meine Biografie, nicht meine persönliche, aber die unsres Glaubenskampfs und Überlebens niederschreiben –"

„Tu das nicht!", sagte Schlossel. „Ihr lügt alle."

Wir sahen einander an. Ich setzte mich auf. – Das Wort fuhr in uns hinein.

Keiner sagte etwas, auch MaPö nicht, es war nur ein Schatten, der unsere Gesichter überflogen hatte. Schlossel –

Unser Ältester stand auf. „Ich will endlich mal meinen Rundgang um Südfall machen. Es ist so unglaublich schön hier –"

Von der Warft winkte die Gräfin mit ihrem Stock. Das Gras war von Schafen und Gänsen so kurz gehalten, dass der Fuß federte. „Wie groß der Himmelsbogen über einer Hallig wird!", sagte Schlossel. „Als schlüge einer einen Kreis." Eine Seeschwalbe griff an, fuhr Yoko ins Haar, verteidigte ihr Gelege. Wo Wasserrinnen ins Land reichten, waren kleine Holzbrücken gelegt, grau und schwarz vor Alter, nicht ganz sicher.

Wieder vor den feuchten Steinen unsrer Mole, sahen wir, wie das Wasser sank. Zum Festland hin war die See flach geworden, es schlickte zwischen den Buhnen, den Zäunen, welche die Flut beruhigen und die Schwebstoffe sinken lassen, ein wenig neues Land an, Vorland, noch kaum Vorland, der wässerige erdgrüne Queller stapft ihm sonst voraus.

Wir stiegen hinein in ein noch verbliebenes Becken, vor uns im Osten das ferne Nordstrand, das Wasser war warm wie der Wind, den einsinkenden Händen und Füßen wurde es im Schlick unter uns kühl, aber der salzige Spiegel trug, wir lagen auf dem Rücken der See und sanken, sanken mit der neuen Tide, die Winde fächelten.

Die Flut zog schnell davon. Bald wanderten wir zurück durch das Schweigen des wieder freigegebenen Bodens, gingen auf eine kleine, aufgelassene Schleuse zu. Schwalben bewegten sich magnetisch zwischen der Luft und ihren unter dem Dachvorsprung klebenden Nestern.

Auf dem Deich trafen die Eltern Bekannte, die zu ihrer gewohnten ‚Abendschau' an den Außendeich Nordstrands gefahren waren und auf das in der tief stehenden Sonne changierende Watt sahen, wo die Schattenseiten der kleinen Hügel des arbeitenden ‚Sandpiers' auftauchten, des Wattenwurms. Ein entspanntes frohes Gespräch. MaPö in der Mitte.

2
Im Studierzimmer

„Wollen wir nicht nachher noch ein Zuckerei essen?", sagte MaPö bei einem der nächsten Abendessen. „Kommt ihr in einer halben Stunde zu mir rauf?"

Wir saßen gern im Studierzimmer, dort, wo man von der Hausecke auf die Blutbuche sieht. Das taten wir abends, wenn am ovalen Tisch gespielt wurde, Rommé oder Majong oder an zwei Tischen das beliebte Malspiel: Welcher Tisch rät zuerst, was mit wenig Strichen gemeint ist?

Beim Vorlesen im Winter.

Es begann auch an diesem Tag wie so oft. Wir rührten unser Zuckerei, das Eigelb in dickwandigen Tassen, bis kein

Körnchen mehr auf der Zunge unterscheidbar war, während Yoko das Eiklar zu weißem Schaum schlug, den wir dann vorsichtig aus der gemeinsamen Schüssel in unsere Tasse herüberhoben und unterrührten, eine einzigartige ausnahmsweise Kostbarkeit, bei deren bloßer Vorstellung es unsere Kinder und Enkel einmal schaudern sollte. Schlossel lag erschöpft auf der Chaiselongue unterm Fenster.

MaPö saß im Sessel und stopfte seine Pfeife. Der graue ‚Hecht', der sich bald über dem ovalen Tisch bildete, störte niemanden. Im Sofa an der Wand, dem Sessel gegenüber und ringsum auf den Stühlen saßen wir, von uns zwölf die sechs älteren, die (neunzehnjährige) Yoko und Pille (achtzehn), Alex und Bollus (siebzehn und sechzehn), Spatz und Perle (fünfzehn und dreizehn), Chie (zwölf) und unsere (elfjährige) blonde Kaukau. Sie kam später nur, wenn sie Lust hatte.

Wir erzählten, klönten, bis der Älteste auf einmal sagte:

„Du, Mutter, neulich auf Südfall? – ‚Ihr lügt alle'? Was – ? Du wolltest doch sicher sagen: ‚Ihr täuscht euch, es war anders als ihr euch erinnert …'"

Schlossel sah zu ihm hinüber, mit freundlichen Augen, aber sie schüttelte unmerklich den Kopf.

Schlossel hatte ein unbestechliches Gedächtnis und hielt es mit dem genauen Detail, als hafte sie an ihm. Man musste manchmal lachen, zum Beispiel, als MaPö von einem Tag in Indien erzählte, in Kotapad, wo sie gar nicht zugegen gewesen war. „Du", sagte sie, „Heinrich Meyer kann gar nicht wütend gewesen sein, er war doch krank und in Kotagiri geblieben."

Oder als er von ihrer Grünen Hochzeit erzählte, damals am 31. August 1930 in Eckernförde, als ihre Eltern zugleich die Silberne und die Großeltern Prahl die Goldene Hochzeit feierten. „Als wir die Treppe des Rathauses herunterkamen", sagte MaPö, „da lag unten im Auto ein Blumenstrauß von unsrer Nachbarin, Frau Dr. Schütz –"

„– Nee", sagte sie, „von ihrer Gesellschafterin, Tante Lilli!"

MaPö: „Und von Hadersleben kam der Kirchenchor mit Herrn Hut, dem Organisten des Doms, die hatten eine eigene Vertonung des 23. Psalms sich vorgenommen –"

„– von der Familie bestellt bei Herrn Hut und bezahlt", berichtigte Schlossel.

Er: „Beim Essen sagte der Brauereibesitzer Fuglsang zu seinem Nachbarn, dem 85-jährigen Großvater Prahl: ‚In Hadersleben können Sie nicht mal zu uns über die Straße kommen. Hier gehen Sie wie ein junger Gott durch die Kirche bei so einem Fest?' ‚Dann schaffen Sie mir solche Feste!', sagte der Alte."

„– Er hat seine ganzen Kräfte verausgabt an dem Tag!", ergänzte sie.

„Es gab viele Festreden, und die beste hielt Großvater Prahl, ganz begeistert, und er schloss mit einem ‚Heil'."

„– das war aber irgendwie noch kein Nazi-Heil –"

„Nein!" sagte er. „Das war kein Nazi-Heil."

MaPö hatte die Begabung, anzustecken durch Bejahung, gelegentlich, durch Bejahung zu überschwemmen. Seine Geschichten veränderten sich mit der Zeit ein wenig, wurden besser, steuerten auf eine Pointe zu, bis sie saßen. Er war ein Erzähler.

Schlossel war nüchtern und praktisch. Stets genau. Ihre Erinnerung hing an den Einzelheiten. Sie war auch anders orientiert, daran, was einer tat und fertigbrachte, was seine Sache war, nicht an deren Darstellung. In manchem eine Puritanerin. Strikt. Es gab kein Recht, war geradezu untersagt, die eigene Person herauszustreichen. Das Zeitalter der Perücke, in dem der Spiegel und die Eitelkeit ein eingestandener Bestandteil des Lebens waren, wäre ihr fern gewesen. Als unser Vater ihr seinerzeit aus Indien Teelöffel und ein wenig Schmuck in einem berühmten Silber mitgebracht hatte, konnte sie sich an jenem Weihnachtsabend nicht mehr freuen. Sie hatte die Armut vor Augen, die er gesehen und ihr geschildert hatte. Sie witterte, wenn es in der Familie jemandem schlecht ging. Ihr konnte es nicht passieren, einen Bericht durch Bejahung zu überschwemmen. Ihr Revier war ein anderes. Klug war einer, der sah, wo etwas getan werden muss, dienstbereit einsprang und kein Gewese darumherum machte; sobald sie das an MaPö erkannte, strahlte sie ihn an.

Wir redeten weiter, scherzten. MaPö stopfte seine Pfeife und begann: „Unsre beiden Ältesten haben mich gefragt, ob es wahr ist, dass wir alle lügen, wenn von der Nazizeit die Rede ist.

Eins ist sicher wahr: Wir erinnern uns am liebsten daran, was uns heute in den Kram passt, was uns gut aussehen lässt. Es fällt uns wie von selbst ein. –

Das andere, das uns bloßstellt, schieben wir bewusst, ich glaube, noch öfter unbewusst in die Dunkelkammer.

Wie es wirklich war, werden wir auch zusammen nicht herauskriegen – wir können erzählen, wie wir es erlebt haben, und Mona kann mit ihrem Stecknadelgedächtnis eingreifen, wenn euer Vater wieder flunkert ... Was meint ihr: Womit sollen wir anfangen?"

„Am besten mit dem Anfang", sagte Alex. „Wie war es in Gelting? Ich bin ja noch in Gelting geboren, dann kam Bollus in Breklum."

„Unser Anfang, seit 1930 in Gelting, die Zeit in der Ostseegemeinde war das Schönste, nicht, Mona?" ‚Mona' war Schlossels intimer Name.

„Ja", sagte sie. „Ich habe geweint, als wir weggingen. Wie jung waren wir, als wir ankamen! Vater war gerade eben siebenundzwanzig, ich einundzwanzig, und wie die Geltinger mit uns umgingen! Als wären wir gestandene Leute und sonst wer! Uns empfing eine Girlande WILLKOMMEN. Und das Haus blitzte. Meine und Vaters Geschwister hatten sich zusammengetan und eine Woche lang das Pastorat geputzt, gewienert, alle elf Zimmer, die Möbel eingerückt nach unserm Plan, es hatte ein Jahr leer gestanden ...

Allerdings, schon am zweiten Tag erschien ein Freund und Nachbar vom Bistensee, ein Stellungloser, ich höre noch seine staubdröge Stimme:

‚Ist unser Friedrich nicht da?' – Der Gute blieb sechs Wochen.

Und deine erste Predigt, wenn ich daran denke – Oh haueha!, was?“

MaPö nickte heftig. Er ging zwischen Kachelofen und Chaiselongue hin und her, ohne oben anzustoßen. Das tat er fast immer, wenn er erzählte. Von der Deckenmitte hing die von Schlossel entworfene Dreiecklampe in den Raum, aus dunkelbraun gebeizten Dreikanthölzern gefugt, die sie ihm in Gelting geschenkt hatte. An den Ecken leuchteten aus Holzschalen drei matte 60-Watt-Birnen.

Uns umgab eine stehende Geschichte. An der Wand hing das bräunliche Foto der Steilküste an der Eckernförder Bucht, der ‚Möwenberge', da hatten sie sich verlobt, überm Sofa ein großes nächtliches Bild des Barmherzigen Samariters, das ihr ‚Kleiner Kreis' dem Grünen Paar zur Verlobung geschenkt hatte. Eine Felsenherberge, helldunkel, Rembrandt von ferne sich nähernd. Der Samariter hebt den am blutenden Kopf verbundenen Halbtoten vom Esel, um ihn die Stufen hinaufzutragen, auf denen erschrocken der Gastwirt mit der brennenden Kerzenlampe entgegenkommt.

Daneben zur Tür hin seit Ende 1942 ein Foto des jüngsten, 21-jährigen Bruders und seines Bordfunkers, die gut gelaunt in Uniform auf dem Flügel ihres Stuka I sitzen, ihres Sturzkampffliegers, und die Beine baumeln lassen. Etwas tiefer, verglast, in kleiner Antiqua Otto von Taubes

„*coelum tegit, qui non habet urnam*
Der Himmel deckt den, der kein Grabmal hat,
Den weder Sarg noch Urne aufgenommen.
Was steht ihr denn, als wärt ihr ohne Rat
Und Trost, wenn einer draußen umgekommen.“

Gegenüber an der Ostwand das breite Bücherbord. Links oben hing im Krieg die Karte Osteuropas, auf der MaPö mit roten Fähnchen die sich verändernde Frontlinie gegenüber Russland markiert hatte; er musste die Fähnchen Monat für Monat zurückstecken, bis sie sich der deutschen Grenze näherten und verschwanden. Daneben die Anzeigen mit dem schwarzen Kreuz, die sich zuletzt Woche für Woche mehrten.

Am Kopfende der Chaiselongue stand der kleine Volksempfänger mit der grauen Lautsprecherscheibe, hinter der im Krieg ein Wecker tickte, bevor die neueste Nachricht kam, die Sondermeldung, daneben auf der Ecke des Schreibtisches eine handbemalte Pergamentlampe, ein Geschenk des Schlosses Langenburg, wo MaPö seine Doktorarbeit über Johann Hinrich Wichern geschrieben hatte. Ein Metallbecher enthielt 10 bis 20 gespitzte Bleistifte – wohin auch immer MaPö kam und einen Bleistift erblickte, steckte er ihn ein, eine kleine Besonderheit – und, ebenfalls auf dem geräumigen Schreibtisch, ein Chinese mit wulstigen Stirnfalten. Diese fast schwarze bizarre Holzfigur, an der fast alles herunterhing, Schultern und Stab und Kleidungselemente, die langen Schnurrbartsträhnen – ein Weiser? Eine Göttergestalt? Ein Götze? Jedenfalls ein Staubfänger, den aus dem Studierzimmer zu entfernen Schlossel auch in Zukunft nicht gelingen wird.

Neben dem hellen Kachelofen an der Nordwand steht das Betpult, wo MaPö kniet oder stehend liest, darüber hängt gerahmt, verglast, in kunstvoller Frakturschrift mit farbigen Initialen „Wer die Hand an den Pflug legt und sieht zurück, der ist nicht geschickt zum Reiche Gottes.“ – Darüber das Seitenporträt des weißhaarigen schönen Johann Hinrich Wichern.

MaPö hat sich inzwischen wieder in den Sessel neben der Chaiselongue gesetzt. Die Pfeife knistert und zischt. Obwohl seit der Währungsreform Tabak frei, ohne Kartenabschnitt, in jeder Menge und amerikanischer Qualität zu kaufen ist, raucht er den Eigenbau zu Ende, den Bollus seit 1946 unter sich hatte, von einer Flüchtlingsfamilie angeleitet: spitzblättrige dunkle Virginia gemischt mit den türkisch gelben Rundblättern, durch Pflaumensaft verfeinert und im selbst gebastelten Holzkästchen mit rohen Kartoffelscheiben feucht gehalten. Ich war seit dem 11. Lebensjahr sein Tabakmeister. Immer zu Diensten.

„Wäre es nicht besser, wenn wir früher anfingen?“, sagte Schlossel. „Ihr würdet dann besser verstehen, dass vieles gar nicht so ausgefallen war: dass es wie von selbst kam.“

„Aber nun hatten wir doch grade mit Gelting angefangen“, sagte Alex. „Ich würde schon gerne wissen: Wieso war denn dein erster Sonntagmorgen in Gelting ein solcher Reinfall?“

„Ich versuche mich gerade zu erinnern. Was ich sicher weiß, ist, dass am Montagmorgen der geschäftsführende Kirchenälteste zu mir kam, Thomsen, sich räusperte, schluckte: ‚Darf ich alles ganz offen sagen?‘ ‚Gern‘, sagte ich, ‚aber natürlich.‘ Er zögerte: ‚Wenn gestern Wahl gewesen wäre, hätte die Gemeinde Sie nicht gewählt.‘

Ich fiel aus allen Wolken, man hatte mich doch berufen, ich hatte mich gar nicht beworben.

‚Es hat mit Ihnen gar nichts zu tun‘, sagte Thomsen, aber – nun erzählte er eine endlose Geschichte, derzufolge das Pastorat ein Jahr leer gestanden hatte, und schloss: ‚Sie müssen das Vertrauen der Gemeinde neu erwerben.‘

Ich eilte zu Mona in die Küche, wir rätselten. Die Kirche Geltings hatte einen katholischen Patron, Baron von Hobe, der am Sonntagmittag zum Einführungsessen eingeladen hatte. Er sagte zur Begrüßung: ‚Sie hatten zwei recht verschiedene Vorgänger, der erste war weltlich, sehr weltlich, zu weltlich; der zweite war geistlich, sehr geistlich, zu geistlich. Nun hoffen wir, dass Sie den goldenen Mittelweg finden.‘“

„War das der Schlüssel?“

„Nein! eigentlich nicht. Aber, wisst ihr was? – Wir haben ihn vergraben.“

„Wen?“

„Den Schlüssel. Wir nahmen uns vor, das Vertrauen gemeinsam zurückzuholen, machten einen ersten Plan, saßen schon tags darauf auf dem Fahrrad.“

„Ich frage mich: Hatte es nicht doch mit dir zu tun, deiner Predigt? Ein falscher Ton kann verheerend wirken“, sagte Schlossel.

„Was war denn dein Text?“, fragte Yoko.

Er sah Schlossel an.

„‚Dienet dem Herrn mit Freuden‘“, sagte sie, „aber es klang ein bisschen wie: ‚Siehe, ich mache alles neu.‘“

Wir lachten.

„Nein!“, sagte sie. „Nicht so. Ich verstand, was Vater meinte. Aber du zitiertest diese Stelle, die ja zu deinem Text gehörte, und das so laut, dass eine taube Oma dich verstanden hätte, und dann sangen wir ‚Jerusalem, du hochgebaute Stadt‘. Ich habe gleich überlegt, ob sie jetzt nicht denken:

Er redet von sich, er will alles neu machen. Stimmt das nicht sogar, ein bisschen?“

„Ja!“, sagte er. „Meine großen Ideen, was entstehen könnte in meiner ersten kleinen Gemeinde …“

„War das nicht überhaupt alles am 14. September 1930, am Tag der Reichstagswahl?“, fragte Alex.

„Ja! Wir sind nachmittags zur Wahl gegangen. In der Zeitung war sofort die Rede vom ‚Erdrutsch‘. Die Nazis saßen plötzlich auf einem Drittel aller Sitze des Reichstags. In Schleswig-Holstein hatten sie schon ziemlich früh mehr als die Hälfte aller Stimmen. Sie versprachen ja, den Bauernstand zu retten, den Erbhof. Aber in Gelting haben wir damals noch nichts von ihnen gemerkt. Da hatten wir einen anderen Tellerrand.“

„Und wie habt ihr es gemacht, das Vertrauen der Geltinger zu erwerben?“

„Wir haben sie besucht“, sagte MaPö, „zuerst gemeinsam mit dem Fahrrad, dann, als ihr kamt, unsre drei Geltinger, ich zumeist allein. Ich hatte mir vorgenommen, im ersten Jahr alle kennenzulernen, es gab aber fast zweieinhalbtausend Gemeindeglieder und dauerte zwei Jahre. Und war eine solche Freude, diese Angeliter!

Ich versuchte es anfangs mit dem Plattdeutschen, bis mir einmal einer der Bauern sagte: ‚Herr Pastor, dot Se uns een Gefallen, snacken Se hochdütsch.‘

Und bei den Alten musste ich manchmal singen.

Es gab da eine kranke Alte, sie lag, wenn ich sie besuchte, und sie begrüßte mich immer: ‚Herr Pastor, Dscherusalem!‘ Es war dieses schöne weiche stimmungsvolle Dsch, für das wir keinen Buchstaben haben, und es klang auch eher wie Herr Pastur, aber auch nicht ganz. Bei dem ersten Mal zuckte sie zusammen.“

„Euer Vater sang ja so unglaublich falsch", sagte Schlossel.

„Ja", sagte er, „freiweg nach Münchhausen:
Er sang nicht schön, doch sang er laut,
Das Zelttuch bebte am Pfahle."

„Zuckte am Pfahle", sagte sie.

„Ja!", sagte er.
„Es hatte das Lied nur einen Vers
Er sang ihn wohl hundertmale.
Und eure Mutter hat es mir beigebracht."

„Zuletzt, als Gelting für uns zu Ende ging, hattest du das Ohr", sagte sie. „War alles richtig."

„Die großen Bauern holten uns mit der Kutsche ab", sagte MaPö, „ganz feierlich. Wir können gar nicht aufzählen, was wir alles unternommen haben."

„Der Kindergottesdienst war dein Liebstes, nicht?", sagte sie. „Ich glaube fast, dein Bestes. Du erzähltest und sie kamen vergnügt aus der Kirche."

„Die Musik in der Adventszeit und zu Ostern, das war deins", sagte er. „Du mit der Geige. Der Jungmädchenabend."

„Wir haben versucht, auf die soziale Not zu reagieren. Einige Bauern waren hoch verschuldet und versuchten, durch Darlehen – auch solche unsrer ‚Inneren Mission' – ihren Besitz zu retten. Bei einigen gelang uns die Rettung. Dann brach deren Bank zusammen.

Die Handwerker krebsten an der Hungerschwelle, bemühten sich um Aufträge. Die meisten hatten immerhin noch ein Gartengrundstück.

Vor allem Geltings Arbeiter verloren der Reihe nach ihre Stelle, immer mehr saßen leer da, die jüngeren fast ohne Aussicht. Unsre Bauern und Handwerker und kleinen Betriebe konnten keine Zusatzkräfte mehr bezahlen."

„Die Preise gingen ja runter und die Steuern hoch", sagte Schlossel.

„Solche jungen Familien kamen in Abständen in unseren Garten zum Nachmittagskaffee."

„Und einmal im Monat", ergänzte MaPö, „trafen sich

an die 80 junge Arbeitslose im Pastorat. Da ging es offen zur Sache, über die Kirche und den Arbeiter, den sie seit 100 Jahren aus den Augen verloren hat. ‚Ihr seid doch einfach eine Adresse für Bessergestellte', hieß es. Wir redeten über die Ehe und die Zeit davor. Sie waren nicht gerade verklemmt. ‚Wir können doch gar nicht wagen und heiraten und sollen doch auch unsern Spaß haben.'"

Schlossel lachte: „Man hörte den Dänen: ‚Wir können nicht wagen und heiraten.'

Euer Vater hatte ein Auge und Ohr für diese Dinge, seine Doktorarbeit hieß ja ‚Johann Hinrich Wichern und die sozialen Fragen'. Es war noch nicht ganz fertig abgeschrieben, was er im Süden auf Schloss Langenburg zustande gebracht hatte; ich habe in Gelting den Rest seiner Buchstaben abgetippt. Die sahen aus wie torkelnde Ameisen. Ich musste dich oft rufen. – Aber so war ich doch halbwegs im Bilde bei euren Soziallehrgängen", – sie setzte sich halb auf und sah lachend zu ihm hinüber –, „vom Propheten Amos bis zu Rosa Luxemburg."

„Ein Erfolg war eine Erwerbslosenfreizeit am Bistensee, wo die Evangelische Jugend von Schleswig-Holstein eine Villa und ein Strohdachhaus besaß. Da haben wir zum See hin mit einer dieser ‚Freizeiten' einen Fußballplatz angelegt – und zum Abschied wurde gebolzt."

„Du", sagte Schlossel, „die Steinreihe von der Geltinger Nordschau hinüber zur Halbinsel Birk, auf der man vom Tannenwald aus zwischen der Ostsee links und dem flachen Gewässer rechts, dem Noor, bis zur Mühle Charlotte hinübergehen und den langen Umweg abkürzen konnte, die ist doch auch damals von euch gesetzt worden. Jetzt ist sie ja zerfallen und auf den Steinen murmeln die Kormorane."

„Die Abende bei dieser Truppe", sagte MaPö, „die waren so herrlich albern. ‚Siehst du den Mond, den gelben?', sagte einer. ‚Ich seh denselben', der zweite, und der dritte: ‚Öde, wa!' Und einer, dem die Rote Grütze zu sauer war, rief plötzlich über die Tische: ‚Am Zucker sparen grundverkehrt / Der Körper braucht ihn, Zucker nährt.'"

„Wir haben uns damals wenig darum gekümmert, was im großen Ganzen vor sich ging“, sagte Schlossel. „Gelting war unser Mittelpunkt. Von der Halbinsel Birk, wohin wir öfter am Sonntagnachmittag gingen, sah ich die Insel Alsen, ‚Als‘ heißt sie jetzt ja, wo ich geboren bin. Wir sahen den weißen Kirchturm von Lysabild, wo mein Vater meistens auf Hochdänisch gepredigt hat. Wir Kinder sprachen dort beides, zu Hause deutsch, auf der Straße Alsinger Platt, ich habe doch als Kind nie verstanden, wieso man nicht beides kann. Und mein Vater, euer Großvater, hat, als er 1920 nach der Abstimmung sich für Deutschland entschied und Propst in Eckernförde wurde, sich zuerst manchmal plötzlich mit einem dänischen Wort versprochen.“

„Ihr sagt ja jetzt noch manchmal ‚unser Däne‘“, sagte ich. „Seid ihr denn ungerne nach Deutschland gegangen?“

„Wir Kinder: ja! Wir wussten gar nicht, was es bedeutet, aber wir wollten doch nicht weg von Alsen. Sie wollten meinen Vater auch als Propst in Sonderburg haben. Nur, dann hieß es plötzlich: wir müssten dann auch zu Hause dänisch sprechen.“

„Wo wir jetzt dabei sind“, sagte MaPö. „Auch mein Vater konnte natürlich beides; seine erste Stelle hieß Volksschullehrer in Seplev auf Alsen. Da musste er Dänisch verstehen und sprechen können. Die Kinder in der Schule sprachen es. Ihn hat es nach seiner Ausbildung an der Westküste gleich nach Alsen gezogen, weit weg. ‚Er will ja hoch hinaus‘, sagten sie zu Hause am Deich von Uberg, ‚heiratet eine Alsinger Pastorentochter, noch dazu aus Augustenburg.‘ Er kam doch aus ärmsten Verhältnissen, und das wollte er nie vergessen.“

„Du auch nicht“, sagte Schlossel.

„Ja“, sagten wir, „davon hast du wirklich oft erzählt.“

„Neulich in Uberg“, lachte plötzlich Chie, auch Glocke Marmunne genannt, der Jüngste, der an diesem Abend dabei war. Er sah uns an:

„Opa Jens kann ich auswendig“, sagte unser Schiefhals und machte eine lange Handbewegung vom Kinn auf uns zu. – Wir lachten.

Jetzt amüsierte auch MaPö sich.

„Was weißt du denn?", sagte er.

Chie sah in die Runde und sagte leise, ein bisschen heiser:

„Dein Vater war der jüngste von sechs Geschwistern. Morgens um vier standen sie auf und flochten Binsenmatten, die dann in Tondern auf dem Markt verkauft wurden.

Sie wohnten auf einem Deich mit einer längeren Reihe kleiner Häuser, in den Fischerhäusern bei Uberg. Unterhalb war eine Weide, die manchmal überflutet war. Und die Binsen gab es nicht weit entfernt. Da stellten unser Opa, den ich nicht mehr gekannt hab, und seine Brüder ihre Reusen auf und fingen Aale. Die Aale musste er schon mit elf Jahren in Tondern verkaufen.

Er klingelte an den Häusern, und nicht selten wurde die Tür zugeschlagen, wenn er geklingelt hatte. Das saß so fest in ihm, unsre Oma durfte in Kiel, auch in den Hungerzeiten, niemals einen Hausierer abweisen. Sie musste ihm etwas geben.

Opas Vater war ein Tagelöhner und jetzt schon ein kleiner Pächter. Eines Tages kam er mit einem Pferd. Mit was?! Es war nicht zu glauben. Mit einem Pferd. Das war ein neues Zeitalter.

Im Haus gab es nur ein Buch, ziemlich schluntig. Das hast du gelesen. Es war ein Liebesroman."

Wir folgten belustigt seinem Bericht, er wusste alles, und zwar genau.

„Soll ich noch weiter?", fragte er.

„Ja!!"

„In der Schule hat Opa manchmal geschlafen. Trotzdem fiel er seinem Lehrer auf.

Es gab nur zwei Klassenzimmer, eines vom 6. bis 10., das andere vom 11. bis 14. Lebensjahr. Seit Opa neun Jahr alt war, oder eigentlich jung war, half er beim Unterrichten. Sein Lehrer behielt ihn auch als seinen Helfer, als er mit der Schule fertig war.

Als er 16 war, schickte ihn der Hauptlehrer von Uberg auf die Präparandenanstalt in Tondern.

Mit 18 Jahren war er ein ausgebildeter Lehrer."

„Wie vernünftig!" sagte Schlossel. „Mit 18 Jahren kann man leicht als Volksschullehrer anfangen. Ihr werdet heute alle viel zu alt!"

Wir lachten aus mehreren Gründen. Das ‚zu alt' war Schlossels Lieblingsthema! „Und dann?"

„Dann", sagte Chie, „aber jetzt kann einer von euch –"

„Nein! Dann? Bitte, bitte Chie! –"

„Dann ging er von den Fischerhäusern im Westen zu den Hünengräbern im Osten nach Alsen. Er wohnte oben in der Schule von Seplev und sah direkt auf den Friedhof; da kamen manchmal zwei junge Mädchen, die das Grab ihrer Großeltern pflegten ... – Nein! Jetzt will ich nicht mehr."

Es gab eine Pause. Chie wurde lachend mit Lob überschüttet. MaPö sagte: „Unser erster Ausflug in die Geschichte. Ihr könnt euch kaum noch vorstellen, welche Bedeutung damals die Herkunft hatte."

„Ich glaube, das gilt heute auch", sagte Alex. „Wir merken es nur nicht so. – Aber mir fällt auf, wir entfernen uns immer mehr von Gelting – zuerst nach Lysabild auf Alsen an der Ostsee, dann nach Uberg nahe der Nordsee. Wir wollten doch – ihr wart mit euren Arbeitslosenfreizeiten so nahe an der Zeit, also: Wann wurde auch in Gelting brenzlig, was im Reich vor sich ging?"

„In Gelting wurde es lebhaft, als 1932 die Wahl des Reichspräsidenten bevorstand. Da gab es für mich, für uns beide, keine Zweifel."

„Wir haben Hindenburg gewählt", sagte Schlossel.

„Das haben wir", sagte MaPö. „Im Frühjahr 1932. Da war der überall angefachte Sturmwind auch in Gelting angekommen. Hindenburg war seit 1925 Reichspräsident, jetzt 85 Jahre alt, und hatte sich trotzdem breitschlagen lassen, noch einmal zu kandidieren. Er wurde gedrängt, sogar von den Sozialdemokraten, was ihn ziemlich unsicher machte. Sein Gegenkandidat war Hitler – ihr wisst ja, wie stark dessen Partei wurde, genau zu der Zeit, als wir in Gelting angekommen waren. Aber inzwischen veranstaltete sie einen Wahlkampf, bei dem einem angst und bange werden konnte. Gegner wurden aus dem Saal getragen, herausgeknüppelt, man las von Verletzten und Toten.

Ich wusste seit meiner Hauslehrerzeit, die ja nach Luisenlund bei Eckernförde, aber auch nach Schloss Langenburg im Süden geführt hat, – davon später –, ich wusste seit der Langenburger Zeit, wie Hindenburg von seinem Gegner dachte. Hindenburg ist einmal dort zu Gast gewesen, das wurde mir mehr als einmal erzählt. Für den Generalfeldmarschall und Sieger von Tannenberg war dieser Gefreite des Ersten Weltkriegs eigentlich gar kein Gegner. Der stammte aus dem böhmischen Grenzgebiet, war vor Kurzem noch nicht einmal deutscher Staatsbürger gewesen, erhielt diese Zugehörigkeit auf einem Weg – na ja!

Damals auf Langenburg fand Hindenburg:

‚Seltsamer Mann, raucht nie auch nur eine Zigarre, trinkt keinen Tropfen. Vegetarier. Und dann diese extremen Ansichten …‘“

MaPö sagte: „Mir gefiel am meisten Hindenburgs Wahlkampf. Er trat nur einmal auf, mit einer kurzen Ansprache, sagte:

‚Mein Leben liegt klar vor aller Augen.‘

Er war kein Mitglied irgendeiner Partei: ein von vielen bewunderter Konservativer, der sich streng an die demokratische Verfassung hielt. Im Herzen Monarchist: Dem Vaterland Erschütterungen ersparen und ihm in Treue dienen – so stellte er sich vor.“

„Gab es nicht sogar zwei Wahlen?“, sagte Schlossel.

„Ja, wir sind zweimal wählen gegangen, es war schon damals brenzlig. Hitler hatte mehr als ein Drittel der Stimmen.

Ich glaube, mein Bild von Hindenburg und was ich von Wichern angenommen hatte, waren der Hauptgrund, weshalb ich zuerst ganz auf die Nazis hereingefallen bin.“

„Bist du damals tatsächlich in die SA eingetreten?“

MaPö legte den Finger quer vor den Mund und nickte mehrmals.

3
Schule und Studium – Im Vorfeld der Hitlereiche

Diesmal dauerte es vierzehn Tage, bis MaPö nach Tisch sagte: „Wollen wir heute Abend weitermachen mit unserem Thema? Reicht unser Vorrat für ein Zuckerei?"

Schlossel blieb zunächst auf der Chaiselongue sitzen, schräg hinter dem Sessel, auf dem MaPö seine Pfeife stopfte, und sagte: „Wir haben uns halbe Nächte unterhalten, wie es damals war und zuging, wie es gekommen ist, dass wir von den Nazis zuerst ziemlich überzeugt wurden.

Heute ist es leicht zu erkennen, dass es ein schwerer Fehler war, auf sie zu setzen, damals war mein Gefühl, dass es wie von selbst kam und viele unserer Wünsche erfüllte, vielleicht, was unsere Hoffnungen anging, sogar ein richtiger Glücksfall war."

„Du warst von Anfang an kritisch", sagte MaPö.

„Ich war skeptischer als du", sagte sie, „aber das bin ich ja fast von Natur. Nein, es gab vieles, wozu wir beide ja sagten: Als wir gefragt wurden, ob Deutschland mit den Reparationszahlungen aufhören und aus dem Völkerbund austreten soll, haben wir zugestimmt – so lauteten doch damals die Wahlen –; aber ich meine gar nicht die große Politik, ich meine deine persönliche Vorgeschichte: der kam, so schien es, in dieser neuen Zeit doch vieles entgegen. Ich habe Vater gebeten, ob er heute einmal erzählt, was das zum Beispiel war in seiner Geschichte –"

„Eure Mutter hat mir ja verboten, meine Lebensgeschichte niederzuschreiben", sagte MaPö, „ich verstehe auch, warum. Aber das hier hat mich gereizt; so kommen wir vielleicht darauf, warum es 1933 sofort ungezählte ‚Deutsche Christen' gab – landesweit."

„Das waren wir ja nicht."

„Nein, das waren und wurden wir nicht. Aber ich war

damit einverstanden, als in unserem Ältestenkreis schon bald einige zu den Deutschen Christen umschwenkten.

Seit Hindenburgs Wiederwahl herrschte Wirrwarr. Vor der Reichstagswahl von 1932, am 17. Juli hatte ein ‚Werbemarsch' der NSDAP in Altona zu einem Krawall mit Kommunisten und anderen Nazigegnern geführt, bei dem es viele Verletzte und 18 Tote gab. Der ‚Altonaer Blutsonntag' wurde ein Symboltag des Schreckens, der sich wiederholen konnte.

Die Politik war mittlerweile Schritt für Schritt festgefahren. Am Sonntag, dem 11. Januar 1933 las ich vom Geltinger Altar aus einen Text vor, den der Altonaer Pastor Hans Asmussen an alle Pastorate Schleswig-Holsteins geschickt hatte:

‚Die Schäden des öffentlichen Lebens sind so offenbar, dass niemand sie übersehen kann. ... Auch wir halten es für eine Sünde, wenn sich jemand bei der herrschenden Arbeitslosigkeit beruhigen kann. ... Das Evangelium stellt uns alle an den rechten Platz und ist damit alleinige Hilfe und völliges Heil auch für unser irdisches Vaterland.'

Wenige Wochen danach ernannte der 86-jährige Hindenburg Adolf Hitler zum Reichskanzler.

Am Abend des 30. Januar 1933 standen in den Fenstern nahezu aller Häuser in Gelting und Süderballig Kerzen. Plötzlich flammte neue Hoffnung auf. Nur das Haus des Pastors und des Arzt-Ehepaares Dr. Thomsen blieb dunkel. Ahnten wir, was kommen würde? Danach setzte ein Sturm von vielen Seiten auf uns ein. Wir willigten ein, Arzt der SA und Pastor der SA zu werden, und traten zusammen mit dem damaligen Pastor in Gundelsby, das zeitweise zu Gelting gehört hat, dort ein. Ein Geltinger erinnert sich:

‚Wir wissen ja, dass die Begeisterung, die am 10. 1. 1933 aufflammte, auch Wellen in Gelting aufwühlte. Das ganze Volk – mit wenigen Ausnahmen – geriet in Ekstase. Viele glaubten an eine religiöse Erweckung.'

Auch ich verfiel dem Rausch und beschrieb die Zeit voller Begeisterung in der Geltinger Kirchenchronik. Mir wurde sogar ‚befohlen', am Abend der Vereidigung der SA in unserem Gasthof die Festrede zu halten, da der Standartenführer ausfiel. Er war sturzbetrunken. Thema: ‚Nordmark voran! Als SA-Männer, als Deutsche, als Christen.‘ ‚Wissen Sie, was auf Beunruhigung der Bevölkerung steht?‘, fragte mich danach der Kreisleiter aus Flensburg, der neben mir saß. Er sah mich an: ‚Dies war Beunruhigung der Bevölkerung.‘ Begann der Kampf?"

„Vielleicht hast du dein Lieblingswort zitiert und die Reihenfolge umgestellt", sagte Vaters Mona: „‚Trachtet am ersten nach dem Reiche Gottes und nach seiner Gerechtigkeit, dann wird Euch solches alles zufallen‘?"

„Ich weiß nicht mehr, was ich gesagt habe. Es war eine Stegreifrede. – Ich glaube, es gab für mich drei Gründe, weshalb die allgemeine Begeisterung auch mich gepackt hatte, sie werden für euch ziemlich seltsam klingen: meine Zeit im ‚BK‘, das war noch nicht die später sogenannte Bekennende Kirche – sondern es waren, als ich noch in Kiel das Gymnasium besuchte, die in der damaligen Evangelischen Jugend organisierten ‚Bibelkreise‘, meine Doktorarbeit mit dem Thema ‚Johann Hinrich Wichern und die sozialen Fragen‘, die ich erst in Gelting mit Monas Hilfe zu Ende gebracht habe und die 1932 erschienen ist, und das Bekenntnis Hitlers zum Christentum."

„Was sagst du? Meinst du das im Ernst?"

„Ihr werdet euch wundern. Die SA kam einmal im Monat geschlossen zur Kirche."

„Wie bitte? Die Sturm-Abteilung stürmte alle vier Wochen die Geltinger Kirche?" Yoko lachte.

„Der Führer galt als frommer Mann.

Es existierte das Bild einer Taufe auf hoher politischer Ebene, bei der er als Pate dabeistand und sich für die christliche Erziehung des Täuflings verbürgte. Das habe ich erst später gesehen, aber im Frühjahr 1933 hat er in Königsberg eine Rede gehalten, die mir tiefen Eindruck gemacht hat. Ihr Schluss:

‚Ich lasse dich nicht, du segnest mich denn.‘"

„Was? Wie? Jakobs Ringen mit dem Engel, am Ende der Nacht, ehe die Morgenröte anbricht?", sagte Schlossel.

„Wieso habe ich das vergessen? Jakob ist doch der Anfang von allem, von Israel – lasst mich mal sehen.“ Sie stand auf und schlug nach: „1 Moses 32:

Der Engel kann Jakob nicht besiegen; er verrenkt nur Jakobs Hüfte und bittet: ‚Lass mich gehen, denn die Morgenröte bricht an.‘

Jakob antwortet: ‚Ich lasse dich nicht, du segnest mich denn.‘

‚Wie heißest du?‘, fragt der Engel.

‚Jakob‘, ist seine Antwort.

Da sagt der Engel: ‚Du sollst nicht mehr Jakob heißen, sondern Israel; denn du hast mit Gott und mit den Menschen gekämpft und bist obgelegen.‘“

„Da verschlägt es mir aber auch die Sprache“, sagte unser Ältester. „Jakob ist aufgebrochen und auf dem Weg zu seiner Berufung! Und der Führer Adolf Hitler beruft sich in Königsberg auf die Geburtsstunde und Gründung Israels?“

„Ja! Ja!! Ein halbes Jahr danach sollte das Alte Testament im Religionsunterricht abgeschafft werden!“ MaPö war plötzlich laut geworden.

„Aber Vater, sag mal, wollten wir heute nicht eigentlich von deiner Vorgeschichte sprechen?“, fragte Schlossel.

„Ihr seht, es nimmt einen mit“, sagte er; „die Sturmflut oder, wie auch wir fanden, der neue Wind hat vor allem die Jugend gepackt und beflügelt.“

Er nahm einige Blätter in die Hand. „Lasst mich mal von Schule und ‚BK‘ erzählen; das waren zwei Welten für mich. Ich bin im Krieg großgeworden, bin Ostern 1914 Schüler der Kieler Gelehrtenschule geworden – ein Vierteljahr vor Beginn des Ersten Weltkriegs – ab da trug auch ich eine Schülermütze. Aber ich kann mich nicht daran erinnern, was ich kürzlich las, dass wir schon vor dem Krieg in der Volksschule Marschlieder gesungen und Krieg gespielt haben.

Wir nicht. Für uns kam der Krieg aus heiterem Himmel. Wir haben ‚Jungbrunnenlieder‘ gesungen, von der Geige des Lehrers angeführt, und im Hof mit Flitzbogen Hase und Jäger gespielt. Das weiß ich leider genau, weil auf einmal ein Pfeil in meinem Auge steckte, zum Glück neben dem Augapfel. Es war lange unklar, ob das Auge mir erhalten werden könnte.

Als dann unser Erster Weltkrieg begonnen hatte, als Generalfeldmarschall Hindenburg sofort bei Tannenberg die entscheidende Schlacht gegen Russland gewonnen hatte, noch dazu am 2. September, kaum zu glauben, dem nationalen Feiertag, an dem Preußen 1870 Frankreich besiegt hatte und Hindenburg schon als junger Soldat dabei gewesen war – dieser Tag war der Beginn seines Ruhms – und als dann auch aus dem Westen Sieg auf Sieg gemeldet wurde, da haben auch wir angefangen, zu spielen, was die Großen taten. Heute kommt es mir immer seltsamer vor: Bis in Kleinigkeiten wurde der Erste Weltkrieg ein Vorspiel des Zweiten."

„In Breklum gab es Krieg zwischen Kirchenstraße und Süderweg", sagte ich.

„Bei uns", sagte MaPö, „wurden aus den Jungen von unsrer Hansastraße und denen der schräg nach links abbiegenden Gutenbergstraße plötzlich Feinde, es ging hoch her. Sie schlugen mit Stöcken und schossen mit Katapulten, warfen Steine oder diese flachen halben Holzringe, die zurückkommen. Wie heißen die noch? Ich saß zwischen beiden an der Straßenecke, im Eingang des Bäckerladens, auf dem Schoß links und rechts zugedeckt mit Mützen. ‚Was tust du?', fragte eine Nachbarin. ‚Ich halte die Mützen', sagte ich."

Von der Chaiselongue kam ein heller Laut. Schlossel richtete sich halb auf – „Das tust du seither – du hältst die Mützen!"

Unser Vater schüttelte lachend den Kopf: „Mona?! – Ihr könnt euch kaum vorstellen, wie es zugleich in der Schule zuging. Wir erlebten den Krieg als Entschwinden der Lehrer, als ein Chaos, in Latein haben wir im ersten Jahr sieben Lehrer gehabt und sie wurden mit uns Elfjährigen immer weniger fertig. Da warf einer einen Tennisball gegen die Tafel und fing ihn wieder auf. ‚Kann mich gar nicht rühren!‘, sagte der Professor. In der folgenden Klasse sollten wir eine Klassenarbeit schreiben. ‚Wir wollen nicht!‘, riefen wir im Chor. Der neue Lehrer brüllte uns an: ‚Feder in die Hand!‘ Plötzlich flatterten unsre Hefte durch die offenen Fenster über den Hof und wir stürmten ins Freie. Auch dieser Lehrer verschwand.

Ich war ein schlechter Schüler. Warum eigentlich? Für manches habe ich doch ein gutes Gedächtnis, ich behalte Namen und Gesichter und was vor Jahren in einem Brief stand, oder ein bestimmtes Wort unsres wunderbaren Deutschlehrers Mensing, der das Niederdeutsche Wörterbuch herausgegeben hat, aber was als Schulstoff vorkam, hakte nicht. Sie hat bei mir kein Ohr geöffnet. Schwer zu sagen, es war sehr zu meinem Schaden. Als ich sechzehn war, bekam ich einen Blauen Brief. Unsre Mutter, die damals schon Goldschnutel hieß, sagte: ‚Ich nehme dir nicht übel, wenn du sitzen bleibst. Du bist in diesem Jahr dreißig Zentimeter gewachsen. Was sollst du denn auch anderes tun, als wachsen?‘ In der Oberprima war ich einmeterdreiundneunzig und hatte ein miserables Zeugnis, bekam Typhus und musste ein halbes Jahr aussetzen, las, las Bücher wie ‚China – der große Riese‘, ‚Was wird aus diesem Afrika?‘, ‚Tole – Vorwärts‘, eine Biografie des Batakmissionars Nommensen. Auch das Buch der Bücher kam mir nah. Mutter pflegte mich. Als ich unsere Lehranstalt wieder betrat, riet der Direktor, ich solle die Oberprima wiederholen. Ich habe das Abitur bestanden, aber ihr solltet mein Zeugnis sehen! ‚Wenn Sie schon kein Interesse am Englischen haben, heucheln Sie es wenigstens‘, sagte Teacher Coke. Ich brachte selbst das nicht fertig, wurde dann nur in Englisch geprüft – und war schlecht. Das begriff ich damals nur als schulinternes Ereignis, als gehe es mich nichts an. – Gehört das eigentlich hierher?“, fragte er plötzlich.

„Für mich schon“, sagte Yoko. „Ich habe mir vorgestellt, bei dir sei immer alles glattgegangen.“

„Von wegen!“ MaPö schüttelte den Kopf.

„Die Spielregeln der Schule von damals waren so, dass nicht nur ich sie früh als kleinlich, unwürdig und lächerlich empfunden habe. Es gab in meiner Generation und bis an die Schwelle der Nazizeit eine Verdrossenheit an der Staatlichen Schule, die geradezu eine Sehnsucht nach unbebautem Neuland zur Folge gehabt hat. Nicht zufällig ist eine neue private Schulform nach der anderen versucht worden – auch hier bei uns, mit unserem Martineum gegenüber.

Glaubt bitte nicht, dass ich andeuten möchte, die Lehrer hätten sich getäuscht, ich sei ein unerkannter Begabter gewesen. Ich danke Gott für meine Gaben, finde aber nicht, dass er mich übermäßig ausgestattet hat. Ich hatte zwei Schulfreunde, beide waren begabt. Nils Bock kannte ich von der Vorschule her. Wir hatten uns gern. Ihm fiel alles leicht. Der andere Freund, Vetter Heini, wie er später hieß, der Freund fürs Leben, mit dem mich bald das Wichtigste verband, war hochbegabt. Ihm flog es zu. Wir trafen uns auf dem Schulweg. ‚Du', sagte er, ‚kannst du mir Schillers ‚Jungfrau von Orleans' erzählen, die Hauptpunkte – ich bin nicht mehr zum Lesen gekommen.' ‚Glaubt Johanna an Gott, an Frankreich oder an sich?', hieß eine Viertelstunde später das Aufsatzthema, er schrieb ein *Sehr gut* mit Stern, ich mein *Genügend*. Er war beschämt, aber ich fand es fabelhaft, habe mir ins Fäustchen gelacht, ihn bewundert und mich mit ihm gefreut. Neid kannte ich nicht, hier jedenfalls nicht. Mein Interesse lag außerhalb der Schule.

Und doch – schließlich bringen wir einen großen Teil der Lebenszeit in der Schule zu – doch frage ich mich im Rückblick: Warum so viel tote Zeit!

Ich kam als Sextaner in die Klasse B. Die Parallelklasse A der Gelehrtenschule versammelte die Söhne von Offizieren und Akademikern, Kaufleuten und Industriellen. Wir waren die Söhne vom Rest, der höher hinauswollte. Und darin saß ich, nach einer geschwächten Vorschulzeit, schon nach dem ersten Halbjahr im hinteren Drittel. Wir figurierten damals ja in der Reihenfolge unserer Durchschnittsnote. Ich blieb ein Hinterbänkler – in einer Ordnung der Welt, an die ich nicht glaubte.

Draußen lebte ich auf, wenn ich mich am Sonntagmorgen mit Freund Heinrich Meyer, mit Vetter Heini, in der

Lutherkirche traf, nachmittags zum Fußball auf dem Holsteinplatz, abends beim BK. Wir hatten eine Gegenwelt, in der es uns ernst war. Darin waren wir beide gleich und uns einig. Es war eine Spielart der Jugendbewegung. Die Ansichten der Erwachsenenwelt waren so oft doch nur Fassaden, sagten auch wir und wanderten mit Leidenschaft, brachen auf aus grauer Städte Mauern, zelteten, redeten bis in die Nacht, waren auf der Suche nach Bewährung, hatten Sehnsucht nach Gemeinschaft auf der Spur von Sinn und Ziel. Sangen. Schwärmten für Sport und Spiel. Eins war anders und grenzte uns aus, teilweise: Unsere Mitte war die Bibel, die Gewalt über uns gewonnen hatte. Es gab keine Zusammenkunft, in der wir uns nicht gemeinsam über einen Abschnitt beugten, ihn zu verstehen suchten, auslegten und unbefangen diskutierten. ‚Bibelarbeit' nannten wir das, und uns ‚Bibelkreis', ‚BK'. Es war überhaupt kein Zufall, dass dies ‚BK' später als ‚Bekennende Kirche' wieder auflebte.

Es war kein Freundeskreis, sondern ein Bund, dem man sich weihte – das klingt heute seltsam, aber es war uns ganz ernst damit, der Ernst hatte seinen Grund, auf den wir bauten. Nach einer Probezeit wurde feierlich eine silberne Schnur verliehen, die wir im Knopfloch trugen oder am Schlips des Matrosenkragens. Es gab eine ‚Kluft'. Ihr ahnt, was dies alles später so ganz in Verruf gebracht hat: Hemd und Halstuch, Schulterriemen und Koppelschloss gab es zuerst hier. Wenn ihr von heute aus in die damalige Atmosphäre hineinschauen könntet, würdet ihr vielleicht denken: ‚Na!?'

Später wurde eben alles, wie heißt das Wort, ‚umfunktioniert', um eine für alt gehaltene Welt, auch die unsre, zu erledigen. Es gab ja schon bei uns das Prinzip ‚Jugend soll Jugend führen', auch unsere bewunderten, oft so sympathischen und begabten Leitfiguren hießen ‚Führer' und waren vom Geist der Fahrten und Ferienlager, Lagerfeuer und manchmal geradezu soldatisch empfundenen Kameradschaft durchdrungen. Die Zusammenkünfte, Übernachtungen in Scheunen, Zeltlager, die großen Treffen schweißten zusammen.

Wir sangen:

Herr wir stehen Hand in Hand,
Die dein Wort und Ruf verband,
Stehn in deinem großen Heer ...

oder:

Es klingt ein Ruf in deutschen Gauen:
Wer will ein Streiter Christi sein?
Auf, Brüder, helft sein Reich uns bauen,
ihm wolln wir dieses Leben weihn.
Schließet die Reihn.
Treu lasst uns sein!
Trifft uns auch Spott,
Treu unserm Gott!

Wir empfanden uns als herausgehobene Schar, die einem Ruf gefolgt war. Hier galt nicht der aufgezwungene Ernst, den Schule oder Eltern uns aufschwatzten, sondern nur der selbst gewählte. Die Entscheidung war alles, unter dem Hemd einen Gürtel tragen die Devise. Wir wollten ‚feste Kerle' sein, lebten nicht ausschweifend, sondern asketisch, im Gefühl einer Verantwortung und Aufgabe. Es gibt einen sinnlichen Ernst, habe ich einmal gelesen, der einen ganz ausfüllt. Mädchen wurden Freunde. Froh und trotzig sehe ich uns auf alten Bildern stehen, zusammensitzen oder davonradeln. Hier waren andere Vorzüge gefragt als die, die in Zeugnispapieren auftauchen: Lustigsein, albern, und dann im Gespräch in die Tiefe fallen.

War es ein Wunder, dass ich hier auflebte und mich in meiner Mitte fühlte? Wie anders erging es mir hier, wo es darauf ankam, sich einem Menschen selbstlos nähern zu können. Wo Anerkennung Anerkennung fand, Freude Mitfreude. Wo ein Ziel in den Vordergrund rückte, wir warfen es uns voraus, um ihm nachzuspringen. ‚Wer vom Ziel nicht weiß, kann den Weg nicht haben ...'

Ich konnte ganz gut vorlesen und erzählen. Und irgendwie stellte sich bald heraus, dass ich die Veranlagung hatte, in der Mitte zu stehen, obwohl ich mich klein fühlte und zu machen versuchte. ‚Du bist der Zugewinn des Jahres', sagte mir nach kurzer Zeit einer unsrer Leiter. Habe ich, wie der berüchtigte Kuckuck, andere an die Seite gedrängt oder aus dem Nest geworfen? Sicher habe ich es. Aber ich sage euch offen: Das war nicht zu bemerken. Unter uns herrschte Sympathie und der Blick auf ein Ziel."

„Könnt ihr etwas davon wiedererkennen?", fragte Schlossel.

„Ihr Älteren meine ich, im ‚BdM' oder bei der ‚HJ'?"

Yoko, Pille und Alex sahen einander an.

„Die Uniform! Und das große Ziel, für das wir auf der Welt waren und wie es auf uns ankam? Meinst du das?", fragte Pille. „Du, ich war zwölf, als es zu Ende ging. Es gab Geländespiele und Exerzieren. Auch einmal einen Heimabend. Aber –"

„Ich habe nur singende oder gröhlende Kolonnen in Erinnerung", sagte Alex.

„Wollen wir nicht eine kleine Pause machen?", fragte Schlossel.

Wir saßen schon nach einer halben Stunde wieder zusammen. MaPö begann damit, dass er es kurz machen wolle, nicht davon erzählen, was ihn im Studium, ob in Tübingen, Berlin oder Kiel, alles angezogen hatte, sondern andeuten, dass er ins Schleudern kam, dass er hinein-, aber auch herausgeriet.

Und dann ein Thema fand.

Er begann zu erzählen.

„‚Mein Junge, mehr als sechzigtausend Reichsmark im Monat können wir dir nicht geben', sagte mir mein Vater, als Februar 1923 in Kiel die Schule hinter mir lag und ein Studium in Tübingen vor mir. Was sechtzigtausend im Mai sein würden, war allerdings ungewiss, die Inflation kletterte stündlich. Und so begann ich die Studentenzeit mit gelber Mütze und Armbinde als Briefträger in Kiel und fuhr dann hinein in unsre erste Wirtschaftskrise.

Wir reisten zu siebt in einem Abteil nach Tübingen, fünf Theologen, ein Philologe und ein Mediziner. Ich wohnte im Sommer mit meinem Lebensfreund zusammen, mit Vetter Heini, wir hackten gemeinsam Holz bei Baron Friedrich Cotta von Cottendorf und klopften seine Perser auf den Neckarwiesen, halfen und verdienten hinzu auf Bauernhöfen.

Vetter Heini flog durch die Seminare, deren Bücherwände mich zurückfahren ließen, erledigte das Hebraicum nebenher, das ich im ersten Anlauf nicht schaffte, machte sich rasch ein Bild vom ganzen Lehrkörper und wählte aus. Ich hörte mich auch bei Medizinern und Volkswirten um, folgte mit Begeisterung Adolf Schlatter bei seiner Auslegung des Neuen Testaments, fand es herrlich, wie er, als ihm ein Landesorden verliehen wurde, das kostbare Ding grapschte und mit seinem Bändel in die Jackentasche ‚gruschtelte', wie sie dort sagten, gab den Eltern manches in langen Briefen wieder. Einer der Professoren begann die Vorlesung, obwohl auch einige Studentinnen vor ihm saßen, grundsätzlich mit der Anrede ‚Meine Herren!', und als nachmittags im Seminar eine Mitstudentin ihr Referat begann: θεός αγαθός, sagte er: ‚So ein kleines Mädchen wie Sie kann ruhig ‚der liebe Gott' sagen.'

Wir lagen mittags am Neckar in der Sonne, entließen unseren ‚Wissenschaftsspion', Thies Jessen aus Elmshorn, spottend in die Kirchengeschichte, lebten sehr karg und luden einander ein, wenn einer von zu Hause ein Fresspaket bekam, veranstalteten ringsum, heute bei Thies, morgen beim Langen Heini, indem wir ihre Zimmer bis zur Unerkennbarkeit veränderten, einen ‚Budenzauber'. Es war für mich allerdings ein schlafarmes Semester, denn Vetter Heini schnarchte fürchterlich, und als sein Vetter, der denselben Namen hatte und zur Unterscheidung Langer Heini hieß, in unsere Gruppe hinzukam, verabredeten wir einen Tausch, der Lange Heini zog zu mir und sein Vetter, der von nun an nur noch Vetter Heini hieß, übernahm seine Kammer.

Er hatte schon länger bemerkt, dass seine Nähe mir zu schaffen machte, mich in Selbstzweifel stürzte. Wir hatten zusammen Karl Barths Römerbrief gelesen, und an einem langen Abend bestritt ich Barths Behauptung: ‚Ein

Apostel ist nicht ein positiver, sondern ein negativer Mensch, ein Mensch, an dem ein Hohlraum sichtbar wird.' Gott wolle uns als ‚Hohlräume'. ‚Heißt es nicht, er schuf uns zu seinem Bilde?', sagte ich. ‚Was soll das heißen?' Vetter Heini erklärte, zitierte: ‚Wir sind nichts, nur Empfangende, Weitergebende, wir sind, was wir sind, durch das, was wir nicht sind, was über uns hinausgeht.' Ich wollte so etwas nicht gelten lassen. Es wollte mir nicht in den Kopf, und ich wurde wütend, als er mir deshalb Begriffsstutzigkeit an diesen harten verrammelten Kopf warf. Dass wir von Gott nichts wissen können, soll das Siegel seiner Vorzüglichkeit sein? Wozu, wozu wird die Kluft so aufgerissen zwischen den Menschlein und dem ganz Anderen, so weit, dass Gott einen Inhalt zu geben bereits Gottesverrat sein soll? Ich wollte nicht verstehen – und nachdem Vetter Heini ausgezogen war, mieden wir uns einige Wochen. Es war das erste und letzte Mal, dass wir uns entzweiten.

In mir rührte sich der Stachel, ob ich mit meinem Gemeindeverstand den theologischen Höhen überhaupt gewachsen sei, ich begann mit meinem Freund hadernd zu wetteifern, las weiter, fand bei Barth anderes, was mich ansprach, sogar hinriss, überanstrengte mich den Winter lang und erhielt gerade da einen Brief meiner Jugendliebe, der ich mich nie ganz zu erklären getraut hatte. Sie hatte sich gebunden. Ich war erschüttert, teils durch die Tatsache, vielmehr aber durch Kierkegaards Wort: ‚Es gibt Menschen, die sich nicht entscheiden können, ihr nur im Reich der unendlichen Möglichkeiten schwebendes Leben auf die Wirklichkeit einzuengen und ethisch zu leben.' Ich fühlte, ich bin dieser an jeder Blüte riechende Schmetterling, Ästhetiker, unfähig zur Wahl."

MaPö hatte noch zwei oder drei Blätter in der Hand. „Nein", sagte er, „ich habe damals den Boden unter den Füßen verloren, war im wörtlichen Sinn verzweifelt – hätte ich nicht den Langen Heini gehabt – aber das will ich jetzt nicht vorlesen, ich –"

„Das beruhigt mich", sagte Schlossel.

(– – MaPö hat diese Aufzeichnung wohl vernichtet, aber er hat mich, drei Jahrzehnte später, aus gegebenem Anlass einmal gefragt, ob es nicht bedenklich sei, über Selbstmord oder Selbstmordgedanken zu schreiben. Es war ein längerer Spaziergang. Mich hat lange begleitet, dass es in seinem scheinbar so sicheren Leben solche Erfahrungen gegeben hat. Eine seiner beiden Schwestern und ein Bruder kannten sie nicht weniger. Ich habe einige Momente aus diesem so aus dem Rahmen fallenden Gespräch festgehalten, mir notiert:

‚Auf einmal änderte sich meine Schrift. Es war, als ob sie unten und oben anstieße. Ich ging mit gesenktem Kopf durch die Welt und wurde überempfindlich, berührungsscheu, bezog ein Gespräch, das ich nur halb verstand, ein Lachen auf mich, verkroch mich und wurde schwermütig. Es war, als sei von unten in mir ein giftiger Rauch aufgestiegen, ein ausgestoßener Nebel, der mich unfrei machte, mir den Kopf in einen Schraubstock sperrte. Überall Grenzen.

Einiges, das ich sah oder hörte, brannte sich in mir ein, eine einbeinige Amsel folgte mir eine Strecke, als wolle sie mir etwas sagen, ich dingelte neckaraufwärts, suchte einen Platz unter der letzten Stadtbrücke auf, blieb da sitzen, berichtete dem Langen Heini am Morgen, ich sei unter einer Brücke eingeschlafen. Er wunderte sich, fragte aber nicht nach. Da ich mich nicht mehr verstellen konnte, log ich, dass ich zum Wochenende nach Stuttgart eingeladen sei.

Es war Zweifel an allem, ein Verzweifeln und Verzagen, was nun folgte – wohin ich ging, kamen mir Rauch und Asche entgegen, sah ich den Tod voraus. Im Blick auf zu Hause: der Vater krank, die Mutter überlastet. Die Eltern sparen sich dein Studium am Mund ab, und du trittst auf der Stelle, vertrocknest, eine harmlose Lohnbüroarbeit wird dir zu viel. Jeder Schritt wird zum Fehltritt. Ich war neckarauswärts weit gewandert, stolperte über Kirchheim an einer Klippe entlang, von unten saugte es mich an, ich übernachtete in einem Dorfgasthof. Ein freundliches Mädchen sprach mich an: ‚Fehlt Ihnen etwas?‘ ‚Der Tod weidet mich', sagte ich. ,Ich bin ausgeschüttet wie Wasser. Meine Kräfte sind vertrocknet wie eine Scherbe und meine Zunge klebt an meinem Gaumen' –. Sie sah mich erschrocken an. Ich versuchte zu lachen.

Nach ihr kam der Wirt, setzte sich zu mir, lud mich ein zu einem Portwein. Er schmeckte furchtbar. Ich schlief nicht.

Als ich zurückkam, hatte ich mich wieder in der Gewalt, saß in unserm Faulenzerkreis am Neckar.

,Wo warst du?'

,Ein kleiner Melanchlütering', sagte ich. Sie planten eine Pfingstwanderung und berieten den Einkauf. Ich sagte, ich sei im Verzug mit einer schriftlichen Arbeit und müsse hierbleiben. Die Wanderung ist ein Wink, dachte ich. Der Lange Heini will mitgehen, du bist allein. Ich bereitete alles vor, um zu tun, was kein Mensch jemals tun darf. Am Morgen, als die Wanderung beginnen sollte, blieb der Lange Heini im Zimmer. ,Ich weiß nicht', sagte er. ,Irgendwie ist mir komisch.' Er blieb den Tag über um mich.

Am Nachmittag fragte er, ob wir ein paar Schritte spazieren könnten. Wir gingen in Richtung Wurmlinger Kapelle, kehrten unterwegs um, sprachen zuletzt miteinander.

Am Abend war mir auf einmal im Zimmer, als löse sich der Bann. Es zog etwas davon. Ich sah mich an und begriff mich schon nicht mehr, konnte nicht an mich halten, und erzählte, was ich vorgehabt hatte.

Er sah mich an, die Augen voller Tränen. ,Ich habe das heute Nacht geträumt.'

Ich sprang auf, umarmte ihn und begann hemmungslos zu weinen, weinte die halbe Nacht, begann am Morgen wieder und schwemmte die letzten giftigen Nebel heraus und weg.

,Et circumvolabat super me fidelis a longe misericordia tua.'

Es ist der einzige lateinische Satz, den ich aus- und inwendig kenne. ,Und in der Ferne umkreiste mich der Flügelschlag deiner getreuen Erbarmung.'

Der Lange Heini schenkte mir, als er am späten Morgen mit knackfrischen Brötchen eintrat, Augustins ‚Bekenntnisse'. Ich las einen Theologen und durchdrang ihn völlig.

‚Du hast mich, Herr, zu dir hingeschaffen, dass ich unruhig bin, bis dass ich Ruhe finde in dir.'

‚Und will lieber im Nichtfinden dich gefunden haben als im Gefundenhaben dich verlieren.'

Das verstand ich.' – –)

„Von meinem Vater habe ich zweimal im Leben einen Brief bekommen. Damals kam der erste; angehängt war der meiner Mutter.

Sie haben geahnt, dass sehr Ernstes mit mir vorgegangen war.

Kiel, 2. Juli 1924

Lieber Friedrich!

Dass Du es nicht so ganz gut hast, tut uns außerordentlich leid, und es ist selbstverständlich, dass Du nicht wieder in die Fabrik gehst. Ich hatte für dich 100 M bestimmt, werde Dir aber gerne 20 M mehr schicken, damit Du mit in die Alpen kannst; aber Du darfst nicht mitgehen, wenn Du Dich nicht ganz wohl fühlst; denn solche Wanderungen sind doch mit allerlei Anstrengungen verbunden. Da ist es doch gewiss besser, Du kommst nach Hause und lebst hier einzig und allein Deiner Gesundheit; denn das ist doch schließlich die Hauptsache. Auch darfst Du nicht glauben, dass wir es uns am Munde absparen, was Du brauchst; denn das ist ein großer Irrtum. Wir leben gut und kräftig; sparen aber sehr an der Kleidung und der Wohnung. Was Du brauchst, sollst Du uns nur immer ruhig schreiben; das sollen wir Dir wohl schicken. Auf jeden Fall schicke ich Dir noch 70 M gegen Ende des Monaths. Brauchst Du noch mehr, teile es uns mit. Du darfst gerne nach Berlin oder Göttingen; denn ich finde, Du solltest nun mal an eine andere Universität. Über die Kosten kommen wir schon hinweg, darum sorge Dich bitte nicht im geringsten. Gott hat uns bisher geholfen, er wird uns auch in Zukunft nicht verlassen.

Ich muss zur Schule und Mutter macht die Fortsetzung. Sei darum recht herzlich gegrüßt und werde bald wieder ganz gesund. Dein Vater.

Mein lieber guter Junge,

dass Du so nach Nachricht von uns ausgeschaut hast, tut mir so leid, ich weiß gar nicht, dass wir es aufgeschoben hatten. Aber ich hab ja voll meine Arbeit und so gehen die Tage so schnell dahin. Denken tu ich immer an Dich m. l. Junge in fürbittender Liebe. Das wirst Du fühlen. Dein Brief hat mich etwas enttäuscht. Ich hatte mich auf ein Wiedersehen im August schon wochenlang gefreut; nun scheint es ja nichts zu werden. Aber ich will ja auch nicht egoistisch sein. Tu, wie Du Dir es am besten und richtigsten ausgedacht hast, ich hoffe in Geduld weiter. Wenn uns Gott nur gesund erhält, hat's keine Not.

Du schriebst, Du warst 3 Tage krank, was fehlte Dir denn? War es der Magen? Und Dein Kopf will auch nicht so recht? Das beunruhigt mich. Schon Dich etwas m. J., geh zeitig ins Bett, gesunder Schlaf macht viel aus. Kannst Du denn auch das Leben in der Fabrik ab?

Sonntag machten wir einen Ausflug. Es tat ordentlich gut, mal herauszukommen, nachdem ich 5 Wochen an Wilhelms Krankenbett gesessen hatte. Aber Heinz fängt nun an. Deine Wäsche kommt heute weg. Es tut mir leid, dass es so spät wurde. Aber es ging diesmal nicht anders. Fehlt Dir irgendetwas an Zeug, m. J., so schreib es. Und schreibe nun bitte bald, wie es Dir geht, ich beunruhige mich sonst. Nun Gott befohlen, m. g. J. Bleibe gesund und sei fröhlich u. guten Mutes. Mach Dir keine Sorgen, wir tun es auch nicht."

„Wenn man so einen Brief hört, verstehe ich, warum ihr eure Mutter ‚Goldschnutel' genannt habt", sagte Yoko.

„Der Name war die Erfindung unsrer Schwester Ruth", sagte MaPö. „Schon als sie 13 oder 14 Jahre war. Sie hatte eine seltsame Lebensangst und hing an unsrer lieben Mutter.

Die Briefe trug ich lange bei mir. Sie hatten mich zurückversetzt in die Weltordnung der Liebe. Und als im Zweiten Weltkrieg der Lange Heini fiel, habe ich um ihn getrauert wie um meine Brüder Heinz und Wilhelm."

4
Johann Hinrich Wichern und der nationale Sozialismus – Gelting

Am Abend darauf sagte MaPö: „Kommt ihr nachher ins Studierzimmer? Ich würde das Kapitel Gelting gerne in einem Zuge abschließen, jetzt, wo es uns so nahekam."

Schon am Morgen, beim Frühstück, wirkte er ausgeschlafen, frisch und gut gelaunt, fast, als sei er davongekommen, wir wussten ja gar nicht, wovon und wie sehr, wie ganz und gar – man merkte es ihm aber an. Er war völlig anderer Stimmung als am Vorabend. Es war, als habe er die Briefe der Eltern über Nacht noch einmal gelesen und sie hätten den Knoten gelöst, das Vertrauen in seinen Lebensweg erneuert. Er begann lachend: „Also Berlin – Berlin ist eine der nützlichsten Ablenkungen. Du erfährst da, was du gar nicht suchst, so sehr, dass du deine mitgebrachten Pläne ganz aus dem Auge verlierst. Das habe ich später ganz ähnlich an anderen bemerkt, nicht zuletzt an meinem Bruder Wilhelm. Ich habe natürlich auch in einem theologischen Seminar mitgemacht, bei einem vorzüglichen Textausleger, Übersetzer, der sich später nach Tübingen zurückgezogen hat, aber etwas anderes geriet in den Vordergrund: Plötzlich stand ich auf in einem Studentenparlament und hielt eine Rede, meine erste. Sie missglückte vollständig, man lachte mich aus.

Wisst ihr was? Es ist im Leben nichts nützlicher, als einmal so richtig vom Seil zu fallen – wenn es nur nicht zu tief ist. Ich fing mich wieder, blieb im Parlament, machte mit im Sozialamt der Berliner Studentenschaft und bereitete mit einem neuen Freund, von diesem Amt beauftragt, Studienfahrten und Vorträge in der Mark Brandenburg vor. Die ‚Soziale Frage' wurde immer mehr meine Sache, wir besuchten Waisenheime und Gefängnisse, gingen durch Arbeitersiedlungen, ich lernte Johann Hinrich Wicherns Arbeit kennen, las ihn, las mich fest, bis Vetter Heini mir eines Tages schrieb: ‚Ist dir bewusst, dass man ein Studium auch mit dem Examen abschließen kann? Komm nach Kiel, mein guter Junge: Lass uns zusammenarbeiten!'

Ich tat es, schweren Herzens, und bestand, in gebührendem Abstand von Vetter Heini, nach acht Semestern mein Erstes Theologisches Examen.

Und nun?

Lasst mich noch kurz auf mein zweites Studium kommen, es wurde in Berlin angestiftet und hat in Gelting die vorherrschende Rolle gespielt. Seit Berlin wollte ich der Sozialen Frage weiter nachgehen, nicht sofort ins Geschirr. Ich habe in Kiel zuletzt nebenher noch Nationalökonomen kennengelernt und mich wieder mal an dem Dogma gestoßen, in der Wirtschaft verlaufe alles nach eigenen, eisernen Gesetzen. Ich konnte das nicht einsehen, wollte wissen, – unter dem tat ich es nicht –, ob das ‚liebe deinen Nächsten wie dich selbst' nicht auch in der Wirtschaft Geltung haben könne und sollte. Als Tübinger Werkstudent hatte ich einen Reutlinger Betrieb kennengelernt, dessen Gründer das Prinzip ‚Brüderlichkeit' an die Spitze gestellt und damit Erfolg hatte.

In Kiels Fakultät für Nationalökonomie und Sozialpolitik, in deren Vorlesungen und Seminaren, hatte ich mit dieser Frage keine Vorbilder, aber ich war in Berlin ja auf Johann Hinrich Wichern gestoßen und fand in Kiel einen Professor, der sehr interessant in die Sozialpolitik der Gegenwart einführte, Professor Dr. Heyde. Der lud mich zu einem Referat über Wichern ein und war danach bereit, das Protektorat für meine Doktorarbeit über den christlich-sozialen Vorkämpfer des 19. Jahrhunderts zu übernehmen: So sah ich Wichern.

Es war allerdings eine waghalsige Idee. Wie konnte überhaupt ein zweites Studium finanziert werden?

Vetter Heini und ich saßen nach dem theologischen Examen drei Monate im Predigerseminar von Preetz, und fast immer nebeneinander. Da stellt sich eines Tages der Leiter des Seminars, Professor Rendtorff, zu uns und sagt so nebenher:

‚Die junge Herzogsfamilie, die auf Schloss Luisenlund lebt, sucht einen Hauslehrer für ihre zwei kleinen Jungen.' – Dann ging er wieder.

‚Du!', sagte Vetter Heini. ‚Er meint dich.' Ich rannte ihm hinterher.

Es wurde etwas daraus. Ich wurde als Erstes Hauslehrer, wie viele Pastoren vor mir. Nach meinem praktischen Examen in Preetz wohnte ich in Kiel und studierte dort ‚Volkswirtschaft'. Das Fach hieß nebenbei gesagt damals: ‚sc. pol.', ‚scientia politicarum'. Meint das ‚Wissenschaft von der politischen Ordnung der Volkswirtschaft'? – das wäre abenteuerlich interessant. – Es war neu.

Daneben fuhr ich nach Eckernförde und von dort, manchmal abgeholt oder auch mit dem Fahrrad, nach Luisenlund, um die beiden Söhne der jungen Herzogfamilie zu unterrichten, die ich zu siezen hatte: Hans war neun, Peter war fünf Jahre alt. Das nahm viel mehr Zeit als gedacht. Meine Doktorarbeit über Wichern blieb fast ganz liegen.

Das hatte noch einen anderen Grund – in Eckernförde machte ich oft Station, um die Propstenfamilie Lornsen zu besuchen – – erinnerst du dich, liebe Mona?"

Sie lachte und wir mit ihr. Sie sagte:

„Meine Eltern haben beide bis zuletzt geglaubt, wenn du in Eckernförde Station gemacht hast, war das, um sie zu besuchen und dich mit ihnen zu unterhalten. Als du dann mit einem großen Blumenstrauß kamst, waren sie völlig überrascht."

„Du bist damals ganz schön in die Adelswelt hineingekommen, Vater, die doch eigentlich vorbei war. Wurde es gar kein Problem, dass du von der Hansastraße 8 in Kiel nach Luisenlund zu den Herzogs fuhrst und da Hauslehrer wurdest?“, fragte auf einmal Perle. Perle sah unserer Mutter am ähnlichsten und trug auf MaPös dringlichen Wunsch ihre Frisur der frühen Jahre, die sogenannten Schnecken.

MaPö antwortete:

„Ich habe sehr geschwankt, auch noch, als ich dort war. Unser ‚kleiner Kreis‘ hat manchmal gespottet, aber das war freundschaftlich. Ich saß mit Herzogs am Tisch, gehörte aber eher zur Dienerschaft. Nach einem halben Jahr gab es eine Krise, ich wollte aufhören, mein Vater schrieb mir. Es war der zweite und letzte Brief, den ich von ihm bekommen habe:

Herzogs sind einsame Leute, Menschen in solcher Stellung haben wenige, denen sie vertrauen können. Dir haben sie vertraut. Willst Du dieses Vertrauen enttäuschen? Hast Du nicht auch das Vertrauen der Jungs?

Es ist Deine Entscheidung. Aber überleg es Dir gut. Mir kommt es vor, als ob Du dort mehr für Dein Leben lernst, als Du im Augenblick ermessen kannst.

Ich bin geblieben und habe es nie bereut. Es wurde eine lebenslange Freundschaft daraus. Die Doktorarbeit, wie gesagt, blieb fast ganz liegen. Am Ende kam es so: Die junge Herzogin in Luisenlund stammte von Schloss Langenburg im Süden. Dahin war ich mit den beiden Söhnen zweimal monatelang gefahren und als Entgelt luden die Langenburger mich ein, bei ihnen die liegen gebliebene Arbeit zu schreiben. Und ich muss sagen, was ich von der Zeit gehabt habe, möchte ich bis heute nicht missen. Sorglose Monate. Ich stand um sechs auf und setzte mich an den Schreibtisch. Zehn vor sieben, bevor der Diener Weber zum Wecken kam, legte ich mich wieder ins Bett. – Weber war ein Freund fester Spielregeln. Abends saß ich oft auf bis in die Nacht, mit den Füßen in einer Schüssel kalten Wassers. Ich schrieb, fast ohne abzusetzen.“

MaPö nahm zwei Zettel in die Hand und sah von Zeit zu Zeit hinein, während er erzählte: „‚Komm und sieh!‘ Als Johann Hinrich Wichern achtzehn Jahre alt war, hatte er den Entschluss gefasst, in seiner Vaterstadt Hamburg eine Rettungsanstalt für verwahrloste Kinder zu gründen. Sein Anlass war, was heute rund um die Welt im Zeitraffer wiederkehrt, die Not der Vorstadtbevölkerung, das ausgesetzte, fast familienlose Leben der Kinder und Jugend in der ausufernden Stadt, deren Wundränder sich Jahrfünft um Jahrfünft um einen neuen Ring erweitern. Die neuartige Armut. Wo er in seinem Quartier als Heranwachsender herumgekommen war, hatte er, irgendwann wach geworden, nur aufsichtslose und unterrichtslose, elternlose und obdachlose Kinder angetroffen. Das Gewohnte nahm für ihn Züge des Absurden an. Er war unter Tagelöhnern und Eckenstehern, Waldarbeitern und Chausseearbeitern, Grünwarenhändlern und Milchhändlern, Knochengräbern, Lumpensammlern, Asylsuchenden aufgewachsen und kannte Wohnungen, wo ein Kreidestrich im einzigen Zimmer die Grenze des Wohnbereichs zweier Familien markierte.

Sein Vater war Mietkutscher, die Mutter Weißwäscherin. Sie wohnten zuerst bei den Großeltern in einer Kellerwohnung, sahen aus den Fenstern nur die Beine der Vorübergehenden.

Der junge Wichern fiel in der Schule auf als besonders begabt, durfte eine Höhere Schule besuchen, ein Senator ermöglichte ihm ein Studium, zuerst in Göttingen, dann in Berlin. Hört ihr? In Berlin! Er studiert mit Leidenschaft. Eines Sonntags gegen Ende des Studiums geht er durch ein Kasernenviertel Berlins und sieht Gestalten, die alles, was er in Hamburg an Elend gesehen hat, übertreffen. Ein Kind spricht ihn an, zieht ihn in seine ‚Wohnung'. ‚Komm und sieh, wie es mir geht', sagt das Mädchen. Er sieht es und ihn holt der Vorsatz, eine Rettungsanstalt zu gründen, aus der Ferne seiner Jugend ein, überfällt ihn." –

MaPös Stimme hat sich plötzlich verändert. Wir sehen ihn an.

„Was Wichern seit Göttingen als seinen treppenförmigen Bildungsgang erlebt hat, stürzt zusammen. Du hast die Wirklichkeit aus den Augen verloren, sagt er sich. Die Wissenschaft ist ein Hinträumen, in dem wir die Aufgabe des Lebens versäumen.

Er schließt noch zum nächstmöglichen Termin mit dem Examen ab. Aber die Vorstellung einer wissenschaftlichen Laufbahn, die er selbst eine Zeitlang gehabt hat und ihm jetzt von manchen nahegelegt wird, weist er beinahe gepeinigt von sich und kehrt nach Hamburg zurück, bewirbt sich um kein Geistliches Amt.

Nur keine Institutionen! Ob Wissenschaft oder Kirche: Sie reiten uns zu, schirren uns an, sodass wir mit Scheuklappen wie die Trambahnpferde durch die Welt gehen. In der Wissenschaft habe ich es erlebt, in der Kirche sehe ich es voraus, man wird zur Kalksäule. *Der Protestantismus hat den Papst nicht getötet, sondern multipliziert, nämlich mit der Zahl seiner Pastorate.* – Sein Bonmot machte in Hamburg die Runde.

Ob er ‚schnurstracks gen Himmel' reisen wolle, wie Luther es den Böhmischen Brüdern nachsagte, fragt ihn ein Amtsträger. Er lacht. ‚Zur Erde will ich', sagt er, ‚herunter vom Ross'. Er sucht Senator Hudtwalker auf, andere Familien, die ihm als ihrem Hauslehrer entgegengekommen waren, wird weiterempfohlen, findet offene Ohren, wenn er von dem Strandgut redet, das vom Land in die Stadt geschwemmt werde, der notgedrungenen Zersetzung der Familien: von diesen Pflanzstätten verwahrloster Leben, einer unvermeidlichen Brutalisierung, lauter schiefen Bahnen. Er denkt an einen Neubau der Familie. Man muss die Kinder aus ihrem Umkreis herausnehmen und sie in eine neu geschaffene Heimstatt versetzen. Die intakte Familie ist der natürliche sittliche Kreis, in welchem das Gute ins menschliche Gemüt hineingelegt, in dem es geschützt und gepflegt wird."

„Vater!", sagt Schlossel.

„Ja?!"

„Du bist ja ganz – ganz drin!"

Er war einen Augenblick still, holte Atem und sprach davon, wie Wichern im Nordosten Hamburgs, zwischen Horn und Hamm ein ‚Ruges Hus' entdeckte und eine Vision hatte. Er sah Häuser verschiedener Bauart auf dem Gelände drumherum, Handwerkerfamilien darin, Bauersleute, Gehülfenpaare, deren Familien sich aufrundeten mit Waisenkindern, bis zu zwölf, verschieden alt –

„Zwölf?“, fragte Chie und hatte große Augen –

„Zwölf?! Das habe ich auch gedacht“, sagte Yoko. „Sind wir zwölf, weil zwölf die Idealzahl von Wicherns Waisenkinderfamilie war? – Das wäre ja – Huch!“

„Das war nicht Vater“, sagte Schlossel. „Das kam von mir – war mein Wunsch. Es ging mir auch immer am besten, wenn eins von euch unterwegs war. Außerdem sieht es nicht so aus, dass wir bei zwölf bleiben.“

Wir sahen uns an und lachten.

„Wichern nannte die Familie die zuverlässigste Keimzelle eines gesunden Volkslebens“, sagte MaPö. „Auch die Rettungsanstalten, die er sich landauf, landab wünschte, sollten sie zu ihrer Grundlage machen. Er sprach vielerorts davon, benannte die Handwerkerfamilien, die er sich vorstellte – zwanzig, dreißig.

Seine Senatorenfreunde luden ihn ein in den Auktionssaal der Börsenhalle Hamburgs, am 12. September 1833 sprach er da vor einer überfüllten Halle über die ‚öffentlich beregte Angelegenheit der Rettungsanstalt für verwahrloste Kinder in Hamburg‘ und entdeckte, dass er über die ‚Kraft des Wortes‘ verfügte. Der Saal hörte ihm erschrocken zu.

‚Komm mit! Komm mit! und siehe, wie es mir geht!‘

Er fand nur Zustimmung. Die Leute sprangen auf. Der Mann hat recht. Hier spricht ein Reichsunmittelbarer! Seine Frage an die Anwesenden, ob das Werk sofort begonnen werden solle, wird von allen sofort mit lauten, freudigen Zurufen bejaht.

Er verlangt vollständige Unabhängigkeit von den Förderern, keine Institution soll einreden: ‚Kein Geldgeber wird diesen Versuch einer Neuerung, der dem Ganzen gilt, nach seinen besonderen Vorstellungen verengen dürfen. Ich selbst stelle mich in den Dienst der Sache.‘“

Wir waren eine Zeit lang still, sahen mit anderen Augen auf das etwas zu rührselige Bild über dem Sofa, wo der Samariter den am Kopf Verbundenen, halb Erschlagenen vom Esel hob, um ihn in die Herberge zu tragen.

„Hast du gedacht, Hitler sei ein neuer in die Zeit passender Wichern?", fragte Alex.

„Ich glaube, dass Millionen Menschen eine ähnliche Empfindung hatten: ‚Der Führer verkörpert mein Ideal. Er will genau das durchsetzen, was ich mir als Zukunft vorstelle.'

Ich war von diesem Reformator des letzten Jahrhunderts begeistert, ja, ich habe Wicherns Ursprungsidee vertraut, durch die regenerierte Familie sei das Volksleben zu erneuern, sozusagen die Lösung der Sozialen Frage herbeizuführen. Ich meinte, es hat diesen Augenblick gegeben, wo das möglich war und versäumt wurde: Wichern der Moses, der das verheißene Kanaan aus der Ferne gesehen hat. Doch wisst ihr, was ich zugleich gedacht habe? Nein, ich habe es schon damals in Langenburg geschrieben, mein letztes Kapitel ist eine Kritik des späten Wichern. ‚Kaum war ihm die Erkenntnis von den im Sozialismus liegenden Wahrheitsmomenten aufgegangen, da verbaute er sich wieder den Weg für ein Verständnis, indem er Sozialismus mit Atheismus gleichsetzte.'

Wichern hat nicht wenig auf den Plan gerufen; aber sein Werk hatte eine große Lücke, es war die Lücke der Kirche insgesamt; er begriff nicht das neue Klassenproblem, die Jahr für Jahr zahllos wachsende Arbeiterschaft, blieb im Bürgertum stecken, nahm nicht auf, was ihm folgte: die neue Arbeitswelt und deren Verarmung. Die soziale Frage entwickelte längst eine ganz andere Dimension. Wichern wollte die alte Zeit festhalten. Das war in beiden großen Kirchen der Leerraum: von Wichern und auf der katholischen Seite von Kolping drohte kein Umsturz, wie von den gottlosen Marxisten, deshalb waren die dem Kaiserhaus gerade recht. Ohne dass er sich dessen bewusst wurde, es sich eingestand, war in der zweiten Hälfte des Jahrhunderts aus der Handwerker- die Arbeiterfrage geworden.

Die war uns nun aber, zuletzt seit der Wirtschaftskrise von 1929, auch in dem kleinen Dorf Gelting an der Ostküste mehr als bewusst; sie war das täglich fehlende Brot.

Hitler stellte sich ihr; dass er, indem er die soziale Situation der Arbeiter als allgemeine nationale Frage behandelte, in einer ratlosen Epoche ein ehernes Schiff hatte, das wie durch ein Wunder binnen Monaten zu fahren schien – das war es, was nicht nur mich am meisten bestochen hat.

Und es hat einige Zeit gedauert, bis ich verstanden habe, dass seine auf das Ganze gerichtete nationale Politik weit über den Gedanken des Gemeinwohls hinausrauschte. Am Ende wissen wir heute: Es war purer, sturer, hohler Ismus, ein nationalistisch rassistisch imperialistisches Traumbild, das er verfolgte. Man hat es erkennen können, ja!, mancher hat es sofort erkannt.

,Wir müssen diese Bewegung kanalisieren', hörte ich sagen und war sofort dafür. Die ,Bewegung' war schlau. Sie nannte sich ,Positives Christentum' und erfand den ,Deutschen Christen'. Allzu klar war der nicht definiert, aber so viel war sicher: Er wollte in der ,müde' gewordenen Zeit sich nicht mit dem Sünderheiland begnügen, sondern zur heilenden Tat schreiten, eine erstarrte Kirche aus ihrer Seelenruhe hinausscheuchen und praktisch werden. Bodenständig sich am eigenen bewährten Schopf aus dem Sumpf ziehen, statt einer westlichen Zivilisation nachzulaufen, die im jüdisch infiltrierten, ebenso räuberischen wie krisenanfälligen Bankerwesen der Wallstreet ihr bedrohliches Zentrum hatte. –

,Wallstreet' war zunächst ein Gespenst im Hintergrund. Man wusste, dass etwas geschehen, etwas getan werden musste. Bis heute verstehe ich, warum das Wort ,positives Christentum' – dieser Paragraf der Arbeiterpartei – eine solche Anziehungskraft hatte."

Schlossel ergänzte: „Es kam tatsächlich vieles wie von selbst: aus unserer eigenen Vorgeschichte und einer unbemerkten Täuschung hat es sich entwickelt. Wir merkten zuerst nicht, wie geschickt es gemacht war. Welche Politik dahinter steckte. In der Öffentlichkeit, und speziell in den kirchlichen Kreisen, passierte eine Umstimmung. Die Landeskirche setzte noch im Frühsommer eine Neuwahl der Kirchenvorstände an; und plötzlich mehrten sich hier und dort oder herrschten die positiven ‚Deutschen Christen'. In Eckernförde erfuhren sie bald drastisch, was da vor sich ging, bei meinem Vater; bei uns in Angeln fanden einige, auch weil unser sympathischer Nachbarpastor Claussen herüberkam und es ihnen empfahl: ‚Wenn dat nödig deit, denn don wi dat ok': Wir können doch genauso gut als Deutsche Christen im Vorstand weiter mitmachen.'"

„Ich war einverstanden", sagte MaPö. „Ich habe, was konsequent angebahnt wurde, nur langsam begriffen, so groß war die anfängliche Begeisterung, die Ergriffenheit von einer Idee des Umbruchs, die ich hineinlegte und die anderswo herkam.

Am 1. Mai, der als großer Festtag daherkam, wurde vor Geltings Kirche eine Hitlereiche gepflanzt.

Als uns Monas jüngster Schwager besuchte, Wolfgang Prehn, mein Tübinger Studienfreund und euer Onkel Wolle, als er aus Eckernförde kam und berichtete, was unser gemeinsamer Schwiegervater Propst Lornsen dort in seinem neuen Kirchenvorstand erlebte, wollte ich nicht wahrhaben, dass das typisch sei; Wolle dagegen machte sich lustig über meine Verkleidung. ‚Ich lehne es ab, so mit dir in deiner SA-Uniform durchs Dorf zu gehen', sagte er und ging auf der anderen Straßenseite zu irgendeiner Versammlung. Das kann im Juni 1933 gewesen sein. Wolle war Landesjugendpastor und sah inzwischen, dass es ihm nicht gelingen würde, selbst wo er sich auf die Sprache der Nazis einließ, die Evangelische Jugend vor der Einverleibung in die Hitlerjugend zu bewahren. Er kam vom Schwiegervater in Eckernförde, Lornsens Vater, wo die Fronten sich bereits klärten.

Was zu der Zeit schon passiert war, war nicht nur in Eckernförde eine eingreifende Neuwahl der Kirchenvorstände.

Die Umbildung der Kirchenvorstände war aber nur eine erste Station. Nach den Sommerferien wurde eingeladen zu einer Landessynode in Rendsburg, die durch die Neuwahl schon neu zusammengesetzt war und in der die Deutschen Christen rechnerisch die Oberhand hatten. Sie tagte am 12. September 1933. Ihre Zukunftsvision war eine große Niederdeutsche Kirche, deren Hauptsitz der Dom von Lüneburg werden sollte. Die Nordkirche. Das Grundsatzreferat hielt ein Kieler Pastor Paulsen, der begann: ‚Heute ist unser Volksleben beherrscht von einem einheitlichen Grundton. Die Farbe des deutschen Lebens ist braun, und der Heros der braunen Farbe ist unser Kanzler und Führer Adolf Hitler.'

Ein Hamburger Großkaufmann trat auf als Deutscher Christ und Präsident der Synode. ‚Wir beginnen mit einer Vereinheitlichung Schleswig-Holsteins', sagte er. ‚Ich bitte den Bischof zu Schleswig, Herrn Dr. Völkel, und den von Holstein, Herrn Dr. Mordhorst, legen Sie Ihre Kreuze nieder.' Die beiden erhoben sich und legten ihr Bischofskreuz auf den Tisch."

„Aber warum nur!", fragte Schlossel laut. „Das wäre doch nicht nötig gewesen, sie waren auf Lebenszeit gewählt! Warum ließ Völkel, dein Förderer und Lebensfreund, der dich ordiniert und in Gelting eingeführt hat, sich das gefallen!"

MaPö hatte sich auch das Folgende aufgeschrieben, er berichtete Punkt für Punkt, las zum Teil vor: „Sie legten ihr Kreuz auf den Tisch, der Eröffnungsredner Paulsen schlug sich selbst als Landesbischof Schleswigs und Holsteins vor und ließ sich wählen. Das geschah übergangslos, genügte ihm aber noch nicht. Die Synode entmachtete sich ganz. Was im Reichstag längst geschehen war, wiederholte sich.

Es wurde beschlossen: ‚Die Landessynode überträgt ihre Befugnisse sämtlich dem Ausschuss der Landeskirche, ihrem Verwaltungsorgan (das schon von Deutschen Christen besetzt war), und sie bindet dieses Organ durch ein neues kirchliches Beamtengesetz, welches die Entlassung, Versetzung oder vorzeitige Pensionierung von Geistlichen verfügt, wenn die entweder nicht arischer Herkunft sind oder sich nicht rückhaltlos zum nationalsozialistischen

Staat und zur neuen Kirche bekennen.' Das heißt: Juden und Oppositionelle wurden per Handaufheben ausgeschaltet, entlassen.

Die Synode schloss mit ,Die Fahne hoch, die Reihen fest geschlossen'. Einige, die am Vorstandstisch notiert wurden, hatten sie früher verlassen. – Unser Kieler Pastor Hansen, der dabei gewesen ist, sagte mir später: ,Wissen Sie, was ich am liebsten getan hätte? Mich noch einmal vollllaufen lassen bis obenhin, so ekelhaft war das Ganze!'

Die Synode hieß bald darauf nur noch ,Die Räubersynode'.

Nicht lange danach luden die Verweigerer jenen Tages ein und tagten wiederum in Rendsburg. Man war sich hier einig über den unsäglichen Ausgang des vorausgegangenen Treffens; die Zeitung machte aus dieser Zusammenkunft ,70 schleswig-holsteinische Pastoren haben die Zeit nicht verstanden'. Von Plänen dieser Bekenntnissynode wurde nichts bekannt. Die Konferenz hat sogar am Ende der Tagung ein Ergebenheitstelegramm an den Führer gerichtet.

Und Gelting? – Das Erntedankfest des Jahres, der 2. Oktober 1933, an dem zugleich der 87. Geburtstag Hindenburgs gefeiert wurde, wurde ein Tag, wie ihn die Kirche Geltings noch nie erlebt hatte. Alle Plätze waren besetzt, man stand in den Gängen, im Kornhaus und draußen auf dem Friedhof. Vor der Kirche nahm Oberst von Odarza die Parade aller Geltinger Vereine und Verbände ab. Rechts von ihm stand der Geltinger Pastor, euer Vater, und grüßte mit dem ,Deutschen Gruß'."

„Es war so.

Langsam, sehr langsam, begann meine Entfernung. Breklum, die Breklumer Mission war schon seit ihrem Jahresfest im Frühsommer 1933 auf einem anderen Weg. Ich wusste von diesem Dorf seit meiner Kindheit, hatte es gemeinsam mit Heinrich Meyer auf einem seiner berühmten Jahresfeste kennengelernt, ahnte aber nicht, dass ich dort jetzt im Gespräch war. Man suchte dringend einen Mitarbeiter. Ich weiß bis heute nicht, wer mich dort vorgeschlagen hat –"

„Ich ahne es", sagte Schlossel.

„Sagst du mir, an wen du denkst?"

Sie schüttelte den Kopf, wiegte ihn hin und her. Aber dann sagte sie: „Es mag Bischof Völkel gewesen sein – aber auch Felix Paulsen, ehe er im Herbst 1932 wieder nach China ging. An ihn habe ich jedenfalls zuerst gedacht."

„An den Chinamissionar, der bei Mao im Gefängnis sitzt?", fragte einer von uns.

Sie nickte.

„An Völkel habe auch ich gedacht", sagte MaPö.

„Nachdem er bei der Räubersynode in Rendsburg sein Bischofskreuz auf den Tisch gelegt hatte und in Bordesholm wieder Gemeindepastor war, hat der neue Bischof ihn gebeten, der Vorstand der Breklumer Missionsgesellschaft zu bleiben. Ja! Völkel kann ich mir gut vorstellen, sehr gut, er wusste außerdem, dass ich für Ökonomie zumindest ein Organ habe und – Breklum steckte in einer Finanzkrise.

Aber warum dachtest du zuerst an Felix Paulsen?"

„Du", sagte Schlossel, „Felix Paulsen ist der reinste Breklumer, den man sich nur vorstellen kann, und als du in Tübingen zu studieren begannst, wolltest du ihm doch über Breklum nach China folgen."

„Das ist wahr, ich wollte zuerst Chinamissionar werden und habe den Gedanken nur aufgegeben, weil das Tropenkrankenhaus in Tübingen mir damals bescheinigte, dass ich nicht tropentauglich sei."

„Was ein schlicht falsches Gutachten war, das wissen wir inzwischen. Aber ich denke eigentlich an den Sommer 1932, als er auf Heimaturlaub war und uns zweimal in Gelting besucht hat, zuerst auf dem Breklumer Missionsfest in Geltings Gemeinde. Da habe ich dich verstanden. Was für ein Erzähler, habe ich gedacht, einer, der nur durch Erzählen umstimmen kann. Dieser kleine bewegliche Mann. Die Gemeinde hat damals gedrängt, ihn ein zweites Mal einzuladen."

„Und er ist gekommen. Aber weder er noch wir haben damals von Politik in dieser heiklen Zeit gesprochen."

„Eben!", sagte Schlossel. „Das war es. Er war der Breklumer in Reinkultur. Es gab nur eins. Ich konnte mir jetzt vorstellen, wie er Heinrich Meyer und dich auf der Breklumer Festwiese gewonnen hat, als er die Versammlung 1923 überzeugte, mit Missionsleuten nach China zu gehen – Inflation hin oder her!"

„Es ist seltsam, dass du gerade jetzt an Felix denkst. Vorgestern habe ich einen Anruf bekommen, ziemlich verworren, ich weiß nicht sicher, woher, aber ich glaubte, seine Stimme zu hören."

„Und das hast du nicht geträumt?"

Unser Vater schüttelte den Kopf.

„Das wäre nun allerdings –", sagte Schlossel. „Aber für dich gab es doch auch ein anderes, starkes Erlebnis, das dich stutzig gemacht hat."

„Ja! Noch im Oktober '33 – kurz nach unserem Erntedankfest in Gelting kam eine Einladung aus diesem anderen Bereich. Vom 18. bis zum 20. Oktober tagte der Deutsche Evangelische Missionsbund in Barmen und dort habe ich begriffen. Die entscheidende Figur, die dazu eingeladen hatte, war Pastor Friedrich von Bodelschwingh, der Leiter der Heil- und Pflegeanstalten psychisch Kranker in Bethel, der vor Kurzem als Reichsbischof zurückgetreten worden war. Er brachte dort, ein gutes halbes Jahr vor der berühmten Theologischen Erklärung der Evangelischen Bekenntnissynode unter Karl Barth, jeden Kompromiss mit den anwesenden Deutschen Christen zu Fall.

Wir kamen in ein längeres Gespräch. Schon dort wurde die Mission von ihm gefragt, wie sie zum ‚Arierparagraphen' des Staates stehe: der Ausschluss der Juden als deutsche Berufsbeamte bedeutete, dass auch die sich zum Christentum bekennenden Juden kein geistliches Amt bekleiden durften. Es war nur ein Augenblick in diesem Gespräch, der mir völlig klar machte, was das hieß: Die neudeutsche Version des Christentums hat eine ganz andere Grundlage, sie glaubt an die Rasse, das heißt nicht an Gott, sondern an sich, und schließt einen Juden von den Verheißungen der eigenen Religion aus. Das kam mir aberwitzig vor.

Ich bin damals noch mit der SA-Uniform im Koffer nach Barmen gefahren. Die Uniform blieb im Koffer. Hier herrschte ein anderer Geist."

Wir sahen ihn fragend an.

„Ja", sagte er. „Man kann es wissen, ich habe es voller Beschämung geschrieben.

Nicht, dass ich, wohl im März, schon einen Aufnahmeantrag in die Partei gestellt hatte. Dazu kam es nicht, davor wurde ich bewahrt. Es wurde immer deutlicher: Auf einer Sportpalastkundgebung am 13. November in Berlin sagten sich die Deutschen Christen los vom Alten Testament. Das war eine Verabschiedung von unsrer Herkunft.

Zu uns war inzwischen aus Breklum die Anfrage gekommen: Man wollte mich dort als Missionsinspektor und das mit erheblicher Verantwortung, weil die Gesellschaft verschuldet war und ihr Direktor ein Jahr Pause brauchte. Wir haben zuerst abgesagt; wir hingen an Gelting und der Arbeit in der Gemeinde.

Als nach uns der Siebte abgesagt hatte, habe ich mich entschlossen, haben wir zugesagt."

„Ich habe geweint", sagte Schlossel.

„Wolltest du uns heute nicht eigentlich erzählen, was du an Langenburg gefunden hast?", fragte Perle. „Was das für dich war? Hat es gestimmt, was dein Vater dir geschrieben hat: Du würdest dort für dein Leben vielleicht mehr lernen, als du im Augenblick ermessen kannst? Ich fand es so lustig, dass, als ihr zusammen in Langenburg ankamt, ein roter Teppich von der Galerie herunterrollte und Mona ihn nicht betreten mochte, sie fand, es kam ihr nicht zu, während du mutig hinaufgestiegen warst."

„Ich weiß nicht, soll ich das wirklich noch zum Besten geben? Es könnte sein, dass ihr es ziemlich wunderlich findet, unser Abschiedsgespräch. Es begann wie immer:

‚Sind Sie immer noch so beschäftigt?'

‚Durchlaucht meinen –'

Der Fürst nickte.

Fahrer Stack brachte uns an eine neue Stelle.

Es war unser letzter Spaziergang durch die Wälder. Wir schwiegen eine Weile.

‚Haben die vier Monate hier oben Sie weitergebracht?'

‚Oh ja, es war eine grandiose Lehrzeit.'

‚Ich meinte Ihre Arbeit.'

‚Die ist fast fertig, ich habe einfach in der Mitte, nach den Anfängen meines Helden, einen Schlusspunkt gesetzt.'

‚Aber Sie haben ihn nicht sterben lassen –.'

‚Nein, so weit ist meine Entscheidungsfreude nicht gegangen. – Ich habe eben die Atmosphäre Ihres Hauses gemeint, sie hat mich weitergebracht; ich habe neue Luft unter den Flügeln.'

‚Ach! Wir überlebten Herrschaften sitzen doch auf einem dürren, vertrocknenden Ast.'

‚Mit einer anderen Aussicht als unsereins.'

‚Sie machen mich neugierig.'

‚Es kommt Ihnen vielleicht seltsam vor, aber ich habe hier oben gelernt, dass man das Leben auch als Schauspiel verstehen kann – was ja ein ganzes Zeitalter getan hat.'

‚Sie sehen mich sozusagen in einer Perücke auf der Bühne vor sich?'

‚Nein! Wirklich nicht! Obwohl ich hier oben zum ersten Mal die Perücke verstanden habe. Sie scheint zu bedeuten: Ich habe eine Rolle und soll mir selbst darin gefallen.'

Der Fürst lachte.

‚Verstehen Sie? Ich fühle mich in Ihrer Welt auf andere Art als sonst angenommen, weil ich – eine definierte, dazugehörige Person bin. Ich habe einen Beruf und eine Aufgabe, die es geben soll: wie der Schmied oder die Hebamme. In meinem Talar ein Narr auf eigene Art, der sogar an den Teufel glauben darf. Ich gehöre zur Welt. Was man von mir erwartet, ist, dass ich meine Rolle kann, und zwar möglichst gut. – Das ist ein fast schon wohliges Gefühl. Ich lerne hier meinen Part im großen Ganzen kennen – als ein Fach verantworteter Darstellung.'

‚Und ich, was wäre in dem Weltbild, das Sie für das unsere halten, mein Part?‘, fragte der Fürst.

‚Es sind unreife Gedanken‘, habe ich gesagt. ‚Es ist alles nur vorläufig, ich muss mich entschuldigen. Seit Langem hänge ich an einem Wort des jungen Friedrich Hebbel: ‚Nur wer Gott liebt, liebt auch sich selbst!“

‚Aber, hören Sie mal!‘ Jetzt lachte er schallend. ‚Ihr Trecker fährt mit einem viel zu großen Anhänger, Sie kommen ins Schlingern.‘

‚Nein! Sie verstehen mich falsch!‘ sagte ich. ‚Ich ahne hier, was Repräsentation war und sein kann und ist. Sie darf ruhig, soll vielleicht sogar etwas Eckiges, Kantiges haben, sie darf belustigend sein. Aber es gehört eine Unbestimmtheit dazu, eine irgendwie pointierte Unbestimmtheit.‘

Der Fürst lachte wieder. ‚Meine pointierte Unbestimmtheit versucht, Ihnen zu folgen.‘

‚Ich weiß, ich stottere Unsinn, aber ich habe mir hier zum ersten Mal überlegt, was es bedeutet, dass die Länder im Norden ihre Königin oder ihren König behalten haben. Die Dänen sagen, wir brauchen einen, vor dem wir Hurrah rufen können, vor dem wir uns gerne verbeugen. Wir meinen uns selbst damit. – Wer einem anderen über ihm einen hohen Wert zuerkennt, erkennt ihn sich selbst zu. Nur das ist die Parallele.‘

Wir schwiegen eine Weile. Ich versuchte es noch einmal.

‚Mich verblüfft am meisten die Dankbarkeit, die ich hier und in Luisenlund kennengelernt habe, man könnte noch ganz anderes nennen. Ich habe nie darüber nachgedacht, woher das Wort ‚Höflichkeit‘ kommt.‘

Er sah mich an.

‚Es klingt wunderlich, was Sie sagen. Es rührt mich. – Ich hasse Frömmelei. Aber der Gottesdienst ist in meiner Familie Gesetz.‘

Wir schwiegen wieder.

‚Sie müssen sich daran gewöhnen, Sie werden nicht alles im Leben erreichen‘, sagte er, ‚versuchen Sie das: *nicht alles zu erreichen*. Ich wollte immer gern zuerst die ‚Langenburger Zeitung‘ lesen, wegen der Kälber, die in der Nachbarschaft geboren werden, aber nein, Lang liest zuerst die Zeitung, der Diener zuerst, und wenn er sie gelesen hat, klopft er und sagt: ‚Durchlaucht, die Zeitung ist da.‘

Ich wollte so gerne bei Tisch ein Glas Wasser trinken. Da hat aber die Dienerschaft entschieden, ein Fürst trinkt kein Wasser bei Tisch, sondern nur Wein. Ich kriege also kein Glas Wasser bei Tisch, sondern nur Wein und habe mich daran zu gewöhnen. Tun Sie das auch, gewöhnen Sie sich an vieles, was Ihnen im Wege zu stehen scheint.‘“

MaPö hatte an diesem Abend eine Mappe mit Aufzeichnungen in der Hand gehabt.

Jetzt klappte er sie zu und atmete auf.

„Ich war damals siebenundzwanzig und unsre liebe Mona einundzwanzig, als wir in Gelting anfingen – wir waren dreißig und vierundzwanzig, als wir es verließen.

Mein Nachfolger, der Ostern 1934 hier einzog, war jünger als ich und wusste von Anfang an, wohin der Wagen rollte und wo Barthel den Most holt. Wolfgang Miether war ein klarer Kopf.“

„Willst du nicht noch etwas von ihm erzählen?“, fragte Pille. Wir saßen noch.

„Es wäre was“, sagte Schlossel. „Wenn ich daran denke, was mein Bruder Alf uns neulich von der Zeit erzählt hat, als Wolfgang Miether in Eckernförde auftauchte. Das war im Januar 1933. Alf war fünfzehn und wurde in dem Jahr konfirmiert und Wolfgang Miether, wohl zehn Jahre älter, der Vikar bei unserem Vater. – Alf hat fast von ihm geschwärmt. ‚Es kam Leben ins Haus an der SA-Straße‘, hat er gesagt.“

„An der – du meinst an der Kieler Straße.“

„An der SA-Straße“, sagte Schlossel.

MaPö wirkte auf einmal sehr müde.

„Natürlich wollen wir über Wolfgang Miether sprechen – aber heute nicht mehr. Ich bin doch etwas mitgenommen.“

5
Lornsen und Miether in Eckernförde

„Geht es wieder?“, fragte unsere Mutter.

„Du, wenn wir damals von Breklum aus Gelting wieder besuchten“, sagte Vater, „ist es mir gar nicht immer so leicht gefallen, zu hören, was er dort bewirkt hat: wie Wolfgang Miether auf dem Posten war.“

Sie richtete sich auf. „Wie klar und aufrecht! Nicht?

‚Unser künftiger Bischof‘, sagte mein Vater schon damals. Hochbegabt. Sie sprachen über alles miteinander, was in dem verflixten Jahr vor sich ging. Ihr werdet euch nicht an ihn erinnern. Mit dem konntest du sprechen, sagte auch Alf. Er war groß, sportlich schlank und spielte gern Handball mit den Konfirmanden, unser Eselspiel in der Familie. Ich sehe ihn vor mir, die kurz geschnittene Haarhaube gescheitelt, ein schmales kluges lustiges Vogelgesicht. Wie er auf einen zukam! Kein Kind von Traurigkeit, wie man so sagt, oft zu nichts als Späßen aufgelegt. Und dann wieder ganz sachlich. – Nein!“

„Ja!“, sagte MaPö. „So war er. Miether kam im Sommer 1934 nach Gelting und hat noch in diesem Jahr erreicht, dass der gesamte Kirchenvorstand, auch der sogenannte Ortsgruppenleiter der Partei, der Bekennenden Kirche beitraten und mitteilten: ‚Wir lassen die Gemeinde wissen, dass wir den Weg der Deutschen Christen als Irrweg ansehen.‘

Bald wurde er abgehört, das wurden wir alle. Dann versuchte der Gauleiter in Kiel, ihn zu versetzen. – Und Gelting?

Ein Bauer begrüßt ihn auf einer Hochzeitsfeier: ‚Wir haben eine Zeit, in der wir zu unserem Pastor und seinem Amt stehen.‘

Er verfasst einen vier Seiten langen ‚Brief zur Verständigung an die für die nationalsozialistische Bewegung verantwortlichen Männer meiner Gemeinde‘. Darin stellt er dar, was er qua Amt zu sagen hat und fragt jeden – als Einzelnen: Wollen Sie diesen Inhalt ablehnen und dieser Ablehnung ein politisches Gewand geben?

Er wird bekannt, der Kampf wird härter, die Zahl der Freunde wächst, man traut ihm eine überragende Zukunft zu.

Es gab da noch etwas. Die Jugend. ‚Schmeißt mir die Bibel vor die Füße‘, sagte er seinen Konfirmanden, ‚aber sagt mir frei und offen, was ihr an der christlichen Lehre falsch findet. Dann sprechen wir darüber.‘

Seine Konfirmanden haben es noch heute im Ohr, wie er ihnen die Ohren geöffnet hat, es versucht hat, und sie damals nicht erreichte. Es wurde erst richtig laut am Tag seiner Beerdigung und nach dem Krieg. ‚Er hat es gewusst und klargemacht‘, sagen sie, ‚dass er uns etwas beibringen wollte, was im Gegensatz zu allem stand, das uns täglich umgab.‘ Sie wurden ja am Sonntagmorgen, an dem Konfirmanden eigentlich den Gottesdienst besuchen sollten, oft zum ‚Dienst‘ bestellt, zum Marschieren oder Geländespiel oder zu der Stunde WELTANSCHAUUNG, und standen dann mit ihren Fahnen, Wimpeln und Trommeln, jeder in Uniform, vorm Geltinger Gasthof und sahen, wie gegenüber ihr Pastor in Talar und Beffchen, die Bibel unterm Arm, vom Pastorat in seine Kirche ging.“

„Pille, weißt du noch den Sonntagmorgen“, sagte sein Bruder, „wie wir beim Frühstück saßen – plötzlich stand Fiete Sprott in der Tür: ‚Jens, ik sall di seggen, du schust to Deenst komen.‘“

Schlossel lachte: „Vater war auswärts und was war es noch, was hast du geantwortet?“

„‚Loop man hen und segg, he het een Vagel‘, hab ich gesagt und musste dann drei Stunden nachexerzieren.“

„Du hast gesagt: ‚Loop man hen und segg em, he sall mi an de Moors kleien‘“, sagte Alex.

MaPö lachte, schob es aber weg mit der Hand:

„Lasst mal! – Dieses ‚Dann sprechen wir darüber‘ – das war er.“

„Er war eigentlich kein Angreifer“, sagte Schlossel. „Er

war freundlich, ein schöner Mensch, richtig anziehend und gewinnend."

„Ich habe ihn einmal in Eckernförde gesehen", sagte ich, „in einer Uniform, die uns immer so faszinierte. Wir saßen hinten im Garten, in der Holzhütte an der Mauer zum Exer. Es war beim Mittagessen. Zum Nachtisch gab es Rote Grütze und Onkel Willy – Monas inzwischen zweiter Schwager –, bat Großmutter Hede um etwas Zucker. – Sie sprang auf. ‚Willy braucht etwas zum Knirschen, das weiß ich doch eigentlich!' Es wurde darüber gesprochen, ob der Krieg in Frankreich lange dauern wird. ‚Es dauert nicht lange', habe ich im Kopf. Es kam das Wort ‚Hitlers Blitzkrieg in Polen'. Aber Onkel Willy knirschte mit dem Zucker und wiegte seinen großen schwarzen Lockenkopf. ‚Ich fürchte', sagte er. ‚Ich fürchte.'"

„Du", sagte Schlossel, „ich erinnere mich genau an diesen Tag. Wir haben auch öfter darüber gesprochen, aber nicht deswegen. Vorher hat es die berühmten Weißen Klöße gegeben, die unsre Großtante in Hadersleben immer so wunderbar konnte. Es war ihr Meisterstück. Sie waren meiner Mutter völlig missglückt, ein Kleister, der im Hals stecken blieb. Alle arbeiteten still an ihren Klößen, unsrer Mutter Hede war es schrecklich peinlich."

„Es war das reinste Pelikanol", lachte MaPö – „unser hoch geschätzter penetranter Klebstoff."

Mona fuhr fort: „Plötzlich sagte Wolfgang Miether: ‚Ich finde, die berühmten Weißen Klöße der Großtante in Hadersleben sollten unerreicht bleiben.' – Das Lachen hättet ihr hören sollen. Alle waren vergnügt."

„War Wolfgang Miether denn damals schon eingezogen?", fragte Perle. „Im Krieg?"

„Er hatte sich freiwillig gemeldet, schon bald nach Kriegsbeginn", sagte MaPö.

„Wie? – Was sagst du?"

„Die meisten Pastoren taten es. Einige, weil sie so dem Gehege der Gestapo entkamen, andere, weil sie wussten, dass wir sowieso eingezogen wurden. Aber ich glaube, die Mehrzahl von uns aus Überzeugung. Der Krieg war das andere."

Es war einige Augenblicke still.

Niemand fragte weiter.

„Was mir langsam auffällt", sagte Schlossel. „Wie man sich damals verhielt, hing ganz eng damit zusammen, wie es drumherum aussah, in welchen Verhältnissen man lebte – ob ein Zusammenstoß passierte oder nicht. Die Angeliter in Gelting waren für Harmonie.

Wenn ich an Eckernförde denke – wisst ihr, was mein Bruder Alf uns neulich am späten Abend erzählt hat? Da entwickelte es sich ganz anders; nach einer ersten Begeisterung wie bei uns kam es zu einem abrupten Bruch. Zum Tag der Machtübernahme hat mein Vater, bald nach dem 30. Januar, ins Jahresprotokoll der Kirchenverwaltung Eckernförde geschrieben: *Allgemein ist die Ansicht verbreitet, dass jetzt eine Zeit kommt, in welcher die Arbeit der Kirche durch Staat und Partei eine besondere Förderung erfahren wird. Gott gebe, dass alle Hoffnungen in Erfüllung gehen. Adolf Hitler gilt uns ein Werkzeug von Gott gesandt zum Wiederaufbau unseres Vaterlandes.* Ich habe es mir aufgeschrieben und lese es von Zeit zu Zeit wieder.

‚Ein Werkzeug von Gott gesandt' – ‚Staat und Partei als Diener der Kirche'. Seitdem hätte die Hauptfigur in diesem Theater nicht Führer heißen müssen, sondern Anführer. Wie hat er uns angeführt? Und statt Hitler – Lügner. ‚Heil Lügner!'

Als wir weiter mit Alf sprachen, kam noch etwas weiteres zutage: ‚Vater ist sogar einer der ‚Märzgefallenen' gewesen', sagte er."

„Der was?"

„Das war ein Spott und Hohnname der Nazis, mit dem sie die wohl Hunderttausenden meinten, die im März einen Antrag auf Mitgliedschaft in der NSDAP gestellt haben. – Sie selbst verstanden sich als Märtyrer des ‚Systems von Weimar'. Wer sich aber erst jetzt einreihte, war einer, der im Augenblick der Hochkonjunktur dieser Partei mutig Kopf und Kragen wagt. Es gibt ein solches Gedicht aus dem 19. Jahrhundert von Freiligrath. Dieser kaum noch bekannte Dichter lässt die jungen Revolutionäre, die im März

1848 vor dem Berliner Schloss erschossen worden waren, als Halbverweste wieder auferstehen und über ihre verspäteten Nachfolger grausig spotten. Die wahren ‚Märzgefallenen' von 1848 verspotten die unwahren vom März 1933, ist gemeint. Wartet", sagte sie. „Alf hat mir das Gedicht hiergelassen. Sie rühmen ihre mutigen Nachfolger:

‚Die Kugel mitten in der Brust, die Stirne breit gespalten,
So habt ihr uns auf blut'gem Brett hoch in die Luft gehalten.'

...

und dann habt ihr uns, binnen vier Monaten, verraten und alles verscherzt:

Oh ernste Schau! Da lägen wir, im Haupthaar Erd, und Gräser,
Das Antlitz fleckig, halbverwest – die rechten Reichsverweser!
Da lägen wir und sagten aus: Eh wir verfaulen konnten,
Ist eure Freiheit schon verfault, ihr trefflichen Archonten!"

Unser Vater hörte still zu.

„Zuerst muss es in Eckernförde ähnlich gegangen sein wie bei uns", sagte Schlossel. „Der 1. Mai war, auch für Alf, ein atemberaubendes Ereignis. Der Tag der nationalen Arbeit als Jubelfest der Volksgemeinschaft. Er begann, dort auf dem Exer, dem Exerzierplatz als Feldgottesdienst.'"

„Sag mal. Weißt du, worüber dein Vater da gesprochen hat?", fragte MaPö.

„Ich weiß es genau! Die Zeitung hat es sogar berichtet: ‚Wo der Herr nicht das Haus bauet, da arbeiten umsonst, die daran bauen – –'"

„Donnerwetter!"

„Und nachmittags, ich weiß noch, wie begeistert auch ich davon war, als Alf uns erzählte: nachmittags warfen die Schüler der Jungmannschule ihre Schülermützen ins Feuer. Sie wollten sich nicht mehr von den anderen Schülern abheben, mit deren Vätern ihre Väter 1914 im Schützengraben gestanden hatten.

Und dann die Abendveranstaltung, mit einer Kapelle

aus der Nachbarschaft und der Rede eines Sturmbannführers, der zum Schluss die Namen der Kameraden nannte, die am 9. November 1923 vor der Feldherrnhalle zu München als die ersten Kämpfer für das Neue Reich gefallen waren. Er nannte die Namen einzeln und ließ sie ausklingen.

Kaum 14 Tage danach kündigte sich der Bruch an. Noch im Mai gab es in Eckernförde einen neuen Bürgermeister, der in der SA war, 26 Jahre alt. Wie der sich bei Vater als neues Mitglied des Kirchenvorstandes vorstellte! Vater und Wolfgang Miether saßen danach die halbe Nacht zusammen.

Unsre Kieler Straße hieß bald ‚Straße der SA', der Gänsemarkt ‚Hitlerplatz', der Bürgermeister verkündete in einer feurigen Rede, er wolle ‚den Hammerschlag des Dritten Reiches ausführen' und die Kirche, den Vorstellungen des neu besetzten Landeskirchenamts in Kiel entsprechend, ‚mit ins Boot nehmen'. Auch hier ging die SA einmal im Monat zum Gottesdienst ..."

„Ein Jahr darauf hat Lemke versucht, deinen Vater abzusetzen", sagte MaPö.

„Und scheiterte", sagte Schlossel.

„Das Beste, finde ich, war die Predigt, die er am 2. September 1933, neun Tage vor der ‚Räubersynode' in Rendsburg, gehalten hat. Da wählt er das Wort DIE WAHRHEIT WIRD EUCH FREI MACHEN, das Jesus zu den Juden sagt. Sie antworten ‚Wir sind niemals jemandes Knechte gewesen: wie sprichst du denn: Ihr sollt frei werden?' – Plötzlich wechselt dein Vater das Personal. Jesus spricht nicht mehr mit den Juden, sondern mit den Germanen, den Freien und Stolzen, diesen ‚Herrenmenschen', und lässt sie Jesus antworten: ‚Besagt nicht schon unser Name, dass wir das Volk der Hervorragenden sind?'

Ein weit ausholender Text, von dem ich weiß, wie er Wolfgang Miether nahegegangen ist. – Am Sonntag nach der Räubersynode soll dein Vater eine Predigt gehalten haben, bei der es in der Kirche auf den Bänken laut wurde. Da saßen dein Bruder Alf und Wolfgang Miether nebeneinander auf der Kirchenbank.

6
Felix Paulsen kehrt aus China zurück

Wir wollten endlich nach Breklum kommen, zu den Breklumer Jahren, die mit den streitbaren dreißiger Jahren begannen und dann im Krieg ertranken, da tauchte der Chinamissionar Felix Paulsen in unserem Studierzimmer auf.

Seit 1923 hatte es von Breklum aus einen ständigen Kontakt gegeben; mit Beginn des Kriegs war er abgebrochen, sein letzter Aufenthalt in Deutschland lag 19 Jahre zurück.

Jetzt saß er leibhaftig vor uns. Er saß auf der Chaiselongue, wo Schlossel sonst ruhte, ihm zur Seite MaPö auf einem Stuhl, wohl zehn Journalisten waren gekommen und auch wir durften im Hintergrund dabei sein.

Der Chinamissionar war nach zweijähriger Haft aus Maos Gefängnis entlassen und aus China ausgewiesen. Er hatte gelitten, saß klein vor der Versammlung; länger als eine Stunde sollte es nicht dauern.

Was denn zu seiner Verhaftung geführt habe, wollte man wissen.

Er sei angezeigt worden, sagte er. Ein Chinese in der Stadt Nanning habe von der Straße aus beobachtet, wie er abends neben seinem Bett kniete. Er hatte angenommen, dass er unterm Bett einen ausländischen Sender habe. – „Es war aber ein fester Brauch. Ich bete abends neben meinem Bett und wurde wegen Spionage angeklagt."

Ob er etwas über seine Haft sagen wolle?

MaPö hob ein wenig die rechte Hand, Onkel Felix sah sich um.

„Lieber nicht."

Man sah es ihm an.

„Sie sind wohl froh, dem Kommunismus entronnen zu sein?"

„Nein! Oh nein! Es hat mich geschmerzt, dass sie in mir einen Landesverräter gesehen haben – sie hatten allerdings

Recht, nicht Unrecht." „Die Kommunisten waren im Recht?", fragte ein Journalist.

Er antwortete mit einer Liebeserklärung an China und das chinesische Volk.

„China zu verlassen, geht mir ans Leben", sagte er. „Ich war auf ihrer Seite. Ich würde sogar Kommunist mit euch werden, nur unter einer Bedingung, habe ich ihnen gesagt: Christus und Gottes Liebe weiter verkündigen zu dürfen. – Sie haben mich ungläubig angesehen."

Er schaute die Leute an, die mit dem Schreibzeug vor ihm saßen.

Abends sprach er noch einmal kurz in der Breklumer Kirche, wo viel Volks versammelt war. „Das rote Licht leuchtet", sagte er. „Der rote Stern!" – Man sah in ratlos an.

Seine Entlassung aus dem Gefängnis war mit der Auflage verbunden gewesen, so rasch wie möglich zu verschwinden, drei Beamte begleiteten ihn, er musste sein Gepäck selbst tragen, das immer Chinesen getragen hatten, fiel beim Umsteigen aus dem Zug und zog sich einen Rippenbruch zu, auf der Fahrt bis zur Grenze wurden in einem Lautsprecher Lieder gegen den Imperialismus gesungen. In Hongkong, das damals jenseits der Grenze lag, organisierte der Lutherische Weltbund die Rückreise per Schiff nach Rotterdam.

Seine Frau hatte inzwischen bei einer chinesischen Familie in Hausarrest gelebt, ohne etwas von ihm zu hören, und war vor einem halben Jahr nach Deutschland zurückgekehrt. Sie war noch kleiner als er, fast zierlich.

MaPö hatte Felix Paulsen mit ihr zusammen in Rotterdam abgeholt. „Das Schiff war pünktlich", sagte er. „In Gangway 1 stiegen die ‚Weißen' aus, in Gangway 2 die ‚Farbigen'. Wir warteten bis zum letzten Passagier. Er war nicht dabei. Wir gingen zur Agentur: ja, er stehe auf der Liste. Claire, seine Frau, bebte vor Angst. Da kam ein Steward ins Büro: ‚Er war an Bord', sagte er, ‚er ist mit einer chinesischen Familie ausgestiegen.' Wir bekamen heraus, mit welcher Familie und zu welchem von deren Bekannten. Da saß er lächelnd unter seinen Chinesen, redete, redete. ‚Zuerst musste ich doch sehen, dass die chinesischen Freunde eine Bleibe finden', sagte er.

Im Zug erzählte er, erzählte. Claire fragte. Ich schwieg."

MaPö sagte uns tags darauf, Felix habe schon unterwegs sein ‚Geständnis' herausgeholt. 70 Seiten, seine Verbrechen, die Vergewaltigung chinesischer Frauen.

MaPö runzelte die Stirn und lächelte. ‚Felix!', habe ich gesagt. ‚Nein!!!, lies erst mal', habe er gesagt.

„‚Wovon willst du mit deiner Frau jetzt leben?', fragte ich ihn. Felix sah mich an. ‚Wieso?!'

‚Du hattest mir doch verboten, dich in die Versorgung der schleswig-holsteinischen Pastoren aufzunehmen. Andernfalls wolltest du aus der Mission austreten: ‚Der Herr sorgt für mich!'"

Seine Frau nickte, er wurde nachdenklich.

‚Ich habe dich gegen deinen Willen bei der Kasse angemeldet, du erhältst die Pension eines schleswig-holsteinischen Pastors.'

Er freute sich.

Seine Rückkehr hatte sich herumgesprochen. Auf manchen Stationen stand ein Chor vor unserem Fenster, singende Menschen, die den „wandernden Heiligen" begrüßten und Geschenke ins Abteil reichten. In Husum begrüßte ihn schon der neue Propst."

„Wolle?", fragte Schlossel.

„Ja!"

Er blieb länger als ein Jahr in Breklum.

Ich habe Onkel Felix manchmal besucht, solange er bei uns in der Wohnung neben dem Studierzimmer wohnte.

„Mach die Augen zu", sagte Onkel Felix, „was siehst du?"

„Nichts", sagte ich.

„Ich sehe Jesus", sagte er.

In seinem Studierzimmer standen Tonfiguren, weißhaarige Männer in grünen Gewändern, deren Ohrläppchen bis auf den gelben Kragen reichten.

„Welchen willst du?", fragte er.

Ich wählte einen kleineren Alten, der gebückt ging und über dem Nacken eine Stange trug, an deren Enden seine Habseligkeiten hingen.

„Es ist einer der Weisen", sagte Onkel Felix. „Er ist ganz frei und kann gehen, wohin er will. Was er besitzt, trägt er bei sich. Wie schrieb Horaz? Omnia mea mecum porto. Die langen Ohrläppchen sind ein Zeichen seiner Weisheit."

Onkel Felix war klein von Gestalt und hatte eine gewölbte, beinahe faltenlose Stirn, unter der seine Augen kindlich schauten. Die rosige Gesichtsfarbe kontrastierte mit einem rechteckigen Bärtchen auf der Oberlippe. Seine Armbewegungen waren graziös.

„In der chinesischen Sprache kommt es sehr auf den Ton an", erzählte er. „‚Tong' heißt der Wassereimer. Wenn ich die Stimme aber etwas hebe und sage ‚tong tong', bedeutet das ‚es regnet'. Und wenn ich das Wort sehr in die Länge ziehe und am Schluss in einen fragenden singenden Ton übergehe – ‚tong??' – dann heißt es ‚Kommst du mit?'."

Er machte vor, wie man sich in China verabschiedet. Man legt die Hände vor der Brust zusammen und verbeugt sich; aber nicht einmal, sondern viele Male. Wenn einer die Gartenpforte schon längst verlassen hat, dreht er sich noch einige Male um, kehrt ein Stück zurück und verbeugt sich.

„Wer nach China geht", pflegte er zu sagen, „wird zum Chinesen. Auch der Kommunismus wird ein Chinese werden und der Welt eine konfuzianische Antwort geben. – Wir haben in China alles falsch gemacht. Wir hätten mit den Chinesen in ihren Hütten leben sollen statt in unseren weißen Palästen."

Leider durfte man Onkel Felix nicht oft besuchen. Er hatte ein Augenleiden.

„In China hat er das Neue Testament in die Sprache der Provinz Kanton übertragen. Man legte ihm neugeborene Kinder vors Haus und er nahm sie auf. Onkel Felix wurde nach und nach Vater von acht chinesischen Kindern", erzählte MaPö.

„Nach dem Umschwung dann das Gefängnis. Er hatte 1923 in China angefangen.

1949 begann mit Mao eine ganz und gar neue Zeit und trotz der ungezählten Millionen, die sie nicht mehr miterlebten, entstand eine Begeisterungswelle ohnegleichen: Stabile Verhältnisse waren auf einmal in Aussicht, die Gleichheit aller, das Ende der Armut und Arbeit für alles Volk. Der Atheismus der Neuen unterband alle missionarischen Aktivitäten.

Von den Breklumern blieben trotzdem Minna Nielsen und Paulsens, obwohl sie hätten ausreisen können. Es kam ihnen teuer zu stehen. Felix wurde in Limchow verhaftet, reiste unbefangen und ohne Gepäck nach Packhoi, und hier beginnt etwas", sagte MaPö, „was schwer zu erzählen ist.

Mona, kannst du es noch einmal hören?"

„Es hat sich mir sowieso eingeschrieben", sagte sie, „am stärksten die Geschichte von dem Mitgefangenen, den er zuletzt hatte. Der schlug ihn und hinterher weinte er. Sie freundeten sich an. Onkel Felix' Fußnägel krümmten sich in sein Fleisch, sodass die Zehen zu eitern begannen. Die Blechdose, mit der sie sich bis dahin die Zehen geschnitten hatten, war nicht aufzufinden. Da legte sich der andere auf den Boden und biss ihm Nagel nach Nagel ab, sodass er wieder gehen konnte. Danach schlug er ihn wieder."

Yoko hob beide Hände.

„Es gab so viel Anrührendes", sagte Schlossel. „Als er vernommen wurde, geschlagen und rundum beschuldigt, nicht befragt, sondern beschuldigt, als sie Nervengas in seine Zelle leiteten, ihn nachts das Gewimmer seiner Pflegetochter Janhin hören ließen – er wusste nicht, ob sie es wirklich war –, ihm mit dem Tode drohten, schon den Termin nannten und den Karabiner zeigten, da ist er in sich gegangen, hat Schuld auf sich genommen, nicht nur die eigene, sondern die vor ihm."

„Da ging er ziemlich weit", sagte MaPö; „er wusste Bescheid und sprach es aus. Daher kam es auch, dass er so an China hing, dass er ihnen nichts verübelt hat: seinen Peinigern.

‚Unsere Christenheit und China! Was ist China von Europa zugemutet worden – verheerend!' Felix sprach es aus, dort und hier, dass die Missionierung Chinas entscheidend durch wirtschaftliche und militärische Gewalt zustande gekommen war: durchgesetzt und ermöglicht. ‚Wir haben uns missbrauchen lassen, haben uns den überlegenen Kolonialherren angehängt, in unseren Palästen gewohnt. Warum bin ich nicht gleich darauf gekommen, dass ich hätte wohnen und leben sollen wie unsre chinesischen Nachbarn. Von oben herab habe ich durch unsere christliche Lehre Familien gesprengt, Zusammenhänge untergraben, zerstört.'

Er wurde im Gefängnis immer schwächer, magerte ab, hatte Suizidgedanken und schrieb Abschiedsbriefe an Claire, die abgefangen wurden, an die Kinder. Schrieb ein Geständnis: ‚Ich habe mit Chinesinnen Ehebruch getrieben, Geld veruntreut, eine unsrer angenommenen Töchter vergewaltigt.'

‚Felix!', habe ich gesagt, ‚das hast du getan?! –'

Er besann sich. ‚Nein', sagte er, ‚du hast recht.'

Und dann wieder diese Geschichte aus seiner ersten kleinen Zelle, in der er weder aufrecht stehen noch gerade liegen konnte, in der er hockte, nicht?"

Schlossel erzählte: „Vor der vergitterten Maueröffnung zur Straße spielten Kinder. Er sprach mit ihnen, bat sie, ihm einen halb versengten Papierstoß hereinzureichen, der da auf dem Boden lag.

Es war das Lukasevangelium, er hütete es, kratzte in den Lehm seiner Zelle ein Loch, versteckte es. Dann lernte er es auswendig und ritzte mit lehmigen Fingernägeln alle ‚Ich bin-Worte' in die Zellenwände. ‚Ich sende euch als die Lämmer mitten unter die Wölfe', stand da. – ‚Wer mir folgen will, der verleugne sich selbst und nehme sein Kreuz auf sich täglich.' – Wisst Ihr was? Es kommt mir beinahe so vor, als wenn er selbst zu einem Pergament wurde, mager und welk wie er war, in das dies Evangelium geritzt war."

MaPö sah Mona an: „In Nanning, wo er den Mitgefangenen hatte und das letzte unglaublichste Geständnis geschrieben hat, kam es dann zum Prozess. Zu seiner vollständigen Überraschung sprach der Richter ihn frei und verwies ihn des Landes.

Sie waren plötzlich höflich, gingen freundlich mit ihm um, brachten ihn auf den Weg. Sie hatten wohl entdeckt, dass er vollständig harmlos war. Ein verrückter Heiliger. Ein Narr in Christo!

„Ich würde immer noch und für mein Leben gern einmal nach China gehen! Aber wollen wir nicht für heute aufhören? Es war doch schwere Kost."

Yoko widersprach: „Ich würde gerne mehr wissen: Woher kam Onkel Felix eigentlich? Wie kam es zu ihm? So einen wie ihn gibt es doch nicht einmal in Breklum alle Tage."

MaPö schwieg.

Und dann erzählte er, las teilweise vor:

„Onkel Felix ist 1890 geboren, als Sohn eines Pastors im Lauenburgischen und hat, wie er immer sagt, mit seinen zwölf Geschwistern eine herrliche Kindheit und Jugend verlebt."

Wir sahen einander amüsiert an.

„Er hatte es als Schüler sehr leicht: Musik, Mathematik und Astronomie wurden seine Lieblingsfächer. Mit zwölf Jahren hörte er auf einem Missionsfest in ihrem kleinen Dorf einen Breklumer und beschloss nicht nur, er gelobte Missionar in Indien zu werden, wo die Jungs, wie ihr wisst, wie nichts auf Palmen klettern und man einem Tiger begegnen kann.

Nach seinem Abitur will er sofort die Missionarsausbildung, um bald nach Indien zu gehen, der Vater legt ihm aber nahe, mit einem Theologiestudium zu beginnen. Kiel. Erlangen. Kiel. Mit 22 Jahren hat er es hinter sich und meldet sich in Breklum, das ihn aber bittet, nach Afrika zu gehen: Tanganjika. Er beginnt in Hamburg, Suaheli zu studieren, danach eine weitere afrikanische Sprache, arabische Dialekte.

Als der Weltkrieg beginnt, paukt er weiter. Jetzt kann er außer Latein, Griechisch und Hebräisch ziemlich gut Englisch und vier in Afrika gesprochene Sprachen. Er wird eingezogen und hat nach kurzer Zeit zwei durchlöcherte Trommelfelle. Man entlässt ihn ins Pfarramt, er wird Pastor in Bramstedt. Man hat ihn gern da, fünf Jahre hält es ihn dort.

1923 gerät bei den Breklumern China ernsthaft ins Blickfeld, er stellt der dortigen Missionsfestversammlung diese Aussicht herzbewegend vor und wird abgeordnet.

Etwas fehlt: eine Frau. Er verbringt in diesem Sommer mit einem Freund musikalische Ferien in England, eine dritte Person gesellt sich dazu: Claire Lindemann aus Schlesien. Er verliebt sich. Sie ist ihm zwölf Jahre voraus. Er 32, sie 44. ‚Nimm eine, mit der du Kinder haben kannst', sagt sie.

Er lässt sich nicht beirren. In Bramstedt finden einige, diese noch um vieles zierlichere Frau ist nicht nur zu alt, sondern obendrein eine graue Maus. Felix hat recht behalten. Sie ist eine fabelhafte Frau und die ideale für ihn.

In China lernt er als Erstes die neunte Sprache, Kantonesisch, zwei Jahre Zeichen, ein Jahr die Tonhöhe. Er beherrscht schließlich 5000 Zeichen, übersetzt das Neue Testament.

Die weißen Sitten, deren ‚Überlegenheit' wird dem Ehepaar zweifelhaft, schon dass sie Diener haben, belastet sie, bis sie das in eine Ausbildungszeit verwandeln. Sie passen sich dem chinesischen Stil an, auch dem Essen – obwohl ihnen", MaPö guckt auf ein Blatt, „wochenlang vergrabene Eier, Sandwürmer aus dem Uferschlamm oder die aus dem Speichel einer kleinen Schwalbenart gebildeten Nester doch etwas zu schaffen machen.

Er missioniert zu Pferde und auf dem holpernden Motorrad, tauft, predigt, unterrichtet. Ist bald ein Kenner der alten chinesischen Philosophie, bewundert Konfuzius.

Eines Morgens liegt ein Kleiderbündel vor der Haustür – ein Mädchen.

Sie sind Eltern von acht Kindern geworden, das wisst ihr, auch zwei Jungen darunter, und als einer starb, hätte die Trauer nicht größer sein können.

Er vertieft sich in Chinas Geschichte, erschrickt beim Boxeraufstand, ‚The Germans to the Front', und so weiter, liest den Satz ‚Wir Chinesen kennen von den Europäern am besten ihre Fußsohlen, mit denen sie uns traktiert haben' (Lin Yü Ton)."

„Nein!", ruft Schlossel.

Wir halben und ganzen Kinder, die er an sich zog, verstanden ihn manchmal nicht. In seiner Jugend wollte er zuerst Astronomie studieren. Er betrieb sie noch. Seine Liebe war kühl und quicklebendig.

Er saß mit uns Fahrschülern im Zug. „Könnte man nicht alle Waffen und alle Munition und alle Raketen ins Meer versenken, wo es am tiefsten ist?", fragte er.

„Aber Onkel Felix", sagten wir, „was geschieht, wenn wir es tun und die andern nicht?"

Er lächelte. „Glaubst du, dass sie es tun, wenn wir es nicht tun?"

Er war der kindlichste Mensch. Als ich das erste Mal aus dem Studium zurückkehrte, besuchte er mich. Dann steckte er den Kopf noch einmal durch die Tür, lachte und sagte: „Hat die Philosophie genau so ein Gesicht wie du?"

Auf meinem Schreibtisch steht der kleine gelbgrüne Chinese. *Omnia mea mecum porto*. Onkel Felix hatte eine zauberhafte helle Stimme.

7
Dat heilige Dörp

MaPö war eine lebensfrohe Natur, die sich gelegentlich verdunkelte, sogar von gründlicher Schwarzseherei und vernichtenden Urteilen heimgesucht wurde.

Sein Vater war nur zur Hälfte sein Vater. Jens MaPö, der Sohn des Deicharbeiters und Tagelöhners von den Fischerhäusern bei Uberg, war ein konstant ernster und zuverlässiger, konsequenter Mann. Der Deich klebte an seinen Füßen. Es gab bei ihm Dinge, an die man sich wiederholt erinnerte. Als auf Alsen der Hauch einer Andeutung auftauchte, seine Heirat der Tochter des Augustenburger Pastors sei doch wohl eine ‚Mesalliance', zog er nach Kiel. Aus! Dort unterrichtete er in der Volksschule nach nur einem Muster, der Herbartmethode – ein treuer Diener seines Kaisers. Als er 1933 nach der Weimarer Zeit ein drittes Mal den Schwurfinger erheben sollte, fühlte er sich aus der Bahn geworfen.

Beständigkeit war sein Elixier. Gegen Ende des Ersten Weltkriegs bot ihm unser Vater, sein geliebter hochgewachsener Ältester, an, frühmorgens in den Garten mitzugehen und zu helfen. Nach einiger Zeit sagte er: ‚Bleib man im Bett, es geht besser alleine.' Zu seiner Frau sagte er: ‚Wenn der Junge so gelehrt wird, wie er verkehrt ist, wird etwas aus ihm.' Als ein Klassenlehrer der Kieler Gelehrtenschule MaPös jüngerem Bruder Erk sagte: ‚Sie werden das Abitur nicht schaffen können', meldete sein Vater ihn ab und ließ ihn, für teures Geld, in Itzehoe wohnen und die Schule abschließen. Der Kollege vom Gymnasium suchte ihn auf: ‚Ist das nicht zu hart für Sie? So war es doch nicht gemeint!' ‚Aber Sie haben es doch gesagt!', war die Antwort.

MaPö kannte Ernst und Folgerichtigkeit, er konnte rigoros werden, hart und jähzornig, sich im Jähzorn völlig vertun. Aber er konnte auch das Gegenteil. Gesagt war nicht gesagt. Er hatte viel von seiner Mutter, Goldschnutel, ihrem strahlenden Gemüt. Er war nicht ausschließlich. Er war ein Erzähler und Erzähler sind nicht ausschließlich. Er hatte ein Faible für Menschen, die ganz anders dachten als er, in der Kirche, wie er sich ausdrückte, hinter dem Pfeiler saßen. Hatte Humor. Weltkinder machten ihm Spaß. Er wusste mehr und mehr, gelegentlich schmerzlich, dass ich in manchem ganz anders dachte als er. Es hat uns nicht geschadet. Er selbst dachte manchmal anders als er selbst und suchte zeitlebens einen Wahlvater, mit dem er sich beriet, dem er beichtete oder etwas gestand, und er fand ihn – oder auch sie. Das wurde sichtbar, als es ihn nach Breklum verschlug. Breklum – ?

Unter den zahllosen Facetten, in denen Jesus von Nazareth gewirkt und nachgelebt hat, war Breklum ein kleiner Lichtflecken eigener Art. In der Umgebung hieß es ‚dat heilige Dörp' oder gelegentlich ‚dat heidige Dörp', was vielleicht meinte: das ein bisschen überkandidelte Dorf, heidideldei. „Breklehem", scherzte die Umgebung.

Seine Theologie war Jesulogie. Frankreichs Philosoph Michel Foucault hätte vielleicht in Breklum ein ‚Heterotop' gesehen, wie es ihn faszinierte, ich denke an die Stelle, wo er sagt, es gebe in jeder Kultur, in jeder Zivilisation, – also doch wohl auch in Schleswig-Holstein? –, wirkliche Orte, wirksame Orte, die in die Einrichtung der Gesellschaft hineingezeichnet sind, sozusagen Gegenplatzierungen oder Widerlager, tatsächlich realisierte Utopien, in denen die sonst vorhandenen Plätze innerhalb der Kultur gleichzeitig repräsentiert, bestritten und gewendet sind, gewissermaßen Orte außerhalb aller Orte …

Wir wollen uns hier nicht verübersteigern, es wäre unsinnig, denn erstens dachte der Mann an sehr Verschiedenes, nicht nur an das Kloster auf dem Athos oder an einen vorauswitternden Wirtschaftszirkel in den Alpen, sondern auch an Irrenhäuser, Gefängnisse und Bordelle. Und dann war Breklum „lütt", ziemlich „lütt", es ging dort genau genommen nur um die halbe KIRCHENSTRASSE, die in der Dorfmitte auf der neuen Teerchaussee nach rechts in Richtung Kirche abzweigte. Die Chaussee führte auf der Westseite des Landes von Süden nach Norden, von Hamburg-Altona nach Westerland, und bewegte sich an dieser Stelle haargenau zwischen der auf der linken flachen, grünen, von Wassergräben durchzogenen ‚Marsch' mit ihren die Nordsee fernhaltenden Deichen, und auf der rechten der trockenen ‚Geest' mit der Ausbuchtung des Dorfes und den drumherum liegenden Feldern und Wiesen, Heideflächen, Teichen und Wäldern. Die Wiesen waren hier nicht durch Gräben, sondern durch strauchbewachsene Wälle abgeteilt, sogenannte Knicks, in denen eine vielseitige Tierwelt lebte.

In der besagten halben Kirchenstraße, die auch noch von einem Bahndamm von Süd nach Nord mit einem Tunnel durchquert wurde, machte eine Missionsgesellschaft sich mausig: vorne links eine niedrige Missionsdruckerei, die von sich reden machen wird, danach links und rechts die Gebäude eines Sanatoriums, das rechts mit einem hohen Schornstein, auf dem Frühjahr um Frühjahr ein Storch den Kopf zurücklegte und seine Gattin bestieg. Hinterm Tunnel rechts das Missionshaus: roter Backstein, über der unteren Fensterreihe, eingemauert auf weißem Grund, zwei Bibelsprüche – „DER HERR IST MEIN PANIER" – wohlgemerkt: nicht „mein Hirte", sondern mein vorausgetragenes Banner – und rechts auf weißem Grund „WIR PREDIGEN DEN GEKREUZIGTEN CHRISTUS", über Eck ein von Efeu erkletterter Flügelbau mit einem BETSAAL parterre und einem BRÜDERFLUR darüber. Gegenüber das weiträumige MARTINEUM und sein weiter Hof, einst als Gymnasium gedacht, später ein Seminar für deutsche Pastoren in Amerika. Es gab noch zwei, drei weitere Häuser mit einem über der Tür auf weißem Grund eingemauerten Spruch, in dem Haus „Sonne und Schild" hat ein Schulfreund gewohnt, kurz vor dem Kolonialladen von Anna Martensen.

Diese halbe Straße stand auf einem einzigen Wort, das fett gedruckt am Ende des Matthäusevangeliums zu lesen war: „Mir ist gegeben alle Gewalt im Himmel und auf Erden. Darum gehet hin und lehret alle Völker und taufet sie im Namen des Vaters und des Sohnes und des heiligen Geistes und lehret sie halten alles, was ich euch befohlen habe."

Der Pietismus des 18. Jahrhunderts hatte bekanntlich Lessings Ringparabel und dessen Folgegeister im 19. Jahrhundert umschifft, diesen ‚Vernunftglauben'. Eine spätere Gegenrichtung war in Norwegen neuartig erwacht, als sogenannte ‚Erweckungsbewegung', im dänischen Königreich hatte die ‚Brüdergemeine' Wurzel geschlagen und einen prägenden Mittelpunkt in der kleinen Stadt Christiansfeld gefunden. Schwerpunkt war hier die ‚Indre Mission', die innere Umkehr. Ist es ein Wunder, wenn Leute, die schlagartig eine innere Wende erlebt haben, welche ihr

Leben in einen gloriosen Zustand versetzt, diesen auch anderen wünschen? Umso mehr, als die andernfalls verloren sind? Und liegt es in einer Epoche der endgültigen Kolonisation der Welt, ihrer zunehmenden farbigen, lukrativen Sichtbarkeit, nicht nahe, die Erfahrung der Umkehr und des Seelenheils vorzüglich dort auszubreiten, wo das Christentum unbekannt ist, und dem schwarz gedruckten Schluss des Markusevangeliums zu folgen? „Gehet hin in alle Welt und prediget das Evangelium aller Kreatur. Wer da glaubet und getauft wird, der wird selig werden; wer aber nicht glaubet, der wird verdammt werden."?

Oder aber: war es aberwitzig, aberwitzig und närrisch? Ein aussichtsloser Wahn unsrer Zivilisation, hinter dem als Motor wirkte, was George Bernhard Shaw formulierte: „Sie sagen Jesus und meinen Baumwolle"? Ich denke, dies hier war eine ihrer harmlosen, beinahe harmlosen Einrichtungen. Ein heiliger Ernst war im Spiel und eine nicht jedem begreifliche Unschuld.

Am Vormittag eines Missionsfestes stand ich, ein kleiner Junge, mit drei Erwachsenen an der Hausecke unterm Studierzimmer. Ein drohendes Unwetter hatte sich verzogen, die Sonne schien über der Festwiese, wo etwas beginnen sollte.

„Da haben wir Glück gehabt, nicht?", sagte ich.

„Glück?", war die Antwort. Ich stand auf einmal ganz außerhalb. Die drei Missionsfreunde waren sicher, dass der Herr der himmlischen Heerscharen das Breklumer Missionsfest und jeden Wassertropfen auf die Festwiese fest im Blick hatte.

Wir saßen wieder im Studierzimmer, rechts hinterm Tunnel im ersten Stock mit dem Blick auf die Blutbuche.

„Wieso lag, was in Breklum passierte, eigentlich sofort auf deinen Schultern?", fragte Pille. „Du warst als Inspektor berufen, als zweiter Mann!"

„Die Verantwortung hatte Vater", sagte Schlossel, „weil Missionsdirektor Piening, der gesundheitlich nicht mehr auf der Höhe war und schwer an den Schulden der Gesellschaft litt, sich für ein Jahr nach ‚draußen' begeben hatte. Er arbeitete, wo er schon einmal gewirkt hatte und wohin es ihn überhaupt zog, in Indiens Jeyporeland.

In Gelting war es ja bei uns ein Hin und Her, das wisst ihr zur Genüge. Ich war misstrauischer als Vater. Aber bevor wir nach Breklum gingen, Ostern 1934, hatte er sich entschieden. Ihr wisst: Der einstige Bischof von Schleswig, Völkel, der Vater 1930 in Gelting eingeführt hatte und ihm seitdem in Freundschaft verbunden war, der im September 1933 auf der revolutionären ‚Braunen Synode' sein Bischofskreuz auf den Tisch gelegt hatte und abgesetzt wurde, hatte auf Wunsch des ihn absetzenden Bischofs ein bescheidenes Amt behalten: er war Vorsitzender des Vorstands der Breklumer Mission geblieben, hatte tatsächlich Vaters Wahl durchgesetzt und hat ihn auch am 13. Juni dort eingeführt."

„Das war mehr als eine Erleichterung", sagte MaPö. „Ich habe hier in den ersten beiden Monaten viel von und über Christian Jensen gelesen, der als Breklums Gemeindepastor unsre Missionsgesellschaft vor nun bald 75 Jahren ins Leben gerufen hat, Schritt für Schritt. Dabei war ich auf die Predigt gestoßen, die er am 1. Januar 1900 in Breklum gehalten hat, wenige Monate vor seinem Tod.

‚Meine Teuren, wir stehen vor einem neuen Jahrhundert! Es mag in demselben viel Kampf geben. Weißt du, welches der größte Kampf sein wird? Der größte Kampf der Kirche wird um die Bewahrung der anvertrauten Schätze in den Gemeinden sein. Der Feind wird Sturm laufen wider die Kirche, und des Feindes Helfershelfer sind gewaltig viele ...'

Das erschien mir nun als genaue Prophezeiung. ‚In dieser Stunde steht die Missionsgemeinde heute', habe ich gedacht – und gesagt. ‚Um uns her wächst das Heidentum. In der Kirche steht mit Macht heidnischer Glaube auf, der eine unheimliche Zerstörungsarbeit leistet, Kämpfer gegen diesen Feind können nur diejenigen sein, die sich dazu bekennen.'"

„Wussten die Geltinger, haben sie es erfahren, wie du jetzt dachtest –?", fragte Spatz.

„Bald. Ihr wisst ja, Wolfgang Miether war es seit Ostern, in schnellen Schritten und weniger als einem halben Jahr gelungen, den Geltinger Vorstand geschlossen für die Bekennende Kirche zu gewinnen, mit nur einer Ausnahme. Danach lud er mich ein, war ich dort und habe mich zum unvermeidlichen ‚Aufbruch der Kirche' bekannt. – So nannten wir das. Wir waren schweren Herzens nach Breklum gegangen, aber es war das Richtige.

Im folgenden Jahr, am 12. Juli 1935, auch so ein besonderer Tag, versammelten sich in Kiel 94 Abgeordnete aus den insgesamt etwa 400 Kirchen Schleswig-Holsteins zu einer Synode, in der klares Bekennen und Handeln die Marschroute war. Pastor Wester aus Westerland auf der Insel Sylt, ihr wisst, ein oben an der Chaussee geborener Breklumer und unser heutiger Bischof, hat damals eine Rede gehalten, die an Klarheit nichts zu wünschen übrig ließ. Er griff sie alle an, die Kirchenleitung, die den Boden des Christentums verlassen habe, den Religionsunterricht, der an einigen Orten das jüdische Alte Testament und den Juden Paulus aus der Bibel streichen wollte, die Vikarsausbildung in Preetz, die mittlerweile von dem neuen Braunen Landesbischof so gelenkt wurde, dass eine Gruppe von Vikaren sich offen widersetzte.

An diesem 12. Juli wurden Aufgaben verteilt und Ausschüsse gebildet, 1. zur Theologischen Grundlage, 2. zum Unterricht, 3. zur Rechtslage und 4. zu Gemeindeaufbau und Volksmission. Dazu gehörten wir; wir bekamen den Auftrag, den Kampf gegen das in den Gemeinden neu aufgebrochene ‚Heidentum in Schrift und Wort' aufzunehmen, so hieß es. In Breklum sollte ein Amt für Volksmission gegründet werden, das Schriften herausbrachte und die Gemeinden aufsuchte.

Das Ganze wurde von einem Organ möglichst leise betreut und beraten, das sich Landesbruderrat nannte, einer von diesen sieben Landesbrüdern war ich – 32 Jahre jung, unser Vorsitzender war Wester, 33 Jahre – wir waren fast alle so jung ..."

Schlossel nickte, aber sie sagte nicht, was ihr auf der Zunge lag („Ihr werdet heute alle zu alt").

MaPö sah sie an. „Wir wurden allerdings geschlossen den Alten zugeschlagen“, sagte er. „Jetzt hieß es in der Zeitung, die Zeile kannten wir schon: ‚94 Pastoren haben die Zeit nicht verstanden‘. Jeder Vierte der Pastorenschaft war überholt.“

Die aktiven ‚Alten‘ waren ein noch kleinerer Haufen, ein „Häufchen klein“. Nur wenige hatten zu Beginn eine Umgebung von Freunden oder auch nahen Verwandten, in der ziemlich früh erkannt war, was es von höherer Stelle mit der neuen Glaubensbewegung auf sich hatte – MaPö hatte Glück mit seinem frechen Schwager und dem bedachtsamen Schwiegervater, seinem Wahlvater Völkel, der ihn in der Tat, zuerst angeregt von Felix Paulsen, in die verschuldete Gesellschaft gelotst hatte, und eben auch, weil Finanzfragen ihm nicht ganz fremd waren.

„Vor kurzem habe ich gelesen“, sagte Schlossel, „oder nein, ich bin im Gespräch mit Onkel Felix auf die Frage gestoßen, ob das Wort ‚Heidentum‘ oder ‚Neuheidentum‘ nicht ganz unpassend war, wenn die Nazis gemeint waren. ‚Heiden‘ waren für uns doch Menschen, die eine Religion haben. ‚Wer nach China geht, wird zum Chinesen‘, hat er zu mir gesagt. Er ist bis ins Gesicht und seine Handbewegungen das wunderbarste Beispiel dafür. ‚Chinas Kommunismus wird nicht so bleiben, wie er dorthin gelangt ist‘, sagte er. ‚Er wird der Welt eine ganz neue Antwort geben.‘

Ich sah Onkel Felix an.

‚Chinas Religion ist stärker‘, sagte er, als wir weiter darüber sprachen. Und setzte hinzu, was Religion wörtlich heißt: ‚Rückbindung‘. ‚Rückbindung an etwas Anderes, Maßgebliches, das wir nicht selbst sind. Das uns führt oder tröstet, begeistert, ängstigt und straft, an die Kandarre nimmt und erleuchtet.‘ Das war es, was mich stutzig macht“, sagte Schlossel. „Der Glaube der Nazis war doch ganz und gar selbstbezogen. Sie verherrlichten ihre Art, ihr Blut und den Boden, auf dem diese Art gewachsen war. Sie erkannten nur sich an, haben sich angebetet und fanden, deshalb wären sie die richtigen Herren der Welt.

Versteht ihr, was wir versucht haben, auseinanderzuhalten? Diese Art Selbstgefühl gilt doch nicht für die Hindus in Indien, die Buddhisten in Tibet, die Mohammedaner überall in der Welt. Für die Juden sowieso nicht. Alle haben dieses Andere, das ihnen über ist.

In Breklum waren sie durchdrungen von der unvollkommenen Anlage des Menschen, von der Verführbarkeit durch eine Stimme, deren Leidenschaft es zu sein scheint, uns stolz auf uns selbst zu machen, unseren Hochmut zu kitzeln und die dabei dem erhobenen Gang auf diese Weise ein Bein stellt. – Eine Stimme, die will, dass wir stolpern und draufgehen: Die Welt ist nicht im Ganzen gut, der Mensch steht lebenslang vor einer Weggabelung, sie ist ein Kampfplatz – und er bedarf einer Hand, die ihm von oben gereicht wird", schloss sie.

Anders gesagt, „Sünderheiland" war nicht jedermanns Sprache, in meiner Erinnerung auch nicht die Schlossels, aber: Breklum, und nicht nur die halbe Kirchenstraße, war durchdrungen von der Notwendigkeit eines Ermutigenden Erlösers, und der war unvereinbar mit einer religiös auftretenden Kompagnie, die das edle deutsche Blut und überlegene Erbe für eine Grundausstattung ausgab, die – unter dem Ansporn und Segen eines politischen Heilsbringers – das Land einer großen Zukunft entgegenzuführen bestimmt war.

Da ihm so rasch Erfolge zufielen, der ‚Führer' neuerdings dem ‚positiven', dienstbereiten Christentum so gnädig zustimmend begegnete, waren drei Viertel der Pastoren, waren fast alle Pröpste und die neue Kirchenverwaltung bald einhellig gefolgt.

Dass es schon früh störende, irritierende Erfahrungen mit den ‚Neuen' gab, wurde verschmerzt, auch, weil man sich an die vergangenen Jahre erinnerte, in denen der Bürgerkrieg aufflackerte. Hier zeigte sich sehr vielen in der nahen und weiten Umgebung ein Ausweg. Es ging bergauf. Wie oft hatte man's gehört. Schleswig-Holstein ist ein Ackerland und hier starben seit Jahren Tag für Tag 17

Höfe. Und was geschah? Nichts. Man hat zugesehen, was das Schicksal so mit uns machte. Jetzt, nach der Weimarer Schwatzbude, ist eine Partei am Ruder, deren Programm den Erbhof sichert, dem Landbau auf unsrer Scholle verbunden ist. ‚Wer den wuchtgen Hammer schwingt, Wer im Felde mäht die Ähren, Wer ins Mark der Erde dringt, Weib und Kinder zu ernähren, Jedem Ehre, jedem Preis, Ehre jedem Tropfen Schweiß, Der in Hütten fällt und Mühlen ...‘ So singt es, so klingt es neuerdings im Schulhaus. Die Howaldt-Werft in Kiel, Krupp in Essen können wieder mit Aufträgen rechnen.

Und ist es für das industriearme, rückständige Schleswig-Holstein nicht ein kleines Fest, dass hier oben bei uns die Urheimat der reinen Rasse zu suchen und zu finden ist, in tausend Hünengräbern allein auf der Insel Alsen überliefert und zu besichtigen, hier, wo der blauäugige, blonde, hochgewachsene, von einer harschen Natur gehärtete, bodenständige Mensch die Regel ist! Sollen doch die dekadenten Intellektuellen Berlins witzeln und das neue Dreigestirn auf den Arm nehmen – ‚Groß wie Göbbels, schlank wie Göring, blond wie Adolf‘ – was geht das uns an! Wir sind die Gefragten.

Das wunderliche heilige Dorf nördlich von Husum war in der veränderten Umgebung nicht größer als Hans Christian Andersens einbeiniger Zinnsoldat in seinem Papierschiff. Und seine ins Zugabteil der Deutschen Reichsbahn gereichten Schriftchen?

MaPö sagte: „Die von Christian Jensen gegründete Missionsgesellschaft hatte in dieser Zeit einen enormen Vorzug. Sie war vergleichsweise unabhängig – darin dem Rauhen Haus Wicherns in Hamburg vergleichbar –, die Kieler Kirchenleitung konnte ihr nur sehr bedingt hereinreden.

Der einbeinige Zinnsoldat – wenn der obendrein auf nichts als Umwege angewiesen ist!

Das waren wir. Es hat nicht nur angestrengt, es hat auch Spaß gemacht und uns in einem Grade verbunden, wie –“

„Du kannst ruhig sagen, wie nie wieder“, sagte Schlossel.

MaPö kam in Fahrt: „Es war eine Zeit, die vieles klar gemacht hat. Ich denke oft an das Jahresfest, eins unsrer ersten, als in zwei oder drei Autos die Geheime Staatspolizei erschien und sich die Sprüche notierte, die zwischen dem Eisenbahntunnel und der Kirche über unserer Straße hingen. Der erste hieß:

‚WAS ER EUCH SAGT, DAS TUT‘

Das war unser Motto. Ein anderer hieß:

‚HIMMEL UND ERDE WERDEN VERGEHEN, ABER MEINE WORTE WERDEN NICHT VERGEHEN.‘

Wie war das noch, damals?

Es war unser zweites Jahr“, sagte MaPö, „sie nahmen uns ins Visier; fünf oder sechs Leute, alle in Zivil, kamen um neun zu mir ins Studierzimmer und fragten: ‚Wer ist dieses Er auf den Transparenten? – Der Führer?‘

Reinhard Wester hatte die Leute beobachtet, sie sich gemerkt und gab nach dem Gottesdienst die Parole durch: ‚Beim Mittagessen im Großen Saal gehe ich durch die Reihen und wenn ich mir dann so mit der Hand durch die Haare fahre, heißt das: Vorsicht mit euren Gesprächen, hier sitzt jemand von diesen Leuten.‘“

„Das tat er, und zwar so geschickt, als suche er jemanden – ein begabter Schauspieler“, sagte Schlossel. „Nachher haben wir sehr gelacht.“

„Es war nämlich so“, sagte MaPö. „Ich hatte den Abgesandten verraten, woher dieses Wort stammt.

‚Meine Herren‘, habe ich gesagt. ‚Es ist keine Aufforderung nach dem Muster ‚Führer befiel, wir folgen dir‘, das Wort fällt auf einer Hochzeit, vor fast 2000 Jahren, zu Kana, im Land Galiläa. Darf ich es Ihnen vorlesen?

Sie wollten nicht unhöflich sein, zögerten.

‚Dann erzähl ich‘s kurz‘, sagte ich. ‚Anlass ist, dass auf dieser Hochzeit der Wein ausging. Zu den Gästen gehörte Maria, die Mutter Jesu, ihr Sohn und seine Jünger waren auch eingeladen.

Maria wendet sich an ihren Sohn: ‚Sie haben keinen Wein mehr.‘

Er ist unwirsch, heftig geradezu, ‚Was geht es dich an, was ich tue und besorge?‘

Aber sie kennt ihn nur zu gut. Sie sagt seinen Jüngern: ‚WAS ER EUCH SAGT, DAS TUT.‘

Da standen sechs Wasserkrüge – eigentlich bestimmt für die Reinigung.

Jesus sagt zu seinem Gefolge: ‚Füllt sie mit Wasser und bringt sie dem Speisemeister.‘

Sie tun es, der Speisemeister kostet, ruft den Bräutigam und sagt: ‚Wieso schenken Sie den besten Wein zuletzt aus; man macht das doch umgekehrt: das Beste zuerst, und wenn die Leute betrunken sind, dann kommt es nicht mehr drauf an.‘

Man hat mir etwas unruhig zugehört“, sagte unser Vater, „ich glaube, sie haben gedacht, der will uns verkohlen. Ihr Anführer sagte: ‚Wir ziehen uns jetzt zur Beratung zurück.‘ Es dauerte fünf Minuten, dann kam der Befehl: ‚Während der Mittagspause werden sämtliche Sprüche entfernt.‘

Das geschah, aber nun begannen sie erst richtig zu wirken. Jetzt fragte man sich:

Was stand doch hier, zwischen Missionshaus und Martineum? Was vor Anna Martensen, was überm Eingang zum Kirchhof?

Damals hielt die Predigt Hanns Lilje aus Hannover.

Ja, und was für eine! Er wurde aufgrund dieser Predigt ins Gefängnis gesetzt – nicht lange, auch er war gewitzt – er kam bald wieder frei.“

„Worüber hatte er gesprochen?“, fragte Pille.

„‚Himmel und Erde werden vergehen, aber meine Worte werden nicht vergehen.‘ –

Diese haltbaren Worte.“

MaPö erzählte: „Es gab von Zeit zu Zeit kritische Momente in unsrer hilflosen Ecke, eines Sonntagmorgens um acht kam ein Anruf aus dem Pastorat. Freund Claussen, unser in Breklum mit offenen Armen aufgenommener Geltinger Nachbarpastor, sagte: ‚Ich habe gerade eben den Befehl bekommen, ich darf nicht predigen. Sie müssen predigen – ihr steht ja außerhalb der Landeskirche.'

Ich zog den Talar an. Aber am Eingang standen zwei Gendarmen, die ‚Halt!' sagten. Auch für mich gelte das Verbot.

Ich sagte: ‚Heute ist Volkstrauertag. Die Kirche ist brechend voll; heute stehen die Fahnen am Altar. –'

‚Einerlei. Sie dürfen nicht. Die Kanzelabkündigung Ihrer Gruppe darf nicht verlesen werden. Sie ist gegen Anweisungen des Führers gerichtet.'

‚Die habe ich gar nicht bei mir.'

‚Einerlei!'

‚Dann rufen Sie bitte einen Mann heraus, am besten den Kirchenältesten Mordick', sagte ich. Er kam zusammen mit Pastor Claussen. Wir baten ihn: ‚Bitte, stellen Sie sich in den Altarraum und sagen mit lauter Stimme: Der Gottesdienst darf heute auf Anordnung der Polizei nicht stattfinden. Die ganze Gemeinde wird aufgefordert, sich von den Plätzen zu erheben, die Kirche still zu verlassen und nach Hause zu gehen.'

Sie kamen heraus, blieben aber vor dem Eingang stehen. Und Monas Schwester, eure Tante Lea, bisher so ganz zurückhaltend, stimmte an ‚Ein feste Burg ist unser Gott', alle fielen ein. Pastor Claussen sagte leise zu mir: ‚Sie werden jetzt einen Psalm zitieren, Psalm 90, und ich werde die Gemeinde segnen.'

Ich las den Psalm, nie habe ich diesen als ein Gebet des Mannes Moses überlieferten Psalm so über die Jahrtausende hinweg als wahr und tragfähig empfunden wie nach diesem Hinauswurf aus der Kirche. ‚Herr, Gott, du bist unsre Zuflucht für und für. Ehe denn die Berge wurden … Der du die Menschen lässest sterben und sprichst: Kommt wieder, Menschenkinder …' Die zahlreiche Gemeinde stand vor und zwischen den Grabsteinen.

Und Pastor Claussen schrieb ins Gemeindeblatt:

‚An den kommenden drei Sonntagen geht aus jedem Haus mindestens einer zur Kirche, damit alle hören und wissen, was los ist!‘ – Und dann hat er drei gewaltige Predigten gehalten, es waren jedesmal 1000 Leute in der Kirche.

Für den dritten Mittwoch nach diesem Volkstrauertag hatte er noch zu einer Versammlung in den Missionssaal eingeladen – ‚Wir brauchen aus jedem Haus ein Mitglied der Bekennenden Kirche‘, sagte er dazu. Der Saal fasste die Leute nicht, sie standen im Flur, einige unter den Fenstern. Es gab 800 Mitgliedskarten in der Gemeinde, rote Karten mit der Aufschrift:

Bekenntnisgemeinschaft
der ev. luth. Landeskirche Schleswig-Holstein
Mitgliedskarte Nr. [6252]
~~Herrn Frau~~ Fräulein
Marie Tordsen

Diese Karte gilt zugleich als Ausweis bei
Veranstaltungen der Bekenntnisgemeinschaft
Der Bruderrat“

8
Im Schatten der großen Katze – das Mäuschen Breklum

Schlossel sagte:

„Jetzt, wo wir mit einem immer klareren Gepäck reisten, sollten wir einmal mit unseren Breklumer Begleitern anfangen. Ihr wisst, an wen ich denke: Sie waren alles andere als Nebenfiguren, diese ‚Beständigen‘, wie ihr so gerne sagt. Sie waren nicht ‚nützlich‘, sie waren im Zentrum und bald ganz unentbehrlich: im Haushalt meine Stütze Tante Hedwig, die das Anwesen instand halten half, aber nach außen sehr bald auch Onkel Nahnsen und Opa Lange. Breklum erhielt doch ein Jahr nach unsrer Ankunft den Auftrag, Schriften auf den Weg zu bringen, in denen die Bekennende Kirche sich von denen draußen abgrenzte und gegen die Entwicklung im Reich zu Felde zog."

„‚Draußen'", sagte Alex, „das war doch sonst immer Indien: Kotapad und Kotagiri. Ich fand das immer so drollig. Und Opa Lange zog zu Felde?"

„Du!", sagte Schlossel. „Damals war es überhaupt nicht zum Lachen. Draußen war hier das neue ‚Deutsche Christentum', das fast alle Pröpste und die große Mehrzahl der Pastoren in Schleswig-Holstein gepackt hatte und aus Jesus einen alten Germanen machen wollte. – Vater kann es euch noch viel genauer erklären, Rosenberg zum Beispiel. – Und Opa Lange zog den Blockwagen nach Bredstedt.

Man konnte das Postamt umgehen, auch in Breklum wurde damals gelesen, was verdächtig war. Man konnte es übergehen, wenn man zur nächsten Bahnstation ging und die Päckchen in das Postabteil hinter dem Kohlewagen hinaufreichte. Dann fand anscheinend keine Zensur statt.

Die Hefte unsrer Missionsbuchhandlung kosteten anfangs 10 Pfennige, und sie wurden gelesen. Es gab hohe Auflagen. Ich höre noch den Blockwagen rattern, in dem Opa Lange vor unsrer ‚Spedition' die Post verstaute und übers Pflaster davonzog.

Einmal gab es tatsächlich etwas zum Lachen, es ging gut aus. Der Wagen war übervoll und er in Eile. Euer ‚Wüstenrenner'."

Sie schüttelte lachend den Kopf.

„Da löste sich auf dem Kopfsteinpflaster in Bredstedt, das ziemlich holperig war, hinten das Brett, das ‚Kritt', wie Onkel Nahnsen sagte, und ein Paket nach dem anderen fiel heraus auf die Straße, was Herr Lange gar nicht merkte. Er kam leer an und musste nun eins nach dem andern einsammeln. Es war windig, er hat es mir erzählt, er hatte die Sorge, ob nicht etwas aufgeplatzt war, zuletzt hatte er noch einen schlecht verpackten Stoß von Hans Dunkers Flugblatt dazugelegt: ‚Blut und Boden. Vorsicht vor Blutvergiftung.' Er lief die Bahnhofstraße zurück, ein paar Spaziergänger hatten den Segen schon wahrgenommen. ‚Jens Patent' stand vor seiner Autoreparaturwerkstatt. ‚Na!', sagte er, ‚Breklum mol wedder auf dem Wege ‚Hinaus in alle Welt'?', und hielt ihm ein Päckchen hin.

‚Das ist von Tauscher', sagte Lange, ‚unsrem Indienmissionar, er erzählt haargenau von Gotiguda, einem christlichen Dorf der Khonds. Die Khonds sind eine Bauernkaste.'

‚Gotiguda', sagte Jens Patent, mit lachend aufgerissenen Augen und wies mit dem Zeigefinger auf ein Päckchen, das vor Schlachter Retlevsens Geschäft noch auf der Straße lag.

Da lag von Adolphsen ‚Ein christliches Wort vom Mythus des Blutes'.

Vor Dr. Mahlers Haus stand jemand und winkte. Er hatte mehreres aufgesammelt, einen ganzen Haufen, der nach Hamburg, Stuttgart, nach Schlesien addressiert war, Adolf Köberle, ‚Das Christentum im Weltanschauungskampf der Gegenwart', ‚Halt uns bei festem Glauben!' von meinem Schwager, unserem Wolle, der inzwischen an die Nordsee nach St. Peter verpflanzt war, und Treplins ‚Weder Hauer noch die Deutschkirche'.

Der Gärtner von Dr. Mahler hatte schon das meiste zusammengeholt."

„Treplin war auch dabei?", sagte ich. „Den haben wir doch nach dem Krieg auf der Breklumer Kanzel gehabt. Da stand er, wuchtig, ein halber Elias, sprach von Israels Abschied von Ägypten und deutete mit dem Zeigefinger auf die hinterste Bank unter der Empore: ‚... und auf dem Zug durchs Rote Meer, da warst du auch dabei!'

Die Gemeinde drehte sich um. Nanu? Da saß wie immer Heinrich Lesemann aus Breklumfeld. War Heinrich beim Auszug der Israeliten, als das Rote Meer sich links und rechts aufstellte, dabei gewesen?"

Unser Tisch lachte.

„Lasst mal!", sagte Schlossel. „Treplin war einer. Er hat uns so manche Schrift geschickt, alles sehr konkret, und mutig. Von seiner ersten Schrift ‚Weder Hauer noch die Deutschkirche', das war schon 1934, sind 450.000 Stück verkauft worden, ehe das Verbot kam."

MaPö lachte: „Wüstensohn hat ganz recht, – entschuldige: nun fällt mir plötzlich dein alter Spitzname ein –, Treplin war ein volkstümlicher Elias, er hat draufgehauen auf die ‚Rassegläubigen', dass es krachte, da fallen Kernworte: Hauer verkündete: ‚Ein Deutscher kann kein Christ sein', und ein ‚dummer' Bauer aus unserer Gemeinde Hademarschen entgegnete, er solle hier mit seinem ‚Schietgott' verschwinden."

„‚Schietgott' ist aber nicht so schlimm wie ‚Scheißgott'", sagte Spatz.

„‚Schietgott' ist eine Erholung", sagte MaPö.

Wir kehrten zu Opa Lange zurück.

Schlossel sagte: „Das Schlimmste war, immer fehlte noch Dunkers Flugblatt, als Opa Lange am Ausgang von Bredstedt beim ‚Alten Mann' vorbeikam, ihr wisst, dem ‚Altpapier- und Lumpensammler', der immer noch mit seinem angeschnallten braunen Zughund unterwegs ist. Der winkte ihn heran. Hier oben wäre es beinahe gefährlich geworden. Das als Erstes herausgefallene Paket mit dem Flugblatt ‚Blut und Boden' war aufgeplatzt, einiges verstreut. Der Alte hatte es zusammengepackt, aufgehoben und dann den Text gelesen, er grinste:

‚Wollt ihr das wagen?'

Opa Lange war ganz baff. ‚Der wusste von uns!'"

„Was hat eigentlich dringestanden?", fragte Spatz.

Schlossel sah MaPö an.

„‚Blut und Boden: das gibt Blutvergiftung'", sagte MaPö. „Er hat das klargemacht mit einer Erfahrung, die einem Bauern in Hademarschen das Leben kostete: Der pflügt seinen Acker, der Pflug sitzt an einer Stelle fest, er greift in die Erde hinein, um den Stein zu entfernen, an den er geraten ist, verletzt sich die Hand an der Pflugschneide, kümmert sich nicht darum, wischt das Blut an seiner dreckigen Hose ab, bekommt Blutvergiftung und –", MaPö macht eine Bewegung abwärts.

„Dies Flugblatt ist zu Hunderttausenden in ganz Deutschland verbreitet worden – es kam auch im Süden fast überallhin. – Kurz nach diesem Vorfall hat das Amt für

Volksmission in Neuendettelsau das Blatt noch einmal in einer Riesenmenge bestellt. Da lieh Hans Dunker sich von unserem Gegenüber, von Bauer Bade, Pferd und Wagen und fuhr damit selber nach Bredstedt zur Bahn. Unterwegs kam ihm ‚Hindenburg' entgegen, so nannten wir unseren Breklumer Wachtmeister.

‚Na, Herr Pastor, selbst auf dem Weg? Was haben Sie denn da?'

‚Ach', sagte Hans Dunker. ‚Ein büschen bedrucktes Papier. Sonst nix.'

‚Na, dann iss ja gut. – Denn man to!'

Kurz danach wurde das Flugblatt verboten. Dunker geriet in eine Gefahrenzone, da erschien in der Kieler Zeitung ein Artikel, der sich empört über dieses Produkt eines vor kurzem verstorbenen Professor Dunker äußerte, der behauptet hatte, Blut und Boden führe zur Blutvergiftung."

„Hattet ihr da unter den Journalisten einen Freund?"

„Magda Dunker hatte einen Vetter, der in Kiel bei den Journalisten war", sagte Schlossel, „ich glaube, der hat das so hinlanciert, aber wir haben nie ein Wort darüber gesprochen.

Wir haben überhaupt seltsam wenig gesprochen; wenn es ans Verpacken ging, so zügig wie möglich gearbeitet, und nicht darüber geredet, was wir taten. Das Gedruckte kam früh um fünf; bevor wir aufgestanden waren, standen die Kartons auf dem Flur vor der Spedition, und alle, die schon helfen konnten, wurden beteiligt. Unsere ‚jungen Mädchen', wie wir die Dienstmädchen nannten, ein Besuch, der gerade da war, alle halfen. Onkel Nahnsen stand am Tisch, übersah und überwachte das Ganze, kerzengrade im weißen Kittel, er hatte die Liste der Adressen und schrieb sie auf."

„Ich durfte schon ganz früh Freimarken aufkleben", sagte Yoko.

„Das durftest du. Und ich musste ganz allein das Haus übernehmen, das Hühnerhaus, Schweinefüttern und das Pflücken im Garten, Essen kochen, für nachmittags einen schönen Kuchen backen. Wir haben dann immer, wenn der

Blockwagen davongerattert war, gemütlich zusammen Kaffee getrunken, aber nie darüber geredet und es kaum so empfunden, als ob es etwas Besonderes war – nicht? Die Tage hießen ‚der volksmissionarische Dienst'. Ohne ein weiteres Wort. Ich glaube, darum hat es so gut geklappt. Am meisten fiel es uns auf bei dem Heft ‚Die Kirche und der Jude'."

„Von Halfmann", sagte MaPö.

„War das gefährlich?"

„Ich bin sicher, es war Breklums gefährlichste Schrift", sagte Schlossel. „Ich fand sie mutig. Er hat nämlich klargemacht, dass das Alte Testament der Juden eine echte Religion war, dagegen das, was die neuen Nazis als Religion ausgaben, irgendetwas anderes, was ziemlich darunter rangierte ... Selbstverständlich wussten wir, dass sie bald verboten sein würde ..."

MaPö machte eine abwehrende Handbewegung.

„Ich glaube, wir haben schon einmal darüber gesprochen", sagte er.

„Wieso? Du irrst dich. Wir unter uns! Aber ich glaube, wir kommen von selbst darauf zurück, wenn wir auf die Theologiestudenten und Vikare zugehen, die vor der veränderten Kirche nicht den Eid ablegen wollten und in Preetz rebellierten. Auch auf Halfmann, meine ich."

„Mir ist noch nie so klargeworden", sagte Pille, „in was für einem Spannungsfeld ihr Pastoren geworden seid und Opa Lange eure Sendschreiben nach Bredstedt gebracht hat."

„Und eure Druckerei konnte das einfach so drucken?", fragte Perle.

„‚Einfach so' gab es überhaupt nicht mehr. Unser Kalfaktor Gustav Adolf Schmidt war ein Helfer ohne Ende."

„Pappi Schmidt? Unser Nachbar, Irenes Vater?", fragte Perle.

„Unser Nachbar", sagte Schlossel. „Da gab es doch auch zwischen euch keine Grenze. Es war ein Herüber und Hinüber. Ihr habt manchmal bei ihnen den halben Nachmittag unterm Baum gesessen und geschaukelt."

„Was ist das eigentlich, ein Faktor?", fragte Chie.
„Er hatte die Aufsicht über die Druckerei und die Arbeiter in diesem Bereich", sagte MaPö. „Zusammen mit der Missionsbuchhandlung war das Ganze eine kleine Klitsche; ich staune, was die auf den Weg gebracht haben, ihr größter Auftrag waren nachher die Herrnhuter Losungen.

Aber die Schriften, von denen wir jetzt reden, hat Kalfaktor Schmidt nachts gedruckt, zusammen mit einem, auf den er sich fest verlassen konnte, Calli Kroll, ich glaube, der hat diese Arbeit verantwortlich überwacht."

„War Papi nicht auch Blockwart?", fragte Alex.

„Er war Blockwart der NSDAP. Und setzte sich ein für diese Sonderangebote des volksmissionarischen Dienstes; – auch darüber wurde nicht räsonniert, das war alles ganz normal. Versteht ihr? Kann ein Faktor alles gründlich lesen?", sagte Schlossel.

„Offiziell wusste er gar nicht –?", sagte Pille.

„Offiziell war uns aus Kiel das Amt für Volksmission übertragen und –", fügte Vater hinzu, „Pappi Schmidt war Breklums Druckerei. Er hatte drei Ämter: Drucker, Blockwart und drittens war er ein Baptistenprediger. Sonntags in Bredstedt, oder in anderen Baptistengemeinden Schleswig-Holsteins."

„Dieser kleine Herr mit dem kahlen Hinterkopf, den steilen, wie ein flach steigendes Brett geschnittenen Stoppelhaaren über der hohen Stirn, dem schmalen Brillengesicht und seinem Bäuchlein war ein geachteter Mann des Wortes und im Grunde auf unsrer Seite", sagte Schlossel. „Er rauchte eine Meerschaumpfeife. Ohne ihn hätte unser ‚volksmissionarischer Dienst' nicht funktioniert."

„Aber auch nicht ohne Opa Lange, was?", fragten wir.

„Nein! Herr Lange war einer von denen, die es erwischt hatte und auf die ein so wankendes Schiff wie das unsere angewiesen war", sagte MaPö. „Ich habe ihn sehr geschätzt. Er hieß Max – Max Lange."

„Abends um sechs kam ein Posaunenton über den Bahndamm zu uns herüber", sagte Chie. „Es war das Lied

‚Goldne Abendsonne Wie bist du so schön. Nie kann ohne Wonne Deinen Glanz ich sehn' oder ‚Der Mond ist aufgegangen, Die goldnen Sternlein prangen …'

Dann stand Max Lange, dieser kleine Herr, im offenen Fenster des Eckhauses an der Chaussee und blies in Richtung Osten, über das Sanatorium, den Bahndamm und das Missionshaus hinweg sein Abendlied. Es fehlte nie. Die Töne stimmten alle, der Rhythmus hatte manchmal etwas zögerlich Eigenwilliges."

Unser Vater ergänzte: „Der Bläser war ein Porzellanmaler in Dresden gewesen, Herr Lange hatte, gemeinsam mit seiner Frau, ein Kinderheim geleitet. Dann geschah ein Unglück. Das Kinderheim ging pleite in der Inflationszeit und bald darauf starb seine Frau. Damals stieß er auf das Breklumer Missionsblatt und zugleich geschah in der Gegend von Meißen ein Erdbeben. Das war für ihn das Zeichen.

Er machte sich auf nach Breklum und bot seine Hilfe an. Seine Tochter Ruth, tüchtig wie ihre Mutter, sorgte am Rand ihrer Ehe und Arbeit für ihn. Er wollte kein Geld. Am Mittwoch stellte er vor der Missionsstunde im Betsaal die Stühle zurecht, sorgte für Ordnung und am Ausgang stand er mit der Büchse.

Wenn du nichts hattest, nichts hereintatest, ging es dir ganz schlecht bei Opa Lange", sagte MaPö. „Er schmückte auch den Saal zu besonderen Gelegenheiten."

„Da war er nicht so geschickt", meinte Schlossel. „Einmal, bei der Feier für unseren alten dänischen Nachbarn, Wienberg, der in Nordschleswig gestorben war, hatte er Löwenzahn hingestellt und überall ausgelegt. Der war doch nach einer Stunde welk. Als ich es sah, habe ich noch schnell die Blumen weggenommen und andere hingestellt. Aber da war er mir sehr böse, er hatte sich dabei etwas gedacht."

„Wieso?"

„Wir sind wie das Gras, das bald welk wird. – Er dachte in Symbolen. Der Leuchtturm war sein Wahrzeichen. Kein Weihnachten, an dem er uns nicht einen schönen Spruch schickte, und am Rand stand, von seiner Hand, ein Leuchtturm.

Ja. Er wurde eine große Hilfe, als wir dazu übergingen, Breklums Sendschriften zum Zug nach Bredstedt zu bringen und sie in das Postabteil des Zugs hineinzureichen. Zuverlässig. Pünktlich um viertel nach sieben ratterte er heran mit dem Blockwagen."

„Damals kriegte er bei einigen den Namen ‚Der Wüstenrenner'. – Bei Dorfkindern hieß er auch ‚Jesus'. Oder ‚Spoiz Lange'", sagte ich. „Onkel Nahnsen hat mir erzählt, dass er mit der Arbeit für Breklum aufhören wollte, wenn er hier sein zweites Erdbeben erlebte. Onkel versuchte ihm zu sagen, dass es im Kreis Husum seit Menschengedenken kein Erdbeben gegeben hat, aber er fand nicht, dass das auf ihn Eindruck gemacht hat.

Er konnte wunderbar malen. Wir Kinder liebten das große Transparent, das vor Weihnachten im Chorraum der Kirche stand, von ihm gemalt, links der Engel über den Hirten, rechts, glaube ich, die Drei aus dem Morgenland, aber in der Mitte wir –, wir saßen beim übervollen Weihnachtsgottesdienst davor und vor der leuchtenden Krippe drängte sich auf dem Transparent genau so eine Kinderschar."

„Damit ist dann ja einmal ein Unglück passiert", sagte Schlossel. „Das große Transparent war falsch gelagert worden, ganz zerknautscht, und unser Gemeindepastor fand, man könne es nicht mehr aufstellen. Ein schwerer Einschnitt für Opa Lange. Es war für ihn, als sei seine Zeit zu Ende."

„Ich bin fast reif für eine Pause", sagte Alex, „aber Johann Nahnsen darf nicht unter den Tisch fallen!"

„Und Tante Hedwig?!", sagte Yoko.

„Die ist zu lang", sagte Schlossel, „die ist ein Kapitel für sich."

„Ich finde, durch die Beständigen wird die Geschichte erst gemütlich", sagte Spatz, „Mir wird es da nicht zu lang."

MaPö lachte leise: „Gemütlich und kaum glaublich. Ohne Onkel Nahnsen wäre unser Breklum aufgeschmissen gewesen. ‚Onkel' war auch einer von denen, die Vater und Mutter verlassen hatten, um IHM nachzufolgen. Er kam von einem Bauernhof in Högel und hätte den übernehmen sollen, da kam es in Högelfeld ganz anders. Dort wirkte eine Missionarin aus der Schweiz, Liebenzell, Johann Nahnsen ging zu ihren Abenden, schloss sich an und gab den Hof auf. Für die Eltern war es ein schwerer Schlag, aber später übernahmen sie seinen Weg, verkauften ihren Hof und bauten ihm ein Haus in Breklum, am Ende der Teerchaussee links, die damals noch gepflastert war.

Er wurde Missionszögling in Liebenzell, noch vor dem Ersten Weltkrieg, und merkte dort, dass aus diesem Beruf nichts würde. Er konnte sprechen, aber nicht öffentlich reden, und er hatte eine Heidenangst vor Prüfungen. Die Sprache blieb ihm weg."

Er kam in den Krieg und wurde verwundet, MaPö berichtete, sieben Mal, aber vielleicht habe er etwas aufgerundet. Johann Nahnsen ging seitdem sehr gerade, beinahe steif, und an der rechten Hand war ein Nerv durchgeschossen. Das schützte ihn bei der Musterung vor dem zweiten Krieg.

„Ja. – Nach dem Ersten war er zuerst Gehilfe auf einem großen Bauernhof in Freienwill – er hatte sein Zuhause doch verlassen –, dort ging es hart zu; sie standen in der Erntezeit zwischen drei und vier auf und arbeiteten, bis sie nicht mehr sehen konnten.

Es war eine zu harte Arbeit für einen Kriegsversehrten; er bekam eine gewisse Krieger-Rente, aber so, dass er heiraten konnte, war er nicht gestellt. Da kam aus Breklum das Angebot von Direktor Bracker als ‚Expedient der Missionsgesellschaft'. Man gab ihm die beiden Zimmer an der Südecke des Flügels. Da sah man ihn oft stehen, er schrieb nur im Stehen, hatte sich dazu einen weißen Kittel angezogen und packte Pakete, schrieb die Addresse gerade aufgerichtet mit nur wenig geneigtem Kopf. Wir verschickten auch Bücherkoffer. Oder er rubbelte einen Packen des Breklumer ‚Sonntagsblatt fürs Haus' am Schreibpult abwärts, sodass oben ein Spektrum weißer Blätterstreifen für den Leim sichtbar blieb und er Blatt für Blatt falten und zu einem Brief verkleben konnte.

Auch der Packraum war damals der gleiche wie heute. Auf dem Gang zum Großen Saal hatten wir ihn links von der Waschküche, dort sammelte sich, was Max Lange dann zum Breklumer Postamt transportierte oder, wenn es um das heikle Schrifttum ging, zum Zug nach Bredstedt.

Direktor Brackers Nachfolger, mein Vorgänger Direktor Piening, wollte so gern, dass Onkel das Autofahren lernte und nebenher Chauffeur würde. Es ging schief", sagte MaPö. „Er gab nach den ersten Fahrstunden auf. Auch hier gab es ja eine Prüfung. Piening versuchte, ihn weiterzubilden, hat er mir erzählt. Schließlich habe er sich gesagt: ‚Onkel ist gebildet genug. Er betet, mehr braucht er nicht. Seien wir dankbar.'

Und dann war ja das ganze Gelände hier eine Herausforderung, und je dünner die Postsendungen wurden und als zuletzt auch noch das Sonntagsblatt eingehen musste, umso intensiver kümmerte Onkel sich außer Hauses um alles.

Er besaß selbst zwei Felder, hatte drei Kühe mit den Namen ‚Glotzer' (der eindringlichen strengen Augen wegen), ‚Lise' und ‚Lene', hielt Schweine und fütterte auch in unserem Scheunenhaus ‚Buriguma' in der Kriegszeit für uns zwei Kühe und die Schweine, sorgte für das Heu auf dem Dachboden, die mit Stroh und Erde gedeckte Runkelrübenmiete im Winter. In der Werkstatt von Buriguma heilte er das gebrochene Bein eines schwarzweißen Holzpferdes, das Wüstensohn überall mit sich herumschleppte, er mähte mit der Sense den runden Rasen unter der Blutbuche und auf dem Wäscheplatz, brachte es euch Jungs ein wenig bei, ich höre, wenn ich an ihn denke, das Klopfen des Blattes mit dem Hammer, sein Sensendengeln. In Tauschers Garten, dem Parkgelände zwischen Missionshausflügel und Bahndamm, wo es u. a. eine ‚echte Kastanie' gab, eine essbare, fällte er, von euch unterstützt, mit einer langen Säge einen Baum … er rodete Stubben, legte hinter der Lindenlaube die Obstbaumwiese an … Das Parkgelände hat er gestaltet und gepflegt."

„Wenn er mir im Garten half", sagte Schlossel, „beim Säen und Wegetreten, haben wir manchmal gesprochen. Und da habe ich gemerkt, wenn er bei einem eurer Kurse teilgenommen, einen Vortrag gehört hatte – oh, klug."

„In der Bibel war er sattelfest“, sagte MaPö. „Die wurde abends und morgens bei ihm gelesen. Er hatte einen Zettelkasten, in dem er die ihm wichtigsten Worte aufgehoben hatte. Und es hatte sich entwickelt, wenn es in einem Haus zum Sterben ging, sagten die Leute: ‚Lop man hen na Onkel Nahnsen und segg em Bescheed.‘ Dann kam er und sprach mit den Leuten und betete mit ihnen. Vorher zog er dann, ich weiß nicht, ob immer, einen Zettel aus dem Kasten, las das Wort, las es wie eine Losung – wie ein Wort für den Augenblick.

Einmal ist er zu mir ins Studierzimmer gekommen, ich hörte seine Klotzen auf der Treppe, die zog er immer vor der Tür aus und hatte Puschen dabei.

‚Herr Pastor!‘, sagte er.

‚Erst mal hinsetzen!‘, sage ich.

‚Ik will min Zettelkasten verbrennen!‘

‚Was ist denn nu los?‘

Er sagte: ‚Peters von der Chaussee ist gestorben. Sie kam vor Tagen bei mir vorbei, ich habe dann den Zettelkasten befragt und den Spruch gezogen: ‚Nicht sterben, sondern leben und des Herrn Werke verkündigen.‘ Und habe seiner Frau gesagt: ‚He blivt nich dod, dor könn Se sik op verlaten.‘ Und nu bin ik wedder bi em wesen hüt, ik hev noch mit em bet – aber denn iss he storben! Weg mit de Kasten!!‘

‚Denn lat uns man de Bibel glik mit verbrennen!‘, habe ich gesagt. Und dann haben wir lange miteinander gesprochen – und er hat mir bald darauf gesagt, was er sich jetzt zurechtlegt und unter einer Losung versteht und warum sie so oft stimmen können, diese Worte …

Da habe ich dasselbe gedacht wie du, Mona. Kürzlich schrieb er mir: ‚Jetzt, wo ich älter werde, gehe ich mit ein paar Freunden manchmal am Süderweg spazieren. Claussen erzählt immer dasselbe.‘ Dann setzte Onkel hinzu: ‚Man merkt es eher an den andern.‘

Eins muss ich doch auch noch erzählen“, sagte MaPö. „Was uns nur langsam klar wurde – und das ist jetzt nur erfreulich, aber auch fast nicht zu glauben:

Wir hatten einen Freund bei der Gestapo. Auch unter den Nationalsozialisten gab es nicht wenige Christen, anders kann ich es mir nicht erklären.

Dieser Gestapomann war unsre Aufsicht, aber er kam immer erst 14 Tage, nachdem das Buch unterwegs war. Das haben wir nicht besprochen, aber es war so. Eine stumme Vereinbarung.

Er kam dann zu mir in die Studierstube, es war ein Niebüller, Andresen, und wir klönten, während Onkel Nahnsen die restlichen Hefte zusammenpackte, damit er sie beschlagnahmte. Es musste eine stattliche Menge sein, etwa 300 Stück.

Andresen ist jahrelang unser Mann gewesen."

„War dabei nicht auch einmal ein Krach mit Onkel Nahnsen?", fragte Chie.

„Oh ja! Etwas Ernstes, da hat er mich heftig ins Gebet genommen. Andresen kam, und ich hatte von dem Beschlagnahmepaket, für dessen Ablieferung Onkel sich verbürgt hatte, einen großen Packen, drei Viertel, entwendet, ‚gestohlen', und auf den Weg zu einem Vortrag in Hattstedt mitgenommen. Ich wusste, dass sie dort angefragt hatten, Ketelsen bat mich dringend.

Da war Onkel böse, nicht, weil das politisch unklug war – beileibe nicht –, sondern ein Pastor darf nicht stehlen und nicht lügen – auch nicht, wenn er es mit den Nazis zu tun hat! Die Politik hatte keinen Platz in Onkel Nahnsens Horizont."

Yoko erhob sich, wir anderen standen auf, um auseinander zu gehen, da meldete sich Pille: „Vater, das sind schöne Geschichten, auch von Opa Lange wusste ich nicht die Hälfte, aber das Wichtigste ist doch: Was stand in den Schriften, die er zum Bahnhof gefahren hat?! Wer war zum Beispiel Hauer?"

Yoko stöhnte auf. „Bitte nicht! Das nicht auch noch. Ich will jetzt unter gar keinen Umständen hören, wer Herr Hauer war!"

Wir lachten, MaPö mit uns.

„Ich fand auch, es war so gemütlich mit Opa Lange, Pappi Schmidt und Onkel Nahnsen", sagte Spatz. „Hauer klingt ungemütlich –"

„Ich bin heute um sechs aufgestanden und saß um acht in der Theodor-Storm-Schule –", sagte Yoko. „Dann –"

„Ich bin um viertel nach sechs aufgestanden und saß um acht in der Hermann-Tast-Schule", sagte Alex. „Aber was die hier geschickt haben, möchte ich schon wissen."

„Ich auch", sagte Perle. „Ich gehöre auch zur Elite."

„Was sagst du?", lachte Schlossel. „Sag mal! – Nein, wir müssen wirklich nicht alles gemeinsam anhören."

MaPö hatte am Schreibtisch in einer Schublade gekramt, hielt drei Blätter in der Hand und meinte:

„Ganz einfach! Wer müde ist, geht jetzt zu Bett. Wer kann und mag, bleibt noch eine kleine Viertelstunde –"

Da blieben wir alle.

Er saß im Sessel. „Ich muss schon sagen, Jakob Hauer war ein ganz spezieller Fall: ein Indologe und Religionsgeschichtler, der das den Indern heilige Buch ‚Bhagavadgita' übersetzt und ausgerechnet diesem Werk eine Nähe zur Arier-Lehre der Nazis entnommen hat. Er war Professor in Marburg und wurde 1934 ein Anführer der ‚Deutschen Glaubensbewegung'."

„Hat sich auch einer der Professoren beteiligt, die du aus dem Studium kanntest?"

„Und wie! Adolf Köberle hat uns aus Tübingen einen Text geschickt, ‚Das Evangelium im Weltanschauungskampf der Gegenwart', da gibt es einen Abschnitt, bei dem ich zuerst leise gezittert habe; über ‚die rassische Weltanschauung'. – Könnt ihr noch? Er schreibt:

Man sagt uns: die Rassen sind nicht nur verschiedenartig, sie sind auch verschiedenwertig. Innerhalb dieser Wertetafel aber gebührt der nordischen Rasse, dem nordischen Blut eine einzigartige Vorrangstellung. Es gibt für uns darum keine höhere Aufgabe als die Reinerhaltung und Aufzucht des nordischen Blutes unter radikaler, unbarmherziger Ausschaltung alles dessen, was diesen Prozess stören könnte. Rassenstolz und Rassenpflege, das sind die beiden

Begriffe, die heute leuchtend im Mittelpunkt des völkischen Bewusstseins stehen.

Das Christentum meint zweifellos alle Menschen, alle Völker, jeden Einzelnen von uns ausnahmslos mit. Es meint nicht nur Judas und Petrus, nicht nur Herodes, Kaiphas und den Römer Pilatus, es meint auch den deutschen Menschen, auch den Schweizer Menschen, auch den nordischen Menschen.'"

„Der schreibt ja sonnenklar", sagte Pille. „Sag mal: Wieso weiß man gar nicht, was in diesen Schriften stand?"

„Es wird noch klarer", sagte MaPö.

„‚Fort mit dem Alten Testament, fort mit dem jüdischen Pharisäer Paulus, fort mit der Botschaft von Sünde und Gnade.' Das Christentum ist eine Feigheitslehre, die den Menschen ehrlos, schwächlich und unsauber macht. Die Christianisierung der Germanen soll das größte Unglück unserer deutschen Volksgeschichte gewesen sein. Diese furchtbare Verirrung müsse endlich wieder gutgemacht werden durch die Schaffung eines neuen Deutschglaubens, aufgebaut von der Gottähnlichkeit und der Gottgleichheit des nordischen Menschen, der keiner Vergebung mehr bedarf, der sich selbst erlöst, ja die ganze Welt durch sein Wesen zu erlösen vermag. Oder noch schlimmer: Das Christentum ist eine giftige Unkrautpflanze, die schleunigst ausgerottet werden muss, wenn wir nicht daran ersticken sollen. Kurzum, los von Christus und hin zu Siegfried, hin zu Baldur, dem nordischen Lichtheros und Heldenideal!'

Nun kommt Treplin aus Hademarschen, den ihr auf unsrer Kanzel so lustig fandet, ihr wisst doch ‚auf dem Zug durch das Rote Meer, da waren wir alle auch dabei – Er sandte uns:

‚Wenn einer mir erzählen will, die Rasse und die Rassenseele und das nordische Blut sei sündlos und sei Gott, und das sollte unsere Religion werden und in die Schule hinein, dann sage ich: ne, alter Junge! und seiest du auch ein alter Ober-Schulrat. Denn ein blonder Bart und ein guter Stammbaum helfen noch lange nicht gegen große Gemeinheiten und Schlechtigkeiten, die uns im Blute stecken. Das weiß ich aus meiner und meiner Jungs Kinderstube nicht nur, sondern aus meinem Mannesleben und dem Leben meines Volkes.'

Und:

‚Die neue deutschgläubige Ansicht von der Ehe ist in einem in Deutschland jetzt massenhaft gelesenen Buch folgendermaßen angedeutet: Es sei zu empfehlen, dass im neuen Deutschland jede Frau, ob verheiratet oder unverheiratet, die kein Kind geboren habe, als Mensch zweiter Klasse angesehen werde. Wenn wir das hören und ein wenig über dieses Ehegebot des ‚deutschen Gottes' nachdenken, bekommen wir gewiss noch mehr Verständnis für die Bezeichnung: ‚Schietgott'. Freund, gib mir die Hand ... Es geht ums Ganze.'

(Hans Treplin, Weder Hauer noch die Deutschkirche. 1935)

– Davon wurden 450.000 verkauft."

Schlossel war aufgestanden.

„Dann will ich doch auch noch etwas zum Besten geben, was genau zu Hans Dunker passt", sagte sie. „Adolphsen, der Pastor in Itzehoe, dessen ‚Christliches Wort zum Mythus des Blutes' auf Opa Langes verunglücktem Feldzug bei Schlachter Retlevsen aus dem Blockwagen gefallen war, hat auf die vielleicht wichtigste Quelle dieser lächerlichen Rassenkunde hingewiesen. Er hat sofort 1935 auf das im Volk sehr verbreitete Buch von Alfred Rosenberg ‚Mythus des 20. Jahrhunderts' reagiert. Da ging es um das *Blut* als den Grund und Boden unserer Rasse und Rassenseele, immer wieder das *Blut*. Die aus ihm hervorgegangene rassenartige Volksseele ist der Maßstab aller Werte und aller Handlungen – schaut man sich um in der Welt, dann ist die germanische die höchste, gesündeste und edelste, also wir Deutschen im Grunde: ihr kommt in der Rangordnung der Werte und der Welt die höchste Stelle zu.

Adolphsen hat besonders fein darüber geschrieben, indem er dem Glauben an Blut und Boden das Blut des Erlösers entgegensetzt, das doch kein Abkömmling der Erde ist, sondern als Abbild Gottes allen Menschen in gleicher Weise zugutekommen will und darf und soll."

9
Devisensperre in Nordschleswig: Onkel Fritz und Nis Petersen

Pille war in der Studierzimmerzeit 1951, von der hier die Rede ist, 18 Jahre alt und an der beruflichen Arbeit unsrer Eltern von vornherein interessiert, fast schon fachmännisch, als bereite er sich auf eine Nachfolge vor. Seit seinem sechsten Jahr spielte er Posaune, bald darauf schon als Mitglied im Posaunenchor, und vor Kurzem war er dessen Leiter geworden. Er sorgte für gute Stimmung. Am Ende der Probeabende standen sie auf und spielten „Gott ist die Liebe" – mit Oberstimme. An herausgehobenen Feiertagen spielten sie vor der Kirche. Außerdem versammelte unser Ältester in einem Zimmer neben der Spedition des Brüderhauses einen evangelischen Jugendkreis, zehn oder zwölf Jungen. – Dies Vorfeld seines Berufs interessierte ihn weit mehr als das Gymnasium in Husum.

„Du, Vater", sagte er, als wir einmal am Sonntagnachmittag oben saßen, „wie war das eigentlich für dich? Dein Missionsdirektor hatte sich bald nach eurer Ankunft, nach Ostern 1934, für mehr als ein Jahr zurückgezogen in seine zweite Heimat, nach Indien, und vor dir lagen schwere Brocken: die Schuldenlast der Gesellschaft und der Kampf mit einer Glaubenslehre, die euch das Wasser abgrub und die Anhänger stutzig machte.

Wie ging es euch da, dir und Mona? War das zum Aushalten oder ein einziger Schlammassel?"

„Das will ich dir sagen", sagte MaPö. „Es war nicht gerade leicht, aber es war herrlich frei und klar, nicht, Mona? Ich konnte entscheiden und durfte handeln. Und es war auf der anderen Seite noch schwerer, als ihr euch vorstellen könnt.

Unser Auftrag des Landesbruderrats ging in mindestens vier Richtungen:

Die erste war das Versammeln und Erhalten einer Bekenntnisgemeinschaft.

Die zweite die Erweiterung der schwindenden Mitgliederzahl unserer Gesellschaft.

Die dritte: Breklums Überleben. Das war nicht das Unwichtigste. Die Anfangsschulden, 47.000 Reichsmark, hatten sich erhöht, unsre Spenden waren zurückgegangen. Das Gehalt des Direktors und Inspektors wurde zu 50 Prozent von der Landeskirche getragen – der Rest, alles andere, die Ausgaben für die Einrichtungen und die Arbeit in der Heimat wie für die in Übersee, mussten wir aufbringen.

Die vierte war schlicht: das Überleben unsrer Leute und ihrer Arbeit in Übersee. Es gab bereits eine Devisensperre, man durfte kein Geld nach Indien und China schicken."

Pille pfiff durch die Zähne. „So wusste ich das nicht. Und wie habt ihr das angefangen?"

„Angefangen haben wir mit Punkt vier und das hieß, mit einem Besuch in Nordschleswig. In Tondern lebte auch damals schon Nis Petersen. Der war die treibende Kraft, als im Frühjahr 1934 der ‚Verein der Freunde der Breklumer Mission in Nordschleswig' gegründet wurde. Wir sind zusammen hingefahren.

Mir ist, bevor ich Mutters Familie kennengelernt habe, nicht klar gewesen, welche Brücke es zwischen Nordschleswig und Südschleswig, überhaupt zwischen Schleswig-Holstein und dem Dänischen Königreich gegeben hat – welche Verbindung bis 1864, bis zur Schlacht auf den Düppeler Schanzen. Und nicht einmal die hat uns auseinandergebracht."

„Du hast dich ja, kaum waren wir hier, ganz in Breklums Geschichte mit Nordschleswig eingearbeitet, nicht?"

„Ich habe es versucht", sagte MaPö. „Und ich war verblüfft. Breklums Freundschaft mit dem Norden war alt und reichte zurück bis in die Gründerzeit, ins späte 19. Jahrhundert, als ein Tischlersohn aus Hadersleben und ein Schustersohn aus Apenrade, Bahnsen und Bracker, Inspektoren und Lehrer und danach Direktoren der Breklumer Gesellschaft wurden und sich aus Nordschleswig dänisch aufgewachsene Missionsanwärter in diesem Dorf vor Husum einstellten. Schon vor dem Weltkrieg hatte es ein regelmäßiges Breklumer Jahresfest in Tingleff gegeben, mitten in Nordschleswig, und waren bis zu tausend Leute aus Tingleff zum Breklumer Fest gekommen, hatten dort in ihrer Sprache gesungen und dänischer Rede zugehört, viel Jugend darunter. Der Abstand von Politik und speziell vom Bekenntnis zum Nationalen, ob der des Pietisten Christian Jensen im Süden oder derjenige der Erweckungschristen im Norden war gleich groß, das Urteil ‚Schnöde Welt' vor diesem Zeitgeist zunächst allgemein; aber er war nicht geradlinig und unbehelligt geblieben. Es gab Erfahrungen, die dem allzu aufdringlich und frech entgegenwirkten. Als Preußens Politiker Köller zur Jahrhundertwende dem dänischen Volksleben in Nordschleswig eine stramme deutsche Zwangsjacke überziehen wollte, erklärte ein führender Kopf der nordschleswigschen ‚Indre Mission', Herr Vilhelm Beck, der im deutschen Süden ebenso übersetzt worden war und gelesen wurde wie Christian Jensen im dänischen Norden, sein markantes ‚Pfui Teufel!'. Er sprach von dem ‚Depeschenfälscher und Massenmörder Bismarck' und der ‚großsprecherischen Gefühlsduselei der Deutschen'. Berühmt wurde sein Wort: „Nina Charlotte von Staffelt, meine aus der Umgebung von Itzehoe stammende Frau, ist die einzige sympathische Deutsche."

Der Erste Weltkrieg, in dem 30.000 Nordschleswiger, die zumeist nichts mit einem Deutschen Krieg im Sinn und am Hut hatten, eingezogen wurden und von denen 5000 fielen, darauf die vom Versailler Vertrag verfügte und durch Abstimmung bewirkte Rückkehr Nordschleswigs zum Dänischen Reich – sodass, was der Süden hartnäckig Röm, Tondern, Hadersleben und Apenrade nannte, tatsächlich längst als Rømø und Tønder, Haderslev und Aabenraa auf den gelben Ortsschildern stand – diese Epoche hinterließ auf beiden Seiten des alten Herzogtums Schleswig, nach Norden bis zur Königsau wie nach Süden bis zur Eider, erneute Rachegefühle.

Zahlreiche Gemeinden Nordschleswigs, in denen noch deutsch gesprochen und gepredigt wurde, sind 1933, zumal auf dem Land, im Nu von ‚Deutschen Christen' und Nationalsozialisten erobert worden. Es gab da manche Pastoren, die von ‚Großdeutschland' zu träumen begannen. Der eine fühlte sich verpflichtet, im September 1935 als ‚verantwortlicher Amtswalter' persönlich am Reichsparteitag in Nürnberg teilzunehmen, in seiner Wohnung war die Parteizentrale der NSDAP untergebracht; ein anderer bemühte sich, in seiner Gemeinde das Auftreten eines Gegners der NSDAP zu verhindern, von einer ‚Gleichschaltung der deutschen Volksgruppe' war sogar die Rede, auf Fanø hat eine Vollversammlung des Ökumenischen Rats schon 1934 festgestellt, dass die ‚NG', die deutsche NORDSCHLESWIGSCHE GEMEINDE, sich ganz einseitig ‚deutsch-christlich' verhalte.

In dieser Situation gewann unser kleines Nest zwischen Niebüll und Husum, durch das der Zug nach Westerland fährt, eine ausnahmehafte Bedeutung. Mit der Gründung des Vereins der Freunde der Breklumer Mission in Nordschleswig im Jahr 1934 ‚blühte' – wie der bekannte Chronist Günter Weitling schreibt – ‚diese Verbindung auf'. Sie sei nicht zu überschätzen. Breklum fand hier seine ‚treuesten Förderer' und zahlte diese Unterstützung heim durch seine ‚Bekenntnistreue', die zumindest in den Stadtgemeinden ein beachtetes Echo hatte, an der Ostküste in Sonderburg und Apenrade, weiterhin in Tingleff und Hadersleben, nicht zuletzt im westlichen Tondern. Es gab sogar eine ausdrückliche Vereinbarung Schleswig-Holsteins mit dem dänischen Parlament und Staat: Tondern und Hadersleben, Apenrade und Sonderburg erhielten 1924 das Folketingrecht, einen deutschen Pastor zu haben. Die vier Städte erhielten zusehends im Verhältnis zu Dänemark ein eigenes Gesicht.

Nis Petersen war die Nahtstelle. Dieser Steuersekretär von Tønder, den das Stadtvolk nicht ohne Respekt ‚Skatte Petsen' nannte, ‚Steuern Petsen', der in Tingleff geboren, dort angehender Küster, Landwirtschaftsgehilfe, Lehrling bei der Eisenbahn gewesen war, darauf Missionsanwärter in Breklum, eingezogen und in Belgien verwundet, kurz als Grenzpolizist eingesetzt, schließlich von 1920 bis 1961 als Tonderns Steuerbeamter wirkte, der ruhevoll gerechte Nis Petersen erklärte die neue Situation dadurch, dass ‚der lange Neue aus Breklum', so nannte er mich, wie er mir später selbst erzählt hat, sogleich eine intensive Verbindung zu den einzelnen Pastoren und den aus alter Zeit mit Breklum befreundeten Familien aufnahm. Was glaubt ihr, wie ich mich gefreut habe, als ich vor ein paar Monaten las: ‚MaPö war ein überall gern gehörter Prediger und wurde im Laufe der Jahre ein warmer Freund vieler Nordschleswiger. Seit er Missionsdirektor war, hat er wenn möglich an jedem Missionsfest teilgenommen, was sich auch auf das stetig wachsende Spendenaufkommen auswirkte.'" –

Es ist wahr, unser junger Vater bereiste mit Vorliebe Nordschleswig und hatte Eigenschaften, die den Erfolg erleichterten. Er hatte das Namensgedächtnis eines guten Politikers und eine besondere Begabung zur Freundschaft. Sie beruhte auf einer freundlichen Zuwendung, die er schon als Dreijähriger auf der Treppe in Kiels Hansastraße 8 hatte. Er fragte, indem er aufsah: ‚Wo gehst du hin?' Er neigte dazu, zu bewundern, sein Gegenüber für größer als sich zu halten, von ihm zu lernen. Was er an Einwänden hatte, die hart realistisch sein konnten, drang selten nach außen.

Diese Grundhaltung und die ernste Glaubwürdigkeit, mit der er darüber sprach, was in seinen Augen das Entscheidende war, wie er ohne Umschweife eine innere Unruhe der Gemüter erzeugte und von der Erfahrung der Erlösung sprach, wie er erzählte, zum Beispiel von den Khonds in Gotiguda, von Felix Paulsen und Minna Nielsen in China oder von Generalissimus Tschiangkaichek, als habe er vor Kurzem in China mit ihm gefrühstückt, sein unverblümtes Verhältnis zum hilfreichen Geld, zur Geldspende, und sein humoristischer Blick für alle Endlichkeit der Welt – all das war gewinnend. In den Pfarrhäusern sprach sich herum, dass Aprikosensuppe sein Lieblingsgericht sei; es gab kaum einen Ort, an dem sie ihm nicht aufgetischt wurde. Er aß und lachte mit Vergnügen. Im NS-Deutschland herrschte, wie gesagt, die Devisensperre. Die Breklumer Gesellschaft war außerstande, ihre Missionare in Indien oder China auszuzahlen. Nordschleswig sprang ein. Die Spendenaufkommen hier waren so, dass Rechnungsführer Petersen die erforderlichen Summen ‚nach draußen' überweisen konnte.

Am Abend darauf –

unser Ältester begann auch diesmal:

„Vater, wir haben uns darüber unterhalten, fast schon gestritten: ob du nicht nur ein Pastor, sondern auch ein Politikus bist. Gestern klang es so."

„Ihr habt Sorgen!", sagte er.

Schlossel sah jetzt plötzlich mich an: „Kannst du dich erinnern? Ich habe dir vor einiger Zeit ein Foto gezeigt, da stand ein großer Halbkreis vor unsrer Eingangstür, von Pastor Claussen, meinen Eltern und Geschwistern, Vaters Bruder Wilhelm und den Prahls aus Hadersleben bis zu ich weiß nicht wem – und ich habe dich gefragt: Weißt du, wann das war?

Du hast gesagt: ‚Ja! ich kann mich genau erinnern: das war der Abschied von deiner Schwester, unsrer Tante Lea, vor ihrer Abreise nach Indien. Da war ich schon vier.'

Ich habe gelacht", sagte sie. „Das war deine Taufe.

Und damals, bei deiner Taufe, habe ich selbst auch gedacht: Unser Vater ist ziemlich politisch. Er wollte unbedingt, dass Onkel Fritz aus Hadersleben und sein Bruder Wilhelm deine Paten werden sollten. Wilhelm war achtzehn – da war es gerade erst möglich."

„Und was war daran politisch?", fragte Pille.

„Vor allem mein Bruder, und seine Situation", sagte MaPö. „Er durfte nicht studieren. Unser Hochbegabter. Die Schule war für ihn ein Klacks, auch das Gymnasium.

Mit noch nicht ganz achtzehn Jahren, im April 1934, hatte er das Abitur.

Und er hatte nicht nur einen immer wieder durchbrechenden Humor, er war frech wie Oskar.

Im Frühjahr 33 ging er plötzlich auf unseren Balkon in der Kieler Hansastraße 8 und begann laut:

‚Volksgenossen! Es muss ahnders werrden als Bies-Herr!' Draußen versammelten sich Leute, unser Vater rief ihn rasch herein.

Er besuchte damals manchmal Parteiversammlungen der Nazis, einmal zusammen mit seinem Freund Sigi. Beide saßen hinten und störten, riefen: ‚Wirklich? Ist das auch sicher? Wo haben Sie denn die Weisheit her?' – Anschließend wurden sie verhaftet und zur Polizeiwache gebracht.

Wilhelm wurde gefragt: ‚Name?' – ‚MaPö', sagt er.

‚Vorname?' – ‚Wilhelm'. ‚Geboren?' – ‚Ja!'

Der Beamte geriet in Wut. Dieses ‚Ja' kostete ihn die Erlaubnis zum Studium. Er bestand das Abitur, aber man verweigerte ihm die Hochschulreife.

Da saß er untätig in der Hansastraße, hat unsre Mutter erzählt, einmal kam sie ins Zimmer, als er weinte. ‚Das Leben kann manchmal hart sein', sagte er. ‚Das wird noch viel härter, mein Junge', sagte Goldschnutel. ‚Sei doch bitte vorsichtig, ich habe es dir so oft gesagt.'

Er wusste, dass er Medizin studieren wollte; es war ein leidenschaftlicher Wunsch, er träumte davon – im weißen Kittel als tropentauglicher Arzt nach China und Indien – am liebsten mit seiner älteren Schwester Herme dort ein Krankenhaus gründen.

Wir rieten ihm, sich erstmal freiwillig zu melden, zum Arbeitsdienst und danach, als das nicht genügte, auch noch zum Militär. Er tat es, er hat zuerst beim Ehrendenkmal in Laboe mitgebaut und ging dann zum Barras, besaß zur Zeit deiner Taufe in Breklum eine Gefreitenuniform. Da war er zwanzig.

Omas Rat, er solle vorsichtig sein, hat allerdings nicht viel genützt. Er blieb frech und legte sich mit unserem

Nachbarn auf der Etage, mit Herrn Fabel an. Herr Fabel war Uhrmacher, sein Wohnzimmer war seine Werkstatt, aber er war auch Blockwart. Wenn er morgens aus der Etage trat und Wilhelm antraf, sagte er: ‚Heil Hitler!'

Wilhelm antwortete: ‚Herr Fabel, wie kommen Sie gerade auf Hitler?'

Das passierte nicht einmal, sondern ungezählte Male.

‚Wilhelm', sagte Herr Fabel, ‚ich muss dich anzeigen.'

‚Herr Fabel', sagte Wilhelm dann, ‚das tun Sie mir doch nicht an!'"

„Das war eigentlich nicht frech", sagte Schlossel. „Es war unglaublich klug."

„Oh ja!", sagte MaPö. „Aber es war auch nicht ganz dumm, ihn zu warnen. Ich wollte ihn zu uns herüberholen und ihn ein wenig stützen. Noch war nicht klar, ob er studieren durfte … also – wenn das ‚Politik' war –"

„Das war listige Brüderlichkeit", sagte Schlossel.

„Aber wenn ich daran denke, dass Onkel Fritz aus Hadersleben damals unseren kreischenden Jungen über der Taufschale gehalten hat – du!", sagte Schlossel und sah zu mir hinüber, „du hast geschrien, wir konnten Pastor Claussen kaum verstehen! – Wenn ich überlege, warum er dein Pate wurde: War da nicht doch Politik im Spiel? Der ‚Verein der Freunde der Breklumer Mission in Nordschleswig' brauchte einen ‚Ersten Vorsitzenden' und das wurde er kurze Zeit darauf."

MaPö lachte nur.

„Und wir sind gut mit ihm gefahren", sagte er. „Er war damals eine Stimme in Nordschleswig, sowohl in den Gemeinden der deutschen Minderheit wie in der dänischen Volkskirche – aus vielen Gründen, ihm war beides wie eine Familie vertraut."

„Wie heißt er eigentlich richtig?", fragte Spatz.

„Friedrich Immanuel Prahl."

Spatz lachte.

„Warum lachst du?", fragte Schlossel.

„Vater heißt doch auch Friedrich", sagte sie, „aber ich

glaube, niemandem würde es einfallen, ihn Onkel Fritz zu nennen."

„Untersteht euch!", sagte MaPö lachend. „Es gibt nur einen Onkel Fritz, und der lebt in Hadersleben."

„In Hadersleben oder in Haderslev?", fragte einer von uns.

„In beidem", sagte Schlossel. „Genau das war es. Im deutschen und im dänischen. Ich erinnere mich öfter daran, Alex, als du, Bollus und euer Vetter Ralf 1947 zum ersten Mal in Hadersleben wart und euch die Schaufenster der Stadt vorkamen, als wärt ihr im Paradies; wie ihr zurückkamt und ein komisches Wort mitbrachtet: Onkel Fritz sei ein ‚Auchologe'. Ich weiß nicht, wer euch das gesagt hat, aber ihr habt mir erklärt: Er spricht Deutsch, als wäre es seine Muttersprache, und Dänisch, als wäre es seine Muttersprache. Er ist Pastor geworden, wollte aber genauso gerne Seemann werden. Er steht am Sonntagmorgen froh im Talar auf der Kanzel, aber er lenkt ebenso vergnügt auf der Ostsee das Steuer seines Segelschiffs. Nicht lieber, sondern genauso gerne. Er las die Bibel – und er tanzte. Euer Vater hat nur einmal getanzt, in einer Kieler Tanzstunde, von der er dann wegblieb. Mit mir nie", sagte sie.

Unsre Mona sah Vater an. „Willst du weitermachen?"

„Auf keinen Fall – in Norden bist du zu Hause! Du hast doch auch Briefe besorgt – bitte, liebe Mona."

Sie erzählte weiter, nahm das eine oder andere Blatt zu Hilfe –

„Ich bin ein Kind Nordschleswigs. Meine Eltern stammen aus der Grenzstadt Flensburg und waren später in Kiel, wo mein Vater auch studiert hat, aber ich komme aus Nordschleswig. Mein Vater ging 1900 dorthin, als Vikar nach Hadersleben, er besuchte da das Predigerseminar von Hans Schlaikier Prahl, verliebte sich unsterblich in dessen älteste Tochter Hede, meine Mutter, und das als Hauslehrer bei Prahls sechs Söhnen, von denen einer fauler war als der andere.

Meine Eltern Heinz Lornsen und Hede Prahl lebten zuerst ganz oben an der Königsau, der dänischen Reichsgrenze. – Nordschleswig gehörte ja seit Bismarck zu Preußen, zu Deutschland, und sie verließen in dem dortigen Grenzgebiet die von ihnen geliebte Gemeinde, weil sie die nationale Frage auf Nordschleswigs Festland nicht aushielten, diesen wechselseitigen Hass. Dieser Grundton wurde übrigens auch der Grund, warum sich der alte Prahl und sein Schwiegersohn Lornsen immer mehr den Pietisten anschlossen. Sie waren zuerst aufgeklärt liberale Leute, die im Gottesdienst dänisch sprachen und sangen und sich zu Hause deutsch unterhielten und kundig machten. Das politische Gezänk hing ihnen zum Halse heraus, es war viel geringer auf der Insel Alsen, deshalb ist mein Vater 1909 dorthin gegangen; da kam ich zur Welt und lebte da.

Da wurde mein Vater ein regelrechter Pietist, gehörte zu den ‚Stillen im Lande', wie sie in Preußen hießen, für die ist doch die Politik ‚Schnöde Welt'.

Der Vertrag von Versailles, die Abstimmung von 1920, durch die Nordschleswig nach Dänemark zurückkehrte, war für uns ein Einschnitt und nicht weniger für die Prahls. Wir liebten das Land, aber jetzt gab es Veränderungen, das kann man sich vorstellen.

Alle sechs Söhne meines Großvaters Hans Schlaikier Prahl hatten sich 1914 freiwillig zum Kriegsdienst gemeldet. Zwei sind gefallen, einer wurde verschüttet, war fürs Leben gezeichnet und blieb zu Hause in Hadersleben, Momme, zwei sind 1918 im letzten Augenblick davongekommen und 1920, als aus Nordschleswig wieder ‚Sønderjylland' im dänischen Reich wurde, nach Deutschland emigriert. Sie wurden in Lübeck und Kiel Ärzte.

Onkel Fritz, der ebenso unbedingt am Krieg hatte teilnehmen wollen, hatte ein Lungenleiden, war für kriegsuntauglich erklärt worden und hat 1915 seine erste Pfarrstelle auf Alsen angetreten, wo ja auch meine Eltern waren. Er ist auf einem kleinen Seitenarm der Insel Alsen – ‚Als' heißt es heute – leidenschaftlich gern Pastor für beide Gemeinden gewesen, die deutsche wie die dänische, und ist noch widerspenstiger als meine Eltern über die seit 1920 erstmalige Grenze nach Südschleswig umgezogen. Er hing unwiderstehlich an seiner Heimat Nordschleswig, ihr werdet es hören.

Seine Eltern, sein Bruder Momme und zwei Schwestern blieben in Haderslev. 75 Jahre war Hans Schlaikier Prahl 1920 alt und wollte jetzt nicht noch die fünfte – oder war es die sechste? – Staatszugehörigkeit seines Lebens antreten.

Fritz tat sich nicht leicht. Er war von den Söhnen der innigste Bewunderer seines Vaters und außerdem dieser leidenschaftliche Nordschleswiger. Dazu gehörte bei ihm, dass er besonders aufgeschlossen war für die humoristische Denkungsart des Dänischen, von dessen seltsamen Dialekt auf Alsen und den lebensfrohen Liedern Grundtvigs angefangen, aber genauso, dass er sich entschieden und im Kern als deutsch verstand. Er ertrug nicht die plötzliche Verachtung, die sich seit der ‚Genforening', der Wiedervereinigung Nordschleswigs mit Dänemark, unversehens auf dem Festland, teils aber auch auf der Insel Alsen gegen ‚Tyskland' erhoben hatte. Er sollte ja, wenn er hierbleiben wollte, nicht nur die dänische Staatsbürgerschaft annehmen, sondern auch zu Hause, innerhalb seiner Mauern, die dänische Sprache sprechen. Das ging zu weit.

Seiner Frau wurde der Abschied noch schwerer, Inge war eine Fuglsang, die Tochter der sehr bekannten Brauerei, Fritz und sein ältester Bruder Heie hatten jeder eine Tochter von Sophus Fuglsang aus dem Nachbarsgarten geheiratet, Spielgefährtinnen vieler Jahre, und beiden Frauen kam der Abschied noch härter an, sie verloren ganz ihre vertraute Umgebung und fanden schwerer eine neue als die im Beruf stehenden Männer; ich glaube, sie sind im deutschen Süden nie so ganz angekommen. Der ist tatsächlich eine andere Welt.

Onkel Fritz ging nicht allzu weit in die Ferne, in die Landschaft Angeln unterhalb von Flensburg, nach Gundelsby. Das war ein Nachbarort von Gelting, der zeitweise sogar zu Gelting gehört hat – die Geltinger kannten ihn, vor und mit den Dänen in Gundelsby soll er in ihrer Sprache geredet haben. Ob sie auch so gerne wie wir bei den Angelitern waren, wissen wir gar nicht so recht. Er war nicht mehr da, als wir kamen. Schon 1925 kam ein Ruf an die Flensburger Marienkirche, sehr ehrenvoll, und hier, in der streitbaren, zerrissensten aller Grenzlandstädte war er mit dem ausgeprägten Sinn für beide Seiten in seinem Element, wird zumindest ein ruhender Pol gewesen sein bei seinem Unvermögen, alles so grundsätzlich und schwer zu nehmen. Es gab das Vorbild seines Vaters und Ratgebers Hans Schlaikier Prahl im Rücken, der vor ihm Respekt vor der dänischen Seite gelernt hatte und um 1900, als erklärt deutscher Nordschleswiger, in der rabiat preußischen ‚Köller-Periode' auf der Kirchensynode in Rendsburg den Antrag gestellt hat, in den Schulen Südschleswigs Unterricht in dänischer Sprache einzuführen, und dem dabei nur eine Stimme gefehlt hat.

Onkel Fritz hat 1930 in Hadersleben mit seinen drei Brüdern den Vater zu Grabe getragen, vier Tage nach dem 31. August, an dem der 85-Jährige am frühen Morgen nach seiner Goldenen Hochzeit in Eckernförde gestorben war. Fritz muss damals im Pfarrhausgarten neben der Fuglsangvilla, vor einem engeren Kreis, ganz wunderbar über seinen Vater gesprochen haben.

Entschuldigt, wenn wir jetzt so lange bei diesem Thema bleiben, aber als ich am Dreikönigstag in Hadersleben war, das ist dort ja wie bei den Russen ein besonderer Festtag, da hat er mir ausführlich erzählt, wie es zu seiner Rückkehr nach Nordschleswig kam. Es ist ein bisschen abenteuerlich und man sieht, welchen Gegensatz es da oben gab zwischen der ländlichen ‚Freigemeinde', die von der deutschen Minderheit gegründet war – ich sage gleich, was es damit auf sich hat – und der in der Stadt dominanten sogenannten ‚Volkskirche'. Er hat mir sogar seine Briefe und Texte mitgegeben, die auch unser Vater einmal sehen sollte.

Ein Jahr nach dem Tod seines Vaters, am 8. Oktober 1931, bekam Fritz in Flensburg Besuch aus Hadersleben, der ihn fast aus der Bahn warf oder jedenfalls in die größte Unruhe versetzte. Es kamen Leute aus der Heimat, Mitglieder des Gemeindekirchenrats des Haderslebener St. Mariendoms, um ihm warnend mitzuteilen, dass die dortige fanatisch deutsche ‚Freigemeinde' ihn bitten werde, zu ihnen zurückzukehren und ihr Pastor zu werden. Sie habe beschlossen, ihn zu berufen, und hoffe auf seine Zusage. Man wollte ihm warnend klarmachen, worauf er sich da einlasse: auf feindselige ruppige Nationalisten.

Onkel Fritz wusste, was sich gerade in Hadersleben abgespielt hatte, und war ratlos, aufgebracht und – im Zwiespalt.

Noch am gleichen Tag entwarf er einen Brief an den Bischof von Schleswig, damals noch Völkel, der unseren Vater ein Jahr zuvor ordiniert und in Gelting eingeführt hatte. Völkel war nicht nur für Südschleswig, also von Flensburg bis Rendsburg, sondern gemeinsam mit dem Landeskirchenamt in Kiel auch für die in Nordschleswig nach 1920 aus der gesamten deutschen Minderheit hervorgegangene ‚Freigemeinde' zuständig. Onkel Fritz schrieb an seinen Bischof:

‚Als Sohn meiner Heimat bin ich ja im Bilde über Nord-Schleswigsche Kirchenverhältnisse und halte das Vorgehen der Haderslebener Freigemeinde geradezu für ein Verhängnis, das sich zu einer Katastrophe des Lebens der Deutschen Gemeinde dort oben auswachsen kann. Ich weiß sehr wohl, dass Sie, hochverehrter Herr Bischof, anderer Auffassung sein werden. Aus rein sachlichen Erwägungen heraus kann ich mich der Auffassung der Haderslebener Freigemeinde nicht anschließen. Darin bin ich bestärkt worden durch die Zeitungsartikel, die in letzter Zeit in Hadersleben erschienen und besonders auch durch eine Broschüre der dortigen Freigemeinde. Ferner bin ich in meiner Auffassung bestätigt worden durch die Ausführungen der oben genannten Herren.'

Die Leute waren tatsächlich gekommen, um ihn von der Berufung abzuhalten, unter ihnen ein Kollege, der sich vor Kurzem um jene freie Stelle an der Marienkirche beworben und dem die Agitation der Freigemeinde gegen sein angebliches verkapptes ‚Dänentum' derart mitgespielt hatte, dass er seine Bewerbung zurückzog. Dieser redliche Mann sah mit großer Sorge auf den Lauf der Dinge. Ein von allen Kirchenvertretern der deutschen Landeskirchengemeinde in Hadersleben – (also gerade nicht von der überregionalen ‚Freigemeinde') – erarbeitetes Memorandum, das all ihre Bedenken und Besorgnisse zum Ausdruck bringen würde, werde ihm demnächst zugehen.

Hier kündigt sich schon der später so deutliche Gegensatz zwischen Stadt und Land da oben an", sagte Schlossel, „von dem wir bei Nis Petersen in Tondern gehört hatten. Onkel Fritz' Brief schließt, auf den ersten Blick überraschend:

‚Und nun meine persönliche Angelegenheit. Ich habe mich immer in meinem Leben, so gut ich es denn verstand, versucht, von Gott führen zu lassen. Und nun habe ich, nachdem die Dinge sich so entwickelt haben, das Bewusstsein, dass Gott mich ruft. Das hat mich in meine innere Not getrieben, sehr geehrter Herr Bischof. Ich würde hier unendlich viel aufgeben und würde in den Ungeklärtheiten Nord-Schleswigs noch viel Lehrgeld zahlen müssen. Ich wende mich an Sie um seelsorgerlichen Rat. In solcher Zeit weiß man erst richtig, was man an seinem Vater verloren hat.'

Es hat ihm zugesetzt, er muss sich gequält haben, er verfasste in diesen Tagen sein, wer weiß, einziges Gedicht, das heute schon sehr seltsam klingt. Wollt ihr es hören?

Es beginnt:
Nord-Schleswig, uns'rer Väter Land
Weit ausgestreckte Gotteshand,
Uralte Völkerbrücke.
Du Grenzland voller Herzeleid,
Voll hartem Kampf und herbem Streit
Voll heimatfroher Seligkeit
Wir deichen nicht zurücke."

„Deichen?", fragten wir. „Nicht ‚weichen'?"

„Ja, tatsächlich, er schreibt deichen … Wir haben uns auch gefragt, hat er tatsächlich ‚deichen' gemeint – das heißt: Wir antworten euch nicht mit einem Grenzwall. Vater sagt: Er hat sich verschrieben. Der ‚Deich' taucht auch noch in der dritten Strophe auf. Er hebt Nordschleswig in den Himmel:

Wir lieben dich, wie Gott dich schuf
Und hören deinen starken Ruf
Mit deiner Kinder Schmerzen.
Du Quellstrom urgerman'scher Art,
Dein Mutterboden macht uns stark
Und hämmert klar und schmiedet hart
Die wurzelfesten Herzen."

„Da muss man heute dreimal Luft holen", sagte MaPö. „1931!"

‚Nord-Schleswig, liebstes Heimatland,
Du meerumbrauste Gotteshand
Vom Norden nach dem Süden
Wir halten auf den Deichen Wacht
Und Völkerbrandung stählt die Kraft,
In Treue und in Leidenschaft
Dich hart und zart zu lieben."

„Hat er das Gedicht veröffentlicht oder in Hadersleben vorgetragen?"

MaPö schüttelte den Kopf.

„Wir wissen nichts darüber. Aber ich finde, man kann hier hautnah spüren, was nicht erst um 1930, sondern seit Mitte des 19. Jahrhunderts die Oberhand gewinnt: die religiöse Sprache greift hinüber, nimmt Heimat, Mutterboden, die Herkunft aus Volk und Rasse in sich auf – alles sogenannte Bodenständige gewinnt eine solche Autorität. Es muss nicht bedeuten, was wir heute sofort vermuten. Seit dem Durchgang durch die Nazizeit hat dieses Vokabular, ein Wort wie ‚urgerman'sche Art' ein tausendfaches Echo und macht sofort verdächtig.

Aber so viel ist sicher: Das Ganze hier vor uns war ein Politikum. Onkel Fritz war auch Pietist. Auch. Er konnte, wenn er herausgefordert, wenn er gezwungen wurde, durchaus politisch werden. Ob hier? Ein Zugeständnis an die Freigemeinde? Ich glaube nicht, dass es unecht war. Es lag in der Zeit. Und er hatte tatsächlich ganz verschiedene

Seiten. Das werden wir noch sehen, wenn es da oben hochpolitisch wird.

Hier kam es jetzt zu einem Hin und Her in Briefen, Gesprächen, einer Aussprache in Schleswig zwischen Bischof Völkel und dem Präsidenten des Kieler Landeskirchenamts mit den Vertretern der sogenannten dem dänischen Reich zugehörigen ‚Volkskirche' aus Hadersleben und den drei weiteren Städten Nordschleswigs, die ebenfalls im Gegensatz standen zur kirchlichen ‚Freigemeinde'.

Es gibt einen Brief von Bischof Völkel vom 17. Oktober, da dankt er Onkel Fritz ‚in der Überzeugung, dass Ihr Entschluss, dem Ruf nach Hadersleben zu folgen, zur Stunde den einzigen Weg darstellt, auf dem die zwischen den Deutschen in der Freigemeinde und in der Volkskirche aufgerissene Kluft überbrückt, vielleicht auch in späterer Zeit überwunden werden kann.' Völkel freute freut sich, dass er mit dem Vertreter der Freigemeinde eng zusammenarbeiten wollte.

Und dann folgt eine Stelle, die mich sehr berührt hat", sagte MaPö.

„‚Solange ich im Amt bin, werde ich Ihren etwaigen Wünschen gern entgegenkommen.'

Ahnte Völkel schon, dass er in naher Zukunft gezwungen würde, sein Bischofskreuz auf den Tisch zu legen?

Völkel erwähnt, dass Haderlebens Apotheker Hansen dränge: Friedrich Prahl solle so bald wie möglich nach Hadersleben kommen. Er selbst nehme an, dass Prahl zunächst die Prüfung und Bestätigung des dänischen Kirchenministeriums abwarten wolle.

Das war der Fall. Onkel Fritz ging sehr sorgfältig vor, vorsichtig, schrieb als Erstes seinen dänischen Lebenslauf nieder, haarklein von der Geburt am 24. Dezember 1885 in Mögeltondern an, hebt darin aber hervor, wie sein Vater Hans Schlaikier Prahl sei auch er auf Kekenis ‚Sognepraest' gewesen, ein Pastor für beide Sprachen – beide Volksgruppen. Das habe auch für ‚Tyskland' gegolten, für Deutschland, auch in Gundelsby und Flensburg habe er sich als ‚Praest' für Deutsche und Dänen gesehen.

Und er wendet sich Anfang Dezember an das evangelisch-lutherische Kirchenamt in Kiel mit einem Lagebericht", setzte MaPö hinzu, „den ich nur bewundern kann. Hier wurde 1931 mit sicherem Gespür ein Beruf geschmiedet, der während der Jahre, in denen es fatal krachen sollte, sich als tauglich und haltbar erwies. Das war zukunftsreiche Diplomatie.

Er beginnt: ‚Die deutsche Gemeinde zu St. Marien in Hadersleben, die der dänischen Volkskirche angehört, hat sich an mich gewandt mit der Bitte, Propst Petersens Nachfolger zu werden.' Es seien 1200 Unterschriften für ihn gesammelt worden und auf einer Gemeindeversammlung von 250 Mitgliedern seien alle ohne Gegenstimme für ihn eingetreten.

‚Die Verhältnisse in Hadersleben hatten sich inzwischen so entwickelt, dass ich und mit mir viele, die die nordschleswigschen Verhältnisse aus persönlicher Kenntnis heraus beurteilen können, zu der Überzeugung kamen, dass es, um die deutsche Gemeinde dort vor einem Unglück zu bewahren, nötig sein würde, dass ein Pastor dort hinkäme, der die verworrenen Verhältnisse Nord-Schleswigs beurteilen kann. So habe ich mich bereit erklärt ...'

Er zitiert, wie er sich dem dänischen Bischof D. Ammundsen vorgestellt und ihm seine Bereitschaft erklärt habe, den Amtseid der dänischen Volkskirche ablegen zu wollen – aber auch, was er erwarte, wenn er jetzt seine deutsche Staatsangehörigkeit aufgebe und die dänische annehme."

MaPö schüttelte den Kopf. „Diese Eingemeindung geht ja viel weiter, als ich sie mir vorgestellt habe, aber dann berichtet er, was er mit dem dänischen Bischof in Anwesenheit deutscher Gemeindemitglieder an Versprechungen erbeten und geklärt und ausgehandelt hat:

‚Ich sagte dem Bischof: Ich bin deutsch und kann natürlich meine Gesinnung nicht ändern. Hab ich die innere Freiheit, wenn ich nach Hadersleben komme, mit gutem Gewissen als Pastor der dänischen Volkskirche diese meine Gesinnung zu behaupten?

D. Ammundsen antwortete: Es werde nichts anderes von mir verlangt, als was der Apostel in Römer 13 schriebe.

Auf meine Frage, ob im Amtseid der dänischen Volkskirche nicht etwa Wendungen wären, die ein deutscher Mann nicht unterschreiben könne, las er mir die Formel vor, wo nichts anderes dem Staat gegenüber verlangt wird, als dass man dem König gegenüber loyal sein solle.

Ich fragte: Habe ich die innere Freiheit, je nach Gelegenheit und Bedürfnis mit den Pastoren der deutschen Freigemeinden zu arbeiten, antwortete er: Ja – aber ob es opportun wäre, wäre eine zweite Frage."

Dann stellte ich noch die Bedingung, dass nur die deutschen Mitglieder bei meiner Wahl abstimmen dürften – auch das wurde anerkannt.

Der König stimmte meiner Bewerbung zu und am Sonntag, den 10. Januar wurde ich in der Marienkirche Haderslebens eingeführt.'

Im Grenzland und in Grenzsituationen hat das protestantische Kirchenlied die Neigung, einen politischen Klang anzunehmen. Zum Eingang seiner Einführung ließ Onkel Fritz singen:

Prüfe recht, prüfe recht,
Zion, prüfe recht den Geist,
Der dir ruft zu beiden Seiten;
Tue nicht, was er dir heißt,
Lass nur deinen Stern dich leiten;
Zion, das, was gut scheint und was schlecht,
Prüfe recht, prüfe recht."

Alex lachte: „Das kenne ich gar nicht. Hat er das selbst gedichtet? Der Geist auf beiden Seiten, waren das die ‚Freigemeinde' und die ‚Volkskirche'?"

„Du", sagte MaPö, „das hat Johann Eusebius Schmitt gedichtet – um 1700, einer aus der Gegend von Halle, vielleicht kennst du es doch? Es beginnt ‚Fahre fort, fahre fort, Zion fahre fort im Licht! Mache deinen Leuchter helle ...' Es gehörte zu unseren Schlagern in den Bibelkreisen, im BK."

„Ihr habt euch doch auch gewundert über die Sprache unsrer Evangelischen Jugend damals“, sagte Schlossel. „Sie sprach von ‚Reichsliedern‘. Mein Vater hat, als er in den 20er-Jahren in Eckernförde angefangen hatte, ein ‚Liederbuch der deutschen christlichen Mannsjugend‘ angeschafft und sang am liebsten auf seinen Wanderungen mit ihr ‚Es klingt ein Lied in deutschen Gauen: Wer will ein Streiter Christi sein. Kommt, Brüder, lasst sein Reich uns bauen …‘ – Hieß es nicht schon für Luther: ‚Ein feste Burg ist unser Gott / Ein gute Wehr und Waffen …‘“

„‚Fahre fort‘ passt dazu“, sagte MaPö. „Onkel Fritz hat das Lied ganz bewusst gewählt, keine Frage. Und auch das Hauptlied:

Ist Gott für mich, so trete
Gleich alles wider mich;
So oft ich ruf und bete,
Weicht alles hinter sich.
Hab ich das Haupt zum Freunde
Und bin geliebt bei Gott,
Was kann mir tun der Feinde
Und Widersacher Rott,‘?“

10
Gottes Landstreicher und der Herr der Herrlichkeit

„Wir haben letzte Woche aus den Augen verloren, was aus Breklums ‚Schuldenlast‘ geworden ist“, sagte Alex. „Ihr habt erzählt: Das Problem des Unterhalts ‚draußen‘, in China und Indien, hat Nis Petersen gelöst: Seit es die Devisensperre gab, ist Nordschleswig mit Tondern und Hadersleben an der Spitze eingesprungen. Aber was wurde aus den 47.000 minus in Breklum?“

„Es wurden und waren mittlerweile mehr als 47.000", sagte MaPö mit gesenkter Unterlippe. „Damals sehr viel Geld. – Ich wollte heute eigentlich auf die ‚Volksmissionsfahrten' kommen, auf die ‚Landstreicher Gottes' seit Ende 1935 –. Wenn ihr dabei aber nun hört, dass sich durch diese Arbeit auch die Geldfrage gelöst hat: ich habe so eine leise Ahnung, dass ihr mich dann gleich wieder als Politikus entlarvt."

„Wir entlarven dich doch gar nicht", sagte Spatz. „Wir entdecken dich doch nur manchmal ein bisschen und halten uns dann leise die Hand vor den Mund."

„Lacht nur!", sagte er. „Wir haben es selbst damals viel öfter getan, als es aus der Ferne aussieht.

Der Landesbruderrat hatte Breklum diese Fahrten aufgetragen, wir hätten sie aber auch von uns aus unternommen und hatten von Anfang an Glück mit unserer Hilfe. Unterm Dach wohnte doch schon seit einem Jahr eure Tante Lea, Mutters älteste Schwester, und hatte bisher keine klar umrissene Aufgabe. Es war nicht einfach. Sie war studierte Theologin, den Beruf der Lehrerin hatte sie für sich abgelehnt, den der Pastorin gab es nicht – so kam es, dass sie zu uns zog, aushalf, wo es nötig war; aber das war keine Rolle für eine so begabte Mitarbeiterin.

Jetzt gab es etwas, ich fragte sie und sie übernahm erfreut die ganze Organisation.

Sie schrieb sechs zukünftige Pastoren an, die ohne Anstellung waren, die bereiteten sich im Martineum wochenlang vor: biblische Texte wurden gemeinsam gesucht, meditiert, ausgelegt – in Entwürfe für Gespräche, Ansprachen, ‚Bibelstunden' umgesetzt. Und wir waren dann, kurz vor Frenssens Buch ‚Glaube der Nordmark', von dem wir noch reden müssen, schon in dem langen Winter von November 1935 bis März 1936 unterwegs, um den Neuen Glauben in Schleswig-Holstein infrage zu stellen. Wir begannen in unsrer nordfriesischen Umgebung, in Lütjenholm, Struckum und Vollstedt – waren schon im November und Dezember in der Landschaft Angeln, in Scheggerott, Rügge und Brarupholz – in Dithmarschen, vor allem in Hademarschen, wo Hans Dunker zu Hause war und Treplin uns empfing; der Weg führte uns aber auch nach Kiel und Altona. Es kam vor, dass sofort die Tür zugeschlagen wurde, rums!, aber es ergaben sich auch die vielseitigsten Gespräche über die neue Zeit, in die wir hineingeraten waren – für mich war das veränderte Gesprächsgelände ein Abenteuer. Wir haben nicht wenige neue Freunde gefunden, Freunde, die sich in eine stumme, interne Liste eintrugen mit ihrer Anschrift und die uns unterstützten. Wie anders hätten wir haushalten und aushalten können!

Auch Lea lebte auf bei ihren Hausbesuchen, kam an manchem Abend geradezu glücklich zurück. Wir hatten in den verschiedensten Lokalitäten, privat oder in Gaststätten, Quartier und Unterkunft. Eines Abends hat sie einmal noch spät bei mir angeklopft; es gab eine praktische Frage, aber dann hat sie mir ihr Herz ausgeschüttet. Es war der Kampf, in den wir hineingeraten waren – wir hier, ihr Vater in Eckernförde, das aufgestachelte Jungvolk hatte meinem Schwiegervater dort die Fenster eingeworfen und er quälte sich durch – aber es war noch mehr ihre eigene Lebenssituation.

‚Entschuldige, aber ich muss es einmal aussprechen. Was wird man überhaupt als Theologin? Pastorin, diesen Beruf gibt es doch schlichtweg nicht. Dafür hat schon Paulus gesorgt.‘ – Sie hielt sich die Hand vor den Mund, begann zu weinen.

Im Augenblick war ich erleichtert, dass sie sich an den Missionsfahrten so überlegt beteiligte und ich sie um Hilfe bei einer anderen Arbeit bitten konnte, die mir damals die meiste Freude gemacht hat. ‚Vom Herrn der Herrlichkeit‘, dieses Buch da oben im Regal. Ich hatte in Kiel den Auftrag übernommen, ein Andachtsbuch für jeden Sonntag des Jahres 1936/37 herauszugeben, angefangen am ersten Advent, ja!, für die vier Adventssonntage, den Sonntag nach Neujahr, Epiphanias, Reminiscere, Quasimodogeniti …“

„Kennst du alle 56 auswendig?“, wollten wir wissen, unbedingt –

MaPö stutzte: „58 Wochen waren es, also für fast jeden kirchlichen Feiertag sollte ein kurzer Abschnitt aus dem Matthäusevangelium ausgewählt und von einem Mitstreiter des Bruderrats erklärt werden: jeweils eine Seite als Wochenbegleiter. 58 Freunde ergaben für 58 Sonntage des Jahres 1937 ein sehr spezielles Andachtsbuch. Nicht leicht, sie zu versammeln. Diese 58 haben wir eingangs mit Namen und Wohnort angeführt, von ‚Pastor Alstein – Strelitz' bis ‚Pastor Wester – Westerland'. Aber unter den Texten stand kein Name, das wäre in einigen Fällen töricht gewesen. Wenn ich heute diese Liste aufschlage, durchzuckt es mich: Was für ein Freundesbund waren wir quer durch Schleswig-Holstein und weiter, bis nach Königsberg, Breslau und Tübingen! Ihr kennt nicht wenige von ihnen. Und wie viele Gefallene sind darunter.

Sie wählten ihre Textstelle selbst. Ich kann euch sagen, ich habe mich damals gewundert, was im Matthäusevangelium vorkommt. Wie dramatisch es ist, revolutionär, geeignet für ein konkretes Wörtchen. Mich hat in Wallung gebracht, welche Umwälzung da an allen Ecken schlummert. Es wird viel öfter ernst, als ich vorher erkannt hatte, und ich glaube, als ihr heute überhaupt bemerken könnt, wahrnehmen würdet, nur dadurch, dass die 58 Brüder es noch einmal fast unauffällig oder in betont aktueller Sprache wiederholten, was da stand:

Wenn zu Anfang Johannes auftritt, in Kamelhaarplünnen, von nichts als Heuschrecken und Honig lebt, und sein ‚Tut Buße!' ertönt, und der Kommentator ergänzt die frommen Worte: ‚Kehrt um! Seht in euch! Ändert eure Gesinnung! Eure Gesetzeserfüllung ist lügenhaft, ist Heuchelei! Euer Herz müsst ihr ändern!' – Wenn das so ausgelegt war, spitzten wir schon die Ohren.

Vieles klang ruhig. Dieser Jahresteppich für die Stillen im Lande."

„Ruhig und mutig?", fragte Perle. „Willst du uns nicht noch drei Beispiele geben?"

„Soll ich?

Lea und ich haben einmal, als das Ganze druckreif war,

die schönsten Beispiele vorgelesen, Mona war manchmal ganz außer sich. Erinnerst du dich, Mona?

Denket nur nicht, dass ihr bei euch wollt sagen: Wir haben Abraham zum Vater. Ich sage euch: Gott vermag dem Abraham aus diesen Steinen Kinder zu erwecken. *Matth. 3,9.*

Der Kommentator schließt:

Denkt nur nicht: Wir haben Luther zum Vater oder wir sind guter edler Art. Wer ins Reich Gottes will, er mag Jude oder Lutheraner sein, der muss seine Gesinnung ändern."

Er blätterte weiter:

„‚*Da das der König Herodes hörte, erschrak er und mit ihm das ganze Jerusalem.* *Matth. 2,3.*

Der Text dazu:

Die Weisen suchen Jesus und fragen nach Ihm: Wo ist der König der Juden?

Wir Menschen lieben solche Entscheidungen nicht, wir leben lieber im Dämmerzwielicht der Unentschiedenheit.

Eure Rede aber sei: Ja, ja; nein, nein. was darüber ist, das ist vom Übel. *Matth. 5,37.*

Hier wird es deutlich:

Was ist Wahrheit! Wahrheit? Pilatus hat erkannt, dass Jesus unschuldig ist, trotzdem verurteilt er ihn zum Tode. Wo ist Wahrheit! Mit Recht kann man noch heute so fragen. Die Menschen tragen eine Maske im Verkehr miteinander. Keiner traut dem andern. Warum ist das so? Weil die Rede nicht mehr ja, ja, nein, nein ist. Das einfache Wort genügt nicht mehr. Bekräftigungen, Beteuerungen werden hinzugefügt. Eide werden geschworen, die keine Eide sein sollen. Alles um die Lüge zu verdecken und Wahrheit vorzutäuschen ... Der Vater der Lüge ist wirklich ein Meister in seinem Fach ... –

Das waren schon drei", schloss unser Vater.

„Liest du noch drei?", fragte ich. – „Gerne! Am Ende wird von Matthäus eine Katastrophe vorweggenommen; man glaubt es kaum:

Darum, wer diese meine Rede hört und tut sie, den vergleiche ich einem klugen Mann, der sein Haus auf einen Felsen baute. Da nun ein Platzregen fiel und ein Gewässer kam und wehten die Winde und stießen an das Haus, fiel es doch nicht; denn es war auf einen Felsen gegründet. *Matth. 7, 24–25.*

Der Herr legt alles Gewicht auf das Tun. Das zeigt unser Gotteswort auch am Schluss der Bergpredigt. Auch in Seinen anderen Reden und in Seinen Gleichnissen weist der Herr mit großem Ernst darauf hin, dass man nach Seinen Worten tun soll. Es genügt nicht, dass man eine schöne Predigt rühmt oder davon spricht, dass man im Worte Gottes Trost und Erhebung gefunden hat.

Bald aber nach der Trübsal derselben Zeit werden Sonne und Mond den Schein verlieren, und die Sterne werden vom Himmel fallen, und die Kräfte der Himmel werden sich bewegen. Und alsdann wird erscheinen das Zeichen des Menschensohns am Himmel. Und alsdann werden heulen alle Geschlechter auf Erden und werden sehen kommen des Menschen Sohn in den Wolken des Himmels mit großer Kraft und Herrlichkeit. *Matt. 24, 29–30.*

Und nun im Kommentar die beiden Sätze:

Vor Ihm mussten die bösen Geister weichen. Mit ihm kehrte der Friede ein. Unter Seinem Wort konnte der Schächer getrost sterben ... Wenn du die Macht Seines Wortes an dir erfährst, die Beweise Seiner Herrlichkeit, dann lass Seine Gegner leugnen und lächeln.

An dem Feigenbaum lernet ein Gleichnis. Wenn sein Zweig jetzt saftig wird und Blätter gewinnt, so wisst ihr, dass der Sommer nahe ist. Also auch wenn ihr das alles seht, so wisst, dass es nahe vor der Tür ist. *Matth. 24, 32–33.*

Der Kampf gegen die Kirche wird immer schärfer, immer mehr zu einem offenen Kampf gegen den Herrn der Kirche werden. Das Volk, das sich klar und entschieden zum Herrn bekennt, wird in äußere und innere Bedrängnis geraten. Wenn ihr das alles seht, so wisst, dass das Ende nahe vor der Tür ist.

Entschuldigt", sagte MaPö. „Das war zu lang."

„Nicht zu lang, aber sieben", sagte Perle.

„Vaters Lieblingsbuch", sagte Schlossel.

„Und die Schuldenlast?", fragte Alex. „Die mehr als 47.000?"

„Es gab Hilfe aus dem Norden, aus Dänemark. Aber wir entwickelten auch bei uns eine Möglichkeit. Auf unseren ersten Landfahrten hatten wir eine Liste angelegt – keinen Verein gegründet, nichts Rechtliches, eine stille Liste von Menschen, die sich zu uns stellen und uns unter die Arme greifen wollten.

Und dann gesellte sich einer zu uns, welcher auf eine Weise geeignet war, die immer überzeugender zutage trat: Hans Dunker, der Erbe eines Bauernhofs in Dithmarschen."

„Der Verfasser des Flugblatts ‚Blut und Boden. Vorsicht vor Blutvergiftung!'?"

„Der! Ein ganz Autonomer. Nur einmal ist er zu mir herübergekommen, von sich aus ins Missionshaus: Er hatte seinen Gestellungsbefehl bekommen, ab in den Krieg! Es war aber auch der Tag, an dem der Frankreich-Feldzug beendet wurde und Goebbels Deutschland aufforderte zu singen ‚Nun danket alle Gott'. Hans war unglaublich erregt.

Wisst ihr, was er zu mir sagte? ‚Nun haben wir den Krieg verloren. Jetzt musst du überlegen, ich geh ins Feld: Was macht Breklum zuerst? Breklum richtet sein altes Gymnasium wieder ein. Sorgt für eine eigene theologische Fakultät – hier bei uns …' Hans plante voraus für die Nachkriegszeit, weil Goebbels Frankreichs Niederlage mit dem Wort zu feiern angeordnet hatte:

‚*Nun danket alle Gott / Mit Herzen, Mund und Händen, / Der große Dinge tut / An uns und allen Enden …*'"

„Dachte Hans Dunker, wir haben darum schon verloren?", fragte Mona.

„Er glaubte nicht nur an Gott, sondern auch an den Teufel. Und ich bin fast sicher, er sah plötzlich weit voraus in die Zukunft. Er ahnte, was kam", sagte MaPö. „Das Tragische war, er geriet ganz zuletzt in russische Gefangenschaft, am 1. Mai 1945, als alles auf der Flucht war, kam in Lager, die immer weiter entfernt waren, zuletzt in Transkaukasien, schloss dort mit seiner Lagerleitung Kompromisse, die von hier aus nicht verstanden wurden, schief aussahen ..."

„Aber wollen wir nicht erst mal ...?", sagte Schlossel.

MaPö lachte, schlug sich an die Stirn. „Du hast recht – eins nach dem andern!

Erst mal war Hans ein Dithmarscher Bauernsohn, einziger Sohn und Erbe eines Hofs in Braken, er studierte und schrieb eine Doktorarbeit über ‚Hochzeitsbräuche in Dithmarschen' bei meinem Kieler Gymnasiallehrer und Universitätsprofessor Otto Mensing –"

„Und er kriegte zum Beispiel heraus", fiel Schlossel ein, „dass die Dithmarscher Bauernsöhne erst heirateten, wenn ihre Braut schwanger war, das ergab sich aus den Kirchenbüchern. ‚Sie kauften die Katze nicht im Sack', hat er zu mir gesagt. – Eigentlich vernünftig."

„Mensing hielt viel von ihm, er wollte ihn behalten, er hat an dem nach ihm genannten ‚Mensing', dem fünfbändigen niederdeutschen Wörterbuch, mitgearbeitet."

„So intensiv", sagte MaPö, „als Lea mit ihm auf Volksmissionsfahrt war, zuerst in Dithmarschen, da war es ja kein Wunder, aber auch an der Ostküste, auf Fehmarn und in Angeln, an der Westküste von oben bis zur dänischen Grenze hin verstand er immer ihr jeweiliges Platt, und das ist ziemlich verschieden. Er wäre sicher ein guter Wörterbuchmann geworden.

‚Ich bin ein Pastor, kein Wissenschaftler', hat er zu Mensing gesagt, ‚ich will in die Gemeinde.' Er kam als Erstes nach Sylt und fühlte sich zuerst völlig frei, hatte einfach nichts übrig für die neuartige ‚Bewegung', ließ sich vom Bürgermeister nichts sagen und wurde einfach rausgeworfen.

Er kam nach Neukirchen –"

„Zu Emil Nolde?"

„Ich glaube, nicht gerade zu dem Maler, zu dem du neulich mit Perle gepilgert bist, Spatz. Nolde hatte allerdings zwei Brüder, die schon vor dem Ersten Weltkrieg als Prediger der Brüdergemeine durchs Land wanderten. Und damals war Nolde von Alsen, von seiner ärmlichen Holzhütte an der Ostsee herüber an die Nordseeküste gezogen und hat die bis heute neuartigsten religiösen Bilder gemalt, Maria als einfache Jüdin, die ein rotes Neugeborenes in die Höhe hält, der Gekreuzigte ebenso und an seinem Grab trauernd die schönsten jüdischen Frauengesichter."

„Das gibt es doch sonst gar nicht bei uns. – Wie meint er das?"

„Wir fanden es eigentlich schön und dachten, es stimmt ja auch!", sagte Spatz. „Sogar auch das dunkelrote Neugeborene."

„Es gibt ein einzig schönes religiöses Bild von ihm", sagte Schlossel, „das ‚Abendmahl' in Kopenhagen. Du erkennst an den Gesichtern, was geschieht."

„Nein, von Nolde hat Hans gar nichts erzählt", sagte MaPö.

„Doch", sagte Schlossel. „Er hat einmal den Neukirchener Meiereibesitzer besucht, der erzählte von einem Bild, das Nolde ihm in der Hungerzeit des Ersten Weltkriegs geschenkt hatte. Für Milch und Butter. Es hieß ‚Schafe im Gewitter'. – ‚Die Schafe sind ganz grün', sagte der Besitzer und sah seinen Pastor feixend an."

„Sie waren in Neukirchen sehr bewusste Deutsche", fuhr MaPö fort, „die den Dänen immer noch übel nahmen, dass das nahe ganz überwiegend deutschsprachige Tondern seit dem Vertrag von Versailles zu Dänemark gehören sollte. Sie hatten doch da Verwandte und Geschäftsfreunde. Man erhoffte sich alles von der neuen Zeit, der Bewegung, dem Umbruch. Der Kirchenvorstand verlangte geschlossen von Hans, dass er sich positiv zum Nationalsozialismus stelle. Er sagte schlicht ‚Nein'. Sie gossen ihre ‚Goldeimer' vor seiner Haustür aus.

‚Herr Pastor', sagte ein Ältester, ‚wat moken Se denn, wenn wi Se hier nich mer hem wöllt?'

‚Wat ik mok?', sagte Hans. ‚Denn go ik op min Hoff. Dor kann mi keener wat!'

Ich lernte ihn kennen", erzählte unser Vater, „weil er in jedem Jahr am Himmelfahrtstag mit seinen Konfirmanden anreiste. Das Breklumer Jahresfest war für ihn das Fest des Jahres – es hatte ihn schon in der Jugend erwischt, als er fast noch ein Kind war. Es war sein Jerusalem."

„Was?!", sagte Schlossel.

„Ja! Das Fest der Feste. Sein Pessach. Und er kam, blauer Anzug und Hans-Albers-Mütze, erschien genauso wie seine Konfirmanden. Beim dritten Mal habe ich ihn gefragt, ob er nicht als Mitarbeiter nach Breklum kommen wolle.

Er hatte Bedenken: ‚Ich komme schon in der Gemeinde nicht zurecht. Soll das denn so weitergehen?'

Wir saßen mit ihm im Studierzimmer, der kranke Direktor Piening, dessen Amt ich gerade übernommen hatte, unser Vorstand und Freund Altbischof Völkel, und Hans Dunker. – Was Piening sehr störte: Urig saß Hans da, mit offenem Hemd und ‚nackte Bost – dat Hart mut Luft hem'. Er war wortkarg, ließ sich kaum auf etwas ein und sah uns skeptisch an, der Mund geschürzt, als solle er über uns urteilen. Die Stirn kraus."

„Er hatte so eine schöne Halbmondstirn", sagte Schlossel.

„Was sagst du?!", lachte MaPö. – „Also: Piening hatte Bedenken. ‚Ich will Ihnen ja nicht zuwider sein, Herr Missionsdirektor', wie Völkel immer so feierlich sagte, ‚aber auch ich halte das für keinen guten Griff. – Es ist Ihre Entscheidung.'

Und Hans legte los. Er ging mit Leidenschaft auf die Dörfer, ließ sich abkanzeln, veräppeln, und brachte in Verlegenheit, erzählte Geschichten, von 1937 bis 1939 ständig unterwegs, hielt Vorträge über China, Indien, Afrika, Literarisches.

Es dauerte keine zwei Jahre, da gestand mir Völkel: ‚So einen Mann haben wir jetzt in Breklum? Beschlagen in der deutschen Literatur, breit wie keiner in der viel zu wenig bekannten deutschen, dänischen, niederdeutschen Dichtung Schleswig-Holsteins. Ein Prediger, von dem ich höre, er kenne den ganzen Wilhelm Raabe?'"

„Wer Wilhelm Raabe hochschätzt, kann nur klug sein", sagte Schlossel.

MaPö lachte: „Ich bin einmal mit ihm in Stuttgart gewesen, in Frankfurt standen wir auf dem Bahnsteig, er vorne an der Lokomotive, gebannt von dem technischen Wunder. Er sprach mit dem Zugführer, ließ sich das Schaltbrett zeigen, wollte nicht wieder gehen, hatte sich in das Lokomobil ganz verguckt. ‚Hans', sagte ich, ‚wir müssen umsteigen.'

Einmal im Jahr machte er allein Urlaub mit einer Karte Erster Klasse, einer Art Netzkarte für ganz Deutschland. Sagte man Netzkarte? Da fuhr er mit Schillerkragen, mit seiner Manchesterjacke und etwas angeschabter Cordhose und amüsierte sich, wenn er da in den Polsterstühlen ins Gespräch kam und die Leute fragte, was sie wohl dachten, was er sein könnte.

‚Ach', meinte einer, ‚Gastwirt?' – ‚Wär nicht verkehrt', sagte er.

‚Schlachter?' – ‚Auch nicht verkehrt.' – ‚Aber dass ich Pastor war, darauf ist bei meinen Fragen niemand gekommen – und dann hab ich sie nicht verschont mit meinem Beruf.'

Er hatte vor und nach der Gefangenschaft seine festen Gewohnheiten. Die ersten beiden Stunden arbeite ich: in der ersten Stunde lese ich Karl Barth. Er hat, glaube ich, alle sechs oder sieben Bände der Dogmatik Barths durchgelesen. Zweite Stunde: Neues Testament, übersetzen aus dem Griechischen, zusammen mit Vikaren oder allein.

Wenn ich ihn einmal, etwas Dringenden wegen, stören musste, sagte er: ‚Du schalst mi doch nich stören, dat weetst du doch, ik bin vör tein dörtig nich to spreken.'

Das Sich-Sprechen vollzog sich überhaupt so, wie gesagt, dass der Direktor sich bei seinem Inspektor einfand, nie umgekehrt. „Wer wat von mi will, de kan ja bi mi op min Hoff kamen, dor sit ik." So entstand ein vorzügliches Zusammenarbeiten. – Ja, und dann kam er doch einmal auf meinen Hof, am Tag nach dem deutschen Sieg über Frankreich, als er eingezogen wurde. ‚Jetzt haben wir den Krieg verloren!'"

Alex räusperte sich und MaPö fügte rasch hinzu:

„Aber, worauf wir doch hinaussollten und -wollten: Unser gesteigerter Einsatz zahlte sich in jeder Hinsicht aus. In den Jahren 1937 und 1938 haben sich 6000 Freunde Breklums in die stille Adressenliste eingetragen, Leute aller Berufe, die alle vier Monate einen Brief von uns empfangen wollten. Es gab keine Organisation, keine Mitgliedschaft, keinen Mitgliedsbeitrag, es gab diese offene Liste überzeugter Freunde, die nur wir besaßen – eine enorme Stütze, und unser Schuldenberg schrumpfte um zwei Drittel auf 16.000.

Ich glaube es fast selbst nicht mehr – außer Dunkers und Leas Fahrten, zahlreichen Einzelvorträgen hier und da, haben Dunker, Feldhusen und ich in Schleswig-Holstein 400 Missionstage abgehalten."

„Ihr wart wie die Ritter im Mittelalter", sagte Schlossel. „Auch die waren fast nie zu Hause."

11
Die Nordmark im Glaubenskampf und die Doppelrolle Halfmanns

Schlossel begann:

„Wir wollten doch noch einmal zu Wilhelm Halfmann zurückkommen, zu ihm und dem Nachwuchs in den Pastoraten. Ein Vikar hatte jetzt schlechte Aussichten, wenn er nicht auf dem Boden der neuen Deutschkirche stand, die jetzt auch noch ‚Reichskirche' hieß.

Ich will mal ein Foto herumgeben – das ist fast ein Stück Geschichte. Seht euch die Gesellschaft einmal genau an. Da sitzen in der vorderen Reihe in der Mitte links Großvater Heinz Lornsen und neben ihm Wilhelm Halfmann – der Propst von Eckernförde – und neben diesem der Pastor in Flensburg, der zugleich Oberkonsistorialrat im Kieler

Landeskirchenamt ist. Links neben meinem Vater sitzt eure Großmutter Hede, rechts neben Halfmann eine schöne junge weiß gekleidete Frau. Die einzige in Weiß. Sie sind umgeben von 13 stehenden jungen Männern, die alle Schlips und Schwarz tragen.

Der Ort ist Eckernförde im Herbst 1937 – nicht? –, das Propstenhaus an der SA-Straße – die Gesichter sind ernst, Halfmann wirkt auf mich bedrückt. Die Vikare haben sich hier für zwei Monate versammelt, um nach ihrem theologischen Examen an der Kieler Universität auf ihren praktischen Beruf vorbereitet zu werden. Ist das Predigerseminar von Preetz nach Eckernförde gewandert?, könnte man sich fragen.

Es sind Verweigerer von Preetz, das mittlerweile total von der Reichskirche geprägt ist – und wer für die Seitenausbildung gesorgt hat, ist Oberkirchenrat Halfmann."

Mona sah MaPö an. Er ergänzte: „Halfmann war theologisch auf der Seite der Verweigerer und hat seit Kurzem in der Schleswig-Holsteinischen Landeskirche eine Doppelrolle. Auf der einen Seite war er seit 1933 als Pastor in Flensburgs St. Nicolai bekannt als der wohl klarste Gegner jener neuen Lehre, die das germanische Erbe zur Grundlage der deutschen Kirche erklärte und das jüdische Alte Testament als Ursprung verwarf; in seiner landeskirchlichen Funktion als Oberkirchenrat des von der Deutschkirche geprägten Landeskirchenamts in Kiel ist er mit der Aufgabe betraut, eine Spaltung der Schleswig-Holsteinischen Kirche zu verhindern. Der neue Landesbischof Paulsen war kein fanatischer, sondern eher ein gemütvoller Machtmensch, den eine friedlose Amtszeit verdrossen hätte. Er konnte sehr menschenfreundlich sein.

Halfmann war nicht nur ein überragender Kopf, dessen Sprache allgemeiner und rationaler klang als bei uns Frommen üblich, den Außenseitern ebenso eingängig wie uns Binnenseitern. Er galt als gefährlicher Gegner. Zugleich verband er seine Entschiedenheit mit politischer Beweglichkeit: ein Pfad mit Fallgruben in unserer Zeit! Es war gar nicht leicht, einen vom neuen System abgelehnten Nachwuchs unterzubringen. In unserem Landesbruderrat, der sich zumeist in Kiel traf, gab es eine Gruppe, die sich dem in Berlin-Dahlem predigenden Martin Niemöller verpflichtet fühlte und sich ‚Dahlemiten' nannte, der Reinhard Wester und auch ich angehörten, und eine gemäßigt kirchenerhaltende Gruppe, deren Sprecher Halfmann war."

„Unsere Eltern haben die Monate in Eckernförde genossen", sagte Schlossel. „Mein Vater empfand es als Erholung. Er teilte immer gerne mit, was er wusste. Und Halfmann war ein sehr geachteter Lehrer. Er sorgte auch für Freunde, die kurz zu Vorträgen oder Gesprächen herüberkamen. Man war unterwegs zum Bistensee, sang, es wurde viel Quatsch gemacht. Eure Großmutter zeigte, gemeinsam mit der weißen Braut, wie sie kochen konnte. Eckernförde half mit Quartieren, Verpflegung – Kieler Sprotten zum Beispiel – sogar mit Geld. Es war eine anregende Zeit.

Wir hatten damals einen besonderen Sinn für Spitznamen."

„Vetter Heini, Langer Heini – das meinst du?"

„Nicht nur", sagte Mona. „Otto Stocks (das war Otto von Stockhausen), Pamokru (Pastor Moritzen Krusendorf), Hawaho (Hans Walter Holstein) – das hatte unter Umständen einen praktischen Sinn."

„Gab es nicht auch die Langlobarden?", fragte Pille.

„Ja", sagte Mona. „Hier im Studierzimmer müssten sie allerdings wohl ‚Lornsenbarden' heißen, weil mein Vater in unserem Gespräch Lornsen heißt."

„Wieso eigentlich?"

„Das musst du unseren Verarbeiter fragen; schon im ‚Riss durchs Festland' heißen wir so."

„Und wer war das?", fragte Chie. „Diese Langlo-Lornsen-Barden?"

„Die drei Schwiegersöhne meiner Eltern", sagte Schlossel. „Unsere Älteste, Tante Lea, blieb unverheiratet, aber wir drei Jüngeren haben kurz nacheinander geheiratet.

1930 war die erste Grüne Hochzeit: MaPö und Schlossel.

1932 die zweite. Wolle und meine Schwester Hedda, sie war sein glücklichstes Gegenteil. Und 1934 verlobte sich unsere musikalische, quicklebendige Jüngste mit dem ruhigen, hochgelehrten Wilhelm Andersen. Damals saß der an seinem Doktor über Kierkegaard.

Auf ihn wollte ich überhaupt kommen, auf ihn und seinen rebellischen Jahrgang 1935. Ein kleiner Umweg."

Wir erfuhren:

MaPös Bruder Erk hatte schon 1934, bevor er als Pastor auf der Insel Amrum eingeführt wurde, sich mit einigen anderen geweigert, sich von Landesbischof Paulsen auf neugermanische Art ordinieren und verpflichten zu lassen. Für die gab es Nordseeinseln. Im Jahr 1935, ein Jahr nachdem Erk auf Amrum untergebracht bzw. ausgesetzt worden war, hat es im Predigerseminar in Preetz einen Aufstand des Sommersemesters gegeben. Hier, wo man seit Jahrzehnten auf das Amt des Pastors vorbereitet wurde, nahmen zehn Vikare den Vortrag eines Vertreters von Landesbischof Paulsen zum Anlass, sich der Ausrichtung ihres Studiendirektors schlicht zu verweigern. Sie erhoben sich und erklärten, den von ihm organisierten Veranstaltungen fernbleiben zu wollen, und sie forderten zugleich, hier zum Thema zu machen, dass die Kirche sich in einem Notstand befinde. Sie hatten Wilhelm Andersen zu ihrem Sprecher gemacht, diesen genauen, sprachbegabten klugen Kopf, wie der Initiator Dahl ihn nannte. –

Andersen sagte vor Beginn, sie könnten sich nicht mit einer Landeskirche verbunden wissen, die nicht offiziell und öffentlich ein klares Wort über die gegenwärtige ‚Zerstörung der Kirche' zum Ausdruck bringe. Er sprach das aus vor völlig überraschten, gefurchten Gesichtern in der ersten Reihe: ‚Niemandem, der das Leben in unserer Schleswig-Holsteinischen Landeskirche miterlebt, kann es verborgen geblieben sein, dass wir in einem Notstand leben, der nicht mehr zu ertragen ist. Ich möchte nur auf wenige Dinge hinweisen: Es ist ein die Gemeinde verwirrender und zerstörender Notstand und eine Gefährdung des Bekenntnisstandes, wenn sich 300 Lehrer unserer Landeskirche verpflichten, widerchristlichen Religionsunterricht in deutschkirchlichem Sinne zu erteilen, und sich dabei berufen auf ein Wort des Landesbischofs … – Es ist so, dass Schullehrer von einem Pastor unserer Landeskirche sagen, er sei ja irrsinnig, wenn er noch am Alten Testament festhalte, der Bischof sage es doch selbst, dass die Deutschkirchler recht hätten.‘ Konfirmationen im deutschkirchlichen Sinn sind zugelassen … ‚Solange nicht der Wille besteht zu einem klaren öffentlichen Wort von der Bibel her, erscheint uns jede dogmatische Arbeit hier im Seminar sinnlos.‘

Die zehn Vikare wurden am 15. Juni 1935 ausgewiesen und entlassen. Sie sandten ihre gemeinsamen schriftlichen Erklärungen noch am gleichen Tag an den Landesbischof.

Herr Landesbischof!

Im Auftrage unserer Brüder übergeben wir Ihnen …

1. Der gegenwärtige Konflikt im Predigerseminar entspringt einem rein geistlichen Anliegen unsererseits.

2. Wir haben nichts anderes gewollt, als in diesem ev.-luth. Predigerseminar unser evangelisch-lutherisches Bekenntnis zu Ehren zu bringen und ihm und unserem an Gottes Wort gebundenen Gewissen entsprechend zu handeln.

3. Wir können niemals zugeben, dass wir von uns aus das Seminar verlassen hätten. Wir sind hinausgewiesen worden.

4. Wir können unter keinen Umständen auf die Rechte und Pflichten als Vikare unserer Schleswig-Holsteinischen ev.-luth. Landeskirche verzichten. Ihr sind wir nach wie vor verhaftet und zum Dienst gerufen.

Heil Hitler!

i.A. gez. W. Andersen, P. M. Dahl

Sie waren draußen, geflogen und im Schwebezustand, es war ungewiss, ob die staatsnahe Landeskirche sie einstellen würde.

Die zehn Aufrechten, von denen sich später drei zu einer Kompromisshaltung entschlossen, sahen sich als Luthers Nachfolger im Gegensatz zu einer verirrten, verwüsteten Kirche. Das hatte auch eine praktische Seite. Was sollte werden? Was wurde zum Beispiel aus Dahl?

Dahl tauchte später auf der Insel Föhr auf, südlich von Erk.

Und Andersen? Andersen war ja damals schon verlobt mit Schlossels jüngster Schwester Ilse. Er war nun also nach MaPö und Wolle der zukünftige dritte Schwiegersohn des Propstes Heinz Lornsen in Eckernförde. Noch war er nicht in Amt und Würden, folglich in den Augen seines Schwiegervaters gezwungenermaßen auch noch nicht heiratsfähig.

Es wurde damals anscheinend die Aufgabe und Leistung des Konsistorialrats Wilhelm Halfmann, dass er für die abweichenden ‚Bekennenden Brüder', zu denen er selbst gehörte, eine Unterkunft ausmachte. Andersen kam nach Tetenbüll, in ein kleines reizvolles Dorf der Nordseelandschaft Eiderstedt. Man kann hinzufügen: Wilhelm Andersen konnte von Glück sagen – ähnlich wie es MaPös Bruder auf Amrum erging. Er war gerne dort.

Vermutlich, wir erfuhren es nicht sicher, ist es Halfmann damals gelungen, dass Eckernförde, das Propstenhaus der Lornsens zweimal die Aufgabe erhielt, den Verweigerern von Preetz die Einführung in das Amt zu ersetzen. Halfmann wird dort, in Eckernförde, als der Mann erschienen sein, der am Alten Testament als dem unaufgebbaren Fundament der Kirche festhielt und selbstverständlich davon ausging, dass der jüdische Glaube mit dem christlichen gemeinsam habe, dass er eine Religion sei, während der Arierglaube, der auf Blut und Boden und der traditionsreichen Vorzüglichkeit der eigenen überlegenen Rasse basierte, in seinen Augen gar nicht den Vorzug einer Religion habe, sondern den eines selbstherrlichen Irrtums. Das entnimmt man seiner Schrift ‚Die Stunde der Kirche' (1935) und auch der zweiten ‚Die Kirche und der Jude' (1936)."

Diese Schrift, die 1936 in Halfmanns Flensburger Zeit entstanden ist und bis heute Anstoß erregt, wurde durch einen Propagandisten veranlasst, der mit der These durch das Land zog, die protestantische Kirche sei „verjüdet". In Flensburg gab es danach zahlreiche Kirchenaustritte.

Halfmann antwortete so ausgreifend grundsätzlich, dass es mehrere Kapitel erfordern würde, darauf einzugehen. Er beginnt damit, die frühe wechselseitige Feindschaft, den fatalen Hass zwischen den beiden historischen nah Verwandten zu erklären – jenem Alten und Neuen Bund mit Gott. Wo absolut der eine Bund gilt, ist der andere hinfällig.

Sie schließen einander aus. Wenn Jesus nicht der Messias ist, sind die Christen auf dem Holzweg, wo er als Gottes Sohn gilt, erscheinen die Juden als seine Mörder.

Er stellt den beiden Religionen, in deren Mitte Gott steht, die Nationalsozialisten gegenüber, die dies beides aus dem Weg räumen wollen, und erklärt, dass der Umgang der staatlichen Nationalisten mit den Juden ein anderer sei als derjenige der Kirche, er tritt sogar leise für die Juden ein. Von dieser Schrift wurden um die Jahreswende 1936/1937 in kurzer Zeit 20.000 Exemplare verkauft. Danach war der Nachdruck untersagt, die noch vorhandenen Exemplare wurden beschlagnahmt. ‚Die Stunde der Kirche' war zuvor als Angriff auf den Staat gebrandmarkt und begraben worden. MaPö, der als Leiter des herausgebenden Breklumer Missionsverlags für beides Mitverantwortung hatte, schrieb bereits am 19. April 1937 an Halfmann, dass sich seit ‚Die Kirche und der Jude' gegen seine Person und Amtsstellung ein ‚Generalangriff' abzeichne. Halfmann wurde in der Tat noch im Jahr 1937 aus seinem Amt als Oberkirchenrat entlassen.

Alle Aufmerksamkeit unsrer Eltern war auf die Seite ihrer Sache konzentriert. Dass Halfmann aber in dieser Schrift des Jahres 1936, während die ausnahmslose Verfolgung der Juden längst im Gange ist und deren Entrechtung in Gesetzen des Staates ausgesprochen wird, diesem Vorgehen nicht widerspricht, es grundsätzlich rechtfertigt, dass er das Verhältnis der Christen zum Judentum in einer Form der Feindschaft und des Hasses zum Ausdruck bringt, die er zu teilen scheint und die zugleich an die hemmungslosen Tiraden der späten Lutherschriften erinnert, ist etwas, wovon wir auch im Studierzimmer nicht gesprochen haben. Damals hat man fast ausschließlich die Attacke auf die eigene Religion im Blick gehabt, auf die Aussicht ihrer Vernichtung.

In den 70 Jahren seit Kriegsende, den 80 Jahren seit jenem Vortrag, hat das immer lautere Schweigen ein zehntausendfaches Echo gehabt: das würde ein eigenes Buch füllen.

„Es gab noch anderes", sagte MaPö:

„Unser Bruderrat bekam es 1936, ein Jahr nach seinem Beginn, mit einer literarischen Großmacht zu tun. Der einstige Dithmarscher Pastor und seit seinem Roman ‚Jörn Uhl' in Deutschland und der Welt berühmte Volksschriftsteller Gustav Frenssen war endgültig abtrünnig geworden und hatte in einem persönlichen Rückblick und weltgeschichtlichen Essay dem heutigen Schleswig-Holstein die zeitgemäße Religion auf den Leib geschrieben: ‚Der Glaube der Nordmark'. Das Buch schlug ein, der Abschied vom Christentum war gründlich, schon 1936 erschienen mehrere Auflagen, insgesamt wurden in 46 Auflagen 300.000 Exemplare verbreitet. Im Jahr des Erscheinens erhält Frenssen den Wilhelm-Raabe-Preis, zwei Jahre danach die Goethe Medaille."

Wenn ich es heute lese, achtzig Jahre danach, bin ich zunächst überrascht. Es handelt sich um ein Werk historischer Aufklärung, dessen allgemeines Resultat heute hierzulande von der überwiegenden Mehrheit geteilt wird.

Es war damals kein Dokument plötzlicher Anpassung an den Zeitgeist, sondern einer Schritt für Schritt erkennbaren konsequenten Entwicklung, bei deren Endpunkt in diesem Werk und seiner weiteren Entwicklung einem schlecht werden kann, geradezu elend.

Nicht, dass unklug argumentiert wird. Frenssen begann als Autor mit drei Bänden ‚Dorfpredigten' und teilt sich seither mit in einer geübten, leicht zugänglichen Sprache, repetiert hier ein ganzes Register von Argumenten, die seit Luthers erstem historischen Blick auf die eine Heilige Kirche, seit der Aufklärung im Zeitalter Lessings und Goethes geeignet ist, die Kirche und ihre christliche Lehre zu entthronen. Auch wenn er davon spricht, dass Religionen wie andere Gestalten des Lebens, wie Olivenbäume aufwachsen, blühen und vielleicht erst nach 2000 Jahren reif sind fürs Vergehen, ist die kritische Grenze noch nicht überschritten. Auch sie sind Kinder der Zeit. Aber wenn zum Hauptgedanken wird, dass das Christentum sich der Germanischen Art nicht ‚einseelen', ‚einbluten' lasse, weil der Jude Christus nicht artgemäß ist, noch weniger der jüdische Teppichweber Paulus, wenn das unveränderliche Erbgut der Rassen, der weit überlegenen Germanen, in deren Lebenskraft Blut und Boden eine feste Verbindung eingegangen ist, zum festen historischen Maßstab wird, entsteht eine Verengung und Verlagerung der religiösen Bindung in das Selbstbewusstsein, die eher den Eindruck einer monotonen arischen Armut und künstlichen Feindseligkeit hinterlässt.

Es ist unheimlich, dass ein zahlreiche Freiheiten ansprechendes Buch auf eine derartige Verrückung und Engführung zusteuert. Der Impuls ist mit dem der gleichzeitigen Staatsführung aufs Engste seelenverwandt, er wurde ihr Propagator bis hin zur Verachtung ‚lebensunwerten Lebens' und der Vernichtung des Judentums, und es war nur folgerichtig, dass Gustav Frenssen zugleich mit dem Zusammenbruch dieses Staates im April 1945, indem er sich noch einmal öffentlich zu ihm bekannte, seinen verarmten Geist aufgab.

In unserem Exemplar des ‚Glaubens der Nordmark' liegt zufällig die Beilage zu einer Zeitschrift der ‚Deutschen Stenografenschaft', Juni / Juli 1936. Sie berichtet von einer ‚Gaugebietstagung in Hannover': „Die Reihe der Begrüßungsansprachen der Gäste eröffnete der Geschäftsführer der Deutschen Stenografenschaft, Kratzsch-Kulmbach, der die Grüße des Reichsführers der Deutschen Stenografenschaft aussprach und anerkannte, dass der Gau Süd-Hannover-Braunschweig seinen Mitgliedern eine feste Willensausrichtung mitgebe. Ferner teilte er mit, dass Pfingsten in Bayreuth die Weihe des ‚Hauses der deutschen Kurzschrift' stattfinde."

Deutschland war verrückt worden und geworden.

Der siebenköpfige Bruderrat der Bekenntnisgemeinschaft der ev.-luth. Landeskirche Schleswig-Holsteins beauftragte damals den Kieler Pastor Johannes Lorentzen, der dem Amt für Volksmission in Breklum vorstand, eine Stellungnahme auf den Weg zu bringen. Und diesem vorzüglichen Mann gelang es, dem wirksamen Buch, das später vielen Soldaten in den Tornister gelegt wurde, ‚Die Nordmark im Glaubenskampf. Eine Antwort der Kirche an Gustav Frenssen' entgegenzusetzen. Er versammelte eine Truppe von dreizehn Bekennern, und es wurde eine ernsthafte Erwiderung.

Sie beginnt mit dem Berliner Bischof Dr. D. Dibelius, der den „völkischen Idealismus" und die „pantheistische Allbindung" des Verfassers in Religionsleere enden sieht, setzt sich fort mit einem Altonaer Pastor, der die mit dem Epochenwandel einhergehende Wandelbarkeit Frenssens nachzeichnet. Und sie wird sehr substantiell bei Lorentzen, der den Kern darin sieht, dass „Gottes Heiligkeit in der Welt" bei Frenssen auch den geringsten Raum verliert. Indem er den Unterschied zwischen Gott und Welt aufhebe, verschwinde in seinem als Lebenskraft flutenden All auch der Unterschied zwischen dem sittlich Guten und dem sittlich Bösen: aus dem ‚Glauben der Nordmark' kann kein Heil, sondern ausschließlich Unheil hervorgehen.

Wolfgang Miether, vielleicht der besonnenste Diskutant, stellt dar, wie in Frenssens Gottesbotschaft der Mensch das Maß aller Dinge wird und …

Als wir im Studierzimmer über dies Buch sprachen, hatte Pille darin gelesen und entdeckt, dass Wolfgang Miether genauso beginnt wie Heinz Lornsen in seiner Predigt vom 2. September 1933 in Eckernförde, eine Woche vor der

Gleichschaltung der Schleswig-Holsteinischen Kirche durch die ‚Räubersynode' in Rendsburg.

Pille las zuerst den Text unseres Großvaters in Eckernförde:

„Er sprach über das Wort Jesu ‚Die Wahrheit wird euch frei machen' und begann mit der Pilatusfrage: ‚Was ist Wahrheit?':

‚Wir wüssten gern', sagte unser Großvater, ‚wie der Klang seiner Stimme war, als Pilatus diese drei Worte in den Prozess gegen Jesus hineinwirft. Fragte er leicht verächtlich, mit dem Verzicht des Mannes, der den Glauben an solche hohen Worte verloren hat? Wollte er sagen: Lass doch solche Schlagworte aus dem Spiel – weder du noch ich wissen, was eigentlich Wahrheit ist?! War es vielleicht auch ein ehrlicher Stoßseufzer, wie er manchem Richter in seinem Amt nahe genug liegen mag: Wenn ich doch wüsste, was die volle Wahrheit ist!'

Wolfgang Miether und Monas Bruder Alf haben ihn damals gehört, und Miether schickt 1936 aus Gelting den Text ‚Frenssens Gottesbotschaft'; der beginnt:

‚Als Jesus Christus vor Pilatus stand, nannte er es sein Amt, für die Wahrheit zu zeugen. Spricht Pilatus zu Ihm: Was ist Wahrheit? Wir möchten gern wissen, wie Pilatus diese Worte gesagt haben mag. Hat er mit den Schultern gezuckt, überlegen und verächtlich, als der große Weltmann, der den kühnen Traum der Menschen, die Wahrheit zu finden, längst als die vergebliche Jagd nach einer Fata Morgana durchschaut hat? Oder hat die Anrede Jesu plötzlich den tief verschütteten Untergrund seines Herzens geweckt, steht die uralte Menschheitsfrage sehnsüchtig, und verlangend vor Christus: Was ist Wahrheit?'"

Von heute her gesehen erscheinen die dreizehn Texte als grundanständige Verteidigung ihres für verwelkt erklärten Glaubens. Aber packen diese Leute den Stier bei den Hörnern? Sprechen sie von dem diktatorischen Heilsbringer, unter dessen Bild und Aufsicht Frenssen am Schreibtisch saß, dessen ‚glühender' Gestalt er zuarbeitete, als er die neue auf ‚Blut und Boden', Selbsterhöhung, einen vom Führer instrumentalisierten Germanenhimmel schwörende Staatsdoktrin nach Möglichkeit untermauerte? Wurden sie politisch?

Wir haben leicht reden – und fragen. Aber: Verhielten sie sich hier wie eine Minderheit, eine Volksgruppe, wie z. B. die Roma, Sorben oder eine Sekte wie die Zeugen Jehovas, die in einer anderen Welt lebt und an ihren Überzeugungen festhält, ohne die Staatsführung anzugreifen? Minderheiten brauchen Schutz und sind kaum politisch aggressiv.

In der staatsnahen protestantischen Kirche war die Vorstellung dominant, die mit Paulus sagt, es gebe „keine Obrigkeit außer von Gott". Was immer im Zusammenhang des Römischen Imperiums der Satz zu bedeuten hat, den Paulus, der in Rom sein Leben lassen musste, im 13. Kapitel seines Briefes an die Römer noch zuspitzt – „Wo aber Obrigkeit ist, die ist von Gott verordnet" – wie immer der Urtext in seiner Epoche klang und was er genau meinte und bezweckte: In die Gegenwart übertragen ist ein vernünftiger Sinn nicht erkennbar. Wurde der damalige Begriff eines Gottes, der zu Recht Gehorsam im staatlichen Rahmen fordert und ohne dessen Willen kein Spatz vom Dach fällt, der vielleicht stärkste Schutz eines die Menschheit gefährdenden Staatsoberhauptes?

Der ‚Kirchenkampf' war der Versuch einer Selbstbehauptung, die eine klare Spitze hatte: Sie verteidigten ihre Auffassung so, dass deren Andersartigkeit und andere Konsequenzen klar erkennbar waren. Das Wichtigste war da – aus dem Rückblick gesehen – ihre Überzeugung von der Unvollkommenheit des Menschen, der immer wieder vor einer Gabelung steht, seiner Verführbarkeit und Neigung zur Selbstüberhöhung – einer Schwachheit, die auf den gnädigen Blick und die Hand aus der Höhe angewiesen ist.

MaPö war stolz auf das Buch. Auch er hatte sich beteiligt. „Ein paar Wochen konnten wir das Buch verteilen", sagte er, „da waren wir aber erst bei der 2. Auflage – siebtes bis zehntes Tausend – einem knappen Fünfzigstel von Frenssens Verkauf."

MaPö setzte darin den Offenbarungsglauben gegen Frenssens Vernunftglauben, den Emkendorfer Kreis mit Matthias Claudius im Hintergrund gegen die Aufklärung des 18. Jahrhunderts. Er sprach von Bernstorff und Claus Harms und, versteht sich, von Johann Hinrich Wichern, der Not der Jugend, des Nachwuchses, vom Wert der Familie und des Handwerks, der Erfindung der Diakonie.

Dass die Kirche auf dem Wege sei, einzugehen, wollte er nicht wahrhaben. Er verwies auf Breklum und „Unsre Beziehung zu Dänemark", zu dem Sturm der religiösen Erhebung im hohen Norden, der zuerst in Nordschleswig und dann, durch Breklum, auch in Südschleswig offene Ohren und Herzen gefunden habe. Er erwähnte die Tausenden, die sich auch heute auf den Breklumer Missionsfesten einfänden, die Zusammenkünfte auf den Bauerndielen in Holstein und Dithmarschen. „Ganze Dörfer beziehen den Breklumer Volkskalender. Und auf die von unsrer Buchhandlung ausgehenden Schriften erhalten wir ungezählte Briefe." Dennoch gestand er, es gäbe Licht und Schatten. –

„Die Schatten nehmen zu ... Es gab sie ja nicht nur auf der anderen Seite, sondern auch auf der unseren", sagte MaPö.

„Weiß Gott!", sagte Schlossel.

Er sah sie an. „Woran denkst du?"

„Findest du, dass wir mutig waren und uns aufs Spiel setzten?"

„Gab es Augenblicke, in denen es für dich brisant wurde, Vater? Wo Gefahr drohte?", fragten wir.

„Ich glaube, es war immer brisant, es gab immer im Hintergrund die unsichtbare Katze mit den grausamen Augen und einem gefährlichen Gebiss – wir wussten, es gibt Tretminen, aber wir wussten nicht sicher, wo sie lagen, noch weniger, was die oben von uns wussten und von uns hielten – ob sie nur mit uns spielten.

Wir waren für sie doch vielleicht nur Narren, eine wunderliche Sekte, die ihr Ressort nicht überschritt. Es gab allerdings eine heftige Neigung, auch das nicht zuzulassen, nicht zu dulden, dass einer anders dachte und es von Zeit zu Zeit hören oder sehen ließ.

Einmal drohte nach zwei Verwarnungen für mich die Gefahr der dritten Verwarnung, die KZ bedeutete. Darauf kommen wir sicher noch einmal.

Nein! Liebe Mona, wir waren nicht erkennbar genug, wir sollten auch im Grunde nicht politisch sein – es gehörte sich doch einfach nicht in unserer Bruderschaft und Bekenntnisgemeinschaft. – Später, im Krieg, als unser Esstisch so lang und groß geworden war, da hast du mich manchmal gebeten, vorsichtiger zu sein."

Sie nickte. „Und – sobald einer sich so heraushängte wie unser Schwager Wolle", sagte Schlossel, „dann war er weg vom Fenster, wie man so sagt. Und ein andrer kam, der im Fenster saß und zu allem Ja sagte. Schwager Wolle verlor seine zentrale Landesjugendpastorstelle und durfte in St. Peter durch die Dünen stapfen."

„Aber da ist ihm dann doch etwas für uns Breklumer eingefallen, das so tat, als sei er immer noch Landesjugendpastor: eine Schrift von 30 Seiten ‚Halt uns bei festem Glauben! Ein Wort an die deutschen Konfirmanden'. Heft 7/1936.

Es ist ein glasklarer Leitfaden aus seinem Blickwinkel, während er auf das Gegenüber nur am Schluss, im letzten Absatz anspielt. Der heißt *Artfremd?* und beginnt:

‚Entspricht der Glaube der Kirche Jesu Christi überhaupt der deutschen Art? Ich will dir gleich zu Anfang ein ganzes, rundes Ja darauf antworten. Es gibt ja heute Stimmen, die verneinen die obige Frage. Da wird die Meinung laut, unser deutsches Volk, besonders aber seine Jugend, müßte von diesem Fremdkörper der Christusbotschaft befreit werden.

Wie ist dieser „Fremdkörper" denn zu unsern Vorfahren gekommen? Darüber gibt es die merkwürdigsten Geschichten. Als nahezu einziges geschichtliches Beweisstück muss das sogenannte Blutbad von Verden herhalten. Was ist dazu zu sagen? (...)'

Er nennt genaue Einzelheiten und Zahlen aus dem 9. Jahrhundert, der Zeit Karls des Großen ..."

„Ja", sagte Schlossel. „Obwohl – ich kann sie nicht beurteilen."

„Schließt mit einem Lied Luthers", sagte MaPö.

„Halt uns bei festem Glauben
und auf Dich lass uns bauen,
aus Herzensgrund vertrauen
...
entfliehn des Teufels Listen,
mit Waffen Gott's uns fristen."

Die ‚Selbstbehauptung' hatte hier ihr Zentrum außerhalb des Selbst; insofern stimmt das Wort ‚selbst' nicht – sie wollten den Jenseitigen behaupten und verteidigen.

Selbst passt in seiner Allgemeinheit eher zu Gustav Frenssens ‚Glaube der Nordmark'.

Wollte einer ebenso allgemein auszudrücken versuchen, wie die hier dachten, könnte er die Hand auf ein Stufenwort von Ernst Troetsch legen:

Das Jenseits
ist die Kraft
des Diesseits.

12
Rømø, Hans-Egon und das gelobte Land

MaPö hatte recht, wenn er bei dem, wie Breklehem dachte, auf die Glaubenslandschaft in Dänemark und Norwegen verwies. Auch dort war es nicht die Regel, im Gegenteil, aber es gab erkennbare Flecken, wo so zu denken selbstverständlich war.

Am Abend nach der ‚Nordmark' sagte Schlossel:

„Vater und ich, wir haben heute Nacht darüber gesprochen, dass jetzt endlich einmal wieder Nordschleswig dran ist. Es kann euch so vorkommen, als sei es bei Nordschleswig hauptsächlich um das Problem der Devisensperre, um die finanzielle Hilfe gegangen.

So war es nicht; es gab Zusammenhalt in der Hauptsache und herrliche Freundschaft. Mir ging, als wir darauf kamen, sofort eine Reise nach Röm durch den Kopf, wir wissen genau, wann das war, im August 1938 – zehn Tage, bevor ein dringender Anruf aus Kiel kam und Vater dorthin eilte.

Die Tage auf Röm waren für lange Zeit unsere letzte Ferienreise ins ‚gelobte Land', herrliche, warme Augusttage, an denen Nis Petersens Sohn herüberkam und wir in ihm einen auf einmal erwachsenen, sehr interessanten jungen Mann kennenlernten. Wie haben wir mit ihm gelacht."

„‚Kann nicht durch tiefe Heide gehn', war es die Reise?", fragte Yoko in leidendem Ton.

„Ja! Das war unsre Ankunft auf Röm", sagte Schlossel. „Wollen wir davon zuerst sprechen? –

‚Kann nicht durch tiefe Heide gehn' sagte Alex, mit ganz weinerlicher Stimme, während Bollus sich stumm mit gesenktem Kopf durchkämpfte, ‚kann nicht durch tiefe Heide gehn.' Die Heide ging ihnen bis zum Bauch. Sie stapften nebeneinander, damals schon, Alex war vier, Bollus drei Jahre alt, vor ihnen gingen wir Eltern mit Pille und Yoko. Wir drehten uns kurz um und lachten zuerst.

Es ging auf ein braun-weiß gestrichenes Holzhaus zu, ein Ferienhaus, dahinter begann ein niedriger Kiefernwald. Und in der Ferne: hörten wir es da nicht manchmal leise rauschen? Aus dem Gestrüpp der Heide stieg ein starker Geruch auf und mancherlei schwebte da, flügelte, brummte über den kleinen Blütenrosen. Es war ein besonders heißer Sommertag auf Röm, Rømø, das damals noch nicht so entdeckt war.

Alex wurde es unerträglich. Vater kam und nahm ihn auf die Schulter, da saß er jetzt hoch oben und hopste, seine nackten Beine hatten rote Striemen.

Irgendwann durchquerten wir den Kiefernwald, von Mücken, Fliegen und Bremsen umschwirrt, unsre kleine Yoko zog damals schon die meisten auf sich, sodass wir anderen fast ungestört davonkamen. Hinter dem Wald begannen die Dünen, von denen ihr hörtet, dass sie ‚wandern' können. Im weißen Sand standen lange graugrüne Halme mit einer scharfen Kante, Bollus hatte gleich eine blutige Hand, weil er die Halme durch die Finger zog. Vater legte sich in den rieselnden Sand, drückte den Hinterkopf hinein und ließ die Arme im Halbrund kreisen, spreizte und schloss die Beine. Als er aufgestanden war, lag ein großer Vogel im Sand. Ihr versuchtet, es ihm nachzutun. Jeder wollte einen Adler machen. Als wir die Dünen überstiegen, kamt ihr auf einen festen und feuchten Strand, der sich vor den Dünen weithin ausbreitet. Es war eine Erholung, darauf zu rennen. Ihr saustet davon. Ganz hinten brandete die Nordsee.

Auf der Herfahrt in unserem ersten Auto hatten wir in Uberg gehalten, waren bei der Schule ausgestiegen, in der euer Opa schon mit zwölf Jahren, indem er dem Lehrer half, das Unterrichten gelernt hatte, und sind dort auf dem Deich spazieren gegangen, auf dem die ‚Fischerhäuser' standen. Das Haus, in dem Vaters Vater morgens um vier mit seinen Geschwistern die Binsenmatten geflochten hatte, war klein, ‚wie klein!', seufzte Yoko. Hier war das Dorf an dem Tag vorbeidefiliert, als Opas Verlobung mit einer Pastorentochter von der Ostseeküste, aus Augustenburg, gefeiert wurde? (‚MaPös haben Gardinen bekommen; der Junge will hoch hinaus')." Schlossel machte ein vergnügtes Gesicht.

„In Tondern hatten wir länger Station gemacht. Die kleine Stadt wurde, seit wir in Breklum waren, Vaters nördlicher Lieblingsaufenthaltsort. Eines war klar: In Tondern gab es die süßesten Kuchen, ‚Wiener Brød', und ‚Flødeis' – das feinste Eis, dessentwegen allein das öde Sitzen im Auto lohnte. In Tondern lebte aber auch unser guter Freund, Nis Petersen, der immer besser, immer unentbehrlicher wurde, ein Gesicht wie eine Sonne, die hohe

Stirn ballrund und glänzend, mit sieben lockigen Härchen auf der Anhöhe, und Augen, die einen aus großen, von einer schwarzen Greiferbrille gehaltenen Gläsern freundlich anblickten; seine gemütliche Frau ließ euch am Katzentisch schwelgen, während er mit Vater sprach."

„Als wir in diesem August 1938 in Tondern Station machten, lag etwas vor", sagte MaPö. „Das Landeskirchenamt in Kiel, das auch für die Gemeinden der deutschen Minderheit in Nordschleswig zuständig war, hatte von dort Wind bekommen: die hier oben auftretenden Mitarbeiter Breklums seien ‚national unzuverlässig'. Der Präsident des LKA teilte dem Vorstand Eduard Völkel mit: ‚Breklum hält es in Nordschleswig mit den Dänen. Kirchliche Arbeit soll aber Volkstumsarbeit sein.'

Völkel, der wie ihr wisst im September 1933 von der ‚Braunen Synode' entlassene Bischof und seither Pastor der Landgemeinde in Bordesholm, aber weiterhin Breklums Erster Vorstand, beauftragte mich mit einer Denkschrift, die auf diesen Vorwurf antworten sollte. Ich hatte sie schon geschrieben und Völkel hatte darauf an einigen Stellen eingegriffen, und nun legte ich Herrn Petersen den Text auf den Tisch und bat ihn, da es um Nordschleswig ging, um seinen Eindruck, sein Urteil. ‚Ich lasse den Text hier. Darf ich Sie um Ihr Urteil bitten?'"

Die Römreise ist für uns eine Erinnerungskette. Ich stelle die erste nur vor und fülle sie aus durch nachträglich Gehörtes und Gesehenes:

Man erreichte Röm damals noch nicht über den Damm, sondern mit dem Motorschiff, das im Süden der Insel, in Havneby anlegte. Auf der wiederkehrenden Überfahrt sahen wir den Möwen zu, die am Heck das ihnen zugeworfene Brot auffingen, den Kopf mit ihren Augen drehend, oft eine Zeitlang dem Dampfer ohne Flügelschlag folgend. Die mit dem braunen Kopf und dem roten Punkt am Schnabel hießen Lachmöwen, und tatsächlich haben Alex und ich einmal bei ihnen ein Lachen gehört. Dann die großen braun gesprenkelten ‚Räuber'. Und ein kleiner Seevogel, eine Seeschwalbe mit schmalen Flügeln, die uns in langen ausschwingenden Bögen hinterherflog und nicht aus den Augen verlor.

Röm ist und bleibt ein großes Abenteuer. Zum Festland hin, neben dem Kai des Hafens Havneby, zieht sich das Wasser bei Ebbe zurück, wir gingen dort über das glitschige dunkle Watt, fanden manchmal einen Seestern und schwärzten unsre Beine. Oder wir suchten Blaubeeren in der Heide, überquerten die weißen Dünen, rannten so schnell wir konnten über den weiten Sandstrand auf die schäumende Brandung zu und sammelten Muscheln oder suchten Bernstein – fanden keinen. Einmal lag da ein toter Vogel, ein anderes Mal eine handgroße Kalkscheibe, scharf und brüchig an den Rändern und leicht an Gewicht: ‚die Rückenflosse des Tintenfisches', sagte Vater und wir konnten uns das Ding nirgends an einem Fisch vorstellen.

Einmal ist ein leuchtender rotbrauner Bernstein gefunden worden, ein flaches, weich und durchsichtig geformtes Kleinod, das funkelte und später zu einem Prachtstück an einer Silberkette wurde: an Monas Kette.

Aber an jenem Wochenende im August 1938 kam Hans Egon zu uns, der Sohn von Petersens in Tondern, und spielte, badete, tobte mit uns am Strand, zeigte, wie man eine Burg baut, warf uns überm Wasser in die Höhe oder guckte uns kopfunter sitzend mit großen Augen aus der Nordsee an und sprudelte Blasen aus seinem Mund.

Er trug wie sein Vater eine Brille mit großen Gläsern, hatte pechschwarzes Haar und lachte mit uns – es gefiel ihm vielleicht, auf einmal lauter kleinere Geschwister zu haben? Bei unseren Eltern saß er in ernstem Gespräch. Er war nicht unseretwegen gekommen.

Seine Eltern hatten ihn schon bei unserem Besuch in Tondern angekündigt. Er wollte unbedingt MaPö sprechen, hatte er am Telefon gesagt; er rief an aus Tingleff, wo er selbst eine sogenannte ‚Freizeit' angeregt hatte und leitete:

eine Ferienwoche von zehn oder mehr Jungen, die ein gemeinsames Thema hatte.

„Nein! bist du groß geworden", sagte Schlossel, als er ankam. „Ich erkenne dich ja kaum wieder! Ein junger Mann – !"

„Ich werde im September siebzehn!" sagte er und stellte beide Hände senkrecht auf: „Und in kaum zwei Jahren mache ich Abitur, das steht schon fest: Anfang April 1940."

„Und wirst du dann einen noch dichteren schwarzen Schnurrbart haben?"

„Ach, weißt du", sagte er und krauste verschmitzt die Stirn. „Ich habe einfach keine Lust, jetzt schon mit dem Rasieren anzufangen."

Am Abend sprach er lange mit den Eltern; sie sind später manchmal darauf zurückgekommen, uneinig darüber, was sie von dieser Jugendtagung halten sollten. Hans Egon hatte sich mit fünfzehn jungen Nordschleswigern in Tingleff getroffen und das Thema diskutiert:

‚Bevor die Lerche wieder über Düppel sang.'

Sie sprachen darüber, wie im Jahr 1920, nach Versailles und vor der Abstimmung über die neue Grenze zwischen Deutschland und Dänemark, der Krieg der Worte ausgesehen hatte – der seit der Genforening, der Wiedervereinigung Nordschleswigs mit Dänemark, immer noch nachwirkte.

„Es ist eine zerreißerische Entzweiung gewesen", sagte Hans Egon, „ein lautstarker nationaler Religionskrieg, nein, ein religiös aufgeblasener Nationalkrieg, bei dem in Flensburg die Wortfladen nur so flogen – im Grunde, fanden wir, eine Tragödie. Aber wie es sich für eine Tragödie gehört, hängten wir darauf zum Schluss ein Satyrspiel an. Ein Lehrersohn aus Aventoft hatte eine plattdeutsche Predigt mitgebracht, die schon am 10. August 1919 an der Westküste an einem ‚Friesentag' in Niebüll-Deezbüll gehalten worden war. Ihr glaubt es nicht."

Hans Egon stand auf –

Yoko behauptete später, sie habe das Ganze im Schlafzimmer gehört, aber nicht verstanden, habe seiner leise und dann laut werdenden Stimme, die zitternd zwischen Hoch und Tief schwankte, atemlos gelauscht –

„Die Kirche war überfüllt, Tausende waren gekommen, es war damals in Niebüll die größte Friesenversammlung seit Menschengedenken, eine Ehrenpforte ‚WILLKOMMEN IM FREIEN FRIESENLANDE' empfing sie, Mädchen in friesischer Tracht boten Fähnchen zum Verkauf an und man trug überhaupt an vielen Stellen die blau-weiß-roten Landesfarben, jeder Platz war besetzt, die Orgelbank wie die Treppenstufen bis hinauf zur Kanzel. Und da stand, nein, ich sage jetzt nicht, wer da sprach –"

„Es schwant mir", sagte MaPö, „Oh haueha!, ich ahne Fürchterliches, doch nicht unser –"

„Darf ich euch den Text vortragen, es versuchen – versteht ihr Platt?"

„Aber ja!", sagte Schlossel. „Seit Gelting versteh sogar ich das meiste –"

„Zuerst muss ich allerdings singen", sagte Hans Egon, „das haben die auch getan. Sie sangen – was wohl! – ‚Harre, meine Seele, harre des Herrn! Alles ihm befehle, hilft er doch so gern!', aber auf niederdeutsch. Und in Zuspitzung auf die Situation:

Still mien Hart, ganz liesen fat di in Geduld,
Godd ward di wull wiesen, we so grot sin Huld.
Bald vergeiht de Nacht; Godd hölt sülwst de Wacht,
Un en nieges Fröhjohr folgt den Winter sacht."

Still mein Herz, ganz leise faß dich in Geduld,
Gott wirds dir wohl weisen, groß ist seine Huld.
Bald vergeht die Nacht, Gott hält selbst die Wacht.
Und ein holder Frühling folgt dem Winter nach.

Jetzt folgte das Gleichnis vom Verlorenen Sohn, die tiefdunkle Predigerstimme Nordfrieslands sprach über eine Heimsuche der verirrten Schafe, die es hier und da auf den Inseln gab: ‚Auf Sylt will so manche Verräterkreatur dänisch wählen:

Meine lieben Landsleute und Glaubensgenossen! Nun liegt das schöne Friesenland heute unter unsrer Herrgottssonne vor unsern Augen. Jedes Friesenhaus hat uns auf der Fahrt nach Niebüll zugerufen: Deutsch ist dies Land! Und nun soll darüber abgestimmt werden, ob über der friesischen Erde der Dannebrog wehen soll! Nun wird das noch in Frage gestellt, ob die hohen, festen Leute mit den blauen Augen und der klaren Stirn, die seit Jahrhunderten zum deutschen Pesel, unserem Großen Festraum, und zur deutschen Wohnstube gehört haben wie die Glocke zur Kirche – nun wird in Frage gestellt, ob das Deutsche oder Dänen sind.'

Er schlug die Bibel auf, Sirach Kapitel 2, aber er las nicht die konkreten Mahnungen, sich an den Gott der Väter zu halten, sondern die allgemeineren Formeln: *Weh denen, so nicht beharren!*, las er, *Wehe den Verzagten! Halte fest und wanke nicht, wenn man dich davon locket!* De Nod is swor. Schwer ist die Not. Sie lastet auf uns, aber der Herrgott hat uns, die gewaltsam zu Dänen gemacht werden sollen, ins Gesicht und in das Herz eingezeichnet und hineingraviert, dass wir Deutsche sind und keine Dänen.'"

Schlossel lachte amüsiert, aber Hans Egon sagte: „Das ist noch nicht der Höhepunkt. Er bringt den Weltkrieg zur Sprache, führt die Gefallenen vor, die nachts, wenn einer nicht schlafen kann, als unendlich langer Schattenzug trauriger Gestalten durch unser Land ziehen:

‚Das sind unsere Brüder, die draußen geblieben sind, anderthalb Millionen grader schöner Menschen, lass sie sich dir einmal alle auf den Straßen von Niebüll aufstellen! Ich sage dir: Die haben alle schon abgestimmt.'"

Schlossel klatschte in die Hände. MaPö sah zu ihr hinüber und schüttelte energisch den Kopf.

Hans Egon sah von einem zur andern und zitierte:

„‚Es gibt noch eine vergleichbare Katastrophe in unserer Geschichte', fuhr der Dramatiker auf der Kanzel fort, ‚eine Sturmflut, der unsere widerstandsfähigen Vorfahren sich entgegenstemmten, während die blonden Haare um ihre hohe Stirn flogen – eine Flut und ein Menschenersaufen, als nicht nur Rungholt, sondern ein gut Teil Friesland verschwand, die ‚Mannsdränke' von 1362. Ich sage euch heute, Friesenvolk, was in unserem Text des Propheten Sirach steht:

Seht op dat Vörbild vun ju'n Vörfohr'n, un markt ju dat! We se dor 1362 in de grote Mannsdränke ehr'n Man stahn hebbt, we achter jeden Heimat und Hewen stahn deh un em ümmer wedder toröpen: Verzag nich! – Wehe de Verzagten!

Schaut auf das Vorbild eurer Vorfahren', rief er aus, ,und merkt euch das. Wie sie da im großen Massenertrinken ihren Mann standen, wie hinter jedem Heimat und Himmel gestanden haben und ihnen immer wieder zuriefen: Verzage nicht! Wehe den Verzagten! Der Weg ist klar! Der Himmel und die Heimat stehen hinter uns und rufen uns zu: Aus tiefem Traum aufgeschreckt, durch Millionen Feinde aufgeweckt, aus Tränen, Not und Tod steigt eine – *stiggt en nie plattdütsche Minschheit herop* – steigt eine neue plattdeutsche Menschheit herauf, umschlungen von all den heiligen Kräften, die Heimat und Herrgott in unsre Herzen hereingewebt hat. *So stat wi un so gaht wi.* So stehen und so gehen wir, so halten wir fest und aus, ohne zu weichen und zu wanken. Und die Welt wird merken, dass bei all ihrem Hass, ihren Lügen und ihrer Bösartigkeit der Herrgott es doch mit den Menschen hält, die treu und kraftvoll und ernsthaft sich auf den Weg begeben, um den Platz an der Sonne einzunehmen, den nicht Clemenceau, sondern unser Herrgott zu vergeben hat.'"

„Was ist denn das!!", rief Schlossel. „Das ist ja – Friedrich! Wer ist das gewesen, wer war das!"

Er sagte nichts.

Hans Egon lachte. – „Klar! Die Frage ist auch bei uns sofort aufgetaucht. Der Lehrersohn aus Aventoft hatte den Namen nicht verraten; aber er hatte seinen für unsre Gruppe etwas zu jungen dreizehnjährigen Bruder mitgebracht. Der sagte:

,Das stimmt doch alles nicht. Die Friesen waren doch zuerst gar keine Deutschen.'

Da sagte sein älterer Bruder: ,Mensch, Hein, du bist ja klüger als unser Landesbischof!'"

„Der?“, fragte Schlossel.

MaPö nickte und drehte die rechte Hand: „Das kann gefährlich werden, Hans Egon. Mach erst mal Abitur.“

Auf der Rückreise gab es in Tondern Aprikosensuppe. Und Flødeis.

Die Eltern tranken Kaffee.

„Was meinen Sie zur Denkschrift, Nis Petersen?“, fragte MaPö. „Was soll stehen bleiben?“

Petersen sah ihn freundlich an. „Dass Sie Dunkers freizügige Auftritte gegen die Hauptrichtung ‚Heimatarbeit‘ nennen, ist wunderbar“, sagte er.

„Und das andere?“

„Wenn Sie von unserem Gros der deutschchristlichen Pastoren sagen, ‚sie genügen den deutschen Nordschleswigern geistlich in keiner Weise, sodass sie sich deshalb, was sie brauchen, in den dänischen Gottesdiensten suchen‘, finde ich das zu hart.“

„Und wenn unser Völkel daraus macht, ‚dass deutsche Familien sich geistlich durch die Verkündigung der allgemeinen Pastorenschaft nicht befriedigt fühlen, was auch für die ‚volksdeutsche Einstellung‘ dieser Leute verheerende Folgen haben könnte‘ – was sagen Sie dazu? Zu weich?“

„Zu verbindlich. Zu verbunden.“

„Habe ich mir gedacht.“

MaPö gab ihm einen Zettel, mit einer neuen Losung.

„Und hierzu?

‚Breklum hat durch seine Bekehrungspredigten und die Berichte von den Missionsfeldern auch dem Volkstum einen wichtigen Dienst erwiesen. Durch ihre Verkündigung in deutscher Sprache hat die Breklumer Mission jedoch keinen politischen Auftrag erfüllt.‘“

Petersen lachte. „Perfekt“, sagte er, stellte sich stramm vor ihn hin und lehnte den Kopf zurück: „Bruder MaPö, Sie sind ein großer Mensch und ein kleiner Fuchs.“

Wir saßen wieder im Studierzimmer. Schlossel hielt Briefe und einen kopierten Text in der Hand.

„Du", sagte Schlossel zu MaPö, „dieser lächerliche Auftritt beim Grenzlandkampf in Niebüll, von dem uns Hans Egon ja doch nur etwas angedeutet hat und der jetzt wieder ausgegraben worden ist, erinnert mich an den Nachmittag auf Südfall: daran, was ihr von dem Gespräch mit Gräfin Reventlow und dem Husumer Forscher, Herrn Holm, erzählt habt. Da war doch auch schon die Rede von Rungholts Untergang und dem großen Ertrinken und Sterben im weiten Vorland der Westküste. Dort seid ihr dann doch auf Theodor Storms ‚Schimmelreiter' gekommen, nicht?, über den es in der Nazizeit einen Film gab.

„Das war der Film mit Matthias Wiemann, den wir einmal in der Breklumer Volksschule gesehen haben", sagte Alex. „Der Köster, Herr Mäckelmann, hat ihn für unsre Schule besorgt. Darin erscheint der Deichgraf Hauke Haien, weil er einen neuartigen Deich erfunden und ein riesiges Vorland eingedeicht hat, als genialer Held und Vorreiter Hitlers, den lauter Hinterwäldler umgeben, die ihm in den Arm fallen wollen."

„Den Film gab es schon seit 1933", sagte MaPö. „Er war tatsächlich als Werbung für den Führer und seine Zukunftsvisionen gedacht."

„Jetzt fällt mir wieder auf", sagte Schlossel, „Hans Egon war früh auf dem Plan. An dem Abend, als wir über diese absurde Predigt mit der ‚Mannsdränke' auf der Niebüller Kanzel sprachen, hat er mir erzählt, wie er in der Schule Storm kennengelernt hat.

Er hat zuerst, bis er 14 war, die deutsche Volksschule in Tondern besucht, von 1927 bis 1935; da haben sie schon Storms ‚Pole Poppenspäler' und den ‚Schimmelreiter' gelesen. Der ‚Schimmelreiter' war eindeutig ein glanzvoller Held und toller Deutscher, ein Draufgänger, dem die Leute um ihn herum und das Schicksal übel mitspielen.

Seit 1936 besuchte Hans Egon dann aber das dänische Gymnasium, weil er wie mein Onkel Fritz in Hadersleben ein dänisch-deutscher Pastor werden und zuerst in Kopenhagen studieren wollte. – Auch da haben wir den ‚Schimmelreiter' gelesen, sagte er, und für meinen Lehrer dort ist der

Schimmelreiter das Musterbeispiel des neuen ‚preußischen' Deutschen gewesen, der grundsätzlich weiß, was klug und richtig ist, alles besser weiß – genau der Typ, der in Dänemark verpönt ist. Einer, der meint, dass nur er recht hat.

Nun muss ich aber doch noch weiterfragen", sagte Schlossel. „Habt ihr euch nicht damals auf Südfall auch schon gefragt, ob Storm den Schimmelreiter ganz anders gemeint hat? Dass er eine zwielichtige Figur ist, ein Herrenmensch, der als Deichgraf nur an seinen Deich dachte, an das von ihm eingedeichte Vorland, und darüber den nach Norden anschließenden, alten Deich vergessen und vernachlässigt hat?

Im Grunde war er doch schuld daran, dass bei der nächsten Sturmflut der alte Deich brach und am Ende die ganze Gegend verwüstet unter Wasser lag."

MaPö schmunzelte. „Ich muss euch etwas gestehen. Ich habe heute morgen vor dem Sanatorium Dr. Mahler getroffen. Er weiß von unsren Abenden und fragte, wo wir jetzt angelangt sind.

Ich habe ihm von Hans Egon erzählt, von Rungholt, gesagt, wir werden ganz sicher heute Abend noch einmal auf den Schimmelreiter der dreißiger Jahre kommen – auf Matthias Wiemann.

Peter Mahler zuckte zusammen. ‚Aber da sind Sie ja auf meiner Spur! Ich bereite gerade einen Vortrag darauf vor.'

‚Auf Storm?', fragte ich. ‚Ist nicht Goethes ‚Faust' Ihr großes Thema?'

‚Aber das ist es gerade!', sagte er. ‚Da gibt es einen mehr als kleinen Zusammenhang! Storm hat den Faust fortgesetzt.'

Ich war ziemlich verdutzt. Und, kurz gesagt, ich habe ihn gefragt, ob er uns das erklären kann. Er macht heute Abend noch einen Besuch in der Nähe und will nach neun Uhr klingeln."

Jetzt warteten wir, sprachen in Erwartung von dem Temperament Peter Mahler, seinen Krankenbesuchen. Wie er manchmal schon in der Tür sah, was vor ihm lag, welche Krankheit. Im Nu!

Es klingelte.

Die Eltern erhoben sich, gingen Herrn Dr. Mahler durch die Tür entgegen, begrüßten ihn herzlich, dankten ihm sehr, dass er uns ein neues Licht aufstecken wollte.

Er gab allen die Hand, wurde aufs Sofa gebeten, legte Notizen auf den Tisch und schüttelte den Kopf, begann ohne Umschweife:

„Man weiß hier ja, dass ich ein Goethe-Liebhaber bin und im ‚Faust' alles Mögliche und Unmögliche zu finden glaube, aber worauf ich jetzt in letzter Zeit gestoßen bin, das wage ich selbst noch nicht zu glauben, das bitte ich, noch nicht aus den Mauern des Missionshauses dringen zu lassen.

Dass Hauke Haien einen gespenstischen Schimmel ritt, weiß man. Er hatte ihn bei einem Teufelskerl gekauft, der sich danach ins Fäustchen lachte. Inzwischen habe ich gelesen, dass Storm eine Geschichte ‚Der gespenstische Reiter' aus dem Jahr 1838 gelesen hat, dass sie den Anstoß zum Schimmelreiter gab. Kannte er vielleicht auch die Sagen aus dem 17. und 18. Jahrhundert, in denen eine verhasste, brutale Deichbauerfamilie im Norden unsres Landes sich mit Johann Faust verbindet, der doch ein Teufelsbündner war?"

Wir sahen ihn erwartungsvoll an.

„Man kommt auf diesem Weg vom Hundertsten ins Tausendste: Goethe kannte diese Sagen. Und nun kommt es: Im fünften Akt des Zweiten Teils, am Ende seiner Laufbahn wird Dr. Faustus zu einem größenwahnsinnigen Deichherrn. Er tritt auf wie ein Deichgraf, der ein altes ehrwürdiges Ehepaar, Philemon und Baucis, dessen alte Hütte seinem Sanierungsplan im Wege steht, vernichtet. – Er lässt diese Hütte samt ihren Bewohnern ausheben, verbrennen und roden. Ein altes Kirchlein, dessen Läuten ihn nervt, muss gleich mit dran glauben. Faust ist hundert Jahre alt, erblindet, steht mit offenem Ohr vor dem von ihm dem Meer abgewonnenen Land – dem durch seinen Deich gewonnenen Boden, hört von seinem Palast aus das Hacken und Schaufeln seiner Arbeiter, träumt:

Eröffn, ich Räume vielen Millionen
Nicht sicher zwar, doch tätig-frei zu wohnen,
rühmt sich:
Es kann die Spur von meinen Erdentagen
Nicht in Äonen untergehn.

Das Geräusch von Hacken und Spaten, das er hört, entsteht durch die Arbeit der Lemuren, die ihm das Grab schaufeln. Er lauscht seinen Totengräbern."

Dr. Mahler schwieg und blickte in die Runde, räusperte sich, als er einige verdutzte Gesichter sah, lächelte: „Wenn noch ein Blick aus dem Fenster Ihres Studierzimmers hinaus erlaubt ist: Storm dürfte Goethes Faust nicht nur gekannt haben, dessen schlussendliche Karriere musste ihm auffallen. Aber – kannte er auch Bismarcks Reden?

Er war ein beachtlicher Gegner Preußens und seiner Jahrhundertgestalt Otto von Bismarck.

Nach dem Sieg des Deutschen Bundes, vordringlich Preußens, über Dänemark auf den Düppeler Schanzen im Jahr 1864 schrieb ihm Fontane, er möge doch zur Siegesfeier einen Hymnus schreiben.

Storm antwortete: ‚Sind Sie des Teufels?'

Düppel war Bismarcks erster Trittstein zur deutschen Reichsgründung; der zweite war der überraschende Krieg gegen Österreich im Jahr 1866. Er bedeutete das endgültige Ende des Deutschen Bundes im alten Europa, seines Zentrums in Frankfurt, und die Neugründung eines von Preußen regierten Norddeutschen Bundes. Bismarck entwarf dessen Verfassung, der zufolge Schleswig-Holstein preußische Provinz wurde und Bismarck der Kanzler des erweiterten Preußen.

Storm war inzwischen aus dem preußischen Exil nach Husum zurückgekehrt. Ist es nicht mehr als wahrscheinlich, dass er eine Rede Bismarcks vor dem Parlament des Norddeutschen Bundes gekannt hat, in welcher der neue weit vorausblickende Staatschef das Aufsichtsrecht und die Entscheidung über den Militärhaushalt dem Parlament vorenthalten hat? Und genau hier wird er selbst, der zukünftige Kanzler, zum Deichgrafen. Bismarck sagte:

,Wenn diese Einrichtung, die Bundesarmee, vorläufig diejenige Basis, die am vollständigsten ausgebildet ist – diejenige Basis, die wir am unentbehrlichsten brauchen, durch ein jährliches Votum infrage gestellt werden sollte, meine Herren, es würde mir das – verzeihen Sie mir, wenn ich ein Gleichnis brauche aus einem Beruf, in dem ich mich früher befand – den Eindruck eines Deichverbandes machen, in welchem jedes Jahr nach Kopfzahl, auch der Besitzlosen, darüber abgestimmt wird, ob die Deiche bei Hochwasser durchstochen werden sollen oder nicht. Aus solchem Deichverbande würde ich einfach ausscheiden, da wäre mir das Wohnen zu unsicher, und ich würde mich der Gefahr nicht hingeben, dass einmal diejenigen, die die Wirtschaft mit freier Weide wünschen, über diejenigen, die mit bestellten und wasserfreien Äckern wirtschaften, die Oberhand gewännen und alle durch eine Wasserflut zugrunde gingen.'

Die Rede schließt: ,Setzen wir Deutschland, sozusagen, in den Sattel! Reiten wird es schon können.'"

Hauke Haien wäre Bismarck? Herr Dr. Mahler musste gleich wieder gehen. Ein Patient hatte angerufen.

13
MaPös Kieler Familie und der Rand des Krieges

„Erinnert ihr euch? Am Abend nach diesen Ferien auf Röm und dem Besuch bei Nis Petersen kam ein Anruf aus Kiel: ,Unser Vater liegt im Sterben', sagte uns Herme. ,Kannst du schon morgen hier sein?' Ich brach früh auf und nahm die Teerchaussee über Husum und Schleswig.

Mein Vater war früh gealtert. Er hatte manche Operation überstanden, zuletzt war es der Speiseröhrenkrebs.

Seit mehr als einem Jahr wurde er durch einen Schlauch ernährt, der in den Magen führte und den er eingerollt in einer Kassette unter der Jacke trug. Er scherzte manchmal, wenn ihm etwas eingegossen wurde – fragte, was es sei, das ihm da eingetrichtert werde: ‚Stimmt das auch, flunkert ihr nicht?'

Oma hatte ein verweintes Gesicht. Jens habe am vergangenen Abend seinen Ehering abgezogen und ihn ihr zurückgegeben: ‚Vielen Dank für alles, was ich dadurch gehabt habe.'

Er hatte sehr gehofft, dass er mich noch sehen würde", erzählte unser Vater. „Sie hatten uns schon einmal auf Röm zu erreichen versucht, jetzt schoss dem ganz bleich Gewordenen das Blut ins Gesicht und seine Augen leuchteten. Er sprach mit mir über die Geschwister: – ‚Friedrich, dich, Herme und Erk, euren Weg sehe ich vor mir. Wilhelm wird seine eigenwillige Straße finden, da bin ich nicht bange. Aber Ruth? Ihre Lebensangst! Wird sie aushalten? Und Heinz schlingert. Könnt ihr ihn –? Mutter kann ihn doch nicht bändigen …'

Unser Vater sprach selten eine direkte Bitte aus.

‚Du meinst, wir sollen ihn in unser kleines Breklum einladen?', habe ich gesagt. ‚Ich bin mir bei ihm ganz sicher: Er träumt und findet schwer einen festen Standort, wie viele, die nach '33 erwachsen werden, aber er hat einen klaren, guten Kern. Mutter wird an ihrem Herzensjungen ihre Freude haben.'

– War es Beruhigung oder Erschöpfung, er lehnte sich still zurück. Ich legte meine Hand auf seine, verabschiedete mich, war schon an der Tür, da musste ich noch einmal umkehren, am Bett niederknien, meinen Kopf an seinen Kopf legen und sagen: Vielen Dank für alles, lieber Vater. Dann ging ich still hinaus und – – – weinte", sagte er unhörbar.

Jetzt setzte Mona sich auf und legte ihm die Hand auf den Arm:

„Ich bin dir dann ja nachgereist und auch über die Beerdigung hinaus bei Oma geblieben, und ich erfuhr erst jetzt so richtig, welches Ansehen dein Vater sich als Lehrer erworben hatte. Deine Mutter ist allerdings ein ganz anderes Temperament – sie hat erzählt, und ich habe ihr zugehört wie noch nie.

Euer ‚Goldschnutel' sitzt in ihrer Etage wie in der Mitte einer Kugel; zu allen im Haus hat sie ausgeprägte persönliche Beziehungen. ‚Die beiden Frauen im dritten Stock sind jetzt so weit, dass sie einander die Nachtruhe stören. Sie lassen die Sonne über ihrem Zorn untergehen', sagte sie. ‚Nebenan ist Wallys Hund vom Balkon in den Hof gefallen; das Tier liegt verblödet im Korb und wedelt nur noch.' Sie erzählt und nie kommt sie ihrem Erzählen durch Urteilen zuvor. ‚Manchmal habe ich einen ‚Melanchlütering'; dann gehe ich zu unserm alten buckligen Uhrmacher auf der Nachbaretage. Als seine Frau vor einem Jahr im Sterben lag, hat sie ihm gesagt: Wenn ich jetzt davongehe und unsre Tochter die Hauswirtschaft übernimmt, musst du eins wissen. Ich habe unsre Wochenabrechnung am Sonnabend immer ein bisschen höher angesetzt. Von dem Rest bin ich einmal in der Woche mit meinen Freundinnen konditern gegangen.

Und was hat er darauf geantwortet: ‚Glaubst du, das weiß ich nicht?' – Da hatte ich meine gute Stimmung wieder', sagte Goldschnutel.

Ich hörte ihr zu, als müsse ich alles behalten und höre sie wie gestern:

‚Was lernt ihr heute alle! Als ich fünfzehn Jahre war, kam ich aus der Schule. Und blieb dann zu Hause bis zu meiner Hochzeit. Ich lernte kochen und half meiner Mutter im Haushalt. Für ein halbes Jahr kam ich nach Flensburg zum Weißnähen. Ich wohnte bei meiner Tante. Wir saßen in ihrem Wohnzimmer. Wenn auf der Straße jemand vorbeiging, hob sie den Kopf' – Oma MaPö stützte sich an der Tischkante auf und reckte mit gespielt einfältiger Miene ihr Gesicht vor –, und sagte: ‚Wer war das doch? Das war wohl Herr Lorenzen.' ‚Damals habe ich mein erstes Theaterstück gesehen', sagte sie. ‚*Hanneles Himmelfahrt* von Gerhart Hauptmann. Ich habe die ganze Nacht hinterher nicht geschlafen. Zu Hause war der Tag fest eingeteilt. Morgens Hausarbeit. Nachmittags nähten und stickten meine Mutter und ich für meine Hochzeits-Hamsterkiste. Sonnabends war in unserem Kirchspielskrug manchmal Tanz. Da habe ich Jens kennengelernt.‘ Sie sah mich an: ‚Ich kann dir sagen, dein Schwiegervater war ein schöner Mann. Und damals waren die jungen Leute gut angezogen. Er hatte immer den Vatermörder, die Weste mit der Uhrkette und den Stock. Wir haben alle für den jungen Lehrer aus Seppleff geschwärmt. Man sagte, dass er an Magengeschwüren litt. Aber damals war er gesund. Anne Volker und ich gingen sonntags öfter nach Seppleff, um das Grab meiner Großeltern zu schmücken. Direkt am Friedhof beim Kirchendiener wohnte nämlich der neue Lehrer und konnte uns sehen. Meine Eltern wunderten sich etwas über meine Anhänglichkeit. Einmal kam er zu uns herunter und sprach uns an ... Oh, ja!‘ Sie lachte.

‚Als wir verlobt waren, kam er jeden Nachmittag zum Kaffee. Aber ich durfte ihm nicht entgegengehen. Das gehörte sich nicht. Unser Dienstmädchen holte ihn eine Zeitlang ab. Hinterher sagte sie zu mir: ‚Ich hab man deinen Schatz abgeholt.‘ ‚Warum tat sie das?‘ ‚Um mich zu ärgern! Eines Tages habe ich zu Opa gesagt: Entweder sie oder ich – da hat er es ihr verboten. Wir tranken immer um halb vier Kaffee zusammen und gingen dann eine Stunde spazieren. Meine Eltern gingen vorneweg und wir hinterher.‘“

Jetzt lachte das Studierzimmer. „Mona“, sagten wir, „nun tünt Oma, das ist doch nicht wahr.“ „Natürlich ist es wahr“, sagte sie. „So war es, bis die beiden verheiratet waren. Der Vater eurer Oma hat sich vorher genau nach Opas Gesundheit erkundigt. Sie seufzte: ‚Ich vergesse nie, wie er mich vor der Hochzeit noch einmal in sein Studierzimmer rief und gewarnt hat. ‚Jetzt siehst du den Himmel voller Geigen, aber nachher, wenn du eine Stube voller Kinder und einen kranken Mann hast, dann sieht die Welt anders aus.‘ Daran habe ich später oft denken müssen. Aber‘, jetzt weinte sie fast, ‚als er nachher hierherzog und es mit ansah, wie sechs Kinder großgezogen werden mussten und der Mann immer wieder operiert wurde, hat er nie mehr daran erinnert, was er mir damals gesagt hat. Er war ein feiner Mann – mein Vater.'

Goldschnutel stand, mit einer Hand auf den Tisch gestützt, etwas krumm, die Brille in die Stirn geschoben, und erzählte noch weiter. Ihre Augen blickten sommerwolkenfreundlich und lagen in großen Schatten. ‚Ich bin in meinem Leben oft enttäuscht worden', sagte sie. ‚Jens hat viel Schmerzen gehabt und oft im Krankenhaus gelegen und da war ich dann allein mit den Kindern. Wenn er aus der Schule kam, fragten sie manchmal: ‚Ist Vater nervös?' Sie sagten ‚hervös'."

MaPö nahm Schlossels Hand. –

An der Wand des Studierzimmers hing die Fotografie seines Vaters. Der schmale Mann saß auf einer Bank vor undeutlichen Blättern und Bäumen der Festwiese, zwischen seinen Knieen lehnte im weißen Russenkittel der kleine blauäugige Pille. Der Großvater hatte dunkle Augen, eine beidseitig gewölbte schöne Stirn und einen weißen Spitzbart. Er trug Weste und Uhrkette. Das Bild war ein Jahr vor seinem Tod aufgenommen.

„Er war wohl ernst?", fragte ich.

MaPö schüttelte den Kopf: „Nein. – Er war still. Neulich hat mir einer seiner Schüler auf der Straße erzählt, wie mein Vater seinen Unterricht immer auf die gleiche Weise begann. Er zog die ‚Röllchen', also die Manschetten, aus seinem Ärmel und stellte sie ab, klappte seine Taschenuhr auf, legte sie vor sich auf den Tisch und sprach ein Gebet. Ja", sagte er, „er liebte den Gleichlauf. Er war sehr streng, aber sehr gerecht. Wenn er verstimmt war, sprach er manchmal tagelang nicht mehr mit einem. Mutter ging dann zu ihm: ‚Sag doch etwas. Die Kinder werden ja ganz irre.'

Er machte fast nie einen Scherz. Morgens stand er schon vor vier auf und ging zuerst in seinen Garten. Wenn er dann nach dem Kaffee zur Schule ging und Mutter vom Fenster aus winkte, drehte er sich nicht um, sondern bewegte nur den Handstock hinter seinem Rücken, bevor er um die Straßenecke bog. ‚Ich will nicht vor den Leuten glückliche Familie spielen', sagte er. Nachmittags arbeitete er bis in die Nacht für seinen Bund der Kinderreichen. Er hat nie etwas getrunken, höchstens einmal ein Bier. Dazu hatten sie gar kein Geld. Das Einzige, was er sich gönnte, war seine Pfeife. Bis zum Schluss hat er seinen billigen Tabak geraucht. Die hinteren Zähne waren davon schwarz lackiert.

Aber einmal im Jahr nahm er es nicht genau. Das war Weihnachten. Da legten die beiden zusammen erst die Summe zurecht, die sie für jedes Kind ausgeben konnten, und überlegten, welchen Wunsch sie erfüllen wollten. Wenn sie dann einkauften, hatte euer Opa alles vergessen. Mutter sagte oft zu ihm, wenn sie beim dritten Kind waren: ‚Du, wir sind schon über das hinaus, was wir überhaupt ausgeben wollten'. Dann sagte er: ‚Das spielt doch gar keine Rolle.' Es war ihm ganz gleichgültig. Jedesmal gaben sie viel mehr aus, als sie konnten." – Er verstummte.

„Jetzt sind wir aber weit zurückgewandert", sagte Alex, „fast entrückt."

„Ein schönes Rückenland", fand Perle. „Aber eins würde ich doch gerne wissen: Wie habt ihr es fertiggebracht, Onkel Heinz dazu zu bewegen, von der Landeshauptstadt in unsere Ecke an der Westküste überzusiedeln? Von Kiel aus gesehen muss unser Dorf doch ein kleines bisschen komisch ausgesehen haben."

MaPö lachte laut. „Natürlich tat es das. Aber wir brauchten uns gar nicht anzustrengen. Es kam und entwickelte sich sogar so, dass Breklum in den nächsten Jahren für meine Familie ein Hafen wurde. Wilhelm kam Heinz zuvor, er erschien schon 1937 öfter in Breklum und blieb übers Wochenende, es hatte geglückt, er durfte studieren, hatte sein Verhalten auf einer Parteiversammlung mit einem halben Jahr Arbeitsdienst und einem Jahr Militärdienst abgebüßt. Und dann: Ein 21 Jahre junger Medizinstudent eilt von Kiel nach Breklum, was meint ihr?", lachte MaPö. „Die Besuche wiederholten sich 1938, im Frühjahr

1939 hat er dann sogar bei Doktor Mahler im Sanatorium ein Praktikum absolviert, da hatte er nach vier Semestern das Physikum in Kiel abgeschlossen –"

„Und was zog ihn in unser Paradies?", fragte Alex.

„Er kam nicht Dr. Mahlers wegen", sagte Schlossel.

„Tante Elsa?", fragte Spatz. Unsere Mutter nickte vergnügt: „Vaters Sekretärin."

MaPö wurde ernst. „Und dann, das wisst ihr", sagte er. „Dann kam eines Tages plötzlich und für Jahre eure Oma aus der Hansastraße 8 in Kiel zu uns aufs Land und brachte mehrere Freundinnen mit. Kiel war zerbombt."

„So weit sind wir nur noch nicht, schon 1938 war und wurde vieles anders", sagte Schlossel. „Ich kann nicht sagen, dass ich damals schon verstanden habe, was es bedeutete."

„Ich vielleicht noch weniger", sagte MaPö. „Aber es gab ein Gefühl der Veränderung auf der ganzen Linie, herrschte eine sonderbare Stimmung. Irgendwie saßen wir fest.

Hitler war in seinem Weltruhm angekommen, wie uns schien, und er lautete überwiegend positiv."

„Zu Beginn des Jahres war der berühmte Reichsbankpräsident Hjalmar Schacht entlassen worden. Die Politik der Aufrüstung, die er ermöglicht hatte, ob Autobahn oder zunehmend Maschinengewehre und Panzer, hatte ein Finanzloch erreicht, das ihn zum Protest zwang. Er wurde kurzerhand ersetzt durch den nicht so schwierigen Reichswirtschaftsminister – und die Reichsbank wurde obendrein der Regierung unterstellt.

Am 13. März 1938 marschierte eine stark ausgerüstete deutsche Truppe, 62.000, unter dem Jubel zahlreicher Einwohner in Österreich ein und das Land wurde auf friedlichem Weg angeschlossen, sozusagen eingedeicht. Dem Reichskanzler Berlins schlugen in Wien Wogen der Zustimmung entgegen, während die Verstummten im Schatten standen und Auswanderer dem Land den Rücken kehrten.

Als der Führer und Reichskanzler im September dieses Jahres auch das Sudetenland zum ‚Vorland' des Reiches erklärte, das von Deutschland in Schutz zu nehmen sei, kam es zu einer europäischen Krise, tauchte die Gefahr eines Krieges auf, wurde sie aber zugunsten des Friedens und zum Vorteil der deutschen Seite in München beigelegt.

Als am 9. November die Gotteshäuser der Juden im ganzen Land brannten, ihre Geschäfte gestürmt, ausgeraubt und zerstört wurden, Vertreibung und ‚Arisierung', das heißt Raub ihres Vermögens in großem Maß, fortgesetzt wurde, geschah nichts, kein Aufstand im Land.

Und sogar als der Übergriff weiterhin überhandnahm, das Eindeichen entgrenzte, als im März 1939 die Tschechoslowakei zerschlagen und in ein ‚Protektorat Böhmen und Mähren' verwandelt wurde, konnte es der Berliner Diktator noch als Erfolg verbuchen. Er machte an seinem 50. Geburtstag, dem 20. April 1939, der Weltöffentlichkeit zum generösen Geschenk, dass er eine Anzahl bedeutender Namen, darunter Juden, aus Gefängnis und Konzentrationslager entließ, sodass sie mit dem Leben und ein wenig Gepäck davoneilen konnten."

„Was haben wir damals in Breklum und anderswo davon so wahrgenommen – wie wir es heute mühelos tun?", fragte Schlossel.

MaPö sagte: „‚Onkel Heinz', wie ihr ihn immer genannt habt, schlingerte. Er war die größte Sorge seines Vaters, als er auf dem Sterbebett lag, und der Augapfel seiner Mutter. Ein Sonnenschein. Ihr habt ihn ja auch so geliebt. Er gehorchte nicht und konnte sich bei seiner Mutter fast alles leisten; bei seinem Vater nicht. Als er im Wohnzimmer einmal wieder ein sogenanntes ‚Fell voll' bezogen hatte, raste er in die Küche: ‚Vater ist immer gleich so klotzig', sagte er. Und abends am Bett, nachdem sie gesungen hatten: ‚Erzähl doch nicht immer vom Herrn Jesus; erzähl doch auch mal von Räubern und so.' Sie lachte. ‚Er machte aus seinem Herzen keine Mördergrube.'

Weshalb er zu uns kam? Stellt euch vor: Heinz, der von der Familie nicht mehr erwartete lustige Bruder. Jetzt, nach dem Tod des Vaters, verstärkt es sich. Er hat alle Freiheit, der Nachkömmling ist fast immer der Star.

An einem Septembertag frühstückt er um neun Uhr und will eben die Wohnung verlassen.

Seine Mutter kehrt vom Einkauf zurück.

‚Wir haben schulfrei', sagt er.

Sie sieht ihn an. ‚Heinz?'

‚Schreibst du mir einen Entschuldigungszettel?' sagt er. ‚Schreib doch Mandelentzündung.'

‚Das kann ich nicht. Es stimmt doch einfach nicht!'

‚Aber das wissen die doch nicht', sagt er. ‚Ich bin immer noch besser als meine Kameraden. Die haben ein ‚Immerchen', so nennen sie es, eine Dauerentschuldigung. Bei der schneiden sie oben das Datum ab und setzen das aktuelle hin, und das wiederholt sich. Du schreibst mir immer eine neue.'

Sie schrieb sie.

Er verlässt erleichtert die Hansastraße 8, – Mandelentzündung dauert eine Woche –, biegt beim Bäcker um in die Gutenbergstraße und sieht auf dem Lemberg von unten Freund ‚Wap' ihm entgegenkommen, den langen Lulatsch, Wapnewski. Sie gehen aufeinander zu, Heinz rülpst laut und schnappt springend nach dem entfliehenden Laut hinterher: ‚Ö seggt Pö.'

Sein Schulkamerad hat im gleichen Augenblick geröhrt, mit größerem Mund und noch eleganterer Perfektion schwebt er dem dunklen Laut hinterher: ‚Ap seggt Wap.'

Das ist ihre Begrüßung.

‚Ich habe Mandelentzündung', sagt Heinz.

‚Und ich eine unbestimmte Qual in der linken Schulter', erwidert Wap mit leidendem Gesichtsausdruck. ‚Ich fürchte, alle meine Nerven auf dieser Seite sind zu kurz.'

Sie schwänzten einmal wieder und summten, während sie zum Hafen hinuntergingen, ihre Hits ‚Der Onkel Jonathan' oder ‚Roter Mohn, warum welkst du denn schon?', bestiegen einen Dampfer nach Laboe und bestellten ein Bier, saßen im Freien und sahen den Möwen zu. Beide schwärmten für die chilenische Sängerin Rosita Serrano.

Wap stellte sich eine Laufbahn vor, nicht fern der Musik, manchmal dirigierte er in freier Luft, Heinz MaPö sah sich als Kinobesitzer mit weißen Handschuhen und einem silbergrauen Mercedes.

‚Gehst du heute Abend zum Dienst?', fragte sein schulterkranker Freund.

‚Ich darf nicht', antwortete Heinz. ‚Strafurlaub. Tatsächlich nicht. Ich habe geweint', fügte er leise hinzu.

‚Du hast Exerzierverbot? Darfst nicht noch weitere Kapitel aus ‚Volk ohne Raum' hören? Das gibt es doch nicht.'

‚Brief unseres Scharführers – sechs Wochen Teilnahmeverbot.'

‚Und wieso?'

‚Hast du's nicht gehört? Bei dem Fackelzug nach dem Anschluss von Österreich, neulich, als alles den Führer feierte, sollen Freund Naumann und ich ‚Heil Dollfuß!' gerufen haben.'

‚Heil dem ermordeten Österreichkanzler, der ganz gegen den Anschluss und noch heftiger gegen die Nazis war? Seid ihr lebensmüde –'

Wap hauchte so durch die Zähne, dass es zischte.

‚Wir waren es doch wahrscheinlich gar nicht', sagte Heinz entgegenkommend.

‚Wenn ihr es doch wart, habt ihr eine Tonne Glück für ein Gramm Verstand eingehandelt.'"

MaPö fuhr fort:

„Heinz schwänzte den Dienst seit dem Vorjahr, weil er sich beim Sport den Arm gebrochen hatte. Der Sport war das einzige Fach, in dem er Leidenschaft und Ehrgeiz entwickelte. Zu dessen Extrakurs ihres Gymnasiums, der Kieler Gelehrtenschule, meldete er sich jedes Mal und erlangte das Leistungsbuch des Deutschen Reichsbundes für Leibesübungen. ‚Gesundheit ist Grundstein des Glücks', hieß das Motto, und sein Foto zeigt einen blauäugigen Jungen mit einem kühnen, entschlossenen Blick in der Hitlerjugenduniform, das Hakenkreuz auf der rot-weiß-schwarzen Armbinde: schneidig und musterhaft uniform.

Er sang im Schulchor und kannte sich aus in Musik.

Im Übrigen schwänzte er, bummelte, hatte kein Motiv, zechte nächtelang mit Kameraden, opponierte zu seinem Zeitvertreib im Klassenzimmer.

Das harte Wort des Vaters, er schlingert, was soll bloß aus ihm werden, das Oma ihm weitergab, schlug ihm manchmal an die Ferse.

Sein Englischlehrer rief seine Mutter in der Hansastraße an, Teacher, wie schon unsre Klasse ihn nannte: ‚Wir müssen ihn aus der Schule weisen.‘

Ich reiste sofort nach Kiel, suchte ihn auf und fragte nach dem Grund.

‚Ja, stellen Sie sich vor‘, sagte Teacher. ‚Wir hatten unser großes Schulfest, das ja auch ein Sportfest ist, Sport ist noch immer mein anderes Fach und Heinz ist da spitze. Ich gab die Regel aus: ‚Zwei Wochen vor dem Sportfest wird nicht geraucht.‘ Wir vereinbarten das in der Klasse, ich komme tags darauf die Bergstraße runter und wer kommt auf der anderen Seite herauf? Die Zigarette im Mund? Ich sage: ‚Mensch, was hatten wir denn abgemacht!‘ Und wissen Sie, was er sagt: ‚Mensch, eine!‘ – Ich sah ihn an, musste an mich halten.

Es war aber nicht diese eine Zigarette“, sagte MaPö. „Ich erfuhr anderes: ‚Herr Oberstudienrat, könnten Sie ihm nicht eine Empfehlung für das Gymnasium in Husum schreiben? Meine Frau ist bereit, ihn aufzunehmen; seine Mutter stimmt zu.‘

‚Das muss der Chef entscheiden‘, sagte er.

Direktor Lammert war im Bilde, ‚ich habe schon einiges über die Clique, zu der er gestoßen ist, auf dem Schreibtisch liegen‘, sagte er. ‚Wenn Husum ihn nimmt, schreibe ich die Überweisung.‘

Ich redete mit Heinz. ‚Die Schule zu verlassen, würde mir nicht schwer‘, sagte er. ‚Aber Kiel, meine Freunde, unser Kino? Breklum ist ja nicht gerade, – entschuldige, und dann jeden Morgen der Fußweg zum Bahnhof, drei Kilometer, die öde Fahrt mit dem Zug nach Husum? – Hin und her, Fahrschüler von morgens halb sieben bis mittags halb zwei?‘

‚Du bekommst ein Motorrad.'
‚Was? Wieso?'
‚Bei uns steht ein funkelnagelneues Motorrad, gestiftet für einen unserer Missionare in Indien. Neu darf es aus Devisengründen nicht ausgeführt werden, es muss gebraucht sein. Du könntest es ein paar tausend Kilometer lang einfahren; die Idee ist mir auf der Herfahrt gekommen. Du würdest uns einen Dienst erweisen.'
Heinz lachte. ‚Einen Missionsdienst! Das hört sich pfundig an.'
Sein Abgangszeugnis war – Schwamm drüber. Sport und Musik gut. Aber der Zusatz: ‚Es fehlte ihm am festen Willen, Fleiß und Teilnahme waren ungleich –'
Der Direktor in Husum zögerte: ‚Da muss doch irgendetwas vorliegen', sagte er.
‚Würden Sie die Freundlichkeit haben, Herr Direktor', habe ich gesagt, ‚hier in meiner Gegenwart Ihren Kollegen in der Kieler Gelehrtenschule anzurufen?'
Er tat es. ‚Nein', sagte die Stimme, ‚nein, da ist nichts. Wir empfehlen die Überweisung.'"
„Nun brauchte er allerdings auch noch den Freibrief seines Scharführers in der HJ, von Kiels HJ zu Husums HJ. Heinz ging zu ihm: ‚Bitte schreib, dass ich den Dienst regelmäßig besucht habe'", erzählte Schlossel.
„‚Hör mal', sagte der, ‚ich habe dich in den letzten zwei Jahren kaum gesehen!'
‚Ja. Aber wenn du das schreibst, fliegst du doch rein. Du hast dich doch gar nicht um mich gekümmert.'
Er erhielt das Zeugnis."
„Und der Wechsel glückte", sagte sein großer Bruder. „Heinz war plötzlich nicht mehr der Jüngste, Mutters kleiner Liebling, der tat, was ihm in den Sinn kam. Er war bei uns sofort der erwachsene Bruder und Schwager, hatte ein reizendes Verhältnis zu unsrer Mona und war für euch ‚Onkel Heinz'. Acht Wochen dauerte es, dann durfte er das Motorrad benutzen."
„Manchmal brachte er einen Schulkameraden aus Husum mit; der erste", sagte Schlossel, „stieg blass vom Rück-

sitz. ‚Er rast', sagte er, ‚ich habe gezittert und mich die ganze Zeit an ihm festgehalten.'"

Yoko lachte. „Er hat mich mitgenommen zum Milchholen, auch dann sauste er, wir lagen schräg in der Kurve und meistens sprang etwas Milch aus dem kleinen Eimer, obwohl ein rundes Brett auf der Milch schwamm. Aber es hat ihn nie jemand gescholten. Er war der Beliebteste im ganzen Haus."

„Nicht nur im Haus", sagte Schlossel. „Die Mädchen im Dorf sahen sich nach ihm um. Er war eine Errungenschaft für unser Dorf! –"

„Im März ist er nach oben gezogen, in Leas Dachstube mit dem Fenster nach Osten."

„Da bin ich manchmal hinaufgestiegen", sagte ich. „Ich war ja schon vier. Er hatte meistens einen Drops für mich. Aber das Beste war, es hing ein Bild an der Wand. Unter Wolken schwebten zwei Adler."

Wir begannen zu schwärmen: Nach dem Essen in der Veranda draußen holte er manchmal sein Motorrad. Und dann hat er uns mitgenommen, gefahren, man saß auf dem kühlen Benzintank zwischen seinen Armen und er kreiste gleich hier um den runden Rasen und die Blutbuche. Oder kreiste auch noch weiter unten um die Lindenlaube und mit Karacho um die quadratische Obstbaumwiese dahinter. Alle, mit denen es schon ging – Yoko oder Pille saßen auf dem Rücksitz, Alex oder Bollus vorne.

Vielleicht auch schon Spatz? Perle war noch nicht zwei und Chie lag in der Wiege, im Januar geboren. So redeten wir.

„Seit Januar 1939", sagte Schlossel. „Nur dies eine Jahr war er bei uns."

„Und wir Größeren gingen sogar mit den Kleinen schlafen", sagte Yoko, „weil Onkel Heinz dann eine Geschichte erzählte. Er dachte sich etwas aus und wir mussten dann immer erst mal sagen, wie weit wir gekommen waren, dann erzählte er weiter. Ich weiß nicht mehr, was es war, aber es war eine lustige Fortsetzungsgeschichte."

„Ihr habt ja gesagt, dass in der Zeit auch Onkel Wilhem bei uns gewesen ist", sagte ich. „Ich kann mich gar nicht erinnern." „Das musst du auch nicht", sagte Schlossel. „Das erste Mal in Breklum war er bei deiner Taufe und du warst zwei, als Wilhelm anfing, öfter bei uns hereinzuschauen – und da warst du nicht der Grund. Wir wussten eigentlich gar nicht, was ihn immer wieder nach Breklum zog. Er kam aus Kiel mit dem Fahrrad, an sich kein solcher Sportsmann wie Heinz, sondern ein langer schlaksiger Kerl, eher etwas weich, mit einem ganz offenen, aufmerksamen Blick. Er trug früh eine Brille und war beschlagen – als er seinen Arbeitsdienst und die Freiwilligenausbildung beim Militär hinter sich brachte, hat er vor allem gelesen, Aufsätze aus der Zeitung ausgeschnitten, ganz überraschende, und sie gesammelt. Einer war auch dabei über das Haus hier, in dem wir sitzen. Es hieß vor Christan Jensen der ‚Lutherhof' und war ein strohgedecktes Bauernhaus; ob die Besitzer Nachkommen der Luthers in Eisenach gewesen sind, ist allerdings ‚nicht gesichert'", sagte Schlossel und lächelte.

„Inzwischen durfte er studieren, das haben wir gesagt, von Frühjahr 1936 bis zum Sommer 1938 hat er in Kiel Medizin studiert und nicht nur mit dem Physikum abgeschlossen, sondern nebenher die militärische Ausbildung hinter sich gehabt. Zweiundzwanzig Jahre jung. ‚Jetzt bin ich nicht mehr Gefreiter, sondern ‚Reservefeldwebel des Sanitäterdienstes', sagte er und nahm lachend Haltung an."

„Und Elsa zog ihn immer wieder nach Breklum?"

„Eure Tante Elsa! Vater hatte seit 1937 eine private Sekretärin, die sich aus Hamburg beworben hatte und eine vorzügliche Hilfe wurde. Das war sie."

„Abends", sagte MaPö, „wenn ich nach Hause kam, hatte sie lupenrein abgeschrieben, was sie morgens stenografiert hatte – ich habe ja fast nur diktiert."

„Im hin und her gehen", sagte Schlossel, „wer hätte deine Schrift auch lesen können!" –

„Lass mal! – Elsa hatte dann oft etwas aufgeschrieben, gelegentlich in einem Brief. Es war fast immer eine Frage zu einem Bibelwort, seiner Bedeutung, manchmal zu einer ganz eigenen, schwierigen theologischen Sache. Sie war auf der Suche und kam aus einer anderen Welt, war die älteste Tochter eines Elektromeisters Karl Dose in Hamburg-Altona. Herr Dose war vermögend und produzierte elektrische Geräte, die an Bord der Schiffe gebraucht wurden."

„Und später, im Krieg", ergänzte Schlossel, „tatsächliche ‚Dosen' aus Blech, in denen Fische in Gelee eingelegt waren, das waren Kostbarkeiten, wir haben gut davon gehabt –"

„Oh ja! Und ich von Elsas Englisch", sagte MaPö. „Ihre Mutter war Engländerin, die starb, als Elsa ein achtjähriges Kind war, aber sie war in den Ferien immer wieder bei den englischen Verwandten.

Die Familie war kirchenfern. Elsa suchte etwas, sie schloss sich 1927, nach ihrer Konfirmation, einer sonderbaren Jugendbewegung an, den Atamanen, einer, scheint mir, irgendwie altgermanischen Siedlungsbewegung. Daher wurde sie 1933 nach dem Abitur für drei Jahre eine Landarbeiterin und war, als sie kam, halb ja, halb nein, verlobt mit einem Thüringer Bauernsohn und Atamanen. Drei Jahre idealistische Landarbeit im Rücken!

Ob sie sich befreien wollte? Jedenfalls besuchte sie plötzlich den Schreibkursus einer Handelsschule und begann als Korrespondentin in einer Hamburger Firma. Sie war tüchtig. Man ließ sie ungerne gehen.

‚Ich suchte aber eine Arbeit, die den ganzen Menschen beansprucht', hat sie einmal zu mir gesagt. ‚Und da gab es etwas – ich bin in Altona von Hans Asmussen konfirmiert worden, das war schon ein Wink, in England hatte ich eine geliebte fromme Großmutter, die 1927 starb, kurz bevor ich konfirmiert wurde, und dann, zuletzt, stieß ich in Altona auf ‚Breklumer' und hörte, dass sie dort jemand suchten ... Da habe ich sofort geschrieben.'

Und nach wenigen Tagen hier bei uns hat sie gesagt: ‚Ich bin hier endlich glücklich! Dies Angebot war ein Ruf im richtigsten Augenblick.'"

„Nicht lange danach erschien Wilhelm", sagte Schlossel. „Ich vermute, es war die berühmte Liebe auf den ersten Blick. Aber wir haben's nicht bemerkt. Wilhelm war vier

Jahre jünger als Elsa, noch im Medizinstudium, auch er im Grund schon verlobt, man sagte in Kiel: versprochen. Es begann die Reihe seiner Besuche; als Heinz Ende 1938 zu uns zog, kam es einmal vor, dass er Wilhelm mit dem Motorrad in Kiel abholte; es gab einen besonderen Grund – was wir nicht wussten. Es war eine Art Abschied.

Wilhelm zog von Kiel nach Berlin, wollte dort das Studium zu Ende bringen und besuchte uns noch einmal kurz nach dem großen Jahresfest zu Pfingsten 1939. Wilhelm und Elsa hatten sich damals gefunden", sagte Schlossel, „sie wussten aber noch nicht sicher, ob sie es glauben konnten. Wir ahnten nichts. Aber sie trug in diesem Jahr immer so eine kleine billige Brosche, eine Friesenbrosche, und ich fragte sie einmal: ‚Warum haben Sie immer dieselbe Brosche an?'

Da hat sie es mir gesagt. Die hatte ihr Wilhelm aus Amrum mitgebracht. Und sie hatten eine Pause vereinbart, um zu sehen, ob sie wirklich zusammengehörten. Ein ganzes Jahr sollte gelten: Wir schreiben uns nicht, grüßen uns nicht. Dann werden wir es wissen.

Sie hat in der Zeit einmal den Atamanen in Thüringen besucht, war zum ersten Mal bei ihm zu Hause. Es war eine furchtbar primitive kleine Bauernklitsche, mit einem ‚Tretstall', weißt du, wo die Tiere sommers wie winters in ihrem Dung standen und man sein Geschäft mit dem Hintern vor dem Hintern der Kühe verrichtete. Kleine Fenster. Und er schrieb Elsa Karten, keinen Brief, nur Karten in falschem Deutsch. Sie hat sie uns einmal gezeigt, als sie sich von ihm getrennt hatte.

Wilhelm ging es in dem Jahr entsprechend. Er trennte sich von seiner Freundin. Und er schrieb in diesem Jahr 1939 bis 1940 an Berlins Friedrich-Wilhelm-Universität, neben seinem Studium, eine Doktorarbeit über die ‚Häufigkeit der Alkoholpsychosen an der Klinik der Berliner Charité in den Jahren 1929–1939'. Sie ist 20 Seiten lang und von dem Thema Selbstmord nicht allzu weit entfernt, aber davon lasst uns heute nicht sprechen.

Elsa ist im Juli 1939 für einen längeren Aufenthalt nach England gefahren; als der Krieg am 1. September in der Tür stand, wussten wir nicht, ob sie Deutschland noch rechtzeitig erreicht hatte“, sagte Schlossel, „auch Wilhelm war unsicher.“

Unser Vater nahm es auf: „Unsicherheit war in diesem Breklumer Jahr überhaupt ein Gefühl: eine neue Zeit in meiner Familie, unser Vater gestorben, Heinz, Wilhelm und Elsa bei uns – in der großen Politik ein Wartestand, entspannte Unruhe könnte man beinahe sagen, während anderes so fest und erreicht und sicher war.

Ich weiß gar nicht, ob ihr es euch vorstellen könnt – schon das Jahr zuvor haben wir in dem Gefühl gelebt, dass unser Land in der Welt und zu Hause unverrückbar fest dastand. Die Jugend, die Schule, der Häuserbau, überall, die Straßen, der Volkswagen, der Volksempfänger, Wirtschaft und Rüstung; alles war aufgestellt – es war vieles gelungen, das niemand erwartet hatte. Der Kirchenkampf wurde schon fast Geschichte. Der Führer feierte einen Erfolg nach dem anderen, selbst die Abräumung der Tschechoslowakei im März 1939 wurde gebucht wie ein Naturereignis.

Hans Dunkers Reisen im Geist der Volksmission, die Mutters Schwester mit ihm organisiert hatte, verloren ihre Spannkraft. Im Frühjahr 1939 wurde Tante Lea nach Indien entsandt, um als Mitarbeiterin der Missionare und als schulische Betreuerin der dortigen Kinder zu arbeiten. Sie war nicht mehr ausgelastet, es gab hier keine Aufgabe mehr, aber sie ging, wie sie später einmal gesagt hat, mit nichts als Zweifeln. An der Südseite des Großen Saals hatte sie nach fernöstlichem Muster einen kleinen Steingarten angelegt, Steine, Rentiermoos, Kletterrosen in schönster Anordnung. Leas Garten.

Das Jahresfest der Gesellschaft feierte zu Pfingsten dieses Jahres den 100. Geburtstag ihres Gründers Christian Jensen; es sprengte in jeder Richtung alle Erwartungen, durch seinen Geist, 5000 Menschen versammelten sich tatsächlich auf dem Gelände, auf der Alten und der Neuen Festwiese. Es war wie im Frieden. Der Posaunenchor spielte, die Gemeinde sang auf beiden Wiesen, der alten und neuen zugleich", „mit kleiner Verschiebung", ergänzte Schlossel:

„Du starbest selbst als Weizenkorn
Und sankest in das Grab.
Belebe denn, oh Lebensborn,
Die Welt, die Gott dir gab.
und
O komm, du Geist der Wahrheit,
Und kehre bei uns ein,
Verbreite Licht und Klarheit,
Verbanne Trug und Schein.
Gieß aus dein heilig Feuer …

Draußen, in Deutschlands ‚Draußen', war der Nürnberger Parteitag als ‚Parteitag des Friedens' in Sicht. Der Führer war seiner Zukunftsvision auf finanziell bodenlosem Untergrund nachgegangen, sodass das Ursprungsziel der Expansion – die Ausdehnung ‚Großdeutschlands' in jeder Richtung – sich ökonomisch von selbst erzwang und unter der Decke in Angriff genommen wurde. Er baute jetzt Sicherungen ein, von denen ein interner Zirkel wusste, dass es verlogene Versicherungen waren. Am 31. Mai schloss er mit dem König von Dänemark einen ‚Nichtangriffspakt' – Schweden und Norwegen hatten dies Angebot abgelehnt – und noch am 23. August kam in Moskau mit Stalin ein ‚Nichtangriffspakt' zustande, der sofort öffentlich wurde und die Welt überraschte. Ein geheimes Zusatzprotokoll vereinbarte, im Fall eines Krieges wollte man die Baltischen Länder und Polen untereinander aufteilen.

Inzwischen wurde landesweit mobilgemacht. Am 22. August hatte Hitler seiner Generalität auf dem Obersalzberg verkündet: ‚Ich werde propagandistischen Anlass zur Auslösung des Krieges geben. Gleichgültig, ob glaubhaft.' sagte er. ‚Der Sieger wird später nicht danach gefragt, ob er die Wahrheit gesagt hat oder nicht.' Was folgte, wisst ihr?

Am Abend des 31. August das ‚Unternehmen Tannenberg'. Sechs als Polen, als polnische Freischar verkleidete deutsche SS-Leute überfielen, mit Maschinenpistolen bewaffnet, an der polnisch-deutschen Grenze einen auf deutschem Gebiet existierenden deutschen Sender.

Der war vorbereitet; die Technik klappte zunächst nicht. Dann hörte man, in polnischer und deutscher Sprache: ‚Achtung! Achtung! Hier ist Gleiwitz. Der Sender befindet sich in polnischer Hand ... Die Stunde der Freiheit ist gekommen. Hoch lebe Polen' –

Dann verschwand die ‚Freischar'. Zurück blieb ein Toter am Rand des Gebäudes, ein polenfreundlicher deutscher Oberschlesier, den man tags zuvor in einem Nachbardorf verhaftet und als Beitrag zur Beweisführung für den Überfall erschossen hatte.

Am Vormittag des 1. September 1939 verkündete der Verursacher des Spektakels vor dem Reichstag:

‚Polen hat heute Nacht zum ersten Mal auf unserem eigenen Territorium auch mit bereits regulären Soldaten geschossen.

Seit 5.45 Uhr wird jetzt zurückgeschossen.

Und von jetzt ab wird Bombe mit Bombe vergolten.'"

II. Teil

Der andere Zustand

Wir sind keine Richter.
Ludwig Greve

Kurzer Ausflug zum Kreuzzug des Mittelalters

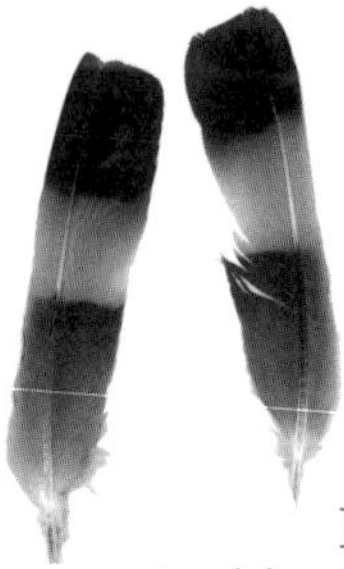

Auf meinem Schreibtisch liegen zwei Vogelfedern. Ich sah sie in Freiburg auf dem Gehsteig liegen und hob sie auf, fand sie vielsagend, wusste aber gar nicht, in welchem Sinn, und nahm sie mit.

Ihre Farbe ist schwarz und weiß, das Schwarz changiert ein wenig, wenn man die Feder ins Licht hält, es schimmert verhalten grün, blau und purpurn. Schwarz und weiß lösen einander ab. Wo die Feder im Körper des Vogels steckt, beginnt sie hellgrau, verdunkelt sich zunehmend und wird dann ganz schwarz; dem folgt ohne Übergang ein rein weiß glänzender Abschnitt, der sich am Ende wieder eingraut und darauf in gleicher Länge wie die weiße Strecke ganz und gar in Schwarz übergeht.

Das ist ja ein Bild der Geschichte unsres Landes, die du hier erzählen willlst, sagte ich mir irgendwann. Die hat drei vergleichbare Abschnitte:

Ihr gehen vom Friedensvertrag zu Versailles angefangen die zwölf Jahre der ersten Deutschen Republik voraus, die 1920 beginnt und 1932 tief eingedunkelt abbricht. Sie ist im hier Erzählten nur der Hintergrund. Danach beginnen sechs verblüffend weiße Jahre, vom Januar 1933 bis zum August 1939, ein scheinbar reiner Aufstieg, sechs Jahre lang, und dem folgt im totalen Krieg vom Herbst 1939 bis zur Katastrophe im Frühjahr 1945 ein sechs Jahre langer schwarzer Abstieg. So sieht es aus.

Von welchem Vogel ist die Rede? Von ‚pica', wie die Ornithologen sagen. Pica pica. Von der Elster, die gelegentlich über unseren Dächern kreist, hinterm Haus versucht, ein Nest zu plündern oder sich gegenüber auf dem flachen Dach niederlässt und den Schwanz steil aufstellt.

Man findet sie in ganz Europa. Wer kennt sie nicht! Sie gehört zur Familie der Raben. Von ihrem Flug hat der

Franzose Jules Renard gesagt, es sehe aus, als wenn der Vogel eine Treppe heruntersteige. Das Bild stimmt.

Man spricht von ihr in deutscher Sprache seit mehr als tausend Jahren. ‚die alster tanzt in fremden federn‘ liest man, oder ‚die elster dunkt sich stolz und klug‘, ‚die höllische agalaster‘. ‚Die alster die ist schwarz und weiß‘, schreibt im frühen 19. Jahrhundert schlicht der Dichter Uhland und meint das Zwitterhafte.

Was wurde der Elster nicht alles nachgesagt im Lauf der Jahrhunderte, sie wurde zum uferlosen Spiegel der Voraussage, des Vorurteils. Dass sie diebisch sei und sich glänzende Gegenstände ins Nest hole, meinen viele noch immer zu wissen. Aber man meinte auch: Wo ihr ‚Schack, Schack‘ überhandnimmt, sie ‚rätscht‘ oder auch nur auffallend ums Haus fliegt, kündigt sich der Tod an. Das Geschrei einer ganzen Schar bedeutet Krieg, wer ihr Fleisch isst, bekommt die Tobsucht, aber bei Epilepsie kann sie helfen. Wer auf sie schießt, dem zerspringt das Gewehr; wenn es unscharf schieße, genüge es, das Gewehr mit Elsternblut einzureiben. Auf ihrem Schwanz sitzen Hexen. Sie hat etwas Teuflisches. Mit einem Wort:

Sie changiert wie kein anderer Vogel.

Wir begegnen ihr aber auch in den ersten Zeilen einer unsrer wunderbarsten Dichtungen, in Wolfam von Eschenbachs „Parzival“:

Ist zwîvel herzen nâchgebûr,
daz muoz der sêle werden sûr.
gesmaehet und gezieret
ist, swâ sich parrieret
unverzaget mannesmuot
als agelstern varwe tuot.

Ist Zweifel Nachbar eines Herzen,
Wird das die Seele bitter schmerzen.
Verhöhnt und nur noch halb verehrt
Wird auch der reinste weiße Mut,
Wo er zum Schwarzen sich verkehrt,
Wie es die Elsternfarbe tut …

Die Federn der Elster auf meinem Schreibtisch sehen mich an. Es hat einen Grund. Draußen ist es nass und kalt. Die Bäume zur Straße hin und auf ihren südwärts gelegenen Hinterhöfen sind noch kahl und blattlos, aber heute morgen entdecke ich auf dem Hinterhof des Nachbarn in der Baumspitze eine Kugel aus Holzgezweige, ein Elsternnest, und später sah ich vom Fenster meines nordwärts gelegenen Arbeitszimmers aus eine Elster auf dem Dach gegenüber sitzen, die dann, laut rätschend, im Halbbogen über die Straße ihrem Nest entgegenflog.

Sprechen die Federn auf dem Schreibtisch noch die alte Sprache? Zu Beginn las ich sie als Zeitleiste; die begann, wo die Federn im Körper des Vogels stecken, mit einem Grau, das sich zunehmend verdunkelte, das waren die zwölf Jahre der Weimarer Republik, die 1932 in Armut und Arbeitslosigkeit, Bürgerkriegsnähe und politischer Hilflosigkeit versank. Es folgte eine scheinbar strahlend weiße Epoche mit dunkelgrauem Grund und Ende, das sollten die sechs Jahre eines entschlossenen und beschlossenen, bejahten diktatorischen Neubaus sein, als nationaler und internationaler Aufstieg vielfach angesehen, mit gefährdender Kriegsnähe am Ende und dann der tiefschwarze Ausklang: sechs Jahre Zweiter Weltkrieg.

Das waren die Federn als Zeitleiste, als Verbildlichung dreier Epochen. Aber der Vogel, in dem sie steckten, die Elster! Das Bild ändert sich sehr, wenn man die Menschen sieht, die durch das Tal der Welt wanderten so wie Wolfram von Eschenbach vor 800 Jahren seinen Parzival durch die Welt reiten ließ, Fehler auf Fehler begehend, bis er die richtige Frage stellt und alles anders wahrnimmt.

Millionen Schicksale. Wir sprechen hier von einem kleinen Ausschnitt, bei dem es sich noch dazu zur Hälfte um eine ‚Bruderschaft' handelt. Und doch sieht jedes anders aus. MaPö ist zuerst hereingefallen auf den Heilbringer, hat sich blenden lassen, und dann die Frage gestellt. Blieb er fest? Wilhelm Halfmann, der viel Umstrittene, ein klarer Kopf der ersten Stunde, der sieht, mit wem er es bei dem Kanzler zu tun hat, welcher die Grundlage der christlichen

Religion auf den Müllhaufen werfen will, sagt es, wiederholt es, trägt es vor – und winkt dann in einer Schrift, in der er dies noch einmal wiederholt, mit antijüdischer Hetze, als wäre er auf der anderen Seite, mit tief tiefschwarzen Schwanzfedern. Wollte er den spionierenden Gegnern ihren Maulkorb, den Gefängnisschlüssel, die Pistole aus der Hand nehmen, um seine kirchenpolitische Arbeit fortsetzen zu können? Hatte er Angst? Dachte er so? War die Hetze Gemeingut?

Allgemeiner gefragt: hatte man damals nicht unvermeidlich, wenn auch unterschiedlich, aber doch einen grauen Star? An festen Haken der Gesellschaft hingen 1000 Wörter der neuen Ideologie, die den Alltag formten, einen Schatten warfen, unvermeidlich in Gebrauch waren. Es begann mit dem Gruß, das Erheben des Arms und die Erhebung eines gewissenlosen Kanzlers zur Heilsfigur. „Wie kommen Sie gerade auf Hitler?" zu erwidern, war ein Staatsverbrechen. Kein Brief an eine Behörde, ob Staat oder Landeskirchenamt, ohne „Heil Hitler!". In Heide murmelte ein gelehrter Pastor, Manitius: „Drei Liter", allerdings indem er die Konsonanten ausließ, als sei er ein geborener Däne: „ei lier."

Albinos sind unter Elstern selten, aber es gab solche Heilige. Von den Albinos, die nicht auswanderten, wurden viele grausam ‚beseitigt'.

Auch rein schwarze Raben sind unter Elstern keine eiserne Regel. Auch da gab es jenes: „We can make an exception". Da schließt ein Grenzwächter die Augen, als ein Jude den Zaun in die Freiheit unterquert, lässt ein staatsfrommer Jurist eine Akte verschwinden, lässt ein Gestapomann gegenüber einer widerborstigen Druckerei eine weiße Weste schimmern. – Doch wenn die Elstern in schwärmenden Schwärmen kommen – was einmal als Zeichen des Krieges galt …

Der Krieg ist ein anderer Zustand. Er verbietet die Selbstbehauptung, sie scheint sich selbst zu verbieten. Er nimmt alle in die Pflicht. Kaiser Wilhelm II. sagte zu Beginn des Ersten Weltkriegs im Reichstag: „Ich kenne keine

Parteien mehr, ich kenne nur noch Deutsche." Sein Nachfolger am 1. September 1939 brauchte es nicht zu sagen: Es gab nur eine Partei und die hob den Arm.

Der Krieg zwischen den Völkern, Staaten, ihrer Führung bedeutet die Entscheidung, den anderen mit mörderischen Waffen in die Knie zu zwingen oder sich ihm in gleicher Weise auszuliefern. Wer 1939 die Teilnahme verweigert, setzt das Vaterland aufs Spiel und verliert zumindest die Freiheit; wer zum Gegner überläuft, wird erschossen.

Europa war schon einmal weiter, vor 800 Jahren sehr viel weiter. Es gab sogar gelegentlich den Brauch, dass die gegnerischen Heerführer stellvertretend den Kampf bestritten, der Ausgang galt für ihre Länder.

Wolfram von Eschenbach schrieb im Alter ein Kreuzzugs-Epos, den „Willehalm": ein arabisch-islamisches Heer zieht übers Mittelmeer westwärts in einer großen Flotte gegen einen christlichen Fürsten der Provence zu Felde. Der Autor klagt zu Beginn des Kriegsgeschehens:

„ouwê nû des mordes
der dâ geschah ze beder sît."

Und wiederholt es am Schluss: Kreuzzug ist Mord.

Der Autor war schon im „Parzival" auf dieser Spur; er erfand seinem Helden einen Bruder, der in schwarz-weißer Haut zur Welt gekommen war: als Elster! Parzivals Vater war zuerst eine Verbindung mit einer dunkelhäutigen Ungetauften eingegangen. Von dem daraus hervorgegangenen schwarz-weißen „Feirefiz" ist zu Beginn die Rede.

Es lohnt sich, an ihn zu erinnern. Christen und Heiden werden von Wolfram grundsätzlich als Erdenbürger auf einer Ebene dargestellt, als Menschen gleichen Wertes, er neigt gelegentlich dazu, den Ungetauften eine gelassenere, heitere Kultur zuzuschreiben.

Gegen Ende der Erzählung taucht Feirefiz wieder auf. Da begegnen einander die Brüder, der Sohn Belakanes und der Herzeloydes, zum ersten Mal. Unerkannt, hinterm Visier in schwerer Ritterrüstung, kämpfen sie gewaltig, anfangs zu Pferde und mit der Lanze, dann auf dem Boden und mit dem Schwert. Parzivals Schwert zerspringt, und sein Gegner erschlägt ihn nicht, sondern fragt ihn nach seinem Namen. Wer sich zuerst nennt, lautet die Regel, gesteht seine Niederlage.

Parzival weigert sich. Da überspringt der Heide den Ehrenkodex und nennt seinen Namen: „Ich bin Feirefiz von Anschouwe.“ „Wieso?“, sagt Parzival. „Von Anschouwe bin doch ich. Allerdings soll ich im Heidenland einen Bruder haben. Wenn ich sein Gesicht sähe, wüßte ich, ob Ihr es seid. Ich verspreche Euch, ich führe nichts im Schilde.“

„Wie solltet Ihr auch!“, sagt Feirefiz, „mit Eurer kaputten Waffe.“ Und er wirft sein Schwert ins Gebüsch: „Wenn wir weiter kämpfen sollen, müssen die Chancen gleich stehen. Aber, bemüht Eure Courtoisie! Wie soll denn jener Bruder aussehen?“

„Schwarz und weiß, durcheinander, wie ein beschriebenes Pergament.“

„Der bin ich“, sagt Feirefiz.

Da werfen sie Helm und Visier ab, Parzival sieht das Elsternmal, Feirefiz und Parzival liegen einander im Arm, geben einander den Friedenskuß und reden über ihre Verwandtschaft.

Feirefiz dankt seinen Göttern Jupiter und Juno. „Mit dir selber hast du hier gekämpft“, sagt er. „Mich selber hätte ich in dir erschlagen.“ Er lacht unter Tränen.

An dieser Stelle erkennt Wolfram, weit entfernt vom geltenden Kirchenkodex, jener aus Feirefiz’ Augen leuchtenden Treue, den Rang der Taufe zu. Sie ziehen zur Gralsburg und Feirefiz lässt sich taufen, nicht, weil ihm der christliche Glaube klar ist, sondern weil er entflammt ist für Repanse de Schoye, die Schwester von Parzivals Mutter.

Wolfram von Eschenbach ist ein Spezialist für theologische Gewagtheiten, auf anderer geschichtlicher Ebene und gleicher Höhe wie sechs Jahrhunderte nach ihm Lessing. Wie so viele Dichter ist er ein frühes Glied in der Ketzergeschichte: Kreuzzug ist Mord auf beiden Seiten.

Historiker neigen dazu, zusammenzufassen und Epochen über einen Kamm zu scheren; oft ist es der Hauptgesichtspunkt, der von unserer Gegenwart aus am auffälligsten und zugänglichsten ist, für unser Auge deshalb als dominant hervortritt: schwarz oder weiß. Die großen Linien sind die der öffentlichen Oberfläche.

Tauchen wir ein in die individuellen Lebensläufe der gleichen geschichtlichen Epoche, dann stoßen wir auf Zeugnisse, die das schwarz-weiße Bild in ein neuartiges, vielseitiges Stufengebilde verwandeln, in ein Panorama, in dem jedes Schicksal ganz individuelle Züge annimmt.

Keine Elster gleicht der andern.

14
Einquartierung

Yoko sah Pille an. Er hob die Hand und räusperte sich.

Es gab eine Pause.

„Bevor wir hier weitermachen“, sagte er, „wollen wir eins festhalten: Was hier im Studierzimmer zur Sprache kommt, ist nicht die interne Geschichte unserer Familie, es sind Erfahrungen und Erinnerungen an die Zeitgeschichte, die vielfältigen der Eltern, die stückweisen von uns, in die wir hineinwachsen.

Wir hier mit dem Blick auf die Blutbuche und den Großen Saal sind nur der Schauplatz, ein kleiner Erinnerungsort. Was an unsrer Familie zeittypisch ist, zeigt sich dabei von selbst.

Aber wir würden nicht mitmachen, wenn die ‚Familie und ihre Beziehungen‘ ins Zentrum gerieten. Das wäre ein ganz anderer Stoff. Von idyllischer Lieblichkeit kann ja, nebenbei gesagt, nicht die Rede sein. Einige haben gelitten. Unsere Eltern – ihr habt eure Kräfte ein wenig überschätzt. Aber das meiste ist normal und –“

„Findet ihr, dass wir es bisher falsch gemacht haben …“, fragte MaPö.

„Nein, es gab allerdings kurz Unruhe.“

„Aber ich habe doch Mutter versprochen, dass ich meine Geschichte nicht schreibe."

„Du ja!"

MaPö sah in die Runde.

„Wollen wir weitermachen? Ich glaube, wenn wir uns einmal die Reihe der Einquartierungen in Breklums Missionshaus vor Augen führen, gewinnen wir einen Überblick fast über das ganze Kriegsgeschehen im Tausendjährigen Reich. Die Einquartierungen begannen ja sofort, 1939, und hielten genau so lange an wie die vorausgegangene Friedenszeit, die anscheinend eher eine Zeit der Vorbereitung des Krieges war – beides dauerte sechs Jahre. Man mag es kaum glauben."

„Von den Einquartierungen, finde ich, muss Mona erzählen", sagte Yoko. „Mona, das Haus warst du doch!"

„Es war einfach so", sagte Schlossel: „das Jahresfest war seit 1940 verboten; es gab noch ein Treffen, aber das war klein und wir nannten es einfach anders. Der große Saal und die Zimmer treppauf, treppab standen meist leer. Tagungen oder die Ausbildung von Leuten, die nach ‚draußen' wollten, waren jetzt undenkbar. Also fielen wir der Gemeinde von da an immer als erstes offenes Quartier ein – für Militär, Ausgebombte, die ersten Flüchtlinge ... Bürgermeister Thomsen und Ortsgruppenleiter Mäckelmann machten beide Druck – wir wurden in doppelter Hinsicht die ‚lieben Nächsten', an die sie dachten. Dr. Mahler kam ja mitunter und sagte einmal: ‚Ich komme auf Bauernhöfe, da ist kein einziger Flüchtling, und bei Ihnen schlafen acht Kinder in einem Zimmer, um für andere Platz zu machen.' So war es zuletzt. Trotzdem: Wir haben versucht, mit allen irgendwie Kontakt zu bekommen und abgesehen von einzelnen, zweideutigen, ist es auch gelungen."

Sie überlegte: „Ich glaube, man könnte die Geschichte aller Kriege auf deutschem Boden anhand der Einquartierungen in den Pastoraten erzählen. Die waren geräumig und oft die Einzigen, die Platz hatten. Mein Großvater, der alte Hans Schlaikier Prahl, hat mir erzählt, dass sein

Vater Hans Peter Prahl 1848 das Dorf Øster Løgum/ Osterlügum, wo sie acht Jahre im selbstverständlichen zweisprachigen Frieden zusammengelebt hatten, verlassen musste, nachdem sie mit ihrer einmarschierten preußischen und österreichischen Einquartierung im Garten Kriegslieder gesungen hatten. Eines fing an: *Der Deutsche schlug den Dänen / Bei Schleswig an der Schlei / Er riss ihm aus den Zähnen / Den Raub und wurde frei.* – Auf einmal hieß es in Südschleswig, man sei im ganzen Herzogtum Schleswig von seinem dänischen König nichts als beraubt und geknechtet worden. Als die aus dem Süden sich zurückzogen und das Blatt sich wendete, musste dieser mein Urgroßvater Hans Peter Prahl über Nacht aus Hadersleben fliehen. Er landete in Wetzlar. – Und dessen Vater, der Großvater meines Großvaters, der mehr dänisch geprägte Propst in Tondern Peder Prahl, hatte dort nach Napoleons Niederlage von 1813 zu Hause und in der Gemeinde als Einquartierung lauter lebhafte, lustige Kosaken."

Sie lachte.

„Überhaupt – ,unser Korn aus der Ukraine.'

Wir hatten Einquartierung nach Einquartierung und die erste war aus der gleichen fernen Ecke wie damals 1813 und auch ziemlich wunderlich. Diese allererste Überraschung war Getreide aus der Ukraine, das bei uns in den Großen Saal geblasen wurde. Das war vor dem Krieg, ich glaube schon 1937, und ging aus vom Reichsnährstand, den Göring unter sich hatte. Es war ,Vorsorge', eine Reichsvorratskammer. Göring sorgte dafür, dass überall Unmengen von Korn eingelagert wurden. Man hätte sich dabei schon seinen Teil denken können.

Ich sagte den Leuten, als ich ihnen den Saal zeigte, sie könnten das Getreide bei uns nicht einlagern, das Dach sei undicht: Im Frühjahr klebt immer Schimmel an den Wänden. Sie fuhren trotzdem mit großen Lastwagen auf den Hinterhof, legten ein Rohr auf Hockern durch den Eingangsflur in den Saal und bliesen das Korn hinein, wenige Wochen vor unserem Jahresfest."

„Aber war das nicht erst 1939, kurz vor dem Krieg?“, fragte ich.

„Nein! Da war alles schon längst blitzblank für unser größtes Jahresfest: Den hundertsten Geburtstag unsres Gründers.“

„Das Komische ist nur“, sagte ich, „ich habe eine genaue Erinnerung an dies Getreide, es kam staubig heraus aus dem Rohr und Alex und ich sind barfuß im Saal auf dem Kornhaufen herumgesprungen und haben getobt und fanden es herrlich. – Dann merkten sie es draußen und haben uns heruntergescheucht. 1937? Da war ich zwei Jahre alt.“

„Dann war es 1938“, sagte MaPö. „Ich fuhr zum ‚Reichsnährstand‘, ich glaube, nach Kiel, und erreichte den Bescheid: Der Saal wird geräumt. Das war zwei Tage vor Himmelfahrt.“

„Es war für uns gerade noch rechtzeitig“, sagte Schlossel, „und auch für das Korn. Das hatte schon Spelzen und war nur noch zum Füttern zu gebrauchen. Und es war unsere kürzeste Einquartierung. – Dann kamen, aus genau so heiterem Himmel:

Die Flughafenbauer

Stellt euch vor: Am ersten Kriegstag, dem 1. September 1939, wurde nachts um zwölf auf unserer Straße per Lautsprecher gerufen: ‚Wehrmacht heraus!‘ Unser Vikar zog sich sofort an und verließ das Haus, hinterließ eine Notiz, ging davon zu einem Sammelplatz. Habe ich ihn überhaupt noch einmal gesehen? Und sofort in der ersten Woche kriegten wir eine Einquartierung von 40 Soldaten, die mit 20 Lastwagen anreisten und gegenüber auf dem Hof des Martineums parkten. Sie sollten auf dem flachen Heideland bei Lütjenholm, das kaum besiedelt war, einen großen Flughafen anlegen; man fürchtete eine Landung der Engländer an der nahen Westküste.

Das war eine Truppe, kaum zu glauben. Als Erstes stahlen sie aus unserer Spedition eine Anzahl Pakete, Ein-

Pfunds-Pakete und Büchersendungen dazwischen, die für Freunde hier und im Ausland vorbereitet waren, und sandten sie ihren Angehörigen. Der Leiter dieser Truppe, ein Hauptfeldwebel, erzählte stolz von seiner Beziehung zur SS und trank bis in die Nacht mit seinen Leuten. Als er hörte, dass sie bei uns gestohlen hatten, bat er uns, nichts daraus zu machen und verlangte von der Mannschaft, sich alle Pakete von ihren Angehörigen zurückschicken zu lassen. Sonst würde er sie anzeigen. Es seien alles Leute, die aus einem Gefängnis kämen; man habe ihnen gesagt, sie könnten herauskommen, wenn sie sich freiwillig zu den Soldaten meldeten.

Das sei ihr Hintergrund, und ihre Zukunft wäre ein Himmelfahrtskommando. Es waren teilweise sehr nette Leute, wir haben sie in der Adventszeit einmal eingeladen und kamen ins Gespräch. Sie fuhren früh zur Arbeit und kamen abends zurück, blieben bis ins Frühjahr. Dann ging es für alle eines Tages Richtung Frankreich. Unausgebildet. Von der Rampe an, kaum im Zug Richtung Front, wurden sie mit Munition versehen und direkt in den Krieg geschickt. Schon von der ersten Fahrt ins Kriegsgeschehen sollen die meisten nicht zurückgekehrt sein. So begann, in unseren Augen, der Krieg."

Die Pferdekompanie

„Nach ihnen kam die Pferdekompanie. Da war es kalt, 15 Grad Minus", sagte Schlossel, „und sie bauten auf dem Platz des Martineums einen langen Holzstall, in dem die Tiere standen und einmal am Nachmittag gestriegelt wurden."

„Da bin ich jeden Nachmittag hingegangen", sagte ich, „so kommt es mir vor, und habe zugeguckt, und der da rechts am Eingang die Pferde striegelte und Hafer in die Krippen schüttete, hat immer so nett ein paar Worte zu mir gesagt. Ich durfte da stehen."

„Gehörten zu der Truppe nicht auch der Schuster und

der Schneider, die im Brüderflur über der Spedition in den beiden Zimmern saßen und arbeiteten?“, fragte Yoko. – Sie fielen uns sofort ein, wir waren abwechselnd bei ihnen gewesen, guckten zu, durften unsre kaputten Sandalen oder was es war, dem Schuster bringen, der auf den Hinterhof hinuntersah.

„Ja, das war damals“, sagte Schlossel. „Sie gehörten zur Pferdekompagnie. Es waren gemütliche Leute und sie blieben über den Winter 1940/41, dem dann der Feldzug gen Osten folgte.“

„Ich erinnere mich noch genau an den Tag, als sie mit Musik und Pferdegetrappel auszogen“, sagte ich. „Ich war ungezogen gewesen und zur Strafe in den Keller verbannt. Über mir war ein Festtag, saß die Familie mit vielem Besuch zu Tisch. Ich hörte draußen die Musik, schob einen Kasten vor das tiefe Kellerfenster und sah, während sie mit Musik in Richtung Tunnel hinauszogen, nur die klingenden Pferdehufe und marschierenden Stiefel. Es war eine bittere Strafe.

Ich bin dann in den Kohlekeller gegangen und habe mein Gesicht und die weiße Matrosenbluse mit schwarzem Kohlestaub eingerieben. Oben wurde die Tür geöffnet, ich durfte wieder heraufkommen und als ich ins Zimmer trat, war es zuerst still und dann gab es kein Donnerwetter, sondern lautes Gelächter.“

„Du warst öfter im Keller“, sagte Schlossel. „Du hast oft Perle geärgert und Alex nahm sie dann in Schutz. Elsa hat mir gesagt, wie du einmal da unten warst, hast du laut gesungen: ‚Lobe den Herren, o meine Seele, Ich will ihn loben bis zum Tod …‘“

Die Geschwister lachten laut.

„Seht ihr?“, lachte ich.

„Elsa hat es Wilhelm geschrieben“, sagte Schlossel, „und er antwortete:

‚Mein Patensohn!‘“

1943 – das Krisenjahr des Kriegs und die Bäckerkompanie

„Eigentlich weiß ich nicht mehr genau, wie es weiterging", sagte Schlossel.

„Hatten wir im Winter 1942/43 Soldaten? Ich glaube nicht. Weihnachten '42 geschah das Unglück, dass Onkel Heinz abstürzte, und das große Glück bei Elsa und Wilhelm, der kleine Holger.

Aber kamen damals schon die ersten Ausgebombten aus Kiel? Oben unterm Dach Frau Zornig mit ihren kleinen Kindern, wo Heinz gewohnt hatte, und in der Ecke nach Westen Frau Marten, die in großer Angst um ihren Mann lebte?"

„Frau Marten kam früh, die anderen sicher später", sagte MaPö. „Im Jahr darauf ging man sogar hier oben in Schleswig-Holstein über zum Volkssturm."

Ich erinnerte mich: Frühsommer '44. Die Sonne gelangte durch die Zweige der Eiche in den ersten Stock, wo wir rings in Betten lagen, Alex und ich, Spatz und Perle, Kaukau und Kleeds. Wir hatten Scharlach, lagen hier drei oder vier Wochen, die Haut wurde fleckig und pellte ab. Eine alte Freundin der Eltern, evakuiert aus Kiel, betreute uns, las uns vor. Wir malten, Blumen, Schwalben oder ein graues U-Boot.

Da gingen die Flügel der breiten Tür zum Nachbarzimmer auf und in der Mitte stand ein sehr großer Herr, ganz und gar in weißer Uniform, und sagte nichts. Dann legte er die Hand an die weiße Mütze, die wie ein kieloben liegendes Schiff auf dem Kopf saß, und sagte, was sagte er: ‚Melde mich zur Stelle'? Oder ‚Abteilung, marsch!'?

„Vater!", schrieen wir.

Unser Vater war zum Volkssturm eingezogen worden, fast alle noch verfügbaren Männer des Dorfes und seiner Umgebung gehörten ihm jetzt an, erhielten Jacke und Hose, Stiefel und Mützen: Marinezeug, wie die einen meinten, oder Uniformen aus Nordafrika, weil sonst nichts mehr zur Verfügung stand, wie andere sagten. Ein Schreiben hatte sie erreicht und es begann mit einem Appell, von dem MaPö später belustigt erzählte. „Da wurden zuerst die Namen aufgerufen. ‚Petersen!‘ zum Beispiel. Niemand meldete sich. ‚Petersen!!, bitte melden Sie sich.‘ Wieder eine Pause, bis jemand seinen Nachbarn anstieß: ‚Mensch, Hein Gagger! Dat büst du doch!‘ – Auch bei Matthias ‚Glasoog‘ und ‚Paul bi de Bek‘ dauerte es etwas“, sagte MaPö. Sie kannten nur noch ihren Spitznamen.

Wir lernten in diesem letzten Kriegsjahr gehen, grüßen, mit hölzernen Knüppeln das Werfen einer Handgranate, im Gleichschritt marschieren, um sofort nach einem ‚Halt!‘ zu stehen: Wir marschierten in Reih und Glied durch das Dorf und sangen ‚Im grünen Wald, im grünen Wald, da wo das Echo hallt, hallt, hallt‘, vor den Häusern standen die Leute und amüsierten sich. Das Dorf nannte uns ‚Die Bäckerkompanie‘.

Es gab nicht genügend Gewehre. Je drei Leute bekamen eins, also unser Pastor Thedens, der nach dem Hamburger Schreckenstag hier Gemeindepastor geworden war, unser Gegenüber Bauer Bade, der schon am Ersten Weltkrieg teilgenommen hatte, und ich, wir drei bekamen eins. Und da Bade von uns dreien der mit Abstand Eifrigste war und uns anfeuerte, vereinbarten wir mit seinem vollen Einverständnis, zumal er von uns der gelernte Schütze war, er solle es als Erster haben. ‚Wenn du denn dot bist, Bade, denn möt wi losen, wer dat Gewehr hem schall.‘ Es wurde noch weiteres organisiert. Bade sollte beim Angriff oben auf dem Kirchturm stehen und von dort herabschießen, Thedens und ich sollten im Betsaal warten, zunächst ohne Gewehr, und von dort, wenn eines wieder zur Verfügung stand, auf den durch den Tunnel kommenden Feind schießen. Es war einfach nur noch erbärmlich und nur unsere Lage oben im Norden hat uns davor geschützt, dass es grausamer Ernst wurde. Dazu, zur Idee der Selbstverteidigung der Schleswig-Holsteiner, gehörte auch die Idee eines Panzergrabens hinter dem Außendeich an der Küste.“

15
Onkel Heinz oder der Schreck des Krieges

Mit den ersten Einquartierungen und dem Panzergraben am Außendeich waren wir vorausgeeilt. Onkel Heinz war für uns die erste schmerzliche Erfahrung, der harte Rand des Krieges. Wir liebten ihn, und nicht nur, weil er mit uns auf dem Motorrad durch das Parkgelände fuhr, uns einige komische Lieder beibrachte und am Abend erzählte, sondern einfach so, überhaupt, er war immer auf unsrer Seite.

Morgens früh war er schon in Husum, als wir frühstückten. Wenn er um die Mittagszeit mit Freund Moritzen auf dem Rücksitz angekommen war, holten sie sich zuerst die Liegestühle und schliefen hinter Buriguma auf dem Wäscheplatz. Dann saßen sie in seinem Zimmer unterm Dach, redeten und lachten.

Dann kam der Krieg. Es war, als ob eine Glocke geschlagen habe.

„Wir haben uns sehr bald freiwillig gemeldet", sagte unser Vater, „Hans Dunker und ich, mein Bruder Erk auf Amrum und Wolfgang Miether in Gelting. Darüber lasst uns später einmal sprechen."

„Aber du wurdest doch gar nicht eingezogen", sagten wir.

„Der medizinische Untersuchungsort lag für mich in Flensburg", sagte er. Der Arzt sagte mir: ‚Ich stelle Sie zurück. Sie haben in Ihrer Jugend einen Herzfehler gehabt, und sind Vater von – wie sagten Sie? 36 Jahre jung! – von sieben Kindern? Bleiben Sie schön zu Hause.'

Heinz meldete sich auch, noch im ersten Monat, am 22. September '39 für das fliegende Personal der Luftwaffe. Er wollte Stukaflieger werden, Sturzkampfflieger, man kannte sich bereits aus in den Waffengattungen. Am 18. Oktober wurde er in Husum von einem Oberstabsarzt untersucht und nur eine Woche darauf ist seine Einstellung als Kriegsfreiwilliger von dem Fliegerausbildungsbataillon 16 in Schleswig bestätigt worden: Er werde voraussichtlich zum Januar 1940 einberufen. Er war nicht der Einzige in seiner Klasse, der sich meldete. Stellt euch vor:

Heinz ist 18 Jahre alt, Unterprimaner und wie im Ersten Weltkrieg gibt es auch im Zweiten die Einrichtung des Notabiturs. Am 3. November '38 richtet er an die Annahmestelle für Offiziersanwärter der Luftwaffe in Hannover, Escherstr. 12, die Bitte: ‚Ich möchte so bald wie möglich meinem Vaterland mit der Waffe dienen. Da es aber schon immer mein Ziel war, Fliegeroffizier zu werden, möchte ich gern das Abitur zugesichert erhalten, das für die Offizierslaufbahn erforderlich ist. Heil Hitler!'"

„Er freute sich wie ein Stint, dass er nun kein Abitur machen musste", sagte Schlossel.

„Was ist denn ein Stint?" fragte Perle.

„Ein winziger, schmächtiger Fisch", sagte Pille, unser Angler.

Noch wussten nur die Eltern, was er vorhatte. Weihnachten feierte er in Kiel zusammen mit Goldschnutel und seinen Schwestern Hermchen und Ruth. Die Einberufung verzögerte sich; er war mittlerweile aber nur sporadisch in Breklum. Seine Dachwohnung gab es noch. Dann kam ein Frühlingstag. Er hatte sein Zimmer geräumt, gepackt und vieles in die Aschengrube geworfen. Wir saßen mit ihm auf einer Bank im Freien; es war lustig.

Er hatte sein Haar wachsen lassen, was ganz gegen die Mode war, und Yoko flocht ihm Zöpfe. Wir sangen ‚Muss ich denn, muss ich denn zum Städtele hinaus …' Er schüttelte die Zöpfe, wir lachten … ‚Wenn I komm, wenn I komm, wenn I wieder, wieder komm.' – Oder: ‚Wenn alle Brünnlein fließen, dann muss man trinken …' Onkel Heinz war unsere Freudenquelle.

Dann war er fort. Ich stiefelte hinauf in sein Zimmer; es war kahl. Nur der Tisch stand da und die leere Waschschüssel auf dem Drahtgestell. Das Bild mit den Adlern unter den Wolken war nicht mehr da. Ich fragte Schlossel. ‚Er hat es mitgenommen', sagte sie, ‚aber auf dem Wäscheplatz steht sein Papierkorb. Da darfst du gucken, ob du noch etwas findest.' Ich fand nichts, nur irgendwelche Papierfetzen. Nie wieder habe ich einen so leeren Papierkorb gesehen.

Er wurde in den Süden versetzt und lernte ein Flugzeug führen; sie hatten viel Zeit dort unten. Als er im Herbst einmal Urlaub hatte, hätte ich ihn zuerst fast nicht erkannt, er war von Kopf bis Fuß in Uniform wie auf einem Bild, aber als er dann oben im Studierzimmer Handstand machte, auf den Händen spazieren ging und mit einem Fuß Schlossels Dreieckslampe schaukeln ließ, war es wieder ganz Onkel Heinz.

‚Jetzt kann ich dir ja gar nicht mehr Zöpfe flechten', sagte Yoko, ‚die Haare sind kurz wie ein Streichholz.'

‚Findest du?', sagte er und strich mit seiner vertrauten hinreißenden Handbewegung seine Stoppeln nach hinten.

„In Berlin geschah Erstaunliches", sagte MaPö. „Als er da im Winter den Offizierskurs besuchte und ich einmal zu Verhandlungen herüberkam, gingen wir ins Kino, sahen ‚Jud Süß', saßen danach im Lokal.

‚Was bin ich für ein Rindvieh gewesen', sagte Heinz, ‚wir haben Ausbilder, die graben die deutsche Geschichte vor uns aus und lassen sie vorüberziehen, von Otto dem Großen und Barbarossa bis zu Friedrich dem Großen und Bismarck, und ich sperre Mund und Nasenflügel auf und habe keine Grundlage. Nichts. Was müsste ich nachholen, damit es nicht sofort wieder verschwindet und ich es vergesse.

Einmal hat Hitler uns Offiziersanwärter besucht und jedem die Hand gegeben. Bruder Wilhelm hat wieder mal einen neuen Witz über ihn auf Lager gehabt, als ich davon erzählte, aber ich muss schon sagen, mir war anders zumute. Wilhelm quält sich mit seinem Medizinerexamen – dabei ist der doch unser As. Ich glaube, er tut klug daran, wenn er seine geliebte Elsa bald heiratet, bevor er das Examen hat. Sie würde ihm Beine machen.'

Nach Berlin war Paris die nächste Station. Frankreich war ja im Vorjahr, Frühsommer 1940, in sechs Wochen überrannt worden; die Staffel, in die Heinz jetzt dort aufgenommen wurde, hatte eigentlich nichts zu tun. Die Soldateska flanierte. Gemeinsam mit einem Bordfunker ‚organisierte' er dort in der Vorweihnachtszeit zwei Säcke Zucker und verteilte das kostbare Gut in der Familie als ‚Weihnachtssäckchen'. Zucker war knapp geworden im Kriegsjahr '41.

Es war Unglaubliches anders geworden. Weltweit hatten sich 1941 andere Dimensionen eröffnet, ein bedrohlicher Horizont. Im Juni dieses Jahres hatte das ‚Unternehmen Barbarossa' begonnen, der Feldzug gegen Russland, im Dezember erklärte Deutschland den USA den Krieg. Noch in den Vorweihnachtstagen übernahm der ‚Führer und Reichskanzler' selbst den Oberbefehl über die Wehrmacht an der Ostfront. Es ging in seinen Augen zu zögerlich voran, was in der Ferne die Folge hatte, dass Heinz den sogenannten ergänzenden Gestellungsbefehl bekam, konkret Kriegsteilnehmer wurde, eingezogen an die Ostfront. Er musste im Dezember dieses fatalen Jahres '41 schon der Hochzeit von Bruder Wilhelm und Elsa in Hamburg fernbleiben. Die Hansastraße, Goldschnutel, Herme und Ruth feierten ohne ihn Weihnachten.

Nach Neujahr begann, zunächst von der Münchener Umgebung aus, Heinz' Einsatz zu Flügen. Es waren nicht nur Einübungen, sondern auch Aufklärungsflüge bis nach Krakau und Warschau. Er flog manchmal zu zweit, am liebsten solo. Er liebte dieses herrliche Fluggefühl, allein in der Welt über allen. ‚Ich sehe dann unter mir alles genau, sogar einen Hasen auf dem Feld', schrieb er unserm Esstisch in Breklum, an dem ich abends die Briefe vorlas", sagte MaPö.

„Erst im Lauf dieses Jahres tritt er ein in die Waffengattung, die er gewählt hatte. Er ist zum Leutnant ernannt, wird Flugzeugführer und geschult als Sturzkampfflieger."

Als solchen haben wir ihn jahrelang in der Studierstube gesehen, neben seinem Freund und Bordfunker auf dem Flügel ihres Stuka, die Beine baumeln über einem Auspuffrohr. Das Foto lässt nicht vermuten, dass sie im 26. und 21. Lebensjahr sind. Heinz wirkt, als sei er der ältere, er sieht den arglos in die Zukunft lächelnden Freund skeptisch, fragend an.

„Noch heute sehe ich vor mir", sagte Yoko, „wie Onkel Heinz das letzte Mal, zu Mutters Geburtstag, bei uns ankam. Da stand er mit der großen Kristallvase in der Hand im Flur, ein großer, schöner, ernster Mann. Das wird mir immer lebendig bleiben."

„War es damals?", fragte ich. „Es war ein sonniger, etwas kühler Tag, Vater. Da hast du Onkel Heinz, Mona und Tante Elsa auf die Hamburger Hallig gefahren. Er hatte es sich so sehr gewünscht – ich durfte mitfahren, war schon sieben, hatte aber schulfrei, weil ich die Blinddarmoperation hinter mir hatte. Es muss damals gewesen sein. – Dieses Jahr 1942.

Ich erinnere mich, weil Mutter und Tante Elsa an dem Tag furchtbare Ängste ausgestanden haben. Es war Frühling auf der Hallig, überall blühte Bondesstabe, es war violett auf dem kurzen grünen Gras, Möwenrufe, ein Geläute, die Flut war im Kommen, stieg allmählich an, wir saßen am Steindeich, wo man rings wie nebelhafte Teller andere Halligen liegen sah.

Vor uns kam es zur Hochflut, ein heftiger Westwind, sich überschlagende Wellen, Wolken und Sonne wechselten, manchmal kamen Spritzer über den Steindeich. Onkel Heinz zog sich aus, stieg ins Wasser und schwamm hinaus. Mona und Tante Elsa sprachen lebhaft, mit gestikulierenden Handbewegungen, lachend und ernst, ganz unter sich – jetzt war auch Tante Elsas Wilhelm eingezogen worden –, die beiden wollten nicht baden, es sei zu kalt, aber plötzlich fiel ihnen ein: Wo ist Heinz?

Wir sahen ihn nicht, der Wellengang rauschte kreuz und quer, dann erkannten wir einen Kopf, es war weit draußen und er schwamm noch weiter hinaus, der Einzige, der hier badete, wir waren überhaupt fast allein – Mona und Tante Elsa winkten ihm, machten ihm Zeichen, zurückzukehren, sahen ihn wieder eine ganze Zeit lang nicht, ‚er hat sich viel zu weit hinausgetraut‘, sagten sie, suchten ihn unter dem Schirm ihrer Hand, einmal tauchte er kurz auf, schien sie zu sehen und machte eine Bewegung mit dem Arm, verschwand aber wieder, sie standen Ängste aus, man sah, wenn der Kopf im schäumenden Wasser einmal kurz wieder auf einer Welle erschien, nicht viel mehr als seine helle Stirn.

Sie haben ihn nicht gescholten, als er zurückkam, er schlotterte und fühlte sich herrlich, rieb sich robust warm mit seinem rauen Tuch – es war, als ob er einen Versuch hatte machen wollen, als ob er, ich weiß nicht, habe ich später gedacht – einen Ausflug ins Unendliche erkundet hatte ...

Er kam noch einmal im August aus Kiel herüber an den Strand von Eckernförde, als wir bei den Großeltern in Ferien waren; es war warm, er wartete in der Badehose am Strand und spielte mit uns Ball auf dem Sand und im Wasser. Es war warm und einfach vergnüglich.

Eine Sirene heulte auf. Man hörte den Lautsprecher: ‚Alle Badegäste haben sofort das Wasser zu verlassen und ziehen sich auf den oberen Strand zurück‘ – Strandalarm.

Ein Irrgänger der TVA, der Torpedo-Versuchs-Anstalt, ‚ungeladen, ohne ein Körnchen Schrot‘, ist auf dem Weg zum Ufer. Als es ankam, bildeten die Leute einen Kreis um das Projektil, das eine kreisende Antriebsschraube am Ende hatte und eine metallene geschliffene Spitze, über der ein Licht blinkte. – Es kamen übers Wasser ein paar Leute in Montur, die es in ihr Boot zogen.“

„‚Kommst du mit nach Kiel?‘, sagte Heinz am Spätnachmittag zu mir“, sagte Vater. „Es war sein letztes Zusammensein mit der Familie. Er wirkte wie immer. Aber am Vorabend zuvor war er bei Freund Naumann in der Gutenbergstraße gewesen, zusammen mit alten Freunden bis in die Nacht. ‚Ich werde nicht wiederkommen‘, hat er da gesagt. ‚Komm!‘, sagten sie. ‚Heinz!‘

An diesem letzten Tag durften Heinz und ich im Elternzimmer, in den Ehebetten der Eltern, übernachten, aber wir schliefen nicht. Heinz hatte die runden Dosen mit der

Fliegerschokolade dabei, die koffeinhaltig war. Da haben wir die ganze Nacht gesprochen und uns mit einer Dose nach der anderen wachgehalten.

,Was meinst du', sagte Heinz, ,hier lag Vater im August vor vier Jahren. Du weißt, wie hart er bis zuletzt über mich gesprochen hat. Was meinst du, ob er an mir nun doch noch seine Freude hätte?' ,Ja', habe ich gesagt, ,ich weiß, wie er geurteilt hat und ich glaube, er hätte sich unsagbar gefreut, dich hier als gestandenen Offizier wiederzutreffen.'

Wir haben über ihn und Mutter gesprochen, über unsre Geschwister und die ,Kinder in Breklum', an denen er so hing. Mona hatte schon die Kristallvase, nun schenkte er mir noch eine Schachtel mit kleinen weißen Schäfchen für den Krippenaufbau. Worüber haben wir nicht gesprochen in dieser Nacht und manchmal gelacht. Er öffnete eine neue Dose ... ,Täusch dich nicht!', sagte er. ,Wir Stuka-Flieger haben nur drei Wochen Zeit. Keine Stuka-Flieger-Einheit wird älter. Wir sind so leicht zu treffen, wenn wir nach dem Sturz in die Tiefe mit heulenden Bomben uns wieder aufrichten. Das ist der gefährlichste Moment. Da treffen sie uns. – Ich wollte es dir sagen.'

Wir frühstückten an dem reichen Frühstückstisch unsrer Mutter. ,Ich bring dich zum Zug', sagte ich.

,Will ich eigentlich nicht so gerne', sagte er. ,Ach, lass mich man', sag ich.

Wie wir dann auf dem Kieler Bahnhof stehen, und auf den Bahnsteig zugehen, auf die Sperre, wo der Kontrolleur sitzt, hinten wartet schon der Zug, dreht er sich plötzlich um. Er schlägt die Hacken zusammen, legt die Hand an die Mütze und sieht mich wortlos an; dann macht er kehrt und geht auf die Sperre und den Zug zu, ohne sich noch einmal umzusehen. – Das sehe ich immer wieder vor mir.

Vier Monate später, fast auf den Tag genau, klingelt es bei Oma in der Hansastraße. Da steht ein Offizier mit roten Biesen in der Tür, diesen roten Streifen außen an der Hose von unten bis oben, die anzeigen, dass einer zum Generalstab gehört. Oma wankt. Sie ahnt, was es bedeutet, weiß es, lädt ihn ins Wohnzimmer. Es ist ein General, der vor Petersburg sein Kommandeur gewesen ist, ein Kieler. Er hat es durchs Fernrohr gesehen, was passiert ist. Das Flugzeug wurde beim Wiederaufsteigen getroffen, rauchte, man sah, wie das Dach abgeworfen wurde, und sah dann einen Fallschirm zur Erde niedersinken. Wer es war, der sich vermutlich retten konnte, war nicht zu erkennen."

Wir erinnerten uns – Onkel Heinz hatte öfter gesagt, er werde sich niemals beim Ivan in Gefangenschaft begeben. Aus Kiel kam ein Anruf mit der Nachricht vom Absturz. Unser Vater rief uns nachmittags ins Studierzimmer. Hatte jemand etwas verbrochen? Was war los?

Es war, dass Onkel Heinz nicht wiederkommen wird. Sein Bruder war überzeugt, dass er nicht mehr lebte und betete mit uns. Ich weiß nur noch, dass wir wortlos dasaßen. Yoko weinte sofort. Sie hat drei Tage geweint, sie zog sich in immer neue Ecken zurück. Der dritte Tag war ihr zwölfter Geburtstag.

„Wir haben dann in Kiel auch eine Trauerfeier gehalten", sagte MaPö jetzt, „aber, Mona, du hast uns gesagt, das dürft ihr nicht. Du glaubtest fest, dass er noch lebte."

„Ja", sagte sie – „ich hab' ja so ein bisschen das zweite Gesicht, nicht? – Wir schliefen zu Mittag, ich werde wach, setze mich hoch und sehe, wie Heinz abstürzt, wie zwei Fallschirme über einem kaputten Wald niedergehen. Man hatte uns gesagt, dass die Landenden alle sofort geblendet würden, aber ich hatte das Gefühl, Heinz ging durch den Wald irgendwie ab."

„Ich erinnere mich, wie du dich aufgerichtet hast", sagte MaPö. „‚Was ist?', habe ich gefragt. ‚Heinz ist abgestürzt', sagtest du. Es war der Tag, der 10. Dezember '42."

An den Zweigen des Weihnachtsbaums hing in diesem Jahr nicht das silberne Lametta. Es war ein ernster Baum. Auf dem Moos vor der Krippe standen nicht nur die Hirten, dort weideten auch die Schafe, die Heinz Vater gegeben hatte.

Wir haben dann Jahre nichts gehört, bis ein Kieler uns nach seiner Heimkehr berichtete, dass er mit Heinz zusammen in einem Offizierslager gewesen sei. Und ein anderer, ein Glücksburger schrieb: Wir saßen in diesem Lager zusammen, da erscheint ein junger Mann, legt die Hand an die Mütze: ‚Melde mich zur Stelle'. Das kann nur er gewesen sein. Und schließlich wussten wir es ganz sicher durch das Buch von Assi Hahn ‚Ich sage die Wahrheit'. Er war mit ihm auf einer langen Eisenbahnfahrt im Gefängniswagen gereist, von Borowitschi über Moskau nach dem Lager Oranki bei Gorki, wo Ruhr und Fleckfieber wüteten. Sie wurden Freunde. Heinz erkrankte dort an der Ruhr, kam ins Lagerlazarett, wo er ihn auf verbotenen Spaziergängen noch manchmal besucht hat, und ihm, der allen Appetit und den Willen zu leben verloren hatte, noch am Tag vor seinem Tode zuwinkte.

Es war der 3. Juni 1943. Der Friedhof ist eine weite Lichtung inmitten von Birken und Tannen, zwei Kilometer entfernt von einem Kloster. Ein großer Stein in der Mitte erinnert an den Tod von 14.000 Gefangenen.

16
Alf Lornsen und der Faradaysche Käfig

Alf Lornsen, der nachgeborene Liebling seiner vier Schwestern und jüngste Freund Wolfgang Miethers in Eckernförde, begann nach der Schulzeit als Theologiestudent in Bethel. Er wurde von dort zum Arbeitsdienst geholt, dem sich ohne Übergang der Krieg anschloss und der Einsatz im Osten, eine schwere Verwundung und der Einsatz im Westen. Als er unwahrscheinlicherweise im Februar 1946 aus französischer Kriegsgefangenschaft heimkehrte, konnte er nach neun Jahren seine Berufsausbildung beginnen. Es war nicht mehr die Theologie in Bethel, er ging zum Studium nach Freiburg und wurde Philologe, ein

Liebhaber der Literatur – worin und wohin ich ihm gefolgt bin, dem 30-Jährigen mit neunzehn Jahren. Es wurde ein vorzügliches Verhältnis, ich habe ihn oft besucht, noch nach Jahrzehnten, habe ihm erst vor Kurzem gedankt –

Lieber Alf,

ich habe von dem, was du mir erzählt hast, fast nichts gewusst. Und was du in der Nacht sagtest, als wir uns verabschiedeten, es gebe ein besonderes Band zwischen uns, entspricht nicht nur auch meinem Gefühl, es ging mir nahe, dass du das von dir aus sagst.

Von mir her hat es ja einen festen Grund. Bevor ich ins Studium aufbrach, habe ich dich besucht und du hast dir eineinhalb Tage Zeit genommen, mich zu beraten. Du sagtest, ich solle mich, wenn ich die Bibliotheken kennenlerne, nicht einschüchtern lassen durch die Bücherwände, mich nicht abschrecken lassen durch den Berg, der vor mir stehen werde, sondern Inseln bilden. Du führtest mich durch Lübeck, wir kehrten ein und du erklärtest dem angehenden Philologen das Vorlesungsverzeichnis, 16 bis 18 Stunden kannst du belegen, sagtest du, darunter werden mindestens zwei Seminare sein, für die bleibt dann Zeit; in ihnen kannst du gründlich mitarbeiten. Mitlesen, etwas vortragen, eine Arbeit schreiben, wo du Feuer fängst. Dann bist du auf einem kleinen Feld partiell zuständig; im nächsten Semester merkst du, du hast dir schon eine Methode erworben, kannst rascher zugreifen, dich kundig machen, verstehen – du schlägst Verbindungen zur vorausgegangenen oder zu einer gleichzeitigen Insel, versuchst den Überblick, begreifst ihn in den Vorlesungen. So erwirbst du dir einen Fundus … – Es war der beste Rat, den ich jemals bekommen habe. Außerdem hast du mich ermuntert zu Seitensprüngen. Je weiter die Gebiete auseinanderliegen, auf die du dich einlässt, umso interessanter springen die Funken, meintest du.

Deine liebe Maria sagte ja, den Rat hättest du mal deinen eigenen Söhnen geben sollen! Aber ich glaube, genau da wäre es schwieriger. Entfernung in der Verwandtschaft ist günstig. Man will nicht hinfahren, wo die Eltern gewesen sind. Als ich meinem Vater sagte, vor seinem Schreitisch stehend, ich wolle Geschichte studieren, stimmte er mächtig zu und warf sich in den Talar: in ihr sei ja Gottes Heilsgeschichte mit der Welt zu erkennen. Ich zuckte innerlich zusammen, wurde rot und sagte nichts.

Es hat uns überhaupt nichts genommen, dass dein in Uganda lebender holländischer Schwiegersohn gerade an dem Tag hereinwehte, als ich bei euch war, und wir den Nachmittag zusammen im Freien saßen; es war im Gegenteil so passend, dass man es in einem Roman nicht erfinden dürfte. In der Wirklichkeit aber war es nun einmal so und hatte seinen natürlichen Grund; mir war es verständlich, dass euer Überraschungsbesuch von der plötzlichen Beerdigung seiner Mutter nichts hatte verlauten lassen, bevor er wusste, er würde auch euch besuchen können. Ich fand ihn sympathisch. Aber der Besuch hatte auch etwas Geisterhaftes. Eben noch hatte ich dich als Besatzer in Holland vor Augen, am Abendtisch einer holländischen Familie in der Uniform eines deutschen Unteroffiziersanwärters, und nun der holländische Mann deiner Tochter, die in Uganda als Ärztin arbeitet, er als Krankenhaustechniker einer ganzen Region. Wir haben uns nachts noch oben bei euch auf dem Flur getroffen und bei afrikanischem Branntwein in seinem Zimmer geredet. Entschuldigt, wenn ich mich einmische: ich wäre besorgt. Die verdammte Scheiß- und Schießspur, auf die du zehn Jahre gesetzt warst – und die sich dort verändert fortsetzt! Eine Missionsstation wie vor hundert Jahren und ringsumher das, was unser unersetzlicher Erhard Eppler die Entstaatlichung, die Privatisierung der Gewalt nennt. Euer Hans sprach von dem eingefriedeten Campus, der Siedlung, um die herum er Nimtrees setzt, vom Krankenhaus, der Kirche in der Mitte und dem geistlichen Mutterhaus mit fünf weißen Nonnen und drei uralten Brüdern – d. h. Fratres – dazwischen. Eure kleine vierjährige Enkelin sollte an dem Tag zum ersten Mal in den Kindergarten, unter vierhundert meist schwarze Kinder, und sperrte sich gegen die Kindergartenuniform. Während wir darüber reden, meldet sich eure Tochter auf seinem Handy: In der Nachbarschaft ist etwas passiert. Er beschwört sie, im Haus zu bleiben – man kann bei Lebensgefahr abends nach acht nicht nach draußen gehen, erklärt er mir.

Und dann erzählt er, wie er, als Krankenhaustechniker gefragt, vor ein paar Monaten 200 Kilometer zu einer anderen Krankenhaus-Station gefahren ist. Wie immer im offenen Jeep über Land. Wie sie durch eine Schar von Massais fahren, die freundlich nebenher laufen, ihn bitten, umzukehren und sie dabei mitzunehmen. Sie tragen nicht mehr Speer oder Machete oder Bogen, wie vor dreißig Jahren, sondern alle eine Kalaschnikow für sechs Dollars. Er sagte, man darf eins nicht tun: anhalten. Er fährt langsam, redet lächelnd, sagt, was er zu tun habe. Er ist ein Helfer. Sie lassen ihn fahren. Als er abends bei seiner Frau anruft, hört er: Es hat auf dieser Strecke, wo er durchfuhr, ein Massaker gegeben. 200 Massais sind tot. Es waren Rebellen, die dem Staatschef – es gibt in Uganda nur eine Partei – Schach bieten und ihn durch ihre bloße Existenz als Opposition stützen; seine andere Stütze ist der Präsident der USA, der den Diktator Ugandas mit Waffen unterstützt, weil der für seinen Irakkrieg eingetreten ist.

Nein, ich muss mich entschuldigen, dass ich euch beunruhigend vorerzähle, was ihr natürlich wisst, du dich in keiner Weise, weil du offen über deine Eltern gesprochen hast. Sei unbesorgt. Du hast sie nicht aus meiner Sympathie vertrieben. Großeltern sind doch eine eigene Welt, nur sie habe ich kennengelernt, als ich jung war. Jugend und Alter sind einander so seltsam nahe, nicht? Ich fand es mehr als ungewöhnlich, aber irgendwie grandios, dass deine Mutter am Morgen nach der vielbesprochenen Dreigenerationenhochzeit in Eckernförde gelacht hat, als sie erfuhr, dass ihr Vater, der Spender und die Mitte des Festes, noch in der Nacht darauf gestorben war. Mir scheint, sie freute sich für ihn, dass er am Ende seines schönsten Lebenstages in die anderen Sphären entfleucht war. – Es war für mich eher ein Ansporn, dieser ganzen nord- und südschleswigschen Familie nachzugehen. Du hast von den zwei Kriegen gesprochen, in denen du warst, den ersten drei Jahren, bis 1942, und den dreien danach: Du hast sie erzählt. Es teilte sich der Krieg. Im ersten ist dir vielleicht noch gar nicht einmal aufgefallen, dass auf deinem Koppelschloss ‚Mit Gott' stand und ihr im Invalidendom zu Paris einen Dankesgottesdienst feiertet?

Mutter Hedes herzliches Lachen am Morgen nach dem großen Fest, zuerst ein Schrecken, wurde später ein lebensbestimmendes Ereignis, Alf hat es mir einmal angedeutet. Aber er haderte lange mit der Mutter und tut es noch heute. „Sie war nicht einfühlsam", sagt er. „Das fehlte ihr. Als ich aus französischer Kriegsgefangenschaft kam, am 17. Februar 1946 im Haus der Eltern eintraf, stellte sie die alltäglichen Kaffeetassen auf den Tisch."

„Das kommt immer wieder", sagte seine Frau.

„Ja!! Wenn irgendeine Gemeindeschwester aus der Vergangenheit auftauchte oder Frau Köhler aus der Nachbarschaft kam, waren es die Kopenhagener Tassen. Für mich war dieser Tag doch der Lebensneubeginn. Wir hatten in Frankreich den Sommer 1945, eingesperrt auf freiem Feld, vegetiert. Jeder dritte Mann starb, die meisten an durchschlissenem Darm. Was wir aßen, war Schrot aus Gemengekorn, ungesiebt mit allen Spelzen und flüchtig aufgekocht, wie man es an Schweine verfüttert. Wir schlürften Runkelrübensuppe. Die Amerikaner hatten uns vor Straßburg gefangen genommen und die Franzosen uns, von der Bevölkerung unterstützt, mit Reitpeitsche und Stöcken durch die Stadt getrieben, eine Gruppe Offiziere, zu der ich gehörte, voran. Sie rissen uns die eisernen Kreuze ab. Im Lager genossen wir sieben Offiziere ein Privileg. Wir bekamen eine halbe Mettwurst pro Tag, die unser Ranghöchster in Scheiben zerschnitt und verteilte. Eines Tages kam es zum Streit. Major Milkuweit wurde verdächtigt, dass er sich den Wurstzipfel reserviere, weil der das meiste Fett enthalte. Dahin war es mit uns gekommen.

Jetzt war ich im Frieden angelandet. Stand vor der kleinen weißen Villa am Bistensee, wo die Eltern seit Vaters

Rückzug aus dem Amt lebten, las auf der Hauswand: ‚Gott der Herr ist Sonne und Schild.' Ich dachte an die Strohdachkate dahinter und ahnte, das Ruderboot unten am See, zu Hause bei den Eltern. 29 Jahre alt, konnte ich mit einer Ausbildung beginnen.

Ich hatte Jahre verloren; sie begannen mit dem grobschlächtigen Arbeitsdienst. Und dass ich noch da war, einigermaßen heil, war ein Wunder, nur nicht für unsre Eltern. Sie lebten hier, wohin mein Vater sich noch im Krieg fast ganz aufgeschlissen zur Ruhe gesetzt hatte, im Glauben standhaft, aber irgendwie außerhalb der Zeit. Wie in einem faradayschen Käfig hatten sie sich und auch mich vor dem Blitz sicher gewähnt. Das eigentlich Unglaubliche: Sie wurden nicht getroffen. Weder sie noch einer von uns, zumindest nicht tödlich.

Ich hatte 1937 ein Jahr Theologie studiert, wurde '38 zum Arbeitsdienst geholt und kam in eine Welt, die ich bis dahin nicht kannte, versoffen, robust, gemeine Kerle und schneidige Nazis darunter, wurde in direktem Anschluss nach Pommern zum Militärdienst beordert. Dort, in den Tagen vorm 1. September, wussten wir, dass wir für Polen vorgesehen waren. Als der Gestellungsbefehl kam, reiste Mutter an und besuchte mich in der Kaserne. Niemand kam von auswärts herein in die Kaserne, sie ja, einen Tag vor Kriegsbeginn klopfte sie bei mir an und wollte, dass wir beide in meiner Bude niederknieten. Sie betete, aber es war nicht ich, um dessen Schutz sie flehte, sie machte sich gar keine Vorstellung, was ein Hitlerkrieg bedeuten könnte, sondern hatte ihren Bruder Alf aus ihrem Weltkrieg vor Augen, dachte in diesem Handel mit Gott nur an ihn, der zehn Wochen vor meiner Geburt gefallen war und dem ich ganz unähnlich war, nach dem ich aber heiße. Ich kam im Gebet meiner Mutter nicht vor. Verstehe das, wer will. Ich bin bei meinen Eltern als Person nie vorgekommen. Ob sie um mich gebangt haben? Ich weiß es nicht. Nun, heimgekehrt, wie ich erzählen will, wissen sie nicht nur schon alles, sie wissen es besser. Als sie hören, sie fragen in der ersten

Stunde, dass ich Theologie nicht mehr studieren kann, fällt ein böses Wort.

Ach!, in einem Punkt bin ich meinem Onkel aus der Prahlsippe ähnlich. Ich habe bis heute seine Liebe zu Pferden. Jede Stunde, die er sich in seinem, dem Ersten Weltkrieg freimachen konnte, ist er geritten." Alf Lornsen lachte: „Und noch etwas, er bekam, solange er vor 1914 Jura studierte, 100 Mark im Monat. Davon konnte er fürstlich leben, seinen Hund Harras bei sich haben und reiten. Das sollte ich nun auch in meinem Studium bekommen, der Unterschied der Zeiten, Goldwährung oder R-Mark oder D-Mark, galt nicht, ich studierte mit hundert Mark."

„Und Mutter Hede empfing dich, als sei deine Heimkehr selbstverständlich? War sie blind gläubig, meinte sie, ihr Gebet habe, wie es die Autofahrer von ihrem Gefährt wissen, einen faradayschen Käfig um dich gebaut, der jeden Blitz ungefährlich machen würde?"

„Nein, das nicht. Sie hat daran geglaubt, dass ihr Gebet gehört würde, ob es aber erhört würde, das stand in Gottes Willen: ‚Er hat noch niemals was versehn in Seinem Regiment.' Das sang sie aus vollem Herzen, auch wenn einer zu früh dran glauben musste. Und sie stellte sich das Jenseits herrlich vor. Ich habe dir erzählt von ihrem Lachen nach Hans Schlaikier Prahls Tod. Übrigens war ich selbst in den sieben Soldatenjahren vertrauensselig. Ich selbst habe es geglaubt. Ich war meiner Rückkehr sicher, vertrauensselig, obwohl es an den dünnsten seidenen Fäden hing, kein äußerer Anlass da war. Vielleicht war auch –"

„Du meinst aber nicht ihr Lachen?"

„Nein, nein. – Nein? Das hatte eine lange ‚Inkubationszeit', wie die Ärzte so interessant sagen. Es war etwas anderes. Der Tod hat drei Mal nach mir gegriffen, und ich kam durch.

Doch! Einmal war es sie – Lass mich das ruhig erzählen. Als wir in Polen einzogen und ich meinen ersten Kriegstoten sah, da war so etwas. Als wir über die Grenze kamen, saß ich auf dem von Pferden gezogenen Beobachtungswagen. Ich war bei der Artillerie der Rechner in unserer

Truppe. Ich verstand mich darauf, die Richtung und Höhe der Kanonenrohre am Messtisch so genau wie kein anderer zu errechnen, die Windstärke zu berücksichtigen und so weiter; man musste mit Logarithmen umgehen, ich trug das Richtgerät, saß in dem vorausfahrenden Wagen, um den nächsten Standort auszumachen. Da sah ich neben einer Bauernklitsche einen kaum vierzehnjährigen Jungen mit zerspaltener Stirn. Man hatte ihn aus der Dachluke hinausgeworfen. Es war entsetzlich. – Und in dem Augenblick habe ich, wie aus Himmelsferne, das Lachen meiner lieben, lieben Mutter gehört.

Wir mussten an den kommenden zwei Tagen ununterbrochen marschieren. 70 Kilometer am Tag marschierten wir teils schlafend, von der Seite wurde geschossen, polnische Ulanen auf Pferden griffen uns an, in bunter Montur, ich sehe ihre die Sonne spiegelnden Reitstiefel, unsere Division war 30 Kilometer auseinandergezogen. Sie schossen aus dem Sattel. General von Briesen, unser Divisionskommandeur, nahm irgendwann selbst die Knarre in die Hand und rief ‚Freiwillige zum Gewehr': Sturm! ich saß schon wieder auf dem Wagen und habe nicht geschossen – es war ein vorsintflutlicher Krieg. Wir gruben uns nachts ein, oder schliefen im Straßengraben. Ein ganz flaches Land. Dann kamen unsre Panzer nach und der Spuk mit den Ulanen hörte auf. Mein Vetter Kuke, Onkel Haie Prahls ältester Sohn, ist schon am 5. Tag des Krieges in Polen gefallen, am 6. September '39. Ich wurde verschont. Mein Vollblutpferd, Rose, war ein wunderbares Tier, man kann mit einem Pferd Freund sein. Ich ritt mit ihm allein voraus, durfte aussuchen, wo die Artillerie stehen sollte, dachte nicht einmal an Gefahr, bekam einmal auf der Rückkehr von einem solchen Sondierungsritt einen Oberschenkeldurchschuss und überstand ihn bald. Das war der erste Faden, der hielt. Ich habe meinen Eltern aus dem heilen schönen Warschau stolz fünf Postkarten geschickt.

Ein halbes Jahr später zogen wir in Paris ein, in Paris, wieder mit General von Briesen, in vierzehn Tagen sind wir dort gewesen, hielten auf den Pferden vorm Arc de Triomphe. Im Ehrenhof des Invalidendoms feierte unsere Division einen Dankgottesdienst. Tagelang wienerten wir das Sattelzeug und unsere Gewehre. Hitler wollte nämlich eine Friedensparade in Paris abhalten, er glaubte, England als Freund gewinnen zu können, wollte Frieden schließen. Von Briesen dagegen wollte mit Flößen übersetzen – ‚wir hätten damals England kassieren können', sagte er. Wir waren inzwischen in der Normandie. Dann ging's in Nachtmärschen nach Holland. England – das sollte von Amsterdam aus gehen!

Du siehst mich an?"

„Ihr hättet ‚England kassieren können', hat er gesagt?"

„Ja, – und es ist weder mir noch einem von uns damals aufgefallen, mir auch gerade eben nicht – dir, euch kommt es verrückt vor, nicht? – England kassieren zu wollen:

Du! Ich habe in zwei ganz verschiedenen Kriegen mitgemacht. Der erste dauerte bis zum Beginn des Russlandfeldzugs: Wir marschierten wie gezogen mit so einem eigenen heilen Gefühl in den Backenknochen auf unsrer Bahn in Richtung Feste Europa. Nicht ganz ohne Ironie. Wenn einer konsequent auf das Ritterkreuz zusteuerte, sagten wir, er hat Halsschmerzen."

„Woher hattest du das Vertrauen, wiederzukommen?"

„Das will ich dir sagen. Von einem Mann aus dem sogenannten Feindeslager, einem Mann von der Herformer Kerk, Hollands Reformierter Kirche. Es war ein Gärtner, der bei Karl Barth studiert hatte, ich lag bei ihm in Quartier und war zum Offiziersanwärter befördert, es gab da eine sehr schöne Tochter, in die ich bis heute verliebt bin, siebzehn war sie, fromm, wir zogen uns an, es war mir vollkommen ernst, obwohl ich zu Hause heimlich verlobt war, und dann hieß es wieder Abmarsch. Es war der letzte Abend, wir saßen im Familienkreis, ahnten und glaubten nicht, konnten uns nicht vorstellen, es solle gegen Russland gehen, mit dem Hitler doch durch einen Nichtangriffspakt im Bündnis war. Damals blickte man auf den Globus: wer alles gegen uns ist, die unsinnige Zahl der Länder. Weiß der Führer das?, fragte man. Es war nicht als Witz gemeint. Unser geliebter Führer wurde von Zweifeln ausgenommen. Ich hatte in diesem Krieg schon zwei nahe Freunde verloren. Wie leicht konnte ich der dritte werden. Wir feierten Abschied beim Abendbrot, ich sang mit ihnen ‚Wilhelmus von Nassauen'. Kennst du's? Wir alle kannten es damals, ‚Wilhelmus von Nassaue Bin ich von deutschem Blut, Dem Vaterland getreue Bleib ich bis in den Tod' – es war aber doch die holländische Nationalhymne und seit unserer Okkupation Hollands von der deutschen Besatzung verboten, dies Lied zu singen. Nun sang es die holländische Familie in meiner Gegenwart – ich wusste: Das war Vertrauen und eine Auszeichnung – und sang es mit ihnen in meiner Unteroffiziersuniform." Er schüttelte den Kopf. „Ein Lied gegen Tyrannei." Auf einmal stand Alf auf und sang mit seiner weichen und ein Leben lang belegten, heiseren Stimme, etwas bibbernd:

„Mein Schild und mein Vertrauen
Bist Du, mein Gott und Herr!
Auf Dich nur will ich bauen,
Verlass mich nimmermehr,
Dass ich doch fromm mag bleiben,
Dein Diener alle Stund,
Die Tyrannei vertreiben,
Die mir mein Herz verwund't.

Die Tyrannei vertreiben: Der Feldzug nach Russland stand uns bevor, Erinnerungen an Napoleons Winterfeldzug waren allgegenwärtig, der Herr des Hauses, ich besitze ein Bild von diesem frommen Mann, las zum Abschied in Gedanken an mich den Psalm. ‚Wer unter dem Schirm des Höchsten sitzt ... Ob tausend fallen zu deiner Seite und zehntausend zu deiner Rechten, so wird es doch dich nicht treffen.'" Onkel Alfs Gesicht verzog sich, wurde ganz und gar faltig, rot, er zwang sich, nicht zu weinen – der Schlaganfall vor sechs Jahren war heftig gewesen, er aß damals mit den Fingern, wusste das Einfachste nicht mehr, beschäftigte sich seitdem mehr als sonst mit Fragen, die der Welt und seinem Leben auf den Grund gehen – „das hat mir die Zuversicht gegeben. Sie war bitter nötig. Es wurde gefährlich.

Ich war am Ilmensee, der zugefroren war, die Russen hatten eine Bahn über den See gebaut. Dort wurde ich zum zweiten Mal verwundet. Ich hätte tot sein müssen und wurde aus dem Kessel von Demjansk ausgeflogen. Mein Freund Nickel hat das Feuer der russischen Artillerie auf seinen Standort gelenkt, dadurch fiel er, nicht ich. Der zweite Faden. Als ich durch Deutschland fuhr, am 10. Oktober '41, kam der Zug in einen Schneesturm.

Warum traf es mich nicht. Ich sah, wie ein Panzer, nicht allzu entfernt, auf mich zielte. Eine Granate explodierte vor meinen Füßen. Ich hätte Mus sein müssen. Fiel in Ohnmacht, es war der Schock. Ich war nicht getroffen. Unser Funker beugte sich über mich, wurde getroffen und war tot. Ich kam zu mir. Die anderen Kameraden waren weggelaufen, ich durch den Wald zurück, eine Krankenschwester, Russin, kam auf mich zu, konnte deutsch: sie könne mich versorgen, tat es. Ich hatte ein Loch im Käppi, einen kleinen Splitter im Auge, ernsthaft nur ein Loch am rechten Armgelenk. Sie verband mich, ich bekam später ein Phlegmon, der Arm war vereitert, wurde dick wie ein Oberschenkel, hochgestellt, das war schon in Kiel, ich konnte die Finger kaum bewegen, sie waren dick wie aufgebrühte Würstchen. Die Bohne wurde rausoperiert. Das Armgelenk ist steif geworden, das weißt du.

Im Krieg ist das Meiste Alltag. Herbst '42 kam ich nach Pommern, Großborn, auf einem Truppenübungsplatz. Da war ich verantwortlich für die Kanonen und ritt ein Vollblutpferd, ‚Pan'. Ich ritt durch den Wald, da wechselte ein Rudel Hirsche über die Schneise, der Hirsch flüchtete, ich ritt neben ihnen, so schnell ich konnte. Das Blut kam in Wallung, wir galoppierten um die Wette, ich gewann. – Ein Jahr in der Heimat.

Dann kam ich, trotz des steifen Arms, wieder an die Front, Division 1026, lauter Altgediente und nun auch schon Siebzehn- und Achtzehnjährige, die wegliefen, wenn geschossen wurde. Kurz ausgebildet. Ich sah, wie Offiziere ihnen in den Hintern traten. Viele fielen. – Ich gehörte zur Nachhut, für die irgendein Weg freigekämpft war, beim Durchzug wurde mir ein Stück Fleisch aus der Wade rausgerissen. Immer hatte ich das Gefühl, auch da: Mich trifft es nicht. Andere, viele wussten: Mich trifft es.

Meine Söhne geben mir Uwe Timms Buch ‚Am Beispiel meines Bruders' zu lesen, wohl weil sie denken, ich könne da was lernen. Aber den Krieg, wie er ihn schildert, habe ich nicht erlebt. Das Buch ist mir ganz fremd. Was Helmut Schmidt zu Breschnew gesagt hat, ‚in meiner Einheit gab es keinen Nazi', traf auch auf uns zu. Einer, der einzige, das war mein Freund Nickels, ein Edelnazi, wurde deshalb nicht zur Beförderung vorgeschlagen.

Damit will ich nicht sagen, dass wir das Geschehen durchschaut haben. Wir zerschlugen unsere Welt und wussten es nicht. Das Böse sahen wir noch nicht, das darin lag. – Wir spielten. Wir spielten das Übersetzen von Flüssen. Bildeten einen Kreis mit aufgepflanztem Bajonett, als sei einer in unserer Mitte aufgebracht. Wir spielten Leben und Tod, spielten so weiter in diesem zweiten sinnlos verlustreichen Teil des Krieges. Manche wandelten sich. In meinem Elternhaus waren immer Vikare. Mit allen habe ich mich als heranwachsender Junge angefreundet, einen habe ich geliebt. Wolfgang Miether. Unser künftiger Bischof, hieß es. Hochbegabt. Der hat sich am merkwürdigsten verändert. Er wurde vom Krieg gefressen, war mit Leib und Seele Soldat. Er bekam die Goldene Nahkampfspange, weil er nachweisen konnte, dass er 17 Russen erschossen hatte. Erhielt das Ritterkreuz, und fiel.

Als ich ein Wort darüber sagte, nach der Heimkehr, verstanden meine Eltern auch das nicht. Es gab kein Gespräch über den Krieg. Ich hatte eine Erfahrung gemacht, mit der sie nichts anfangen konnten. Der Krieg war nicht ihre Welt."

„Und doch war das Lachen deiner Mutter ein lebensbestimmendes Ereignis?"

Er nickte.

17
Das glückliche Mutterkreuz

„Kaukau?“

Unsre blondlockige, rotbackige Schwester sah ihn an. Sie war elf Jahre alt und war bei unseren Zusammenkünften nur ausnahmsweise dabei.

„Kaukau“, sagte Pille, „wir wissen, dass du nicht gerne dabei bist, wenn wir jetzt über den Krieg sprechen.“

„Ich finde es blöd“, sagte sie. „Es ist doch schrecklich – warum soll ich daran zurückdenken?“

„Nein – das sollst du nicht, gar nicht. Aber heute wollen wir darüber sprechen, wie wunderbar es war, was sich aus dem Tag entwickelte, an dem du geboren wurdest?“

„Ich? Ich bin doch erst im Krieg geboren, war die Erste im Krieg. Was soll da von mir gekommen sein?“

„Dass du gekommen bist!“, sagte Pille. „Das war es. Du hast unserm Vater das Leben gerettet!“

„Wir müssten dir eigentlich einen roten Läufer ausrollen!“, sagte Alex.

Unsere Schwester hatte feuchte Augen und senkte den Kopf. „Ihr wollt mich wieder ärgern!“, sagte sie.

„Kinder! – Was macht ihr nur!“, sagte Schlossel, und schüttelte den Kopf. Sie richtete sich auf.

„Lasst das Theater! –

Nein, du liebe Gute. Du bist in der für uns heikelsten Zeit geboren, es war eine schwere Geburt, wir erklären dir gleich, wieso wir sagen, du hast Vater das Leben gerettet; es war wie ein zweifaches Wunder: Zuerst mussten wir deines retten. Du warst ganz blau, als du zur Welt kamst. Die Nabelschnur hatte sich dreimal um deinen Hals gewickelt und du wärest beinah gestorben. Unsre Hebamme Frau Grave war darin sehr tüchtig, sie hatte es kaum gesehen, da war die Schnur schon abgewickelt und sie hat dich geklopft und geschlagen, bis du geatmet hast und zu würgen anfingst. Das war damals im Februar 1940 ungefähr morgens um acht. Du hast den ganzen Tag furchtbar gespukt und gewürgt,

Fruchtwasser und sowas. Bin ganz schnell mitunter aus dem Bett und habe dich hochgenommen. Und Frau Rohwedder kam ein paarmal tagsüber und guckte nach mir – das war so schön. Rohwedders waren aus Indien heimgekehrt und wohnten damals oben im Brüderflur.

Du bist geboren in dem kleinen Nähzimmer hier nebenan von Vaters Studierzimmer, da hatten wir ein Bett aufgestellt. Und am zweiten oder dritten Tag, ja du warst drei Tage alt und spuktest nicht mehr, kam eine kleine Ordonnanz am Vormittag und brachte eine wunderschöne Azalee mit einem Gruß vom Bistensee, vom Haus der Evangelischen Jugend, wo ein Geltinger Freund damals als Arbeitsdienstführer im Freiwilligen Arbeitsdienst den Turnplatz angelegt hatte. Der kam abends noch einmal, reizend, schaute herein, so ein hübscher Mensch, und saß dann hier bis spät in die Nacht mit Vater, wo wir jetzt sitzen. Ich hörte sie sprechen. Was er alles gesagt hat, weiß ich nicht, aber er war erschüttert von dem, was seine Aufgabe war und er zu tun hatte. ‚Ich habe geheiratet, und meine Kinder sind nicht getauft', begann er."

„Du weißt, ich durfte nicht darüber sprechen", sagte MaPö, „es war eine Beichte. Er war fertig mit der Welt."

Schlossel lächelte. „So am achten Tag, glaube ich, ich lag noch zu Bett, kam Herr Mäckelmann mit Frau Matzen, der Frau von Lichtmatzen beim Elektro-Stellwerk gegenüber vom Gasthaus Herrngabe, sie hatte inzwischen die Frauenschaft. Und hier baute er sich nun auf und hielt eine kleine Rede an mich: Er sprach vom Goldenen Mutterkreuz, das mir ja nun zustünde, aber sie hätten leider keins mehr. Der Führer brauche doch nun alles für den Krieg und so hätten sie nur ein silbernes.

Das war mir nun ja auch recht. Aber sie wollten sich nicht setzen, keinen Kaffee haben, wollten nur schnell wieder weg. Und ich wunderte mich eigentlich, dass ich überhaupt ein Mutterkreuz kriegte, ich war doch aus der Frauenschaft ausgetreten und nicht so eine gute Nazitante. Aber eigentlich war es auch – ja beinahe – eine freundliche Geste."

„Mit wie viel Kindern bekam man denn das Goldene?“

„Mit dem achten, und das warst du ja nun, und warst kein bisschen mehr blau, hattest dich schnell erholt. Aber nun kam das Wunderbare. Vater kriegte im Mai einen Gestellungsbefehl. Er hatte sich ja im September ’39 freiwillig gemeldet, zur Infanterie, und war zurückgestellt worden. Jetzt stand der Zug gegen Frankreich bevor.

Vater erzählte noch am gleichen Tag Pastor Claussen, dass er nun bald Breklum verlassen werde.

‚Aber wieso?‘, sagte Claussen. ‚Das kann ja gar nicht angehen. Sie haben mir doch die Geschichte vom Goldenen Mutterkreuz erzählt: Ihre Tochter ist das achte Kind. Wer acht Kinder hat, wird nicht eingezogen. Ausgeschlossen. Das hat ganz einleuchtende Gründe. Es wird ihnen viel zu teuer mit all den Kriegerwitwen und Waisenkindern, den vielen Waisen, die sie dann doch unterhalten müssen. Mit acht Kindern hört es auf.

Pastor Claussen hatte schon am Ersten Weltkrieg teilgenommen, war Hauptmann und kannte den vom Wehrmeldeamt in Husum, den Zuständigen, was fürn Grad war das, Major oder so. Na jedenfalls kannte er den und hat mit ihm gesprochen: ‚Der Mann kann nicht in den Krieg gehen, er hat acht Kinder.‘ Der schlug nach und sagte: ‚Nein, sieben. Sieben Kinder stehen bei uns zu Buch.‘ ‚Dann sind Sie nicht orientiert, im Februar ist ein Mädchen geboren.‘

Es dauerte ein paar Tage, dann kam aus Husum die Aufforderung, die Meldekarte zurückzuschicken.“ – Wir sahen Kaukau an. Sie sah zu Boden und wurde rot.

„Mann, hab ich mich gefreut“, sagte Schlossel. „Ich habe vielleicht eine Angst gehabt, stellte mir Vater im Schützengraben vor, sah seinen Kopf herausragen. Das hat ihm das Leben gerettet. Er wäre doch gleich erschossen worden, war doch viel zu groß und zu ungeschickt, um sich schnell hinzuwerfen oder zu verschwinden.

War dies Frühjahr nicht überhaupt die Zeit“, fragte Mona, „in der ihr vom Kieler Bruderrat ins Visier der Gestapo kamt? Wo man Reinhard Wester vorwarf, dass er die Gelder des Pfarrernotbunds veruntreut hatte und er sich –

sozusagen umgekehrt – in den Krieg gerettet hatte und schließlich in Kairo landete, in Gefangenschaft?"

„Das war später", sagte MaPö, „es muss etwas später gewesen sein, aber im Visier waren wir schon längst, das hatten wir mit vielen gemeinsam. Gefährlich wurde es bei den sogenannten ‚Verwarnungen'.

An meine erste kann ich mich gar nicht erinnern; vielleicht war sie erfunden oder ich habe sie gar nicht empfunden. Zur zweiten kam es nicht lange nach der Abmeldung vom Kriegsdienst. Nicht lange nach dem Jahresfest, dem Geburtstag der Breklumer Mission, den wir der Zeit zum Trotz gefeiert hatten und zu dem mehr als tausend Missionsfreunde gekommen waren, wurde ich nach Kiel zitiert.

Da stand ich dann auf einmal allein vor der Gestapo und muss sagen: ein schauerliches Bild. Zwei Leute in SS-Uniform standen in unsrer Landeshauptstadt vor dem Haus der Gestapo, ich trete ein, alles ist leer, ich bewege mich durch einen langen Gang, an dessen Ende wieder ein Mann in SS-Uniform steht.

‚Bleiben Sie stehen!'

Er meldet mich an.

‚Kommen Sie! Bleiben Sie drinnen an der Tür stehen! Unterstehen Sie sich nicht, Platz zu nehmen!'

Es folgte ein kurzes Verhör: ‚Sie sind der –'

‚Jawohl', sage ich, ‚bin ich.'

‚Sie sind wohl völlig verrückt geworden. Sie feiern Feste im Krieg. – Sie feiern!'

Ich habe versucht, es zu erklären.

‚Quatsch! – Im Krieg gibt's keine Feste. – Wie sollen denn die Leute da hinkommen!'

‚Naja! Einige kommen mit dem Fahrrad.'

‚Also – was wir im Krieg brauchen, setzen Sie ein für ein Fest. Sehen Sie nicht, dass –'

‚Einige kommen auch zu Fuß –'

‚Also, Sie ziehen das Fußvolk an, das wir im Krieg brauchen?! Das ist ja noch schlimmer! Wir brauchen Marschierer ...!'

Er hat mich noch weiter auf dieser Ebene angeschnauzt, verwarnt und dabei gesagt: ‚Das ist die zweite Verwarnung. Die dritte Verwarnung bedeutet, dass Sie aus unsrer Landschaft verschwinden, und zwar für immer. Damit Sie Bescheid wissen.

Raus!‘

Das höre ich noch. Und dann musst du von einem Uniformierten rausgebracht werden. Sobald du reingelassen bist, hast du von innen keinen Türgriff mehr, du kommst nur raus, wenn sie dich rauslassen – Das behältst du!“

„Jetzt muss unsere Jüngste hier es nicht mehr hören“, sagte Pille. „Hast du an Westers Verwarnung auch so eine genaue Erinnerung?“

„Sie geschah später, es muss im Sommer 1941 gewesen sein; jedenfalls waren schon deutsche Truppen in Nordafrika gelandet.

Ich erinnere mich genau, er hatte angerufen, wir trafen uns auf dem Seitenweg des Sanatoriums, wo der Bach fließt. Da kommt er mir entgegen und hebt den Arm zum Hitlergruß.

Ich sage: ‚Was ist denn in dich gefahren?‘

Er lachte: „Nach dem Gefängnis lebt der deutsche Gruß wieder auf.‘

Das steht auf einem Schild über der Tür, durch die du das Gefängnis verlässt.‘

Er war drei Tage verhört worden, eben wegen einer angeblichen Veruntreuung des Geldes, das dem Pfarrernotbund gehörte. Den hatte Niemöller gegründet, um die Pastoren, zunächst die jüdischer Herkunft, die man pauschal entlassen hatte, zu unterhalten – dann für alle, die man hinausgeworfen hatte – und Wester hatte dies Geld auf das Konto eines ganzen Straußes von Verwandten und Bekannten verteilt, um es unauffällig zu sichern; es hatte eine Anzeige gegeben, er war aber korrekt vorgegangen.

Wir riefen Bodelschwingh an und baten um seinen Rat für Wester. Bodelschwingh war sehr vorsichtig: Das müsse jeder in seiner Seelenkammer entscheiden. Er riet dann aber doch: Er selbst halte Meldung zum Kriegsdienst für den besten Ausweg. Wester tat es – er hat den Schluss des Kriegs als Gefangener in Kairo erlebt, als Gefangener, Seelsorger und Leser.

Bei der dritten Verwarnung war ich irgendwie vorgewarnt und innerlich gewappnet. Die fand statt beim Breklumer Amtsvorsteher. Unser Wachtmeister, der ja keine Ähnlichkeit mit Hindenburg hatte, aber von allen und von mir besonders gern nur ‚Hindenburg' genannt wurde, brachte mich hin und blieb im Raum. Da saß nun der Mann von der Geheimen Staatspolizei, begrüßte mich und sagte:

‚Ich bin hier, um Sie zu vernehmen. Sie haben schwere Verfehlungen und Verbrechen begangen. Das werde ich jetzt feststellen und amtlich machen.'

Dann begann er zu lesen: ‚Ich, der Missionsdirektor Dr. Ma –'

‚Halt!', sagte ich. ‚Ehe Sie schreiben, lassen Sie mich wissen, was für Verbrechen!'

‚Sie haben geschrieben, was einem Verbrechen gleichkommt.' Er las ein paar Zeilen.

‚Woher stammt dieser Text?', sagte ich. ‚Den kenne ich gar nicht. Was Sie gerade vorlesen, habe ich weder gesagt noch geschrieben.'

Der Beamte klammerte sich an seinen Auftrag, etwas unsicher geworden, aber gehorsam, fuhr fort, vorzulesen, und verlangte meine Unterschrift.

Als ich mich weigerte, wurde er laut!

Jetzt meldete sich Hindenburg: ‚Sie können doch Herrn Pastor nicht für etwas verwarnen, was er gar nicht getan hat!'

‚Schweigen Sie!', brüllte der Gestapomann.

Jetzt wurde ich leise und erhob mich:

‚Ich verlasse jetzt den Raum', sagte ich. ‚Ich werde den Chef der Geheimen Staatspolizei selber in Kiel aufsuchen, da bin ich schon gewesen. Ich verweigere jedes Verhör durch Sie und werde mich in aller Form beschweren. Heil Hitler!'

Wieder zu Hause, habe ich unseren Bischof Völkel angerufen, der zwar nach seinem Hinauswurf von der Braunen

Synode nun als Pastor in Bordesholm seinem Beruf nachging, aber, das wisst ihr, noch eine Stimme hatte und der Vorstand unsrer Breklumer Gesellschaft geblieben war.

Er pfiff durch die Zähne und fuhr, was er seit seinem Abgang nicht wieder getan hatte, ins Landeskirchenamt nach Kiel, suchte den im Geist der Neuen Zeit amtierenden Dr. Kinder auf und sagte: ‚Bitte, rufen Sie in Hamburg Gauleiter Lohse an.' Kinder tat es, sogar in Völkels Gegenwart, und Völkel verließ das Landeskirchenamt mit der Zusage, dass das Verfahren eingestellt würde. –

Die dritte Verurteilung hätte das Tor ohne den Öffner von innen bedeutet, das KZ."

Kaukau war inzwischen aufgestanden und hatte uns leise verlassen.

„Mona?", sagte Pille. „Wir wollten dich einmal fragen: War das nicht alles sehr happig? War es nicht zu viel, was auf dich allein zukam? Vater war im Visier und musste vorsichtig sein, du hast ihn mehr als einmal darum gebeten, nicht? Und er? Kaum noch am Sonntag zu Hause, er predigte auswärts, sprach an Abenden auch während der Woche. Die Pastoren rundherum waren zumeist eingezogen, Pastor Martensen fehlte in Drelsdorf, Lucht in Bredstedt, der Atlantisforscher in Bordelum, und Vater, du musstest einspringen bei Beerdigungen und den Trauerfeiern, wenn die Anzeige mit dem schwarzen Kreuz in der Zeitung stand – auch Claussen war plötzlich nicht mehr hier – also Mutter, was lag da alles auf dir!"

„Das war gar nicht so schlimm", sagte Schlossel. „Ich hatte doch Tante Hedwig. Onkel Nahnsen half jetzt auf dem ganzen Anwesen, auch im Garten, beim Füttern. Und wir hatten Hilfe.

Aber eins ist wahr, was immer wieder passierte: dass so vieles zusammenkam. Du musstest immer wieder schnell sein, schnell von Entschluss. Musstest den Überblick behalten. Drei Dinge auf einmal."

Yoko lachte. „Du warst ja gar nicht immer so ruhig, das kann dir keiner nachsagen, du konntest dich so aufregen, dass wir mit ins Zittern kamen. Aber wenn es stürmisch wurde und aus allen Richtungen zusammenstieß, dann saßt du ruhig am Steuer.

War das nicht auch so, als Sö sich anmeldete? Da kam wieder einiges zusammen."

Mona nickte. „Es war der 10. Januar '44: Morgens um fünf werde ich wach und gewahr, dass ich Wehen habe – um sieben ruft aus Kiel Tante Herme an, Vaters Schwester ist ganz in Hast: Kiel war in der Nacht bombardiert worden, das Haus gegenüber getroffen. Um sieben sei noch ein Zug gefahren, den habe Oma noch gekriegt. Sie kommt mit ihrer Freundin Frau Petersen und deren Freundin, außerdem kommt Frau Zornig mit beiden Kindern, ausgebombt, aber heil – ich weiß nicht, zusammen waren es sechs. Die sollten um zehn in Bredstedt sein.

Um halb neun kam die Hebamme, kam Frau Grave, um halb zehn wurde Sö geboren. Oh, das ging alles so gut.

Vater machte sich nach der Geburt gleich auf nach Bredstedt, um Oma abzuholen. Und als die wiederkamen, sah sie ganz zaghaft ins Zimmer und fragte: ‚Geht es dir sehr schlecht?' Sag ich: ‚Guck doch mal in den Korb.' Da hatte ihr Vater gar nicht erzählt, dass Sö geboren war.

Oma konnte zuerst noch gar nichts, sie war so erschüttert durch alles, was sie in der Nacht gesehen und erlebt hatte."

„Wollen wir uns nicht einmal wieder nach draußen bewegen?", fragte MaPö.

„Ich meine nicht Breklums Draußen, wir hörten damals aus China und Indien gar nichts mehr, sondern das Draußen, das so lautstark und hemmungslos in unsere Kirche und unsre Arbeit eingriff. Wir wollten doch längst schon einmal über meinen Bruder Erk sprechen, den es nach Amrum verschlagen hatte. Der hat auf dieser herrlichen Insel nicht wenig erlebt. Es war eine Strafversetzung, gab haarige Zeiten und scheint sich immer mehr zum Glück seines Lebens zu entwickeln."

18
Erk auf Amrum – Erk vor Leningrad

Es wurde eine längere Sitzung an diesem Abend; wir erfuhren Dinge, von denen wir und auch unser Vater zunächst nichts wusste.

„Er hat vielerlei Material gesammelt, seine Geschichte muss ihm sehr nachgehen, aber er kann sich nicht entscheiden, etwas herauszugeben", sagte Schlossel.

MaPö zitierte anfangs, mehr als verblüfft, den ersten Predigttext seines Bruders auf Amrum:

‚Mönchlein, du tust einen schweren Gang', sagte eine Stimme am Weg, als Erk auf Amrum im November 1934 seiner Kirche entgegenging, um die Antrittspredigt zu halten. Amrum war eine Strafversetzung und der Bruder in Kampfstimmung, sein Text auf der Kanzel klang entsprechend:

Da sprach ich: Weh mir, ich vergehe! denn ich bin unreiner Lippen; denn ich habe den König, den Herrn Zebaoth, gesehen mit meinen Augen. Da flog der Seraphim einer zu mir und hatte eine glühende Kohle in der Hand, die er mit der Zange vom Altar nahm, und rührte meinen Mund an und sprach. Siehe, hiemit sind deine Lippen gerührt, dass deine Missetat von dir genommen werde und deine Sünde versöhnt sei: Und ich hörte die Stimme des Herrn, dass sie sprach: Wen soll ich senden? Wer will unser Bote sein? Ich aber sprach: Hier bin ich; sende mich!

Und er sprach: Gehe hin und sprich zu diesem Volk: Höret, und versteht's nicht; sehet, und merket's nicht!

Verstocke das Herz dieses Volks und lass ihre Ohren hart sein und blende ihre Augen …

Ich aber sprach: Herr, wie lange?

Er sprach: Bis dass die Städte wüst werden ohne Einwohner und die Häuser ohne Leute und das Feld ganz wüst liege …' (Jesaja 6, 1–11)

Erk war 26 Jahre jung, fünf Jahre jünger als ich, und bisher immer der gelassenste in unsrer Familie. Er hatte sein Vikarsjahr in Hademarschen verbracht, bei Treplin, der es an volkstümlicher Anschaulichkeit und drastischem Humor im Kampf mit den Deutschen Christen zu keiner Zeit hat fehlen lassen. Hatte Treplin, sein auch über seinem tiefsten Ernst lachender Lehrer, ihm den Text vorgeschlagen – oder stand der etwa in der Predigtordnung? Unmöglich! Hatten er und zwei andere bekennende Brüder an der Westküste vielleicht ihre eigene Textliste vereinbart?

Erk las ihn auf der Kanzel nicht ganz bis zum Ende, nur bis ‚Hier bin ich, sende mich!', er hat die Aufforderung, die Leute bewusst zu verblenden und zu verstocken, in Klammern gesetzt; aber immerhin mit von glühender Kohle angerührtem Herzen und Mund bleibt er stehen und sagt dann zum Beispiel:

Wir dürfen uns heute nicht wundern, wenn die Predigt von dem allein heiligen Herrn wie der größeren weiten Welt auch bei uns eine harte Rede dünkt. Wir dürfen uns nicht wundern, wenn für viele unserer Volksgenossen der Glaube an die Rasse und das Knieen vor Blut und Boden zur neuen Religion wird. Wir dürfen uns nicht wundern, hat doch die Kirche selbst schon sehr bald nach dem 30jährigen Krieg die Predigt von dem heiligen, fordernden und rühmenden Herrn preisgegeben und das Gerede von dem sogenannten alten ‚lieben Gott', auf der anderen von dem guten und vielleicht sogar frommen Menschen begonnen. Der Mensch, sein Ruhm und seine Verherrlichung bekamen Raum in der Kirche. Seiner Ehre wird das Wort geredet. Und darum – schwer leserlich und in Klammern – *(erahnen wir heute das Heidentum).* Es folgt:

Wo aber blieb der Herr, d. Hl. Herr Zebaoth. Wo blieb die Ehre der Herren?

Alle Lande sind seiner Ehre voll.

Ob wir dem Herren die Ehre geben, das wird daran sichtbar, ob wir etwas erfahren haben von jenem ‚Wehe mir, ich vergehe'. Wo Gott redet, da beben die Schwellen, gerät der Boden in Aufruhr, bleibt nur: Herr, gehe von mir hinaus, denn ich bin ein sündiger Mensch – Dann die glühende Kohle. Kein Feuer, das nur verzehrt, sondern das auch reinigt und läutert. Gottes Liebe ist heilige Liebe.

In einem russischen Dorf wurden im vorigen Jahr Gläubige vors Gericht gestellt. Man hielt ihnen die Bibel hin: Kennt ihr dieses Buch? Ja! Schwört ihm ab, sonst wird euch die Zunge aus dem Hals geschnitten. Sie schworen nicht ab, und die Zunge wurde ihnen aus dem Hals geschnitten.

Vergebung gibt es nur unter Brennen und Schmerzen und unter dem Feuer des Hauses Gottes. Nur wer diese Glut durchkostet, wenn Herz und Lippen angerührt sind von dem Geist der Wahrheit ..., der kann treu und immer treuer den Herrn bekennen. Da wächst der Gehorsam gegen Gottes Ruf und Befehl. ‚Hier bin ich. Sende mich. Das gilt für mich und auch für Euch.“

MaPö legte das Blatt auf den Tisch.

„Der erste Auftritt eines lutherischen Pastors“ – er pflegte luthérisch zu sagen – „scheint eine Feuertaufe zu sein und das Zeug zu einer Stolpertaufe zu haben. Ihr erinnert euch? Als ich im September 1930 vor den Geltingern meine Antrittspredigt gehalten habe, damals 27 Jahre alt, besuchte mich am Montag ein Vertreter meines Ältestenkreises: ‚Wenn Sie so weiterpredigen, treiben Sie uns Angeliter aus der Kirche.‘

Das Mönchlein auf Amrum war ein Jahr jünger. Zu Neujahr erhielt es allerdings einen ‚Gruß herzlichen Dankes für alles furchtlose Abwerben feindlicher Gewalten, die anstürmen gegen Bibel und Kirche. Es ist mir gewiss, dass der Herr Sie zu diesem Frontkampf aufgerufen hat. Ihnen danken wir es, dass Sie im Gehorsam den schweren Weg gegangen sind – wir mussten uns von Anfang an freudig hinter Sie stellen. Ihre F. Schweiger‘.

Die Stimme klingt vereinzelt. Und doch ist unheimlich, dass der aus einem Zeitpunkt vor zweitausendsiebenhundert Jahren geradlinig herübergeschaufelte Text einen Wahrheitskern hatte. Es ging ums Ganze, um Überstehen oder Verschwinden.“

MaPö schwieg. – „Ich habe lange nachgedacht, um mir dies heftige Vorgehen zu erklären. Wenn ich die Aufzeichnungen richtig verstehe:

Erk hatte zusammen mit zwei anderen, mit Piening junior und Lic. Haar, abgelehnt, sich von Landesbischof Paulsen, ihr wisst, dem Deutschen Christen, der seine auf Lebenszeit gewählten Vorgänger Völkel und Mordhorst im September 1933 aus dem Amt gedrängt hatte, ‚ordinieren' und verpflichten zu lassen. Wie waren sie dann aber zu ihrem Amt gekommen? Ein Pfarrer kann erst sein Amt antreten, wenn er von seiner Kirche ‚ordiniert' worden ist. Wer war in die Bresche gesprungen, wer hatte sie in aller Form verpflichtet?

Es könnte schon der Flensburger Pastor Wilhelm Halfmann gewesen sein, sicher bin ich mir nicht. Ich frage mich auch, haben die drei ganz bewusst mit diesem Text begonnen? Sich verschworen? Oder geht das zu weit?"

„Überhaupt nicht!", sagte Schlossel. „Das ist doch ein ganz und gar passender Text!"

„Lic. Haar war nach Pellworm versetzt worden, Piening nach Föhr. Von Lic. Haar auf Pellworm angefangen gab es also eine nordwärts steigende Dissidentenlinie mit den Stationen Föhr – Piening, Amrum – Erk, am Ende Sylt – Dunker, der allerdings vielleicht schon hinausgeworfen war: eine Linie feurig angerührter Lippen und Zungen?" MaPö lachte. „Wellenbrecher vor der nächsten Sturmflut?" Er schloss die Augen. „Erk ist sogar mir gegenüber verschwiegen."

Für ihn ist Amrum immer mehr das Glück seines Lebens geworden, ein Zentrum, von dem aus er mit steigender Skepsis auf das Festland blickt, seit 1935 im Bund mit Marie Luise Klugkist. Sie ist die Tochter eines Wuppertaler theologischen Rebellen, die er bei Treplin in Hademarschen kennengelernt hat – eine Organistin und Theologin, Verwalterin und Mutter – eigenständig wäre zu wenig gesagt. Seine ‚Deern', wie er sie und sie selbst sich nennt.

Hier wurden sie heimisch im Bund mit der Heide, den Kiefern und weißen Dünen zur offenen See hin und dem Gegenüber der grünen Marsch auf der Ostseite, von der aus sie aufs Festland sahen ..."

Schlossel unterbrach ihn:

„Wie die Brandung explodiert,
Ungeheurer Klang,
Andern Ufers Wattenmeer
Schweigender Gesang,

hat mein Lehrer, unser Eckernförder Wilhelm Lehmann gedichtet, der auch von Amrum gebissen ist …“

„Ja“, sagte MaPö, „hier schlug Erk Wurzel, in der Kirche mit ihrer sagenhaften Apostelreihe auf dem Wandbrett, dem Friedhof mit den Tafeln berühmter Walfischfänger, einem strahlend aufsteigenden Leuchtturm und der Mühle. Wenn ihre Flügel senkrecht und waagerecht stehen, als Kreuz, zeigen sie an, dass in der Kirche eine Hochzeit gefeiert wird, stehen sie schräg – MaPö kreuzte seine Arme schräg – zeigt sie an: Wir tragen einen Mitbürger zu Grabe. Das hat Erk, soviel ich weiß, eingeführt.

Im November 1935 schreibt er: ‚Nun bin ich 1 Jahr hier auf Amrum. Die Zeit der 1. Begeisterung ist vorbei. Es beginnt die Zeit der Krisis. Ich habe herzliche Freunde und auch Feinde. Ich fühl mich hier oft einsam, aber doch auch zuhause.

Es bleibt dabei: Jede Fremde wird unsereins zur Heimat, aber jede Heimat bleibt uns die Fremde. Was mich angeht, so möchte ich wohl hier bleiben.‘

Er weiß seit Treplin und Hademarschen, dass ein anonymer Brief der frühen Christenheit sein Los sein wird, der *Brief an Diognetos* hängt dort. Es ist eine Apologie, eine Verteidigung des Christentums durch einen altchristlichen Verfasser, der auf die Frage eines Heiden, auf welche Weise Christen ihren Gott verehren, im Unterschied zu der jüdischen und heidnischen Welt, antwortet. Schlossel, willst du übersetzen? Ich habe im ‚Englisch‘ doch vor allem Lücken.“

Schlossel übersetzte stückweise:

”They reside in their own fatherlands, but as if they were non-citizens, they take part in all things as if they were citizens and suffer all things as if they were strangers; every

country is a fatherland to them and every fatherland is to them a foreign country ... They all dwell on earth, but they are citizens in heaven ...:

‚Sie wohnen in ihren eigenen Vaterländern, aber als wären sie Nichtbürger, sie nehmen teil an allen Dingen, als wären sie Bürger und erdulden alle Dinge, als wären sie Fremde; jedes Land ist für sie ein Vaterland und jedes Vaterland für sie eine Fremde. Sie wohnen alle auf der Erde, aber sie sind Bürger im Himmel ...'"

1935 hat eine Zeit harter Nüsse begonnen. Er ist im Dorf zum Abendessen eingeladen. Ein Gast sagt: „Was Pastor Wester da in Kiel auf der Bekenntnissynode über Bischof Paulsen sagte, ist ja doch ein unerhörter Angriff auf den Staat. Der Bischof ist doch ein Staatsbeamter." Als er ihm zu erklären versucht, „wir sind keine Staatsbeamte", schweigt der Mann ergrimmt den ganzen Abend, behandelt ihn als Luft. Erk verabschiedet ihn: „Man kann ja die Wahrheit und Wirklichkeit der Lage auch nicht sehen wollen."

Er hört, dass das Kindergebet ‚Ich bin klein, Mein Herz ist rein' der ‚unbekannten deutschen Mutter' jetzt abzuändern ist. Statt ‚Soll niemand drin wohnen als Jesus allein': ‚soll niemand drin wohnen als Gott allein'.

Der Kreisleiter spricht bei einer ‚Fahnenweihe vor dem friesischen Bauern aus uraltem Geschlecht' über das Sterben. Früher ließ man sich aus Bibel und Gesangbuch vorlesen und ging ruhig in die Ewigkeit, heute werde man auf das eigene Werk sehen, darauf, was man getan und unterlassen habe. Bauern „werden mit einem letzten Blick auf ihre Felder sehen und auf das große Volk, in dem sie einmal mitmarschiert sind, auf Deutschland. Dann werden sie dem Ewigen entgegenstürmen: ‚Gott, wenn Du mich herausnimmst, halte deine Hand über Deutschland.' Mit solchen Empfindungen werden sie vor den Höchsten treten. Während tausend Jahren rang man um die Position der eigenen Seele, es werden tausend Jahre kommen, in denen man um die Seele des Volkes ringt. Die Zeit des Ichs ist vergangen, die Zeit des Wir ist angebrochen."

Bruder Erk sah sich mit Recht einer neuen Art von Religion gegenüber; ich glaube nicht, dass er sich nun auf die Suche nach ihren Spuren bei den alten Germanen begeben hat. Er hielt es für eine Kappe. Erk war von Natur eher gelassen, humoristisch oder ironisch, genussfreudig und aufmerksam auf Menschen. Er scherzte gern und spielte mit, trank mit Lust. Man glaubt ihm, dass er als Hausbesucher Freunde gewann, bei der Taufe oder einer Trauung, seine Hochzeitsreden machten die Runde, er wusste seit Dithmarschen, welches Elixier Humor in einem Dorf ist. Eine Frau, deren Namen er nicht nennen durfte, bat ihn um den Besuch bei einem von ihr heimlich geliebten Sterbenden; er übernahm es – nicht ohne einen geschickten Wink am Sterbebett. Sein Umgang mit Kindern wurde berühmt.

Er besuchte das Kindererholungsheim in Wittdün, als es sein Jahresfest feierte, und erzählte im Saal den versammelten Kindern von einem Jungen, der sich auf den Weg machte, den Nordpol zu finden.

„Der Junge war so groß“, sagte er und hielt die Hand halb hoch.

„Habt ihr dahinten gesehen, wie groß er war?!“ Er wartete.

„Nein“, riefen die letzten Reihen.

„Dann steht mal auf! – So groß!

Und wisst ihr, wo es zum Nordpol geht?“

Sie sahen ihn erwartungsvoll an.

„Ihr geht von Nebel nach Norddorf und dann immer gradeaus –“

Erk erlebte zu der Zeit auf Amrum rabiate Dinge. Eines Tages erfuhr er, seine Konfirmanden hätten auf einer Wiese alte Hausbibeln ihrer Eltern verbrannt.

„Das kann doch eigentlich nur die Wirkung des Schulunterrichts sein“, sagte er im Gespräch mit seinem Kirchenrechnungsführer. „Empörend! Eine Grenze – ich kann und werde die Kerls nicht konfirmieren!“

„Wollen Sie das riskieren?“, fragte der. „Heißt es nicht: die Sünde hassen, aber nicht die Sünder?“

„Manchmal“, sagte Erk, „manchmal, Herr Jannen, denke ich – Sahen Sie gestern die Zeitung? Der Reichsjugendführer Baldur von Schirach hat vorgestern vor der HJ in Freiburg gesprochen. Hier, wollen Sie’s lesen?“

„Lesen Sie es mir vor, bitte.“

Erk las: „‚Wir sind nicht Ketzer und Kirchenstürmer, sondern wir sind durch unsere Fahne und durch unseren Führer mit Gott verbunden.‘ Mit erhobener Stimme: ‚Ich dulde in dieser Jugend niemand, der nicht an Gott glaubt. Wenn wir in der Zeit, in der alles gegen uns war, nicht den Glauben an die Vorsehung gehabt hätten, so hätten wir unsern Sieg durch Not und Terror nicht gefunden. Wir sind geeint im Glauben an den Führer, und unsere Gemeinschaft wird jedes Schicksal überdauern. Solange ich auf diesem Posten stehe, wird es in Deutschland keine konfessionellen Verbände geben … –‘

Verstehen Sie? Sehen Sie, was los ist? Es geht um’s Ganze. Sie sind der Ersatz, der Führer voran. Unserem Pfarrhaus gegenüber sitzt einer, der am Sonntagmorgen die Kirchgänger aufschreibt. Dass er hässlich zu uns ist, können wir vertragen, aber –“

Jannen sagte: „Ich prophezeie Ihnen, er wird eines Tages gut Freund mit Ihnen. Sie sind doch nicht so.“

Erk stutzte. Dann lachte er. „So nicht.“

Erk hat sich nur unfreiwillig freiwillig zum Kriegsdienst gemeldet; der Antrag wurde ihm nahegelegt. Er war im August 1938 aufgefallen und unter spezielle Beobachtung geraten. Ihre Ursache war ein positives Eintreten für Juden und Afrikaner. Anfang September 1939 wurde er nach Flensburg vorgeladen und ihm ein Brief aus Amrum vorgelesen, in dem er als Judenfreund und Negergenosse auftauchte. „Herr Pastor, diesen Brief wollen wir vernichten“, sagte der Vorleser und verbrannte den Brief überm Aschenbecher.

„Was ich für Sie tun kann? Ich schicke Sie an die Front – da sind Sie nicht zu erreichen.“

Als Erk sich am 13. September 1939 freiwillig zu den Waffen meldete, sandten zwei Amrumer Persönlichkeiten der Flensburger Musterungsstelle einen Brief: Man solle dem renitenten Mann die Kugeln um die Ohren pfeifen lassen. Schwer zu fassen: Sie empfahlen für den Pastor ihrer Insel ein Himmelfahrtskommando – das ging sehr weit, er hat es nach seiner Rückkehr erfahren.

Am 9. Januar wurde er einberufen und ihm seine Ausbildung in Flensburg angekündigt. Sie dauerte bis in den April.

Mitte März erhielt Erk Urlaub und blieb über die frühe Osterzeit hinaus auf Amrum, hielt, jetzt in Uniform, unentwegt seine zwei Töchter auf dem Schoß, konfirmierte, predigte und meldete sich in Flensburg zurück.

Dort hätte er sehr bald darauf eine neue einschneidende Veränderung, den zweiten Übergriff der Berliner Reichskanzlei erleben können, dieser absurden Wahn- und Planstelle ‚Großdeutschland'. Nachdem Polen schon im September 1939 besiegt und Warschau ‚genommen' war, hatte das deutsche Militär am 9. April – seinen ‚Nichtangriffspakt' mit Dänemark im Rücken – ohne Vorwarnung und Kriegsansage und mögliche Gegenwehr die dänische Grenze überschritten und Dänemark besetzt, um auf dieser ‚Brücke' Norwegen zu erreichen und es vor einer Besetzung durch Englands Kriegsflotte zu ‚schützen'. Tatsächlich war England bereits auf dem Wasserweg und Deutschland kam ihm mit seiner Kriegsflotte zuvor. Dänemark blieb besetzt.

Erk hat diesen Akt vermutlich gar nicht mehr in Flensburg, sondern schon in Schleswig erlebt. Am 19. April rückten sie von dort, nach insgesamt dreimonatigem Drill, aus an die Westfront.

Marie Louise hat Erks Tagebuch über den Krieg in schöner lesbarer Handschrift überliefert. – Man erfährt sofort eine ungeahnte Katastrophe.

Tagebuch

„Schleswig, den 19.4.40

Abmarsch von der Kaserne. 6 Uhr. Vorbeimarsch an der Kommandantur. Als wir mit Musik durch die Straßen marschierten, stand hier und da eine schwarzgekleidete Frau am Weg und schaute uns an, als ob sie etwas von dem wisse, das kommen kann; eine Frau wendet sich ab. – Als der Zug sich in Bewegung setzt, wissen wir, es geht nach Westen.

den 19.5. 35 km mit vollem Gepäck nach F, abends eingeteilt, kamen alle auseinander

den 21.5. Gewaltmarsch von ungefähr 50 km durch Luxemburg.

den 23.5. Erster Einsatz als Front unter scharfem Beschuß. Alle Dörfer sind hier verlassen. Nur die Kühe sind noch auf den Feldern.

den 28.5. die Franzosen beschießen ihre eigenen Dörfer. Vor einigen Tagen durchzogen wir sie und heute liegen manche in Schutt und Asche. Seltsam, dass nur die Kirchen in manchem Dorf stehengeblieben sind.

den 9.6. Sie glauben irgendwie an Gott, ein letztes Gefühl der Abhängigkeit haben sie noch. Aber sie halten daran fest, weil sie sonst nichts mehr haben.

den 13.6. In der Nacht vom Sonnabend/Sonntag hörten wir die Infanterie am Waldweg vorbeimarschieren. Wir lagen auf einer kleinen Anhöhe. So mancher geht jetzt seinen letzten Weg, sagten wir leise. Am nächsten Abend erfuhren wir … Von einigen Kompanien sind nicht mehr als 20–30 Mann übrig. Andere ganz aufgerieben. Vom ganzen Bataillon sind 80!! übrig. 3 verwundete Kameraden sprachen wir. Einer unter Tränen: Ich bin noch nie in meinem Leben so dankbar gewesen wie jetzt. –

den 24.6. Wir konnten durch unsere Funkstelle zur 2. Abteilung melden, dass 50.000 Mann in unserem Kampfabschnitt sich ergeben haben.

den 27.6. Privatquartier in Toul. Wir haben gerade alles zum Abendessen zubereitet, da kamen die geflüchteten Hausbesitzer zurück. Als wir uns einigermaßen mit ihnen verständigen können, legen sie Furcht und Entsetzen ab. Wir haben eine gemeinsame Tafel mit ihnen, da wurden auch die drei Kinder zutraulich. – Beim Essenholen auf der Straße. Eine vornehm gekleidete Dame an der Feldküche. „Haben Sie für die Kinder zu essen?“, ich bekomme gerade den Rest. Auf dem Rückweg frage ich: Wo sind die Kinder? Sie zeigt mir ihre beiden 15–17-jährigen Kinder. Als ich ihr die Hälfte abgebe, bedankt sie sich vielmals. Es muss nicht leicht sein für diese früher gutsituierten Leute an deutschen Feldküchen um Essen zu bitten.

den 25.8. An meinem Geburtstag durfte ich einen tödlich verunglückten Kameraden bestatten. Die Kameraden hörten gut zu. Es war für die meisten etwas Neues, einen Pastor in Kanonieruniform zu sehen und zu hören. Mir persönlich bleibt die Feier unvergesslich, da sie an meinem Geburtstag war.

den 18.11. Modave, Lüttich. In einem Schuhladen traf ich ein paar alte redliche Leute. Beim Hinausgehen sagte die Frau: Wenn Sie von Deutschland nach Lüttich zurückkommen, dann nehmen Sie unsern Sohn in Ihrem Koffer (Ihrer Tasche?) mit.

Vom 15.12.40–4.1.41 in Urlaub. Zuhause.

den 19.2.41 Mein Gesuch als Kriegspfarrer einzutreten ist leider abgelehnt, da ich als Funker und Stellvertreter des Waffen- und Geräteunteroffiziers „unentbehrlich" sei. Das ist sehr schade. Ich hatte mich endlich auf eine befriedigende Tätigkeit gefreut. Aber „weiß ich den Weg auch nicht, du weißt ihn wohl!"

Am 11.4.41 ist unsere Insel in Wittdün bombardiert.

–

FELDPOSTNR 26444 KENNR 570
GLUECKLICH BEWAHRT PASTORAT BOMBE
WOHNEN SATTELDUENE
MARIELOUISE MAPÖ

Den 19.4.41 2 Telegramme, unser Haus ist von einer Bombe getroffen, 13.30 Uhr, die drei Kleinen (Frauke, Elisabeth und Knut schliefen, allein zuhause, im entferntesten Zimmer) durch ein Wunder bewahrt.

Gott sei Dank für seine große Gnade.

Zu gleicher Zeit Abmarschbefehl für die nächsten Tage.

23.4.41 Abmarsch von Modave (Belgien). Es wurde den belgischen Quartiersleuten doch recht schwer, uns ziehen zu lassen. In 6 $^1/_2$ Monaten war ein gutes Einvernehmen mit der Bevölkerung gewesen. Viele hatten sich wie zu Hause fühlen können und ich glaube wohl, dass die zahllosen Gespräche, die hier in vielen Häusern geführt wurden, in diesen für uns oft langen und öden Wintermonaten für die zukünftige Annäherung unserer beiden Völker nicht ohne Bedeutung sein werden.

Vom Westen geht es nun zum Osten über Aachen, Duisburg, Hamburg, Stettin nach Elbing. Nachdem Polen und Frankreich besiegt und besetzt sind, Belgien und die Niederlande besetzt, Dänemark und Norwegens Küste vor Großbritannien ‚geschützt' sind, wird nun der Nichtangriffspakt mit Russland annulliert und das Unternehmen ‚Barbarossa' vorbereitet. Der Name knüpft an die gewaltsame Christianisierung des östlichen Europa im Mittelalter, an die Geschichte des Deutschen Ordens an.

Erks Tagebuch endet am 19.5. Besichtigung von Königsberg. Das Schönste ist das Ordensschloss. Ohne den großen Einfluß des Christentums auf die Geschichte und Kunstgeschichte unseres Volkes ist die gesamte Kunst der Vergangenheit nicht zu verstehen.

Von der Hand Erks beginnt jetzt eine „Kriegschronik Russland" 1941–1944.

Der Vormarsch
Vormarsch durch die Baltenländer
Unsere ersten Gefallenen
Marsch auf Galow
Neuen Zielen entgegen
Der Kampf um Narwa
Unser Meldekopf in vorderster Linie
Kingissep im Sturm genommen
Vor Leningrads Toren
Ein unvergesslicher Tag
Der Stellungskrieg
Der Stellungskrieg beginnt

Marie Louise, Erks „Deern“, meldet sich bei ihrem „Jungen“ an der Ostfront.

Während die Helden, die für Führer Volk und Vaterland fallen, in Stein gemeißelt festgehalten werden, bleibt die Unzahl der starken Frauen, die unterdessen das Überleben zu Hause bewerkstelligten, im Schatten …

Marie Louise war vier Jahre jünger als ihr Mann, hatte achtzehnjährig in Elberfeld ihr Abitur abgelegt und besuchte begeistert eine Kolonialschule mit dem Ziel, sich in einer tropischen Welt nützlich zu machen, entdeckte, dass sie Chinin nicht vertrug, also gegen Malaria zu ihrer Zeit nicht geschützt war. In ihrer Heimat Wuppertal gab es in den Jahren und Kreisen, von denen hier berichtet wird, in ganz Deutschland bekannte, hochgradig kritische Zirkel. Marie Louises Vater stand mit dem Gesinnungsbruder Treplin in Hademarschen in Verbindung, wo sie nach 1933 die Orgel spielte, in der Gemeinde half und, 21-jährig, den jungen so fantastisch zu Treplin passenden 25-jährigen Erk traf.

– Sie hatte in Elberfeld-Wuppertal ein markant unterstützendes Elternhaus, von Erk sehr verehrt, übernahm auf Amrum den Konfirmandenunterricht und gewann Respekt; man hörte ihr zu und kam nicht auf den Gedanken, ihrem Erzählen nicht zu folgen. Die Aufwachsenden hatten Respekt.

Sie suchte für den Sonntag die Kirchenlieder aus und saß vor der Orgel.

Führte im Notfall seelsorgerliche Gespräche, zum Beispiel mit einem, der zunächst nicht damit herausrückte, dass er mit dem lebensgefährlichen § 175 in Konflikt geraten war.

Sie hat die Verwaltung des umfangreichen Kirchspiels soweit kennen- und ausüben gelernt, dass Erks Unterzeichnung der Dokumente in der Propsteizentrale auf dem Festland nur in ihrer Handschrift bekannt ist. Man muss sich vorstellen: Erk verlässt nach fünf Jahren Amtszeit Amrum im Januar 1940, erlebt und überlebt den Krieg im

Westen, seit 1941 im Osten, und kehrt im Oktober 1947 aus russischer Gefangenschaft zurück.

Marie Louise hat ihn, Altar, Kanzel und Friedhof ausgenommen, fast acht Jahre vertreten.

Eine kluge Frau, geachtet, unter Umständen äußerst direkt.

Es gab ein bitteres Geheimnis, das keines blieb. Die kleine Elisabeth, die bei Erks erstem Urlaub tagelang vergnügt auf dem Schoß des uniformierten Vaters gesessen hatte, entwickelte sich seltsam, blieb als bleiches Kind zurück. Die Ärzte diagnostizierten den Rhesusfaktor. Man wollte ihr die Essenskarte nicht zugestehen. Keine Schuhe. Dann entstand der Druck, das Kind solle in ein Heim gegeben werden.

Marie Louise liebt das Kind, das viel Zeit im weißen Gitterbett zubringt, spielt mit ihm, scherzt mit ihm, hält die Geschwister dazu an. Sie weiß, was „das Heim" zu diesem Zeitpunkt für ein „lebensunwertes Leben" bedeutet. Die Auslieferung der Kleinen kommt für sie nicht in Betracht. Da geschieht, dass ihr Postbote, wenn er an der Tür etwas abgibt, sie daran erinnert, die Kleine gehöre doch ins Heim, nicht einmal, sondern immer wieder, bis sie, gepeinigt, den der Partei treuen Bürgermeister aufsucht. Da geschieht das Wunder. Er verbietet es dem Postboten. Das Kind wird nicht mehr behelligt. – Es ist der Beginn einer Freundschaft.

Erk notiert:

25.6.41 Der Russe ist über die Jura zurückgeworfen.

25.6.41 Plötzlich werden wir in ein Gefecht verwickelt mit einer versprengten russischen Abteilung. Nach 6stündigem Kampf ergeben sie sich. Bei unserer Stabsbatterie sind 3 Tote zu beklagen: … Wir wissen, dass der Krieg Opfer fordert. Dennoch müssen wir einen Augenblick stillehalten, wo es nun Freunde und Kameraden sind. Während wir abends im Zelt nachdenken über das Geheimnis des Lebens und Sterbens wird uns deutlich, dass wir hier vor einem weiten Feld stehen. Wir können die Geheimnisse nicht enthüllen und wissen nur, dass alle, die gefallen sind für die Größe unseres Vaterlandes, haben eine frühe Erfüllung ihres Lebens gefunden.

27.6.41 Um 2 Uhr sollen wir zu neuem Einsatz abmarschieren.

25.8.41 Der Russe zieht seine letzten Elitetruppen ab, Marinesoldaten in unsern Abschnitt. Seine Art.(illerie) hat er großenteils verloren, verheerend ist die Wirkung unserer Bomber. Heute hatten wir recht unangenehmen Fliegerbesuch.

8.–11.9.1941 Wir schlafen wieder im Zelt. Es ist trocken, nur ein bisschen kalt. Wir liegen ungefähr 30–40 km vor Leningrad. Der Ring um Leningrad beginnt sich zu schließen. Deutsche und finnische Truppen haben sich die Hand gereicht.

16.10. Ein Feuerzauber ohnegleichen. Es beginnt in der Dunkelheit, als wir unsere Löcher halb fertig haben. Art.(illerie)Feuer aller Kaliber und Raketenapparat. Wir müssen immer neue Deckung suchen. Granaten schlagen über uns ein. Splitter sausen um uns herum. Man weiss nicht, wo man sich hinlegen soll. Dann kommen noch die 38cm Granaten der Schiffsgeschütze. So geht es die ganze Nacht. Am anderen Morgen wundern wir uns, dass noch alle da sind.‘

Die Deern schreibt

den 21.2. (?)

Mein liebes, liebes Herz.

Nun ist bald der Februar auch schon zu Ende und die Zeit eilt dahin und wir werden es fast nicht gewahr. Ob Euch die Jahre auch so dahineilen, oder habt Ihr durch all das Schwere, das täglich Euch vor Augen steht, gar kein Zeitmaß mehr? Unsere Gedanken warten tags und nachts draußen bei Euch und möchten Euch helfen und stützen in allem, was über Euch kommt. Draußen ist unwahrscheinlich schönes Wetter mit jubilierenden Lerchen und knospenden Schneeglöckchen. Auch die Veilchen schicken ihre Blätterspitzen aus der Erde, um sich zu entfalten. Nur der

Krieg bleibt und bringt täglich neue Schrecken über unser Land und seine Bewohner. Ich habe mich doch über eine Anzeige in der Elberfelder Zeitung gewundert, da schreibt eine sicherlich noch junge Frau bei der Gefallenenanzeige ihres 35-jährigen Mannes: Nach schwerer Prüfung durch den Tod meines einzigen Kindes und meiner geliebten Eltern nahm Gott der Herr meinen geliebten Mann aus der Unruhe dieser Zeit und seinen unerträglichen Schmerzen zu sich.

Solch eine Haltung ist bewundernswert, nicht wahr. –

Gestern abend habe ich mit Vati, Mutti und Frauke gesprochen. Trotz des Alarms ist ihre Reise am Sonnabend gut verlaufen. Die ganze Nacht habe ich in Unruhe gelegen ... Jetzt gehe ich früh zu Bett und liege dann lange wach. Am Donnerstag will ich zur Ärztin nach Flensburg, dann geht es am besten mit dem Dampfer. Doch nun mein Liebling, nun lass dich weitertragen und umgeben mit unsern Gebeten und Gedanken, du mein geliebtes Herz. Deine Deern.

den 26.5.44

Mein liebes Herz. Alles schläft im Haus, Kinder, Hühner, Schafe, Küken, Ziege!!!, Hund, Katze, Kätzchen, nun kann ich dir endlich schreiben. Es dauert doch immer eine ganze Zeit, bis alles Viehzeug versorgt ist. Morgen soll nun unser Garten pfingstmäßig geschmückt werden, so als ob du kommen solltest. Ja, mein Herz, wenn der Tag doch erst einmal da wäre und wir dir mit offenen Armen und Herzen entgegeneilen können, dich zu empfangen mit aller Liebe, die uns zu Gebote steht. Immer wieder stelle ich mir deine Heimkehr in rosigsten Farben vor Augen, es ist die Zeit, die alles Hoffen und Sehnen in sich birgt und alle Beschwerden der Tage und alle Sorgen wegnimmt und einen inneren Antrieb gibt zu allem Tun, das vor uns liegt. Vor mir steht ein Strauß Maiglöckchen aus unserm Garten, eines will ich dir beilegen als Gruß von zu Hause. Ach mein Junge, dein Zimmer ist so kahl und leer ohne den leisen Tabakrauch, der sonst einem entgegenflog, wenn man die Tür öffnete ...

den 22.6.44

Von Gustav Peters kam heute die Vermisstenmeldung. Grausig ist doch dieser Krieg. Und dann der Kampf im Westen! Wieviel Blut mag der kosten. Da habe ich oft ein sehr schlechtes Gewissen, wenn wir so in den Tag hineinleben und freuen uns der Schönheit um uns, und im Osten, Süden und Westen und über unserm Vaterland steht Tod und Verderben. – Unserer kleinen Elisabeth geht es langsam besser, nur das Fieber und die Blässe wollen noch nicht weichen. Aber ich hoffe, dass das auch bald geschieht.

7338 NEBEL F15 24 0840
GERTRUD HESSE
VOGELSANGSTR. 20
WUPPERTALELBERFELD
ERK KOMMT AUS LAGER FRIEDLAND
GROSSE FREUDE
MARIE LOUISE MAPÖ

Nebel/Amrum 6.10.47

Liebe Eltern in Elberfeld!

Herzlich grüße ich Euch mit Danken für all Euer treues Gedenken ... Der Tag unserer Entlassung wurde von Monat zu Monat verschoben, so dass die Zeit vom 9. Mai bis 9. September zu einer wahren Nerven- und Geduldsprobe wurden. – Auf unserer Heimfahrt durch ehemals deutsches, jetzt von den Polen besetztes Gebiet sahen wir die verlassenen Häuser und Dörfer, aus denen alles Brauchbare fortgeschleppt, die Gärten wüst und leer, die Felder unbebaut und die Wiesen im hohen dürren Gras dalagen. –

In Kiel fand ich mich in der Dämmerung des Abends nicht mehr zurecht, und erst nach vielem Suchen fand ich das Haus und unsere kleine Mutter, die dort seit vierzig Jahren wohnt, recht klein und alt geworden. Ihr könnt euch vorstellen, wie Mutter und Schwester Herme und Marie Louise, die tags darauf eintraf, mich verwöhnt haben. Auf dem Husumer Bahnsteig begrüßten mich die drei Ältesten von MaPö und es erquickte mich, wie ungeniert sie ihren Onkel Erk umarmten. Bei Dunkelheit trafen wir in Amrum ein, und es war mir lieb, dass keine große Menschenmenge auf dem Landungssteg versammelt war und ich ohne viel Aufsehen im Auto nach Nebel fahren konnte.

So stark die Sehnsucht nach Haus und Gemeinde war, so stehen die vielen Veränderungen doch vor einem wie eine erdrückende Mauer, und man muss nun erst langsam nach den Fenstern suchen, die einen klaren Blick in die Herzen von Groß und Klein geben.

„Er hat uns dann“, sagte ich, „im Jahr darauf einmal ausgiebig besucht.“

„Sehr ausgiebig!“ lachte Schlossel. „Ihr solltet euch hier im Studierzimmer aufstellen, er war in Spendierlaune und fragte euch der Reihe nach: ‚Wie alt bist du?‘“

„Ich war 16“, sagte Yoko, „und er sagte: ‚Dann kriegst du 16 Mark.‘ So ging es weiter“, sagte sie, „Pille 15, Alex 14, Bollus 13, Spatz 12, Perle 11, Chie 10.“

Wie kam Erk nur darauf? Vielleicht hatte er als Heimkehrer eine Summe bekommen, mit der er gar nicht gerechnet hatte? – das heißt: Ich weiß es gar nicht.

Er war lustiger Stimmung. Aber als wir ihn dann baten, von der Gefangenschaft zu erzählen, wir dachten an den furchterregenden Ivan, den Hunger und die Wölfe in den Wäldern, hat er ernüchternd berichtet.

‚Wir mussten arbeiten‘, sagte er, ‚als Straßenarbeiter, oder im Wald Holz schlagen, neu pflanzen. Unser Küchenmeister war ein solcher Schmalhans, wie ihn auch der Ersten Weltkrieg bei uns zu Hause in Kiel nicht gekannt hat.

Aber die Russen, die in unsrer Umgebung wohnten, haben oft mehr gehungert als wir.

Einmal abends‘, sagte er, ‚als wir nach Hause trotteten, sah ich weit hinten am Rand des Waldes drei magere Wölfe davonspringen; die fanden wohl auch nichts.‘

– Er lächelte.

‚Ich habe sogar meinen Ehering herübergerettet. Das ist sonst keinem geglückt. Unser junger Koch wollte heiraten und wusste, dass ich ein weißes Hemd besaß. Er bat mich, ob ich es ihm leihen würde, und ich konnte und wollte es ihm nicht abschlagen. Aber im Kragen hinten war in das gedoppelte Tuch der Ring eingenäht. Nach der Hochzeit bekam ich das Hemd zurück, schneeweiß und geplättet. Der Ring steckte noch drin.'"

„Er hat abends, wenn er betete, immer die Namen seiner Kameraden genannt, die in der Gefangenschaft gestorben waren; er wollte, wenn er heimkäme, den Angehörigen schreiben.

Und es hat ihn gequält", sagte Schlossel, „dass er zwei oder drei Namen vergessen hatte."

Er hat nichts vom Krieg erzählt, mit keinem Wort, sagt seine Familie.

Und er hat auf seiner Insel nicht nachgetragen.

Nichts als einen Gedankenstrich –

19
Zuhause – das Gerüst

„Kannst du uns sagen, Mona, was dir an unsren letzten Abenden aufgefallen ist?", fragte Yoko.

„Das kann ich leicht", sagte sie. „Wir wollten von unsrer irgendwie verschonten abgeschlossenen Welt sprechen, in der was außen vor sich geht, draußen bleibt. So war es gedacht. Und was hören wir Abend für Abend? Es fing damit an, dass ich erfuhr:

Tante Hedwig leidet darunter, dass sie sterilisiert worden ist."

„Was sagst du?", fragte Yoko. „Ist das wahr?" Unsre Tante Hedwig? Das höre ich zum ersten Mal!"

„Leider ist es wahr", sagte Schlossel. „Ich dachte, ich hätte es längst erwähnt.

Aber ist es nicht auch so schon mehr als genug, was uns den Atem nimmt?

Links vom Sofa, wo es zur Tür geht, hängt nicht nur das Foto von Onkel Heinz und seinem Bordfunker, die auf dem Flügel ihres Stuka sitzen und die Beine baumeln lassen.

Vater hat ein Gedicht daruntergehängt. Seht ihr's?

Der Himmel deckt den, der kein Grabmal hat,
Den weder Sarg noch Urne aufgenommen.
Was steht ihr denn, als wärt ihr ohne Rat
Und Trost, wenn einer draußen umgekommen?

Und hinterm Schreibtisch, vor dem Bücherbord, hängt jetzt diese große Karte Osteuropas, auf der die roten Fähnchen, mit denen Vater die Front absteckt, im Augenblick festsitzen ... Daneben ab morgen fünf Todesanzeigen ...

Und wenn es auf dem Bahndamm rattert, lesen wir täglich mehrmals ‚Räder müssen rollen für den Sieg'.

Eine abgeschottete Eigenwelt sieht anders aus."

„Wollen wir nicht trotzdem noch einmal von uns ausgehen, unserm Zuhause? Es ist doch genauso interessant, wie wir in dieser Zeit gesteckt, ich meine, was wir von ihr mitgekriegt haben", sagte Pille, „zum Beispiel, woran haben wir zum ersten Mal den Krieg erkannt?

Bollus, weißt du das noch, du hast doch so ein unmögliches Gedächtnis. Oder erzähl was anderes."

„Stimmt", sagte ich, „einiges höre ich noch genau und kann es vor mir sehen – oder ich bilde es mir ein, aber auch das ist noch sehr selektiv."

„Zum Glück", sagte Yoko.

Ich lachte.

„Weißt du, was dein erstes Wort gewesen ist?", sagte Mona, „‚ich', du hast als erstes ‚ich' gesagt. Und hattest ein weißes Pferdchen auf Rädern, ein Holzpferd."

„Daran erinnere ich mich, den Schimmel habe ich überallhin geschleppt, auch in den Garten. Weiß mit rauchig schwärzlichen Flecken. Hinter der Lindenlaube, am Rand der alten Festwiese, war ich mit ihm, unter der alten Eiche, wo Pille an seinem siebenten Geburtstag, als er seine erste Posaune bekam, den ganzen Tag stand und blies."

„Später hast du, noch bevor du lesen konntest, unser Märchenbuch überallhin befördert und darin geblättert.

Ich habe euch ja daraus vorgelesen und du sahst die Zigarettenbildchen an, die es darin in großer Zahl gab.“

„Es hatte gar keine Deckel mehr“, sagte ich, „es war im Verfall, und deine schlimmste Geschichte, die mir Schrecken eingejagt hat, war ‚Zwerg Nase‘. Da steht er neben der Mutter auf dem Markt, und wird plötzlich in einen Zwerg mit einer langen Nase verwandelt. Seine Mutter erkennt ihn nicht mehr, will nichts von ihm wissen. Dazu gab es ein Zigarettenbild. Aber ich weiß noch genau, wodurch mir klar wurde, woran ich gemerkt habe, was der Krieg ist: An den Bananen!“

Es gab eine kleine Pause.

„Ich hatte damals den Berufswunsch: Ich wollte Bananenonkel werden.“

„Was wolltest du werden?“

„Bananenonkel. Er kam einmal in der Woche mit einem von einem kleinen Pferd gezogenen Wagen und hatte eine Glocke. Sobald es läutete, liefen wir auf die Straße. Das war Christiansen aus Bredstedt!“

„Über den haben wir aber schon gesprochen.“

„Auch schon über die Bananen?“

„Bananen hießen noch Friede, als schon Krieg war, und verschwanden dann, aber Christiansen kam weiter –

– nur ohne diese gelben Mondsicheln. Und ich wollte diesen Beruf, bis Onkel Heinz in der Studierstube auf den Händen spazierte und am Eckernförder Strand mit uns gespielt hat.

Da wollte ich Flieger werden. Es war ein heimlicher Wunsch. Noch war Onkel Heinz nichts geschehen. Aber da lag eines Tages eine Illustrierte im Studierzimmer. Auf der Titelseite sah ich ein brennendes englisches Flugzeug niederstürzen, die farbigen Kreise bewiesen den Engländer. Unter einer Glashaube saß mit einer eng anliegenden schwarzen Fliegerkappe todernst der Pilot und ich fragte dich, Vater, ob es mir in einem deutschen Flugzeug auch so gehen könnte. Du hast gezögert und sagtest mir ganz ernst: ‚Ja, das kann es‘. Danach hat mich der Berufswunsch verlassen.“

„Haben wir damals schon mit Marmeln gespielt“, fragte Spatz, „auf dem Spielplatz der Kinderheimer? Da gab es schon die Löcher für die kleinen farbigen Tonkugeln, die vom Rollen durch den Sand rau, und den teuren Glaskugeln, die von bunten Schleiern durchzogen waren.

Oder das Hüpfen und Hinken auf den in den Sand gezeichneten geometrischen Figuren, von Kästchen zu Kästchen, wo wir uns nach einem geworfenen Stein zu bücken und ihn an den Ausgangspunkt zurückzuhinken hatten? Das Spiel hieß ‚Himmel und Hölle‘. Oder sagten wir Hinkeln?“

Wir begannen, uns an das Spielen zu erinnern, uns war, im Durcheinandergespräch, als hätten wir fortwährend gespielt, was beinahe stimmte, auch unser Vater. Schlossel lag auf der Couch und erholte sich, aber Vater war ein leidenschaftlicher Spieler.

Beim ‚Papst‘-Spielen konnten auch die Fünfjährigen mitspielen, da musste man sich nur verstecken, in den Tannen, von denen die Festwiese umgeben war, in der Edeltannengruppe neben der Lindenlaube, der Nusshecke zwischen der dahinterliegenden Obstwiese und dem Gemüsegarten, hinter dem im Westen der Bahndamm anstieg. Wenn man vom Papst entdeckt wurde, rief er ‚Gebannt!‘, man ging zum Runden Rasen, stand neben dem Stamm der Blutbuche und rief kläglich ‚Ich gebrauche Erlösung!‘ Wenn dann, der Papst außer Sichtweite, jemand durchs Gebüsch kam und einem auf die Hand schlug, war man erlöst und versteckte sich wieder …

Wir konnten auf der Straße spielen, wir gingen mit einer Peitsche und kleinen ‚Kreiseln‘, bunten Holzkegeln mit Eisenspitze, durch den Tunnel zur Teerchaussee und brachten die kleinen Kegel zum kreiselnden Stehen.

Das Spielen am Abend: An besonderen Festtagen wählten wir das Malspiel. Meistens war es Vater, der sich das Thema ausdachte, zwischen den beiden Tischen hin und her ging und den beiden, die auf sein Zeichen parallel draufloszeichnen oder -malen sollten, das Thema ins Ohr flüsterte, das dargestellt werden sollte: ‚ein Brautpaar‘, ‚die

Abendsonne', ‚Geduld', ‚Horch, was kommt von draußen rein', ‚Räder müssen rollen für den Sieg'. Buchstaben durften nicht geschrieben werden. Der Zeichner durfte nichts sagen und keine Zeichen geben. Es war das lebhafteste, lachhafteste Spiel.

Oder Majong, dieses Spiel zu viert mit Steinen aus Holz und elfenbeinener Unterseite, die am Beginn als ein Quadrat der chinesischen Mauer auf dem Tisch lagen. Dann würfelten die vier: der Gewinner war ‚Ostwind'. Anfangs wurden 13 an drei, 14 Steine an den Ostwind verteilt, überwiegend waren es Steine von 1 bis 9 mit dem der Unterseite aufgeprägten Zeichen ‚Bambus', farbiger ‚Kreis' oder ‚Chinesisches Schriftzeichen'. Seltener waren weiße, grüne und rote ‚Drachen', die als ‚Edelsteine' das Spielergebnis verdoppelten. Die vier Winde verdoppelten, wenn ein Spieler seinen eigenen Wind in die Hand bekam, das Gleiche galt für die Blumensteine von 1 bis 4, eine eigene Blume und drei als die der drei Mitspieler. – Von der Mauer war bei Spielbeginn fast die Hälfte verschwunden; der Gewinner des jeweiligen Spiels wurde Ostwind. Er warf den ersten Stein der neuen Runde in die Mitte und rief zum Beispiel ‚China drei!'; sein linker Nachbar durfte ihn aufnehmen, aber wenn jemand anderer schon zwei oder drei ‚China dreis' hatte, durfte er ‚hier!' rufen und konnte die drei oder vier Steine vor sich auf den Tisch legen. – Das ging so weiter, die Mauer wurde kleiner und kleiner, bis einer die geforderten vier gleichen Steinreihen und das Schlusspaar vor sich ausgebreitet hatte und ‚Majong!' rufen konnte. Dann war die Runde zu Ende und es wurde gezählt: ‚Reines Farbenspiel, ohne Sequenzen, Ostwind verloren, Majong von der Mauer' – mit diesem Spiel, so hieß es, habe man sich in China um Haus und Hof spielen können. Es gab zweifache, dreifache ... bis zu sechs- oder einmal sogar einer neunfachen Verdoppelung; das höchste Majong, das einer einmal bei uns gewann, betrug Hundertvierzigtausenddreihundertsechzehn – wenn es da um Geld gegangen wäre! Wir zählten, aber wir zahlten nicht, und spielten leidenschaftlich bis in die Nacht.

Wenn ich mich zurückerinnere, war das halbe Leben ein Spiel. Die andere Hälfte: Der Tag hatte ein Gerüst, das feststand, seinen wiederkehrenden Verlauf. Das Frühstück begann mit einem Lied aus dem Evangelischen Gesangbuch, einem Spruch des Alten und des Neuen Testaments aus dem Herrnhuter Losungsbüchlein, den MaPö vorlas, und seinem Morgengebet.

Um 12 Uhr ertönte der Gong zum Mittagessen. Wir mussten pünktlich sein. Es konnte heißen, auch bei anderen Verfehlungen: „Ohne Essen ins Bett!" –

Kein Essen ohne Tischgebet am Anfang und Ende. Das verstand sich, auch beim Abendessen, das mit einer ausgiebigen Lesung und einem gelegentlich sehr langen, umfassenden Abendgebet schloss.

Zu den Festen, die festlagen, gehörte auch der Geburtstag. Im Januar feierten ihn Södi, Pille und Chie, im Februar Alex und Kaukau, Kaukau in der zweiten Hälfte des Monats.

Sie wurde drei. Alles war wie immer. Sie war aufgeregt. Auf dem Mahagoni-Ecktisch des Esszimmers stand der schmale Holzring und brannten drei Kerzen, stand mit großen Augen eine Puppe und neben ihr ein kleiner Hocker zum Schleppen und Sich-Niedersetzen.

Die Tür wurde geöffnet, der blonde Lockenkopf kam mit strahlenden Augen herein und ging direkt auf den Geburtstagstisch zu, während wir sangen „Jesu geh voran auf der Lebensbahn …" Auch sie sang und konnte schon alle Strophen bis: „Rühret eigner Schmerz, irgend unser Herz, Kümmert uns ein fremdes Leiden: o so gib Geduld zu beiden: richte unsern Sinn auf das Ende hin."

Sie hatte das Malbuch entdeckt, die Farbstifte. MaPö aber las einen Psalm, dessen Klang und Inhalt im Ohr lag, lange bevor ein Verstehen auch nur denkbar war. Er hatte eine Stimme, der ich am liebsten zuhörte. Sie war ganz in ihren Gegenstand versetzt, es war ein starker, klarer Klang und Rhythmus aus weiter Ferne, und zugleich war sie vollständig persönlich.

Es war der 84. Psalm:

Wie lieblich sind deine Wohnungen, Herr Zebaoth!

Meine Seele verlangt und sehnt sich nach den Vorhöfen des Herrn; mein Leib und Seele freuen sich in dem lebendigen Gott.

Denn der Vogel hat ein Haus gefunden und die Schwalbe ihr Nest, da sie Junge hecken: deine Altäre, Herr Zebaoth, mein König und mein Gott.

Wohl denen, die in deinem Hause wohnen; die loben dich immerdar.

Wohl den Menschen, die dich für ihre Stärke halten und von Herzen dir nachwandeln,

die durch das Jammertal gehen und machen daselbst Brunnen; und die Lehrer werden mit viel Segen geschmückt.

Sie erhalten einen Sieg nach dem andern, dass man sehen muss, der rechte Gott sei zu Zion.

Herr, Gott Zebaoth, höre mein Gebet; vernimm's, Gott Jakobs!

Gott, unser Schild, schaue doch; siehe an das Antlitz deines Gesalbten!

Denn ein Tag in deinen Vorhöfen ist besser denn sonst tausend; ich will lieber der Tür hüten in meines Gottes Hause denn wohnen in der Gottlosen Hütten.

Denn Gott der Herr ist Sonne und Schild; der Herr gibt Gnade und Ehre: er wird kein Gutes mangeln lassen den Frommen.

Herr Zebaoth, wohl dem Menschen, der sich auf dich verlässt!

MaPö sprach ein Gebet. Wir saßen am Tisch, Kaukaus Platz war mit Blumen geschmückt.

Es war wie immer.

Wir hatten die halbe Bibel im Ohr, die Luthersprache.

Einmal abends gingen zwei von uns weinend nach vorn zu den Eltern: Was hatten die Brüder mit Josef gemacht, der jetzt tief im Brunnen saß. Im Kinderzimmer hing eine Karte von Palästina, und seltsamerweise hatten mehrere von uns im Bewusstsein, dass es eine Gegenwartskarte war: Da hing Judas am Baum, er hatte sich erhängt. Da stand Jesus mit der Samariterin am Brunnen und zog auf dem Esel in Jerusalem ein, wurde er gefangen genommen und gegeißelt – es war gestern oder vorgestern.

„Hör mal!“, sagte Alex, als wir allein waren.

„Erwähnst du unsre Spiele und lässt sie nicht spielen, könnte ein Eindruck von friedlicher, vergnüglicher Vergangenheit entstehen. Dabei weiß doch jeder Spieler, wie leicht beim Crocketspiel ein Streit entstehen kann, ob meine Kugel durch den Drahttunnel schon hindurch war oder nicht, und wie ärgerlich es war, wenn jemand beim Malspiel lauschte, um das Rätselwort beim Nachbartisch zu finden. Bei allen Spielen passierte so etwas.“

Ich sagte: „Aber ich will doch nicht darüber sprechen, was bei uns zum Streit führte, unter uns Kindern im Verhältnis zu den Eltern, ihre manchmal heftige Uneinigkeit untereinander, da gäbe es genug. O haueha! Aber ich meine nicht das Beziehungsgeflecht, ich wollte nur sagen, wie konstant das Gerüst aussehen kann, wenn draußen verrücktgespielt wird.“

„Zum Gerüst der Erziehung gehörte im Missionshaus noch der Stock, der in der Studierstube auf dem Regal lag, links, hinter dem weißen Kachelofen; wir mussten ihn selbst schneiden“, sagte Alex.

„Wenn der Ruf ‚Raufkommen!‘ das Studierzimmer durchs Fenster verließ, rannte Spatz in den Garten bis zur Obstbaumwiese. Wenn es oben lautstark zuging, ging unten auf dem Flur die solidarische Yoko von Tür zu Tür, öffnete sie und schlug sie mit aller Macht zu.“

„Es ist wahr“, sagte ich. „In der Schule gab es noch den Schlag mit dem Lineal auf die Hand, die Ohrfeige, die Prügel mit dem Stock oder das In-der-Ecke-Stehen.

Zu Hause den Haselnussstock. Der Lehrersohn MaPö vertraute noch auf dieses jahrhundertealte Instrument. Es kam vor, dass wir drei ältesten Jungen zusammen ‚raufkommen‘ mussten. Pille wurde am härtesten gestraft, weil er der Älteste war und im Vergleich zu dir und mir kräftig, du und ich, wir waren klein. Du schriest schon vor dem ersten Hieb und kamst besser davon, ich habe keine schmerzende Erinnerung. Aber Vater konnte aufbrausend jähzornig sein. Er hat sich zweimal schwer vertan. Es war so. – Die Erziehung der Eltern in deinem Fall –"

„Lass nur –", sagte Alex.

„Ich muss zugeben, ich habe diese altmodische Erziehung nicht verübelt", sagte ich. „Vielleicht deshalb: War die peinliche Szene vorüber, der Fehler zugegeben, dann war, was MaPö angeht, alles vorbei, entschuldigt und vergessen; nie wurde es hervorgeholt oder nachgetragen – später hat er sich voller Beschämung entschuldigt, als ihm der Stock vorgehalten wurde. Erinnerst du dich?

Es gab einen Tag im Jahr, wo es bei uns hieß: Da haben die Kinder zu sagen. An einem dieser Tage, das muss kurz nach Kriegsende gewesen sein, die Flüchtlinge aus Ostdeutschland wohnten bereits im Brüderflur, es war ein Sommertag, da war es wieder so weit. Wir bestimmten, was auf dem Mittagstisch stehen sollte, dass Mona danach das Geschirr abwaschen, MaPö abtrocknen sollte. Am Nachmittag wollten wir Papst spielen und MaPö sollte Papst sein. Es dauerte sehr lange, wir hatten uns gut versteckt, mehrfach konnte einer oder eine von uns erlöst werden, sich aus dem Bann an der Blutbuche wieder davonmachen. Da ging MaPö um den Großen Saal herum nach Buriguma. Ich stand hinter der Linde und sah ihn kommen, erschrak. Zu unserem Unglück ging er die Treppe hinauf auf den Heuboden und fand mitten im Heu ein Matratzenlager, darauf lagen fünf oder sechs Pfeifen, schöne darunter, sogar eine Meerschaumpfeife. Sie gehörten Pappi Schmidt. Da hatten wir gesessen und geraucht. Und zwar rauchten wir, Pille, du, Alex, Bubi Dudek, Walter Thiele und ich, wir saßen da wie die Indianer und rauchten Torfmull. Es gab doch diesen Torfmull in einer Tonne, mit dem man die Baumrabatten fütterte. Er schmeckte sehr streng und machte einen ein bisschen nusselig im Kopf –"

„Ja – es betäubte so ein bisschen", sagte Alex. „Und ich weiß, dass Pille einmal 13 Pfeifen geraucht hat an einem

Tag und fand, dass es ein bisschen viel war. Ich erinnere mich genau. Da hatten wir gesessen und geraucht. Aber nun war es am Tage. Und unser Vater steckte die Pfeifen ein, er kam herunter, sah auch mich hinter der Linde am Ausgang und sagte nur: ‚Raufkommen!'. Und wir mussten ins Studierzimmer, Pille, du und ich, wurden befragt und dann – hörten wir Yoko unten im Flur hin und her die Türen schlagen."

„Ja! Komischerweise gab es kein Nachspiel mit Schmidts", sagte ich. „Wir mussten zu Pappi Schmidt hinübergehen, natürlich, und uns entschuldigen. Tochter Irene hatte einem von uns die Pfeifen aus einer größeren Sammlung aussuchen lassen. Und er fand es gar nicht schlimm."

„Das war ja süß von ihm!", sagte Schlossel, als wir es ihr erzählten. „Ihr habt sicher ,'n bisschen viel abgekriegt. Allerdings: mit der Torfpfeife im Heu? Buriguma hätte sofort und nur zu gut gebrannt."

Kaukau stellte sich vor den Volksempfänger, unsre elfjährige blonde Schwester, und hielt einen Zettel in der Hand.

Wir sahen sie fragend an.

„Frische Suppe", sagte sie.

„Wie bitte?"

„Frische Suppe – Wir wollten doch heute darüber sprechen, was und wie es immer ist. Da habe ich ans Essen gedacht, zum Beispiel – Soll ich? Darf ich?"

Sie las:

‚2–3 Pfund Suppenfleisch mit Suppenbund, Wasser und etwas Salz sachte 2–3 Stunden kochen, im Drucktopf 1 $^1/_2$ Stunde, Vorsicht vor zu viel Sellerie und Porree.

Dazu:

REIS eins: Trocken gekocht, 2 Tassen Wasser, 1 Tasse Reis, Salz.

REIS zwei: 5 Tassen Wasser, eine ganz volle Tasse Reis, etwas Butter oder Margarine, Salz. Dafür zerkochenden ‚Milchreis' nehmen.

Der Reis kommt in das kochende Wasser, man rührt bis zum Wiederaufkochen, deckt fest zu und lässt bei schwacher Hitze gar ziehen, mindestens eine $^3/_4$ Stunde.

Man kann auch halb Wasser, halb Brühe nehmen. Dieser Reis ist bekömmlicher, vielleicht mögen kleine Kinder ihn lieber. Alte Mode mit Rosinen. Form kalt spülen, stürzen.'"

Wir klatschten Beifall.

Schlossel setzte sich auf: „Weil Kaukau mich gebeten hat, habe ich eins von euren Lieblingsrezepten aufgeschrieben: Es stammt hauptsächlich aus dem Hause Prahl in Hadersleben, aber zum Teil auch aus Haslev auf Seeland, von der Frau des Direktors einer dortigen Hochschule, wo ich in unsrer Verlobungszeit ein halbes Jahr kochen gelernt habe –"

„Schreibst du noch weitere auf?" – Unser Jüngster, Thies, hat ein Familienbuch daraus gemacht und verteilt: MONAS KOCHBUCH. Alltägliche Rezepte für die ganze Familie. Pinkfarben und schön gedruckt. Quadratisch.

Und dann die Frage beim Abendessen: „Wollen wir heute Abend vorlesen?" Nie gab es Zweifel, alles drängte nach oben in die Studierstube. Vater saß in seinem Sessel, wir um ihn herum, Schlossel ruhte auf dem Chaiselongue hinter ihm und die Pfeife knisterte. Manchmal hörte man auch das leise Platzen seiner Lippen. Ja, wenn er vorlas! Gestalten begannen zu leben, wir lebten mit ihnen halbe Winter, ein Frühjahr lang. Das raumöffnende Erzählen.

„Der Flug in die Hölle". Ein Flugzeug ist an der Gebirgsküste Australiens zerschellt, aber die beiden Flieger sind gerettet. Die Sonne brennt vom Himmel herab, sie ist die Hölle, der Vorrat ist bald verzehrt, das Wasser ihnen ausgegangen, sie sitzen den Felsen gegenüber, zu schwach um aufzubrechen, da erscheint auf einem Pfad ein dunkelhäutiger Eingeborener, lächelt sie an, macht ihnen durch Tanz und Gestik verständlich, dass er ihnen Wasser bringen wird und etwas zu essen, bringt ihnen einen Krug und Fleisch, das er ihnen vorkaut …

20
Hans Dunkers Bruderschaft – und die Jahre beim Ivan

Wenn wir heute zurückschauen: Der Krieg war der andere Zustand, der bodenlos andere. Sechs Jahre beherrschte er das Land, ertränkte, was ohne ihn seinen alten oder neuen Gang hätte nehmen können – mit nichts zu vergleichen, was die Natur, selbst eine Nordseesturmflut, zu bieten vermag.

Immer klarer wurde, dass die vorausgegangenen sechs Jahre, die Antwort auf Versailles und scheinbare Erholung vom Ersten Weltkrieg und seinen Folgen, dem ‚Heilsbringer' aus Braunau nur zur Vorbereitung und Aufrüstung gedient hatten, um im Namen von ‚Großdeutschland' die umliegenden Länder und angrenzenden Kontinente auf die Schaufel zu nehmen.

Seit Dezember 1941 hatte der Führer den Oberbefehl an der Ostfront an sich genommen. Das im Frühsommer diesen Jahres begonnene Unternehmen ‚Barbarossa', die Eroberung der Sowjetunion, ging ihm zu langsam. Dem Krieg fehlte jede Grenze. Liest man Zahlen, kann einem schwindlig werden. – Es hat mehr als ein halbes Jahrhundert gedauert, nicht wahr, bis halbwegs eingeräumt wurde, was im Osten nicht „geschah", sondern getan wurde.

Wie verhielt sich Breklehem, seine Anhänger, die gegen die Arisierung des Christentums zu Felde gezogen waren, die Volksmissionsfahrer und Landstreicher Gottes? Sie meldeten sich in großer Zahl freiwillig. Dass es gegen das atheistische, die Christen verfolgende Russland ging, war nicht das Motiv. Es gab hier einen Nichtangriffspakt. Der Krieg begann mit Polen und Frankreich; dass es sich um ‚Verteidigung' handelte, wurde anscheinend nicht in Zweifel gezogen.

Der Krieg mit dem Ausland ist das stärkste Mittel eines Staates, Einigkeit zu erzwingen. Die Verteidigung des Vaterlands gewinnt den Vorrang, weil im Fall der Niederlage der Verweigerer als Verräter dasteht. Viele meldeten sich aus Überzeugung, dass es jetzt gelte, sich für ihr Land einzusetzen – nicht für seine Regierung, andere, weil sie wussten, dass sie ohnehin eingezogen würden und nicht, wozu man bei ihrer Gruppe neigte, als feige „Memme“ dastehen wollten. Manche meldeten sich, wir haben es gesehen, um dem sich nähernden Gefängnis oder KZ zuvorzukommen. Der Wehrmachtsseelsorger Pastor Johannes Schröder, der aus Neumünster stammte und später der ‚Stalingrad-Schröder‘ genannt wurde – wir kommen darauf zurück – überzeugte im Mai 1940 einen Zeugen Jehovas, den Kriegsdienst zu leisten, um der Todesstrafe zu entkommen. Verweigerung bedeutete Verschwinden.

Hans Dunker hatte sich, wie MaPö, schon im September '39 freiwillig gemeldet und war zunächst ebenfalls zurückgestellt worden.

Als wir jetzt im Studierzimmer über ihn sprachen, kam MaPö auf das Erlebnis dieser Einberufung zurück.

„Hans Dunker erhielt seinen Gestellungsbefehl an dem Tag, als die deutschen Truppen Paris besetzt hatten und Goebbels das Deutsche Volk aufforderte, ‚Nun danket alle Gott‘ zu singen. – Erinnert ihr euch? An dem Tag kam er, das einzige Mal, zu mir und er sagte: ‚Jetzt haben wir den Krieg verloren.‘ Unvergesslich. Er machte schon feste Pläne für Breklum nach dem Krieg.

Hans hat zunächst nicht viel auszustehen gehabt, hatte sogar viel Zeit, aber dann geriet er zuallerletzt, am 1. Mai 1945, in russische Gefangenschaft.

Als er zurückkehrte, im dritten Jahr nach Kriegsende, 1948, hauchdünn, hat es ihn fast ein Jahr gekostet, in Breklum anzukommen. Er wurde gebeten und zeichnete auf, was er erlebt hatte.“

„Aber als Soldat, was hat er da gemacht? Wie ist es ihm in dieser Zeit ergangen?“, fragte Pille.

„Das ist eine Geschichte für sich“, sagte MaPö. „Hans Dunker hatte als Soldat Glück, er kam zur Marine, ohne auf einer der tödlichen Ausfahrten eingesetzt zu werden, und er führte etwas fort, was einen Anfang in seinen Volksmissionsreisen durch Schleswig-Holstein gehabt hatte. Er hielt die Verbindung aufrecht zu den damaligen Studierenden, Vikaren und Pastoren, als der Krieg begann; es war schon eine Briefgemeinschaft vorhanden, als er die Uniform anzog. Wie die Prahlfamilie im Ersten Weltkrieg auf Alsen, war Hans in Breklum ein Zentrum geworden, an das die einstigen Freunde und nun eingezogenen Kollegen von der Kriegsfront ihre Feldpostbriefe sandten. Er sammelte sie, machte Auszüge, in denen Erfahrungen auftauchten, die aus der Leserschaft eine ‚Beistandsgemeinschaft' machen konnte. Sein Sohn Jürgen hat sie später so genannt, als er die Auszüge las, die der Vater zu einem vervielfältigten Konvolut zusammenstellte und an alle verschickte. Es waren nicht nur werdende und praktizierende Theologen, sondern Lehrer darunter, Sozialarbeiter, Ärzte, auch meine Brüder Erk und Wilhelm gehörten zu dieser Bruderschaft", sagte MaPö.

„Die jüngeren Vikare und Studierenden, die sich an die Bekennende Kirche und an Breklum hielten, konnten in der von Deutschen Christen regierten Landeskirche damals nur kaum noch mit einer Anstellung rechnen. Umso mehr war den meisten daran gelegen, dass der Einsatz für ihr bedrohtes Land ernst genommen würde. Es ging jetzt nicht mehr um Glaubensfragen und Parteien. In der Gefahr wollten sie nicht zurückstehen. Schon im 4. Breklumer Feldpostbrief stand:

‚Kommilitonen, liebe Brüder! Uns, die wir zur Gemeinde Gottes gehören wollen, ist die Bruderliebe aufgetragen. *Niemand hat größere Liebe denn die, dass er sein Leben lässt für seine Freunde* (Joh. 15,13). Diese Bruderliebe, die das Leben gibt, hat Christus zuerst geübt an Euch und an mir, liebe Brüder. – Als erster von uns hat dies Gebot Jesu erfüllt unser Freund und Bruder, der Student der Theologie Helmut Eilers aus Hoisbüttel bei Hamburg, Sohn des Lehrers Heinrich Eilers, Feldwebel der Reserve. Er ist am 10. September 1939 bei Stefanowow für Führer und Vaterland gefallen.' – Breklums vorangegangener Brief an ihn kam am 25. September zurück mit dem Vermerk: ‚Für Großdeutschland gefallen'", sagte MaPö.

„Es muss ein Mensch gewesen sein, der gerade auf dem Weg war, sein Studium abzuschließen; er taucht in den Feldpostbriefen bis in den Dezember immer wieder auf, mit eigenen Briefen und denen anderer, wird immer mehr zu einem ‚Vorbild', fast einem Idol, das der Beistandsgemeinschaft den Rücken stärkte."

MaPö zögerte.

„Ist es euch auch recht, wenn wir noch etwas dabei bleiben, bei diesem ersten Trauerfall? Ich habe erst jetzt die Stellen nachgelesen, die am Rand auftauchen. Sie machen mich stutzig. War bei Hans schon Zweifel aufgetaucht? Achtet mal darauf, zum Beispiel, wie das Wort ‚Heil' wiederkehrt, das Hauptwort der ganzen furchtbaren Nazizeit, oder das Wort ‚Gerechtigkeit'.

Der 6. Feldpostbrief vom 12. Oktober 1939 beginnt wie sonst auch mit einem Leitspruch für die kommende Woche, diesmal aus den Briefen von Paulus an Timotheus.

Timotheus lebte in Ephesus und war dort der Nachfolger, Freund und Anhänger des Europa bereisenden Paulus, dem dieser als Einzigem fest vertraute und den er in Ephesus zurückließ, als er nach Mazedonien weiterzog. Paulus' Briefe an Timotheus reden diesem ‚Bruder' ins Gewissen, ermahnen ihn, gegen seine halbherzige Umgebung an der reinen Lehre festzuhalten.

Der ‚Wochenspruch' beginnt mit einem beschwörenden Vorsatz: *Aber der feste Grund Gottes besteht und hat dieses Siegel: Der Herr kennt die Seinen, und es trete ab von Ungerechtigkeit, wer den Namen Christi nennt.* (2. Timotheus 2, Vers 19)

In diesem Kapitel des zweiten Breifes nach Ephesus steht zum Beispiel auch: *Und so jemand auch kämpft, wird er doch nicht gekrönt, er kämpfe denn recht.* (Vers 5). Versteht ihr?

Paulus nennt das sein Vermächtnis und redet in diesen Briefen in harschen Worten davon, wie man als wahrer

Christ zu denken und sich zu verhalten habe, auch im Krieg, Profitsucht und Eitelkeit haben da nichts zu suchen, heißt es, speziell als ‚Kämpfer' wird hier ‚der wahre Christ' angesprochen.

Völlig sicher wurde ich, dass hier etwas zu wackeln begonnen hatte, als ich las, was Eilers Vater uns damals schrieb:

Wie gerne hätte er hier auf Erden für den lieben Heiland gearbeitet. – Wir wissen aber bestimmt und trösten uns damit: 2. Timoth. 4,7–8. Gesang 219 unseres Gesangbuches.

Ich habe diese Stellen nachgeschlagen und da habe ich mir vorgestellt, Mona und ich säßen am Tisch, wir haben eine solche Nachricht erhalten, einer aus unsrer Mitte ist für ‚Großdeutschland' gefallen: auf dem Stuhl liegt seine zurückgesandte Uniform, auf dem Tisch sein Koppelschloss mit der Inschrift ‚Gott mit uns', darunter jetzt das Hakenkreuz.

Wir haben es uns nicht nur vorgestellt. Mona hat die Bibel aufgeschlagen und las mir vor, was Paulus seinem zurückgelassenen leidenschaftlichen Mitarbeiter im vierten Kapitel nach Ephesus geschrieben hat. Ist er schon in Rom, wo ihn zur Zeit von Nero Gefangenschaft und Tod erwartet?

Mona, liest du noch einmal, was dort steht?"

Mona sitzt und liest Timoth. 4, 7–8: *Ich habe einen guten Kampf gekämpft, ich habe den Lauf vollendet, ich habe Glauben gehalten; hinfort ist mir beigelegt die Krone der Gerechtigkeit, welche mir der Herr an jenem Tage, der gerechte Richter, geben wird, nicht mir allein, sondern auch allen, die seine Erscheinung liebhaben.*

Und dann das Lied, das Eilers Vater uns als das Lied ihres gemeinsamen Trostes genannt hat, Nr. 219 im Gesangbuch.

Es ist im Dreißigjährigen Krieg entstanden, – ihr kennt es, ‚Such, wer da will, ein ander Ziel' – sein Dichter heißt, ausgerechnet, Georg Weißel und war Prediger in Königsberg, wo er 1635 gestorben ist. Wir haben uns nur gewundert, als wir es lasen:

Such', wer da will, ein ander Ziel,
die Seligkeit zu finden;
mein Herz allein bedacht soll sein,
auf Christum sich zu gründen.
Sein Wort ist wahr, sein Werk ist klar,
sein heil'ger Mund hat Kraft und Grund,
all' Feind zu überwinden.

Such', wer da will, Nothelfer viel,
die uns doch nichts erworben;
hier ist der Mann, der helfen kann,
bei dem nie was verdorben.
Uns wird das Heil durch ihn zuteil
uns macht gerecht der treue Knecht,
der für uns ist gestorben.

Ach sucht doch den, lasst alles stehn,
die ihr das Heil begehret!
Er ist der Herr und keiner mehr,
der uns das Heil gewähret.
Such ihn all' Stund, von Herzens Grund,
sucht ihn allein; denn wohl wird sein
dem, der ihn herzlich ehret.

Bis hier?", fragte Mona.

MaPö schüttelte den Kopf. „Weißel spricht von Paulus vor seiner Hinrichtung."

Mein' werte Kron', mein' Freudensonn'
sollst du, Herr Jesu, bleiben;
lass mich doch nicht von deinem Licht
die Eitelkeit vertreiben.
Bleib du mein Preis, dein Wort mich speis'
bleib du mein' Ehr',
dein Wort mich lehr', an dich stets fest zu gläuben.

Wend von mir nicht dein Angesicht,
lass mich im Kreuz nicht zagen;

weich nicht von mir, mein' höchste Zier,
hilf mir mein Leiden tragen.
Hilf mir zur Freud, nach diesem Leid,
hilf, dass ich mag
nach aller Klag, dort ewig Lob dir sagen."

MaPö berichtete: „Der Briefaustausch war willkommen, am Ende haben sich 231 Personen beteiligt. Es waren persönliche Nachrichten, von ermüdenden Tages- und Nachtmärschen, der Kraft des Gebets, der fatalen Schwierigkeit, sich zu besinnen, von dem Versuch einer Verabredung im ‚Bierstall' beim Kölner Dom. Und es ging quer durch Europa, vom Kaukasus bis zur Atlantikküste Frankreichs, sie stärkten einander ihre Hände in Gott, ein Wort Absaloms, das Hans Dunker liebte."

„Fällt kein Wort darüber, was sie erlebten, wie sie darüber dachten? Was sie überall mit ihren Kameraden zustande oder zum Liegen brachten?"

„Darüber herrschte beinahe Stillschweigen. Das wird nicht ausdrücklich zum Thema."

„Kein Wort darüber, was ihnen passierte oder sie als Täter anrichteten?"

„Das war nicht erlaubt. – Aber manchmal scheint etwas durch. Wartet, ich habe mir einige Stellen angestrichen:

‚Den Angriff auf Kiel am 5. 1. (1940) habe ich miterlebt. In solchen Augenblicken ist man vollkommen machtlos und schutzlos, menschlich gesehen, wenn nicht einer da wäre, ohne dessen Willen kein Sperling vom Dach fällt.'

‚In diesem Monat sind für unser Volk schwere Entscheidungen gefallen. Jetzt, wo Deutschland wieder im Kampf steht, werden wir, die wir uns christliche Studenten nennen, zeigen, wie heiß wir unser Vaterland lieben. Dass man unsere Einsatzbereitschaft für unser Volk noch vor wenigen Monaten angezweifelt hat, schmerzt uns wohl, aber das kann uns von unserer Verantwortung nichts nehmen.'

72 Rundbriefe wurden so vom 7. September 1939 bis zum November 1944 ausgesandt, nachdem sie zuvor in Breklum ‚durchgesehen' waren; eine auch nur angedeutete

Schilderung des Zerstörungsgeschehens, das die eigene Seite erfuhr, der Zweifel, ob es noch eine Weltordnung gebe, wurde in Kiel oder schon in Breklum gestrichen.

Die Briefe bersten vor Verschwiegenheit, wenn sie liest, wer weiß, was wir heute wissen.

‚Unser Glaube muss manche Probe bestehen.' ‚Die weite und wachsende Bruderschaft ist ungemein stärkend und erquickend.' ‚Weihnachtsglocken über unserem Land! Über dem Getriebe der Großstadt Kiel erklingen sie, ... Glocken der Heimat! Hört ihr sie läuten ...' Es ist eine verschwiegene Bruderschaft. Dann liest man auf einmal:

‚In diesen Tagen ist mir all die Verworrenheit unseres menschlichen Planens und Handelns, das Widereinander unseres Wollens und das eigene gesetzliche kreuz und quer des Geschehens wie ein Wetterleuchten gewesen. Ich kam mitten in den wiederholten Umsturz in Italien hinein ... die Kulisse aus Natur und Geschichte ... Die Theologie muss wirklich fragen, was noch an der Ordnung über den Menschen geblieben ist. Wenn sie ehrlich ist, wird sie täglich erschlagen von der Unordnung.'"

„*Wehrkraftzersetzung*?"

„Wundert euch nicht", sagte MaPö.

„Nicht nur Christliche Zeitungen und Veröffentlichungen wie das Schrifttum der Breklumer Druckerei waren längst untersagt und eingestellt. Selbst der Breklumer Feldpostrundbrief war vor seiner Expedition in Kiel vorzulegen, wo eine Filiale des Berliner Reichspropaganda-ministeriums ihn musterte und zum Beispiel den Bericht über eine der Kieler Bombennächte korrigiert zurückschickte. Dergleichen ging nicht. Militärische Maßnahmen und Vorgänge, Standorte, Chefs und Fußvolk hatten nicht vorzukommen. Mit der Nummer 43, das heißt für die kleinere Zahl von September 1940 an bis zum November 1944, scheint die Zensur auszusetzen oder von Hans im Feld nicht oder kaum aufgesucht worden zu sein. In diesen Jahren werden die Briefe offener als bisher, sie hätten den Engpass schwerlich passiert.

So erklärt sich vermutlich, dass die Gestapo im Frühjahr 1944 ein Strafverfahren gegen Hans Dunker einleitete. Rubrik Wehrkraftzersetzung. Es hätte lebensgefährlich werden können. Hans war aber zu der Zeit bei der Marine in Buxtehude und kam heil davon, weil der Vorgesetzte seiner Einheit das Verhör selbst übernahm und seinen Eindruck an das Marinegericht weiterleitete, welches entschied, das Verfahren wegen Geringfügigkeit einzustellen. Man mochte ihn einfach.

Ja, sie waren eine verschworene Bruderschaft, die in den Jahren des Anderen Zustands sich über dessen Wirklichkeit ausschwieg. Das große Schweigen hatte starke Ursachen – nicht mehr die selbstherrliche Staatspartei, sondern die Verteidigung des Landes war in die Mitte gerückt, die gemeinsame Herausforderung und militärische Wirklichkeit unterlag der Zensur.

Aber auch Römer 13 hing über den Köpfen. Der Apostel Paulus hatte das weltliche Regiment als Ordnung Gottes bezeichnet und diese Feststellung durch ein Widerstandsverbot erhärtet: ‚Jedermann sei untertan der Obrigkeit, die Gewalt über ihn hat. Wo Obrigkeit ist, die ist von Gott verordnet. Wer sich nun wider die Obrigkeit setzt, der widerstrebt Gottes Ordnung; die aber widerstreben, werden über sich ein Urteil empfangen ... Sie trägt das Schwert nicht umsonst ...' –

Ja! Wir sind schon einmal darüber gestolpert. Wie immer Paulus es im Blick auf das damalige Rom, das ihn hingerichtet hat, gemeint hat – als bitterer Hohn oder diplomatische Beschwichtigung – als Spielregel des 20. Jahrhunderts wird aus diesem Widerstandsverbot barer Unsinn.

Hans Dunker wurde am 1. Mai 1945 gefangen genommen, kehrte im Juli 1948 aus Transkaukasien in seine Heimat zurück, schrieb sich neun Monate lang, um hier wieder ganz anzukommen, die Gefangenschaft von der Seele und schloss sie am 30. April ab.

‚Drei Jahre beim Ivan.'

Sein Bericht ist nur in schlechter Maschinenschrift erhalten. So aufschlussreich, konkret und klug geschrieben er dasteht, Dunker konnte sich nicht entschließen, ihn zu veröffentlichen. War es die Seydlitz-Gruppe, in die er auf harmlose, sorglose Weise im Lager hineingeraten war, die ihm wohl den Ruf des ‚Landesverräters' eingetragen hätte, eines Überläufers auf die feindliche Seite?

Hans Dunkers Sohn Jürgen, ein Diakon, Krankenpfleger und liebenswürdig engagierter Sozialarbeiter, hat die Geschichte seines Vaters geschultert und sie 50 Jahre nach der Niederschrift vorgelegt. Hier wird sie in Auswahl wiedergegeben.

Drei Jahre beim Iwan
oder
Als Pastor in russischer Kriegsgefangenschaft
1.5.1945–21.7.1948
Aufgezeichnet 1948/49 –
Vorgelegt von Jürgen Dunker September 1999

1
Der Beginn eines Umwegs

Sie waren längst auf der Flucht. Hans wachte in einer Scheune auf und sah, dass im Heu hier und da noch ein Kamerad schnarchte. Die Füße brannten und alle Knochen taten ihm weh, aber er musste sich erheben – heraus aus Mecklenburg. Rostock sollte noch frei sein, Lübeck war vor dem Ivan sicher. Wer weiß, was ihm blühen würde, wenn er im letzten Augenblick den Russen in die Hände fallen würde.

Er stapfte durch die noch dämmerigen Straßen der kleinen Stadt, müde, von der Heimat träumend – aber was war das da vorne, am Ende der langen Straße. Schon wieder ein Auffang-Kommando, das uns Landser zum Widerstand anhält, während die Führung sich davonmacht?

Er schlug sich in eine Seitengasse, bekam Weißbrot in einem frühen Bäckerladen, ein Stückchen weiter gute frische Vollmilch. Zurück auf der leeren Hauptstraße, hatte er immer noch das Auffangkommando vor sich, dachte: Pflicht ist Pflicht, noch bist du Soldat, ging mutig darauf zu. Da steht einer mit der gefürchteten Binde am Arm und, siehe da!, es ist ein Oberfeldwebel aus dem eigenen Haufen, der mustert den Klapprigen kurz, hat ihn kommen sehen: „Gehen Sie weiter, Kamerad, sehen Sie zu, dass Sie Rostock noch zu fassen bekommen." Hans schleppt sich weiter.

Allmählich belebt sich die Straße. Alles strebt nach Westen. Nach Osten geht keiner, auch kein gefangener Ostarbeiter, kein Pole. Zu Rad, zu Wagen, zu Pferde, im Auto und auf dem Krad, mit Karren und Handwagen bewegt sich alles. Man sieht wenig Zivilisten, dagegen Gefangene aller Nationen und zumeist Soldaten der deutschen Wehrmacht, zersprengte einzelne und Gruppen. Er tippelt allein. Nur Mut! – sagt er sich.

Ein Wald nimmt ihn auf. Es ist der erste Mai '45.

Er biegt vom Weg ab, setzt sich seitwärts unter eine Tanne und schlägt die Losung des Tages auf, die dünne Kriegsausgabe des Losungsbüchleins der Brüdergemeine, Dienstag, d. 1. Mai: ‚Ich sprach, da mirs wohlging: ich werde nimmermehr darniederliegen. Aber da Du Dein Antlitz verbargest, erschrak ich' (Psalm 30, 7 u. 8) und ‚Ihr Lieben, lasst Euch die Hitze, so Euch begegnet, nicht befremden, als widerführe Euch etwas Seltsames.'

Was hat Gott mit dir vor? Es geht mir ja buchstäblich so, wie es da steht! Er schulterte rasch seine Klamotten und trottete westwärts, winkte bei jedem Wagen, der ihn überholte. Keiner hatte Platz, niemand Zeit.

Er schloss sich einem Trupp Fußgänger an, in dem das Gerücht ging, Rostock sei schon in russischer Hand, der Waffenstillstand geschlossen. Nur nicht jetzt einem Ivan in die Hand fallen! Er ging allein weiter, ließ sein Gewehr im Straßengraben stehen, schnitt sich einen Knotenstock, der Krieg war ja vorbei.

Wieder in einem Trupp westwärts. Aber nun kommen Pferdewagen entgegengejagt, Motorräder – ‚Da vorn ist der Ivan, Rostock in seiner Hand.' – sie bogen seitwärts ab, der Trupp schlägt sich in die Büsche, jeder einzeln. Im Unterholz haut Hans sich erst einmal hin, frühstückt einen

Kanten Brot, trinkt den Rest Zuckerwasser aus der Feldflasche, streckt sich hin ins Gras und verschränkt die Arme unterm Kopf. Über ihm ziehen leichte weiße Wolken. Sollst du, dem bisher vor und während des Krieges alles nach Wunsch geglückt ist, jetzt in die Hände des Ivan fallen? – Lange lag er so da, bis er sich entschloss, nicht aufzugeben, sich getarnt heimwärts vorzuarbeiten.

Er fand neue Kumpane, sie liefen an einer Kleinbahn entlang, pirschten sich vor, an einem Waldrand entlang, auf die Hauptchaussee zu. Nun hörten sie Kettengerassel, das mussten russische Panzer sein, ja! Nun zogen die Sieger ein, auf zweispännigen Kutschen und heugepolsterten Bauernwagen saßen und lagen sie, hielten an, ließen die Panzer durch und schwärmten aus.

Bald stand ein Russe vor ihnen. „Stoi", er fragte freundlich nach Uhren, nahm eine kurze Leibesvisitation vor, entdeckte bei Hans nicht die goldene Uhr, das Erbstück aus Braken.

„Nach Hause", sagte er. Sie staunten. „Ja. Nix Nazipropaganda, nix Kehle durchschneiden – nach Hause." Als sie auf die Hauptchaussee zugehen wollten, bemerkte er freundlich, sie möchten erst einmal ihm folgen, er wolle sie auf den Weg bringen.

Er tat es, es wurde ein kleiner Umweg für den hoffnungsvollen Trupp, für Millionen deutscher Soldaten, er dauerte manches Jahr, war einige Zehntausend Kilometer lang und hat unzähligen Deutschen das Leben gekostet.

2
Ostwärts

„Ihr kommt bald nach Hause" – in Zweierreihen im Gefangenentrott ostwärts – abends in einer Heuscheune.

Ein Pole, der mein stehen gelassenes Gewehr in Händen hält: „Wenn einer wegläuft, werden hier zehn erschossen."

‚Siehe, was ich gebaut habe, das breche ich ab, und was ich gepflanzt habe, das reiße ich aus, nämlich dieses ganze Land.' (Jeremia 45)

Alles Vorhandene wird abgenommen, Uhren, Rasiermesser, Löffel … – meinen Ehering geb ich nicht her.

Östlich von Demmin unter Tausenden in riesigen Pferdeställen, von Stracheldraht umgeben.

Wir werden kahlgeschoren bis auf die Schamhaare hinab – für den Weg nach Hause?

Gleichgültigkeit breitet sich aus. Einem Arzt fällt nicht ein, dass er ein Heilmittel dabeihat, das einer dringend brauchen könnte, mir nicht, dass ich etwas für die Seelen dabeihabe. Da breitet das Wort sich von selbst aus. Man sah mich in einem Buch lesen – reihum borgen sie sich von mir das Buch der Bücher.

Ein katholischer Landarbeiter schließt sich mir an: auch ein katholischer Christ kann seines Glaubens froh sein.

3.
In Neubrandenburgs Baracken und mit Micha in Graudenz

Die leuchtende Wolke der Hoffnung zieht voran – im Juni ist das Breklumer Jahresfest, das erste nach dem Verbot bei Kriegsbeginn.

In Baracken Neubrandenburgs – kubikmetergroße Zellen, in denen vor Kurzem noch ihrer politischen Überzeugung wegen deutsche Frauen und Männer misshandelt wurden.

Sie leuchten nachts, aber das Aufhören der Verdunkelung bedeutet nicht: Freiheit. Einer, der abends verschwand, wird morgens als Leiche im angrenzenden Teich gefunden. Wie ein dumpfer Druck lag es auf uns allen.

Am Weg blühende Kastanien wie in der Allee vor meinem Elternhaus in Dithmarschen – mich trifft der kummervolle Blick einer lieben alten Oma am Wege. Ich bin der einzige Enkel meiner Großmutter. Hält sie mich für vermisst?

Wasser!! Das kaputte Stettin. Auf der Oder-Notbrücke lassen wir Kochgeschirre an langen Fäden ins Wasser, obgleich Leichen an der Oberfläche schwimmen und ihr Geruch die Luft erfüllt.

‚Mit dir will ich nicht ein Ende machen, aber züchtigen will ich dich mit Maßen, dass du dich nicht für unschuldig haltest' (Jeremia 30, Vers 11).

In Waggons auf die Eisenbahn gesetzt, noch in der deutschen Spurbreite. Wir stehen; lauschen einem Sonntagsglockenläuten in Polen.

Graudenz. Kräftigende Suppen – auf einer Deichsel sitzend trinke ich zwei Kochgeschirre heißes Wasser leer.

Tage in Graudenz: Deutschland hat aufgehört zu existieren, das Deutsche Reich hat als Totaler Staat seine totale Vernichtung herbeigeführt – (Die Potsdamer Beschlüsse werden verlesen.)

Muss meine Verleihzeiten der Bibel einschränken, den Hunger nach dem ‚Wort', weil ich mich beim Propheten Micha festlese:

Mein Volk hat sich aufgemacht wie ein Feind, denn sie rauben beides Rock und Mantel denen, so sicher daher gehen, gleich wie die so aus dem Kriege kommen.'

‚Ich will sie wie Schafe in einen festen Stall tun und wie eine Herde in ihre Herden, dass es von Menschen tönen soll.'

‚Sie predigen, es solle wohlgehen, wo man ihnen zu fressen gibt, wo man ihnen aber nichts ins Maul gibt, da predigen sie, es müsse Krieg kommen.'

‚In den letzten Tagen aber wird der Berg, darauf des Herrn Haus ist, feststehen, und die Völker werden dazu laufen. Denn aus Zion wird das Gesetz ausgehen und des Herrn Wort aus Jerusalem. Er wird unter großen Völkern richten und viele Heiden strafen in fernen Landen … Sie werden ihre Schwerter zu Pflugscharen und ihre Spieße zu Sicheln machen. Es wird kein Volk wider das andere ein Schwert aufheben und werden nicht mehr kriegen lernen. Ein jeglicher wird unter seinem Weinstock und Feigenbaum wohnen ohne Scheu. Denn ein jegliches Volk wandelt im Namen seines Gottes …

Die von Menschen tönenden Säle werden in 5 Gruppen eingeteilt. Die Gruppen 3–5 gelten als nicht arbeitsfähig und werden nach Hause geschickt. Ich gerate in Gruppe 2. Es soll weiter nach Osten gehen …

Schon hungern wir wieder, habe 30 Pfund verloren in letzter Zeit, aber meine Shag-Pfeife gerettet.

Sitze vor der Abreise früh im Freien, denke an Goethes Harzreise:

‚Dem Geier gleich – Der auf schweren Morgenwolken – Mit sanftem Fittich ruhend – Nach Beute schaut – schwebe mein Lied.

Denn ein Gott hat – Jedem seine Bahn – Vorgezeichnet …

Wem aber Unglück – Das Herz zusammenzog …'

Hätte Goethe das schreiben können, wenn er nicht die Psalmen gekannt hätte? Nehme mir vor, sie jetzt nicht nur zu lesen, sondern zu lernen.

4
Fürwahr, du bist ein verborgener Gott

Abends allein unterm Mond. Ob die Lieben zuhause von dir wissen? – Soll ich die Flinte ins Korn werfen?

Mittagsmahlzeit: Kohlsuppe mit ein paar Kartoffelschalen. Hermann und August streiten, wie lange die Gefangenschaft dauern wird. Hermann: kurz. August: lang. Hermann ist bald heimgekehrt. August nie. Ein paar Krümel Tabak kommen noch zusammen.

In der Sauna sehen wir, was für Skelette wir geworden sind. ‚Mein Geist ist in mir geängstet, mein Herz ist mir in meinem Leibe verzehrt. Verbirg Dein Antlitz nicht vor mir, dass ich nicht gleich werde denen, die in die Grube fahren.'

Der Weg in die Heimat führt übers Lazarett; ich bekomme Ruhrdurchfall, werde revierkrank geschrieben, aber dort ist kein Platz. Furchtbare Nächte, die Schließmuskeln versagen. Ich schreie zu Gott.

In der Nähe einer rührt sich nicht am Morgen, man ruft, ruft laut – zieht die Decke ab. Da ist er tot.

Trottele wieder zur Arbeit, vor einem Sarg in Wattejacke und Wattehose, unter den Elbkähnen hat sich Schnee geballt, ich hoppele wie ein alter Hase … ‚Leben wir, so leben wir dem Herrn …' Ein Holzkreuz zu Häupten, dunkelgrüne Zweige.

Die Beerdigungen werden bald verboten.

Der 24. Dezember 1945 – komme um 7 von der Arbeit am Sägebock – da hat Oberleutnant Berger einen Gottesdienst angesetzt. Es gibt einen geschmückten Tannenbaum und gegossene Talglichter im Stallraum.

Träumend sitzen da, Kopf an Kopf: Tischler, Maurer, Schmiede, Schlosser, Elektriker, Holzsäger, Brunnenbauer –

Eine Gesellschaft nach meinem Herzen. Ich lese die Weihnachtsgeschichte vor. Sie singen:

Dies ist die Nacht, da mir erschienen
des großen Gottes Freundlichkeit.

Für jeden gibt es ein Normbrot, ca. 300 Gramm, etwas Fett und Zucker.

Ich sitze am Rand und singe still vor mich hin:

Den aller Weltkreis nie beschloss,
der liegt in Marien Schoß,
er ist ein Kindlein worden klein,
der alle Ding erhält allein.

Ich bin schwach. Ich kann einen halbvollen Wassereimer die Treppe nur hinaufbringen, indem ich ihn Stufe um Stufe hinaufstemme und auf den Knien hinterherklettere.

Man sucht, mich zu behalten, ich bekomme Zusatzkost, leichtere Arbeit.

Im Umkleideraum will mir ein Russe meinen Trauring abnehmen, ich weigere mich mit geschlossener Faust, der andere lädt seinen Karabiner, droht. Schieß! Sage ich, den Ring kriegst du nicht.

Hans Dunker hat fast bis zuletzt seinen Ehering behalten. Noch sind wir nicht beim ‚Zuletzt‘.

5
Als eingefangener Antifa nach Transkaukasien

Sie werden nach Tharau verlegt. Hans kann nur noch auf allen Vieren die schräge Rampe hinaufgelangen, ihm wird strenge Bettruhe verordnet, er erholt sich ein wenig.

Und jetzt geschieht Folgenreiches.

Er wird in die Lagerbetreuung hineingezogen. Der

deutsche Lagerführer veranstaltet einen Klassischen Abend mit deutscher Musik und Literatur.

Hans übernimmt die Literatur, liest vor aus Goethes ‚Faust' und den Gedichten von Matthias Claudius. Man ist begeistert.

An einem weiteren Abend stellt er Nietzsche vor.

Der übernächste soll vor allem vom ‚Antifaschistischen Aktiv' gestaltet werden, kurz *‚Antifa'*, der Redner ist ausgefallen – Hans soll reden. Er übernimmt, spricht über den kommunistischen Roman ‚Die Mutter' von Gorki, spricht mit Distanz zum Dogma, erzählt locker, frei und kurz, gewinnt die Herzen, man fällt ihm um den Hals.

An diesem Tag beginnt, was er als ‚getarntes Zeugnis' in öffentlicher Arbeit versteht. Unter der Kappe ‚Antifa' – diesem Rahmen – entschließt er sich, seine Inhalte zum Thema zu machen. Es scheint kein Zeugnis zu geben, das daran zweifeln lässt.

Die ‚Antifa' hatte einen Vorgänger während des Krieges in einer Gruppe, der sich der Militärpfarrer Johannes Schröder angeschlossen hatte, als er am 31. Januar 1943 vor Stalingrad mit 100.000 Deutschen in Gefangenschaft geriet, nachdem auf beiden Seiten 700.000 gefallen waren. Die Gruppe nannte sich ‚Freies Deutschland', ihr gehörten seit jener Katastrophe der General Seydlitz und Paulus an. Ihr und dem ‚Stalingrad-Schröder' nachzugehen, seinem Schicksal und dem seiner Familie, wäre eine aktuelle Respekt und Aufschluss eintragende geschichtliche Reise wert und würde das Bild des Osteuropa-Krieges, das durch Reemtsma ans Licht kam, vervollständigen.

Hans Dunker war sorglos und seiner Sache sicher – er lässt in der Gefangenschaft einen besonderen Zug erkennen: Er verhält sich, als sei er geführt. Und er scheint nicht daran gezweifelt zu haben, der Lagerleitung nützlich zu sein.

Im Oktober 1946 stand eine Reise bevor – heimwärts?? Sie kamen auf die Breitspur nach Transkaukasien – es dauerte fünf Tage und war finstere Nacht, als sie in Kirowokau ankamen.

6
Lagerpastor in Kirowokau

,Gerade hier ist mein Platz', sagt er sich. Er ist geführt. Antifa Werner hat dafür gesorgt, dass ihre Lagerbibliothek von Tharau mitgereist ist.

Er vertieft sich weiter in Goethes Faust, die seltsame Theologie des ,Großen Heiden'.

,Wer ist eigentlich stärker, du oder der Satan?', fragt der seinen Gott.

Am 23. April 1947 geschieht ein Wunder: er sieht den Poststempel Breklums, die erste Postkarte, Magdas geliebte Schriftzüge. Sieht die Füße seiner Kinder auf dem Weg zur Kinderkirche.

Und der Tagespsalm lautet: ,Jerusalem ist gebaut, dass es eine Stadt sei, da man zusammenkommen soll.' Er denkt an die tausende auf dem Breklumer Jahresfest – woran wohl auch sonst? ,Unsere Füße stehen in deinen Toren. Wünschet Jerusalem Glück!'

Heute ist ihm erlaubt, den ersten Lagergottesdienst zu halten.

Am 1. Januar 1948 liest er den Satz: ,Das Jahr die Meinen zu erlösen ist gekommen', geht hinaus, sieht über den Berggipfeln die Sonne aufgehen und weiß, dass dies sein Jahr ist.

7
Die Heimfahrt

Werner hat ihn vorgeschlagen.

Am 6. Juni, 1 Uhr früh, rollte der Zug durch die Felder des Kaukasus.

In Brestlitowsk gab es noch einen entsetzlichen Moment. Hans stand Pfeife rauchend bei seinem Wagen der Ausreisenden und erhielt plötzlich von dem russischen Transportführer den Befehl, sich dem Unglückshaufen der ausgenommenen SS-Leute gegenüber anzuschließen. Seinen Kameraden zitterte das Herz im Leib. Aber er ging seelenruhig hinüber. Er ließ selbst das geschehen – wie geführt. Als ihn dann der Transportführer zurückrief, kehrte er gemächlich zurück, die Pfeife im Mund. Er war von einer inneren Sorglosigkeit getragen, die er im Rückblick kaum noch verstand.

Ein deutscher Antifa-Wagen aus Brest-Litowsk verlangte noch eine Dankrede für die gute Behandlung in der Sowjetunion. Auch er sollte sprechen.

Er dankte seinem Herrgott mit Psalm 126: ‚Wenn der Herr die Gefangenen Zions erlösen wird, so werden wir sein wie die Träumenden' – und er dankte den Menschen, die ihnen Gutes getan hatten.

Jetzt fuhren sie in Personenwagen auf der deutschen Normalspur, er saß auf dem Trittbrett und sang, während fruchtbare Kornfelder und grüne Wälder vorüberglitten, Lied nach Lied.

21
Dorf und Schule

Spatz schüttelte den Kopf, als wir zusammensaßen: „Friedels Vater, Pastor Dunker! – Wie bin ich froh", sagte sie, indem sie unseren Vater ansah, „dass du nicht in den Krieg musstest. Können wir nicht mal wieder aus diesem schrecklichen Krieg in Russland nach Breklum zurückkehren?", fragte sie. „Man kann da ja wirklich nicht atmen!"

„Ins Dorf?"

„Ja, meinetwegen auch in die Schule. Erinnert ihr euch noch an den ersten Schultag?"

Alex und ich sahen einander an.

„Sag du", sagte Alex. „Sie meint dich."

Ich begann:

„Nach Ostern 1941 stand mein erster Schultag bevor. Die Schultüte gab es nicht mehr, aber Mona brachte uns hin, Alex, für den die zweite Klasse begann, und mich. Wir waren beide winzig. Ich war eine Stunde zu früh gekommen, durfte aber mit Alex zusammen in der Schlange vor dem Strohdachgebäude antreten, beim Glockenzeichen hineingehen und saß dann neben ihm in der Mitte der vorderen Bänke, hinter den Mädchen.

Die Lehrerin trat ein, stellte sich vor uns auf, alle Mädchen und Jungen erhoben sich, sie hob den Arm und sagte ‚Heil Hitler', die Klasse stand, hatte den Arm erhoben und antwortete ‚Heil Hitler', alle setzten sich wieder und sahen lächelnd auf mich herab. Einige lachten. Ich war sitzen geblieben.

Fräulein Hansen wandte sich freundlich mir zu: ‚So beginnt die Schule', sagte sie, ‚als Erstes erheben wir uns, heben den Arm und –'

Zu Beginn des Jahrhunderts hatte es einmal geheißen:

1. Alle Schüler sitzen anständig gerade, mit dem Rücken angelehnt, in Reihen hintereinander.

2. Jedes Kind legt seine Hände geschlossen auf die Schultafel.

3. Die Füße werden parallel nebeneinander auf den Boden gestellt.

4. Sämtliche Kinder schauen dem Lehrer fest ins Auge.

5. Sprechen, Plaudern, Lachen, Flüstern, Hin- und Herrücken, heimliches Lesen und neugieriges Herumgaffen dürfen nicht vorkommen.

6. Das Melden geschieht bescheiden mit dem Finger der rechten Hand. Dabei wird der Ellbogen des rechten Armes in die linke Hand gestützt.

7. Beim Antworten hat sich das Kind rasch zu erheben, geradezustehen, dem Lehrer fest ins Auge zu schauen und in vollständigen Sätzen rein und laut zu sprechen.

Nein! An keinem Tag war es bei uns so, aber die Erfahrung eines Ordnungsnetzes dauerte an, das System der Strafen war geblieben: vor die Tür geschickt werden, in der Ecke stehen, mit dem Deckel des Griffelkastens auf die ausgestreckte Hand geschlagen werden, die Ohrfeige, der Schlag mit dem Stock auf die Beine und auf den Hintern.

In der Erinnerung war all dies selten, aber es gehörte zur

Weltordnung und wir hatten Prügelknaben, die es immer wieder traf und die mir sofort wieder einfallen.

Die Erstklässler gingen mit einem Ranzen zur Schule, aus dem ein feuchter Schwamm heraushing, der an der schwarzen Schiefertafel im Ranzen befestigt war und mit dem man immer wieder auswischte, was darauf in weißen Buchstaben und Zahlen mit dem Griffel hineingeritzt war. Wir begannen das Erlernen der Buchstaben mit Handstöcken, aufrecht stehenden mit dem runden Griff oben [ſ] und solchen, die auf dem runden Griff standen [ʖ], mit geschnürten Ostereiern für das o, steilen und schräg schreitenden Stöcken für m und n, Schleifen für das h [8], in denen wir damals noch die ‚deutsche Schrift', die Sütterlin-Schrift lernten, die wir uns ein Jahr danach wieder aus dem Kopf schlagen sollten, weil ab da die heutige Schrift angesagt war, die in der großen Feste Europa übliche.

Es war keine unlustige Zeit", sagte ich, „im Gegenteil, spätestens auf dem Schulhof, in der Pause, lernten wir Platt, das Niederdeutsche zu sprechen, gewannen Freunde in Breklum und Breklumfeld, turnten am Reck, Klimmzüge, wer kann die meisten, Bauchwelle und Rückenwelle, noch lange nicht die Riesenwelle, Völkerball; die Turnstunden waren das Schönste, und dann das Singen. Dazu kam gelegentlich der Schulleiter Herr Mäckelmann, der im breiten Strohdachhaus gegenüber wohnte, er erschien mit der Geige und spielte ‚Alle Birken grünen in Moor und Heid, nur der …' oder

Es ist so still; die Heide liegt
Im warmen Mittagssonnenstrahle,
Ein rosenroter Schimmer fliegt
Um ihre alten Gräbermale;
Die Kräuter blühn; der Heideduft
Steigt in die blaue Sommerluft.

Laufkäfer hasten durchs Gesträuch …

Wir sangen es bis zu Ende … *Der Kätner lehnt zur Tür hinaus, Behaglich blinzelnd nach den Bienen genau wie Herr Mäckelmann / in seinem Garten nebenan*

‚– Kein Klang der aufgeregten Zeit
Drang noch in diese Einsamkeit‘ –

Und er, der Schulleiter, erzählte uns eine Sage, zum Beispiel die von einem Riesen im benachbarten Drelsdorf und dem in Breklum, die miteinander in Streit geraten waren. Der Breklumer nahm einen gewaltigen Findling und traf den Drelsdorfer Kirchturm so, dass die Spitze abbrach und er heute noch stumpf dasteht. Da nahm der Drelsdorfer einen noch größeren, in der letzten Eiszeit aus dem Norden herübergewanderten Granitstein und dieser sauste am Breklumer Kirchturm haarscharf vorbei, sodass der um einen Hauch schief wurde. Man fand ihn am Rande der Marsch und hat ihn auf die Gedenkstätte neben unserem Friedhof befördert. Dort steht er auf einem kleinen Hügel und erinnert an die Gefallenen des Ersten Weltkriegs. Es gab auch grausame Sagen, solche, bei denen einer zur Strafe in einem durch eingeschlagene Nägel stachligen Fass den Hügel bei Dravendal heruntergerollt wurde. – Ob Mäckelmann das alles nur erfand und für uns zusammenflunkerte? –“

Perle lachte. „Das mit den beiden Riesen kommt einem etwas unwahrscheinlich vor. – Aber, erzähl erst mal weiter von der Schule, haben sie euch damals auch verhauen? – Fast gar nicht?“

„Ich habe einmal eine Ohrfeige gekriegt“, sagte ich, „in der zweiten Klasse, von Fräulein Gabriel. Wir sollten auf einem Blatt etwas zeichnerisch darstellen. Da meldete sich Paul Martin Friedrichsen und sagte: ‚Fräulein Gabriel, wunni sollen wir das machen?‘

‚Paul Martin‘, sagte sie, ‚es heißt nicht ‚wunni‘, es heißt ‚wie“, und erklärte es nochmal.

Nach einiger Zeit stand ich auf, hielt mein Blatt in die Höhe und fragte: ‚Fräulein Gabriel, sollen wir das ‚sunni‘ machen?‘

Die Klasse lachte, aber ich musste herauskommen aus der Bank und eine Ohrfeige entgegennehmen, die ich kaum gespürt habe. Wahrscheinlich musste sie selbst lachen.

Es gab dann doch einmal etwas. Herr Dr. Bannemann, ein schneidiger jüngerer Lehrer mit einem ‚Herr Doktor' –"

„– Wieso kam der eigentlich als zweiter Lehrer zu uns nach Breklum?", fragte Schlossel.

„Er war in dieser Zeit gekommen und ist nur reichlich ein Jahr geblieben, hat zuerst nur bei den Großen unterrichtet, im mittleren Klassenraum vor den Elf- bis Vierzehnjährigen. Die waren nach seinem ersten Auftreten geradezu verbiestert; er hatte gedroht: ‚Ich schlage euch zusammen wie kein Eisen. (Sagte er ‚kalt Eisen'?) Wenn das hier so weitergeht, könnte ihr erleben, dass die Heide wackelt.'

Er kam danach auch in unsre Klasse, für einige Zeit, und hat, würde ich sagen, vor allem Stimmung gemacht. Er erzählte uns zum Beispiel vom Führer, wie der einmal, als er aus dem Vortragssaal kam, von einem Arbeiter aufgehalten, etwas gefragt wurde und, obwohl überarbeitet und überanstrengt, eine Stunde mit ihm im Regen stand und ihm seine Zeit schenkte.

Herr Bannemann wollte auch uns überzeugen. ‚Nur gemeinsam sind wir stark', sagte er. ‚Gebt mir, hier vorne die Mädchen, gebt mir einmal eure Bleistifte.' Er bekam ein ganzes Bund, nahm einen heraus, hielt ihn hoch und zerbrach ihn, knipste ihn kaputt. Die Tochter von Bastians, ihr wisst, von dem einzigen Hof, der hier friesisch sprach, saß vor ihm und begann zu weinen. Er schien es nicht zu merken. ‚Nun passt auf!', sagte er, hielt die restlichen Bleistifte gebündelt vor seine Brust, versuchte sie zu zerbrechen, drückte sie abwärts, wurde rot im Gesicht. Es gelang nicht. ‚Seht ihr? So soll es sein und muss es überall in der Heimat werden, auch hier in Breklum. Zusammen sind wir stark.' Die kleine Bastian weinte laut. Er versuchte sie zu trösten, das sei doch eine Kleinigkeit, ‚komm, ich schenke dir drei, vier schöne Bleistifte zum Ersatz'. Aber sie sagte: ‚Ich will doch meinen!'

Bei mir hat Herr Bannemann festgestellt", sagte ich, „dass ich in der zweiten Hälfte des zweiten Schuljahrs noch nicht lesen konnte. Wir hatten alle den gleichen Text vor uns und sollten der Reihe nach ein paar Sätze lesen … Bei mir stockte es. Ich las die Buchstaben Laut für Laut, langsam, und verstand den Sinn nicht. Dr. Bannemann stand neben unsrer Bankreihe, mit dem Stock in der Hand, und sagte: ‚Komm mal raus aus der Bank!' Nannte meinen Namen, deinen, Vater, sagte: ‚Und du, du wirst hier von fast allen in den Schatten gestellt? Du liest wie eine Schnecke, die über einen Stummel kriecht!' und gab mir zwei harte Schläge aufs Hinterteil.

Aber dann passierte es an einem Sonntagmorgen, es muss im Frühling gewesen sein, draußen das sonnigste Wetter, die Gesangbücher aufgeschlagen, und wir sangen ‚Geh aus, mein Herz und suche Freud'. Wir konnten das Lied halb auswendig, aber während wir sangen, folgte ich den Strophen im Gesangbuch und erkannte sie Wort für Wort wieder – ‚Die Lerche schwingt sich in die Luft / die Taube fliegt aus ihrer Kluft / und macht sich in die Wälder; / die hochbegabte Nachtigall …' – ich sah die Buchstaben und kapierte den Clou.

‚Du kannst ja lesen!', rief Mona.

Tatsächlich, es stand alles da. Die Zeit der Schande war vorüber und ich fing an zu lesen."

„Dr. Bannemann muss mich zu der Zeit besucht haben", sagte MaPö, „und hat auch zu mir gesagt: ‚Ihr Sohn liest, wie eine Schnecke über einen Stummel kriecht.' Und hat er euch auch gefragt: ‚Wer von euch hat Adolf Hitler lieb?' Da warst du unter denen, die sich gemeldet haben, hat er mir vergnügt erzählt."

„Stolz, was?", sagte Schlossel. „Ich weiß", sagte ich. „Im Esszimmer links neben dem Eingang hing doch eine Zeit lang ein Hitlerbild – als ich zur Schule kam. Nachher wurde es Schlafzimmer, da war es weg, aber damals hing im Laden bei Frau Martensen ein viel schöneres, wo der Führer sich zu einem Kind herunterbeugte und aus seiner Hand einen Blumenstrauß entgegennahm. Ich habe dich damals gebeten, Mona, dass wir das haben sollten; es sei doch viel schöner. Aber du wolltest nicht."

„Wenn Onkel Wolle einmal herüberkam, jetzt war er

nicht mehr in St. Peter, sondern schon in Flensburg, hat er das Bild umgedreht. Das war immer das Erste“, sagte Yoko.

MaPö nickte: „Dr. Bannemann war im Auftrag der SS nach Breklum geschickt worden, um die Mission umzustellen, dieser Besuch war nur unsre erste Begegnung. Ich sollte der Partei, oder wenigstens der SS, als förderndes Mitglied beitreten, wie es in Flensburg ein namhafter Mann der Diakonissenanstalt tat, von dem er mit Begeisterung sprach.“

„Hat er nicht damals am Sonntagmorgen einen weltanschaulichen Kurs abgehalten? Ich weiß noch: zwei von unseren ‚Jungen Mädchen‘ wollten hingehen, aber es war in der Gottesdienstzeit und ihr habt gesagt, am Sonntagmorgen gibt es das nicht.“

„Er hat auch die Eltern eurer Klasse eingeladen“, sagte Schlossel, „ich war an einem solchen Elternabend in der Schule. Da hat er davon gesprochen, noch war ja alles im Vormarsch, was alles deutscher Bereich werden würde: Nordafrika. Die Krim. ‚Ich kann Ihnen schon heute, auf dieser Landkarte hier zeigen‘, sagte er, ‚wo ich auf der Krim Landesschulrat sein werde.‘“

„Wenn wir uns das heute vor Augen führen!“, sagte MaPö. „Das war ja alles ernst gemeint. Herr Dr. Bannemann ist nicht lange geblieben, später bin ich ihm wiederbegegnet – da war es Herr Oberkirchenrat Dr. Bannemann.

Aber ich denke eben daran, es muss zur gleichen Zeit gewesen sein, da besuchte mich ‚unser Niebüller Gestapofreund‘, wie Mona und ich sagten, ich weiß eigentlich gar nicht, weshalb. Die Schriften waren seit Langem verboten. Vielleicht kam er zum Klönen.

„Ich bin jetzt in der Sprachausbildung“, sagte er. „Ich lerne Suaheli.“

„Wofür das denn?“

„Ja“, sagte er, „wenn der Führer erst Afrika erobert hat, dann müssen wir in die einzelnen Landesteile hinein. Da sind wir jetzt in Vorbereitung. Ich lerne Suaheli, natürlich bloß Kommandosache, bei diesen Kaffern ist nichts anderes erforderlich."

„Das haben wir schon gehört", sagte Chie. „Weißt du, das war doch der Mann, der die restlichen Schriften der Breklumer Druckerei immer erst nach 14 Tagen beschlagnahmte."

„Richtig. Du hast recht", sagte MaPö. „Und es hat auch diese Einübung ins Afrikanische scheint's tatsächlich gegeben.

Wenig später hörten wir von einem Hermannsburger Missionar, der in Äthiopien gewesen war, dass er dort deutschen Soldaten den Umgang mit ihrer Sprache, dem Amharisch beibringen sollte – da haben wir geglaubt, dass etwas dran war …"

„Und dein Bruder Wilhelm, der neueste Witz aus Berlin", sagte Schlossel: „‚Wo ist Goebbels zur Zeit? – Goebbels ist in Afrika. Er übt mit den Negern: Wir wollen heim ins Reich.'"

„Vor Herrn Mäckelmann", sagte MaPö, „hatte ich Respekt. Er ist im Urteil vieler Breklumer ein vorzüglicher Lehrer gewesen, ein guter Orgelmann und ein beschlagener, leidenschaftlicher Schleswig-Holsteiner. Seit 1908 war er in Breklum Lehrer und Organist, ‚de Köster', wie er hieß, ein Vierteljahrhundert spielte er damals schon in der Schule die Geige und saß in der Kirche an der Orgel, als wir kamen. Er war weit über Breklums Grenzen hinaus bekannt, hatte in unserem Verlag hochdeutsche und niederdeutsche Liederhefte herausgegeben, Sagen und Heimatdichtungen.

Als der nationalsozialistische Umbruch kam, riss es ihn mit. Er hörte, dass Pastor Claussen, unser Geltinger Nachbar, Deutscher Christ und Anhänger der Bewegung war, lernte ihn auf einer Tagung in Angeln kennen und sorgte dafür, dass unser Freund in Breklum als Pastor gewählt wurde. Als wir ankamen, war Claussen gerade bei den Deutschen Christen ausgetreten – ‚weil Sie kamen', sagte er lachend und halb im Scherz zu mir. Wir waren seit Gelting enge Freunde, und zwischen Claussen und Mäckelmann kam es zur Krise. Der beliebte Lehrer an der Orgel wurde zum Feind der Kirche, verabschiedete sich als Organist und hat uns später das Leben nicht immer leicht gemacht.

Er wurde Ortsgruppenleiter, dieser untersetzte, stämmige Mann mit dem fast kahlen Kopf und dem uns gegenüber manchmal düsteren Blick, wurde der vielleicht mächtigste Mann in Breklum und seinen Nebendörfern, ein pflichtbewusster, treuer Soldat des Führers in der Heimat, fleißig, arbeitsam, in seinem Bereich, wie er ihn auffasste. Er war nicht bösartig, aber wir, dieses verquere Stück Kirchenstraße zwischen Chaussee und Anna Martensen, das Breklum den Namen ‚dat heilige Dörp' eintrug, wir waren in seiner Welt Nichtsnutze."

„Bösartig? Nein, das glaube ich auch nicht. Aber wir waren für ihn mehr als draußen vor", sagte Schlossel. „Weißt du noch, unsere Breklumer Frauenschaft? Die wurde von Frau Pastor Claussen weitergeführt wie eine Evangelische Frauenhilfe, auch als ihr Mann die ‚Deutschen Christen' verlassen hatte. 1938 bekamen sie den Preis als beste Frauenhilfe im Kreis Husum. Im Herbst hatten wir eine Sitzung, Frau Claussen hatte eine Netzhautablösung und hatte den Antrag gestellt, ein Vierteljahr beurlaubt zu werden. Da erschien Herr Mäckelmann mit der Kreisleiterin, und die sagte, es täte ihnen leid, dass Frau Claussen so krank sei. ‚Wir haben beschlossen, sie nicht zu beurlauben, sondern sie ganz zu entlasten – zu entlassen und schlagen unsere neue, jüngste Lehrerin vor.'

Da bin ich aufgestanden und habe gesagt: ‚Ich habe nichts gegen unsre jüngste Lehrerin, aber Sie wissen doch genau, Herr Mäckelmann, dass die seit einem Dreivierteljahr krank ist. Gestern ist in Drelsdorf Frau Pastor Martensen abgewählt worden, kerngesund. Ich trete aus aus der Frauenschaft.' Da stand mindestens die Hälfte der Versammlung hinter mir und unsre Frauenschaft war vorläufig kaputt."

„Das Wort ‚Köster' durfte nicht fallen, wenn er in der Nähe war", sagte ich. „Dann wurde er, das wussten wir, wild. Wir waren einmal als 3. und 4. Klasse einen langen Vormittag auf den Feldwegen gewesen, um Heilkräuter zu sammeln für unsre Soldaten, Huflattich und Kamille, jetzt brachten wir alles auf den Dachboden der Schule, um es zum Trocknen auszubreiten. Durch das torartige Fenster zum Westen sahen wir Mäckelmann in der Sonne vor seinen Bienenvölkern sitzen – ‚Dor sit je unse Köster', rief jemand, der die Treppe heraufkam. Kurz danach war der im Schulhaus. ‚Wer war das?' Es kam zu einem Antreten und Verhör. Niemand wusste es – ich weiß es bis heute nicht. Es hätte grausame Schläge gegeben, mit dem Stock, versteht sich."

„Bei uns war er manchmal ein Weltanschauungslehrer", sagte Pille, „ein erbitterter. Da war er genauso temperamentvoll. Er erklärte zum Beispiel, es gibt keine Auferstehung, schon gar keine Auferstehung des Fleisches, und als er hörte: ‚Wieso?', lief er hinüber in sein Haus und brachte ein Tongefäß mit einem Deckel, ähnlich einer Urne, öffnete sie und zeigte uns darin graue Asche, Knöchelchen dabei. ‚Das ist die Asche meines Vaters, sagte er. Glaubt ihr, dass das auferstehen kann?'"

„Wie entsetzlich!"

„Er muss euch auch einmal Furchtbares von den Juden erzählt haben", sagte ich. „Pille, du hast beim Einschlafen davon erzählt und ich hatte einen Angsttraum: ringsum hingen Balkons an unsren Hausmauern, vom Hinterhof angefangen, und in ihnen standen gedrängt Juden, die auf mich eingestikulierten und schalten und den Arm ausstreckten, während ich unten mit gesenktem Kopf um das Haus schlich."

„Was erzählt ihr da?", fragte Schlossel.

„Es gab auch ein Lied in dieser Richtung, das wir bei seiner Geige gesungen haben – da hieß es:

Geduld, verfabne Brüder,
Schon wanket Judas Thron.

Ich sang immer ‚verfabne Brüder', aber was waren das? Erst jetzt hab ich nachgeschlagen. Wir haben damals überhaupt nicht kapiert, was gemeint war.

Das Lied beginnt:
Es pfeift von allen Dächern
für heut die Arbeit aus.
Es ruhen die Maschinen
Wir gehen müd nach Haus.
Daheim ist Not und Elend
Das ist der Arbeit Lohn.
Geduld verratne Brüder
Schon wanket Judas Thron.“

„Wie solltet ihr das verstehen?“, sagte Schlossel. „Ihr wart doch Knirpse.“

„Wir waren Knirpse und sangen auch mit geschwellter Brust ein Lied schon aus den Zwanzigerjahren,
Es zittern die morschen Knochen
der Welt vor dem roten Krieg.
Wir haben den Schrecken gebrochen,
für uns war‘s ein großer Sieg.
Wir werden weiter marschieren,
wenn alles in Scherben fällt
Und heute gehört uns Deutschland
und morgen die ganze Welt.“

„Rot? Ich hab in Erinnerung: Der Welt vor dem großen Krieg. Und: Denn heute gehört uns Deutschland, Und morgen die ganze –“

„Wir können euch den Lebenslauf des Führers Wort für Wort herunterbeten“, sagte Alex, „sollen wir? Satz für Satz! Wie er da aufwächst an der Zollstation in Braunau und seinen Vater fragt – ‚Warum gibt es hier eine Grenze, wenn die Leute auf beiden Seiten Deutsch sprechen?‘ Nachts ballte er seine Faust zusammen, nicht Bollus?“

„Ja“, sagte ich. „Und in seinem jungen Herzen erwachte die Sehnsucht nach einem einzigen großen Reiche, das alle Deutschen umschließt …“

„Bitte!“, sagte Yoko, „bitte nicht.“

„Ihr habt doch auch anderes gesungen?“, sagte MaPö.

„Ja! ‚Alle Birken grünen in Moor und Heid‘, oder ‚Es ist so still, die Heide liegt‘ … Storm. Überhaupt Storm, den habe ich schon in Breklum kennengelernt. Alex fuhr seit

Ostern 1944 nach Husum zur Hermann-Tast-Schule, ich hatte einfach eine Klasse übersprungen, die dritte und vierte Klasse wurden gemeinsam unterrichtet, es war dasselbe, und ich hatte mich neben Alex in die vierte gesetzt, die Lehrerin war einverstanden, ich durfte aber noch nicht ins Husumer Gymnasium mit meinen neun Jahren, sondern saß jetzt als Fünftklässler mit Klasse 6, 7 und 8, bei den Großen in der Mitte der Schule. Hier haben wir ‚Pole Poppenspäler' von Theodor Storm gelesen, ‚Die Regentrude', sahen jenen Film mit Matthias Wieman, der den ‚Schimmelreiter' spielte: den großen deutschen Schicksalshelden.

Das habe ich in bester Erinnerung. Und auch den Köster in bestimmten Augenblicken, wenn er erfahren hatte, er zuerst, dass ein einstiger Schüler, den er über Jahre gekannt hatte, nicht wiederkommen würde, dass er gefallen war. Dann bat er uns zu Beginn, aufzustehen, war bewegt und wurde ganz persönlich. Er kannte sie ja alle, wusste von ihnen zu erzählen, sprach voller Trauer und Anerkennung von ihnen, bat uns, an sie zu denken. Wir sangen dann das Lied:

Der Tag war grau und die Erde braun
Da schritten die Männer zum Sturme.
Und die Glocke klang. Und die Glocke sang
Ihren letzten Gruß vom Turme.

Da war Herr Mäckelmann ein anderer Mensch; das war er auch, als Alex und ich ihm etwas von den Eltern bringen sollten – war es ein Brief oder ein Geschenk? War es, als einer seiner drei Söhne gefallen war? Da waren er und seine Frau Helene die nettesten Menschen, ganz anders als erwartet, sie schenkten uns etwas für den Heimweg, vielleicht Datteln, und sie gaben uns herzliche Grüße an die Eltern mit.

Er saß mittlerweile meistens vorne am Lehrertisch, 1944, mit Schreibvorlagen, in denen er blätterte, schrieb, hatte neben sich ein Telefon. Ich saß seit Kurzem neben Minne Üsche, der eigentlich Wilhelm Hauschildt hieß, sich als Dreijähriger aber so vorgestellt hatte und den Namen behielt. Wir hatten uns in einer Gesangstunde angefreundet, nachdem wir das Lied ‚Jung Siegfried war ein stolzer Knab' unzählige Male gesungen hatten.

Der Köster war per Telefon herausgerufen worden und eine neue Lehrerin kam, der Raum wurde abgedunkelt und es sollte ein Film gezeigt werden, und plötzlich sang Minne laut: ‚Bollus Paster war ein stolzer Knab, ging von des Vaters Burg herab.'

Ich überlegte kurz, was das bedeutete, wenn ich unsere Burg verlassen würde. Dann fasste ich mich und revanchierte mich furchtbar, sang:

‚Minne Üsche war ein stolzer Knab, ging von des Vaters Burg herab.' Wir sangen jetzt zusammen und zeigten mit dem Finger aufeinander: ‚Und als er ging im finstern Wald, kam er zu einer Schmiede bald. Den Hammer wohl er schwingen kunnt: Er schlug den Amboss in den Grund. Er schlug, dass weit der Wald erklang und alles Eisen in Stücke sprang. Und von der letzten Eisenstang' macht er ein Schwert so breit und lang. Nun schlag ich wie ein andrer Held die Riesen und Drachen in Wald und Feld.'

Wir standen uns gegenüber, Fräulein Gabriel vor uns. Hob sie die Hand? Zu unsrer Überraschung lachte sie. Minne und ich saßen von da an nebeneinander.

Wir hatten ein Heft mit Rechenaufgaben, die wir in der Stunde lösen sollten – Herr Mäckelmann erklärte sie uns und überließ uns dann, vor seinen Papieren sitzend, die Rechenarbeit. Minne füllte das Heft schon im Voraus aus, zu Hause, er schrieb irgendeine Lösung neben das Gleichheitszeichen, und hatte dann in der Schulstunde Zeit für das, was man hier ‚Schiet im Kopf' nannte, für etwas Lustiges, bei dem er sich nicht langweilen musste, meldete sich, bat, austreten zu dürfen und kam mit zwei Raupen und etwas Grünzeug wieder, die Raupen setzte er unten auf der schrägen Tischplatte an, das Grün legte er oben aus, und nun bewegten die beiden grünen, glitzernden Tierchen sich aufbeulend auf die Blätter zu. Raupenwettrennen nannte er das, wurde einmal laut dabei vor Vergnügen, vom Lehrertisch kam ein Grollen, Minne ließ sich nicht stören, das Grollen wurde zur Verwarnung, Minne quietschte – hielt die Siegerin in die Höhe, da kam das Versprechen einer Bestrafung. Mäckelmann vergaß sie, da meldete Minne sich knipsend, knallend, ‚ich sollte doch ‚Jackenfett' haben', sagte er, kam aus der Bank, ließ sich schlagen, hatte sich aber ein Schulheft unter die Trainingshose geschoben und jaulte nur zum Spaß ein bisschen. Wir zeichneten die Szene, schoben sie hin und her, die immer unmöglicher wurde.

Engländer und Amerikaner waren längst in der Bretagne gelandet und hier wurde überlegt, sie könnten auch zu uns über die Nordsee kommen, über das Wattenmeer, und jenseits des Außendeichs landen. Herr Mäckelmann stellte es uns drastisch vor: Der Verderber würde dann mit Lastwagen und Panzern über die Teerchaussee heranrollen. Und er verpflichtete uns in diesem Fall zum Einsatz. Je zwei und zwei sollten wir uns mit der großen Baumsäge des Elternhauses auf der Teerchaussee einfinden und die Bäume so fällen, dass sie auf die Straße fielen. Ich war neun Jahre alt.

Heiner Brummer vom Süderweg, dessen großer Bruder sich mit 17 Jahren zum Krieg gemeldet hatte, hob die Arme: Er könne nicht mitmachen. ‚Ik sal Modder in de Kartüffeln helpen', sagte er.

Sechste Klasse, elf Jahre.

Und Mäckelmann war außer sich, raste, machte eine Riesenrede daraus – wenn es darum gehe, das Vaterland zu verteidigen, zu retten, dann redet hier einer von uns davon, er muss seiner Mutter bei der Kartoffelernte helfen!"

Es gab keine Proportionen mehr.

Es gab eine Sichtblende, für die Großen wie die Kleinen. Die für die Kleinen ist weniger bekannt. Ein in Itzehoe Geborener hat sie behalten und auf hundert Seiten erhalten, es sind strahlende oder wunde Stellen, die ein Erinnerungspanorama vors Auge rufen. Verdunkelung. Voralarm. Vollalarm. Entwarnung. Kriegsversehrt. Das Ticken des Weckers im Volksempfänger.

Lieber Wolfgang Harms,

Ihre fast hundert Seiten ‚Ein unbeschriebenes Blatt. Kindheit 1935–1945 in Schleswig-Holstein' enthält auf fast jeder Seite ein Wort, das heute nicht mehr in Gebrauch ist und in mir etwas auslöst, als werde durch einen Tropfen eine Wundstelle berührt, dessen Wirkung sich auf der Haut ausbreitet und wie eine kleine Entzündung ein Muster hervorbringt, oder wie ein Stichwort, das einen Laut als Echo evoziert, der hell und herrlich klingend sein kann.

Das einzelne Wort, das ich sofort wiedererkenne, wird ein Einfall ausgebreiteter Vergangenheit, die drumherum entsteht, ruft mit seiner Umgebung jene andere Welt ins Gedächtnis, die Unzahl von Schwimmkugeln, die ein Netz über uns aufspannten, das unser Bewusstsein umfangen hielt. Es ließ uns die sonderbare Welt, in der wir aufwuchsen, als normal erscheinen – was Sie da Revue passieren lassen.

Es war, konnte man sagen, nicht der graue oder grüne, sondern der ‚braune Star' auf einem der beiden Augen:

Der 20. April. Führers Geburtstag
Ein Zeppelin
Ein deutscher Junge weint nicht.
Bombenangriff
Der Wecker tickt im Volksempfänger, tickt und tickt, eine
Musikzeile hebt forsch den Vorhang: Sondermeldung
Luftlagemeldung
Ein feindliches Geschwader
Wir suchten Bombensplitter, elektrisierend wie dieses Wort
ertauschten sie gegen Zigarettenbilder
oder die farbig blitzenden idyllischen Oblaten
Traumbilder
Was wussten wir nicht alles
Das EK1 und EK2. Das Ritterkreuz zum eisernen Kreuz
mit Eichenlaub, Schwertern und Brillanten
Die roten Biesen, Streifen, an der Hose des Generalstablers
ME – Messerschmitt 109, Ju 36, der Focke-Wulf-Jäger

Die Luftwaffe
Mit ruhig festem Blick
Infanterie. Feldartillerie. Panzerfaust und Handgranate
Es hatte alles so einen Hof, sandte elektrische Schallwellen
Oberst Rudels Panzerabschüsse.
Günter Prien, der U-Boot Kommandant.
Mein Weg nach Scapa Flow
Hieß es so?
Wir kannten den Westerwall, den Atlantikwall, die Maginotlinie
Das Innere eines Bunkers
Arbeiteten mit der Laubsäge, deren Sägeblatt, überspannt, so leicht platzte, sägten Figuren aus Sperrholz, Krippenfiguren,
den Mohr mit der goldenen Kugel unter den Drei Königen
Fliegeralarm
Stromsperrstunde
Schafswolle an den Drahtzäunen der Felder sammeln
Kaninchenfutter pflücken
Sumpfdotterblumen, Wiesenschaumkraut, Schwertlilien
am Muttertag
die weißen Blusen des BDM
des Bundes der Mädchen
Die HJ-Uniform mit dem Koppelschloss
Manchesterhose. Schulterriemen.
Turner, auf zum Streite, Tretet in die Bahn
als Riege
im Gleichschritt
Zackig, schneidig. Abteilung kehrt!
Luftschutzübung.
Auf der Heide blüht ein kleines Blümelein
Und das heißt
wum wum wum
Erika
Dienst. Beim Geländespiel anschleichen
Maikäfer flieg. Dein Vater ist im Krieg.
Deine Mutter ist in Pommerland.
Pommerland ist abgebrannt.

Maikäfer flieg!
Der Volkssturm wird vereidigt
Besatzung und Beschlagnahmung.
Die Kaserne wird geplündert.
Die blauen Dragoner, sie reiten, mit klingendem Spiel durch das Tor.
Fanfaren sie begleiten hell zu den Hügeln empor.

Pille hielt einen Umschlag in der Hand, dem er einen Zettel entnahm; er gab ihn Schlossel.

Sie las ihn, begann zu lachen und schüttelte den Kopf, zeigte ihn:

Es war der Wunschzettel eines Klassenkameraden.

Auf dem mit Girlanden, Kerzen und Glocken, Sternen und einem brennenden Weihnachtsbaum geschmückten Blatt stand in der 1940 noch üblichen Sütterlin-Handschrift:

Wunschzettel

Lieber guter Weihnachtsmann ich möchte gerne zu Weihnachten einen Tannenbaum haben, auch Nüsse, Feigen, Äpfel und Schokolade. Ich möchte so gerne ein SS Auto haben, auch einen Tank, ein Stabilbaukasten, Schützengraben, Soldatenauto, eine schöne Burg, Sanitäterwagen, Minenscheinwerfer, eine Autogarage, Autobahn, u. einen Zug.

Lieber guter Weihnachtsmann suche dir von allen meinen Wünschen das Beste aus.

Heil Hitler! es grüßt O. W., Breklum.‘

22
„Wie kommen Sie grade auf Hitler"

Wenn wir zurückblicken: es waren sehr unterschiedliche Temperamente, die im Kreis dieser protestantischen Brüder miteinander zu tun hatten. Man halte sie nur nebeneinander, Halfmann und Treplin, Fritz Prahl und Hans Dunker. MaPös Bruder Wilhelm war der entschiedenste Außenseiter, so sehr er sich zu der Gemeinschaft hielt; in seinem Inneren ging anderes vor. Er war in eine falsche Zeit und Welt geboren.

Nichts hat in der Weise gestimmt wie bei den anderen, auch nicht in ihm selbst. Er war anders als die in der Heimat Engagierten, mit denen er zusammentraf und die schon eigensinnig genug waren, und auch als die an der Front Kämpfenden, zu denen er später hinzugezogen wurde: einer, den es so nicht gab. Er traf erst auf eine Person, in der er sich erkannte, als seine Freundin Elsa ihm einen Roman Wilhelm Raabes schenkte: ‚Die Akten des Vogelsang'. Er las ihn während seiner Berliner Zeit in zwei Nächten und geriet aus dem Häuschen. Du bist ja der dortige Velten im Nachbarhaus, der nirgends landen kann: die Welt aus den Fugen und du bodenlos.

Ist der Glaube der anderen ein goldener Käfig, in den du dich hineinträumen kannst, in glücklichen Augenblicken, in dem du aber fremd bleibst? Raabe hat eine Sprache dafür gefunden ...

Wilhelm war ein begabter Mensch, der am Rand des Geschehens stand. Sein Traum und der seiner Schwester Herme war es gewesen, als Arzt und Krankenschwester gemeinsam in der Dritten Welt ein Krankenhaus zu gründen. Jetzt stellte ihn dieser Beruf in Berlin von einem Tag zum andern vor Krüppel, Wunden, Stümpfe, die in einer verrauten und verrohten Welt binnen Tagen oder Stunden sinnlos erzeugt worden waren.

Er fand in Elsa eine Frau, etwas älter als er, die ihm gewachsen war, sein Anker wurde, sein Glück geworden wäre, wäre sie nicht in dem Augenblick, als ihr Sohn geboren wurde, in die Klauen einer Krankheit geraten, die damals kaum heilbar war.

Er fasste die Idee, dass sein Sohn den Namen seines Helden tragen sollte: ‚Velten', obwohl doch dieser Velten in den ‚Akten des Vogelsangs' angesichts einer Gründerzeit, in der die Nachbarschaft verschwindet, das Haus seiner Mutter aufgibt, richtiger gesagt: zerstört, Hab und Gut verschenkt oder verbrennt, der Stadt den Rücken kehrt, als Begleiter von Projekten durch Amerika gondelt und in Berlin endet.

‚In deiner Liebe' schlossen Wilhelms Briefe – ein seltsames Wort.

Und in seiner Fantasie kehrte, wie in den ‚Akten des Vogelsang', der Vers wieder, den der siebzehnjährige Goethe seinem Freund Behrisch, als man ihm übel mitgespielt hatte und er sich davonmachte, ans Herz gelegt hatte:

Sei gefühllos
ein leicht bewegtes Herz
ist ein elend Gut
auf der schwankenden Erde.

Es war nur scheinbar ein Scherz, was Wilhelm seinem Nachbarn auf der Etage morgens zu antworten pflegte, dem Uhrmacher Fabel, wenn er aus der Tür trat und den Arm zum Gruß hob, ‚Heil – '

‚Wie kommen Sie grade auf Hitler?',

Es war auch nicht frech. Schlossel kann man nur zustimmen, es war sehr klug.

Wie kam unser Volk auf diesen zerfahrenen Künstler und fanatischen Nationalisten aus dem deutsch-österreichischen Grenzland als seinen Führer und Heilsbringer –

Der 17-jährige Wilhelm musste seine Zwischenrufe auf den Parteiversammlungen büßen – wir haben darüber gesprochen.

Er begann 1934 den Arbeitsdienst am Kieler Ehrenmal von Laboe, setzte ihn fort mit militärischer Ausbildung. Es scheint, dass er damals vor allem gelesen hat."

„Ich habe eine blaue Mappe aus Onkel Wilhelms Nachlass geerbt", sagte ich, „die schon fast auseinanderfällt, mit ungezählten Ausschnitten aus der Kieler Zeitung. Da hat er Nachrufe gesammelt, Aufsätze ausgeschnitten, in denen du dich festlesen kannst. Beim Tod von Willamowitz-Moellendorff, dem berühmten Kenner der alten Griechen, steht in der ‚Kieler Neuesten' ein wunderbarer Aufsatz – wie du ihn heute in keiner Zeitung finden würdest. Oder über Prinz Heinrich, den beliebten Bruder des letzten Kaisers. Generaloberst von Seeckt und die Reichswehr. Du lernst die Personen plastisch kennen.

1932 fängt er mit dem Sammeln an. Als Hindenburg gegen Hitler zum Reichspräsidenten gewählt wird, hebt er die ersten Dokumente auf. Und dann das Wahlprogramm der NSDAP:

Sie wollen die Bodenspekulation verbieten.

Fordern Beteiligung am Gewinn in Großbetrieben.

Einiges klingt nicht übel, aber dann kommt konstant:

‚Beseitigung alles Nichtdeutschen.'

Bei Onkel Wilhelm habe ich endlich mal den bekannten § 24 des Wahlprogramms der NSDAP gelesen – den über ihr ‚positives Christentum': auch da entsteht sofort diese Schranke. Wartet", sagte ich:

„‚24. Wir fordern die Freiheit aller religiösen Bekenntnisse im Staate, soweit sie nicht dessen Bestand gefährden oder gegen das Sittlichkeits- und Moralgefühl der germanischen Rasse verstoßen. Die Partei als solche vertritt den Standpunkt eines positiven Christentums, ohne sich konfessionell an ein bestimmtes Bekenntnis zu binden. Sie bekämpft den jüdisch materialistischen Geist in und außer uns und ist überzeugt, dass eine dauernde Genesung unseres Volkes nur erfolgen kann von innen heraus auf der Grundlage

Gemeinnutz vor Eigennutz.

25. Zur Durchführung alles dessen fordern wir die Schaffung einer starken Zentralgewalt des Reiches …'"

…

„Hör auf! Das genügt. Hör auf!"

…

„Ich wollte nur sagen: was mein höchstpersönlicher Patenonkel Wilhelm mit 17 und 18 Jahren gelesen und aufgehoben hat – es ist als, wenn er seine ganze Epoche und ihre Geschichte in sich beherbergen wollte. Kaiser Maximilian in Mexiko, der Bruder des Habsburgers Franz Josef in Wien …“

„Wüstensohn?“, sagte MaPö. – „Aber, du hast recht, er hat alles in sich hereingesaugt, auch später, im Studium. Ein langer schlaksiger Bruder, kein Sportsmann, eher unsportlich, mit einem ganz offenen, aufmerksamen Blick, er trug früh eine Brille. Und er hatte eine Schlagseite hinüber zu ganz schwierigen Menschen. Und zwar besonders zu denen, die in Gefahr waren, sich das Leben zu nehmen oder die sich das Leben nahmen, wie unsre – –. Ich habe in seiner Bibliothek nachher eine ganze Abteilung medizinischer Literatur über den Selbstmord gefunden, auch den Selbstmord im Krieg. Und dann, später in Berlin, wurde es ganz anders: Kunstgeschichte. Er besaß eine ausgesuchte Literatur und die schönsten Bildbände. Das verband ihn mit unserer Schwester Herme.“

„Die beiden kauften um die Wette beim Antiquar“, sagte Schlossel, „es wurde eine enge Bilderfreundschaft daraus, sie saßen zusammen und zeigten einander, was sie Neues erworben hatten.“

„Niemand von uns hat sich auch so Sorgen um Wilhelm gemacht wie unsere Schwester Herme, seit sie mit ihm in der Dritten Welt dieses Krankenhaus vorhatte …“

„Und keiner von euch war so mit euren beiden Schwestern verbunden wie Wilhelm“, sagte Schlossel. „Sie waren doch sonst eher allein, Herme und Ruth. – Ist er wirklich nach dem Abitur gleich Soldat geworden? Mit 18? Meldete er sich nicht zuerst zum Arbeitsdienst?“

„Richtig“, sagte MaPö. „Er hat am Marine-Denkmal Laboe mitgebaut. Und dann gab ihm ein Freund den Rat: Geh zum Barras! Das wird dir nützen. So war es, vom Herbst 1934 an war er ein Jahr beim Militär, wurde dann ausgeschieden als ‚Gefreiter der Reserve‘ und begann in Kiel mit der Medizin.“

Spatz fragte: „Als er dann in seiner Kieler Studentenzeit immer wieder in Breklum auftauchte, 1937 und 1938, wieso habt ihr da nicht einmal gemerkt, dass er in Tante Elsa verliebt war? In deine Sekretärin, Vater? So etwas bleibt doch nicht verborgen."

„Bei uns wohl", sagte Schlossel. „Sie wohnte unterm Dach, er als Besuch im Brüderflur. Und sie verabredeten, als Heinz Silvester 1938 bei uns einzog, dass sie sich ein Jahr trennen wollten – wir haben schon erzählt, sie wollten einander nicht einmal schreiben: Es sollte eine Probe sein, ob sie füreinander bestimmt waren. Elsa war sich sicher."

„Hat er nicht ganz auf sich vertraut?", fragte unsre Schwester.

„Das war ja alles ganz im Hintergrund", sagte Schlossel, „auch davon wussten wir nichts. Wilhelm hatte Januar ‚39 sein Studium in Berlin fortgesetzt, kam im Herbst nach einer Reise zu uns als ein ziemlich junger Herr Doktor, und die beiden, Wilhelm und Elsa, feierten ihre Verlobung. Elsa war zuletzt in England gewesen und hatte gerade noch rechtzeitig vor Englands Kriegserklärung den Hamburger Hafen erreicht. Sie ließ sich in der Nachbarschaft im Bredstedter Krankenhaus als Schwesternhelferin ausbilden und nebenan, in der Praxis von Dr. Peter Mahler, arbeitete darauf einige Monate ihr Verlobter als Praktikant und, wie Peter Mahler oft sagte, ‚mein aufgeschlossenster Assistent'. Sie hatten eine ganz und gar glückliche Zeit.

Wilhelm war darauf wieder in Berlin, in diesem ersten Kriegsjahr, er sah sich um in der Stadt, wohnte, zusammen mit einem Studentenpastor, mit dem er sich sehr anfreundete, im Berliner Missionshaus und zögerte das Examen hinaus.

Sie schrieben einander ungezählte, lange Briefe. Wilhelm schreibt ihr am 21. Juli 1940 – Deutschland hat Paris besetzt –, indem er ihr heftig widerspricht; sie hat mir den Brief gezeigt und er ist bei uns liegen geblieben", sagte Schlossel. Sie las:

„‚Von einem ‚Friedensangebot' in der Führerrede kann natürlich keine Rede sein. Auf so allgemeine Redensarten kann England natürlich nicht eingehen. Und dann haben ja andere Völker auch so etwas wie eine nationale Ehre, von der wir immer so viel sprechen. Die Haltung Englands: ‚Verteidigung bis zum letzten' ist jedenfalls würdiger und ehrenvoller als ein schmachvoller Friede. Humanität u. all die Dinge die für einen Friedensschluss angeführt werden (von unserer Seite,) sind im Kriege natürlich lächerlich, genau so wie der ‚Appell an die Vernunft'. Diese angebliche ‚Vernunft' gibt es nämlich immer nur auf Seiten des Überlegenen. Ich sage das nicht, weil ich gerade an Dich schreibe, sondern weil ich es tatsächlich glaube.

Im übrigen ist es ganz gut, dass wir in politischen Dingen vielleicht doch nicht ganz einer Meinung sind, was nämlich das ‚Vertrauen zum Führer' angeht. Ich finde, diese ganze Zeit hat etwas Napoleonisches an sich. Gott bewahre uns vor einem ‚Feldzug nach Russland' und französischen ‚Befreiungskriegen'.

Interessant war an jener Rede, wie der Führer ganz besonders das Verdienst der Partei hervorhob. Auch im Radio wird immer wieder davon gesprochen: Die weltanschauliche Grundlage des deutschen Soldaten. Ist das eine dumme oder eine freche Lüge?

Aber im Grunde bewegt mich das alles gar nicht so sehr. Es ist ja ganz interessant, aber irgendwie stehe ich den Dingen fremd gegenüber. Zumal wir ja doch in politischen Dingen alle mehr oder weniger Schachfiguren geworden sind, die dahin geschoben werden, wo sie nach Meinung ‚maßgeblicher Stellen' notwendig sind. –

Im Fenster blüht Deine Blume u. vor mir liegt Dein Brief u. Deine ganze Liebe: dass diese Dinge erhalten bleiben, rein bleiben u. reif werden, dazu können wir etwas tun u. ich will alles dazu tun, hilf Du mir dabei, Du meine liebe Elsa.

In Liebe
Dein Wilhelm'

Er meldete sich nicht zum Examen", erzählte Schlossel, „ein Jahr lang nicht, obwohl es längst an der Zeit war. Onkel Wilhelm wurde 1941 25 Jahre alt. Da entschloss sich

Elsa, die Entwicklung in die Hand zu nehmen. Sie besuchte ihn, blieb ein paar Tage und das Ergebnis war, dass die beiden den Entschluss fassten, zu heiraten. Für den 22. Dezember wurde die Hochzeit in Altona anberaumt, die drei Brüder Dose richteten sie aus, ihr Vater Elektromeister Fiete, mit ihm sein Bruder Max, der mit Fischen handelte, und Karl, dessen Ressort Fleisch und Speck waren, alle steuerten etwas bei.

Sehr günstig damals", lachte sie.

„Erinnert ihr euch?", fragte MaPö, „Spatz und Wüstensohn?"

„Ja", sagte ich, „ich weiß, was du meinst. Aber unser Beitrag zu dem Fest war doch so naiv und – außerdem auch noch missglückt."

Die Geschwister amüsierten sich.

„Das müsst ihr jetzt erzählen", sagten sie. „Ihr habt damals in Hamburg doch das Paradies gesehen."

„Ihr wart noch so klein!", sagte Alex und zeigte es mit Daumen und Zeigefinger.

Ich begann:

„Wir erinnern uns genau. Es war ein großes Ereignis und unsere erste Weltreise. Ich ging damals schon zur Schule und Spatz noch nicht. Es war in der Vorweihnachtszeit und wohl schon ganz im Krieg? Mona bereitete die Hochzeit mit uns vor. Sie nähte uns spitze weiße Hüte, wohl auch einen weißen Kittel, und gab uns einen Topf mit praktischen Haushaltssachen: einen Kochlöffel, zum Beispiel, der war auf jeden Fall dabei. Die Gegenstände sollten wir überreichen; wir sollten vor der Hochzeitsgesellschaft auftreten und zusammen sprechen:

Wir sind die kleinen Nissen
und kommen, weil wir wissen,
dass heute Hochzeit ist.
Dann sollte einer von uns sagen:
Petersilie, Suppenkraut,
wächst in unserm Garten,
Tante Elsa ist die Braut,
will nicht länger warten.

Dazu sollte er etwas aus dem Topf ziehen; und dann sollte der andere – die Reihenfolge war wichtig und wir übten sie – den Kochlöffel aus dem Topf ziehen, ihn schleifenartig in der Luft bewegen und dazu sagen:

Lirum, larum, Löffelstiel
wer dies nicht kann
und das nicht kann,
der kann gewiss nicht viel.

Wir freuten uns auf die Hochzeit. Vater, du wolltest die Trauung halten. Ihr hattet auch für die ganze Hochzeitsgesellschaft ein Lied gedichtet, das nach der Melodie ‚Es braust ein Ruf wie Donnerhall' gesungen wurde. Wir sangen es abends in Breklum am Tisch, zur Einübung, mit lauter Stimme. Den Refrain ‚Lieb Vaterland, magst ruhig sein dichteten wir um in Lieb Vaterlein, magst ruhig sein, fest steht und treu die Wacht am Rhein'. Damit war Tante Elsas Vater gemeint, Vater Dose, ihm galt der Refrain.

Irgendwann ging es wirklich auf die Reise, in der Eisenbahn nach Hamburg. Ich sehe Vater seine Ansprache memorieren, während ich im Zug neben ihm saß, und weiß, wie ich über deine Schrift staunte. ‚Schlangenlinien', sagte ich, und Mona lachte. ‚Wir lernen bei Fräulein Hansen ganz andere Buchstaben.'

In Hamburg ging es in ein großes Hotel, wo das Fest sein sollte. Wir liefen treppauf und treppab. Es gab eine Waage, auf der man sich wiegen konnte. Spatz wog 52 Pfund und ich nur 48 Pfund, obwohl ich der ältere war und zur Schule ging. Ich war ein Spinkel. Wir bekamen unsere Festtagskleidung an, stromerten im Haus herum, und dann geschah das Schönste. Wir öffneten eine Tür und sahen hinein in einen großen Saal. So etwas hatten wir noch nie gesehen. Gegenüber standen auf einer Bühne Tannenbäume, die voll von silbernen Kugeln hingen. Es blitzte auch auf den weißen Tischen. Kristall hing an der Decke. Wir machten die Tür schnell wieder zu, ganz sicher durften wir da nicht hinein, und sagten zueinander: ‚So muss es im Himmel sein.'

Draußen saß Onkel Wilhelm im Vorraum und wartete auf Tante Elsa; die Abfahrt zur Kirche stand bevor. Onkel

Wilhelm hatte Magenschmerzen, die Frauen bestellten ein Brötchen für ihn, und er bekam auf einer Untertasse ein trockenes Brötchen.

Das Brautpaar fuhr in einer Kutsche zur Kirche, und Spatz und ich durften mitfahren. Wir stiegen zuerst ein und setzten uns gleich auf die beiden Plätze; Onkel Wilhelm und Tante Elsa ließen uns lachend aufstehen, sie wechselten die Ringe von der linken in die rechte Hand und gaben sich einen Kuss, und wir fuhren in der Pferdekutsche durch die Stadt. Haben wir Blumen gestreut in Altonas Osterkirche? Ich glaube nicht.

Aber nachher feierten wir in dem großen Saal, zu dem Spatz und ich die Tür geöffnet hatten. Es war der Festsaal. Ein großes Hufeisen von Tischen stand blitzend vor der Bühne mit den Tannenbäumen. Vater stand auf und führte das Lied ein ‚Es braust ein Ruf wie Donnerhall' und erklärte, warum wir den Refrain geändert hatten. Man sang. Ich erinnere mich an den großen Vater Dose.

Es gab eine Eisbombe zum Nachtisch. Eine Kapelle spielte, es wurde getanzt. Und dann kam unser Auftritt; Mona holte uns ab. Wir zogen die spitzen Hüte an, bekamen den Topf mit den Geschenken in die Hand, mussten die Bühne betreten und sahen uns dem großen Saal gegenüber. Es war ganz still, und wir hatten ziemliches Lampenfieber. Es fing ganz richtig an:

‚Wir sind die kleinen Nissen
und kommen, weil wir wissen,
dass heute Hochzeit ist'.

Aber dann geschah das Unglück. Ich griff nach dem Kochlöffel und sagte, mit einer schleifenartigen Handbewegung:

‚Lirum, larum, Löffelstiel,
wer –'

Da meldete sich Spatz.

‚Nein!', rief sie mit einer lang gedehnten Stimme. Sie meinte: ‚jetzt kommt doch ‚Petersilie, Suppenkraut …'

Ich wurde wütend und rief:

‚Du lügst!'

Der Saal lachte schallend. Ich wollte von der Bühne herunterlaufen, Mona kam mir entgegen und beredete mich, noch einmal anzufangen und es zu Ende zu bringen.

Wir brachten es zu Ende und wurden sehr beklatscht."

„Besonders die Stelle mit „Du lügst" hatte gefallen. Sie haben alle geglaubt, es gehörte zum Spiel dazu", sagte Mona.

„Nachher saßen wir sehr müde am Tisch, während die Musik spielte.

Zu Hause haben wir lange von dieser Hochzeit gesprochen. Ich wurde mit dem ‚Du Lügst' geneckt. Aber das Schönste war, dass wir einmal die Tür zum Paradies ein kleines Stück weit aufgemacht hatten."

„Du saßt ganz klein in der Matrosenbluse zur Rechten von Tante Elsa, der weißen Braut unterm Kranz und Schleier", sagte Mona, „und Spatz zur Linken von dem dunkelgekleideten Onkel Wilhelm, auch sie ganz weiß mit einem solchen Schmetterling im Haar.

Vierzig Leute, und nur einer der Musiker kam in Uniform an diesem Abend."

„Und eure Brüder, Heinz und Erk?"

„Bekamen beide keinen Urlaub", sagte MaPö. „Sie waren im Feld, wie wir sagten, im Osten. Und in einer Pause gab es große Erregung. Ein Extrablatt wurde auch zu uns reingereicht: Brauchitsch war abgesetzt als Oberbefehlshaber. Man stand schon in Russland.

DER FÜHRER ÜBERNIMMT DEN OBERBEFEHL ÜBER DIE WEHRMACHT."

Schlossel seufzte. „Wir haben ein so reizendes Foto von Elsa und Wilhelm aus dieser Zeit, die beiden Köpfe, nah aneinander, sie mit den Grübchen sieht mit halb gesenkten Lidern lächelnd zu ihm hinüber, erwartungsvoll und so, als verstehe sie ihn in diesem Augenblick ganz, und er hat sein weiches, aufsteigendes Gesicht mit den frühen Geheimratsecken und den weit aufgespannten Ohren freundlich auf Daumen und Zeigefinger gestützt. Er sieht durch die randlose Brille in eine ferne Richtung, verschmitzt, als sei ihm grade etwas Lustiges eingefallen.

Bald darauf waren sie wieder getrennt. Wilhelm musste zurück in die Arbeit am Berliner Krankenhaus, Elsa blieb in Kiel und arbeitete als Korrespondentin in der Firma Hagenuk, kehrte zurück in ihren vormaligen Beruf. Wilhelm hat in Berlin zuerst von ihr die Schicksalsschläge erfahren, die bald eintraten.

15. I. 42, Kiel, 1/2 9 abends.

Mein Herz! Geliebter!

Eben ging die Sirene – wir sollten eigentlich in den Keller – Mutter steht angezogen an der Tür und hat keine Ruhe, ihren Brief an Erk zu Ende zu schreiben. Aber unten ist es so kalt – gestern saßen wir bis halb vier –

19. I. 42

Deine Mutter will noch einmal nachsehen in Ruths Papieren, heute, an ihrem Todestag. Sie war in diesen Tagen oft sehr traurig: Wir sind mit ihrem Kranz und roten Tulpen von uns beiden am schneebedeckten Grab gewesen.

An diesem Abend, das einzige Mal, hat Goldschnutel von eurer jüngeren Schwester gesprochen.

Ruth ist als Kind oft krank gewesen, habe ich gehört, musste die Schule vorzeitig aufgeben und wurde deshalb technische Assistentin in einem Röntgenlabor. Sie hat bei Fliegeralarm trotz des Protestes Eurer Mutter und von Blockwart Fabel auf ihrer Etage nie ihr Zimmer unterm Dach verlassen, sondern blieb oben und schlief ruhig.

‚Sie hatte etwas Feines', sagte Goldschnutel. ‚Wenn die anderen sie ärgerten und sie dann nach draußen gegangen war, sagte Opa manchmal: ‚Ihr dürft sie nicht ärgern, sie lebt nicht lange.' Sie hat in deinem Zimmer gewohnt und viel gelesen und auf ihrer Geige geübt. Manchmal fühlte sie sich furchtbar traurig – ohne besonderen Grund. Wenn sie ins Theater ging, wollte sie alleine gehen – sie mochte nicht mit einem anderen zusammen ein Stück ansehen oder ein Konzert hören. Sie war nie auf jemanden böse. Als sie fünfzehn war, fingen ihre Kopfschmerzen an, und wir mussten sie von der Schule nehmen. Damals war ihr

Vetter Alfred oft bei uns, du weißt, der seit seinem letzten Schuljahr in Bethel ist. Die beiden haben sich gut verstanden und mit ihm zusammen ist Ruth auch ins Konzert gegangen. Er war zwei Jahre älter als sie und sah gut aus, noch gar nicht aus der Façon wie heute. Ruth wollte es nicht wahrhaben, als seine Krankheit anfing. ‚Er ist nicht krank', sagte sie, ‚ihr wisst ja gar nicht, wie gut man mit ihm sprechen kann."

Goldschnutel sagte: ‚Wenn sie gewusst hätte, was sie mir damit antun würde, hätte sie es nie getan. Manchmal glaube ich, sie hat schon vorher einmal Tabletten genommen. Ich hörte sie einmal nachts auf dem Korridor. Da stand sie im Nachthemd und sah mich mit ihren großen schwarzen Augen an. Sie war nicht ganz klar und sagte mit tiefer Stimme: ‚Ich muss sterben, ich muss sterben.' Wir waren, ehe sie es tat, an der Nordsee zusammen in Ferien. Sie wollte nach Hause vorausfahren. Den letzten Abend waren wir noch sehr fröhlich zusammen mit den Breklumern. Wir sprachen im Scherz von ihrer Verlobung. Sie dachte aus der Ferne an einen jungen Laboranten – mehr war es nicht. Aber sie war beinahe lustig. Ich brachte sie zur Bahn. Als Tante Herme sie zwei Tage später besuchen wollte, war ihr Zimmer verschlossen und musste aufgebrochen werden.'

Goldschnutel erhob sich. Sie ging schaukelnd zum Eckschrank und nahm den braunen Kasten heraus, in dem sie alles Wichtigste aufgehoben hat. Das Gedicht ‚Der Himmel deckt den, der kein Grabmal hat.' Hier ist auch die Ansprache, die euer Pastor Hansen nach Ruths Tod gehalten hat. Goldschnutel liest sie immer wieder. ‚Unser Ältester ist in solchen Fällen unser Trost. Und Pastor Hansen. Er sagte damals: ‚Ruth war ein Mensch, der sehr viel Liebe hatte und ebenso viel Liebe brauchte!' Das ist wahr. Hermes erstes Wort war ‚Kann 'leine.' Sie wollte sich, nachdem sie es einmal gelernt hatte, nicht beim Zuschnüren der Schuhe helfen lassen und plagte sich lieber lange damit. Sie hat es nicht leicht gehabt, aber sie hat es alleine gekonnt. Ruth war ganz anders. Als sie zuletzt im Labor arbeitete, sagte sie immer: ‚Du holst mich doch ab?' Ich bin immer hingegangen. Sie hatte so eine gewisse Angst in sich. Komisch. Wovor, weiß ich nicht.'

Manchmal erzählt sie lustige Geschichten. Deine Mutter wiederholt sich, aber das tut nichts. Goldschnutel kann erzählen."

Spatz seufzte: „Es wird ein bisschen viel. Können wir nicht morgen weiterhören?"

„Ich habe grade dasselbe gedacht", sagte MaPö.

Wir saßen noch eine Stunde zusammen, ohne ein Wort über das heute Besprochene zu verlieren.

Der Abend danach begann in ausgelassener Stimmung. Spatz und ich wurden auf den Arm genommen. Unsere Aufführung im Paradies.

Schließlich räusperte MaPö sich.

„Jetzt wird es zunächst auch in Berlin nicht mal zur Hälfte lustig", sagte er.

„Eines Tages rief Herme aus Kiel an. ‚Du musst sofort kommen, Wilhelm ist da, er will kein Examen machen.' Ich fuhr hin, er stand am Ofen, seinem Lieblingsplatz, und trug die Theorie vor, dass er kein Examen nötig habe. ‚Was soll das!' sagte er. ‚Ich weiß genug. Ich bin demnächst ‚draußen', nicht in dem ‚Draußen', das ihr in Breklum so nennt, nicht in Indien, sondern im Krieg.'

‚Aber Elsa lässt sich doch als Krankenschwester ausbilden, weil sie danach mit dir hinauswill.'

Er schüttelte den Kopf und fuhr zurück nach Berlin. Sie besuchte ihn wieder, er ließ sich nicht umstimmen: ‚Ein Examen sagt doch nichts, ich bin längst in allem mittendrin, arbeite als Arzt. Was soll das jetzt – ist doch reiner Quatsch mit Soße.'

Wir hatten die Adresse von Professor Dr. Kinkel, einer Kapazität in Berlin, und bekannt in unserem engeren Kreis. Ein Psychotherapeut", sagte MaPö. „Ich rief Wilhelm an: ‚Geht auf jeden Fall einmal zu dem Mann –.' Elsa war bei ihm geblieben.

Wilhelm meldete sich bei ihm an, aber als er ankam, sagte die Frau Vorzimmerdame: ‚Herr Professor ist nicht da. Gehen Sie heute bitte zu Herrn Professor Stier, der vertritt ihn.‘

Inzwischen hörten wir – Kinkel war geflohen, auf und davon.

Professor Stier empfing Wilhelm, Elsa saß im Vorzimmer und hat uns das Drama nachher erzählt.

Professor Stier hat wie ein Stier gebrüllt: ‚Was?! Sie beben hier vor dem Examen, während Deutschland in Gefahr ist? Alle Männer versammeln sich an der Front, und Sie schlottern hier vor einer lächerlichen Prüfung? Ein Feigling sind Sie! Ein Verräter am Vaterland! Hören Sie mal! Mit Ihnen sollte man ganz anders verfahren!‘ Professor Stiers Stimme wurde ganz hoch und lieblich: ‚Sie von Komplexen Gequälter möchten sich lieber nicht durch ein Examen inkommodieren lassen? – Ich schäme mich für Sie!‘, rief er.

‚Heil Hitler!‘, brüllte Wilhelm zurück, stürmte heraus aus dem Zimmer und sagte zu Elsa:

‚So! Jetzt gehen wir direkt zur Universität und ich melde mich zum Examen.‘

Elsa ist dann in Berlin geblieben, fragte ihn ab und paukte ihm ein, und nach ein paar Wochen war alles vorbei. Er bestand.

Am 1. Mai erhielt er eine aufregende Zeile aus Kiel: ‚Ob der nächste 1. Mai ein Feiertag für ‚uns drei‘ wird?‘

Die Briefe allein sind ein Paket, ein Roman.

17. Juni. Schreiben vom OKW (Oberkommando der Wehrmacht). Sie sind nicht zufrieden mit dem Nachweis meiner arischen Abstammung – mütterlicherseits …

22. Juni

Weißt Du auch, was heute ist? Unser halbjähriger Hochzeitstag! … und der 1. Jahrestag des Unternehmens Barbarossa, der Kriegserklärung Deutschlands an Rußland.

Der Sommer und Herbst bringt keine Veränderung, sie leben eine Briefehe wie die meisten jüngeren Paare der Zeit, er rechnet, vom Krankenhaus aus, auf seinen Einsatz, liest. Besucht ein Berliner Ehepaar, das vor Lachen birst, als es davon hört, dass sein ältester Bruder Vater von neun Kindern sei, und das ihm von einem Paar erzählt, welches nur einen Tag verheiratet war.

Hört einen Vortrag zur Kunstgeschichte des Oberrheins, der ihn in eine von der Gegenwart unendliche ferne Welt entführt.

Erlebt, wie sein Bruder Heinz, 20 Jahre jung und wie über Nacht ein verantwortungsvoll ernster Mann geworden, bevor er seinen ersten Einsatz als Sturzkampfflieger an der Front vor Leningrad erleben wird, hier als Offiziersanwärter in Berlin noch einen weltanschaulichen und technischen Schulungskurs aufsaugt und ihn ein Händedruck des Führers elektrisiert.

Heinz mag die Witze nicht, die seinem Bruder das Leben in der Hauptstadt erträglich machen. Ihm ist sein Bruder unheimlich geworden. Er tippt sich nur an die Stirn.

Das Sonderbarste: In Wilhelms Gedanken an den Kleinen, dessen Geburt für den 3. Januar 1942 vorausgesagt ist, nisten sich die ‚Akten des Vogelsangs' ein, drängt sich die unmöglichste und auch wieder realitätsträchtigste Figur, die Wilhelm Raabe nach 1870/71, dem Beginn des Zweiten Deutschen Reichs und seiner Gründerzeit erfunden hat: Velten Andres, der Gymnasialschüler einer kleinen Provinzstadt. Wenn Elsas und sein Kind ein Junge wird, soll er Velten heißen. Merkt Wilhelm gar nicht, dass er das Spiegelbild seiner Unfähigkeit, Fuß zu fassen in der veränderten Welt, ihrer krassen Unwohnlichkeit, hier seinem Sohn aufbürdet? –

Den Roman erzählt ein von diesem Velten zutiefst faszinierter und beunruhigter Mitschüler, der brave Sohn seiner normalen Eltern, ein Vorgänger von Thomas Manns Erzähler ‚Serenus Zeitblom' in seinem Roman ‚Dr. Faustus'. Raabe lässt seinen Karl Krumhardt erleben, wie seinem so anders gearteten ungewöhnlichen Freund das Dach überm Kopf löchrig wird, brüchig, und davonfliegt.

‚Velten soll er heißen, der Neuankömmling. Velten Andres und nicht anders.'

Es ist eindrucksvoll: Wilhelm entwickelt in seiner Beschäftigung mit dem bieder anständigen zeitgemäßen Krumhardt und dessen sensiblem tiefer blickenden Lebensfreund und Opfer einer desolaten Weltzeit Velten Andres ein zusammengehöriges Gegenüber, das nicht weniger aufschlussreich ist als Thomas Manns berühmte Gegenperspektive von Serenus Zeitblom und Adrian Lewerkühn in dessen ‚Faustus' als einem Spiegel der NS-Zeit.

Ist Wilhelm auf dem Weg zum Schriftsteller? Er hält die ‚Akten des Vogelsangs' für ein Selbstbild Raabes und noch mehr für einen Spiegel der Gründerzeit.

Meine Elsa! Berlin, 12. Nov. 42

Es ist schon so, wie Du sagst: Velten Andres ist ein Stück von Karl Krumhardt, ein Stück Bürger, d. h. das Ganze ist ganz, ganz feine Biographie. Wer solche Bücher schreibt, braucht u. kann vielleicht auch gar kein Tagebuch führen.

– Wenn man sich einmal in die Lage des Dichters versenkt: Velten Andres – sein anderes Ich. Sein wirkliches Ich, Karl Krumhardt, ist vollkommen eingeschlossen u. gesichert durch den ‚Rahmen' der Welt: Oberregierungsrat, Familie, Frau u. Kinder. Alles ist klar – scheinbar; denn daneben lebt sein alter Ego – sein AndersIch – ein ganz anderes Leben. Unstet jagt es durch die Welt, verliert schliesslich auch die letzte Zuflucht – die Mutter. (Das ist wohl etwas Analoges zu den ‚Müttern' des Faust). Nichts Eigenes hat er mehr, will er auch nicht haben u. doch ist er getrieben von einer grossen Sehnsucht, etwas zu besitzen, etwas ganz sein Eigen zu nennen. Und das ist das Versöhnliche an dem Allen, dass diese Sehnsucht doch eine gewisse Erfüllung findet in der letzten Stunde. So ist das letzte doch nicht die Verzweiflung.

Was für ungeheure Abgründe zeigt er uns im Menschen – in uns selbst! Was sollen wir nun tun? Ein Leben der Resignation führen wie Karl Krumhardt oder den Mut haben zum anderen Ich? Vielleicht ist es auch genug, wenn wir ‚den anderen' nicht verleugnen, sondern ihn sein Leben führen lassen, denn erst dann, wenn wir das tun, ihn verleugnen, werden wir zum Spiessbürger im gemeinsten Sinne – zum halben Menschen. Vielleicht aber ist auch eine Vereinigung dieser beiden Persönlichkeiten möglich – vielleicht.

Ich danke Dir von Herzen für dieses Buch, denn du hast es mir ja gegeben. Zusammen wollen wir ihn immer mehr kennen lernen u. damit auch uns selbst u. keine Angst haben vor Velten Andres, sondern versuchen ihn mitaufzunehmen u. seine Sehnsucht stille werden zu lassen.

In Deiner Liebe
Dein Wilhelm

Berlin 18. Nov. 42

Hier im Hause fragt mich jetzt jeder schon, ob ich immer noch hier sei, so dass es einem allmählich peinlich wird, u. ich mich beinahe immer entschuldigen muss.

Für Freitag habe ich für Frl. M. u. mich 2 Karten im Horst-Wessel-Theater besorgt (Florian Geyer v. Hauptmann).

Am Montag, als ich wieder allein hier war, las ich den Text, den ich Sonntagabend unterschlagen hatte. „– u. Gott wird abwischen alle ihre Tränen." Hat er das nicht wirklich getan in der Nacht! Hab Dank – Du liebe – dass Du bei mir warst! Manchmal überkommt es mich so – mit Gewalt, wenn ich bei Dir bin – als ob alles Lüge wäre u. ich vor Dir stünde als ein ganz grosser Schuft, als ob alle Gefühle nur erheuchelt wären u. in Wirklichkeit nichts da wäre als eine grosse, grosse Leere. Und doch bist du es doch, die diese grosse Leere ausgefüllt hat! u. Du weisst, dass ich Dich wirklich lieb habe; aber so komisch es klingt – vielleicht kannst Du es doch verstehen – das andere ist genau so wirklich. Ganz glücklich u. ein ganzer Mensch kann ich nur dann sein, wenn ich bei Dir bin.

In Deiner Liebe
Dein Wilhelm.

Wer in diesem Krieg fällt, das wird uns wohl ewig unerfindlich bleiben; aber ich glaube, dass nur die fallen, die bis zu einem gewissen Grade ihr Leben vollendet haben u. sei es im positiven oder negativen Sinne. Darum meine ich immer, dass ich wiederkehren werde, denn irgendwie bin ich doch noch ganz unvollendet.

Jetzt noch mal anfangen zu studieren, ob gerade Medizin? Na ja, erstmal ist ja Krieg u. dann ist nochmal Krieg und dann nochmal ... Ich fürchte, irgendwie geht dieser Krieg – jedenfalls für uns – immer weiter.

Etwas traurig wirken all die Krüppel, die hier rumlaufen. Jeder trägt natürlich sein Verwundetenabzeichen mit am Zivilrock, damit jeder gleich sieht ... Diese ganze Apotheose der Soldaten heute wird mir immer widerlicher. Was ist das alles denn anderes als primitivster Selbsterhaltungstrieb?? –

Gespräch mit Heiligendorff über die „Lage“. Es kommt nichts Erfreuliches dabei heraus. Tröstlich, dass unser Leben nicht durch den Krieg seinen Sinn erhält. An sich wäre das ja auch schrecklich. Denn auch „im besten Falle“, wofür kämpfen wir denn. Manchmal kann einem das wirklich etwas fragwürdig werden.

8. Dez. 42

Als wir uns hier, neben der Stehlampe in den beiden Sesseln gegenübersaßen und gepaukt wurde, das war doch eigentlich unsere schönste gemeinsame Zeit bisher.

9. Dez. 42

Ich habe für zwei Kinder im Haus eine Puppenstube gebaut.

Amüsier mich immer über das viele Gerede mit den Kindern. Meine Erziehung wird mehr oder weniger wortlos sein, das weiss ich jetzt schon, u. ich glaube, gerade kleine Kinder sind in dem Punkt viel empfindlicher als Erwachsene, weil sie noch nicht ein so dickes Fell haben.

II. Advent 42

Margot Weinhandl, die Frau des Kieler Philosophen, schreibt etwas, das ganz zu der Stimmung passt, in der ich gerade an Erk geschrieben hab, meine

Geliebte Elsa:

Der weise Arzt u. Denker Frh. v. Feuchtersleben schrieb vor 100 Jahren in seiner ‚Diätetik der Seele‘: „Wie im Auge des Menschen ein Punkt ist, der nicht sieht (der sog. blinde Fleck), so ist in seiner Seele ein dunkler Punkt, der den Keim zu allem in sich schliesst, was uns von innen heraus untergraben will. Es kommt alles darauf an, diesen Punkt in sich durch Klarheit, Frohsinn u. Sittlichkeit zu beschränken, – dass er, solange wir leben, unsichtbar bleibe. Wird ihm Raum gegeben, so breitet er sich weiter aus, ein Schatten wirft sich über die Seele, u. die Nacht des Wahnsinns bricht endlich über uns Unglückliche herein.

Ebenso gibt es auch in der Seele einen lichten Punkt, ein tiefstes, innigstes Plätzchen der Stille, der Helle, wohin kein Sturm und keine nächtliche Gewalt zu dringen vermögen. Wir können und sollen uns dahin flüchten, darin heimisch sein; es retten, bewahren, – es auszubreiten suchen.

Dieses ‚Plätzchen in der Seele‘ bist Du

Gute Nacht – Du liebe!

17. Dez. 42

Jetzt im Res. Laz. 134, Christbürgerstraße 134 (merkwürdiger Name, nicht?). Werde wohl Station bekommen. Weiß verdammt wenig.

Ein Kollege nach Russland einberufen. Dauerhaft Dienst. 240 Mann auf der Inneren. Ein Blinddarm verlegt. Gelbsucht. Lungengeschichten. Ob ich Nachtruhe haben werde?

19. Dez. 42

Meine Elsa – liebe Frau!

Es ist schwer oder nicht ganz leicht, so einen Brief zu schreiben, denn ich habe es noch nie getan. Nun hat Gott es uns also geschenkt, dass wir eine Familie sein dürfen. Jetzt haben wir zusammen einen neuen Geburtstag – einen gemeinsamen – den 18. Dezember. Es ist mir noch nicht so ganz klar u. wird es wohl auch nicht sein, dass wir nun zu dritt sein sollen, ehe ich nicht den kleinen Velten – unseren Jungen – gesehen habe.

Wilhelm hat ein Telegramm erhalten, sitzt und schreibt, während er auf einen Anruf aus Kiel wartet, einen sechs Seiten langen Brief, in dem er seine Überraschung, seine Freude, seine ersten praktischen Überlegungen niederschreibt und hofft, dass der Kleine nicht allzu böse sein wird über seinen Namen, der fünfmal in dem Brief erscheint.

Dann bricht er ab mit einem dicken, halbrund schrägen Querstrich.

Dazwischen liegt die Nachricht von Heinz.
Unser lieber Bruder –!
In Liebe ist bei Dir
u. bei unserer lieben Mutter
Dein Wilhelm

Berlin 21. Dez. 42

Meine liebe Frau!

Einen anderen Klang hat dieses Wort jetzt bekommen – Mutter – Mutter unseres Velten. Ich liebe ihn schon sehr – alleine wegen seines Namens!

22. Dez.

unser Hochzeitstag! Meine Elsa! – immer warst Du bei mir. Und jetzt bin ich bei Dir – immer – durch unseren lieben Jungen, übermorgen werde ich ihn nun sehen u. an seinem Bettchen stehen, so wie einst die Hirten an der Krippe standen.

Ich freue mich sehr darauf!

Oft denke ich an unsere arme Mutter, wie sie wohl in unserer Wohnung umherirrt. Wie ihr hier u. da etwas von

Heinz in die Hände fällt, u. wie sie dann immer wieder zu seinem Bild in der grossen Stube zurückkehrt. Ebensowenig wie wir ihr Ruth ersetzen können, werden wir es mit Heinz tun können. Das ist ja das eigentlich Trostlose an dem allen. Das einzige, was wir können, ist traurig sein mit ihr.

Ich hätte unserem Bruder wohl gern ein längeres Fliegerleben gegönnt, gerade weil er so mit seinem ganzen Herzen dabei war, aber ... wer weiß, was ihm alles erspart geblieben ist! Ich glaube, dieser Krieg nimmt kein gutes Ende, u. gerade für die, die um dieses gute Ende mit ihrer ganzen Kraft gekämpft haben, ist es dann besonders schwer, sich in einer Nachkriegszeit zurecht zu finden.

Gleich ist es Zeit zur Visite ...

Berlin, 27. Dez. 42

Wilhelm ist in Kiel gewesen, bei Elsa und dem Kind, Goldschnutel und Schwester Herme – hat eine Kerze angezündet. Kein Wort liest man darüber, dass er den Namen Velten sofort hat fallen lassen, aufgab. Das Kind heißt wie der Junge, den Selma Lagerlöf auf dem Rücken einer Gans durch die Welt ziehen lässt.

War es so, dass ‚Velten' von selbst abfiel, als Wilhelm das Kind im Arm hielt und ihm einen Kuss auf die Stirn drückte? Dass er kein Recht hatte, ihm seine Seele aufzubürden?

Wilhelm selbst behält sein Doppelgesicht in vollem Umfang. Er schreibt:

‚Es heisst doch immer: der Tod wäre das einzige Wirkliche auf dieser Welt. Ich finde gerade das Gegenteil: es gibt nichts Unwirklicheres als den Tod. Ist es nicht, als ob durch das Tor eines Lieben in uns ein Licht angezündet würde, das nun brennt mit verzehrender Kraft u. sein Bild immer heller u. heller werden lässt? Geht es Dir nicht auch manchmal so, dass ganz plötzlich etwas in einem aufsteigt u. man am liebsten laut aufweinen möchte? Mors Ianua vitae est. Der Tod ist die Pforte, die Tür und das Tor zum Leben. Als ob wir beim Tod eines geliebten Menschen einen

Blick durch eine offene Tür tun durften, durch die wir das ‚wirkliche Leben' sehen; dann kann einen wohl eine grosse Sehnsucht ankommen, auch ‚dorthin' zu gelangen. Aber dann ruft uns das junge Leben. Gott sei Dank, der uns in dieser Stunde unseren kleinen Nils Holger geschenkt hat.

Einen Kuss für den
kleinen Süssen
In Deiner Liebe Dein Wilhelm.

Er erfährt von Elsas Blutungen in diesen Tagen, ist voller Sorge:

Der Süsse nimmt sich wohl, was er braucht?! Rücksichtslos, diese Kleinen. Das Schönste an ihnen ist eigentlich, dass sie nichts wissen, aber auch gar nichts.

Alles, was mich bewegt, wenn ich an die letzte Stunde dieses Jahres denke, muss ich bei mir behalten; aber du weisst es und fühlst es, was das für Gedanken sind, die mich in Dankbarkeit Dir und unserem kleinen Nils Holger vereinen.

In Deine Liebe – auch im kommenden Jahr
Dein Wilhelm

„Wilhelm bekam Urlaub, als Nils Holger geboren war", sagte Schlossel. „Ich habe sie damals in Kiel besucht. Sie sind alle drei nie so schön gewesen wie da. Wilhelm so glücklich und Elsa, das wussten wir noch nicht, nein das wussten wir noch gar nicht, dass sie krank war. Elsa lag da mit ihren roten Fieberbacken und ihren blanken Augen, und Nils Holger ein so süßes Baby und Wilhelm so glücklich."

1943

Ein schweres Jahr hat begonnen. Sechs Wochen nach der Geburt des Sohns wird bei der Mutter eine gefährliche Lungentuberkulose festgestellt. Sie bedeutet ein Jahr Trennung von dem kleinen Sohn und von den geliebten Verwandten.

Diese Krankheit ist in jener Zeit oft nicht heilbar und ansteckend. Der kleine Holger muss geschützt werden; er hat alle nur mögliche Fürsorge von seiner Großmutter und der Tante Herme in Kiel und kommt dann, der Luftangriffe wegen, mit seiner Ersatzmutter nach Breklum. Goldschnutel bezieht eine Kammer unterm Dach.

Elsa ist im Süden Deutschlands an verschiedenen Orten, zuletzt in Todtmoos (Schwarzwald), wo sie, nach Monaten der Ruhe und Pflege, Anfang Dezember aufbricht, ohne schon ganz geheilt zu sein – voll übermächtiger Sehnsucht.

Am 18. Dezember 1943 gibt es in MaPös Studierzimmer ein wunderbares Treffen, die Kinder, die vorher gegenüber dem Bahndamm den Zug mit Elsa und Holger erwartet und ihm zugewinkt haben – 19 Personen sind beisammen, der Kleine sitzt auf dem Schoß seiner Mutter, und wenn sie ein Stück Torte oder Apfelkuchen gegessen hat, sieht er sie schmunzelnd an und sagt ‚Auch'.

Ein furchtbares Drama war vorausgegangen. Goldschnutel hatte den Kleinen vor Elsas Ankunft nach Kiel gebracht, wohl, um ihn vor einer Ansteckungsgefahr zu schützen – auch wohl, weil der Goldjunge in diesem Jahr, in dem ihre beiden Jüngsten, Ruth und Heinz, ihre schmerzlichste Lücke hinterlassen hatten, ihr und Hermes strahlender Mittelpunkt geworden war.

Nun aber, bei Elsas Ankunft in ebendiesen Tagen, wurde Kiel harten Luftangriffen ausgesetzt – in der Nachbarstraße hatte Freundin Petersen Totalschaden erlitten, und, im Keller überlebt, hatte sie sich auf den Weg nach Breklum gemacht, Hals über Kopf. Wie es in der Hansastraße 8 ging, wusste sie nicht.

Elsa versuchte sofort, die Kieler zu erreichen, ohne Erfolg, reiste kurz entschlossen nach Kiel und erlebte eine erbitterte Auseinandersetzung, erschien als ‚Räuberin'.

Sie hat ihrem Mann, tief unglücklich, in drei Briefen davon berichtet.

– ‚Ich habe nur eine große Bitte, schreibe nur an mich darüber', beschwor ihn Elsa.

Wilhelm erreichten Elsas Briefe jetzt in Russland. Er war nach dem Stalingraddesaster vom Frühjahr und Sommer 1943 – am 15. September – an die Ostfront beordert und dort in der ‚Panzerdivision Großdeutschland' eingesetzt worden. Sein Feld wurden da die ‚Feldlazarette'.

Elsa hatte sich entschuldigt: Es sei doch Unvernunft gewesen, ihm dorthin dergleichen zu schreiben, aber ihre Sorge sei doch der Liebling im bombardierten Kiel gewesen.

Wilhelm antwortet behutsam. Er beginnt den dunklen Punkt in seiner Seele, der die Neigung hat, alles zu untergraben, von nun an zu verbannen und ganz einzukapseln. Er schreibt seiner Mutter, als wisse er von nichts, in harmlosen Worten, wie vernünftig es war, den Kleinen aus Kiel nach Breklum zu holen, da wäre doch auch sie selbst weit sicherer. Ihm gehe es gut, und vermutlich auch Bruder Erk vor Leningrad. ‚Du darfst dir nicht um Erk Sorgen machen', schreibt er. ‚Seit er bei der Artillerie ist, steht er damit von der nahen, gefahrvollen Front am weitesten entfernt, in der vierten Reihe.'

Er selbst ist, wie erwähnt, zur ‚Panzerdivision Großdeutschland' eingezogen worden. Das war eine ‚Feuerwehr', die an Brennpunkten zum Einsatz kam. Sie galt als Elitetruppe und wurde vorgezogen, geschont, hatte an der Front den Vortritt, was Wilhelm oftmals peinlich war, wie MaPö sich erinnerte. Die Truppe legte Wert darauf, zur Wehrmacht zu gehören, keine SS zu sein. Ihr Elitezeichen: ein weißer Ärmelstreifen, 12 Zentimeter über dem Ärmelansatz, auf dem in schwarzer fetter Antiqua *Großdeutschland* stand; das Zeichen trugen sie auf dem rechten Ärmel, nicht auf dem linken. Es waren Panzerkolonnen, hinter einem langen Feuerrohr saß gelegentlich ein Truppenführer, die Sturmpistole in der Hand, ihr Platz waren die Gefahrenzonen.

Es konnte keine Idylle sein, in die es Wilhelm da verschlagen hatte, der russische Winter 1943/44 tat das Seine. Die Fußtruppe kam nur auf Pferden durch, von denen sie auf Schnee und überfrorenem Schlamm vorangestolpert wurden. Wilhelm aber schrieb: ‚Besser als ich kann's keiner haben.' Für ihn sei die Post ein Fest, er sendet Geburtstagsgrüße und Glückwünsche, schickte Bollus ein kleines Stück bräunlicher Seife zum Geburtstag, das der wie einen Talisman lange bei sich bewahrte. Er spricht zu MaPö von ihrer so schwer trauernden Mutter und der Stille, in die ‚unser Vater' den Verlust von Ruth und Heinz verwandelt haben würde. ‚Die Russen schicken Kinder in den Krieg', schreibt er. ‚Morgens finden wir sie erfroren auf ihrem Wachtposten, 15 oder 16 Jahre jung. Unser Kompagnieführer ist ein Nachtrabe.' Er entbehre den Gottesdienst. Was er erzählt, klingt gelassen und beruhigend. Über sein Innenleben, das er, zumindest zeitweise, mit Elsa so offen geteilt hat, fällt kein Wort. Es klingt ähnlich dem Rahmen, dem er sich ihr gegenüber seit Berlin verschworen hat:

‚In deiner Liebe' –"

Anfang Mai 1944 bekommt er Urlaub. Sie sind inzwischen südwärts nach Rumänien verdrängt. Elsa hat im winterlichen Todtmoos neue Kraft gesammelt, scheint zu gesunden, er hat 14 Tage Zeit und sie verbringen dort zehn glückliche Tage mit sich allein. Dann geht es nordwärts.

Zuletzt kamen sie nach Breklum. Es wurde, wie immer, wenn MaPö dabei war, ein Fest. Auch wir kleinen Leute wurden gewahr, welcher Besuch diese Tage waren; auf dem weißen Ärmelstreifen bestaunten wir Jungen die schwarze Inschrift „Großdeutschland", lasen sie mit lauter Bewunderung, wozu unser Onkel die Stirn krauste und kopfschüttelnd sagte: „Wisst ihr …" Wir wussten nicht.

Nach dem Essen kam er spät zu uns ins Kinderschlafzimmer hinunter, in einer einfachen Jacke, wir lagen schon im Bett, und erzählte das Märchen „Der treue Johannes".

Als ich es kürzlich wie zum ersten Mal las, rauschte der Wortlaut durch alle Adern: Ein alter König liegt auf seinem Totenbett und ruft seinen liebsten Diener, den lebenslang Getreuen. Dann steht da: „Als er nun vor das Bett kam, sprach der König zu ihm, getreuester Johannes, ich fühle, dass mein Ende herannaht, und da habe ich keine andere

Sorge als meinen Sohn: er ist noch in jungen Jahren, wo er sich nicht zu raten weiß, und wenn du mir nicht versprichst, ihn zu unterrichten in allem, was er wissen muss, und sein Pflegevater zu sein, so kann ich meine Augen nicht in Ruhe schließen."

Der treue Johannes tut es, beschwört es bei seinem Leben, und bezahlt diese Treue damit, dass er als Verteidiger des Sohns stufenweise zu Stein erstarrt, zu einer leblosen Steinfigur wird – – – die sich aber wieder zurückentwickelt und wieder ins Leben zurückkehrt, als darauf der Sohn diese Treue mit entsprechendem waghalsigen Einsatz erwidert. Verstanden wir, woran unser Onkel dachte? Sicher nicht! Wir erinnern uns an den treuen Johannes.

Das Märchen, das er uns an den beiden Abenden erzählte, lässt ahnen, was in ihm im Blick auf die Zukunft vorging. War er überhaupt allein gekommen bei dieser Gelegenheit? Ich habe nur ihn in Erinnerung. Er kehrte am dritten Tag zurück zu seinem ‚Hauptverbandplatz' vor der rumänischen Stadt Jassi. Und er fällt auch hier und jetzt nicht mehr aus seinem Rahmen in den so zahlreichen Briefen, obwohl die Lage brenzlig, vielleicht sogar aussichtslos geworden ist: „Was für Gegensätze doch: Hier ein Bild tiefsten Friedens, überall liegen Soldaten im Gras und schlafen, unten im Teich planschen sie und spielen Wasserball und einige Kilometer weiter spielen sich harte Kämpfe ab." Landsertage: die Kameraden amüsiert seine akkurate Scheu vor den rumänischen Frauen, die auf ihn ‚zigeunerhaft' wirken. Rumänien hat bereits die Seiten gewechselt – die Panzerdivision erlebt Ferientage? Er erfährt noch den 20. Juli, das Attentat in der Wolfschanze, will es für einen Fehler halten. Im August bricht der Briefwechsel ab, sein letzter Brief an Elsa trägt das Datum 18. August '44. Seit dem 21. August diesen Jahres gilt er als vermisst.

Elsa lebt mit Nils Holger seit den Maitagen 1944 nahe der dänischen Grenze, bei einer Freundin in Humptrup. Sie ist glücklich mit dem Kind. Viele sind in dieser Zeit ohne Nachricht, sie schreibt ihm weiter; eines Tages wird sie die Briefe, die sie seit Ende August geschrieben hat, als Päckchen zurückerhalten.

Er war der Welt noch nicht abhandengekommen, als er so schrieb, aber die Welt ihm? War das Dach überm Kopf ihm weggeflogen und er bereit, von allem Abschied zu nehmen?

Nicht zufällig drängte sich Velten Andres ihm auf, dieser Valentin Anders, der in einer haltlosen Welt den Halt verlor. „Schwindel!“ „Herr Gott, wozu dein schönes Wetter und deine angenehme Welt, wenn keiner was damit anzufangen weiß!“ Dieser all seinen Besitz verschenkende, verbrennende …

„Sei gefühllos!
Ein leichtbewegtes Herz
Ist ein elend Gut
Auf der wankenden Erde, …

Ich habe mich aus ihrem Arm gerissen.
Doch nur mit ihr werd ich beschäftigt sein“.

Man erfuhr nichts Genaues. Der Verbandplatz vor Jassi, auf dem er arbeitete, trug seinen Namen. Die Rumänen waren zu Feinden geworden. Es gibt die Nachricht, dass er, als die russische Front sich bedrohlich näherte, seinen Leuten gesagt habe, sie sollten ‚abhauen‘. Er und der Hauptmann wollten bleiben, seien geblieben und hätten vor den Zelten nebeneinander gelegen, als die Front herankam und die russischen Panzer den Platz überrollten.

Als Herme den Zeugen um eine eidliche Aussage bat, sagte er, die könne er nicht geben. Er sei einer der Verwundeten gewesen und erinnere sich, die beiden so gesehen zu haben.

In Deiner Liebe –

Das liest sich, wie wenn einer auf einem Gipfel angekommen ist und gegenüber in eine andere Landschaft schaut. Sie ist kein nur lieblicher Ort, auch sie kennt Zerstörung. Aber sie steht in einem anderen Licht.

Du siehst sie anders.

In Deiner Liebe –

Vielleicht war sie das Gleichnis oder das Erlebnis, das für andere der Glaube ist?

Dieser Ausguck auf eine ausgeleuchtete Landschaft dort drüben, in der eine wandernde Lichtgestalt geht, die erklärt, dass sie den Wahn und die Bosheit der Welt auf sich nehme –

Elsas Liebe als dieser Lichtpunkt im Auge

der ermöglicht, was Raabes Peter Schlemihl in den ‚Akten des Vogelsang' eingangs anstimmt:

Die wir dem Schatten Wesen sonst verliehen
Seh'n Wesen jetzt als Schatten sich verziehen.

Humptrup 20.X.44

Mein geliebter Wilhelm!

Heute vor 9 Wochen hast Du zuletzt geschrieben. Ob Du wohl Post von uns bekommst?

Merkwürdig ist diese Zeit des Wartens: die ersten Wochen waren schlimm, weil ich mich täglich enttäuschen ließ. Jetzt rechne ich nicht mehr mit einem Brief von Dir, höchstens noch einer Nachricht über Dich …

Ich lese jetzt Hans Carossas ‚Rumänisches Tagebuch'. Das bringt mich Dir näher. Wenn es sternklar ist, gehe ich hinaus und suche unser W. Das ist dann ein Gruß von Dir. Oft aber ist es nicht sternklar. – Jetzt sind die gemütlichen Winterabende da. So eine warme Stube ist doch etwas zu Schönes. Wie mögt ihr es haben? Ob Ihr genug zu essen und warme Kleidung habt?

Gott befohlen!

Mein geliebter Mann.

Nils Holgers lieber lieber Vater

Deine Elsa

23
Schlossels Haushalt

Das Vorlesen gab es mindestens einmal in der Woche, wenn es allzu spannend wurde und unser Vater zu Hause war, auch öfter.

Was den ‚Flug in die Hölle' angeht: Die beiden in Australien gelandeten Flieger sind davongekommen.

Es waren vielleicht zehn Bücher, an die wir uns gemeinsam erinnerten.

Nils Holgersson und die Wildgänse – der kleine Nils Holgersson auf ihrem Rücken. Wer kannte damals nicht Selma Lagerlöf und Akka von Kebnekaise.

Sigismund Rüstig – auch hier ist etwas gestrandet, ein Schiff vor einer Südseeinsel, von der Welt abgeschnitten. Haie am Ufer, die einem unvorsichtigen weißen Matrosen, der dort schwimmt, sachte ihren Schwanz unterschieben und ihn vorwärts, vor ihr Maul schleudern, um ihn dann zu verzehren …

„Mein blaues Pferd Komet". Afrika. Zu fromm. Obwohl MaPö es gekürzt hat.

Das Spannendste war „Onnen Wissert. Der Schmugglersohn von Norderney" (Wörrishöfer). Napoleon hat eine Kontinentalsperre errichtet, vor den Ostfriesischen Inseln liegen Kanonenboote, die den Welthandel der Insulaner mit dem von ihm beherrschten Europa, speziell den zwischen England und Bremen bei Todesstrafe verhindern sollen. Klaus Wissert, Onnens Vater, täuscht die Franzosen. Er trickst sie mit seinem leeren, vor ihnen fliehenden Schiff aus, während das englische Schiff, vollgeladen, in einer abgelegenen Bucht Norderneys seine Waren auslädt und für die Transkation nach Bremen in den Dünen vergräbt. Der Vater wird erschossen, sein Sohn eingezogen, er gerät auf den Kriegszug nach Moskau, desertiert, eine Zigeunergruppe, die der Vater einst auf Norderney unterstützt und geschützt hat, nimmt ihn unter die Fittiche. Mikosch. – Mikosch! Er sieht das brennende Moskau … Onnen …

„Sag mal, Mona", sagte Alex, unser früher medizinischer Psychologe, „wie war das eigentlich möglich, in zwölf Jahren zehn Kinder zur Welt zu bringen und dabei nicht krank oder verrückt zu werden, sondern zugleich diesen Riesenhaushalt zu schultern? Das verstehen ja schon wir nicht mehr, die dabei waren."

„Ich glaube kaum, dass ich mit dem Wirtschaften und Kochen zurechtgekommen wäre, wenn ich in dem halben Jahr in Haslev nicht so viel gelernt hätte. Wie tüchtig meine Mutter war, wisst ihr ja noch selber. Und das andere", sie sah ihn lächelnd an, „wenn schon einige da sind, laufen die anderen mit. Nein! Du, wir wollten doch zwölf Kinder, das hatten wir 1930, fast kann ich sagen, vereinbart, auch ich wollte es und habe es euch schon gesagt: Es ging mir in der Zeit der Schwangerschaft immer besonders gut. Man merkt es ja selbst bald, ich ging dann zu Doktor Mahler. Dann wusste man's. Ich konnte mich zuletzt nicht mehr so gut bücken, klar" – sie lächelte wieder – „aber ich war innerlich ruhiger als sonst. Vielleicht ist ‚guter Hoffnung' ein richtiges Wort, es war, als ob mein Körper für mich bestimmte. Und das Bewirtschaften – das war ganz furchtbar einfach. Bei Frau Martensen hatten wir Buch."

„Bei Frau Martensen hatten wir Buch?! Ich könnte mich wegkringeln", sagte Yoko.

„Aber es stimmt doch!", sagte Schlossel. „Wir hatten Buch. Bei ihr kauften wir alles, was für die Familie war.

Irgendjemand ging hin und holte, was wir gerade brauchten, wir schrieben das auf ins Buch, und dann schrieb Frau Martensen an, was es kostete. Es waren ja nur ein paar Schritte."

„Und wir nahmen oft gebrauchte Tüten mit", sagte Perle.

„Ja", sagte Schlossel, „das war sicher nachher in der knappen Zeit, und es war sehr vernünftig, die Tüten waren auch gut und du bist am meisten hingegangen und wusstest dann, als die Lebensmittelkarten kamen, immer genau Bescheid. ‚Diese Ihre Tochter, wie die immer aufpasst, dass Sie alles von der Karte kriegen!', sagte Frau Martensen. ‚Großartig.'"

„Ich fand einige Namen so schön“, sagte Perle. „Schon das Wort Kolonialwaren, Sago und Kartoffelmehl – Safran macht den Kuchen gehl. Hirschhornsalz. Und es gab ziemlich lange in leichten Holzschachteln Datteln. – Wenn ich sagte ‚zwei Pfund Butter‘, dann knallte Frau Martensen das auf die Waage und die ging dann schon richtig runter. Ob das mal ein bisschen mehr oder weniger war, das machte bei ihr nicht so viel. Das glich sich beim nächsten Mal wieder aus, nich?“

„Klar“, sagte MaPö. „Und in den ersten Kriegsjahren hörtet ihr von der Küche aus einmal in der Woche die Glocke von Wüstensohns Bananenonkel.“

(Übrigens: Der ‚Wüstensohn‘ war ich, weil mir eine Vorlesegeschichte aus Nordafrika so gefiel, dass ich versucht hatte, mich auch in eine Baumrinde zu kleiden.)

„Christiansen verkaufte lange Zeit abgestuft, aber nicht rationiert. Das war der reine Segen“, sagte Schlossel.

„‚Abgestuft‘?“

„Er verkaufte uns mehr als den Nachbarn, weil er wusste, dass wir so viele waren.“

„Aber wie konntest du es bewerkstelligen, dass wir im Krieg und in der Zeit danach nicht auch gehungert haben! Wir neun, zehn, elf, zwölf, – und dann war doch immer jeden Tag noch Besuch da.“

„Wir waren oft achtzehn Personen“, sagte Schlossel.

„Und das auf so schmaler Grundlage – was das Geld anging – wie konnte das gehen?

Erzähl mal von dem Garten, wie du den bewirtschaftet hast.“

Sie hielt kurz inne.

„Also, das kommt ganz von selbst. Wenn frühes Frühjahr ist, schon im Februar, fängt man ja schon an, und kann man schon Wurzeln säen und Maierbsen und Spinat und Salat. Ich bin immer früh angefangen zu säen: Wenn es nichts wurde, war es nicht schade um das bisschen Saatgut, nicht? Aber wenn es denn gelang, dann war's im Grunde schon wunderbar, so früh was zu haben.

Und dann brachte mir Onkel Nahnsen bei, wie man es

bei den Bauern machte, dass man für genügend Abstand sorgte zwischen den Reihen, und abwechselte – eine Reihe Zwiebeln, eine Reihe Wurzeln (man will uns ja beibringen, sie Karotten zu nennen!) – ich meine so, dass man zwischen den Reihen hocken konnte, die ersten schon guten verziehen, sodass die übrigen immer mehr Raum hatten und man im Herbst große schöne Wurzeln und Zwiebeln kriegte.

Das Erbsenbeet: da hab ich nicht wie früher Gänge gemacht, die man treten müsste, sondern zwischen zwei Erbsenreihen eine Reihe Salat gesät, den riss man ja als Erstes aus und hatte dann Platz, Erbsenschoten zu pflücken, nicht? Und du musstest ja zugleich wissen, wie viel von allem, was es so gab. Wie viel brauchst du für eine Mahlzeit? Wann kommt dies, wann kommt das? Braucht es ein oder zwei Beete oder, na ja, man muss ja ungefähr ein bisschen wissen, Sauerampfer und Mangold und Bohnen und Rote Beete und"

„– Stangenbohnen!"

„Stangenbohnen und Gurken und Kürbis wann und wie viel Kohl."

Alex hob die Hände.

„Was hast du?"

„Ich dachte ans Raupensammeln, furchtbar, gleich nach dem Mittagessen – der Kohlweißling war unser Feind! Er legte überall seine Eier."

„Abends", sagte Schlossel, „ging ich meistens noch, oder gingen wir beide durch den Garten, ich nahm 'ne Schüssel mit, riss schon gleich ein paar Salatköpfe aus, die es nötig hatten und guckte, was wir den nächsten Tag essen mussten. Das muss ja einfach, wenn es reif ist, muss es gepflückt werden. Zuerst habe ich es immer alleine gemacht. Die ‚Jungen Mädchen' rissen oft zu sehr – an den Erbsenständen zum Beispiel, sodass da nichts wiederkam, oder sie pflückten nicht genau das wirklich Reife, Feinste, damit das noch Unreife nachkommen konnte, nicht? Sie nahmen zu viel Dünnes mit. Dies Pflücken hab ich eigentlich immer selbst gemacht."

„Ich weiß noch, die ersten Kartoffeln, das war immer so ein Fest, nicht? Dazu Erdbeeren mit Milch."

„Ein wunderbares Fest! Tante Leas Geburtstag, der 24. Juli."

„Wir haben doch manchmal auch Fisch gegessen."

„Ja, von Fiete Sprott, weiter oben hatte er seinen Laden."

„Sprott habt ihr gesagt! Er hieß Stropp."

„Kalt war der Laden!"

„Ja, die Fische lagen zwischen Eisstücken. Butt. Heringe. Manchmal auch Aal. Er fror ständig. Und er sah irgendwie verwittert aus. Blass und faltig."

„Herr Stropp war früh krank", sagte Schlossel. „Er hatte schlimme Thrombose."

Sie schüttelte den Kopf. „Wenn wir so ins Einzelne gehen: Ich hätte alles doch nie geschafft ohne unsre ‚Jungen Mädchen'. Da hatten wir viel Glück. Von jeder kannst du etwas lernen. Gerda Kontram aus Essen hat mir beigebracht, welche Eigenschaften gekochtes Wasser hat. ‚Bei uns ist alles sofort verschmutzt von Kohlestaub', sagte sie zu mir, ‚und bei uns zu Hause manchmal auch von Rotweinflecken. Im Wasser, das gekocht ist, verschwinden die Flecken im Nu.'

Oder Anni. Die war patent, die konnte mit links oder rechts rühren. Kuchenteig rührte sie mit einer doppelten Geschwindigkeit, – wenn die eine Hand müde war, kam die andre dran, die war genauso schnell.

Ursel, Mariechen und Ruth Lange waren bei uns, als die Soldaten kamen. Ursel wollte sich nicht verführen lassen. Aber die beiden anderen arbeiteten den ganzen Winter vor geöffnetem Küchenfenster; die schauten nach einem Soldaten aus, es konnte doch einer vorbeigehen, nicht?"

„Sag mal, Anni, war das die spätere Frau von Niko Hansen?"

„Ja – und Niko Hansen war ein so ungewöhnlich kluger Bauernsohn."

„Ich durfte einmal", sagte ich, „als er uns vom Hof seiner Eltern Kartoffeln für den Winter gebracht hatte, mit ihm nach Högelfeld zurückfahren und Stunden auf ihrem Lieblingspferd sitzen, auf Lotte. Und als wir auf dem Hof ankamen, nahm er sie auf dem Platz vorm Stall aus dem Geschirr, hielt sie am Zügel, sagte, ich solle mich an den Rand stellen und ließ Lotte tanzen, sie tanzte an seinem Zügel um ihn herum, als jauchzte sie, bis das andere Pferd mit den Hufen scharrte.

Ein anderes Mal, da war er schon in Uniform, habe ich neben ihm gestanden, als er Urlaub hatte. Da stellte er am Ende des Gemüsegartenwegs, vor dem kleinen Sumpfwald, eine Blechbüchse auf einen Stock und übte sich im Schießen, bis es dunkel wurde."

„Er ist gleich gefallen", sagte Schlossel. „Anni hat sich nie davon erholt. Und er – irgendetwas funktioniert nicht mehr. Früher wurden begabte Volksschulkinder vom Lehrer herausgefischt oder vom Pastor unter den Konfirmanden entdeckt und dann von ihnen unterrichtet, Griechisch, Latein, sodass sie ein Gymnasium besuchen konnten."

„Bei Christian Jensen war das der Fall", sagte MaPö, „bei dem fabelhaft klugen Friedrich Paulsen aus Langenhorn genauso. Du hast ganz recht."

„Unsre jetzige Hilfe, nicht Vater, wieso hat keiner gemerkt, wie klug sie ist? Die versteht doch alles im Nu. Überhaupt –

Mensch! Ihr wart und seid in unsrem Dorf die einzigen Jungen und Mädchen, die in Husum eine Höhere Schule besuchen können. Das darf doch nicht wahr sein."

„Am Waschtag kam Tante Hedwig. Haben wir damals eigentlich noch eingeweicht?"

„Klar!", sagte Yoko. „Fast immer. Es gab ein Einweichmittel und Tonnen, in denen wurde alles vorher eingeweicht."

„Meine größte Tonne stammte aus Eckernförde, aus leicht gebogenem Holz und Reifen von einem dortigen Böttcher hergestellt. Die haben die Soldaten dann zum Kartoffelwaschen gebraucht, bis sie kaputt war. Die haben überhaupt viel dummes Zeug bei uns gemacht.

Yoko, du weißt es, du warst ja früh dabei", sagte Schlossel.

„Und gerne", sagte unsre große Schwester, „weil es so schön war, mit Tante Hedwig zu sein. Sie arbeitete, wie sagst du immer, so eben weg, konnte alles wie im Schlaf und stand da und erzählte. Ich kannte mit der Zeit die ganze Umgebung, in der sie wusch oder bei Hochzeiten und Trauerfeiern kochte – das Lustige und die schweren Schicksale. Tante Hedwig war eine so menschliche Quelle, nie schadenfroh. – Und es war so schön, dass du dann immer beinahe wie für ein Fest gekocht hast, Mona, morgens ein gekochtes Ei, mittags ‚Frische Suppe'."

„Das hat mir meine Mutter beigebracht", sagte Schlossel, „ihre Waschfrau hat ihr einmal gesagt: ‚Überall krieg ich Erbsensuppe.' Von da an gab es bei ihr ‚Frische Suppe'."

„‚Erbsensuppe' war in der NS-Zeit sogar an einem bestimmten Sonntag das Reichsgericht. So steht es in meinem Kalender", sagte MaPö.

„An meinem Geburtstag gab es Erbsensuppe", sagte ich.

„Was für ein Tünkram!", sagte Schlossel. „Das Vaterland bekommt am Sonntag Erbsensuppe." („Tünkraam" ist laut Mensings Wörterbuch „dummes Geschwätz", „unsinnige, wertlose Beschäftigung", „wertloser Kram".)

„Am Waschtag haben auch die ‚Jungen Mädchen' geholfen, Wäsche aufhängen, mangeln, plätten, sobald etwas trocken ist. – Das Reparaturbedürftige aussortieren. Einige wollten mir auch beim Nähen helfen, aber ich saß lieber selbst an unsrer ‚Singer'."

„Wie hast du damals Tante Hedwig gefunden?"

„Sie kam zu mir und hat gefragt. Ja, sag ich. Es ging, weil sie so bescheiden war in ihren Wünschen, und es hat sich so ergeben für mehr als 20 Jahre. Tante Hedwig Hinrichsen war klug, und sie hatte ja immer Adolf. Ihr Mann war, ja – so'n bisschen 'n Quartalssäufer, aber ein sehr fleißiger und rechtschaffener Mensch. Sein Arbeitgeber war ein großer Gärtner, der kaufte ihnen das schöne Haus, das sie haben, kaufte es für sie und sagte: ‚Das arbeitest du ab.' Sie verdiente das Geld zum Leben für sie beide. Und er kriegte ganz wenig Geld auf die Hand. Das hat ihn gerettet, denn dadurch hat er nicht so viel trinken können.

Wollt ihr wissen, woher er kam? Sie hat mitunter erzählt. Sie sagte: Seine Mutter hatte 13 Kinder. Und der Vater trank wohl auch etwas. Aber die Mutter – die war so furchtbar hinter dem Geld her, er konnte nicht darüber sprechen. Sie gab den kleinen Adolf mit acht Jahren als Dienstjungen zum Bauern. Da schlief er beim Torf, wo der Torfmull auslief, hatte eine ganz schäbige alte Decke und hat da jahrelang am Ausgang des Stalls geschlafen. Morgens um fünf Uhr musste er für den Bauern aufstehn und, bis er zur Schule ging, arbeiten. Und nachher, wenn er zurückkam, musste er auch den Tag lang arbeiten. Dies Kind. Die Mutter ist immer nur gekommen und hat das Geld geholt, sie hat niemals geguckt, wo ihr Kind schläft oder wie es ihm geht."

„Und Tante Hedwig?"

„Die waren nur halb so viele. Und sie kam mit zwölf Jahren zum Bauern, aber sie hat nicht davon erzählt –"

„Sie war das beliebte Gerücht der Umgebung, sein heimliches Gedächtnis, immer nett und teilnehmend, nie abfällig", sagte Yoko.

„Sie war für mich der Maßstab –"

„Was meinst du?"

„Sie war der Maßstab dafür: wer vor ihr in seinem sozialen Verhalten bestehen konnte."

„Einmal gab es etwas Schlimmes", erzählte jetzt Schlossel, „es war wohl schon bald nach unserem Einzug, 1935. Sie schien krank zu sein. Tante Hedwig hinkte doch, sie hatte diesen Hüftschaden, wie ihre Tochter Käthe auch. Und es war das, wovon wir kürzlich sprachen.

Ein halbes Jahr ging es ihr schlecht, sie sah immer so ernst aus, ich dachte: Was hat doch Tante Hedwig? Bis sie mir sagte: Die Hebamme hatte dafür gesorgt, dass sie sich sterilisieren lassen musste. Ich sag: ‚Aber Tante Hedwig, warum haben Sie es uns nicht gleich gesagt, da wäre ich aber da hinterher gewesen, dass das nicht passiert.‘ Das war noch ziemlich am Anfang der Nazizeit. Sie ging nicht zur Kirche. ‚Ich kann mir nichts daraus besehen‘, sagte sie.“

Tante Hedwig gehörte ganz zur Familie.

Klein und breit, bewegte sie sich der Hüfte wegen nie ohne Mühe. Auch ihr Gesicht war breit und beinahe rund, weit und hoch ihre große feine Stirn. Nachdenklich, in sich zurückgezogen sah sie einen manchmal an – es war die freundliche Vorderansicht eines Lebens, das die ernstesten Enttäuschungen und zahllose Bitterkeiten kannte.

„Lat uns man nich dar över snaken.“

„Sie stand davor! Und ließ es auf sich beruhen“, sagte Yoko. „In ihren Worten, ihrer Welt war es ein geschonter Hintergrund.“ – Das klingt happig, aber vielleicht macht Bollus einmal eine kleine Auswahl?“ – Yoko hat mir die Briefe geschenkt. Ich habe geblättert.

Ich bin froh, das ich wieder gehen kann. Adolf hat es oft mit dem Herzen.

Uns geht es augenblicklich ganz gut, möchte es doch so bleiben wie es jetzt ist dann sind wir zufrieden. Es kann ja man auch so schnell wieder anders sein, da denk ich besonders an Adolf wenn er so dicht ist. Adolf sitzt und macht von altes Wollgarn einen Bettvorleger.

Yoko hatte dem darauf erkrankten Adolf Hinrichsen einen Blumenstrauß ins Krankenhaus geschickt. Er wollte es kaum glauben:

Breklum d. 20. 9.

Liebe Gönke!

Nun muss ich dir noch schnell ein paar Zeilen schreiben.

Im Auftrag von Adolf sollte ich dir und deinem Mann schön grüssen, und er bedankte sich recht herzlich für den schönen Nelkenstrauss. Käthe ist grade wieder gekommen vom Krankenhaus und sie sagte Adolf war ganz gerührt davon, dass du ihm so einen grossen Blumenstrauss geschickt hattes. Er hatte sich sehr, sehr dazu gefreut. Ja liebe Gönke ich war auch gans erstaunt darüber wie Käthe es sagte, und möchte mir auch dafür bei Euch bedanken. Da hast du Adolf eine gans grosse Freude gemacht und Käthe und ich freuen uns mit ihm.

Und nun liebe Gönke vielen herzlichen Dank für deinen lieben langen Brief. Auch dazu habe ich mich wirklich gefreut. Du weist ja, ich mag noch immer gerne etwas hören von der Familie …

Frau Otto Voss ist sehr alt geworden seitdem ihr Mann gestorben ist. Sie geht oft mit Frl. Nielssen zusammen.

Breklum d. 25. 6. 1962

Hat Jens Hinrich schon eine Pfaarstelle? Wie schön dass du in deinem Brief auch schriebst, wo alle deine Geschwister sind und was sie machen. Es interessiert mich immer sehr, weil man sie alle so gut kennt. Ich glaube es war um Ostern herum, da waren Inge, Sönke, Elke und Thies hier. Mutter ist hier mal im Februar gewesen. Zum Missionsfest habe ich keinen von Euch getroffen. Ich war Nachmittags auf der Festwiese und habe auch Vaters Ansprache gehört.

21. 8. –

Ich fühle mich doch noch sehr verbunden mit Euch allen. Na wo man 22 Jahre wenn auch nicht jeden Tag, aber doch sehr, sehr oft gewesen ist, da rechnet man sich schon halbwegs zu der Familie.

Liebe Gönke besonders freue ich mich, dass ich ein Bild habe, wo wir beide drauf sind.

Wie sieht Mutter doch gut aus, und Sönke hat ja eine Ähnlichkeit von Jens, das wird doch immermehr. Auch Niels hat viel Ähnlichkeit von Grossvater (in Eckernförde). Und Grossmutter steht ja schön. Ist sie noch so flink??

Breklum d. 22. 5.

Unsere Wohnung ist jetzt wieder ganz schön in Ordnung. Erst wurde unsere Schlafstube gestrichen und dann

Tapeziert, dann wurde Küche und Flur gestrichen, und ausgelegt mit Tapifley. (Das war ein wühlkram bei uns) Und zuletz wurde unsere Wohnstube noch gestrichen. Heute ist alles fertig geworden.

Mit Adolf geht es einigermassen. Er hat ganz viel wo er nicht gut ist. Er isst wieder so wenig, und mag das eine nicht, und auch das andre nicht. Da weis ich mitunter garnicht was ich kochen soll.

Warst du in Hamburg zu Mutters Geburtstag? Die meisten Geburtstage von der Familie habe ich noch im Kopf, und wenn der Tag ist, denk ich an sie.

Ist Thies schon fertig mit der Bundeswehr?

Breklum d. 12. 7. 1963

Liebe Gönke ich schicke dir 2 Dosen mit Erdbeeren da ich gerade beim Einkochen bin, und auch 1 Dose mit Apfelschnitte, falls es nicht süss genung sein sollte, tue ich noch immer Zuckerwasser dran. Ich denke die Apfelschnitte ist auch mal was anderes für Karl Friedrich. Wenn sie Euch schmecken, schreibe bitte …

Wie Mutter mir erzählte, fährt Vater nach Indonesien. Wann fährt er denn??

Breklum d. 16. 9.

Neulich bekam ich einen sehr netten langen Brief von Uwe. Er bedankte sich noch für den Löffel zur Hochzeit. Nun sind Holger und Klaus ja auch schon verheiratet. Warst du auch nach Frankreich zur Hochzeit?

Eure Familie zu Hause wird schon ordentlich klein. Weiss du noch wie ihr in Breklum ohne Besuch 18 Personen jeden Tag am Tisch waren und dieser grosse eiserne Kochtopf mit Kartoffeln gekocht wurde?‘ Im Krieg sogar mitunter 2x am Tag, dann kam noch manches mal Besuch dazu ohne das Mutter es wuste. Es kam immer alles zu recht.

13. 7. Ich weiß nicht, ob dir bekannt ist das Anfang des neuen Jahres Viedi, Ties und Elke uns besucht haben. Da

war Gerda auch hier. Gerda erkannte Viedi nicht mehr, und Viedi natürlich auch nicht Gerda. Da haben wir alle mal ordentlich gelacht.

7. 1. 68 Onkel Nahnsen liegt auch im Husumerkrankenhaus. Er hat es mit dem Wasser. Sein Sohn Johann Ingwer wollte im Januar heiraten, aber die Hochzeit ist erstmal aufgeschoben.

21. 6. Ja liebe Gönke wie würde ich mir freuen, wenn du mal wieder hier her kommen würdest, und wir könnten uns mal so richtig wieder etwas erzählen.

Mit Adolf ist es immer auf und ab. Er hat es die letzten Tage sehr mit dem Herzen. Unser nächster Nachbar Heinrich Christiansen ist gestorben. Dieses greift ihm natürlich sehr an. Er hatte Herzinfarkt. Wenn es so schnell zu Ende geht, kann man es gar nicht fassen.

21. 6. Wie die Jahre doch schnell dahin gehen. Weist du noch, wie Gerda sonn kleines Mädchen war und immer mit mir war ins Missionshaus? Und spielen mochte sie am allerliebsten mit Vidi. Und nun ist Vidi auch schon verheiratet.

Breklum d. 30. Mai

Ja liebe Gönke du hast recht wenn du meins, dass es in unserm Garten hübsch blüht. Wir haben ein langes Beet mit 174 Tulpen. Adolf hat sie mal gezählt. Habt ihr auch einen Garten??? Oder müst ihr alles kaufen???

Mein gehen ist ja schlecht, aber wenn ich denn doch noch man so bleiben möchte wie ich jetzt bin, denn bin ich so dankbar. Weihnachten fahren wir nach Pellworm.

Meine liebe Gönke!

Zunächst meinen aller, – allerherzlichsten Dank für den wunderhübschen Blumenstrauss. Das ist eine Pracht. Es sind 6 dunkelrote, und 5 rosane Nelken. Ich habe mich sehr dazu gefreut.

Ich hatte so viel Besuch ohne ein zu laden. Ich wurde ja auch 70 Jahre und daher kam es wohl das hier so viele waren zum gratulieren. Es ging den ganzen Tag. Über 40 Personen waren hier. Und so war es doch eine Freude für mich, das da so viele an mir dachten. Es war ja mein erster Geburtstag wo mein Adolf nicht mehr hier war, und so wurde es mir oft schwer.

Mit meinem Arm geht es etwas besser. Ich kann den nur nicht hoch kriegen.

Käthe ist am Sonnabend vor Pfingsten nach Hause gekommen. Sie geht ein wenig bei 2 Krücken.

Und wie geht es euch???

Breklum, den 5. 1. 1974

Wenn wir auch schon einige Tage ins neue Jahr eingeruscht sind, so möchte ich dir doch ein gesundes neues Jahr wünschen. Und nun zunächst meinen allerherzlichsten Dank für die hübsche Blume und für deinen Brief.

Ich weiss wie schwer es ist, wenn man einen lieben Mann verloren hat der immer mit einem zusammen war der fehlt überall. Da kann man nicht so schnell überweg kommen.

Als ihr Bruder gestorben war, ein angesehener Baumeister und rettungsloser Trinker, der ins Ruhrgebiet geflohen war:

Heiner is nu ok to ruh.

„Wieso war das alles möglich?“

„Was?“

„Dass wir heil durchkamen, lag auch an unseren Tieren, war es nicht so?“

„Natürlich“, sagte Schlossel.

„Für die Hühner war ich verantwortlich, für die beiden Schweine, die Jahr für Jahr bei uns fett wurden, Onkel Nahnsen. Auf die Weise brauchten wir keine Grube für den Küchenabfall: Kartoffelschalen, Salatblätter, überhaupt alles Verzehrbare kam nach Buriguma rechts hinten in den Hühnerstall, in den vergitterten Auslauf oder links in den Schweinekoben. Davor war Platz für zwei Kühe. Die kamen allerdings erst zuletzt. Für die Hühner und Schweine gab es einen Abzug auf der Lebensmittelkarte, nicht für die Kühe, weil sie fast trocken waren."

„Bürgermeister Thomsen hat sie uns eines Tages freundschaftlich angeboten zur Fütterung", sagte MaPö. „Heu gab es ja auf unserm Dachboden, weil der Gesellschaft eine Graskoppel, ein Heufeld gehörte. Onkel Nahnsen versorgte und melkte die beiden, obwohl sie offiziell keine Milch mehr gaben, inoffiziell aber drei oder vier Liter."

„Das war unbezahlbar", sagte Schlossel, „eine kleine Kanne Milch am Tag zu haben."

„Und es gab keinen Abfall?"

„Nein, Dünger! Ein großer Komposthaufen entstand doch am Wäscheplatz vorm Bahndamm und verbesserte unsre Gartenerde."

„Und euer Müll?"

Schlossel sah sich um. „Wir hatten eigentlich keinen Müll. Mit dem Zeitungspapier haben wir im Winter die Öfen angeheizt.

Doch, wir brauchten eine Aschengrube. Das war ein tiefes rechteckiges Loch, es wanderte im Gelände. Wir legten es an Stellen, wo der Boden niedrig und sumpfig war.

Zur Ernährung, kann man das sagen, gehörten dazu auch die Kaninchen?"

„Wir würden das so nicht gesagt oder so gar nicht gedacht haben", sagten wir Jungs. „Es waren erst mal unsre Tiere. Welche Art und wie viele wir haben wollten, es war alles uns überlassen und ein Spaß zu sehen, wie die Kaninchenmutter ihr Brusthaar rupfte und das Nest in der Ecke des Holzstalls baute, den wir vorher gebaut hatten und vorne mit kleinmaschigem Draht und einer Tür versehen, und da dann der Nachwuchs mit kurzem Haar zur Welt kam: blitzschnell verließen sie ihre Mutter, sieben, acht oder mehr, und tapsten eine Woche und länger blind aus dem Nest, um gesäugt zu werden. Wie sie immer schöner wurden, ihre glänzenden Haare wuchsen, sie Löwenzahn zu fressen begannen, den wir pflückten und Kaninchenfutter nannten, sie am trockenen Brotkanten knabberten.

Und dann auch zu sehen, wie unsre Kaninchen sich kreuzten. Der Schrankenwärter auf halber Strecke zwischen Breklum und Bredstedt hatte Riesenkaninchen, braune Böcke mit breitem Kopf und einem oder zwei Schlappohren. Man brachte die Zibben nur einmal hin, mit fünf Groschen ausgerüstet, dann waren sie trächtig. Der Bahnwärter war ein ruhiger, sympathischer Mann, der immer ein wenig mit uns schnackte.

Einmal aber war es seltsam", sagte ich. „Als ich mit meinem von einem Netz bedeckten Korb ankam und geradeaus auf das Nebenhäuschen mit den Ställen an der Wand zugehen wollte, kam seine Frau aus der Haustür, die ich bisher nie gesehen hatte, eine mit schwarzem, halbkraus ausstrahlendem Haar und schmalem Gesicht, blass, und sprach mich ganz freundlich an, fragte, von wem ich komme, schien sich zu freuen, es wurde ein kleines Gespräch, da kam ihr Mann und scheuchte sie ins Haus, schalt sie, sie habe hier draußen nichts zu suchen oder so ähnlich. Ich war ganz perplex. Wofür schalt er sie, was war in den ruhigen Mann gefahren?

Wir haben Jahrzehnte später erfahren, dass sie eine Jüdin war. Vier Bredstedter hatten es gewusst, sie hatte eingekapselt überlebt."

Schlossel schloss die Augen. „Irgendetwas fällt mir in letzter Zeit auf, wenn wir uns erinnern."

„Was?"

„Lasst nur!", sagte sie.

„Habt ihr eigentlich die Kaninchen selbst geschlachtet?"

„Zuerst hat es Onkel Nahnsen getan, dann hat er es uns gezeigt und gesagt, wir sollten es übernehmen."

„Und das habt ihr auch gemacht?", fragte Spatz. „Das wussten wir gar nicht."

„Wir haben auch, zuerst aus der Ferne, am Schlachttag zugesehen, wenn Detlevsen aus Struckum kam, der im

Sommer als Dachdecker die Dächer der Höfe mit Reet aus den Marschgräben deckte und im Winter Hausschlachter war in der ganzen Gegend. Am Tag vorher kam er – als ich es zum ersten Mal sah, entfernt auf einem niedrigen Zweig der Buche sitzend (ich hatte Vater gefragt, ob ich zusehen dürfe, er riet mir ab, aber ich sollte wählen), wäre ich fast vom Zweig gefallen."

„Mona?", sagte Spatz. „Wollen wir eine kleine Pause machen? Ich falle sonst auch vom Zweig."

Mona nickte. „Ja! Sofort. Wir hören auf. Aber eins will ich noch sagen, warum es möglich war, unser Italiener gehört dazu, nicht, Vater?"

MaPö nickte und sagte:

„Eines Tages ruft Herr Dr. Mahler, unser Hausarzt an: ‚Können Sie einen italienischen kriegsgefangenen Offizier übernehmen? Der ist in einer nahen Meierei untergebracht und ist in Gefahr, dort durch Unterernährung einzugehen. Die Frau des Meiereileiters, deren Tochter sich in Milch badet, ihrer Haut wegen, benimmt sich unglaublich. Er wird erniedrigt und muss da raus. Sein italienischer Freund hilft uns im Garten und auf dem Feld und liegt mir in den Ohren. Übernehmen Sie ihn.'"

MaPö, der das erzählte, hatte geantwortet: „Nein, das will ich nicht gern. Das kann ich meiner Frau nicht auch noch zumuten."

Mahler: „Ich bitte Sie herzlich. Tun Sie das."

Er kam zu uns, saß bei Tisch links neben Schlossel, nicht größer als sie, schwarzhaarig: Dr. Giorgio Massolo. Jurist. Sie hatte schon bemerkt, dass die Lebensmittelkarten, die er mitbrachte, fast leergeschnitten worden waren – verlor aber kein Wort darüber.

„Garten –? Ich arbeite", sagte er. „Ich abe gelernt zu Hause bei meine Gärtner, bei jede Baum eine Runde, was eißt das?" „Scheibe." „Ich mache Scheibe", versprach er und versah unsre Obstbaumwiese als Erstes mit Scheiben, nahm das gesamte Baum- und Gartengelände in seine Obhut. Seine Familie besaß in Parma einen kleinen öffentlichen Park mit einem Teich.

Es muss im Frühjahr 1944 gewesen sein, als er bei uns einkehrte, er war bald beliebt. Wir älteren Jungen standen noch einmal mit ihm zusammen, das war schon in der Aula des Martineums, als er uns verließ –

„Haben wir darüber nicht schon gesprochen?", sagte Alex wieder.

„Macht nichts", sagte Schlossel, „daran denke ich oft, ich stand dabei. Ihr habt ihn gefragt, warum er eigentlich als Kriegsgefangener in Deutschland sei. ‚Wir sind doch mit Italien verbündet.'

Er sagte zunächst etwas wie das Bündnis hätte ja eine Kehrtwende gemacht –, aber dann erklärte er: Er sei vor die Wahl gestellt worden, in der deutschen SS mit in den Osten zu ziehen oder in Deutschland als Gefangener zu arbeiten. – Ich glaube mich zu erinnern, dass ihr euch gewundert habt, wieso er lieber Kriegsgefangener sein wollte – ich verstand ihn schon eher.

Zuletzt hatten Fliegerangriffe auf das 15 Kilometer entfernte Husum begonnen, wir sahen nachts einmal Flammen über Husum und hörten Tiefflieger über dem Bahndamm. Er schien zu wissen, wann, wenn wir deshalb keine Sorge zu haben brauchen. Wir wohnten direkt am Bahndamm; auf den Kohlewagen lasen wir mittlerweile mehrmals am Tag in fliehender weißer Schrift: ‚Räder müssen rollen für den Sieg.'

„Ich habe mich damals oft gefragt, ob Giorgio einen Geheimsender unterm Bett habe", sagte MaPö.

„Mona? In letzter Zeit stellt sich immer etwas Bestimmtes ein, wenn wir uns zusammen erinnern. Sagtest du nicht so?" Sie nickte.

24
Die Einquartierung – 2. Teil

Panzergraben oder Sielzug?

„War dies Jahr 1944, in dem Onkel Wilhelm sich nicht mehr melden konnte, auch die Zeit, in der das Dorf am Außendeich den Panzergraben gebaut hat?“, fragte Yoko.

„Du hast ganz recht“, sagte MaPö. „1943 war das Jahr, in dem Stalingrad uns im Osten verunsichert hat, 1944 das Jahr der anglo-amerikanischen Invasion im Nordwesten von Frankreich. Seit die Alliierten in der Normandie gelandet waren, hatte an der Westküste die Angst zugenommen, dass die Engländer von Landungsbooten im Vorland des Außendeichs Panzer absetzen, ins Land einbrechen und es im Nu kassieren würden. Daher wurde beschlossen, hinter dem Deich einen tiefen Graben anzulegen, in den die landenden Panzer stürzen sollten. Alle verbliebenen Männer der Gemeinde Breklum wurden von Ortsgruppenleiter Mäckelmann dahin kommandiert, auch Pastor Thedens und ich.

Es entstand dort am Deich eine großartige Gemeinschaft unter allen Bauern, Arbeitern und Angestellten. Wir hielten da zusammen auf dem Boden eines sich von dem Tausendjährigen Reich verabschiedenden Humors.

Oben auf dem Außendeich marschierten in blinkend geputzten SA-Stiefeln, welche bis zum Schritt hinaufreichten, fünf SA-Leute. Wir haben sie ‚Die von der Volksgemeinschaft‘ getauft: Unten bewegen wir uns mit unseren Spaten. Ich stehe heute neben unserm Nachbar Friedrichsen, der im Zivilberuf Lastwagenfahrer ist. ‚Dat hiere Stück, dat schöt wi maken‘, sagt er. Ein Drelsdorfer Lehrer hört uns: ‚Dat kann doch eener licht alleen!‘ ‚Dat Licht, dat pust man ut‘, sagt Friedrichsen, ‚aber – kümmt torecht!‘ Als wir unter uns sind, sagt er ‚Paster, ga man dor achtern hen, dor steiht Paster Claussen. Pasters hem doch immer wat to snacken. Dat hiere Stück, dat mak ik gau alleen. Arbeit iss knapp, dor schall op sport warn. Du kümmst naher wedder.' – Wir kommen gemeinsam zurück – ‚der Ernteeinsatz meldet sich zur Stelle' – und wir werden von der Bauernschaft großzügig eingeladen und mit viel Witz ins Gespräch gezogen. – Niemand war mehr bereit, ‚die von der Volksfront' oben auf dem Deich noch ernst zu nehmen.

Nur weiter oben, in Richtung Schobüll, hatten wir eine erschreckende Abteilung aus einem KZ bei Husum kommen gesehen, elende, abgemagerte Leute, die zu Fuß wie hergeweht wirkten. Sie arbeiteten in ziemlicher Ferne. Wir sahen sie und waren bald wieder nur bei uns.

Einer sagte: ‚Wat maken wi hier för een dumme Tüg. De Weg hier, de över de Dik föhrt, de blivvt so? Dor wart nix makt? Denn kamen de Panzer dissen Weg und sind gliks op de Chaussee na Husum. Wat schall dat?' Der andere sagte: ‚Ja, aber irgendwo schöt de Stakkelspanzer doch ok fohrn.'

Unsre Arbeit hatte in den Augen des planenden Husumer Marschenbauamts allerdings längst einen veränderten, in die Friedenszeit führenden Sinn angenommen. Das Amt wollte seit Langem einen durchgehenden Sielzug von der dänischen Grenze bis zum Husumer Hafen; über diesem Sielzug konnte das Wasser in Zeiten der Überschwemmung von den Marschgräben, welche die Felder eingrenzen, bis zum dortigen Hafenbecken abfließen. Jetzt schuf ihn der Volkssturm, kostenlos, mit einem ‚überflüssigen' Panzergraben."

Die Hitlerjugend

Schlossel begann: „Zweimal ist es vorgekommen, dass nach einer Bombennacht in Kiel bei uns in Breklum eins von euch geboren wurde. Beide Male kam noch zum ‚Geburtstag' eure Oma aus Kiel mit ihren Freundinnen. – Das erste Mal war im Februar 1940, der Tag von Kaukaus Geburt; das wurde ein für uns so glücklicher Familientag, dass wir ihn feiern mussten. Das zweite Mal war der Tag, an dem Sö geboren wurde, der 10. Januar 1944. Der Tag hat uns eine noch größere Schar von Einquartierten aus Kiel gebracht, Goldschnutel an der Spitze. Kiel hatte in der vorausgegangenen Nacht ein neues schreckliches Bombardement erlebt – wieder kam morgens früh der Anruf –"

„Mona? Das hatten wir auch schon."

„Aber nicht richtig", sagte sie.

„Ist es dir trotzdem recht, wenn wir hier zuerst noch die Hitlerjugend vorwegnehmen, die im August zuvor kam? Sie gehörte ja noch zu den Maßnahmen, die unser Land gegen eine Invasion verteidigen sollten, und brachte unser Haus fast zum Platzen."

„Natürlich ist es mir recht", sagte unsre Mutter, „wir wollten ja so vorgehen."

„Im Stalingradjahr", sagte MaPö, „im August 1943 kamen an einem Wochenende 400 Hitlerjungen zu uns unter der Führung eines Achtzehnjährigen, der das ganze Kommando hatte und alles anordnete.

Es gab da so kleine Kordeln links auf dem Hemd, wie hießen die noch? Und wie hieß er?"

– „Fähnleinführer. Fähnleinführer Jakobsen", sagte Schlossel. „Sie hatten all ihre Marschverpflegung aufgegessen, als sie ankamen, pflückten sofort das unreife Obst von den Bäumen, sogar unreife Quitten. Ich machte nur eine Andeutung: Jakobsen machte einen Rundgang und – vorbei war es! Zweihundert schliefen im Großen Saal auf Stroh, die anderen wurden ausquartiert, aber alle vierhundert aßen bei uns und wurden aus der Großen Küche neben dem Saal versorgt. Eine Schülerinnenklasse von der Haushaltungsschule in Lübeck war angereist, um in der Küche zu helfen."

MaPö ergänzte: „Verblüffend, wie alles klappte. Morgens das Antreten, alle vierhundert standen stramm und marschierten ab Richtung Breklumfeld. Sie sangen: *Auf der Heide blüht ein kleines Blümelein – Und das heißt – – –: Erika* oder *Wir tragen das Vaterland – in unserm Herzen. Denn wir sind das Reich – Und wir sind der Deich …*

Sie hoben in Breklumfeld, hinter den ‚Bremer Tannen' und vor dem kleinen Hof von Feddersens, einen schmalen Panzergraben aus."

„Wenn wir jetzt Feddersens besuchten“, sagte Alex, „unseren Freund Lorenz Peter, überquerten wir kurz vor dem Haus eine Holzbrücke über ihren neuen Graben. Er hat uns dort einmal an der einen Seite unter der Brücke einen Blechkasten gezeigt, in dem Dynamit lag. Sein Vater hatte den Auftrag, die Brücke zu sprengen, wenn die Panzer in Breklumfeld anrollen würden. –“

„Hitlerjugend war fast immer gut gelaunt“, sagte ich. „Das Komischste war das ‚Honigschleudern‘. Buriguma hatte auf der Nordseite im Blick auf das Jahresfest damals vier Plumpsklos, und ihre Grube draußen vor der Außenwand, auf der ein Bretterdach lag, hatte die Neigung, überzuschwappen. Da wurden dann immer wieder einige abgeordnet zum Honigschleudern. Ich sehe zwei Lübecker vor mir, feine Städter. Sie hatten nasse Tücher vor Mund und Nase gebunden und schoben einen Sonntagnachmittag lang einen stinkenden Blechkarren um Buriguma herum vorm Bahndamm auf den Kompost- und Misthaufen, den sie in der Mitte ausgehöhlt hatten.“

„Im Spätherbst 1944 kamen Blätter darauf“, sagte Schlossel, „im Frühjahr darauf erschienen die Engländer, wurden wir rausgesetzt, der Garten hatte mehr als ein ganzes Jahr Brache, und als wir im Frühjahr 1946 wiederkamen, hatten wir den bisher wirksamsten Kompost. Es war die beste Kompostgeschichte, die ich da gelernt habe“, sagte Schlossel.

Rudi, Waldemar und Toni

„Wenn wir von Einquartierung sprechen, denken wir älteren Jungen am liebsten an die Große Küche“, sagte einer von uns, „in der wir einige Monate lang Rudi, Waldemar und Toni treffen konnten, den Chefkoch und seine beiden Gehilfen, die für das Essen im Großen Saal zuständig waren. Es war wohl eine vom Krieg gebeutelte Truppe, die in diesem letzten Herbst 1944 vor Kriegsende eintraf, so mancher war nicht unversehrt, fast invalide.

Gab es das noch? Antreten, Marschieren, Einüben? Ihr Aufenthalt diente wohl eher der Erholung, sie wurden gut versorgt, und wir Jungen erhielten von ihnen ‚Rudibrote‘, wenn wir hereinschauten, die oben eine dünne Butterschicht hatten und unten, für den Fall versteckt, dass ein Hauptmann vorbeikommen würde, eine dicke Butterschicht. Sie waren überhaupt sehr nett, sprachen mit uns, fragten und erzählten.

Vor den Weihnachtstagen veranstalteten sie im großen Saal ein Fest, zu dem auch unsere Eltern und Erwachsene aus dem Dorf eingeladen waren, welche Soldaten beherbergten. Es gab eine Lesung, Musik, sie erzählten begeistert von einem Sänger, der zur Truppe gehörte.“ „‚Tapfere kleine Soldatenfrau‘“, summte MaPö leise, „‚du bist mein höchstes Glück.‘“

„Wir Kinder hatten im Vorjahr die Bleisoldaten entdeckt, mit denen man auf dem Teppich des Weihnachtszimmers spielen konnte. Da standen die silbrigen Reiter, Infanterieschützen, Kanonen einander gegenüber, es wurde mit kleinen Holzgeschossen geworfen, eine Eisenbahn fuhr auf beiden Seiten, des Nachschubs wegen, durchs Gelände. Wir spielten Krieg. Wenn eine Pause eintrat, weil einer ‚ausgetreten‘ war, hieß es, er sei im ‚Führerhauptquartier‘.

Die Bleisoldaten konnten wir selbst gießen, es gab eiserne Formen, die sich auf- und zuklappen ließen und in die man neben dem Herd das flüssige Blei hineingoss. In der Werkstatt der Missionsdruckerei hatte man uns kleine Bleitafeln geschenkt, die von Druckerschwärze starrten, und die bei der Erhitzung eine Oberfläche erzeugten, die als Erstes zu entfernen war.“

„Ich hatte auch im Herbst einmal im Freien Krieg mitgespielt, hatte unter der Leitung von Onkel Nahnsens ältestem Sohn im Trainingsanzug auf der sumpfigen Wiese hinter dem Garten – mit Kastanien, Pfeilen und Flitzbogen – einer gegnerischen Straßennachbarschaft gegenüber ausgehalten und, wegen Tapferkeit vor dem Feind, von unserem Anführer ein hölzernes EK 1 erhalten, ein Eisernes Kreuz erster Klasse, schwarz und silbern bemalt. Alex bekam keins, er war überhaupt nicht geneigt, Krieg zu spielen."

„Die Soldaten hatten im Dorf eine Familie, bei der sie an den Wochenenden einkehrten", sagte Schlossel. „Zu uns kam Herr List, der auch in Uniform völlig zivil und bescheiden wirkte und wunderbar Klavier spielte. Ich fand seit Langem keine Zeit mehr, auf meiner geliebten Geige zu spielen, und freute mich am meisten, mit ihm über Musik, über seine und meine liebsten Kompositionen zu sprechen. ‚Spielen Sie uns noch …' Er kannte alles. Wenn er am Klavier saß, war er nicht nur konzentriert, er war in einer anderen Welt."

„In den Weihnachtstagen waren fast alle beurlaubt", sagte ich, „in unserem Haus war nur Rudi, der Chefkoch geblieben. Er hatte kurz vor dem Fest durch einen Bombenangriff seine ganze Familie verloren, Frau und Tochter. Am ersten Weihnachtstag, als wir uns mittags zu Tisch setzten, sagte Mona: ‚Wollten wir nicht Rudi einladen?'

‚Wir haben es schon getan', sagte ich, ‚er will nicht, er möchte allein sein.'

‚Probier es doch noch einmal', sagte Mutter. Er saß allein in der Küche. Seine Gesichtshaut war angespannt, das ganze Gesicht war Schweigen. Er sah mich freundlich an. ‚Gut, ich komme. Einen Augenblick noch.' Er zog sich um und kam mit euch Eltern in ein langes Gespräch. Ich habe nie wieder ein so ernstes verstummtes Gesicht gesehen. Im frühen Februar wurde die Truppe wieder eingezogen – an die sich bedrohlich nähernde Ostfront –, zuletzt sollen einige in Thüringen aufgetaucht sein. Wir haben von keinem mehr gehört – auch nicht von Herrn List.

Kurz vor ihrer Abreise, am 30. Januar 1945, wurde im Großen Saal der Tag der nationalsozialistischen Machtübernahme gefeiert, der 30. Januar 1933. Der Saal war voll. Ich war erst neun und sah durchs Schlüsselloch. Am Pult in der Mitte stand Herr Mäckelmann in seiner Uniform und schlug erregt mit der Faust auf das Pult. Das Gesicht knallrot. Zu seiner Seite links und rechts standen Fahnenträger und Soldaten unterm Helm, die starr geradeaus sahen. Die älteren Geschwister, die schon Uniform trugen, Yoko, Pille und Alex, hatten schon hineingedurft. Ich hatte draußen ein Blatt in der Hand, das an alle verteilt worden war. Da trug ein Soldat einen anderen, einen Verwundeten auf der Schulter, er hatte ihn aus einer von Stacheldraht, Geschossen und Trichtern gekennzeichneten Front herausgeholt und auf dem Rücken heimwärts getragen. Unter Drohungen wurde die Heimat aufgefordert, die Front nicht im Stich zu lassen.

Drinnen wurde gesungen, das Deutschlandlied und ‚Die Fahne hoch', man strömte hinaus, ich stand im Eingangsflur, drängte mich dazwischen, Mona beugte sich zu meinem Ohr herunter. ‚Du hast nichts versäumt', tröstete sie mich, ‚er hat nur Unsinn geredet.' Oder sagte sie ‚Quatsch'?"

Evakuierte und Flüchtlinge

Mona: „Wir wollten auf den Januar im Vorjahr zurückkommen, auf Sös Geburt und den regelrechten Ansturm von Evakuierten und Flüchtlingen auf das Missionshaus, der am 10. Januar 1944 mit einem frühen Anruf aus Kiel begann. Ich lag in den Wehen – erinnert ihr euch? – und Vaters Schwester Herme sagte uns, dass Goldschnutel um zehn Uhr in Bredstedt eintreffen würde. Das Haus gegenüber war über Nacht zum Schutthaufen geworden und die Hansastraße 8 hatte Risse. Sie hatten das Wackeln ihres Hauses nachts im Keller überstanden und morgens um fünf oder sieben noch einen Zug am Kieler Hauptbahnhof erreicht. Goldschnutel kam nicht allein! Es war der Anfang einer Einwanderung. Als Vater nach Bredstedt eilte, Södi lag schon in der Wiege, empfing er auch Frau, wie hieß sie noch: Frau Petersen und mit ihr Frau Zornig und mit Frau Zornig ihre beiden Kinder. Auch Zornigs waren ausgebombt, ihr Mann im Krieg. Mit Zornigs aus Kiel saß unsere Oma oft unterm Dach zusammen und sie spielte so gern mit euch Kindern.

Ihr fuhrt doch oftmals Schlitten am Hügel neben der Kirche, wo es abwärts ging zur Gärtnerei Hörcher, oder ihr trudeltet kopfüber herunter und habt zu ihr gesagt: ‚Oma, das musst du auch!' Sie tat es und kam zurück mit furchtbaren Schmerzen in der Brust. Ich sagte: ‚Auf zu Dr. Mahler!' ‚Was haben Sie bloß gemacht', sagte Dr. Mahler. ‚Sie haben eine Rippe gebrochen, nein, zwei! – Sie trudeln mit Ihren Enkelkindern?'"

„Wir Größeren trudelten nicht", sagte Alex. „Wir fuhren Schlitten und einmal kam Dr. Mahler auf dem Pferd vorbei. Weil das Benzin so knapp geworden war, war er jetzt öfter auf dem Pferd unterwegs, eingepackt in einen dicken Mantel mit einem noch dickeren Pelzkragen.

Wir holten uns von dem Haufen auf dem Friedhof, wo der ausgebrauchte Gräberschmuck lag, einen Kranz, steckten den Kopf hindurch und fuhren so den Hügel hinunter. ‚Dr. Mahler spielen', nannten wir das."

„Oma hat ihn sehr gemocht", sagte Pille. „Sie hat ihn später einmal besucht, um ihm von Ruth zu erzählen, sie konnte doch nicht verwinden, dass ihre geliebte Ruth sie verlassen hatte."

„Wie sollte sie auch!", sagte Schlossel.

„Dr. Mahler hat sie getröstet", sagte Pille. „‚Alles, was Sie mir erzählen, spricht dafür', hat er gesagt, ‚dass Ihre Tochter einen Hirntumor hatte. Hatte das nicht schon Ihr Mann geahnt: ‚Sie wird nicht alt'?'"

„Wir haben Oma manchmal unterm Dach besucht", sagte ich, „zum Vorlesen. Meistens kam es gar nicht zum Vorlesen, sie erzählte. Sie hatte ungezählte Geschichten ...

Einmal, als wir von Onkel Heinz sprachen, hat sie uns ein Gedicht vorgelesen, das sein Bruder Erk geschrieben und aus dem Feld geschickt hat. Ich erinnere mich nur an zwei Zeilen wie – ‚ihr treues Mutterherz / wird sie dich suchen in Angst und Schmerz'."

„Wir haben viel mit ihr gespielt, meistens Rommé", sagte Yoko, „sogar unser Malspiel.

Aber Malspiel nur, wenn sie die Aufgabe erhielt, eine Katze zu malen. Sie zeichnete dann ein Rechteck mit vier gekreuzten Strichen als Beinen und einem auf der Spitze stehenden Dreieck als Kopf. Sie pflegte zu sagen, dass sie absolut nicht malen könne, eben nur eine Katze, sodass der Wettstreit der beiden Tische, wer das Gemalte zuerst errät, eigentlich wegfiel, aber wir brauchten sie unbedingt zum Mitspielen. Goldschnutel war einmalig, eine ganze Atmosphäre."

„Wie wir die Menschen fanden, das richtete sich für uns eben danach, ob wir mit ihnen spielen konnten", sagte Alex. „Frau Zornigs Kinder waren noch zu klein, Frau Marten hatte keine, aber Familie Thiele auf dem Brüderflur, da war doch Waldemar Thiele, der hatte das faustdick hinter den Ohren. Sie gehörten noch zu den Ausgebombten. Und als dann – war das schon 1944? – Dudeks kamen, Dudeks vorne mit ihren neun Kindern, in den beiden ersten Zimmern, wo der Schuster und Schneider der Soldatentruppe gesessen hatten, Dudeks aus Allenstein – mit denen wurden wir sofort befreundet. Mit Bubi, der ein früher Handwerker war, und seinem leichtgewichtigen jüngeren Bruder, der einmal, als wir draußen in der Veranda saßen, vor uns aus der Spitze der Buche herunterfiel, ein paar abgerissene Zweige in den Händen, und gekrümmt davonging. Er hatte sich nichts getan."

„Du", sagte Yoko, „Mona? Als Dudeks ankamen, es war schon kalter Winter, haben diese Jungen in unserem Garten abgeholzt, haben Bretter neben den Kaninchenställen herausgebrochen. Und als wir beim Abendessen über sie herfielen, was hast du getan? Du hast uns ausgeschimpft. ‚Was sollen sie denn machen!', sagtest du. ‚Sie haben doch nichts, absolut nichts, nicht mal Papier, um Feuer im Ofen zu machen! Keiner kümmert sich um sie.'

Und am nächsten Tag standest du oben vor dem großen grünen Schrank und nahmst Unterzeug heraus, ein paar Hemden, Strümpfe, gebrauchte Pullover … und brachtest es Frau Dudek. Sie sah dich an, völlig sprachlos. Tags darauf erzählte mir Bubi, sie hatte es in der Nacht zuvor geträumt."

„Frau Pohlmeier aus Berlin-Zehlendorf", sagte ich, „bei der Alex und ich später Englisch lernten. Als ihre Tochter 17 wurde, standen wir morgens vor ihrer Tür, hinten im

Brüderflur, und sangen. Sie öffnete die Tür und weinte vor Rührung. Bat uns herein, da stand ein Geburtstagstisch mit den kleinsten Habseligkeiten. Ihre unglaublich schöne Tochter mit ihrem silbergrau-blonden langen Haar stand lächelnd daneben, es erschien Professor Henschel, ein alter Freund aus ihrem gemeinsamen Berlin. Er trug einen Bart und schenkte der Tochter ein Stück rollenförmiger grüner Rasierseife. ‚Die bekomme ich auf Karte', sagte er, ‚aber ich rasiere mich doch gar nicht mehr und dachte mir, Seife ist Seife, und ein solch dauerhaftes Stück könne heutzutage sogar auf dem Waschtisch eines jungen weiblichen Wesens erwünscht sein.' Danach rezitierte er mit lauter Stimme, indem er einen Schritt zurücktrat, eine Ballade von Uhland."

Schlossel hob den Zeigefinger: „Die liebsten waren uns die Flüchtlinge aus dem fernen Osten. Die alten Brebeks aus Ostpreußen waren einfach prächtige Leute. Er blieb immer stehen und wir sprachen dann eine kleine Strecke, die Tochter fragte, ob sie einspringen solle, wenn es hoch herging. Sie waren katholisch. Jeden Morgen um sechs Uhr ging er nach Bredstedt zur Messe. Oder die Kedings. Die Winters aus Elbing, sie sagten ‚Albing'. Und dann Priebes! Wir mussten das Kinderzimmer nach Norden, wo ihr erst fünf und dann acht wart, für die ganze Familie räumen und hatten am Ende 80 Mitbewohner. Das Missionshaus, in den Augen des Bürgermeisters und des Ortsgruppenleiters im Dorf eigentlich überflüssig, wenn nicht ein Schandfleck, wurde das allernützlichste Abschiebequartier.

Priebes kamen mit Pferden und Wagen von einem traumhaften Hof in Pommern und zogen alle in dieses Kinderzimmer: die Eltern und die Oma, eine Polin, eine andere sehr gehemmte Frau, die kaum sprechen konnte und die sie an der Straße aufgesammelt hatten. Zwei Kinder. Sie kamen einmal herauf ins Studierzimmer und zeigten uns Bilder ihres Hofes. Er litt schwer darunter, dass seine Pferde hier so schlecht untergebracht waren, vernachlässigt, und einzugehen schienen.

Die Oma hatte Gänsebrust und Gänseleber mit heraufgebracht. ‚Wenn wir alles aufgegessen haben, unseren Vorrat', sagte sie, ‚dann sind wir wieder zu Hause in Pommern.'"

Die Versehrtenkompanie

„Der letzte große Schub war die Versehrtenkompanie", berichtete Schlossel. „Sie kam auf Befehl der Kreisleitung zu uns und hieß so, war aber die reine Form der Auflösung: ein paar hundert Mann, einige an der Krücke, mit verbundenem Kopf, andere mit dem Arm in der Binde, alle in verschiedensten Uniformen, so erschienen sie mit Frau und Kind, Bollerwagen und Kinderwagen, aus einem Lager vor Harburg hinter Hamburg tauchten sie auf wie die letzten von der Völkerwanderung übrig Gebliebenen.

Ein bedauernswerter Haufen mit einem unverschämten Hauptmann, der sofort verlangte, die mitgeführte ‚eiserne Ration' in unsrer Privatwohnung zu lagern: ‚Die Leute stehlen'. Am Ende war es dann der ‚Stab', der sich mit der Ration davonmachte. Die Unzahl wurde verteilt auf Missionshaus (Saal und Große Küche) und Martineum, unser Betsaal wurde ihre Schreibstube.

Was sollten sie tun? Das Ende des Krieges abwarten! Weil die Tiefflieger zunahmen, erweiterten sie die schon vorhandenen Schützengräben auf der Festwiese.

Seitwärts neben dem Bahntunnel war vom Militär ausgehend Dynamit eingebaut, eine 16-jährige BDM-Führerin des Dorfs war mit dessen Überwachung betraut und in den Ernstfall eingeweiht. Uns wurde gesagt: Wenn der Tunnel in die Luft gehe, würde der halbe Betsaal mitfliegen."

Wir hatten längst schulfrei, durften nicht mehr, konnten auch nicht mehr in dieses Strohdachhaus mit den drei Räumen gehen, auf dessen Holzboden über unseren Köpfen immer noch die gesammelten Heilkräuter, Huflattich und Kamille, zum Trocknen lagerten, die an die Front hätten gehen sollen. In einem unsrer Schulräume lagen an die

Wand gelehnt im großen Haufen gestiftete Mäntel, Kleider und Hosen, Decken, alles durcheinander. Herr Mäckelmann war fortwährend im Einsatz, damit beschäftigt, Flüchtlinge in die Dörfer einzuweisen und sie zu versorgen, ja, der pflichtbewusste, als hilfsbereit gerühmte Köster war nur noch unterwegs.

In einem der Schulräume wohnten drei alte Frauen aus dem Baltikum, die durchs Dorf stiefelten. Sie sprachen sehr feierliches Deutsch, und wenn sie sich trafen, umarmten und küssten sie sich.

Auch wir Jungen entwickelten ein Randgefühl, gerieten in einen gewissen Ausnahmezustand. Pille, Alex und ich saßen mit Waldemar Thiele und Bubi Dudek auf dem Heuboden von Buriguma und beschlossen, im Frühjahr eine unterirdische Höhle in den Tannen der Festwiese zu bauen und dort einen alten Ofen zu setzen; wir wollten dort selbst kochen, Dohleneier vom Kirchturm braten, vielleicht sogar Dohlen? Bubi wollte Pfeifen aus hartem Buchenholz schnitzen, das verstand er, sagte er, und wir wollten zusammen den weichen Torfmull rauchen, der unten in einer Tonne stand und als Kompost gebraucht war.

Wir lebten am Rand der Extreme; auf der Teerchaussee waren sie täglich sichtbar, der Flüchtlingsstrom aus dem Osten über Land oder per Schiff über die Ostsee, dem im Mai die Rückkehrer aus dem Norden folgten, aus dem besetzt gewesenen Dänemark und Norwegen, kein Fahrzeug mehr und kein Marsch, sondern eine Wanderung auf ausgetretenen Sohlen, einige schoben ihre Sachen in einem Kinderwagen.

Zu Hause dominierten die Ruhepunkte. Der Tag, die Woche, das Jahr war skandiert von der Macht und dem Rhythmus der Wiederholung. Unter der Studierstube lag im Erdgeschoss ‚das Grüne Zimmer' mit seinen grünen Mahagonimöbeln. Hier öffnete sich am 24. Dezember abends um sechs die Tür und wir gingen dem Lichterglanz entgegen, saßen vor dem Baum und der Krippe, sangen. Goldschnutel war dabei.

Zuvor hatte es Krach gegeben, Streit. Das geschah oft, es

hieß geradezu ‚Weihnachtsstimmung'. Zu Silvester, am 31. Dezember 1944, saß MaPös Schwester, Tante Herme, neben Goldschnutel vor dem Weihnachtsbaum. Gegen Mitternacht ging sie hinauf ins Dachgeschoss zu Frau Zornig. Sie wollte dort des Führers Neujahrsrede hören.

Als sie zurückkam, fragte MaPö: ‚Was hat er gesagt?'

Sie sagte: ‚Er hofft.' – Nichts weiter.

25
Als Dänemarks Staatsbürger in deutscher Uniform

Schlossel hatte an einem Abend, als wir noch einmal von Elsa sprachen, zu deren Briefen an Wilhelm zurückgekehrt waren, plötzlich ein Aus gehabt. Das Gespräch verlief ruhig, bis Yoko plötzlich auffuhr:

„Mutter, was ist? Was hast du? Du bist ja ganz kreidebleich!"

Dr. Mahler wurde angerufen. Er war noch im Sanatorium und erschien sofort, um sie abzuholen.

Sie blieb dort länger, man durfte sie nicht besuchen: Sie war ‚woanders'. Unser Vater rief uns ins Studierzimmer, sagte, dass er uns nichts sagen könne.

„Ich wusste nicht, dass ein Mensch in solche Not geraten kann", sagte er.

Er weinte.

Das Studierzimmer sah uns erst nach zwei Wochen wieder, als Mona erholt, wie man so schön sagt, aus dem Sanatorium zurückgekehrt war.

„Mir ist dort eingefallen", sagte sie: „als Elsa in Humptrup so sehnsüchtig auf einen Brief von Wilhelm wartete, bin ich auf den Gedanken gekommen, euch drei großen Jungs nach Humptrup zu schicken, um sie ein bisschen abzulenken.

Ihr hattet schulfrei, Breklum lief über von Ausgebombten und ersten Vertriebenen und auch das Husumer Gymnasium machte eine Pause. Es war im November 1944."

Wir erinnerten uns genau; die Nachrichten meldeten mehrmals am Tag schwere Kämpfe in den Ardennen, Deutschland versuchte, sich in einer großen Offensive den vordringenden Amerikanern entgegenzuwerfen.

Ich sagte: „Wir freuten uns über die Schulferien. Hinter Niebüll begann eine Torflandschaft, und auf unserer Hinreise in Richtung Dänemark sahen wir, wie an dem grauen Tag zwischen Wolkenschatten und Sonnenlichtflecken Männer in schwarz-weiß gestreiften Anzügen Torfloren auf den Schienen schoben und im Moor stapften.

Alex glaubte, es seien Gefangene. Tante Elsa und der kleine Nils Holger, dessen zweiter Geburtstag am 18. Dezember bevorstand, wohnten in einem großen Haus außerhalb des Dorfes, wir erkundigten uns schon am ersten Abend nach den schwarz-weißen Männern im Torf – erfuhren aber nichts, ich auch später nicht: Niederländer?

Während Pille und Alex zur Husumer Schule zurückkehren mussten, durfte ich bis zum Geburtstag bleiben. Sie hatten schon einen Weihnachtsbaum, der kahl im Zimmer stand, Tante Elsa erzählte Geschichten, wir spielten und malten, ich faltete für den Kleinen aus weißem Papier einen Flieger mit einem Schnabel, zwei geknickten Flügeln und einem Schwanz; er schwebte unter der Decke und landete in der Tanne, Holger quietschte vor Vergnügen, Tante Elsa war begeistert. Ich faltete ihm einen spitzen Papierhelm, unter dem er stolz in die Küche ging. Sie schloss ihn in die Arme."

„November 1944", sagte Schlossel. „War es nicht damals, als Hans-Egon Petersen noch in den Krieg geriet – zur Zeit der Offensive – und das mit Gefängnis bezahlen musste?"

„Oh ja!", sagte MaPö. „Das wuchs sich aus zu einer Geschichte, die ich lieber nicht erlebt hätte – von ihm zu schweigen!"

„Wir haben überhaupt schon lange nicht mehr über Nordschleswig gesprochen", ergänzte Schlossel.

Das Studierzimmer sah sie lächelnd an.

„Mona? Genau dazu wollte ich heute etwas fragen", nahm unser Ältester das Wort. „Ich habe zwei Fragen, Vater. Wie haben die deutschen Nordschleswiger, unsre deutsche Minderheit –"

„‚Die Heimdeutschen', wie sie gerne bei den Dänen genannt wurden", sagte Schlossel –

„Ja! Wie haben die auf den Einmarsch der Deutschen Truppen am 9. April 1940 und diese Okkupation Dänemarks reagiert? Es gab doch einen Nichtangriffspakt. Und stattdessen eine Übernachtbesetzung. – Und wie haben die Pastoren in den deutschen Gemeinden das aufgenommen?"

MaPö schüttelte den Kopf: „Wir haben sehr wohl davon gesprochen, wie es die in Nordschleswig gebliebenen Deutschen insgesamt aufgenommen haben – und da muss man wohl sagen: Sie haben es in der Mehrheit begrüßt, lauthals am Straßenrand, mit Tschingderassabum –

Und dann: Ihr wisst doch, auch in den noch verbliebenen deutschen Pastoraten gab es seit 1933 deutsche Christen, die auf eine Rückkehr Nordschleswigs zu Deutschland hofften – das war ähnlich wie in Oberschlesien oder in Danzig oder im Elsass! – der Vertrag von Versailles sollte rückgängig gemacht werden …

Es gab sogar den Fall, dass ein deutscher Pastor und Mitglied des Kopenhagener Parlaments, des Folketing, dieses erstrebenswerte Ziel lauthals verkündete und in die Zeitung setzte! Erinnert ihr euch nicht?!

Für Breklum sah das von vornherein anders aus. Da galt der Zusammenhalt: In Hadersleben oder Tondern hatte Breklum nicht nur etliche Freunde, es war geradezu abhängig von ihnen. – Für uns galt doch schon seit 1934 die Devisensperre, unsere Leute in China und Indien erhielten ihr Geld über den ‚Verein der Freunde in Nordschleswig', schlicht gesagt, über Nis Petersen in Tondern.

Jetzt wanderte die Devisensperre auch nach Nordschleswig, die Situation war überhaupt rundum gründlich verändert. Ihr wisst doch, wie es Felix Paulsen ergangen ist – und in Indien, in Englands riesiger Kolonie Indien, wurden unsere deutschen Leute interniert, zuerst alle, schon am zweiten Kriegstag, wir hörten Genaues erst nach Jahren, Monas Schwester, unsre Tante Lea, saß schon nach ihrem ersten Jahr im schönen Jeypurland mit fast allen Mitarbeitern Breklums eingezäunt in einem englischen Internierungslager. Vier von ihnen, die der Englischen Verwaltung gut bekannt und schlicht ‚sympathisch' waren – Indien war doch noch Kolonie unter der Englischen Krone – vier durften auf ihre Missionsstationen zurückkehren, unter ihnen Freund Heinrich Meyer, Vetter Heini. Jetzt durfte aber auch aus Nordschleswig kein Geld mehr fließen ..."

„Und, wisst ihr was?", sagte Schlossel. „Die Dänen sprangen ein, die ‚Dansmission', sie hatten dort ja auch ihre Leute – halbe Breklumer. Und das nicht wenige Geld, das in Nordschleswig für Breklum gestiftet wurde, häufte sich jetzt bei Nis Petersen und er kaufte davon das Haus auf Rømø für unsere Gesellschaft – klugerweise unter seinem Namen. Er war dänischer Staatsbürger – einem deutschen Besitzer wäre dieses wunderbare Haus und Grundstück nach Kriegsende sofort entzogen worden. – Jetzt muss ich doch einmal wiederholen, was los war, weil wir von Hans-Egon Petersen sprechen wollen:

Nis Petersen war über den Einmarsch des Deutschen Reichs mehr als unglücklich, er war erschrocken. Tondern mit seiner großen Zahl deutscher Familien scheint aus dem Häuschen gewesen zu sein. Einer der Pastoren dort hisste auf der Turmspitze seiner Kirche die Hakenkreuzfahne. Da fielen dann gleich alle nur möglichen Worte für Führer und Volk, für Wehrmacht und Heimatfront, und zwar nicht als die ‚Freigemeinde', die sich gebildet hatte, sondern als ‚vollberechtigtes Glied ... der evangelischen Kirche Großdeutschlands'."

„Man dachte allen Ernstes an ein sich bis nach Norwegen erstreckendes Großdeutsches Reich", sagte MaPö, „zwischen dem kommunistischen Bolschewismus im Osten und den ‚plutokratischen', kapitalistischen Staaten im Westen …

England plante zur gleichen Zeit, den Deutschen an Norwegens Küste zuvorzukommen."

„Und Hans-Egon? Wie ging es in dieser Zeit deinem Freund Hans-Egon, der so schön am Strand von Röm die Luftblasen im Wasser tanzen ließ?", fragten wir.

„Hans-Egon war außer sich. Er hat den 9. April, den Tag des Einmarsches, scheint mir, schon von Kopenhagen aus miterlebt und ihn in seinem Tagebuch festgehalten. Wartet, das müsst ihr hören, da habe ich eine Kopie in meinem Schreibtisch."

Er suchte sie, es dauerte ein wenig; dann hatte MaPö das Blatt und gab es Mona, die auf dem Chaiselongue lag.

„Es ist dänisch", sagte er, „ich verstehe es halbwegs, aber übersetzen musst du!"

„Wie sah er damals aus!", sagt sie. „Nein! Mit 18 Jahren? Wie erwachsen und ernst! Ein fabelhafter Kopf – das schwarze Haar und damals schon das fliehende Stirnhaar. – Beinahe schwermütig …"

„Übersetzt du?", sagte MaPö.

Schlossel lag und las:

„‚Dag og Notesbog. 10. April 1940.

Gestern marschierten die deutschen Truppen in meine Heimat ein und wurden von den Nordschleswigern jubelnd begrüßt. Aber wie schmerzt es einen doch, wenn man sieht, wie die Volksgenossen zu ‚Hyänen' werden, wenn die Ochlokratie – der Pöbel – die Macht ergreift. Es ist nicht besonders schön gewesen, wie sie sich gestern verhalten haben, und verschiedene Flaggengeschichten sind absolut nicht rühmenswert. Man bedenke, womit sie ihre Kameraden, die mit und für anders Gesinnte arbeiten müssen, konfrontieren. Es waren absolut taktlose Verhaltensweisen, Handlungen, die sowohl in der Schule, am Krankenhaus, beim Rathaus und an anderen Stätten vor sich gingen. Darin sieht man am besten die ‚Verrottetheit' in dem guten Wort: ‚vox populi – vox Dei'. Man bewahre uns vor so etwas in der Zukunft.'"

Mona ließ das Blatt sinken: „Der Junge sagt tatsächlich, dass das Volk, dem er angehört, verrottet ist. Petersens gehörten ja in Dänemark zur deutschen Minderheit, waren ‚Volksdeutsche‘, wie man damals hier bei uns sagte.“

Wir sahen sie an.

„Wartet, es folgt noch einiges auf dem Blatt, deutsch und dänisch durcheinander. Soll ich noch etwas weiterlesen? – Da steht:

‚Vor einigen Tagen machte ich meine erste selbstständige literarische Entdeckung, indem ich herausfand, dass Hans Christian Andersens ‚Rosenalfen‘ – ‚Der Rosenalf‘ – eine absolut vollständige Übertragung von Boccaccios Novelle ‚Lisabettas Blumentopf‘ ist.‘

Und dann: ‚Gott gebe, dass wir bald den Frieden bekommen mögen, einen gerechten Frieden, der keinem zum Verdienst gereichen möge. Möge diese schicksalsschwere Zeit uns näher zu ihm führen, dass das Wort lebendig werde und das Licht auf einen Kerzenhalter gesetzt werden möge!‘“

Sie schüttelte den Kopf: „Einen Frieden, der nicht von einer Seite diktiert wird, von dem beide Teile etwas haben. Wie klug man mit 18 Jahren sein kann! –“ Schlossel war wieder einmal begeistert von Hans-Egon.

„Da folgt ja noch eine Reihe von Auszügen, spätere.

Die hat sein Sohn mir geschickt, Nis Edwin“, sagte MaPö. „Liest du noch ein paar Stellen?“

Schlossel lachte. „Schiller verulkt die Professoren, ein Zweizeiler über die:

Wissenschaft
Einem ist sie die hohe, die himmlische Göttin,
Dem anderen eine tüchtige Kuh, die ihn mit Butter versorgt.

Die alten und die Neuen
Am Pfluge, wie die Chronik lehrt,
Philosophierten unsere Väter –
Nun hat der Fall sich umgekehrt:
Itzt pflügt man am Katheder!

Oder, hört nur, das ist nun Schopenhauer:

,In allen Jahrhunderten hat die arme Wahrheit darüber erröten müssen, dass sie paradox war – und es ist doch nicht ihre Schuld.'

Und Kierkegaard, Kierkegaard auf deutsch, das passt ganz direkt zu Schopenhauer:

Der rechte Beter kämpft mit Gott im Gebet
und siegt dadurch,
dass Gott in ihm siegt."

Schlossel las für sich weiter, wir am ovalen Tisch begannen uns zu unterhalten, erinnerten uns, wie Hans-Egon uns später einmal in einer deutschen Uniform besucht hat „– also, das verstehe ich absolut nicht", hörten wir sie sagen.

„Aber das hier, das ist nun wieder unglaublich, was er da gefunden hat. Goethe redet mit seinem Eckermann über die Christliche Religion."

„Mona?", sagte MaPö.

„Nein!", sagte sie, „das ist zu überraschend, das müsst ihr wirklich noch hören:

„Die Christliche Religion hat nichts mit der Philosophie zu tun. Sie ist ein mächtiges Wesen für sich, woran die gesunkene und leidende Menschheit von Zeit zu Zeit sich immer wieder emporgearbeitet hat, und indem man ihr diese Wirkung zugesteht, ist sie über alle Philosophie erhaben und bedarf vor ihr keine Stütze.'"

Sie winkte mit den Blättern, oder war es ein Heft? Las still für sich weiter.

„Was macht Hans-Egon eigentlich, wenn er nicht denkt? Sein Tage- und Notizbuch liest sich wie eine Kompasssuche. Man glaubt ihm sofort, dass er die vier Semester, die er in Kopenhagen studiert hat, vom September 1940 bis zum September 1942, mit Freude genützt und gearbeitet hat."

„Wollten wir nicht eigentlich verstehen, wieso Hans-Egon in den Krieg und ins Gefängnis kam?", fragte Alex.

„Er hat im Krieg zuerst in Kopenhagen, danach aber auch in Deutschland studiert – das ist schlicht der Grund.

Was es bedeutete, haben wir beide nicht abgesehen. – Er hat mit Gewinn das anspruchsvolle, gut protestantische Programm dort oben studiert, das Studium in Kopenhagen war es nicht, was ihm den Aufenthalt in der quicklebendigen Stadt und dieser Fluchtbrücke nach dem hohen Norden fraglich gemacht hat", sagte unser Vater.

„Mit zunehmender Deutlichkeit wurde er Tag für Tag daran erinnert, nachdem er schon zu Hause beim Eintritt in das dänische Gymnasium, die Statsskole, den ganzen Ernst des Grenzlandkampfes kennengelernt hatte, wie sein Deutschtum dort anstößig war trotz anhaltender freundschaftlicher Verbindung zu einigen Lehrern, wie er sich gegen eine ‚Aufsaugungspolitik' behaupten musste und wie dann, seit dem 9. April 1940, dort die weiteren Schulmonate ganz unerträglich geworden sein müssen. Die nationale Selbstbesinnung in Dänemark stieg auf einen Höhepunkt, sie Feindseligkeit zu nennen wäre eine Untertreibung. Was Dänemarks berühmter Liederdichter Grundtvig täglich gesagt haben soll: ‚All unser Verdruss ist deutsch' –"

„Auch gesagt haben könnte – man schrieb es ihm zu –", unterbrach ihn Schlossel. „Tatsächlich soll das Wort aus einem Theaterstück des 18. Jahrhunderts stammen, aus dem Stück ‚Harlekin Patriot' (1772) von Johannes Ewald, ich weiß es von Petersens, soll ich es sagen?

‚Tydsk er en Gift for Landet,

Al for Fortræd er Tydsk'. – ‚Deutsch ist landauf ein Gift, was uns etwas antut, ist Deutsch'."

MaPö nickte. „So ungefähr versteht man es, nicht? Das wurde also der Hahnenschrei frühmorgens und die Losung des Tages. Musste der Hass nicht gerade auf dem kirchlichen Feld aufkochen, wenn das Kieler Landeskirchenamt, sobald eine Pfarrstelle in Nordschleswig frei wurde, statt der sprachkundigen Sachkenner und ortskundigen Landeskinder möglichst landferne Deutsche Christen einschleuste? Wie sollte Hans-Egon da – von Norden oder Süden her gesehen, in diesem zerrissenen Gelände – noch ein Pastor zugleich der deutschen wie der dänischen

Gemeinde werden können, ein *Helsognpræst*? Wer würde das wollen!

Der Traum war aus“, sagte MaPö. „Wir haben hier im Studierzimmer darüber bis in die Nacht gesprochen. In Dänemark, Kopenhagen und Aarhus, bleiben oder –?“

„Ich habe mich damals noch einmal mehr gewundert“, sagte Schlossel, „wie erwachsen er wirkte, vollkommen ernst, als sei er schon geprägt von dem durch die Welt taumelnden Krieg wie so mancher, der von dort auf Urlaub kam.“

„Ein folgenschweres Gespräch“, sagte MaPö. „Seit Röm war ich sein Mentor. Ich erzählte ihm von meinem Studium in Tübingen, davon, dass Luther und die Bekennende Kirche hier eine Bastion habe, was heute übrigens bezweifelt wird. – Er war in beiden Kirchen zu Hause, in der deutschen wie in der dänischen, aber wohl doch mehr in der Kirchenliedtradition des Südens und in der deutschen Kultur, ein deutscher Däne. Überdies gab es seit 1924 diesen Vertrag zwischen dem Landeskirchenamt in Schleswig-Holstein und der dänischen Seite in Nordschleswig, dass in vier Stadtgemeinden die Stelle eines Predigers beider Gemeinden erhalten bleiben sollte: in Tondern und Hadersleben, Sonderburg und Apenrade. Hätte er da eine Chance, wenn er nur im Norden ausgebildet wäre?

Wir wurden uns einig: Wenn überhaupt, würde sich am ehesten über die Schleswig-Holsteinische Landeskirche sein Wunsch erfüllen können, in Nordschleswig deutsch und dänisch predigen zu können. Ich habe ihm geraten, sein Studium in Tübingen und vielleicht in Halle-Wittenberg, dieser erzlutherischen pietistischen Enklave, fortzusetzen. An beiden Plätzen hatten wir Breklumer Freunde.“

„Und der Rat hat Vater später manchmal gequält“, sagte Mona.

Wir sahen sie an.

„Der Krieg!“, sagte sie. „Auch die Theologen wurden manchmal aus dem Studium heraus in den Krieg eingezogen.“

„Das war ihm klar", sagte MaPö. „Dies unser Gespräch haben wir schon Anfang 1942 geführt, als er noch in Kopenhagen studierte. – Ich meine, es war so: Er war damals als Kopenhagener Student Mitglied der ‚Verbindung Schleswiger Studenten', sogar im Frühjahr '41 ihr Sprecher; als er Ende September 1942 nach Tübingen ging, hatte er ein Zeugnis über seinen tatkräftigen Einsatz in der Tasche, das ihm sein Nachfolger Kurt Harbeck ausgestellt hatte.

Vielleicht hat er von dieser Verbindung aus den Umzug nach dem Süden eingeleitet, oder – ich weiß nicht – jedenfalls gibt es im Januar 1944 von Halle aus einen Briefwechsel Hans-Egons mit dem Wehrbezirkskommando, Abteilung Ausland, in Berlin. Da schrieb er, wartet:

‚Anfang 1942 meldete ich mich auf Aufforderung freiwillig zur Waffen-SS, wurde jedoch ohne Begründung nicht angenommen.'"

„Auf Aufforderung freiwillig zur Waffen-SS?"

„Ja. Das war bei den ‚Volksdeutschen' das Normale, ein Ausgangsprinzip, ich meine, die Einordnung in die Waffen-SS. Aber, wie gesagt, er hörte nichts weiter über eine tatsächliche Einberufung und konnte in Tübingen weiterstudieren wie ich fast zwanzig Jahre vor ihm, 1923. Ich muss euch jetzt einmal aus diesem Papierstoß einiges vorlesen, Hans-Egons Sohn Nis Edwin hat es sorgfältigst aufbewahrt. –

Es hat mich ziemlich seltsam berührt, nein, verblüfft und bewegt, sein Studienbuch für das Winterhalbjahr 1942/43 und das Sommerhalbjahr 1943 in Tübingen zu lesen. Die Namen, bei denen er gehört und mitgearbeitet hat, kannte ich noch, die Titel der Vorlesungen und Seminare, die er belegt hatte und rechts dann das Testat, die kriggelige Unterschrift der Professoren, ihre Bestätigung, dass er all das tatsächlich besucht hatte: 24 oder 26 Wochenstunden! Aber als ob sich nichts geändert hatte, las ich da: ‚Heim ‚Erklärung des Römerbriefes', Schlunk: ‚Bibelkunde des Alten Testaments', Weiser: ‚Jesaja', Völker: ‚Geschichte der Reformation und Gegenreformation', Köberle: ‚Dogmatik I und II'.

Es war, als habe sich nichts geändert, klang geradezu heimatlich, während im Reich ‚Bombenteppiche' die Städte heimsuchten, in Stalingrad eine deutsche Armee ‚aufgerieben' wurde und die Berliner Führung unverändert vom Endsieg träumte.

Tübingen war verschont? Einmal hat er dort, von ihr gebeten, vor der Tübinger Studentengemeinde einen Vortrag über den Glauben in heute scheinbar aussichtsloser Situation gehalten – ohne Polemik und zugleich ganz frei.

Im Winterhalbjahr 1943/44, als er in der Martin-Luther-Universität Halle-Wittenberg studierte – es klang ganz ähnlich wie in Tübingen, sogar ‚Islam und Christentum' war hier ein Thema – erreichte ihn am 24. Januar 1944 aus Berlin die erneute Aufforderung, sich freiwillig zur Waffen-SS zu melden.

Nun war er im Bilde und bezog die bekannte Formel auf sich. Jetzt, im Januar '44, wurde er gleichzeitig zu einer neuen Musterung aufgefordert und antwortete sofort, er habe nicht den Wunsch, in die Waffen-SS einzutreten, er wolle zur Luftwaffe. – Die Berliner Antwort: Er könne seine Freiwilligenmeldung zur Waffen-SS jederzeit zurücknehmen. Bei der Luftwaffe gebe es keine SS – das war sein Grund, er hatte keine Ahnung von der Luftwaffe –, er könne den fliegerischen Einsatz anstreben, schrieb das dänisch besetzte zuständige Amt in Berlin. Er erwerbe mit diesem Antrag auf Grund eines Führererlasses die deutsche Reichsangehörigkeit und werde dann als Reichsdeutscher versorgt.

Auch das möchte er nicht, antwortet er. Er wolle die Sonderrechte behalten, welche der deutschen Volksgruppe als dänischen Staatsbürgern zugesichert seien.

Für einen solchen Wunsch lägen keine Bestimmungen vor, antwortete am 8. Februar '44 das ‚Wehrbezirkskommando Ausland' in Berlin. Es seien aber Bestrebungen im Gange, für Volksdeutsche mit dänischer Staatsangehörigkeit eine entsprechende Abmachung zu erreichen. Das Entgegenkommen war erstaunlich.

Zehn Tage darauf erhielt Hans-Egon ohne klaren Absender, auf eine nochmalige Anfrage vom 13. 2. 44, einen

Brief nach Halle, Franckeplatz 1, Sprachenkonvikt, und dazu in Abschrift nach Tondern: Er möge sich in dieser Angelegenheit weiterhin mit dem Berliner Wehrbereichskommando – Ausland in Verbindung setzen. Dann steht da:

Sie haben die Möglichkeit als Volksdeutscher unter Beibehaltung Ihres dänischen Staatsbürgerrechtes bei der Luftwaffe eingestellt zu werden.

Die deutsche Volksgruppe hat annähernd 200 Freiwillige bei der Luftwaffe. Unter keinen Umständen dürfen Sie Ihre dänische Staatsangehörigkeit aufgeben. Lediglich bei aktiven Offizieren und Utffz. wird die Einbürgerung verlangt.

Dem SS-Ergänzungsamt in Halle teilen Sie nur schriftlich mit, dass Sie zur Musterung nicht erscheinen, da Sie sich inzwischen als Freiwilliger zur Luftwaffe gemeldet haben.

Abschrift dieses Schreibens mit den mir übersandten Anlagen sende ich an Ihre Heimatanschrift:

cand. theol. Hans-Egon Petersen,
Tondern, Carstenstr. 36

Heil Hitler!
[?]“

„Da sieht man, wie Hans-Egon sich eingesetzt hat, und zwar nicht nur dagegen, dass er SS-Mann werden sollte, sondern auch für seine dänische Staatsbürgerschaft, nicht?

Aber was für eine sympathische Adresse auch, die in Berlin!“, sagte Schlossel. „Diesen letzten Brief muss ein Freund aus dem Berliner Wehrmachtskommando geschrieben haben. Lass mich mal sehen“, sagte sie, und studierte den Text auf der Chaiselongue. „Die Unterschrift ist ein Buchstabe, den man gar nicht entziffern kann!“ Sie lachte: „Vielleicht war es der Chef des Kommandos selbst? Weißt du, warum er unbedingt dänischer Staatsbürger bleiben wollte?“

„Er wollte wohl diese Sonderrechte behalten“, sagte MaPö. „Er wollte die Doppelrolle.“

„Gab es nicht noch einen anderen Grund?", fragte Schlossel listig.

„Natürlich! Ich weiß, was du meinst! Im Jahr 1943 hatte er sich mit Jette Nielsen verlobt, die auf Röm geboren ist, eine Zeitlang Assistentin im Tonderner Krankenhaus war und dann in Lügumkloster Gemeindeschwester wurde. Er lernte sie da kennen und war sofort entschlossen."

„Im Frühjahr 1944, war es da nicht auch selbstverständlich, die Ehe in Dänemark einzugehen? Noch dazu mit einer regelrechten Dänin?"

„Vater! Du hast sie doch getraut! –", sagte Spatz.

„Ich habe sie getraut. Er ist noch im Februar auf dem Weg nach Tondern bei uns gewesen", sagte MaPö, „da war es wohl, wo ihr ihn in Uniform gesehen habt, und da hat er mich gebeten, ihn in seiner Heimatstadt Tondern zu trauen.

Es tat mir sehr leid, aber ich musste ihm sagen, es geht nicht, mir ist wegen ‚systematischer Untergrabung des Deutschtums in Nordschleswig' der Pass entzogen worden. – Sogar von ‚Wehrkraftzersetzung' soll bei mir die Rede gewesen sein."

„Ich sehe ihn vor mir, Hans-Egon", sagte Schlossel, „wie er betrübt sich verabschiedete, nun in Zivil. Er trug eine schwarze Fliege."

MaPö: „Und dann, Wochen später, kommt ein Anruf von der Gestapo. Ich sollte mich vor dem letzten Wagen eines nächsten D-Zugs Richtung Norden einfinden. Uns wurde es sehr mulmig. Mona und ich fürchteten, jetzt kommt es doch zur Verhaftung, ich packte meine Sachen, Nachthemd, Zahnbürste – stand zu angegebener Zeit vor dem letzten D-Zug-Wagen am Bredstedter Bahnsteig, grüßte mit erhobenem Arm – da sprang ein kleiner Beamter heraus und sagte:

‚Sie können Hans-Egon Petersen trauen.'

‚Das kann ich nicht', sagte ich, ‚ich habe keinen Pass mehr.'

‚Sie brauchen keinen', sagte er. ‚Ich nenne Ihnen jetzt den Tag und die Stunde für die Abreise in Ihre Richtung –

dann wird Fritz an der Grenze in Süderlügum sitzen. Sie gehen als Letzter durch und sagen: ‚Ich brauche keinen Pass.‘ Dann macht Fritz so eine Handbewegung‘ – er schob von rechts nach links etwas Luft zur Seite: ‚Dann gehen Sie durch.‘

So kam ich hin, und so kam ich zurück.“

„Kaum zu glauben. Zum Aufspringen –!“, meinte Perle.

In diesem Ausnahmezustand muss es manchmal unglaublich schöne Augenblicke gegeben haben. Hier kommt mithilfe der Deutschen Geheimen Staatspolizei in Niebüll und Tondern ein Südschleswiger Pastor, der angeblich das deutsche Volkstum und die Wehrkraft Nordschleswigs unterminiert, durch eine Seitentür nach Tondern, um ein ihm nahes dänisches volksdeutsches Brautpaar in dessen Heimatkirche zu trauen, ein Paar, das ihm im Glauben und in Freundschaft verbunden ist. Wie werden die Eltern Petersen und das junge Brautpaar den heimlichen Gast in der Carstenstraße 36 begrüßt haben: Lachend? Oder mit zurückhaltender, verschmitzter Miene? Oder nur leicht und locker und völlig normal? Es war wie im Frieden.

Es bestand kein Zweifel daran, dass die Trauung öffentlich und in der Kirche stattfinden würde. Nicht wenige Leute waren unterrichtet, wenn auch kurzfristig, und sie kamen in der gewohnten Festkleidung. Es herrschte die Macht des Augenblicks in einer tragfähigen unbeirrten Tradition, und MaPös Rolle und Wirkung war, wie immer, seine ganz und gar persönliche Objektivität. Es war der 24. März 1944. Ein Nachmittag.

Die Orgel hat gespielt. Nach dem Vorspiel sangen sie ‚Oh, dass ich tausend Zungen hätte‘, und zwar alle sechs Strophen:

O dass ich tausend Zungen hätte
Und einen tausendfachen Mund,
So stimmt ich damit um die Wette
Vom allertiefsten Herzensgrund

Ein Loblied nach dem andern an
Von dem, was Gott an mir getan.

O dass doch meine Stimme schallte
Bis dahin, wo die Sonne steht;
O dass mein Blut mit Jauchzen wallte,
Solang es noch im Laufe geht;
Ach wär ein jeder Puls ein Dank
Und jeder Odem ein Gesang!

Ihr grünen Blätter in den Wäldern,
Bewegt und regt euch doch mit mir;
Ihr schwanken Gräslein in den Feldern,
Ihr Blumen, lasst doch eure Zier
Zu Gottes Ruhm belebet sein
Und stimmet lieblich mit mir ein!

Ach alles, alles, was ein Leben
Und einen Odem in sich hat,
Soll sich mir zum Gehilfen geben,
Denn mein Vermögen ist zu matt,
Die großen Wunder zu erhöhn,
Die allenthalben um mich stehn.

Ich will von Deiner Güte singen,
Solange sich die Zunge regt;
Ich will dir Freudenopfer bringen,
Solange sich mein Herz bewegt;
Ja, wenn der Mund wird kraftlos sein,
So stimm ich doch mit Seufzen ein.

Ach nimm das arme Lob auf Erden,
Mein Gott, in allen Gnaden hin.
Im Himmel soll es besser werden,
Wenn ich bei deinen Engeln bin.
Da sing ich dir im höhern Chor
Viel tausend Halleluja vor.

Die Besucher auf den Bänken sehen einander an, lächeln. Hans-Egon – Außer der Zeit in der Zeit! Ein Lied von Johann Mentzer, geboren 1658 zu Jahma in der Oberlausitz, gestorben 1734 als Pastor in Kemnitz bei Bernstadt.

Der Gast aus Deutschland beginnt mit dem Wort, das die beiden sich für diesen Moment ausgesucht haben. Es klingt ernst genug. Jeder weiß in diesen Mauern, was draußen heute und morgen auf dem Spiel steht:

Siehe, ich habe dir geboten, dass du getrost und freudig seist. Lass dir nicht grauen und entsetze dich nicht; denn der Herr, dein Gott, ist mit dir in allem, was du tun wirst. (Josua I, 9)

Es ist still.

„Ihr lieben Brautleute!“

MaPö erinnert die beiden vor ihm Sitzenden daran, wie ihre Eltern ihnen die Bedeutung dieses ‚Siehe‘ beigebracht haben, „Siehe, ich verkündige euch große Freude“, ... wie dankbar sie wohl an diesem Tag ihren Eltern seien.

Die Ansprachen von MaPö hatten fast immer drei Punkte, in diesem Fall wählt er eine plastische Begründung. Er sagt: „Wenn drüben auf den Philippinen ein Eingeborener sein Haus errichtet, dann rammt er drei Pfähle in den Grund des Meeres. Auf diesen drei Pfählen ruht sein Haus, sie tragen den ganzen Bau. So stellt Gott euch drei Grundpfeiler eurer Ehe hin, seht zu, dass ihr darauf baut.

Der erste: Getrost und freudig

Zu den Geboten, die unser Leben tragen sollen, gehört es, getrost und freudig zu sein, selbst in den ärmsten Stunden, in aussichtsloser Lage. Was uns als Schuld oder Fehler in der Vergangenheit quält, ist vergeben, wenn wir die Vergebung annehmen und den Herrn in unsrer Schwachheit mächtig werden lassen. Die Freude, die ihr heute aneinander und an diesem Fest habt, erhält einen haltbaren Grund, der auch das tiefste Leid hinwegspülen kann, wenn ihr euch gesagt sein lasst, dass ihr getrost und freudig sein sollt.

Der zweite: unverzagt und ohne Grauen

Die Bibel spricht nüchtern von der Wirklichkeit: In der Welt hab ihr Angst. Über der Welt von heute steht das

Grauen des Krieges. Dämonische Mächte toben sich aus. Es ist nicht schwer, in der gegenwärtigen Stunde an die Macht des Satans und seiner finsteren Gewalten zu glauben. Wozu sind Menschen fähig! Die Welt zittert unter Gottes Gericht. Hoch gehen die Wogen. Aber – seid unverzagt! Habt keine Angst! Es ist der Herr, der die Welt überwunden hat. Ob euch einsame Tage bevorstehen, schwere Stunden, ja, Not und Tod, ihr dürft unverzagt sein. Die Bibel nimmt uns alle Illusionen. Sie schildert die Welt, wie sie ist. Was in der Bibel steht, geschieht in der Welt heute. Durch die Völker hin geht das Grauen. Da stürzen sich die einen hinein in eine Leichtfertigkeit ohnegleichen und die andern verfallen dem Pessimismus. Der Unglaube will überall triumphieren. Ihr aber dürft eure Ehe mitten in dieser Zeit beginnen ohne jedes Grauen.

Der dritte: Unter Seinem Geleit

Was ihr tut, ihr dürft es alles unter Christi Geleit tun. Vielleicht werden eure Wege sich in wenigen Wochen schon wieder trennen. Ihr kommt weit auseinander. Aber durch Ihn seid ihr immer wieder auf demselben Weg.

Vor euch liegt der schönste Dienst, den es gerade heute gibt, der Dienst eines Pastors und einer Pastorin. In diesem Dienst wirkt Er, wenn zwei sich darin eins sind, dass er es ist, der das Wollen und Vollbringen gibt.

Achtet auf das Geheimnis einer glücklichen Ehe: dass wir einander vergeben, wie Er uns vergeben hat. Wer sich daran hält …“

Die kleine Hochzeitsgesellschaft war entspannter, vergnügter Stimmung, als sie darauf in Petersens Haus an der alle Sinne überwältigenden nordschleswigschen Hochzeitstafel Platz nahm. Hans-Egon stand auf und verbeugte sich herzlich vor dem erhofften Gast, der „durch die Seitentür“ gekommen war. MaPö erhob sich nach kurzer Zeit, sagte lachend: „Zwischen uns, liebes Brautpaar und liebe Eltern unseres Brautpaars, gibt es keine Seitentüren, die sich schließen lassen – nur auf dem Bahnhof draußen gibt es eine, die darf ich nicht verpassen. – Gott befohlen!“

Später hat er uns erzählt: „Die Frau des Tonderner Gestapo-Beamten, der das wohl mit unserem Niebüller arrangiert hatte, ist nach dem Krieg eines Tages zu uns nach Breklum gekommen. Sie nannte ihren Namen. ‚Was?', sage ich. ‚Beim Rasieren heute morgen habe ich zu meiner Frau gesagt: Was machen wohl unsre Freunde von der Geheimen Staatspolizei?' Sie begann hemmungslos zu weinen. ‚Das hat in letzter Zeit niemand zu uns gesagt, wir sind verhasst.' – Sie waren aus Tondern vertrieben, in Niebüll auf einem Dachboden zwischen notdürftigen Bretterwänden untergekommen, ihr Mann befand sich in einem jetzt umgekehrt verwendeten Konzentrationslager bei Bielefeld. – Ich habe an den Lagerkommandanten geschrieben und er ist tatsächlich freigekommen. Das war erst ein Jahr nach Kriegsende."

Hans-Egon Petersens gültige ‚Musterung' ließ nach jenem Tag im März 1944 nicht lange auf sich warten. Im Mai legte er in Halle mit dem inzwischen normalen ‚Genügend' die Notprüfung ab. Es folgte so etwas wie eine Ausbildung zur Luftwaffe in einem ‚Haufen' rasch zusammengewürfelter Leute im Westen.

Die alliierten Truppen nähern sich nach ihrer Frühjahrslandung in der Normandie jetzt Deutschlands Westgrenze. 10. September 1944. „Heute war die Vereidigung in einem feierlichen Akt. Ich bin jetzt also in dieser schweren Zeit ganz richtiger Soldat geworden. Was die Zukunft bringt, weiß niemand von uns. Das tut aber auch nicht nötig. Heute haben wir nur das eine festzuhalten, ja uns daran zu klammern: Meine Zeit steht in deinen Händen. Gott – der Herr der Zeit und der Geschichte."

13. Okt. 1944

Liebe Jette, liebe Eltern! –

Hans-Egon ist verwundet. Er erzählt von einem jungen Fähnrich, einem katholischen Oberschlesier, der aus seiner Gesinnung kein Geheimnis macht. „Im Laufe der Zeit werden wir uns wohl noch näher kommen und ich freue mich jetzt schon über unsre junge Freundschaft! Heute haben wir zusammen Goethes Faust gelesen …"

7. November 44.

Liebe Eltern. Eure Sorge um mich verstehe ich. Es ist schon richtig, dass die Fallschirmjäger ein harter Haufen sind, und zwar ausschließlich ein Einsatzhaufe, welcher selten oder richtiger nie in der Heimat oder dem besetzten Gebiet liegt.

Es gebe um ihn herum Freunde der Bekennenden Kirche und viele katholische Bauern. „Man merkt auch da die Auswirkung der Communio Sanctorum! Als Christen können und müssen wir in dieser einsamen Zeit diese Gemeinschaft erkämpfen, die ruhige Zeiten zersplittert haben."

17. November

Ich denke viel an euch! Täglich sind wir verbunden durch das gemeinsame Lesen der Losung. Das gehört zu meiner eisernen Ration! Täglich müssen wir die starken Hände suchen, die unsern Blick auf die Ewigkeit festhalten!

Meine Operationswunde ist gut verheilt, wenn auch noch nicht alles in Ordnung ist … Ich bin wieder in Neust … hoffe, von diesem Haufen fortzukommen. Denn meine Konstitution ist, wie ihr ja wisst, nicht für die Anstrengungen der Infanterie geschaffen!

Der Infanterie? – Nicht der Luftwaffe? Die Post von der Kriegsfront bricht ab. Aus dem Westen Deutschlands, wo die amerikanischen und englischen Truppen auf heftigen Widerstand stoßen, die Deutschen bei den Ardennen ein Sich-Aufbäumen, eine Entscheidungsschlacht versuchen, gelangt im November, Dezember, Januar keine Nachricht mehr nach Tondern.

Dann erscheint dort am 24. Februar eine Anzeige:

„Vermisst. Am Sonnabend ist die Nachricht eingetroffen, dass unser Kamerad Hans-Egon Petersen, der sich freiwillig zur Luftwaffe meldete und einer Fallschirmgruppe zugeteilt war, bei den Kämpfen um Aachen als vermisst gemeldet ist. Mit den Angehörigen wollen wir hoffen und wünschen, dass eines Tages dennoch ein Lebenszeichen von ihm eintrifft."

MaPö erhält die Nachricht aus Tondern am Morgen des 28. Februar. Er zittert, antwortet noch am gleichen Tag in einem zwei Seiten langen Brief: „Unsere Gedanken sind unablässig bei Ihnen, bei Hans-Egon und seiner Frau."

Er wendet die Losung des Tages hin und her, versucht, zu trösten, spricht von eigener, bitterer Erfahrung: von seinem dritten Bruder, Wilhelm, dem seit August dieses Jahres 1944 ohne ein Lebenszeichen in Rumänien vermissten Militärarzt.

„Es ist so schwer, in dieser Spannung zwischen neu belebter Hoffnung und völliger Hoffnungslosigkeit darin zu leben." Das Wort ‚vermisst' hat längst einen fatalen Klang, das Bücherbord an der Ostseite des Studierzimmers ist zur Hälfte von Todesanzeigen bedeckt; er scheint das Schlimmste zu befürchten.

„Musste Hans-Egon diesen Weg gehen? War das Gottes Weg? Mich persönlich trifft diese Frage, liebe Familie Petersen, mit einem ganz besonderen Gewicht, weil ich Hans-Egons guter Freund und Kamerad sein wollte, der mit ihm seinen Weg ging, ja noch mehr, der als Bruder in Christo ihm fürbittend nahestehen durfte. Bin ich so mitschuldig an seinem Weg und seiner Entscheidung? Er wollte das tun, was vor Gott recht ist. Und nicht wahr, wir haben ihn doch immer sehr lieb gehabt, Sie noch viel mehr als ich.

Sein Wille geschehe! Aber kann es nicht auch Sein Wille sein, dass Hans-Egon in Gefangenschaft ist. In der Einfalt des Glaubens dürften wir ihm auch das zutrauen. Er kann es schenken.

Mit Ihnen stellt sich still unter die neue Last Ihres Hauses als einer, der Ihnen so viel zu danken hat,

Ihr

Friedrich MaPö"

Anfang April 1945 liest man in Tonderns Zeitung:

„In amerikanischer Gefangenschaft. SS-Mann Egon Petersen hat aus Frankreich seinen Eltern geschrieben, dass er in amerikanische Kriegsgefangenschaft geraten ist." – (Die Zuordnung zur SS wurde als Norm vorausgesetzt.)

Hans-Egon war seit November 1944 in Gefangenschaft, hatte einen eisigen Winter in verschiedenen Lagern verbracht, im Zelt auf Schneefeldern, sich seit Anfang März in Briefen zu melden versucht. „Meine innig geliebte Jette! Jetzt sind es schon $^3/_4$ Jahre, seit wir uns zuletzt sahen, und ein halbes Jahr nach der letzten Post! Bei meinem Briefe-Schreiben komme ich mir vor wie einer, der in eine Wüste hineinruft, ohne einmal Antwort zu bekommen. ‚Siehe, ich habe dir geboten, dass du getrost und freudig seist' … Denkst du noch an dies Wort?"

„Ich sehne mich ja so nach Dir, mein Hans. Aber jetzt, wo wir Nachricht von Dir haben, scheint die Sonne wieder …"

Am 3. April 1945, dem Ostersonntag, schreibt er seiner lieben Jette, er habe mit seinem Kollegen die Frohe Botschaft eben jetzt vor vielen tausend Kameraden ausrichten dürfen. „Trotz Gefangenschaft ist mir persönlich doch dieses Ostern das Schönste meines Lebens! Das nächste werden wir bestimmt wieder zusammen verleben."

Als er im Herbst nach Hause kommt, wird er wegen seines Dienstes als Kriegsfreiwilliger zu einem Jahr Gefängnis und fünf Jahren Ehrverlust verurteilt.

Seine hautnahe Beteiligung am Krieg scheint in einem einzigen ‚Einsatz' bestanden zu haben. Der ‚Haufen' von Fallschirmjägern, dem er angehörte, wurde zu dem Zeitpunkt, als die Alliierten im Westen auf deutsches Staatsgebiet vordrangen, während der mörderischen Schlacht im Hürtgenwald dem Feind als Infanterie entgegengeworfen. Nur neun Soldaten dieser zwei Kompagnien überlebten, er war einer von ihnen und geriet in amerikanische Gefangenschaft, in Lager, die fortlaufend tiefer in Frankreichs Westen verlegt wurden.

Seine amerikanische Gefangenschaft dauerte fast ein Jahr, von der Novemberschlacht 1944 im Hürtgenwald bis zum 4. Oktober 1945, an dem er auf einem Schiff als entlassener Kriegsgefangener im Freihafen von Kopenhagen landete. Er hat von seiner Gefangenschaft eingehend berichtet, es lag ihm überhaupt daran und er hatte Anlass, nachzuweisen, wes Geistes Kind er war. Er scheint nicht besonders kriegstauglich gewesen zu sein; eine frühe Kinderlähmung wurde als Hemmschuh vermutet. Das Technische oder überhaupt nur Praktische war nicht seine Welt. ‚Er hatte zwei rechte Daumen', erklärt mir sein in Nordschleswig bekannter Sohn Nis-Edwin List-Petersen, und wenn es darum ging, einen Nagel in die Wand zu schlagen, sah er sich lieber nach diesem seinem ältesten Sohn um.

Es sei nicht anders vorstellbar, zumal bei seiner Person, als dass er mit unendlicher Dankbarkeit auf jenen einzigen Kriegstag zurückgeblickt habe, an dem er mit acht anderen davonkam. Und kaum verwunderlich, dass man in der Gefangenschaft – Ausbildung hin oder her – sehr bald von A bis Z den jungen Pastor erkennen konnte. Drei Semester Theologie in der Hauptstadt des dänischen Königreichs im Rücken, drei bei den pietistischen Theologen Deutschlands in Tübingen und Halle, dort die ‚Notprüfung', zuvor zehn Wochen ein Vikariat bei Pastor Horstmann in Graasten, Gravenstein, wo er bereits das Gros der Amtshandlungen probiert hatte – er hätte selbst diese Kurzbleiche entbehren können. Er war dafür geboren.

Ihr Lager, zunächst unmittelbar hinter der Front, dann ein weiter westlich gelegenes groß umzäuntes Gelände nach langer Reise ohne Essen und Trinken: Sie stapften durch tiefen Schnee, zwischen verstreut halbfertigen Zelten mit etwas Stroh auf dem Fußboden, man musste laufen, werkeln, organisieren, einige Stunden ohne Bewegung in dieser Kälte bedeutete Erfrierung, und auf diesen Arbeitskommandos gab es nur ein Thema: Essen, Kohldampf und nochmals Essen.

Den Tiefstand der Sonne, das aufgenordete Julfest, den Tag der Wintersonnenwende feierten sie sicher nicht, erfüllt vom Jubel der Arier, das gab es wenn überhaupt nur noch in der einen und anderen Schulstube ihrer Heimat. Das Weihnachtsfest war, wie vielerorts, auch auf diesem Kriegsschauplatz ein Höhe- und Tiefpunkt. „Da ertönt der aufreißende Ton einer Trillerpfeife: ‚In einer Viertelstunde beginnt vor der Wirtschaftsbaracke eine kurze Weihnachtsfeier.' Langsam sammeln, drängen sich hier etwa 800 Männer mit dunklen, gefurchten Gesichtern in verschlissenen und zerfetzten Uniformen. Auf zwei Kisten stehen der evangelische und katholische Lagerpfarrer. Ein Nadelbaum ist angeschleppt worden. Der Kathole liest bei dem Licht einer einzelnen Kerze: ‚Es begab sich aber zu der Zeit ... Fürchtet euch nicht. Euch ist heute der ...' Atemlose Stille. Tränen suchen ihren freien Lauf, sagt sein Bericht. ‚Gehet hin und sehet. Friede den Menschen, die guten Willens sind', erwidert der Evangele. Machtvoll erklingt das Schlusslied nach der kleinen ökumenischen Feier. – ‚Vor Dir beugt die Erde sich / Und bewundert Deine Werke ...'

Binnen Kurzem ist Hans-Egon Petersen zweiter evangelischer Lagerpfarrer. Locker aufgeschlossen und voller Ernst. Aufgekratzt ... Schnell anhäufende Gemeindearbeit. Krankenseelsorge. Mitte März eigenes Pfarrerzelt. Ausbau des Kirchenraums zum Theaterraum. Klavier. Bühne und Orchestergrube. Dichterlesung. Verdeckter Altar im Freien ..." Ein von Glück erfüllter Ostergottesdienst. – Er trägt schon, unsichtbar, den Talar.

Als er am 4. Oktober 1945 in Kopenhagens Freihafen das Schiff verlässt, erwarten ihn nicht Jette und seine Eltern auf dem Quai, sondern Kopenhagens Justiz. Er wandert zunächst ins Gefängnis, ihn trifft ein Gesetz, das im Mai diesen Jahres, nach Kriegsende, mit rückwirkender Kraft erlassen worden ist. Es war im Herbst 1943 von einem kleinen Zirkel, einem sogenannten ‚Freiheitsrat', insgeheim vorbereitet worden. Von dessen acht Forderungen lautete die dritte in Kürze:

„... dass alle von der deutschen Minderheit, die in der Besatzungszeit deutsche Uniform getragen haben, ihres

dänischen Staatsbürgerrechts verlustig gehen sollen und aus Dänemark ausgewiesen werden. Die ‚Kriegsverbrecher' sollen ihre Strafe zuvor abgebüßt haben. Deutschland soll verpflichtet werden, sie aufzunehmen."

Die Strafe war zunächst auf vier Jahre festgesetzt. Man wollte Sonderjylland von jener bösartigen Schlacke, die sich in den Jahren seit dem 9. April eingelagert beziehungsweise entlarvt hatte, freischaufeln, es säubern von einer Brut, die versagt hatte. So der Gedanke.

Es gab ein großes Internierungslager in Nordschleswigs Faarhus, umzäunt von Stacheldraht und zunächst aus Baracken notdürftig zusammengestückelt, in das jetzt 20.000 wanderten, ohne Ansehen ihrer öffentlichen Person. (Das Lager war allerdings schon 1944 gebaut worden, von deutscher Seite, als Internierungslager für verhaftete Dänen, Widerständler, von denen viele nach Neuengamme bei Hamburg verschickt worden sind. Damals hieß es nach einem anderen Ort Frøslev.)

Hans-Egon aber wurde in Kopenhagen festgehalten, er hatte sich dort vergangen, als er sich von da aus bei einer deutschen Universität angemeldet hatte, zugleich mit der Verpflichtung, „sich freiwillig zur Waffen-SS zu melden".

Er stand vor einem Scherbenhaufen. Hätte er eine andere Entscheidung treffen sollen? Hätte er's können? Jedenfalls hätte er dann wohl das Studium in Kopenhagen oder Aarhus abschließen müssen und wäre ein Pastor der dänischen Volkskirche geworden, das hätte gepasst, er war dänischer Staatsbürger, meinte MaPö.

„Aber er wollte doch ein Pastor beider Gemeinden werden, der dänischen wie auch der deutschen, weit mehr von der lutherischen Tradition geprägten, die ihm in manchem näher lag, ein Sognepræst", sagte Schlossel. „Überhaupt, wir müssen noch einmal eingehend von Onkel Fritz in Hadersleben sprechen, er ist in dieser Phase enorm aktiv geworden, kannte sich aus, hat sich zu Wort gemeldet."

„Wie verlief denn aber diese Zeit Egons, in der er zu einem Jahr Haft und fünfjähriger Aberkennung seiner bürgerlichen Ehrenrechte verurteilt war?" –

„Sie verlief ganz anders als befürchtet, von der Breklumer Studierstube aus damals nicht zu überschauen. Ich habe es erst heutzutage erfahren, bei meinem Besuch seines ältesten Sohnes, Nis-Edwin List-Petersen in Aabenraa, Apenrade. Nach seiner ersten Vernehmung war er vom 5. Oktober an in einem Gefängnis und wurde schon am 31. Oktober entlassen. Nis-Edwin erzählte:

‚Eine besondere Bedeutung gewann, dass er aktiv die Zugehörigkeit zur Waffen-SS vermieden hatte und es eine Verbindung zur Zeitschrift ‚Weiße Rose‘ gab, er also nachweisen konnte, dass er den Nationalsozialisten fernstand. Hans-Egon ist unter Aufsicht geblieben und arbeitete mit in der Verwaltung eines Kopenhagener Schlachthofs. Vom Dezember 1945 bis zum August 1946 betreute er dessen Paketversand. Auch das Urteil über sein Auftreten ist bekannt: er galt als ein außerordentlich kultivierter, rechtlich denkender, auf nationalem Terrain taktvoller, sympathischer Mann. Die Justiz nahm allerdings den Prozess wieder auf, sie verfuhr streng penibel, er wurde zu weiterer Gefangenschaft verurteilt und saß ein vom August 1946 an, aber verkürzt bis zum April 1947, nachdem ihm ein Diktum des Königs vier Monate der Haftzeit erlassen hatte: bis zum April 1947.

Sein Vater hatte mehrere Bittschriften eingereicht: ob man ihn nicht nach Faarhus verlegen könne, in ihre Nähe, Kopenhagen bedeute von Tondern aus eine so weite Reise. Man lehnte ab; das Gericht verfuhr strikt formal, legte Wert auf seine Rechtsförmigkeit. Die Verurteilung klang perfekt, er sei schuldig im Sinn der Anklage. § 10, der Zusatz zu § 356, 1, sei wirksam …

Er sollte allerdings auch die Verfahrenskosten tragen, mehr noch‘, Nis-Edwin lachte ein wenig, ‚auch was ihm als deutschem Soldaten und seiner Frau als Sold gezahlt worden war, sollte er drei Wochen nach der Urteilsverkündung dem dänischen Staat überweisen.

Das klang etwas sonderbar, auch hier hatte sein Vater – ohne Erfolg – Einspruch erhoben.‘

‚Und er selbst, Hans-Egon?‘, fragte ich. ‚Gefängnis. Geldstrafe. Ehrverlust für fünf Jahre, was doch hieß, dass er in sein Berufsleben nicht eintreten konnte. Zugleich Verbot der Ausreise nach Deutschland – also vollständige Fesselung, Nis-Edwin, was hat dein Vater dazu gesagt?'

‚Kein böses Wort. Er hat es akzeptiert – und nicht aus Feigheit.'

‚Darf ich dich etwas fragen, etwas Indiskretes, was uns mehr als einmal durch den Kopf ging: Hat er unserem Vater übel genommen, dass er ihm den Rat gab, in Deutschland zu studieren?'

Nis-Edwin schüttelte den Kopf: ‚Er hat es ihm nicht zugeschrieben. Es war meines Vaters Entscheidung. Er hat akzeptiert, wie man mit ihm verfahren ist. Ich glaube', setzte er hinzu, ‚in einer Hinsicht war er ein ganzer Däne: Keiner soll sich bei uns einbilden, was Besseres zu sein und es allein zu wissen.

Wir suchen den Konsens.

Das haben Dänen und Nordschleswiger gemeinsam: Es ist immer das Bessere, nichts zu beurteilen oder gar grundsätzlich zu werden und zu verurteilen. Nie hat nur einer recht.

Das klingt vielleicht manchmal blumig oder harmoniesüchtig, was ihr hier so hört, aber du, die Dänen machen sich selbst gerne über sich lustig. Andern gestehen sie es nicht gerne zu, aber sie können dir zum Beispiel erklären, warum es in Dänemark keine Revolutionen gibt:

‚Es regnet zu viel. Und die Abstände zwischen den Mahlzeiten sind zu kurz.'

Oder sie zitieren einen Schweden, der gesagt haben soll: ‚Die deutschen Philosophen befinden sich weiterhin auf einer Sinnsuche. Wir sind besorgt, dass sie ihn finden.'

Ich darf nicht verharmlosen, was mein Vater erlebt hat, aber er hatte überlebt! Du weißt, unter welcher Bedingung, und kannst glauben, dass er dankbar war. Und dass er jetzt im Februar ohne Beruf dasaß – ich glaube, das war für ihn nicht einmal schlimm. Er las. Er hatte seine Bücher, ging zur Bibliothek und holte sich weitere Nahrung, war endlich zu Hause, bildete sich weiter und nahm alte Verbindungen auf.

Es hatte auch etwas Humoristisches, wie diese Zeit für ihn zu Ende ging. Damals begannen Verhandlungen zwischen der Schleswig-Holsteinischen Landeskirche und der dänischen Volkskirche darüber, wer die Landgemeinden der deutschen Minderheit in Nordschleswig versorgen solle. Hans-Egon Petersen kam ins Gespräch. Er hatte aber statt der zweijährigen Lehrzeit als Vikar, eines abschließenden praktischen Examens und der regulären Ordination im Rahmen der geltenden Ordnung, er hatte nur die erwähnten zehn Wochen bei Pastor Horstmann in Gravenstein vorzuweisen. Man wusste von seiner besonderen Lehrzeit in der Gefangenschaft. Die Nordschleswigsche Gemeinde berief ihn als Pastor im traditionsreichen Tingleff, wo er geboren war.

An Stelle des zweiten theologischen Examens fand nun also Mitte Oktober in Tingleff ein Kolloquium statt, an dem der vor einem Jahr nach seiner Rückkehr aus Kairo, aus ägyptischer Gefangenschaft, zum Bischof in Schleswig gewählte Reinhard Wester und Friedrich Prahl aus Hadersleben teilnahmen.

Am Sonntag, dem 17. Oktober 1948, wurde er in Tingleff, allerdings nicht in der Kirche, da ihm ein solches Ehrenrecht nicht zustand, sondern in Bertelsens Gasthof, von Bischof Wester ordiniert, hielt selbst die Ansprache im Festgottesdienst und ließ hier fünf und in der anschließenden Festversammlung vier Lieder singen. Du, das protestantische Kirchenlied kann eine erstaunliche Aktualität gewinnen, mein Vater hatte ein Ohr dafür. Die von ihm gewählten Liedanfänge hören sich an wie eine heitere Parodie, wie ein Begleitgesang, wenn du willst, als ferne Begleitmusik seines Lebensgangs. Er sang mit ihnen zu Beginn:

Tut mir auf die schöne Pforte, führt in Gottes Haus mich ein.

Wach auf, du Geist der ersten Zeugen, / die auf der Maur als treue Wächter stehn.

Ach bleib mit deiner Gnade / bei uns, Herr Jesu Christ, / dass uns hinfort nicht schade / des bösen Feindes List.

Und dann, beim anschließenden Gemeindefest:

Ich singe dir mit Herz und Mund, Herr, meines Herzens Lust,

O dass ich tausend Zungen hätte / Und einen tausendfachen Mund

Und wollte alles wanken / und alles bräche ein / so sollen dein Gedanken / in ihn verwurzelt sein.

Ist Gott für mich, so trete / gleich alles wider mich …

Mit diesem Fest begann eine Laufbahn, wie er sie sich wünschen konnte. Er fand sich rasch zurecht, eine berühmte Karikatur des Magazins ‚Æ Rummelpot' zeigte ihn, wie er hinter dem Tresen einer Gastwirtschaft stehend eine Konfirmation zelebriert. Er stieg in der Achtung, gewann Sympathie, wurde 38-jährig Propst von Südtondern, auf der deutschen Seite – einen so jungen Propsten gab es bisher nicht – er arbeitete, was das Zeug hielt, erkrankte, kehrte zurück nach Nordschleswig und übernahm neue Arbeit. Als man sich von ihm auf immer verabschieden musste, viel zu früh, fehlte nicht das breite Spektrum von Liedern – er liebte nichts so wie die Musik – da sprach ‚Der Nordschleswiger' vom ‚Seelsorger ohne Grenzen' und sagte ihm der ‚Sønderjyden' nach, dass er gewesen war, was er hatte werden wollen: ein ‚Pastor in zwei Kulturen'."

Breklehems Geschichte des Tausendjährigen Reiches geht auf ihr Ende zu. Es waren insgesamt zwölf Jahre, zweimal sechs Zeiten von sehr verschiedenem Charakter. Von außen könnte man sagen, einem unerhörten Aufstieg folgte eine totale Niederlage. Von Innen, in diesem Winkel, entwickelte sich die Frage „Widerstand als Selbstbehauptung?" und stellte sich das Übergewicht des ‚Anderen Zustands' ein, des Kriegs.

In dreizehn Kapiteln tauchte hier die Geschichte der ersten Epoche auf, in weiteren zwölf die der zweiten. Das ergibt zusammen fast die Zahl unseres Alphabets: Unsere Sprache arbeitet mit 26 Buchstaben. Was unser Standort und Winkel erlebt und erleidet, erstreckt sich vom A (Land der Väter), B (Im Studierzimmer), C (Schule und Studium im Vorfeld der Hitlereiche) ... bis zu W (Schlossels Haushalt), X (Die Einquartierung, 2. Teil) und Y (Als Dänemarks Staatsbürger in deutscher Uniform).

Zum Schluss folgt nun ein Z als Ausklang, der hier eher einem Aufklang ähnelt.

III. Teil

Fragment eines Neubeginns

26
Zwischen Süd und Nord – Fritz Prahl

Auch hier, wie im Kapitel über Hans-Egon, ist das Studierzimmer nur noch partiell der Ort der Erinnerung. Wir springen, flechten dies und jenes ein, suchen viele Quellen auf, wenn wir uns zum Beispiel nur annähernd ein Bild machen wollen von der zwiespältigen Erinnerungslandschaft, der Zerrissenheit, welche der 9. April 1940 in Dänemark hinterlassen hat.

Auch um Friedrich Prahl zu verstehen, brauchen wir einen Blick auf die politische Entwicklung im Norden während der Kriegsjahre.

Friedrich Immanuel Prahl kam, seit er im Januar 1932 als ein deutscher Pastor der dänischen Volkskirche an St. Marien in Haderleben eingeführt war, wie von selbst in die Rolle eines Vermittlers. Es war vielleicht in seiner Natur veranlagt, hatte aber auch einen mit dem Land verbundenen Familienhintergrund. Er war der dritte Prahl, der in Hadersleben auf der Kanzel stand, und die Geschichte seiner Vorväter war nicht vergessen, weder die seines Vaters Hans Schlaikier Prahl, der in dieser Stadt bis 1925 mehr als dreißig Jahre gewirkt hatte, noch die seines Großvaters Hans Peter Prahl, der im späten Jahr 1848, als Resultat des ersten Krieges Schleswig-Holsteins mit seinem dänischen König, für kurze Zeit Propst von Hadersleben geworden war, und dort, weil er entschieden auf der Seite des Südens stand, seine Heimat schon 1850 fluchtartig verlassen musste.

Es lag Grenzlandgeschichte auf Fritz Prahls Schultern. So lange wir den Blick nur auf die Frage der Staatszugehörigkeit richten, wirkt sie geradezu abenteuerlich.

Seine Vorgänger lassen sich so überschauen:

1. Fritz Prahls Urgroßvater Peder Prahl wurde 1761 auf der Insel Bornholm geboren, als Reichsdäne also, wurde auf dem Festland in Nordschleswig Prediger und starb als dänischer Staatsbürger und Propst der Volkskirche 1831 in Tønder (Tondern), ausgezeichnet von seinem König als

Ritter vom Dannebrog, ein dänischer Kirchenautor – nicht ohne deutliche Beziehungen zum deutschen Süden.

2. Sein Sohn Hans Peter Prahl, 1808 geboren in Vedsted, war zuerst deutscher Hauslehrer bei Schlaikiers in Egernsund, wurde dann Pastor der dänischen Volkskirche in Østerløgum von 1840 bis zum Deutsch-Dänischen Krieg 1848, war darauf kurzzeitig deutsch orientierter Propst in Haderslev, floh, wurde 1851 bis 1864 preußischer Prediger im Exil zu Wetzlar, war zuletzt, von 1864 bis 1869, preußischer Propst in Hadersleben. Er lag hier auf dem Friedhof.

3. Man kann nach ihm bei Hans Schlaikier Prahl, der als Däne 1845 in Østerløgum (Osterlügum) geboren und 1930 in Haderslev (Hadersleben) als dänischer Staatsbürger zu Grabe getragen wurde, von insgesamt fünf oder sogar sieben unterschiedlich klaren Staatsangehörigkeiten sprechen.

Das wollen wir hier nicht ausklamüstern, es ist verwirrend und braucht Zeit, die in dem Buch „Riss durchs Festland“ zur Verfügung stand.

Wie kam es, dass unser Onkel Fritz, der Urenkel des Propstes von Tondern, dass Friedrich Immanuel Prahl, als er 1955 sein Amt niederlegte, am Arm der aus Schweden stammenden Königin Ingrid in die restaurierte Marienkirche einzog – auch er mit der königlichen Urkunde des Ritters vom Dannebrog ausgezeichnet?

Eine angespannte deutsch-dänische Vorgeschichte lag auf diesen Schultern, aber Onkel Fritz war ein Auchologe. Was ist ein Auchologe? Einer, der nicht nur dies, sondern auch das liebt. Schon sein Vater entwickelte genaueste Kenntnis und einen respektvollen Sinn für die andere Seite seines Landes und der Welt, aber er war ein öffentlich eher zurückhaltender Mensch gewesen. Das konnte man von Fritz nicht sagen. Es gab nicht nur die Ehrfurcht vor der jenseitigen Welt, sondern zugleich eine leichtere Offenheit für das unerschöpfliche Diesseits, nicht nur das Zentrum auf der Kanzel und die Orientierung an Bibel und Gesangbuch, sondern seit seinem 8. Lebensjahr auf Alsen das Segelbrett unter den Füßen und das Schwanken auf der Welle, den Kampf mit dem Sturm und die leichte Brise am

Abend. Seit 1897, seinem 12. Lebensjahr, ergab sich das Gleiche in Hadersleben, das Angeln am ‚Haderslev Dam' und auf der Daminsel von Fuglsangs, das Suchen von Möweneiern, das Wandern um den Dam – so hieß der See, an dem das Grundstück des Pfarrhauses und der Fuglsangvilla nebeneinander lagen. Die Tanzstunde war ein großes Vergnügen. Er kannte die Winkel der Stadt und manche Spielart des dänischen Dialekts auf der Ost- und Westseite Nordschleswigs, von der klassischen Hoch- und Reichssprache der Volkskirche zu schweigen. Friedrich Prahl gehörte zur Gesellschaft, nicht nur seines geachteten Vaters wegen. Schließlich war er der Ehemann der Tochter des Kommerzienrats und Brauereibesitzers Sophus Fuglsang. Nachmittags ging er um fünf hinüber zum Schwatz hinter der Villa und trank sein Glas Bier, erfuhr Neuestes aus der Welt oder aus der Stadt. Er war selbst eine ihrer Figuren, manchmal etwas unbeholfen und ein wenig eigen, aber locker: Einen Rahmen ließ er sich nicht vorgeben.

Politisch hielt er sich seit den frühen dreißiger Jahren zunächst zurück. Es war klar, dass er seit 1935 als Vorsitzender des ‚Vereins der Freunde Breklums' deren Distanz zu den Deutschen Christen in Süd- und in Nordschleswig teilte – was ihm als Pastor der dänischen Volkskirche zunehmend zugute kam. Er half ihnen in Haderslev wie Nis Petersen in Tønder, oder auch später mit seinem Dänisch, als aus Kopenhagen die ‚Danmission' zu Hilfe kam, aber – –

„Mona? Kann man eigentlich sagen, dass die ‚Erweckungsbewegung' im Norden und Breklums Anhängerschaft im Süden, dass diese Gemeinschaftschristen und Zirkel im Norden und Süden den fast schon religiösen Nationalismus, diesen vom Gegensatz lebenden Graben einfach übersprungen haben, weil sie sozusagen mit der schnöden Welt der Politik nichts im Sinn hatten? Dass der nationale Gegensatz für die nicht galt?"

Schlossel lachte. – „Wir fanden den Gegensatz gar nicht so groß, im Gegenteil, wir fanden uns eher zum Verwechseln ähnlich, aber da schoss dann immer wieder die Politik dazwischen und erzeugte Hass und der Hass machte glauben – oder machte es vielleicht sogar wahr –, dass das Gegenüber anders, blöde, falsch und unerträglich war: anmaßend bis zum Gehtnichtmehr oder auch: viel klüger. Das ist mehr als einmal von einem Tag zum andern vorgekommen, dieser Umschwung.

Der Hass hatte Gründe: Nach seiner Reichsgründung hatte Bismarck einfach vergessen, dass man einmal einem Prager Paragrafen Nr. 5 zugestimmt hatte, der Abstimmung darüber, ob Nordschleswig zu Dänemark oder Deutschland gehören sollte. Stattdessen zwang der Süden ein fast ganz dänisches Volk, sich in der Schule auf Deutsch unterrichten zu lassen. Ich muss sogar sagen, wir hatten auf Alsen eine junge deutsche Lehrerin, die so geschickt war, dass es mir kaum auffiel. Sie lernte bei uns Schülern Dänisch.

Aber ihr habt gehört: Im Folketing, im Kopenhagener Parlament, erklärt ein deutscher Vertreter aus Nordschleswig im Sommer 1933 – oder war es 1934? –, nun solle Nordschleswig wieder zu Deutschland zurückkehren. Was wäre wohl in Berlin im Parallelfall passiert, wenn da ein Südschleswiger erklärt hätte, wir wollen zurück: Hjem til Mor!? – Er wäre aus dem Reichstag geflogen, vielleicht sogar ins KZ.

Ich meine nur: Der Hass kam nicht deshalb zustande, weil man so verschieden war."

„Obwohl –?"

„Ihr habt recht. Obwohl! Es gab eben doch Verschiedenheiten. Fritz Prahl hatte auch Züge, die für uns eher dänisch aussahen." Sie sah MaPö an: „Euer Vater konnte angesichts des Nationalismus der dänischen Kirche gelegentlich aus der Haut fahren. Onkel Fritz' Zurückhaltung kann auch darin sehr weit gehen: Er ist überhaupt kaum einmal unbedingt. Er glaubt kaum einmal, die Wahrheit in der Faust zu halten. Trifft er auf eine absolute Verurteilung, kann er so aufgucken und fragend sein Nö –? sagen, mit lang gezogenem kurzen Nöö – ?

Er hält zum Beispiel auch etwas von Grundtvig, diesem so eigenen Christen, der aus seinem nationalen Herzen keine Mördergrube machte, sondern freiweg Land und

Meer seiner Heimat umarmte, ihre ganze Natur, nicht zuletzt ihre Frauen, und der so ganz mit seinem Glauben in der Gegenwart wurzelte: Fritz Prahl hat sogar ein Pfingstlied Grundtvigs übersetzt:

‚Apostelene sad i Jerusalem
Og bied på Herrens time …‘

1. Der Apostel Schar in Jerusalem
Erwartet des Herren Stunde.
Durch Herz und Sinne es machtvoll klang
Wie Glocken weit in die Runde.

2. Sie wurden getauft mit Feuer und Geist
So war's nie früher gewesen.
Man sprach von ihnen – das Himmelreich
Hat ihre Namen gelesen.

3. Man nannte sie das lebendige Wort
Ein Neues sollte beginnen …

Acht Strophen. – Du glaubst, die Apostel sitzen mitten in Kopenhagen, hören die dortigen Glocken, und die Kopenhagener sagen: ‚Die sind das lebendige Wort, das sind die Neuen, auf die sollen wir von nun an achten.‘

Wer so wie Vögel Flügel hat
Und wer auch nach der Vögel Art
Zum Singen Atem holet
Lobsinget Gott, denn er ist gut …

So hat Grundtvig gedichtet und die Welt geliebt, die überirdische und die irdische Liebe – ein anderer Reformator, der nicht rückwärts auf den Ursprung wie Luther, sondern auf sein Land vorausblickte.

Onkel Fritz hatte manche Züge, die wir erst später bemerkt haben. Er war eben auch ein politischer Mensch, allerdings nur in den heißen Zeiten, wenn plötzlich alles auf dem Spiel stand. Da unternahm ein kleiner Haderslebener Kreis, dem er angehörte, etwas, das ihn nahezu berühmt gemacht hat. Sie trafen sich dort am 11. November 1943 bei dem Tabakfabrikanten Matthias Hansen, eine Gruppe, die gemeinsam hatte, dass sie nicht nationalsozialistisch dachten und für die Zeit danach ein grenzpolitisches Konzept entwickeln wollten. Sie fürchteten sehr zu Recht – nach einer deutschen Niederlage – das Desaster.

Es waren angesehene Leute, die sich trafen, Großkaufmann Peter Frees gehörte dazu, Rechtsanwalt Sophus Erichsen und Bankdirektor Christian Danielsen. – Sie sahen voraus, nachdem die Katastrophe von Stalingrad im Rücken lag, was der Deutschen Minderheit nach Kriegsende blühen würde, und wollten, ihre der Nazipolitik widersprechende Stimme sollte wenigstens als Buchstabe erhalten bleiben. Ich lese euch nur ein paar Sätze vor. Der Text ist allein in der Handschrift von Onkel Fritz erhalten, er hat protokolliert, aber sicher mehr als das."

Schlossel nahm den Text zur Hand. „Nein", sagte sie. „Ein paar Sätze wären zu wenig. Liest du, Vater? Das wird nun eine regelrechte Geschichtsstunde, glaube ich."

MaPö las:

„den 11. November 1943.

Als deutsche Männer, die an ihrem Volkstum und ihrer Kultur unter allen Umständen festhalten, bekennen wir uns zur demokratischen Staatsform. Das haben wir durch unsere persönliche Haltung, soweit uns das bei der politischen Situation der letzten Jahre möglich war, bewiesen.

Wir erstreben ein gutes Verhältnis zu unseren dänischen Mitbürgern, das nur auf gegenseitigem Vertrauen aufgebaut werden kann und sich auf eine absolute Loyalität gründen muss.

Wir meinen, dass dieses Ziel bei dem hohen kulturellen Stand der nordschleswigschen Bevölkerung dänischer und deutscher Prägung erreicht werden kann, weil wir 1. gleicher Rasse und Religion sind, 2. uns in der gleichen Liebe zu unserer nordschleswigschen Heimat finden, 3. unsere beiden Kulturen viele sich gegenseitig befruchtende Wechselwirkungen aufweisen.

Die absolute Loyalität ist folgendermaßen zu verstehen –"

„Ihr versteht vielleicht nicht sofort, was jetzt kommt", sagte Mona. „Als Dänemark in den vierziger Jahren des 19. Jahrhunderts bemerkte, wie die Schleswig-Holsteiner mit Deutschland liebäugelten – Holstein gehörte schon lange zum Deutschen Bund und 1843 entstand in der Stadt Schleswig das bis in den tiefsten deutschen Süden gesungene Lied ‚Schleswig-Holstein, meerumschlungen / Deutscher Sitte hohe Wacht, / Wahre treu, was schwer errungen …', da schmerzte das immer mehr in dänischen Ohren und Kopenhagen machte Anstalten, mindestens Schleswig bis zur Eider, bis Rendsburg, zu behalten.

Aber nun entdeckten die Schleswig-Holsteiner einen uralten Vertrag wieder, gruben ihn aus, er stammte aus dem Jahr 1460 und war so gut wie vergessen: Damals versprach der dänische König in Ribe (Ripen) den beiden Herzogtümern, sie sollten auf ewige Zeiten ungeteilt bleiben: ‚Up Ewig Ungedeelt'.

Das wurde nach fast vier Jahrhunderten zur Parole von hundert Jahren – ja! von 1843 bis 1943 in einer total veränderten Welt – und die vier oder fünf Haderslebener meinen: Der Vertrag von damals, längst aus den Augen geraten, sei heute kalter Kaffee. Sie sagen das sehr viel feiner:"

„Als Prinzip unserer Haltung schicken wir folgendes voraus: Das Recht des Lebens ist stärker als Postulate und Dogmen der Historie. Das Recht des Lebens muss deswegen vor den Postulaten der Geschichte von beiden Seiten grundsätzlich als unbedingt bindend anerkannt werden. Das muss sich nach zwei Seiten hin auswirken:

1. Der alte Grenzstreit, das alte ‚up ewig ungedeelt', das unsere nordschleswigsche Heimat immer wieder beunruhigt und zerrissen hat, hört ein für allemal auf, weil wir das Lebens- und Bestimmungsrecht des dänischen Volkstums (85 Prozent Dänen und 15 Prozent Deutsche) im Raum zwischen der alten Königsaugrenze und der jetzigen Grenze anerkennen. Die jetzige Grenze besteht zu Recht. Ein Grenzproblem gibt es nicht mehr. Das werden wir zu gegebener Zeit öffentlich vertreten.

2. Auch der deutschen Minderheit gegenüber muss das Recht des Lebens gelten. Die geschichtliche Entwicklung ist nun einmal dahin gegangen, dass es im Raume des jetzigen Nordschleswigs 15 Prozent Deutsche gibt, die zum weitaus größten Teil hier bodenständig sind, im Boden ihrer Heimat wurzeln und sie lieben. Das ist eine organisatorische Entwicklung, die man nicht durch irgendwelche Gewaltexperimente abreagieren kann. So glauben wir nicht, dass eine sogenannte reine Grenze durch gegenseitiges Evakuieren erreicht wird. Durch Gewaltmaßnahmen lässt sich überhaupt kein Grenzproblem lösen.

Wir meinen, dass, wo immer sich zwei Völker begegnen, es dort zu einer lebendigen Bereicherung der beiden Volksgruppen kommen muss. Das ist das Recht und die Pflicht des Lebens. Wo das in gegenseitigem Vertrauen und gegenseitiger Achtung und Ritterlichkeit geschieht, wird das Leben im Grenzland – befruchtet von beiden Kulturen – nicht Lebenshemmung, sondern Lebensbereicherung. Die Loyalität uns gegenüber muss also darin bestehen, dass die Minderheit in Nordschleswig als organisch gewachsen anerkannt wird, man dem durch entsprechende Gesetzgebung auch für die Zukunft Rechnung trägt. Das heißt, Freiheit in unserem kulturellen Leben in Kirche und Schule, Versammlungsfreiheit und politische Freiheit im Rahmen der oben aufgezeichneten grundsätzlichen Haltung.

Wir erstreben kulturelle Autonomie in dem Sinne, dass wir unser kulturelles Leben von uns aus mit eigener Kraft und der uns vom Herbergsstaat gesetzlich zuerkannten Beihilfe gestalten.

Bei den guten gegebenen Möglichkeiten in unserem Grenzland glauben wir, dass bei beiderseitigem guten Willen alle deutsch-dänischen Grenzspannungen sich lösen werden, und dass unser Beispiel hier im Norden für die Lösung aller Grenzprobleme, die sich durch den kommenden Frieden im europäischen Raum zeigen werden, bahnbrechend werden kann."

Wir hörten gespannt zu. „Der Schluss klang wunderbar, zukunftsträchtig – hat die Erklärung gewirkt?"

„Das hatte einen ganz einfachen Grund", sagte Schlossel. „,Matthias Tobak', der Tabakfabrikant Matthias Hansen aus Hadersleben, in dessen Haus die ‚Haderslebener Erklärung' formuliert wurde, gehörte nach Kriegsende zu den Gründungsvätern des ‚Bundes Deutscher Nordschleswiger'. – Er wurde dann auch der Vorsitzende des Deutschen Pressevereins dort oben, des Trägervereins der nach 1945 neuen Zeitung ‚Der Nordschleswiger'. Als 1945 ein sogenannter ‚Bund der deutschen Nordschleswiger' entstand, der sich deutlich von der Nazi-Zeit absetzte, tauchten einige dieser Gedanken und Formulierungen in seiner Verfassung auf – die Erklärung muss also eingeschleust worden sein. – Das war kein Wunder, die Matthias-Tobak-Gruppe war ja beteiligt. Öffentlich wurde der Text aber erst jetzt, wo wir noch einmal über diese Sachen reden; nicht lange vor Weihnachten. Da hat der Chefredakteur des ‚Nordschleswiger', Ernst Siegfried Hansen, Prahls Protokoll im Anschluss an den 10. Jahrestag des ‚Bundes', dem 10. November 1955, noch in diesem November 1955 veröffentlicht."

„Und es ist das Jahr", crgänzte MaPö, „in dem Bonn und Kopenhagen durch eine gemeinsame Kopenhagener Erklärung einen Friedenszustand herstellen, der die Grenze festlegte und die Rechte der deutschen Minderheit in Nordschleswig, der dänischen in Südschleswig großzügig und rechtlich genau ordnet und festklopft.

Dazu passt die Haderslebener Erklärung tatsächlich gut", sagte er.

(Nachsatz: Dann war deren Quelle irgendwie verloren. Es wurden Zweifel laut, ob der Text nicht doch erst 1945, nach Kriegsende, entstanden sei. Nach Jahren, 2008, ist der Sohn Gerhard Prahl im Nachlass seines Vaters auf den Text gestoßen: 11. November 1943. Zwei Seiten in großer Tintenschrift, unverkennbar von seiner Hand.)

Niemand, der Friedrich Prahl kannte, hat ihm den politischen Schachzug zugetraut, das Datum der Haderslebener Erklärung zu fälschen. Es gibt im Gegenteil handfeste, entscheidende Gründe, den Spätherbst 1943 für ein sicheres Datum zu halten. Es gab – wir sind im Gespräch über Hans-Egon schon darauf gestoßen – im gleichen Herbst 1943 eine Gruppe in Kopenhagen, einen heimlichen ‚Freiheitsrat', der sich auf ganz andere Weise mit dem Kriegsende beschäftigte. – Ob Matthias Hansen davon Wind hatte? – Ganz auszuschließen ist es nicht.

Zunächst einmal gab es einen grundsätzlichen Unterschied zwischen Nordschleswig und dem Königreich. Hans-Egon Petersen erlebte ja den Überfall der deutschen Truppen am 9. April 1940 bereits in Kopenhagen, vor Beginn seines Studiums, und notierte entsetzt, was er über den Empfang der deutschen Soldaten im südlichen Tondern erfahren hatte. Erinnert ihr euch? „Wie schmerzt es einen doch, wenn die Volksgenossen zu Hyänen werden, wenn die Ochlokratie – der Pöbel – die Macht ergreift. Es war nicht besonders schön, wie sie sich gestern benommen haben ..."

Sønderjyllands, d. h. Nordschleswigs Dörfer und Städte, waren eine Ausnahme, ein Sonderfall; während seiner drei Semester in der Hauptstadt muss es dem Studenten aus Tondern eindringlich klar geworden sein, wie es im Königreich schwelte, wie verhasst sich die Deutschen unter der Decke der Kooperation gemacht hatten. Deutschland war kein ehrlicher Partner. Der Nichtangriffspakt, den Hitler am 31. Mai mit dem Königreich im Norden wie mit der Sowjetunion im Osten erst Ende August 1939 angeboten und geschlossen hatte, war die Tinte seiner Unterschriften nicht wert. Das – im wörtlichsten Sinn – Übergehen des Nachbarn, seine Entwürdigung nach dem Motto „Mir nichts, dir nichts", der Überfall über Nacht, um den Engländern in Norwegen zuvorzukommen, das hatte Vorgeschichte und Methode, und die Botschaft „Wir kommen als Freunde, auf dem Wege zu einem arischen sich in den Norden ausdehnenden Großdeutschland" erschien Ungezählten als hassenswerter Hohn des Überlegenen. Hätte man dem Angreifer den Krieg erklären sollen? Der König und die im Ersten Weltkrieg erprobte Regierung der Sozialdemokraten und Linksliberalen betrachteten die Kollaboration als erzwungene Notlösung. Sie war beleidigend, auch umstritten. Aber hätte das Land, Kopenhagen voran, nicht andernfalls bei Kriegsende ausgesehen wie die Trümmerlandschaft im Süden, Berlin voran?

Die Decke der ‚Kooperation', der ‚Verhandlungspolitik' war ein Notbehelf und hatte Bruchstellen. Die begannen, zuzunehmen, als Hans-Egon in Richtung Tübingen aufbrach und steigerten sich im Jahr 1943, als der Siegeszug Deutschlands ins Stocken kam und in Stalingrad ein eingekesselter großer Heeresteil zum katastrophalen Opfer wurde, nachdem der Führer und Oberbefehlshaber den Rückzug verboten hatte.

Es gab für Dänemark Waffenlieferungen per Fallschirm aus England, gab Widerständler nicht nur unter den Kommunisten, die untertauchten, Anschläge auf Schienen und Brücken der Eisenbahn, die von der deutschen Besatzung damit beantwortet wurden, dass bald in einem der Lokomotive vorgesetzten Wagen angesehene Personen des Landes eingekerkert und als erste der Gefahr des Anschlags und der Explosion ausgesetzt wurden. Der ‚Samisdat', die Unterschwellenliteratur und das Unterschwellengespräch wurde vernehmlicher, die Spionage der Besatzer intensiver: einem Volksstreik auf Kopenhagens Straßen antworteten die Gewehre des deutschen Militärs.

Ernst Siegfried Hansen, der Chefredakteur des ‚Nordschleswiger' und Autor des Buches ‚Disteln am Wege' (1957) berichtet von 17.000 Toten, die als Hingerichtete, Erschossene, Attentäter und in deutsche Konzentrationslager Deportierte zum Opfer wurden und nennt eine gleich hohe Zahl internierter und verhafteter Bürger: 17.000. Per Øhrgaard nennt in seiner ungemein differenzierten Vorlesung ‚Zwiespältige Erinnerung: Die Dänen und die Okkupation', die er im Juni 2003 in Gießen gehalten hat, andere Zahlen.

Aber die Zahlen sind es nicht, die hier in erster Linie sprechen, sondern der die Fugen eines intakten Landes herausfordernde Zivilisationsbruch, die Zerrissenheit, die durch die Besetzung und Besatzung des südlichen Nachbarn erzeugt worden war. Die Auseinandersetzung im Inneren scheint härter gewesen zu sein als die – aussichtslose – mit den Okkupatoren.

Dänemark hatte 1864 auf den Düppeler Schanzen mit Schleswig-Holstein ein Drittel seines Landes eingebüßt, hatte von seiner einmal mächtigen Vergangenheit Abschied genommen. Seit seiner vollständigen Niederlage hatte es sich zu einem radikalen Realismus entschlossen und unter der Devise „Was nach außen verloren ging, muss nach innen gewonnen werden“ eine Landwirtschaft entwickelt, die für das Parlament des Zarenreichs in St. Petersburg, die Duma, im ersten Jahrzehnt des 20. Jahrhunderts zum gründlich diskutierten Vorbild wurde. Man suchte um 1900 Dänemarks Hauptstadt als Paris des Nordens auf. Das Land hatte einen Überseehandel, der Großbritannien zum zweiten Mal ein Dorn im Auge wurde. Nordschleswig war durch den Vertrag von Versailles zurückgewonnen. – Dass dies alles in einer Übernachtbesetzung übergangen und der Staat durch eine ebenso erzwungene wie umstrittene Kooperation gefesselt worden war, in dem begreiflichen Glauben, sich nur so eine gewisse Eigenständigkeit und ein Überleben erhalten zu können, war ein inneres Pulverfass.

Als der kleine Haderslebener Zirkel mit dem Fabrikanten Hansen und dem Pastor Prahl zu tagen begann, kündigten sich in Kopenhagen zur gleichen Zeit und ebenfalls heimlich zwei Aktivitäten von weitreichender Wirkung an. Die erste betraf das Volk der Juden, die weitere eine Abrechnung mit den deutschen Okkupatoren und ihren Anhängern nach Ende des Krieges.

Im Sommer 1943 verschärfte sich das nach der Stalingradkatastrophe heikel gewordene halbherzige Kooperationsklima auch von Süden her. Plötzlich entschied Berlin, die bisherige Verschonung der Juden in Dänemark aufzugeben, die von der dänischen Regierung verlangt und von den Besatzern akzeptiert und gefördert worden war. Anfang September vermittelte Berlin die grundsätzliche Entschließung zur Deportation. Der Reichsbevollmächtigte Dr. Best reagierte in einer schwer zu klärenden Doppelrolle. Er gab per Telegramm nach Berlin den Anstoß, die Aktion zu beginnen, und beteiligte sich, als der entsprechende Befehl aus dem Führerhauptquartier eintraf, an dessen Verhinderung beziehungsweise seiner so von Berlin nicht gewollten Umsetzung. Dass Christian X. mit dem Davidstern durch Kopenhagen geritten ist, war offenbar eine ebenso schöne wie langlebige Legende. Auf deutscher Seite gab es anscheinend mehr als ein Leck, vielleicht war es nicht nur das Mitglied der deutschen Botschaft G. F. Duckwitz, sondern auch Best, die dänische Seite wurde alarmiert, gab die Botschaft sofort an die Juden weiter.

Die Juden wurden von der für den 1. und 2. Oktober festgesetzten Aktion unterrichtet und konnten sofort ihre massenhafte Flucht beginnen. Es setzte eine breite Hilfsaktion dänischer Kreise ein, besonders der Hospitäler Kopenhagens, und während die Deutschen wissend zusahen, gelang der großen Mehrheit der 7000 Juden in Dänemark die Flucht über den Öresund nach Schweden.

Was nur schrittweise und andeutungsweise bekannt geworden ist – z. B. auch, dass später auf dem Land fünfhundert Juden festgenommen und nach Theresienstadt verschleppt worden seien und dort die Verbannung überlebt hätten –, was im Einzelnen geschah oder offen ist, könnte ein Bücherregal füllen.

Das Ereignis der auf zahlreichen Fischkuttern gelingenden ‚Deportation' war singulär und kann nur das Bewusstsein der Zusammengehörigkeit und übereinstimmenden Stärke im dänischen Volk vertieft haben. Die Haltung eines verwurzelten, gegründeten Widerstands wurde lauter und laut. Wir sprechen von einer Seite der damaligen Geschichte, der gegenüber beim Nachbarn im Süden ein ganzes Regal voll weißer Seiten steht.

Die dänischen Bischöfe hatten kurz vor dem 1. und 2. Oktober 1943 eine „Erklärung der dänischen Kirche zur

Judenfrage vom 29. September" erarbeitet, die Missverständnisse ausschließt. Der Text wurde auch den Vertretern der Besatzungsmacht zugestellt und am 1. oder 2. Sonntag des Oktober 1943 auf allen Kanzeln des Landes verlesen. Darin heißt es unter anderem:

„Wenn eine Verfolgung von Juden aus rassischen oder religiösen Gründen erfolgt, ist es die Pflicht der christlichen Kirche, dagegen zu protestieren.

Erstens: wird daran erinnert, dass Israel und seine Religion Ursprung und Teil I des christlichen Glaubens ist.

Zweitens: daran, dass eine Verfolgung von Juden in krassem Gegensatz zu den Werten der Humanität und Nächstenliebe steht, die sich aus der Botschaft der Kirche herleiten.

Drittens: Weil es gegen das Rechtsbewusstsein verstößt, das im dänischen Volk gilt und das fest eingewurzelt wurde in den Jahrhunderten dänisch-christlicher Kultur. Auf Grund dessen wird in der Verfassung festgestellt, dass alle dänischen Bürger die gleichen Rechte und Pflichten vor dem Gesetz haben sowie eine garantierte Religionsfreiheit als das Recht, Gott zu verehren entsprechend ihrer Berufung und ihres Gewissens. Diese (Religions-)Freiheit garantiert, dass Rasse und Religion als solche niemals der Grund sein dürfen für die Beraubung der Bürgerrechte, der Freiheit oder des Eigentums. Trotz divergierender religiöser Anschauungen werden wir für unsere jüdischen Brüder und Schwestern kämpfen, dass sie dieselbe Freiheit behalten, die wir höher schätzen als das Leben.

...

Deswegen, sollte der Augenblick der Entscheidung kommen, werden wir unzweideutig das Wort befolgen, dass wir Gott mehr gehorchen müssen als den Menschen."

Ist es nicht, als rückten an solchen Stellen die Weltgewichte wieder ins Lot und stünden für einen Augenblick in festen Fugen da? Aber seltsam: Der Text scheint im Süden, wo etwas in seiner Art hätte stehen müssen, nahezu unbekannt zu sein.

Die zweiten sechs Jahre des zwölfjährigen Dritten Reiches waren, was den mörderischen Krieg in Osteuropa und die Vernichtung ganzer Völker betrifft, eine Zone des Schweigens und des leeren Blatts.

Paul Gerhard Schoenborn, ein Pfarrer zu Wuppertal, wird seit mehr als 20 Jahren nicht müde, an die Ausnahme Dänemark zu erinnern, insbesondere an seinen dänischen Amtskollegen, der zugleich ein Stückeschreiber war, in der Viertelsmitte zwischen Volkstheater und Shakespeare die Bühnen Dänemarks eroberte, verboten wurde, weiterarbeitete, manchmal in Wochen ein Stück verfasst hat. Ob Kanzelrede oder Bühne, man war sofort drin.

Als Gustav Frenssen 1936 sein Buch „Der Glaube der Nordmark" herausbrachte, antwortete Kaj Munk prompt in „Jyllands Posten": „Das Zentrum im Christentum ist Jesus ... Aber dieser Jesus ist Nicht-Arier! Das müssen wir in der Tat zugeben. Als Gott seinen Sohn geboren werden ließ, konnte er dafür kein Herrenvolk mit der Anlage zum Größenwahn gebrauchen. Es ist groß, Arier zu sein, aber es ist doch noch größer, Mensch zu sein."

Sein Theaterstück „Er sitzt am Schmelztiegel" nimmt dies Motiv in einer genial erfrischenden Weise auf; es ist das Jahr 1938, ein Moment, in dem er noch davon auszugehen scheint, er könne Hitler darauf aufmerksam machen, dass er in seiner Regierungsrunde von Wahnsinnigen umgeben sei. Bis zum Kriegsbeginn wurde das Stück von 160.000 Menschen gesehen.

Der Progromnacht 1938, die er in Berlin miterlebt, folgt eine scharfe Attacke.

Am 5. Dezember 1943 greift Kaj Munk die Schlussgedanken der bischöflichen Denkschrift vom 29. September auf, als er zu einer Predigt in der Kopenhagener Marienkirche, der Frue Kirke, eingeladen war. Er bezog sich erkennbar auf die Aktion vom 1. und 2. Oktober: sie habe „gegen das Grundgesetz im Reiche Christi, die Barmherzigkeit" verstoßen. „Geschieht das noch einmal, dann wollen wir mit Gottes Hilfe versuchen, das Volk zum Aufruhr zu bringen. Denn ein christliches Volk, das tatenlos zuschaut, wenn seine Ideale zertrampelt werden, gewährt einer zerfressenden Fäulnis Einlass in seine Seele, und Gottes Zorn wird es treffen."

Einen Monat danach, am 4. Januar 1944, wurde Munk von einem Mord-Kommando der SS, das aus Berlin anreiste, in seinem Pfarrhaus zu Vedersø verhaftet und nach der Entführung am Straßenrand bei Høbylunde Bakke erschossen.

Der Schluss jener Predigt vom 5. Dezember hatte weit vorausgeschaut:

„Wenn dieser Krieg sein blutiges Ende gefunden hat, wird der Fürst der Finsternis aus den Gräbern nach Rache schreien. Auch wir kennen ein Volk, mit dem Abrechnung gehalten werden muss, aber das soll im Namen Gottes geschehen und nicht im Namen des Teufels. Möge es so sein, dass jeder von uns dann bereit ist, auf dem Posten, auf dem wir stehen, und mit den Gaben, die wir besitzen, ohne einen Augenblick danach zu schielen, was es uns kosten könnte, unser Teil daran zu tun, der Welt vorwärts zu helfen."

Der Gedanke, nach Kriegsende mit Deutschland abzurechnen, lag im Herbst '43 offenbar brennend in der Luft und Kaj Munk betrachtet diese Aussicht bereits voller Sorge als Kampfplatz jenseitiger Mächte – in dieser Hinsicht dem ‚Doktor Faustus' Thomas Manns verwandt, der aus der Ferne überzeugt war, ein Land verlassen zu haben, das ‚Herrn Urian' aufgewartet hatte. Man spürte nach drei Kriegsjahren im damaligen Kopenhagen das Krachen unter der Decke der umstrittenen Kollaboration.

Es war daher kein Zufall, sondern naheliegend, dass im Spätherbst des Jahres 1943, während das Selbstbewusstsein des Landes in seinen Konturen und Fugen erstarkt war, sich hier in Kopenhagen heimlich der im Gespräch über Hans-Egon Petersen erwähnte ‚Freiheitsrat' zusammensetzte, der die Zeit ins Auge fasste, in welcher der Teufelsspuk vorüber sein würde. Der ‚Rat' wollte Prinzipien aufstellen, so liest man, die der Willkür des Hassens, einer Atmosphäre blinder Rache vorbeugten. Richtig und gerecht sollte es zugehen, gerecht aber auch und gerade in dem Sinn, dass diejenigen, die sich im Bund mit den Deutschen an Dänemark vergangen hatten, zur Rechenschaft gezogen würden. Zu dem Kopenhagener Rat kamen Leute auch aus Sønderjylland, aus Nordschleswig hinzu. War ein Freund der Haderslebener Gruppe darunter?

Der Rat war öffentlich unbekannt. Seine Bestimmungen hätten das Land aufkochen lassen und den Urhebern den Kopf gekostet. Es gab acht Forderungen. Die 3. lautete ausführlicher als bisher zitiert:

„... dass alle von der deutschen Minderheit, die in der Besatzungszeit deutsche Uniform getragen haben, ihres dänischen Staatsbürgerrechts verlustig gehen sollen und aus Dänemark ausgewiesen werden. Die ‚Kriegsverbrecher' sollen ihre Strafe zuvor abgebüßt haben. Deutschland soll verpflichtet werden, sie aufzunehmen.'

Man wollte Sønderjylland von der bösartigen Schlacke, die sich in den Jahren seit dem 9. April eingelagert oder entlarvt hatte, freischaufeln, es säubern von einer Brut, die versagt hatte.

Die Strafe für den Waffendienst war zunächst auf vier Jahre festgesetzt.

Man konzipierte ein großes Internierungslager. Es wurde Faarhus, das notdürftig aus Baracken zusammengestückelte Gelände, in das 1945 20.000 Leute wanderten – ohne Ansehen auch der angesehensten Person.

Es wiederholte sich die Bemühung um rechtliche Sorgfalt und Verlässlichkeit: Für dänische Staatsbürger, die der deutschen Minderheit jenseits der Königsau angehörten, wurde eine Strafminderung vorgeschlagen"; „sie haben einige Entschuldigung, ihre Verbindung zum deutschen Volk ist ein Grund zur Strafminderung", hieß es. Man denkt sofort an Hans-Egon Petersen. Sämtliche Forderungen sind nach der deutschen Kapitulation, und zwar sofort nach dem 4. Mai, im öffentlichen Hin und Her mit dem Folketing verhandelt worden; das Ergebnis wurde am 1. Juni 1945 rechtskräftig.

Es gibt keinen Grund, anzunehmen, dass die Haderslebener Erklärung vom 11. November 1943 ein erst 1945 entstandener, zurückdatierter Text sei. Das Thema lag im Herbst 1943 in der Luft, Kaj Munk hat es schon am 5. Dezember 1943 im Kopenhagener Mariendom öffentlich angesprochen. Es ist im Gegenteil geradezu unwahrscheinlich, dass die deutschen NS-Gegner in Hadersleben nicht darüber im Bilde waren, was in der Hauptstadt rumorte – und nicht ganz uninteressant, dass die Haderslebener Parallelaktion einer fünfköpfigen Gruppe der deutschen Minderheit synchron mit jenem Freiheitsrat tätig wurde. Als im Spätjahr 1945/46 der ‚Bund deutscher Nordschleswiger' gegründet wurde, gingen wohl genau deshalb die bereits erwähnten Formulierungen der Haderslebener Erklärung in dessen Satzung ein, und noch in den Abkommen zwischen Bonn und Kopenhagen bis hin zu der fairen, vernünftigen Rechtsordnung zwischen dem dänischen und deutschen Staat sind sie nicht ganz verschwunden.

Der Protokollant, Haderslebens Pastor Friedrich Prahl, hat sich in der Nachkriegszeit eingemischt, sobald und so lange Politik den Atem abkniff, und zwar im „Nordschleswiger" – auch dessen ihm freundschaftlich verbundener Chefredakteur und Autor Ernst Siegfried Hansen hatte im Gefangenenlager Faarhus einige Monate Station gemacht.

Prahl veröffentlichte dort zum Beispiel den Aufsatz „Um den Frieden in unserer Heimat. *Es muss irgendwo ein Anfang gemacht werden*".

Und er setzte jenes Gedicht an den Anfang, das wir kennen, das er in den Tagen geschrieben hatte, als ihn 1931 in Flensburg der Ruf umtrieb und anzog, nach Hadersleben, in die Heimat Nordschleswig zurückzukehren. Es gab auch bei ihm 1931 Vokabeln, die in ihrer Bodengebundenheit zu der Zeit wenig auffällig waren, in denen aber 1945 vor allem das Echo der Nazizeit nachhallte. Die erste Strophe blieb stehen:

Nordschleswig, unserer Väter Land,
die ausgestreckte Gotteshand,
uralte Völkerbrücke!
Du Grenzland voller Herzeleid,
voll hartem Kampf und herbem Streit,
voll heimatfroher Seligkeit,
wir weichen nicht zurücke.

Er wendet sich in dem Aufsatz gegen den von dänischer Seite nahegelegten Gedanken, jetzt im dänischen Volkstum aufzugehen. „Wir wollen hier kein Fremdkörper sein, der herausgeeitert werden muss wie ein Granatsplitter in einem vom Kriege misshandelten Menschenkörper. Wir sind im Garten Dänemarks eine organisch gewachsene Pflanze deutscher Art." „Es ist die Tragik unserer Heimat, dass die hohen Verwaltungsbehörden in deutscher Zeit nicht schleswigsche Landeskinder, sondern Preussen waren, die uns nicht verstanden." „Das Leben im Grenzland – befruchtet von beiden Kulturen – ist nicht Lebenshemmung, sondern Lebensbereicherung."

Er ist und bleibt mehrseitig: „Nordschleswig trägt durchaus das Gepräge dänischer Kultur, es hat aber auch Züge in seinem Gesicht, die deutscher Art sind. Wir wollen die Pflege unseres kulturellen Lebens selber in die Hand nehmen."

In einem Aufsatz „Vom Sinn des Krieges" treibt dieser Zweigleiser es auf die Spitze: Er beginnt bei den Römern, die den Mittelmeerraum in jeder Richtung zu einem rechtsförmigen Imperium gemacht hätten, so weitgehend, dass der Jude Paulus, als er ins Gefängnis geworfen wurde, darauf pochte, dass er römischer Staatsbürger sei und in einem Rechtsstaat lebe. – Hitler habe etwas Ähnliches mit dem europäischen Großraum vorgehabt. Seine Vorstellungen von den nordeuropäischen Ländern seien dabei so ahnungslos und anmaßend gewesen wie das ganze Konzept, auf der Grundlage von Gewalt ein europäisches Staatengefüge aufbauen zu können, ein „großer Irrtum" gewesen sei. Gleichwohl fragt er: „Aber liegt nicht trotz allem ein richtiger Gedanke in diesen Plänen? Liegt es nicht heute in der Luft? Sind das nicht die Zeichen der Zeit, dass die Völker Europas zu irgendeinem Zusammenschluss kommen müssen, der sie über die engen staatlichen Grenzen hinaus zu einem Interessenraum zusammenschweisst, freilich ganz anders, als Hitler es sich gedacht hat? Liegt in dieser Linie vielleicht der Sinn des Krieges?“

Im gleichen Zusammenhang wendet Prahl sich gegen die „rückwirkenden Gesetze“, die im Mai vom Folketing in Kraft gesetzt waren; er erinnert an Erscheinungen beim Empfang der deutschen Truppen im April 1940.

Man suchte Dänemark durch Freundlichkeit zu gewinnen, und viele haben sich das ganz gern gefallen lassen. Die Soldaten hatten oft ein gutes Verhältnis zur Bevölkerung.

Das wurde vergessen, schreibt er, als der Wind sich drehte, Deutschland geschlagen war, und das dänische Volk von einem „nationalen Sturm“ ergriffen wurde. Nun gab es hier allzu leicht „Kriegsverbrecher“. „Ihr habt stillschweigend miteinander ausgemacht, dass ihr das Recht habt, zu vergessen. Ihr habt eine so imponierende Kunst des Vergessens herangebildet, dass ihr buchstäblich nicht erinnern könnt, was ihr selbst in den Jahren nach der Besetzung meintet und dachtet.“ „Die Gesetze mit rückwirkender Kraft sind nicht aus dem freien nordischen Geist geboren. Sie sind unter dem Druck einer Psychose entstanden und werden leider auch unter diesem Druck praktiziert. Und viele – im wahrsten Sinne – kultivierte Dänen lehnen diese Gesetze und ihre Handhabung genau ebenso ab wie wir. Hier wirkt sich der Fluch eines überspannten Nationalismus aus, an dem die ganze Menschheit krankt.“

Nicht nur in Deutschland, auch in seinen Nachbarländern gibt es eine verzögerte Erforschung und Anerkennung von Vergangenheitsfeldern, die länger als ein Menschenalter dauerten oder dauern. Immer noch wird sozusagen eine rostige Bombe ausgegraben oder eine Mine aus dem Wasser gezogen. Ob Prahl gewusst hat, unter welchen Opfern deutscher junger Soldaten nach Kriegsende das

Minenfeld vor Dänemarks Westküste geräumt worden ist? Heute gibt es da einen dänischen Film.

Er spricht von einem nationalen „Sturm“ und kann daran gedacht haben, dass Dänemark 1945 die Todesstrafe wieder eingeführt hat und es Hinrichtungen im Rückblick auf die jüngste Zeit gab, aber auch eine Liquidierung von Spitzeln und Handlangern der Okkupation durch die Resistance stattfand, Morde, die von der Justiz kaum gründlich verfolgt worden sind.

Er verstand sich nicht als Richter. Aber er zitierte in jenem Aufsatz die Passage aus einer Rede, die der damals ‚Modstandsbewægelsens største Navn‘, also der großartigste Name der Widerstandsbewegung noch am 28. Juli 1940, dreieinhalb Monate nach der deutschen Besetzung, vor einer Schülertagung auf der Gymnastikhochschule Ollerup gehalten haben soll, dort habe Kaj Munk gesagt:

„Es ist kein Zweifel, dass Hitler eine der größten Gestalten der Weltgeschichte ist. Lasst uns ihn beurteilen nach seinen Erfolgen. Sein Volk lag danieder, zerschlagen nach einem furchtbaren Krieg, bei dessen Abschluss Deutschland weder Hoffnung noch Zukunft hatte. Das Deutschland, das wir heute sehen, ist sein Werk. Und das hat er durch Geist, durch das lebendige Wort fertiggebracht. Hitlers Geheimnis ist der Glaube; er ist eine religiöse Gestalt. Das Volksregime hatte Deutschland gegeben, was es geben konnte. Und dann kam eine Leere, die Hitler mit seinem brennenden Geist niederschlug. Die Hauptsünde der Demokratie ist, dass sie Wahrheit und Lüge gleichstellt. Und wie nun hier in Dänemark? Glauben wir an den Parlamentarismus? Das lasse ich mir nicht einbilden.“

Man traut seinen Augen nicht. Wie weit war, wenn wir zurückschauen, Kaj Munk von der Welt der Nazis entfernt? Es gibt, wie erwähnt, in Wuppertal einen Kenner, den Pastor Paul Gerhard Schoenborn, der Munk übersetzt, seine Stücke herausgegeben und über ihn geschrieben hat. „Die berühmte, berüchtigte Olleruprede“, sagt er. Die „Flensburg Avis“ hat diesen Text überliefert. Munk war zunächst und recht lange ein Bewunderer Mussolinis und dann Hitlers und – wie sehr viele in diesen beiden Ländern – ein Zweifler an der Demokratie. Diese Geringachtung dauerte länger, als heute bewusst ist. Es gibt Unbegreifliches von Munk, zum Beispiel die auch in Deutschland verbreitete Vorstellung, Hitler wisse nicht, was seine Mitarbeiter anrichteten. Hitlers Übergriff auf die Tschechoslowakei und sein Vorgehen gegen die Juden waren Munks Anlässe zur Kehrtwende.

Die „Olleruprede“ ist aber möglicherweise ein irreführendes Exzerpt. Auf ihren Zusammenhang kommt es an. Es gibt die Notizen eines Propsten, der sie gehört hat, Propst Fauerskov Laursen, die einen geradezu gegensätzlichen Eindruck von der Tendenz der Rede vermitteln. Der Fall ist vielfach erörtert worden. Munk könnte hier rückblickend das auch von ihm bewunderte Bild Hitlers zitiert haben, das er in den Anfangsjahren gehabt hat. Es gab 1945/46 eine politische Richtung, speziell bei der Quelle, der ‚Flensburg Avis‘, welche die Kooperation der dänischen Linken mit den Besatzern zum Skandal machte, um sie auszuhebeln, und der es recht war, wenn selbst der berühmteste Widerständler Flecken auf der weißen Weste erkennen ließ.

Prahl versuchte, genau zu sein: „Die relativ freundliche Haltung der dänischen Mentalität uns gegenüber hielt sich aber nicht lange. Die Entwicklung glitt langsam und bewusst hinein in einen immer deutlicheren Gegensatz. Die einzige Waffe, die Dänemark damals hatte, war eine politisch sehr kluge Elastizität, die trotz allem des Landes Stärke und Glück gewesen ist, viel stärker als zehn Divisionen. Denn das kleine schöne Land ist dadurch unglaublich gut davongekommen. Aber der Gegensatz wurde immer härter und wurde nach dem 29. August 1943 ein latenter Kriegszustand. Am 5. Mai 1945 waren es – bewaffnet aus der Luft von England her – 45.000 Modstandsleute, Widerständler.“

An anderer Stelle verglich er Hitlers Vorgehen, andeutungsweise, mit dem eines Konzernherrn – ein Gedanke, den Ernst Siegfried Hansen in dem „Nordschleswiger“ weiter ausgeführt hat.

Der Vergleich ist sehr interessant, er schiebt den kalten rationalen Aspekt jenes Phänomens in den Vordergrund. Ein Konzernherr ist jemand, der eine einzige Idee, eine Schraube im Kopf und auf der Stirn trägt, mit der er zupackt. In Hitlers Kopf steckte die Idee von Deutschlands grenzenloser Größe und deren Stellvertretung in seiner Person: Die Schraube des Konzernherrn gewinnt auf dem Weg ihrer Brauchbarkeit, der Propaganda und Verbreitung, einer gesteigerten Produktion bei gefallenem Preis und der Vernichtung lokaler Konkurrenz Weltgeltung. – Ist dieser Vergleich nicht treffender als der mit dem religiösen Verführer? Als Konzernherr war der Führer ein elender, hochgefährlicher Versager, der zu werben verstand, zu täuschen, aber nicht zu rechnen, sondern sich in seinem rücksichtslosen Größenwahn verschuldete und dabei eine riesige Belegschaft und gewachsene Kundschaft mit in den Abgrund riss.

Der Vergleich ist gewagt –

Friedrich Immanuel Prahl war den Haderslebenern vertraut im schwarzen Talar mit weißen Beffchen auf der Kanzel oder in weißer langer Hose, weißem Pullover und schwarzer Schirmmütze am Steuer seines Segelschiffs. Als ein geachteter, piekfeiner Mitbürger, immer zu einem Scherz aufgelegt, maßvoll, kein Mann des verletzenden Urteils, aber, wo es ihm darauf ankam, eindeutig.

Sein Bischof veranlasste die Domgemeinde Haderslevs zu dem Beschluss, dass ein Pastor der nationalistischen Freigemeinde im Dom nicht predigen dürfe. Prahl stimmte ihm zu.

Die Freigemeinde hatte den NS propagiert. Prahl hätte vielleicht gescherzt: „Das Kreuz, das diese Christen tragen, hat einen Haken.“ Er hatte erhöhtes Ansehen beim dänischen Teil der Gemeinde; sie überliefert bis heute, der Bischof von Haderslev sei eine Zeit lang als Prahls verborgener heimlicher Gast vor der Gestapo geschützt worden.

Vielleicht ist das eine Legende? Die Familie erinnerte sich nicht.

Er war auch darin eindeutig, klar und trug dazu bei, dass das Folketingrecht, der Kopenhagener Parlamentsbeschluss, den Städten Tondern und Sonderburg, Hadersleben und Apenrade einen deutschen Pastor als feste Einrichtung zuzugestehen, erhalten blieb.

Zusammen mit den Freunden der Haderslebener Erklärung arbeitete er im Herbst 1945 mit an der Satzung des neuen ‚Bundes Deutscher Nordschleswiger' – dann wurden sie hinausgemobbt, erfährt man.

Was das Echo in Hadersleben auf den Einmarsch der Deutschen am 9. April 1940 und das auf die Kapitulation am 4. Mai 1945 anging, da verzichtete er nicht auf sein Gedächtnis – aber im Stil des Brückenbauers.

Als die Politik Friedrich Prahl nicht mehr in Atem hielt, in seinen letzten zehn Amtsjahren, wurde die Restaurierung von St. Marien, die zumeist ‚Domkirke' hieß, sein zentrales Thema. Es wurde eine Entdeckungsreise, die ihn in die weiten Räume nicht nur einer fernen Baukunst, sondern auch einer anderen religiösen Welt hineinführte: Ihn faszinierte auf einmal die Verschwiegenheit der alten Bauhütte und deren einstige Rechenkunst: die Frage einer geheimen, heiligen Zahl, die den gewaltigen Bau zusammenhielt. Der große Baugedanke wurde ein Lieblingsthema, es schien möglich, seine Vollkommenheit wiederzufinden. Vor dem zerstörerischen Eingriff Wallensteins im Westteil des Doms hatte einmal gegolten: „Keine fremde Linie zerreißt die große einheitliche Ruhe."

„Zweiströmig" nannte man Prahl. Bereits am 11. Januar 1951 wurde er Dannebrogritter, und als er 1955 am Tag der Wiedereröffnung der restaurierten Marienkirche am Arm der Königin Ingrid, der Mutter von Dänemarks heutiger Königin, den herrlichen Bau betrat, war es für ihn ein nur noch zur Hälfte irdischer Raum, der ihn umgab.

Fritz Prahl hatte ein offenes Herz.

27
Die Ausquartierung – Land! Land! Halte deine Pfosten fest!

„Herr Pastor, nix notig“, sagte Giorgio Massolo zu MaPö, als wir auch am 1. Mai 1945 wieder nach Breklumfeld zu Feddersens wanderten. „Heute Nacht kommt kein Flieger.“

MaPö war überzeugt, dass Giorgio unterm Dach seinen Sender befragt hatte, irgendeine Verbindung, die ihn auf dem Laufenden hielt und er glaubte, dass Giorgio mehr wisse als wir.

Aber sicher war er nicht. Schlossel, die keineswegs mehr hätte rennen können, war voller Angst und der Landwirt Christian Feddersen hatte so entschieden eingeladen: „Nee, dat geit doch nich. Ehr Fru is doch so – hochswanger – lat ehr man na uns kamen. Eer Fru slöpt bi min Fru, und de Kinner kamen in‘t Heu.“

Wir zogen und schoben den Blockwagen mit Södi durch den weichen Sand. Mona ging mühsam an der Seite, sehr damit beschäftigt, ihren schweren Bauch zu tragen, in sich gekehrt. Södi stand, Kleeds saß im Wagen. Die blonde Kaukau hüpfte nebenher.

Auf dem Buckel hinter Knoops kehrte Giorgio um, das Haus am Bahndamm zu überwachen. Hier begann hinter den Feldern Heide, die urbar gemacht wurde, würde bald links am Wall der Ginster blühen. Wir überquerten die Kleinbahnlinie des ‚Löwenstädter Kattenmörders‘, des langsam daherkeuchenden Katzenmörders, seitwärts lag hinter Weiden der Fischerteich, der im Frühjahr, wenn wir dort zum Baden gingen, voller Kaulquappen quirlte. Schon waren wir in den Bremer Tannen.

Wir kannten den Weg zu Feddersens, seit Alex in der 3. Schulklasse neben Lorenz Peter gesessen hatte. Es war eine so fabelhaft aufgelegte Familie. Wir saßen bei ihnen in der Küche, sahen uns an, und lachten. Worüber, weiß ich nicht. Seine Mutter goss heiße Milch in den Teller, gab Brotbrocken hinein und streute etwas Zucker. Wir kannten bei ihnen alles, den Heuboden, den Namen der Tiere, sahen zu, wie Feddersens eigene kleine Dreschmaschine arbeitete, standen sogar einmal mit dem Dreschflegel in der Hand auf der Diele vorm Stall, Alex, Pille, ich und Lorenz Peter, und droschen einige Garben leer. Wanderten durch die Bremer Tannen, ich stieg auf eine Tanne und sah, dass das Ei der Eule kugelrund ist.

Nachts kamen die Wehen an jenem 1. Mai 1945. Schlossel schlief im Zimmer neben der Küche mit einer Flüchtlingsfrau aus Pommern und mit Alex, der ja seines Asthmas wegen nicht im Heu schlafen durfte; er wurde rasch hinausgeschoben. Mona gab in Ruhe ihre Anweisungen. Bald stand eine Wanne warmen Wassers auf dem Stuhl. MaPö war mit dem Fahrrad ins Dorf gefahren. Als er mit der Hebamme, Frau Grave, zurückkam, stand das Fenster nach Westen offen und der kleine kräftige Hans schrie in die Nacht.

Am Morgen hatten wir einen neuen Bruder. Auf der Geburtsanzeige standen rings auf dem Rand die Namen der Geschwister, in der Mitte der seine und darunter

„LAND! LAND! HALTE DEINE PFOSTEN FEST!"

Der Volksempfänger hatte gemeldet, dass der Führer vor Berlin an der Spitze seiner Truppen gefallen sei. Von einer Trauerfeier wurde am Mittag zu Hause gesprochen, zu der Herr Mäckelmann noch eingeladen hatte. Es wolle doch wohl niemand hingehen?, suggerierte Schlossel. Nachdem Henny nicht mehr bei uns war, sondern von den Eltern auf ihren Bauernhof in den Hüttener Bergen gerufen, weil dort Heuboden, Stall und Scheune von versteckten Soldaten überquoll, waren uns zwei junge „Pflichtjahrmädchen" zugeteilt worden, die im roten Rock und weißer Bluse kamen, aus neuerdings billigem weißem und rotem Fahnenstoff gefertigt. Sie sagten, dass sie unbedingt dabei sein wollten, und erzählten tags darauf, dass nur wenige gekommen waren. Es sei aber doch nicht der Führer gewesen, der an dem traurigen Ausgang schuld sei, sondern seine „Mitarbeiter".

Wir, die Kinder, hatten so viel Zeit wie nie zuvor. Die letzte Schulstunde, Ende Januar, lebte nicht nur bei mir im Gedächtnis nach: sie war bereits ganz von dem drohenden Ausgang des Krieges geprägt gewesen. Der Köster – Alex fuhr bereits zur Hermann-Tast-Schule in Husum, ich war vorgerückt in den mittleren Raum der Schule mit der Klasse 5 bis 8 – Herr Mäckelmann hatte mir als Abschiedsbild eingebrannt: Wenn der Feind kommt, dann sollen wir bereit sein und an der Chaussee die Bäume fällen, und zwar so, dass sie auf die Straße fallen und die Panzer nicht durchkommen lassen, und ich habe es vor Augen: Bubi Brummer meldet sich, steht auf und sagt: „Ik hev keen Tid, ik sal Mudder in de Kartüffeln helpen." Bubi ist elf Jahre jung.

Der Köster läuft rot an, seine Glatze btennt. „Wenn der Feind uns bedroht und das Vaterland in Gefahr ist, kannst du doch nicht daran denken, dass du deiner Mutter im Garten helfen musst!" Er wird sehr laut, brüllt geradezu.

Aber Bubi bleibt bei seinem Standpunkt: „Vadder iss intrukken", sagt er. „Karl is ok nich mehr to Hus, min Broder. Mudder kann dat nich alleen."

Auf der Chaussee ziehen die Flüchtlingstrecks. Die Schule ist nur noch ein Zeuglager.

An der Chaussee hatten Breklums Soldaten die viel belachten ‚Panzersperren' gebaut, die Chausseebäume quadratisch mit Pfählen und Brettern umgeben und das Gehäuse mit Tannenzweigen getarnt. Darin sollten sie mit der Panzerfaust stehen, wenn der Feind kommt. Wer hatte den Namen erfunden? Diese Sperren hießen „Erholungslauben".

Noch gab es Tage wie im Frieden. An einem warmen Aprilsonntagnachmittag saßen „unsre Soldaten" vor Kaffee und Kuchen auf dem Rasen, zwischen Blutbuche und Veranda, wir Kinder spazierten zwischen ihnen. Ich kam an einen der Tische, an dem ein schmaler eleganter Offizier mit übergeschlagenen Beinen saß und sich lächelnd unterhielt. Seine Mütze lag auf dem Tisch. Ich sah auf einmal, dass über dem Mützenschirm ein weißer Totenkopf prangte und fragte ihn verwundert: „Warum steckt da ein Totenkopf?" Der Nachbartisch schaute herüber. Es entstand eine Pause. Er lächelte weiter und sagte etwas, was ich nicht verstand.

Dieser gleiche Offizier ist dann bald mit dem Hauptmann zum Sanatorium gegangen und hat eine Schwester Juliane aufgefordert, ihnen eine Rote-Kreuz-Fahne zu geben. „Sie wollten die Fahne für das Dach ihres Volkswagens", erklärte Schlossel.

Da kamen sie an die Richtige. „Sie müssen doch wissen", sagte die geradezu: „Rote-Kreuz-Fahnen dürfen nur bei Krankentransporten verwendet werden und nicht – täuschen."

Der Stab, vier Leute, machten sich noch in der Nacht ohne Rote-Kreuz-Fahne davon. Er hinterließ einen Entlassungsschein und einen Stempel.

Im Betsaal, an einem Pult, begannen tags darauf die ersten Entlassungen. Ein besonders netter großgewachsener Soldat winkte uns zu und machte sich auf den Weg in Richtung Drelsdorf, er trug den rechten Arm in einem Schaltuch, ging an einer Krücke und kam nach einer Stunde erschöpft zurück.

Der Krieg lief aus. Ich sehe mich mit dem rothaarigen, sommersprossigen Peter Thiessen und seiner Mutter am Treppengeländer stehen, wo es wenige Stufen zu ihnen hinab zum Brüderflur und auf der anderen Seite steil zum Dachboden hinaufgeht. Wir sprechen darüber, ob der Engländer auch zu uns kommen werde. Peters Mutter glaubt: keinesfalls. Sie werden das nicht schaffen. Bis zuletzt vertraut sie einer Wunderwaffe, einer „Vau Eins", nachdem zuvor die „Vau Zwei" bereits London in Schutt und Asche gelegt habe, einer Bombe, die eine Wende herbeiführen werde. Von Atom wurde gemunkelt.

Da kommt Frau Zornig die Treppe herauf und sagt: „Die Engländer sind auf der Chaussee durch Breklum gefahren, drei oder vier hohe Lastwagen."

Frau Thiessen glaubt es nicht.

„Aber ich kann doch den farbigen Dreikreis vom Hakenkreuz unterscheiden!", sagt die Kielerin. „Ich lege meine Hand dafür ins Feuer, dass die Engländer hier sind."

Die Soldaten hatten sich den „Erholungslauben“ ferngehalten. Herr Mäckelmann war am Vormittag im Betsaal erschienen und hatte die Soldaten dringend davor gewarnt, zu schießen, falls der Feind durch den Tunnel kommen sollte. Inge Feddersen wusste: An dem Dynamit wird zu seiner Sprengung nicht gerührt.

Es ging zu Ende.

Im Betsaal wurde gestempelt und entlassen, aber das Gros der Soldaten blieb. Die Verkehrsmittel lagen still. Der Flüchtlingsstrom riss nicht ab, er kam zu Fuß, mit Block- und Kinderwagen oder zu Pferde, er füllte plötzlich den Betsaal. Eine bunte Gesellschaft breitete sich aus, darunter ein Junge, der stumm zu sein schien. Wir hörten von ihm, er saß allein unterm Fenster neben dem Pult und erzeugte einen Kreis von Einsamkeit um sich herum, überwach, gehörte er zu keinem, es war, als ob durch seine mühsam ein Beben verbergende Haut der ganze Strom sich ergoss: das schmerzhafte Ganze. Wir sprachen ihn an. Er kam mit uns in die Küche, Mona versorgte ihn, kochte für ihn. „Er ist seit Schlesien allein“, sagte sie nachher, „und ist fast sprachlos. Er weiß nicht, wo seine Leute sind, sie haben einander verloren. Er hat fast nur ja und nein gesagt.“

Der Tag der ‚Kapitulation‘ war vorüber. Das Pastorat und MaPö gaben mithilfe der Druckerei über die Dörfer Bescheid, dass der diesjährige Himmelfahrtstag, der von den Nazis abgeschaffte, jetzt wieder stattfinde und in der Kirche gefeiert werde.

Es war ein strahlender Tag. Pastorin Hansen blieb im Missionshaus und lief MaPö und Schlossel entgegen, als sie aus der Kirche zurückkehrten: Vor dem Haus stehe ein Jeep. Im Studierzimmer warte ein englischer Offizier. Der teilte MaPö mit, dass britisches Militär nach Breklum kommen und die Häuser vom Tunnel bis zur nächsten Kreuzung besetzen werde – das Martineum mit dem Kinderheim werde von der Beschlagnahme ausgenommen. Sie zeigten eine Karte des Bezirks der Breklumer Missionsgesellschaft, waren offenbar von der in den braunen Jahren eingeübten Kreisleitung Husums zielgerecht informiert worden.

MaPö stellte ihm vor, dass die Gebäude dieser Missionsgesellschaft keine besondere Strafmaßnahme verdienten. Wie werde das auf die Brüder Breklums in Indien und China wirken, wenn ausgerechnet jetzt, hier im Breklumer Missionshaus, der Sieger einzieht und unsre Arbeit weiter unmöglich macht. „Und wenn ich etwas Persönliches sagen darf: In meiner Familie ist vor zehn Tagen das elfte Kind geboren worden, ein Junge."

Da sagte der englische Offizier: „Das kann mich gar nicht interessieren. Wir kommen aus der Lüneburger Heide und haben Bergen-Belsen gesehen."

Ich hörte zum ersten Mal diesen Namen und habe, nach einer Kette von Andeutungen, und einmal einem flüchtigen Gang durchs Gelände, erst kürzlich, siebzig Jahre danach, ganz und konkret erfahren, was sie gesehen hatten.

In Zelten und im Freien: ein Feld von Toten, Verhungernden, Verdurstenden, die sich noch erheben konnten.

Man kann eine Unzahl einzelner, schuldlos entwürdigter Menschen mit Schuttschleppern, die eine aufsammelnde Stahlwanne vor sich herschieben, wie zerstörtes Baumaterial in ein großes Erdloch schütten – namenlos oder namhaft.

„Auschwitz war eine phantastisch organisierte, blitzsaubere Hölle gewesen. Das Essen war schlecht, aber es wurde regelmäßig verteilt. Unsere Baracken hatten wir dort so blank geputzt, dass man auf dem Fussboden hätte essen können. Wer in der Baracke umkam, wurde am Morgen abgeholt. Wer krank wurde, verschwand auch. Wer vergast wurde, schrie nicht. Er war eben nicht mehr da. Die Krematorien rauchten, aber wir bekamen unsere Rationen und hatten Appell, und sie bewachten uns mit Maschinengewehren von den Wachtürmen aus, und die Lagerzäune waren elektrisch geladen, aber wir konnten uns waschen, jeden Tag, und mitunter durften wir sogar duschen. Wer die Gaskammern vergessen konnte, konnte leben.

Aber in Belsen war es anders. Die SS bekamen wir kaum noch zu sehen. Es gab keine Apelle und keine Ordnung, denn da war nichts als Heide und Hunger und Menschen, die der Hunger durcheinanderscheuchte wie Hühner, und es gab weder Essen noch Wasser noch Hoffnung, denn dass die Alliierten am Rhein standen, bedeutete nichts mehr für uns. Wir hatten Typhus im Lager, und es hieß, ehe sie kommen, sprengt uns die SS in die Luft.

Die Allgegenwart der Toten und des Sterbens, das sichtbare Sterben, das langsame Sterben. Man sah den Tod, man merkte ihn, so viel mehr als in Birkenau, wo die heruntergekommenen Menschen verschwanden. Wer übrig blieb, war augenscheinlich gesund. In Bergen-Belsen sah man in jedem Moment dem Tod in die Augen."

(Habe ich das wirklich nicht gelesen? Erhard Eppler hat es gesehen.)

MaPö sagte: „Ein höherer schottischer Offizier kam von unten herauf. Die beiden unterhielten sich auf schottisch. Ich verstand kein Wort. Der Hinzugekommene sagte: Wir kommen nicht. You understand? We're not coming –"

Sie kamen doch. Sie kamen am Abend des Himmelfahrtstages, vier Abgeordnete, und beschrieben die Eingangstüren und Zimmertüren der Häuser vom Tunnel bis zu dem kleinen Haus vor Anna Martensen mit ihren seltsamen Zeichen. Das große Martineum gegenüber blieb draußen vor. Die Möbel hatten an Ort und Stelle zu bleiben, und sie sagten: ‚In twenty-four hours.'"

MaPö lief hinauf zum E-Werk und bat um Licht in der Nacht. Diese Nacht wurde zum Tag. Möbel, auf die man nicht verzichten wollte, wurden hintenherum hinausgetragen. Herr Priebe half mit Pferd und Wagen.

„Ich habe dafür gesorgt, dass die Mahagoni-Möbel des Grünen Zimmers mit uns wanderten", sagte Schlossel. „Und Vaters Schreibtisch. Den hätten sie doch ruiniert; Engländer sitzen doch immer mit ihren Stiefeln auf der Schreibtischplatte."

„Mona?! Stop! Nix gegen die Engländer!", sagte Alex. „Die waren doch unglaublich – fast, als wären sie in Freundesland gekommen."

„Das waren sie“, sagte MaPö. „Fair!“

„Nur Oma hatte leider Pech mit ihrer schweren Kommode. Die wollte sie retten, darin lag alles, woran sie hing. Wir hatten doch alle die Nacht hindurch mitgearbeitet, ihr Jungen das Feuerholz, den restlichen Torf hinübergefahren, die Kaninchenställe hinter dem Martineum aufgestellt. Yoko war überall.

Jetzt, am Vormittag, saßen die verbliebenen Soldaten auf der Steinmauer in der Sonne vor unserem Haus, eine längere Reihe. Unser Goldschnutel hatte Brötchen mit Kostbarkeiten belegt, mit Schinken und Käse und Fisch aus der Dose – sie ging mit dem Tablett zu ihnen. Sie aßen es. Es war seltsam; sie hatten bisher keine Hand angelegt. Als Goldschnutel sie fragte, ob sie ihr helfen könnten, sahen sie zur Seite.

Sie saßen hier den ganzen Vormittag, nein, den Tag über, und ließen die beschleunigte, mühsame Arbeit ringsum unbeteiligt passieren. Durften sie nicht eingreifen?

Ein hintergründigeres Bild, so erscheint es im Rückblick. Die Wehrmacht hatte kein Motiv mehr. Keins im Rücken, keins vor Augen. Ausgediente Instrumente, saßen sie da. Der Stab war auf und davon und hatte ein Pult mit einem Stempel im Betsaal hinterlassen. Sie wussten nicht, was und wie und wohin.“

„Die Engländer sahen ein, als ihre Vorhut am Abend erschien, dass der Umzug in twenty-four hours nicht zu bewerkstelligen war. Sie verlängerten um einen Tag, beäugten misstrauisch das Grüne Zimmer“, sagte Schlossel, „aber ich hatte es gut genug neu möbliert.“

Gegen Abend gingen wir alle noch einmal durch unser Gebäude. Wir begannen im Hinterhof, gingen zwischen Buriguma und der großen Küche hindurch auf den Gemüsegarten zu. Die ersten Schwalben unterm Dach von Buriguma, die ersten Stare in der kaputten Luftröhre des Großen Saals waren angekommen, wir gingen hinunter zur Wildnis, neben der Nusshecke an der Obstbaumwiese, der Lindenlaube vorbei auf den runden Rasen unter der Blutbuche. Hier standen wir.

„Lasst uns noch ein Lied singen", sagte MaPö, und Mona stimmte an, was er vorschlug:

Alles vergehet
Gott aber stehet
Ohn alles Wanken
Seine Gedanken
Sein Wort und Wille hat ewigen Grund.

Wir wohnten jetzt in der Aula des Martineums, rechteckig und quadratisch abgeteilt durch Schränke, Wolldecken und Regale: Yoko, Spatz, Perle und Kaukau / Pille, Alex und Bollus – bald kam Vetter Ralf aus Flensburg hinzu / Chie, Kleeds und Södi / Goldschnutel / Frau Petersen aus Kiel und ihr „Fräulein Schwester", eine Schneiderin. – Die Eltern hatten mit dem 14-tägigen Hans ein eigenes kleines Zimmer erhalten. Giorgio Massolo schlief unterm Dach.

„Ihr wohnt hier ja wie die Bonzen!" sagte Hans Asmussen – jener Theologe, der beim Altonaer Blutsonntag erstmals neue Töne angeschlagen und neuerdings ein Buch „Maria, die Mutter Gottes" geschrieben hatte. „Nanu? Ihr wohnt hier ja wie die Bonzen!" Das geschah, als die Flügeltür sich öffnete, MaPö mit ihm eintrat und er die Lagerstätte in der einem Schiff ähnlichen Aula übersah.

Neben der Eingangstür stand ein schwarzer Eisenherd mit einem langen Ofenrohr und vier Feuerlöchern. An der Stirnwand Richtung Osten hingen links und rechts über der bühnenartigen Erhöhung je zwei Evangelisten – Bilder Dürers.

Der Esstisch zwischen Eingangstür und Fensterreihe war lang ausgezogen. Einmal, als es hier Suppe aus den braunen durch den Wolf gedrehten „Pferdebohnen" gab, bei der die Neigung herrschte, dass sich Bohnenschrot und Wasser teilten, war der große unten runde Eisentopf leer geworden und lag schräg neben dem Herd.

„Wo ist jetzt auf einmal unser – ?", rief Schlossel. Da sah man ihn von hinten, sein Kopf steckte im Topf und er kam auf allen Vieren, der vierjährige kleine Kleeds, obwohl er längst laufen konnte, mit braun verschmiertem Gesicht auf uns zugetappelt und strahlte.

Giorgio Massolo lachte am lautesten; er war bei uns geblieben, wollte partout nicht irgendein Gefangenenlager durchlaufen, genierte sich andrerseits, dass er bei uns blieb, ohne Lebensmittelkarte und ohne zu gärtnern. Er erzählte von Parma, wo die Eltern einen Park in der Stadt mit einem Teich besaßen; vielerlei Fische gab es darin. Es war wohl doch noch im Mai, als Dr. Giorgio sagte, er sei jetzt frei und habe seine Heimreise in der Tasche – könne und müsse nun heimkehren. Es gab ein letztes Essen mit ihm.

Wir standen zusammen, einer von uns Jungen fragte ihn noch einmal, warum er überhaupt als „Gefangener" in Deutschland gewesen sei. „Wir waren doch mit Italien verbündet." Er wiederholte es: „Zuletzt nicht mehr. Ich wurde in Parma von deutschem Militär vor die Wahl gestellt: Entweder Sie kämpfen in der SS auf deutscher Seite oder Sie haben als Gefangener Arbeiter nach Deutschland zu gehen."

„Und das wollten Sie lieber?" Und er wiederholte. Mona stand im Kreis. Er sah sie an, sie nickte.

Jetzt musste er Abschied nehmen, die Kleinen kamen hinzu. Er weinte und fragte unsre Mutter, ob er sie küssen dürfe. Aber ja!

Giorgio! Alex und ich haben ihn wiedergesehen im Golf von La Spezia – einen wunderbaren Tag lang.

Er ruderte da mit uns ein Stück hinaus in der Bucht, wir sahen am Grund des glasklaren Wassers Seeigel, lebende, mit ihren dunklen Stacheln. Auf einem Vorsprung angelte ein Diplomat in kurzen Hosen. Wir vagabundierten dazumal durch Italien, 16 und 17 Jahre jung, schliefen in Wartesälen und im Freien, aßen pane und pesce, pesce und pane und hatten in Parma, bei seinen Eltern, ihn ausfindig gemacht. Giorgio breitete am Ufer eine Decke aus und hatte Limonade besorgt und nicht nur Pfirsich und Weißbrot, sondern Trauben, Käsearten und Wurst, Wein, für jeden eine kleine Bierflasche und überhaupt alles, alles. Abends luden sie uns ein in La Spezia, er und seine Freundin.

Alex fragte sie, ob sie verlobt seien, „sposato?", und sie lachten unbändig. Wir schliefen auf dem Dach der Herberge, unter freiem Himmel.

Hier jetzt, in der Aula von Breklums Martineum, waren Türen und Fenster zu den Engländern hin vernagelt, auf dem Hof unter unseren Fenstern standen Panzer, das besetzte Gebiet der Kirchenstraße war durch runden Stacheldraht abgetrennt und nur durch einen Schlagbaum neben dem bewaffneten Wächterhäuschen, kurz hinterm Tunnel und im Osten kurz hinter Anna Martensens Kaufladen, zu betreten. Auf dem Hof direkt unter dem Fenster des Jungenzimmers stand ein Kasten, in dem vermutlich ein stromerzeugender Motor lief, er ratterte bis in den späten Abend, sodass wir nicht einschlafen konnten, ein starkes Geräusch. Pille sagte, ich solle das Fenster öffnen, da stehe jemand auf dem Panzer. „Ruf, er soll den Motor ausmachen. Es heißt: ‚We cannot sleep for the motor'". Ich öffnete das Fenster und rief, obwohl der Soldat schon fortging: „We cannot sleep for the motor". Er winkte, verstand offenbar, kletterte noch einmal auf den Panzer und erzeugte Stille. Später einmal sahen wir zu dritt aus dem Fenster, der Engländer stand neben seinem Panzer, und ich warf ein angebrütetes Dohlenei, das von einem Ausflug auf den Kirchturm stammte, in seine Richtung. Es traf ihn an der Schulter. Wir erschraken. Er wischte den Schmutz mit dem Handrücken herunter, stieg in aller Ruhe auf den Panzer, öffnete eine Metallkiste, nahm ein Maschinengewehr und richtete es auf mich. Nie bin ich wieder so gerannt, durch die Flügeltür der Aula die Treppe herunter, über die Koppel, die Felder dahinter bis zur Chaussee – als ich zurückkam, spielten die Geschwister und schienen das Ganze vergessen zu haben.

28
„Unsere Füße stehen in deinen Toren“ – das erste Jahresfest nach dem Krieg

MaPö hatte sofort den Neuanfang begonnen. Nur wenige Tage nach Pfingsten feierte dic ausquartierte Missionsgesellschaft ihr erstes Jahresfest seit dem Verbot von 1940. Es begann an einem Nachmittag um fünf Uhr in der Breklumer Kirche und auch ich Spinkel durfte dabei sein. Pastor Hansen aus der Lutherkirche in Kiel, den MaPö seit seiner Konfirmandenzeit verehrte, stand auf der Kanzel und sprach ernst und eindringlich. Es war nur ein Vers, der immer wiederkehrte und haftete, auch, weil anschließend kritische Fragen auftauchten, Kopfschütteln. Es war völlig rätselhaft. Ich glaubte ihn leicht zu verstehen: „Israel, du bringst dich ins Unglück, denn dein Heil liegt allein bei mir.“ Er meint uns, dachte ich, Deutschland, und verstand nicht ganz, warum er nicht „Israel“ sagen durfte, wenn er doch so deutlich über unser furchtbar verirrtes Land den Stab brach und zur Rückkehr aufrief.

Es waren etliche junge Frauen und auch einige Heimkehrer, die vor Kurzem in Breklum einen Kursus begonnen hatten und jetzt darüber diskutierten. Sie wollten Gemeindehelfer werden – wollten als Stützen der Pastoren und medizinische Gemeindeschwestern in die Dörfer und Städte des Landes gehen.

Studierte Leute, Soldaten, junge Frauen, Tante Elsa aus Humptrup, auch ein Admiral hatte sich gemeldet und erschien bei MaPö im Studierzimmer. Er habe einen Krieg im Rücken, sagte er, der – „wissen Sie, Sie wissen es, ich will dienen. Dienen! In welchem Rahmen auch immer …“

„Herr Admiral“, sagte MaPö, „meinen Sie wirklich, dass Sie zum Beispiel in Bredstedt, wo Sie jetzt wohnen, als Gemeindehelfer am richtigen Platz wären?“

„Lassen Sie doch den Admiral!“, sagte Herr Backenköhler unwirsch.

„Zu Befehl", lachte MaPö. „Ich vermute nur, dass Sie in unsrer am Boden liegenden Industrie ungleich viel hilfreicher sein könnten; ich meine: bei Ihrer Erfahrung in Fragen der Menschenführung und Organisation. –"

Nicht nur Giorgio war ausgezogen, auch Goldschnutel, Frau Petersen und deren Schwester waren nach Kiel zurückgekehrt.

Der Gemeindehelferkurs dagegen wuchs an und die Aula wurde geteilt: rechts, wenn man hereinkam, schliefen hinter einem Wolldeckenvorhang jetzt Seminaristinnen – wir drei großen Jungen, ergänzt um Ralf, waren die lautesten, Pille und Ralf mit ihrer beider Posaune, Alex und ich mit unserem „Schiet" im Kopf nahmen im Kirchturm Dohlennester aus, waren eigentlich nicht zu gebrauchen und die Eltern kamen auf den Gedanken, uns in die Ferne, in die Hüttener Berge an den Bistensee zu schicken, dorthin, wo unsre Großeltern, Monas Eltern, seit zwei Jahren in jener kleinen Villa lebten. Es funktionierte kein Telefon, gab weder Bus noch Bahn. Die drei älteren packten ihren Rucksack, ich hatte nur einen Ranzen, aber mehr, als dort hineinging, nahmen auch die anderen nicht mit.

Es hieß, am kommenden Mittwoch würde ein Lastwagen von der Chaussee aus nach Husum fahren und Leute mitnehmen. Wir kamen zu spät, der Wagen fuhr gerade an, wir rannten hinterher – Frau Pohlmeyer, unsere Berliner Englischlehrerin, winkte uns aus dem offenen Wagen zu, sie glaubte, wir wollten uns von ihr verabschieden.

An einem Tag darauf machten wir uns zu Fuß auf den Weg. Es war unser schulfreies Jahr, eine Zeit voller Abenteuer, zu Hause kein Platz mehr. Dort ging es um einen neuen Aufbruch. Also gingen wir davon, wir vier, mit Rucksack und Ranzen, es war früh und luftig auf der Breklumer Chaussee, kühl auf der Haut – warum behält man so etwas! Wir sangen eins dieser Lieder, die der Köster in der Schule mit der Geige begleitet hatte – „Alle Birken grünen in Moor und Heid" – Ein halbes Jahrhundert danach, als wir die Wanderung wiederholten, haben wir uns gewundert, dass die Eltern es gewagt hatten, uns damals nach

Kriegsende, in diesem allgemeinen Tohuwabohu, wo wir Gott weiß wen treffen konnten, quer durch das Land Schleswig-Holstein gehen zu lassen, und es an einem Tag schafften. Wir hatten alles in Erinnerung behalten.

Nach den ersten fünf Kilometern, neben dem Gasthaus an dem Flüsschen Aarlau, wo wir manchmal angelten, nahm uns ein Bauer mit, der einen Trecker fuhr und auf seinem Anhänger schon Flüchtlingsfamilien mitgenommen hatte, deren Mütter auf den Koffern saßen. Am Eingang von Husum hielt ihn ein englischer Soldat an. Der Bauer zeigte seine Papiere, der Soldat nickte und zeigte auf uns, die Leute dort auf dem Anhänger. „Nur aus Gefälligkeit mitgenommen", sagte der Bauer.

Er fuhr westwärts, nach Eiderstedt, wir mussten ostwärts nach Schleswig herüberwandern und stiegen aus. Dieser endlose Weg durch Husum! Von Husum nach Schleswig waren und sind es 34 Kilometer. Bei Ostenfeld suchten wir hinten auf einen Pferdewagen aufzuspringen, als der Bauer es merkte, raste er davon. Hinter Treia hielt ein englisches Militärauto, das einzige Auto auf dieser Strecke. Pinkelpause auf dem Feld hinterm Wall. Vielleicht würden die uns mitnehmen? Mona hatte uns für diesen Zweck einen englischen Brief mitgegeben, auf dem stand, dass wir auf dem Weg zu unseren Großeltern seien und bäten, mitgenommen zu werden. Pille schickte mich vor. Ich versuchte, den Brief hinterm Wall an den Mann zu bringen, aber sie beachteten den Knirps mit seinem Zettel gar nicht.

Die Eltern hatten uns geraten, in Silberstedt beim Pastorat anzuklopfen – wir wollten es schaffen. Von Singen keine Rede mehr. Ralf trug steife Holzsandalen, seine Füße schmerzten. 10 Kilometer vor Schleswig an einem Waldrand setzte er sich auf einen Kieshaufen. „Ich gehe nicht weiter", sagte er. „Ich habe Blasen."

Wir versuchten, ihn umzustimmen. „Ich kann einfach nicht mehr!" „Aber hier können wir doch nicht .–!" Wir drehten uns um, gingen zu dritt weiter und schon hinter der nächsten Biegung holte er uns humpelnd ein. Auch Schleswig ist endlos! Darauf hielt ein kleiner Volkswagen an, zwei deutsche Offiziere, Kommandanten eines Soldatenlagers bei Jagel vor Rendsburg, nahmen uns eine Strecke mit. „Was macht ihr denn hier!“, sagten sie und lachten. Sie fuhren rasend schnell. Alex saß auf dem Ranzen. „Ihr müsst euch beeilen!“, sagten sie. „Vor Curfew bis zum Bistensee? Das bedeutet – ihr müsst laufen wie Jesse Owens auf der Berliner Olympiade: 100 Meter in 10,3 Sekunden.“

Es war nach sieben Uhr. Wir sahen auf unsrer Karte, dass wir nicht auf der Chaussee über Kropp gehen mussten, sondern links über Felder in Richtung Dorf Norby abkürzen konnten. Dort irgendwo wohnt Henny Schnack, unsere Henny, die auf den Hof ihrer Eltern zurückgekehrt war. Wir gerieten auf ein Moor, stampften, sackten ein. Es lag schön im abendlichen Licht. Der Torf stand in kleinen Türmchen aufgeschichtet zum Trocknen. Hier standen Schienen und Loren, aber der Boden schwankte. Ein Graben mit braunem Wasser, in dessen Boden man versinken musste, hielt uns auf, eine schmale Lorenschiene führte hinüber, wir krochen auf allen Vieren. In Norby erklärte uns ein unglaublich nettes junges Mädchen, das uns mit dem Fahrrad aus dem Dorf hinaus begleitete, den Weg zu dem Hof von Hennys Eltern. Es war viertel vor zehn. Wir wollten nicht ins Gefängnis kommen und versuchten zu rennen, rannten, auch Ralf trotz der Holzsandalen. Alex bekam Asthma und blieb zurück. Wir landeten nacheinander auf dem Hof, in dessen Mitte eine Linde stand, und wurden mit offenen Armen empfangen, saßen kurz danach in der Küche am Tisch, bedient von Henny und ihrer Mutter, an der Wand umgeben von Soldaten.

Zuerst sah man uns zu. Alex öffnete den Ranzen, auf dem er im Volkswagen der beiden Offiziere gesessen hatte, und breitete aus feuchten Geschirrtüchern, in die Mona all unseren Proviant, all die Brote mit Schinken und Schafskäse und überhaupt die besten Sachen gewickelt hatte, als großen Haufen auf dem Holztisch aus, einen Berg zerbröckelten Brotes. Hennys Mutter kam mit heißer Milch vom Herd und im Nu war der große Berg aufgegessen. „Ich hab im Auto daraufgesessen“, sagte Alex.

Alle lachten, und nun mussten wir erzählen. Die Soldaten wollten es nicht glauben. „Wartet", sagte einer, „ihr müsst ja 70 Kilometer gelaufen sein." – „Nein, wir hatten doch den Trecker vor Husum", sagten wir, „und die beiden Offiziere mit dem VW vor Jagel."

„Trotzdem", sagte er. „Ausgeschlossen. Eines unsrer besten Corps ist einmal an einem Tag 38 Kilometer in voller Rüstung marschiert. Ihr – das war allerdings Afrikas Nordküste", setzte er hinzu, „aber der Tag sitzt mir noch in den Knochen." Er blieb bei seinem Zweifel.

Alex schlief unten auf dem Sofa, wir drei andern oben im Heu. Am anderen Morgen haben wir auf dem Hof unter der Linde Tick gespielt und furchtbar gelacht, so humpelten wir und kriegten den anderen nicht zu fassen.

Der Hof mit Heuboden, die Geräteschеune, alles lebte von Soldaten, die ortlos auf ihr Kommando warteten. Von den drei Söhnen des Hofs hatte Schlossels Bruder Alf in Russland das Grab des Jüngsten gesehen, es fotografiert und der Familie geschickt; von den anderen gab es keine Nachricht. Henny schirrte noch am Vormittag die Pferde an und brachte uns in der Kutsche auf sandigen, holperig steinigen Wegen zu den Großeltern nach Bistensee.

Sie waren von einer dreitägigen Zusammenkunft aus Eckernförde gekommen, tief berührt und fast benommen.

Großvater Heinz Lornsen hatte dort im Sommer 1943 sein Propsten-Amt aufgegeben, erschöpft und resigniert, nur noch ein kleines Häuflein Christen hielt sich zur Kirche. Und die fünf Kreise, von der Jugend bis zum Alter, die Großmutter Hede versammelt hatte, als sie 1920 herkamen, waren sämtlich auseinandergegangen. „Sie passten nicht mehr in die Zeit", sagte sie. „Und jetzt kommen wir von einer dreitägigen Zusammenkunft in Eckernförde, in der die Kirche überfüllt war, drei Tage lang Gesang und Gebet, und wir bei allen Gelegenheiten herzlich begrüßt. Es tut mir fast leid, dass wir vor zwei Jahren gegangen sind. Aber euer lieber Großvater war plötzlich am Ende und der weltklügste unsrer drei Schwiegersöhne, der gute Wolle hat uns ja damals ermöglicht, Bistensee zu kaufen, sofort, als die Partei versuchte, diesen Versammlungsort der Evangelischen Jugend für die Hitlerjugend zu beschlagnahmen: die Villa und das Strohdachhaus und das Feld bis zum See für nur – man glaubt es kaum."

„Über Geld redet man nicht", sagte Heinz Lornsen. Das hat man. Aber" – er sah uns an – „wie kriegen wir euch vier bloß satt?"

„Darüber reden wir noch weniger, mein Alter", sagte Großmutter Hede. „Wie kannst du nur ...!"

Wir blieben acht Wochen und hatten Zeit, wir hatten nichts als Zeit. Es war ein Aufenthalt in Paradiesesnähe, keine Schule störte, alles war Wahrnehmung, ich fühle die Ruder in den Händen, wir schaukelten im Boot hinüber auf den Halbinselvorsprung ‚Kanaan', wo wir badeten, wir ruderten weiter an zwei dicht bewachsenen, verschilften Inseln vorbei, wollten aussteigen und blieben im Schlamm stecken, bewegten uns weiter zum ‚Feldherrnhügel', so hieß er, damals, von der Jugend getauft, heute ist er das ‚Töpferhaus'. Wir verschwanden im Wald und suchten Himbeeren.

Und standen Tage am Wasser mit unseren Angeln vor der Wiese von Herrn Kähler, der uns Angelschnur und Korken geschenkt hatte, Federkiele, die mit der Schnur durch den alten Korken geschoben wurden, ein Bleistück zum Beschweren und den Angelhaken am Ende. Wir fischten hier vorne, sahen die Fische im klaren flachen Wasser, die unseren Wurm beäugten, sie bissen kaum an, Ralf fing eine ‚Mutter Maria' vor dem Vorsprung Kanaan, Pille eine große Brasse auf Spitzort. Das waren Ereignisse.

Es war wie im Frieden. Wir schliefen unterm Dach der Villa, unter uns wohnte ein Herr Howaldt von der Kieler Werft, der, in Kiel ausgebombt, entfernt mit Großmutter Hede verwandt war. Die Leidenschaft des alten Herrn war, wilde Kaninchen zu fangen. Er nahm uns Jungen eines frühen Morgens mit auf die Pirsch, wir sahen auf einem Feld oberhalb des Sees ein Kaninchen vor seinem Bau hin und her springen, sein Kopf hing in einer Drahtschlinge, die an einer Baumwurzel oberhalb seines Baus befestigt war. Das

Tier riss sich los und sprang davon, kurz bevor wir vor dem Erdloch standen.

Großvater Lornsen hatte ganz andere Liebhabereien. Er spielte stundenlang für sich allein Karten, indem er eine Patience legte, saß mit uns zusammen beim Rommé oder dem dänischen Aeselspil. Und er geriet ins Schwärmen, wenn er von Obstbaumpflege und Apfelsorten sprach. Er hatte auf dem Bistensee-Grundstück schon einige seiner Eckernförder Sorten angepflanzt. Ich sehe ihn mit seinem Daumen, den er senkrecht zurückbiegen konnte, über die wächserne Haut eines Apfels fahren und höre ihn von Cox Orange, Reinetten und Gravensteinern, seinen Lieblingssorten sprechen. Er ging mit der Lupe von einem Baum zum anderen.

Es war etwas für uns, wenn er Ernst Reuter vorlas, durch ihn „Ut mine Stromtid“ und Onkel Bräsig kennenzulernen oder das Gedicht von einem Schulrat „Ix aus Ixenstein“ – („statt Elfe müsst ihr Nordsee sagen“) – oder darüber, dass die Armut von der poverté kommt und wie ein geiziger Jude sich selbst zu seinem Vorteil überlistete …

Einmal zeigte er uns seinen Holzkasten mit den Schnitzmessern der verschiedensten Art, die er als junger, mit der Tochter Hans Schlaikier Prahls verlobter Pastor in Skrave gebraucht hatte, 1903, hoch oben in Nordschleswig, an der Dänischen Königsau und Reichsgrenze, als er Drachenmuster in ein Wandbort und Ornamente in einen Schmuckkasten für die ferne Hede gravierte.

Sie sprachen von der Hochzeitsreise nach Italien, für die der alte Hans Schlaikier Prahl ihnen 1000 Goldmark geschenkt hatte. „In Florenz haben wir gelernt, was Kunst ist“, sagte er und zeigte uns Michelangelo.

Es war nur peinlich, wenn er uns vier aufforderte, mit ihm betteln zu gehen, er uns voran, einen Korb und eine Metallkanne in der Hand, auf den Höfen der Bäuerin entgegenging, und für seine vier „hungrigen Wölfe“ Milch und Kartoffeln erbettelte. Erst später tauchte die Frage auf: Waren wir eigentlich ohne Lebensmittelkarten in Bistensee angekommen? Ich vermute.

Wir sind auch zu Fuß zurückgewandert, es war Anfang August, aber wir gingen jetzt nicht auf der Teerchaussee nordwärts nach Schleswig, westwärts nach Husum und nordwärts nach Breklum, sondern auf sandigen Wegen schräg überland durch die Dörfer und abgeernteten Felder.

Als wir zu Hause ankamen, kurz darauf, feierten die Engländer den Sieg über Japan und das Ende des ganzen Krieges. In Japan waren zwei Atombomben gefallen, zwei dieser sagenhaften Wunderwaffen, von denen zuletzt bei uns gemunkelt worden war. Von hunderttausenden Toten war die Rede.

„Wir haben das damals noch gar nicht …“ sagte Schlossel, „bei uns hatte es ja viel mehr Tote gegeben, in Dresden allein 100.000. Wir haben uns nur über das Kriegsende gefreut.“

Zwei Engländer erschienen damals in der Großen Küche des Martineums. Ihr Begleiter übersetzte: „Wir brauchen für die Siegesfeier Weingläser.“ Die Köchin Ruth antwortete: „Weingläser haben wir hier überhaupt nicht. Heil Hitler!“

„Das gab einen Riesenaufstand“, sagte MaPö. „Der Kommandant gegenüber im Missionshaus, der hier im alten Studierzimmer saß, befahl sofort eine Entschuldigung, und ich bin hinübergegangen, unsre alte Treppe hinauf, musste da, im Zimmereingang, stehen bleiben – und sagte in aller Form: ‚Es tut uns leid.‘

Zum Glück fanden sich altmodische, grüne, geschliffene Weingläser, die Goldschnutel hiergelassen hatte.“

„Du sagtest doch, dass dich der englische Pastor so beeindruckt hat.“

„Das hat er. Er sagte mir, es falle ihm sehr schwer, diesen Sieg zu feiern, er halte nicht viel von diesen Kriegen: Meistens ist doch gar nicht zu sagen, wer eigentlich gesiegt hat, worin der Sieg besteht. Immer dieser alkoholisierte Rausch am Ende …! Zur großen Siegesfeier gehört aber in England auch ein Gottesdienst. Er bat um eine englische Bibel und Gesangbuch und fragte, ob wir den Ablauf, Texte und Liturgie, drucken lassen könnten. Natürlich konnten wir.“

„Du warst sehr beeindruckt von dem Text, den er gewählt hatte, nicht?"

„Das war ich. Ich kann mich leider nicht erinnern. Es war in diesem Siegesaugenblick ein nüchternes, beinahe demütiges Wort, das er gewählt hatte."

„Wir", sagte ich, „lagen in den Fenstern an diesem Sonntagabend und unten – es war ein warmer, schon dämmernder Tag – unten jagten plötzlich eine Gruppe Soldaten ein Eichhörnchen über die Straße, das flitzte bei Pappi Schmidt oben auf den Baum. Einer versuchte, hinterherzuklettern, ein anderer stand am Stamm und hielt die Hände auf, es ging und ging nicht, der Kletterer war zu betrunken.

Nachher, haben wir gehört, sind dieselben auf den Dachboden überm Brüderflur gegangen und haben die beiden Negergestalten, die da oben im Missionsmuseum standen, den stehenden und den sitzenden schwarzen Schüler, der die Tafel auf dem Knie hielt, aus dem Fenster geworfen, sodass sie unten zerschellten.

Der Kommandant kam zufällig darüber zu und hat sie furchtbar angefahren, hat ihnen befohlen, auf der Festwiese ein Grab zu schaufeln und die Figuren dort zu beerdigen. Damit war es nicht zu Ende. Sie hatten eine Figur so begraben, dass ihr einer Arm, wie bei einem Wiedergänger, herausragte aus dem Rasen. Als der Kommandant das sah, hat er ihnen befohlen, das Begräbnis zu erneuern und hier bis zum Morgen Wache zu halten."

Schlossel schüttelte vergnügt den Kopf. „‚Unsre Engländer.' Zu Weihnachten haben sie dann das ganze Kinderheim in den Großen Saal eingeladen, voller Lichter und langer Tische mit Kuchen und Schokolade und Marzipan, nicht?"

„Ja", sagte Spatz, „und wir beide, die schon bei Tante Elsas Hochzeit dabei gewesen waren, durften jetzt als Kinderheimer mitkommen. Am Eingang brannten zwei Weihnachtsbäume. Es gab schöne Musik. Auf einmal hieß es: Überall ist etwas versteckt, am Boden, auf den Fensterbänken – also, bevor wir es überhaupt richtig mitgekriegt haben, waren die Kinderheimer überall gewesen, gekrochen, gestiegen, und hatten schon alles entdeckt."

„Ist aber die englische Siegesfeier im Sommer nicht zur gleichen Zeit gewesen", sagte Schlossel, „als du, schwer beladen mit deiner Predigt, zur ersten Kirchensynode nach dem Krieg fahren musstest?"

„Das war so", sagte MaPö. „Die Siegesfeier mit dem englischen Pastor in der Breklumer Kirche fand am 13. August statt, das war ein Sonnabend, und am Tag darauf, am Sonntag, dem 14. August 1945, durfte und musste ich auf der Vorläufigen Gesamtsynode der evangelisch-lutherischen Landeskirche Schleswig-Holsteins die Predigt halten."

„An deinem Geburtstag?"

„An Vaters 42. Geburtstag", sagte Schlossel. „In der Marienkirche von Rendsburg, morgens um 11 Uhr. Der dortige Pastor Iversen hielt die Liturgie –"

„Und worüber hast du gesprochen?", fragte Pille.

„Über einen Text aus dem Buch Samuel, dem ersten Buch – nicht leicht."

„Du hast ihn lange hin und her gewälzt", sagte Schlossel.

„Ja. Und immer einfacher kam er mir vor, immer mehr schien er mir wie ausgesucht auf unser erstes neues Zusammensein zu passen.

Das Geschichtliche spielt vor 3000 Jahren, ungefähr im Jahr 1000 vor Christus; was daran historisch ist und was Sage, man weiß es nicht so recht: Israel erhält seinen ersten König. Samuel, der Seher, hatte ihn den jüdischen Stämmen als ihren ersten Fürsten ausersehen."

„Kurz besprechen?"

„Es ist Saul, ein großer jugendlicher Mann aus dem kleinsten Stamm Israels. Er ist auf der Suche nach Eselinnen, die seinem Vater entlaufen sind, gerät in die Nähe des Propheten Samuel, und dieser erhält von Gott den Fingerzeig: Der ist es.

Er salbt Saul mit Öl, und Saul wird mehr als ein Fürst, wird König, sein Erfolg scheint es zu wollen, und das Volk will es.

Aber nun kommen die Zeichen: Donner und Regen,

eine Zerstörung der Kornernte: Signale dafür, dass wenn hier ein Mensch der Höchste sein will oder sein soll, genau dies ein Riesenirrtum ist –

Aber wir wollen nicht weiter davon sprechen, ein schweres Kapitel, auf keinen Fall will ich es euch vorlesen, habe es in Handschrift. Vielleicht schreibe ich doch noch Notizen über unser Breklumer Leben und lege diese Predigt dazu?“

Sie hat sich gefunden, in kleiner Handschrift. Alex hat sie uns geschickt.

(Herr, wie Du willst, wir stehn in Deiner Hand
Und Deine Hand liegt schwer auf deutschem Land.
Wir fielen tief durch unsere große Schuld.
Herr, neige über uns Dich in Geduld.
Wir sterben Herr als Volk und auch als Land,
Schwer liegt auf unsrer Heimat Deine Hand.
Dein Zorn macht, Vater, dass wir zagen sehr.
Vergib uns Herr, die Sünde groß und schwer.
Lass uns verzagen und verzweifeln nicht.
Geh' nicht mit uns zu strenge ins Gericht.
Herr, leg auf unser armes Volk und Land
Zum Segen wieder Deine Hand.

Entweder – Oder

1. Samuelis 12, 20–25

20. Samuel aber sprach zum Volk: Fürchtet Euch nicht! Ihr habt zwar das Übel alles getan; doch weichet nicht hinter dem Herrn ab, sondern dienet dem Herrn von ganzem Herzen.

21. Und folget nicht dem Eitlen nach; denn es nützt nicht und kann nicht erretten, weil es ein eitel Ding ist.

22. Aber der Herr verlässt sein Volk nicht um seines großen Namens willen; denn es hat dem Herrn gefallen, euch ihm selbst zum Volk zu machen.

23. Es sei aber auch ferne von mir, mich also an dem Herrn zu versündigen, dass ich sollte ablassen, für euch zu beten und euch zu lehren den guten und richtigen Weg.

24. Fürchtet nur den Herrn und dienet ihm treulich von ganzem Herzen; denn ihr habt gesehen, wie große Dinge er an euch tut.

25. Werdet ihr aber übel handeln, so werdet ihr und euer König verloren sein.

Gott oder die Verhältnisse?

Gemeinde Jesu Christi! Gott oder die Verhältnisse? Vor dieses klare Entweder/Oder stellt uns Gottes Wort. Woher erwarten wir das Entscheidende? Von Gott oder von den Verhältnissen. Das ist die Frage. Vor dieser Frage stand das Volk Gottes. Gewiss, es erwartete viel von Gott, aber das Entscheidende erwartete es von dem neuen König, um den es Gott gebeten hatte. Neue Verhältnisse sollten eine neue Zeit heraufführen – und Gott?

Vor dieser Frage standen wir in Volk und Kirche. Gut ein Jahrzehnt ist es her. Gewiss, die äußeren Umstände waren grundverschieden von denen des Volkes Gottes damals, aber die Frage war im Grunde die gleiche. Mit neuen Verhältnissen, so meinten auch viele damals in der Kirche, sei alles gewonnen – – und Gott?

Vor dieser Frage stehen wir heute noch einmal. Gott gibt uns die Möglichkeit zur Entscheidung. Schon das ist Gnade. Wir leben. Wir dürfen als Kirche arbeiten. Wir dürfen Synode halten. Dafür sind wir dankbar. Nun aber hängt alles an der rechten Entscheidung. Erliegen wir wieder der Gefahr, von neuen Verhältnissen das Entscheidende zu erwarten? Dann ist alles umsonst! Oder erwarten wir alles von Gott? Das ist unsere Entscheidung in diesen Tagen, an der Segen oder Unsegen, Gnade oder Ungnade für die Zukunft unserer Kirche hängt. Wir sind eine vorläufige Synode, aber die Entscheidung ist eine endgültige von ungeheurer Tragweite. Erwarten wir wirklich alles von Gott? – Das alte Wort ist wahr:

An Gottes Segen
ist alles gelegen.

Was Gottes Wort uns zeigt, ist

I. Unsere Schuld: Wir haben das Entscheidende von Menschen und Mächten erwartet, aber nicht von Gott.

Gott steht vor uns: „Ich bin der HERR Dein Gott … keine anderen Götter neben mir." Indem Gott sein erstes Gebot vor uns hinstellt, klagt er selbst als der Herr der Geschichte uns an. Denn darum ging es während des letzten Jahrzehnts: um das 1. Gebot. Neben Gott traten die Götter. Die Götzen der Zeit wollten den Herrn der Ewigkeit entthronen. Wer ist Schuld, dass es so kam?

Das Volk Gottes konnte es damals nicht begreifen, dass es Schuld vor Gott habe. Das Volk konnte nicht einsehen, inwiefern das Sünde sei, sich einen neuen König zu erbitten, verstand nicht, dass es damit das 1. Gebot übertrat. Da griff Gott ein. Eine Naturkatastrophe – und das Volk begegnete Gott. In der Begegnung mit Gott fiel es ihm wie Schuppen von den Augen. Wir haben uns an Gott versündigt, denn wir haben nicht alles von Gott erwartet, sondern das Entscheidende von dem neuen König.

Ist es unserem Volk heute deutlich, dass wir Schuld haben vor Gott? Es gab Menschen in unserem Vaterland, die haben um dieser Schuld willen viele schlaflose Nächte durchlitten, furchtbare Kämpfe durchkämpft, Qualen, Leiden und Verfolgung ausgestanden, ja, sind seelisch fast daran zerbrochen. Wir denken heute in Ehrfurcht an die verborgenen Märtyrer der christlichen Kirche beider Konfessionen. Nun hat Gott auch bei uns eingegriffen, eine Katastrophe von unabsehbaren Folgen! Gottes Gericht! Gott steht vor uns! Begegnen wir in dieser Katastrophe Gott? Vielen in unserem Volk ist es immer noch nicht klar, dass wir schuldig sind vor Gott, dass wir das erste Gebot übertreten haben. Ist es uns klar? Wie immer nach einem verlorenen Kriege werden die Schuldigen gesucht. Wir stehen hier heute vor Gott und bekennen, dass das letzte Urteil über uns und unser Volk Gott, Gott allein, zusteht; aber wir bekennen zugleich: Wir sind die Schuldigen, wir haben das

1. Gebot übertreten. Gott fragt uns, die Kirche, noch einmal die uralte Frage: Wo ist Dein Bruder?, und wir antworten: Wir sollten unseres Bruders Hüter sein? Aber in der Kirche war keine Wacht. Die Kirche übte das Wächteramt nicht aus. Umgekehrt! Die letzte Synode hier in Rendsburg rechtfertigte das Führerprinzip in der Kirche und den Einbruch der politischen Mächte in den Raum der Kirche. Das ist unsere Schuld, die wir heute vor Gott bekennen. Ich sage: Wir. Viele unter uns waren Gegner dieser Synode und all dessen, was aus ihr folgte. Aber wie lange haben wir dem widerstanden? Ja, antworten Ungezählte, die Verhältnisse waren eben stärker. Und gerade da, da liegt unsere tiefste Schuld. Wir haben nicht das Entscheidende, nicht alles von Gott erwartet, sondern uns den Verhältnissen gebeugt. Das ist unsere Mitschuld.

Gott steht vor uns. Wir bekennen mit unserem ganzen Volk die schwere Schuld, die auf uns lastet. Gebot auf Gebot ist übertreten und der Name Jesu Christi verlästert. Gott war nicht der HERR in unserem Volk, sondern viele Menschen und Mächte. Von dem festen Fundament des ersten Gebotes, von dem tragenden Grund göttlichen Heils gerieten wir mit unserem Volk auf die schiefe Ebene und rasten in immer schnellerem Tempo dem Abgrund zu. Das musste so kommen. Wer kein Christ ist, konnte sich wundern und entsetzen. Wir Christen hätten, durch Gottes Wort belehrt, wissen müssen, dass es gar nicht anders kommen konnte. Gott lässt sich nicht spotten. Wir haben das Übel alles getan, das ist unsere Schuld, wir haben das Entscheidende nicht vor Gott erwartet! Ohne Gottes Segen bricht aber eines Tages alles zusammen, denn an Gottes Segen ist alles gelegen. Hören wir Gottes Warnung, folgen wir Gottes Ruf? Wer Gottes Ruf hört, dem kann geholfen werden; wer Gott demütig und aufrichtig seine Schuld bekennt, dem vergibt Gott um Christi willen! In der Kraft seiner Vergebung dürfen wir dann von neuem anfangen und Gott gehorchen. – Das ist das zweite:

II. Unser Gehorsam: Alles von Gott erwarten!

Wir sind im Unglück. Das ist die Folge unserer Schuld. Gott hat den Turmbau von Babel noch einmal wieder zerstört und die Menschen in alle Winde zerstreut. Ist damit alles aus? Stehen wir vor dem Nihilismus, dem Vakuum? Nein! Wir stehen vor Gott, dem Herrn, der da spricht: „Fürchtet Euch nicht, ihr habt zwar das Übel alles getan, aber weicht nicht von Gott, dient Gott." Nur jetzt kein Rückfall! Nur jetzt kein Ausweichen vor der entscheidenden Frage. Wir haben gemeinsam unsere Schuld bekannt. Wir dürfen mit der Gewissheit der Vergebung in neuem Gehorsam von neuem beginnen und das heißt Gott gehorchen: Alles von Gott erwarten, Gott bedingungslos folgen.

Gott ruft jetzt unsere Kirche in seinen Dienst, damit wir ihm gehorchen und nicht halb auf ihn und halb auf die Stimmen der Zeit hören. Jetzt gilt es alles, wirklich alles von Gott, nur von Gott zu erwarten und so zu handeln, wie er es gebietet. Da herrscht dann kein Führerprinzip mehr, sondern es wird wahr, was wir vom Altar hörten: „Allesamt seid untereinander untertan.")

Wir haben von dieser „bedingungslosen Rede" nie gesprochen. Ich weiß noch, wie MaPö aus Rendsburg nach Breklum zurückkam, mit Mona in ihr gemeinsames kleines Zimmer des Martineums ging und sich umzog. Sein schönes weißes Hemd war zur Hälfte blau geworden – er hatte seinen Wollpullover anbehalten und bei seiner Predigt so geschwitzt, dass der abgefärbt hatte. Mona wusste nicht, ob sie lachen oder schelten sollte, hat sie später gesagt.

„Haben wir auch nicht bei unserem großen Fest davon gesprochen, als all die Erinnerungen an Breklum auftauchten, ich meine: auch nicht auf der Birk an der Geltinger Bucht, als die Eltern ihre Eiserne Hochzeit feierten?"

„Du meinst: 1995? Da kannten wir sie auch noch nicht."

„Sie lag doch erst bei seinen handschriftlichen Aufzeichnungen, die er gegen Monas Rat niedergeschrieben hat, ‚Kurze Geschichten aus einem langen Leben', und die

Alex mühsam entziffert und uns allen geschickt hat – starker Tabak! Ein einziger Ton."

„Vater ist damals plötzlich in den Mittelpunkt gerückt."

„Teils, teils."

„Und nicht alle waren damit einverstanden."

„Zuerst schon. Auch noch, als man ihn im Parlament haben wollte.

Der für Schleswig-Holsteins Reeducation verantwortliche General Henderson hat doch damals, schon für den Herbst 1945, ein Parlament nach englischem Vorbild geplant. Es sollte demokratisch zusammengesetzt sein und auch die ‚Stände' vertreten. Dazu gehörte nach englischer Auffassung die Kirche. MaPö sollte das Parlamentsmitglied der Kirche für das Bistum Schleswig werden."

„Es kam ein prachtvoll ausgestattetes Schreiben von General Henderson", sagte Schlossel. „‚Sie sind für die erste Sitzung in Kiel vorgeschlagen und hiermit berufen.' Herr Dr. Steltzer, früher einmal Landrat in Rendsburg, der früh mit den Nationalsozialisten aneinandergeriet, ein Christ ganz eigener Prägung, Mitglied der Michaelsbruderschaft in Marburg, früh in Kontakt mit Skandinavien, wo er 1940 als deutscher Offizier mit dem Bischof von Oslo, überhaupt dem christlichen Widerstand, mit Helmut von Moltke und dem wirksamen Kreisauer Kreis in nahe Verbindung kam, dieser sympathische mutige Theodor Steltzer, kurz vor Kriegsende noch zum Tode verurteilt, war von den Engländern als erster Ministerpräsident Schleswig-Holsteins vorgesehen."

„Er kannte auch das ‚Heilige Dorf' bei Husum. So kam man wohl auf mich", sagte MaPö.

„Dr. Mahler war aus dem Häuschen. Onkel Fritz Prahls Verwandte in Haderslebens Brauerei, Fuglsangs, riefen über die Husumer Brauerei Fuglsang in Breklum an: ‚Nun müssen wir eng zusammenhalten.' Ich wurde von einem Mitglied einer neu gegründeten ‚CDU' mit dem Auto abgeholt, keinem Mann der Kirche, aber sehr freundlich mir gegenüber. Auch mir war schon ein Dienstwagen versprochen.

Die Parlamentssitzung war originell, verlief nach englischem Vorbild, soldatisch streng wurde ein Programm verkündet und absolviert, die einzelnen Mitglieder in Ausschüsse berufen. Ich stellte am Ende der Sitzung fest, dass ich als Mitglied der Kirche sieben Ausschüssen angehören sollte. Die Sitzung schloss damit, dass Henderson sagte: ‚Also – Kommissarischer Ministerpräsident ist Herr Dr. Steltzer, und jetzt liegt das Geschick des Landes in Ihren Händen, meine Damen und Herren.'

Mir war völlig klar, dieses Ehrenamt kannst du nicht annehmen, dann bleibt nur, in Breklum aufzuhören, ja, die dortige Arbeit ganz aufzugeben. Ich bin dann zum Landeskirchenamt gefahren und habe dem neuen Präsidenten gesagt, dass ich das Amt zurückgebe.

Er hat es sehr bedauert, aber an unserer Verbindung festgehalten, sodass eine Verbindung mit dem Parlament erhalten blieb und ich mit Steltzers Nachfolger Dieckmann sogar einmal sechs Wochen in England gewesen bin, um da aus der Nähe demokratische Politik anzuschauen – eine Zeit, die ich nicht missen möchte."

Schlossel kam eben zurück von einem Spaziergang zur Nordspitze der Birk, rot im Gesicht und in glücklicher Laune. „Ich war auf Alsen", sagte sie, „die Kirche von Lysabbel, neben der ich geboren bin, steht da so strahlend weiß und nah wie noch nie.

Wo seid ihr gerade?

Wisst ihr, was ich gedacht habe: Wir haben bei all unserem Erzählen zu wenig von Dänemark gesprochen. – Das ist doch ganz unmöglich!"

Es begann ein munterer Abend und eine ereignisreiche Nacht.

Nachbemerkung

Dieses Buch gibt nicht eine Wirklichkeit wieder, die so stattgefunden hat: Der Erzählkreis im Studierzimmer, der dem Geschehen draußen im Rückblick folgt, ist in der Form eine Erfindung – nicht in seinem Inhalt. Und Schlossel hat in der Tat den Anstoß gegeben, als sie ihren Mann davon abhielt, seine Autobiografie zu schreiben, es geschah mit dem konsternierenden „Ihr lügt alle." Ist die damalige Welt überhaupt hervorholbar? Die Unzahl der Versuche lässt daran zweifeln.

Es fehlt nicht an Quellen, die lesbar und hörbar, anschaubar und nicht zu bezweifeln sind, Erinnerungen, die manche teilen und die in Zufallsgesprächen auftauchen. Es gab in unserem Fall auch systematisch angelegte Sitzungen mit den Eltern. Das Studierzimmer des Breklumer Missionshauses mit seinem Fenster, das auf die Blutbuche über dem grünen Rasen schaut, die Ecke des Großen Saals und den Bahndamm zwischen Husum und Niebüll dahinter erkennen lässt, ist der künstliche Ausguck, um mit den verschiedensten Augen und Ohren, kindlichen oder erwachsenen, mit herbeigesuchten Berichten das Drama dort draußen in Erinnerung zu rufen. Das Buch hat unendlich zu danken, die meisten Namen tauchen darin auf, nicht alle, nicht der wichtigste, auch nicht der zweitwichtigste, der den zweiten Teil neu gliederte. Nicht Kerstin Losert, die den Bleistifttext haargenau abgeschrieben und gelegentlich eine Frage zur Sache gestellt hat.

Die Teilnehmer aus der Familie, unsre Besucher, Briefe, Texte, zunehmend herbeizitierte Hinterlassenschaften wirbeln so viel Zeitstaub auf, dass man sie nicht einfach zur Seite schieben kann; das konkrete Erleben, an dem die Farben, der Stil und Ton, der Geruch und der Schitt des Tages klebt, lässt eine Epoche anders erleben, als das allzu oft vom Ergebnis her bestimmte pauschale Panorama des Gesamthistorikers. In der Geschichte unsrer Prahlfamilie zum Beispiel, in dem Jahrhundert zwischen 1830 und

1930, aufgezeichnet im „Riss durchs Festland“, veränderte sich das Bild und die politische Statur Otto von Bismarcks wie von selbst, grundsätzlich und dauerhaft.

Die am Tisch Sitzenden, Schlossel und MaPö, Yoko und Pille, Alex und Bollus, Spatz und Perle, Chie und Kaukau haben gewisse Eigenheiten, nehmen unterschiedlich wahr oder sehen verschieden auf das, was neu auftaucht – aber die Beziehungen in der Familie, der Eltern oder der Kinder untereinander, der Kinder zu den Eltern und umgekehrt – Dinge, die wir in Wirklichkeit damals mit unendlicher Geduld zu unserem Thema gemacht haben – sind hier keins. Thema ist der Ausguck auf die Zeitgeschichte, ihre Menschen und was sie uns sagte.

„Was vor Gott recht ist“

Kirchenkampf und theologische Grundlegung für den Neuanfang der Kirche in Schleswig-Holstein

Hrsg. von Karl Ludwig Kohlwage, Manfred Kamper und Jens-Hinrich Pörksen

Zusammengestellt und bearbeitet von Rudolf Hinz und Simeon Schmidt

In Zusammenarbeit mit Peter Godzik, Johannes Jürgensen und Kurt Triebel

315 Seiten, broschiert
ISBN 978-3-7868-5306-0

„Aufbruch und Neuorientierung in der Ev.-Luth. Landeskirche Schleswig-Holsteins nach 1945“ lautete das Thema der Tagung am 3./4. Februar 2015 in Breklum. Der Tagungsband dokumentiert sowohl die Materialien zur Vorbereitung der Tagung wie deren Vorgeschichte und Verlauf. Der Band enthält daher neben den gehaltenen Vorträgen auch Erinnerungen, Überlieferungen und Quellentexte aus der Bekennenden Kirche und der Kriegs- und Nachkriegszeit, außerdem Diskussionsbeiträge und Kommentare zum Vortrag von Landesbischof Ulrich sowie einen Anhang mit Dokumenten zur Vorgeschichte der Tagung. Die Zusammenschau erschließt neue Quellen zur sachgerechten Beurteilung der Rolle der Bekennenden Kirche und gibt wichtige Anstöße zur weitergehenden Beschäftigung mit ihrer Geschichte und ihrer Rolle bei der Neuorientierung nach 1945.

Matthiesen Verlag